Simone Dorra
Schierlingstod

Simone Dorra

Schierlingstod

Ein Reformations-Krimi

Silberburg-Verlag

Simone Dorra erblickte 1963 in Wuppertal das Licht der Welt und ist seit 1983 in Baden-Württemberg zu Hause. Die gelernte Buchhändlerin arbeitete zunächst in einem Stuttgarter Verlag und gestaltete dann als Sprecherin und Journalistin Radioprogramme für den Privatrundfunk. Mit ihrem Mann und ihren drei Kindern lebt sie in Welzheim, wo sie heute als Lokaljournalistin für die örtliche Tageszeitung arbeitet.

1. Auflage 2017

Umschlaggestaltung: Anette Wenzel, Tübingen,
unter Verwendung des Gemäldes
»Junger Mann mit Schädel« von Frans Hals.
Druck: Gulde-Druck, Tübingen.
Printed in Germany.

ISBN 978-3-8425-2023-3

Für meinen Vater, der zu früh gestorben ist, um jemals ein Buch von mir zu lesen.
Ich hoffe, dieses hier hätte ihm gefallen.

Er wird deinen Fuß nicht gleiten lassen,
und der dich behütet, schläft nicht.
(Psalm 121,3)

Vorspiel

Der Morgen war noch sehr jung, als Fidelitas ins Freie trat und die Tür leise zuzog. Sie atmete tief durch, froh, die stickige Luft des Hauses hinter sich gelassen zu haben. Nach dem reifen Dunst aus vollen Nachttöpfen, kalter Asche und den Resten der Kohlsuppe für das Gesinde vom Vorabend war die frische, kühle Luft der pure Balsam.

Vor ihr lag ein kleiner Innenhof, zur Gasse hin abgeschlossen durch eine hohe, mit Efeu überwachsene Mauer. Ein hölzernes, mit Eisenriegeln gesichertes Tor bot, wenn beide Flügel offenstanden, genügend Raum, um Kutsche und Reiter durchzulassen. Wenn Fidelitas sich nach links wandte, konnte sie das Stallgebäude sehen, in dem der Reitknecht bei den Pferden des Grafen schlief. Das Wasser zum Kochen, zum Baden und für die Wäsche musste aus einem Brunnen geholt werden, über dessen kreisrunder Einfassung der Eimer an einer Kette baumelte. Als Fidelitas daran vorbeikam, flatterte ein Spatz vom Rand des Eimers hoch, schoss ungnädig zwitschernd dicht über ihren Kopf hinweg und landete auf dem Hausdach. Unwillkürlich hob sie die Hand zum Schleier; er saß genauso fest an der richtigen Stelle wie die sauber gebundene, weiße Haube, die ihr Haar verdeckte, und wie das sorgsam drapierte Skapulier, der Überwurf, der glatt über das zu einem festen Knoten gebundene Zingulum, die Gürtelschnur, fiel.

Streng genommen befand sie sich auf feindlichem Gebiet; die Mutter Oberin hatte bei ihrer letzten Begegnung keinen Zweifel daran gelassen. Zwar besaß das Geschlecht der Grafen von Eberstein noch immer einen Teil der Vogtshoheit über das Kloster Frauenalb, aber der Gernsbacher Zweig der Familie hatte sich von den dogmatisch festgelegten Glaubensweisheiten vieler Jahrhunderte abgewandt und neigte immer mehr den revolutionären Ideen von Martinus Luther zu, der selbst einen Teil seines Lebens im Kloster verbracht hatte. Es hatte ihn nicht daran gehindert, an den Grundfesten der Kirche zu rütteln … und jetzt, vier Jahre nach seinem Tod, war die ganze Welt ins Schwanken geraten.

Aber die Ebersteiner Grafen machten – obwohl Wilhelm IV. den Ideen Luthers gegenüber ausgesprochen offen war – keinen Versuch, die Nonnen von der neuen Lehre zu überzeugen oder sie gar zu vertreiben. Seine Frau Johanna, die immerhin dem Durlacher Familienzweig der solide katholischen Markgrafen von Baden entstammte, unterstützte das Kloster Frauenalb immer noch nach Kräften, und wann immer sie es besuchte, war sie in den Kräutergärten zu finden, wo Fidelitas Tag für Tag Dienst tat. Sie interessierte sich aufrichtig für die Wirkung der Pflanzen, ließ die junge Nonne aber stets spüren, dass sie für jedes Gespräch so dankbar zu sein hatte wie für eine vollkommen unverdiente Gnade. Fidelitas nahm ihre schmallippige Arroganz mit Humor, betrachtete die Begegnungen mit der Gräfin als eine Übung in Demut und reagierte mit gleichbleibender, gelassener Freundlichkeit.

Das musste ebenso Eindruck auf Johanna gemacht haben wie die fundierten Kenntnisse der jungen Nonne in der Kräuter- und Heilkunde. Als sie die Reise nach Cannstatt vorbereitete, um sich dort mit ihrem jüngsten Sohn Bruno zu treffen, wurde Fidelitas angewiesen, sie zu begleiten. Die Gräfin litt seit Jahren unter entzündeten Gelenken, die regelmäßig anschwollen und sie mit heftigen Schmerzen und fiebriger Hitze quälten. Fidelitas hatte ihr bei der letzten Begegnung im Februar salzarme Kost empfohlen und ihr einen Tiegel mit einer Salbe aus der Klosterapotheke mitgegeben, die Weidenrindenextrakt, Wermut und Goldrute enthielt. Die Salbe linderte Johannas Beschwerden zwar nur vorübergehend, aber doch deutlich, und sie war der Hauptgrund, dass die Äbtissin Fidelitas vor zwei Wochen zu sich gerufen und ihr mitgeteilt hatte, dass sie die Gräfin nach Cannstatt zu begleiten hatte, um sich dort weiterhin um ihr persönliches Wohlergehen zu kümmern.

Die Mutter Oberin war eine geborene Catharina von Remchingen und stand seit fast dreizehn Jahren an der Spitze des Klosters. Ihre Gesundheit hatte in den letzten Monaten bedenklich nachgelassen, aber das hinderte sie nicht daran, die Zügel nach wie vor mit fester Hand zu führen. Wenn sie Fidelitas sozusagen in die Dienste der Ebersteins »auslieh«, dann sicherte ihr das gleichzeitig das Wohlwollen der Gräfin – und vermutlich auch eine ordentliche Geldsumme, von der Fidelitas nicht wirklich glaubte, dass sie dem Kloster zugutekam. Erst kürzlich hatte sie die Priorin mit der Novizenmeisterin darüber tuscheln hören, dass manche Einnahmen in die Privatschatulle der Mutter Oberin flossen und in den sorgsam geführten Rechnungsbüchern gar nicht erst auftauchten.

Fidelitas war mehr als einmal mit der Äbtissin aneinandergeraten, hütete sich aber klugerweise, ihr offen Vorteilsnahme oder gar persönliche Geldgier vorzuwerfen. Es war mehr als genug, dass sie für die hochwohlgeborene Dame zuweilen einen »Stolperstein und einen spitzen Dorn im Fleisch« darstellte, wie sich Catharina einmal der Priorin gegenüber beklagt hatte, ohne zu wissen, dass Fidelitas in der Nähe war und es mitbekam.

Also nahm sie den Reisesegen der Ehrwürdigen Mutter demütig entgegen und küsste die Hand, deren Zeigefinger von einem kostbar in Gold gefassten Saphir geziert wurde. Die adeligen Damen, die in Frauenalb als Nonnen lebten, legten das Gelübde der Armut ebenso ab wie ihre nichtadeligen Ordensschwestern, aber in den Zellen fand sich doch das ein oder andere aufwendig gearbeitete Möbelstück, das beim Einzug von der jeweiligen Schwester mitgebracht worden war, es gab private Gebetbücher mit Einbänden aus Leder und Holz, die kostbar mit Edelsteinen geschmückt waren, und an hohen kirchlichen Feiertagen speisten die Nonnen nicht von Tellern aus Ton und Zinn, sondern aus fein ziseliertem Silber.

Fidelitas' Zelle hingegen war schlicht und bis auf ein schön geschnitztes Kruzifix aus Lindenholz ziemlich kahl. Ihr Gepäck für die Reise nach Cannstatt war ebenso übersichtlich: zwei Hemden zum Wechseln und für die Nacht, ein zweites Paar Sandalen und vor allem ihre kleine Medikamententruhe, in der sie fertig destillierte und zusammengerührte Mittel in Fläschchen und Tiegeln mit sich führte. Sie verabschiedete sich an einem Aprilmorgen im regennassen Kräutergarten von Schwester Agatha, die dem Kloster als Infirmarin diente und Fidelitas alles beigebracht hatte, was sie wusste.

»*Dominus tecum*, Kind«, sagte die alte Frau und legte eine Hand auf die wollene Kapuze des Reisemantels, der Fidelitas' Schleier vor den immer dichter fallenden Tropfen schützte. »Denk daran – auch die Glocken der Kirchen, in denen man die heilige Messe nicht mehr feiert, schlagen die Stunden … Du kannst alle Gebete dann sprechen, wenn wir es tun, und auf diese Weise bist du immer bei uns. Komm gesund wieder, ja?«

Fidelitas hatte sie umarmt und ein paar höchst unvernünftige Tränen hinuntergeschluckt, bevor sie sich rasch abwandte und den Klostergarten verließ. Auf dem Weg vor dem Klosterareal hatte ein mit festem Tuch überdachter Karren auf sie gewartet. Darin war zwischen Johannas Kleidertruhen und Körben voller Gemüse und Obst aus dem Kloster ein kleiner Sitzplatz für sie hergerichtet worden.

Als der Karren zwei Tage später am frühen Abend auf den Hof des Hauses nahe der Stadtmauer von Cannstatt rumpelte, war sie steifbeinig heruntergestiegen und hatte aus tiefstem Herzen ein Dankgebet dafür gesprochen, dass die Reise vorüber war. Sie fühlte sich so zerschlagen wie ein Strohbündel auf dem Heuboden nach der Begegnung mit dem Dreschflegel.

Das Kämmerchen, das man ihr zuwies, lag im Obergeschoss des Hauses, ziemlich genau über der großen Wohnstube, in der die Gräfin untergebracht war. Es war noch deutlich kleiner als ihre Zelle in Frauenalb; Fidelitas nahm diese Tatsache ebenso hin wie den Auftrag der Mutter Oberin. Immerhin passte ihre Medikamententruhe unter den Tisch, und der Stuhl davor war breit und mit einer erstaunlich bequemen Lehne versehen. Das Bett hatte einen stabilen Rahmen, eine großzügig ausgestopfte Strohmatratze und saubere Laken, Kissen und Decken.

Fidelitas schlief in der ersten Nacht so ruhig und tief wie ein Kind und wachte auch nicht auf, als es um Mitternacht Zeit zur *Matutin* war. Doch bevor sie am nächsten Morgen zum Frühstück in die kleine Gesindestube hinunterging, betete sie unter dem Kreuz, das sie aus ihrer Zelle mitgenommen und an der Wand neben dem Fenster aufgehängt hatte, mit hingebungsvoller Andacht die sieben Psalmen der *Laudes*.

Inzwischen hatte sich das Leben in dem Haus am Rand von Cannstatt eingespielt. An den Vormittagen knetete Fidelitas die empfindlichen Gelenke der Gräfin und rieb sie mit Salben ein, bevor die Edeldame ein frühes Mittagessen einnahm, das üblicherweise ausschließlich für sie zubereitet wurde, und sich von ihrer schüchternen Zofe frisieren und ankleiden ließ. Nachmittags empfing Johanna Besuche, machte in ihrer Kutsche Einkäufe bei den Händlern oder besuchte die Bäder der Stadt, weil sie sich davon Heilung versprach. Fidelitas war darüber ganz anderer Ansicht, hatte sich aber bereits damit abgefunden, dass die Gräfin Widerspruch nicht sehr schätzte. In diesen Stunden blieb Fidelitas mehr oder weniger sich selbst überlassen. Oft wanderte sie, mit dem Reitknecht oder dem Kutscher als schützendem »Schatten«, zum Stadttor hinaus und über die Wiesen am Neckarufer entlang, auf der Suche nach frischen Kräutern für Aufgüsse, Tränke und neue Salben. Wenn sie fündig wurde, merkte sie sich die Stellen, wo sie wuchsen, und kam ganz früh am nächsten Tag zurück, um sie zu pflücken, solange der Tau noch darauf lag.

An diesem Morgen hatte sie nicht wie üblich einen Stoffbeutel zum Sammeln der Kräuter dabei, sondern einen mit Tuch ausgeschlagenen Korb und eine kleine Gartenschaufel. Denn an einer schattigen Stelle mitten im Ufermorast wuchs Wasserschierling, und Fidelitas hatte beschlossen, zur Abwechslung kühlende Umschläge auszuprobieren, bestrichen mit einem Brei aus den Schierlingswurzeln. Nach den Erfahrungen, die Schwester Agatha schon vor Jahren in Frauenalb gemacht hatte, ließ der Wirkstoff darin die Gelenke abschwellen und die schmerzhafte Hitze schwinden, die die Kranken unbeweglich und elend machte. Außerdem half er nicht nur für ein paar Stunden, sondern tage- und manchmal sogar wochenlang. Also war es einen Versuch durchaus wert.

Beim Weg durch das hoch aufragende Tor nickte sie den Wächtern freundlich zu und wurde mit einem ebenso freundlichen Gruß belohnt. Das war nicht selbstverständlich – seit der Kaiser vor zwei Jahren das »Augsburger Interim« ausgerufen hatte, sollte Schwaben zwar zu den Lehren der allein seligmachenden Mutter Kirche zurückkehren, tat sich aber schwer damit. Der Protestantismus hatte im Volk bereits feste

Wurzeln geschlagen, und die Geistlichen, die auf kaiserliche Anweisung hin wieder die katholische Messe lasen, wurden oft hinter vorgehaltener Hand oder ganz offen als »Baalspriester« beschimpft. Doch offensichtlich brachte man dem Habit einer Nonne nach wie vor Achtung entgegen.

Ein kleines Stück jenseits des Tores wandte sich Fidelitas von dem breiten Weg ab und folgte einem ausgetretenen Pfad nach links, der sich an der Mühle vorbei hinunter zum Fluss schlängelte. Heute wurde sie von Andres Häberlin begleitet, dem Sohn der Köchin. Seit er groß genug war, eine Mistgabel zu halten und ein Pferd zu striegeln und aufzuzäumen, arbeitete der lang aufgeschossene Junge mit dem gerstenblonden Haarschopf und dem fröhlichen Lächeln in den Ställen des Grafen Wilhelm von Eberstein.

Das Vermögen der adeligen Familie hatte sich in den letzten zwei Jahrhunderten deutlich vermindert, während gleichzeitig auch ihr Einfluss abnahm. Doch auf seine Pferde in Gernsbach legte der Graf nach wie vor großen Wert, und ihre Pflege überließ er keineswegs jedem. Andres allerdings vertraute er, und er mochte ihn – so sehr, dass er seinen jüngsten Sohn Bruno ermutigt hatte, sich mit ihm anzufreunden. Deswegen war Andres auch mit nach Cannstatt gekommen, um für die Kutschpferde zu sorgen und Bruno wiederzusehen, der jetzt jeden Tag eintreffen musste.

Fidelitas roch den Fluss, noch ehe sie ihn sah. Die Wiesen am Ufer waren ordentlich ins Kraut geschossen; lange, silbrig schimmernde Halme, Gänseblümchen, Löwenzahn und die runden Blütenköpfe von rotem Klee streiften den Saum ihrer Tunika, die jetzt schon nass und schwer war vom Tau. Kurzentschlossen bückte sie sich, schlüpfte aus den Ledersandalen und raffte den Stoff bis zu den Knien. Sie wandte den Kopf zu Andres, der ihr in ein paar Metern Abstand folgte.

»Nimmst du meine Schuhe? Ich hätte gern eine Hand frei.«

Andres' Augenbrauen verschwanden angesichts ihrer entblößten Beine jäh unter den Strähnen, die ihm in die Stirn fielen.

Fidelitas lachte. »Hast du geglaubt, Nonnen haben keine Füße?«

Der junge Mann grinste; seine graublauen Augen funkelten. »Darüber hab ich noch nie so genau nachgedacht, Ehrwürdige Schwester«, sagte er. »Vielleicht hab ich mir ja vorgestellt, dass sie sich auf Rädern fortbewegen, so wie der Karren, in dem Ihr hergefahren seid.«

Fidelitas gab ein leises Prusten von sich.

»Erinnere mich bloß nicht an den Karren«, erwiderte sie. »Beim bloßen Gedanken tut mir die Kehrseite weh. Und es reicht vollkommen, wenn du mich ›Schwester‹ nennst. Ehrwürdig ist höchstens meine Mutter Oberin.«

Andres nickte. »Wofür habt Ihr die Schaufel mitgenommen, Ehrw… Schwester?«

»Ich zeig es dir.«

Sie hatten die schattige Stelle am Ufer erreicht. Die Wiese ging in einen schmalen Lehmstreifen über; genau am Saum zwischen taunassem Grün und flussfeuchtem Braun wuchsen die langen Stängel mit den lanzettförmigen Blättern in die Höhe, jetzt im Frühjahr noch ohne Frucht und Blüte. Fidelitas kauerte sich hin, nahm die Schaufel zur Hand und grub rasch vier Wurzeln aus. Sie befreite sie von den Stielen und spülte sie im Flusswasser sauber, bevor sie sie in den Korb legte und mit dem Tuch zudeckte. Anschließend wusch sie sich noch einmal gründlich die Hände.

»Was ist das?«, fragte Andres interessiert. »Und wozu ist es gut?«

»Wüterich«, sagte Fidelitas, »so nennt man die Pflanze jedenfalls hier in Schwaben. Eigentlich heißt sie Wasserschierling. Auf den Pferdeweiden bei Gernsbach wächst sie wohl nicht?«

Der junge Mann schüttelte den Kopf. »Hab ich dort noch nie gesehen. Aber durch die Wiesen dort fließt auch kein Wasser. Der Herr Graf hat extra Holztränken aufstellen lassen.«

Fidelitas rieb sich die nassen Finger am Skapulier trocken. »Wenn ich diese Wurzeln nachher klein schneide und zu einem Brei zerstampfe, kann ich für die Frau Gräfin Umschläge damit machen. Das lindert die Schmerzen in ihren Gelenken. Riech mal daran.«

Andres beugte sich über den Korb, schlug das Tuch zurück und schnupperte.

»Fein!« Wieder kletterten die beweglichen Augenbrauen in die Höhe. »Wie der Sellerie in unserem Küchengarten daheim. Kann meine Mutter nicht ein Gemüse daraus machen? Besser als die Kohlsuppe gestern Abend wäre es sicher allemal.«

Fidelitas' Lippen zuckten. Sie konnte den dicken, grünen Köpfen genauso wenig abgewinnen wie der Sohn der Köchin; sie ließen sich dünsten, braten und sogar mit Fleisch füllen, und Bärbel Häberlin tat mit Kräutern und Salz ihr Bestes, doch … Kohl blieb Kohl.

»Die Suppe ist trotzdem gesünder«, erklärte sie. »Diese Wurzeln sind zwar angenehm für deine Nase und obendrein heilsam für die Gicht von Gräfin Johanna, aber essen solltest du sie unter gar keinen Umständen.«

»Wieso?«

»Sie sind sehr giftig.« Sie deckte das Tuch wieder sorgsam über die Wurzeln und machte sich auf den Weg zurück über die Wiese. »Wer zu Mittag davon kostet, erlebt das Abendläuten nicht mehr.«

Andres ging neben ihr her und pfiff beeindruckt durch die Zähne.

»Habt Ihr Euch deshalb so gründlich die Hände gewaschen?«

»Ganz genau. Und deswegen steht das Gras auch so hoch, siehst du? Kein Bauer, der seine Sinne beisammen hat, treibt das Vieh hierher … es sei denn, er legt es darauf an, dass die Tiere den ›Kuhtod‹ fressen und verenden.«

Inzwischen beäugte Andres ihren Korb mit nervösem Respekt.

»Dann halt ich mich doch lieber an Mutters Brot«, meinte er. »Und an ihre Butter.«

Fidelitas hatte den schmalen Pfad erreicht, ließ den Saum ihrer Tunika fallen und schlüpfte wieder in die Sandalen, die der junge Mann ihr hinhielt.

»Ich auch«, sagte sie heiter. »Dabei fällt mir ein, dass in der Küche bestimmt schon das Frühstück auf uns wartet. *Ora et labora* ist die Grundregel meines Ordens, ›bete und arbeite‹. Und wer arbeitet, soll auch essen, nicht wahr?«

»Ganz bestimmt.« Andres' Anspannung war so rasch fortgezogen wie die federzarten Wolken, die jetzt dem kraftvollen Licht der Morgensonne Platz machten. »Soll ich den Korb nehmen, Schwester?«

»Nein, den trage ich selbst. Aber du kannst deiner Mutter nachher vorschlagen, für die nächste Kohlsuppe ein wenig mehr Salz zu nehmen – die Frau Gräfin will zwar nicht, dass man es verschwendet, aber wenn das Essen mundet, ist man fleißiger. Das ist bei uns im Kloster nicht anders. Außerdem kannst du ihr sagen, dass frische Petersilie auch wunderbar hineinpasst.« Ihre Augen zwinkerten humorvoll. »Und ich bringe ihr, wenn die Gräfin versorgt ist, etwas von meinem Kümmelvorrat. Das macht die ganze Sache entschieden bekömmlicher, meinst du nicht?«

»Aber sicher.« Jetzt grinste Andres über das ganze Gesicht. »Mit den Trompetenstößen, die unser Kutscher heute Nacht nach drei Schalen Suppe unter seiner Decke ins Stroh geblasen hat, hat er nicht nur mich wachgehalten, sondern auch die Kutschpferde erschreckt!«

Fidelitas lachte.

Die beiden gingen einträchtig nebeneinander unter dem Schatten des Stadttores hindurch auf das Haus zu, das nur ein kleines Stück dahinter rechts in einer schmalen Seitengasse lag.

Bald, dachte Fidelitas ein wenig sehnsüchtig, *ist Bruno von Eberstein hier, die Gräfin kann mit ihm klären, was sie mit ihm zu klären hat, und wieder abreisen.*

Sie stellte fest, dass sie Heimweh hatte, und angesichts dieser allzu menschlichen Schwäche regte sich ihr Gewissen.

Bald. Der Gedanke ertönte erneut in ihrem Kopf wie eine tröstliche, kleine Melodie. *Es sind ja nur noch ein paar Tage. Dann darf ich wieder nach Hause. Und was immer die Ehrwürdige Mutter an mir zu kritisieren hat … in meinem Kräutergarten lässt sie mich in Frieden.*

1

Ich hör die Hahnen krähen …

Bruno von Eberstein hob sich leicht aus dem Sattel seines Pferdes, hielt die Zügel locker mit der Linken und legte eine Hand über die Augen. Weit voraus zog der Neckar eine glitzernde Schleife, dahinter erhob sich die Silhouette von Cannstatt mit dem Turm der Cosmas und Damian geweihten Kirche, deren Spitze wie ein schindelgrauer Finger zum Himmel zeigte. Die Brücke mit den neun Pfosten aus Holz und Stein, die über den Fluss erst durch eines der drei Stadttore und dann in das Gewirr der Gassen führte, war höchstens noch eine Viertelstunde entfernt. Das hieß, er konnte schon jetzt damit anfangen, sich auf ein langes Bad und ein kräftiges Mittagessen zu freuen. Bärbel Häberlin kochte das beste Rahm-Gemüse, das er kannte – er hatte es gegessen, seit er ein Kind war, zusammen mit geschmortem Huhn, mit Fasan oder Hirsch, und es schmeckte so sehr nach Zuhause wie das Brot, das sie buk.

Außerdem würde er Andres wiedersehen, mit dem er auf Neu-Eberstein gespielt hatte … Bärbels Sohn, genauso alt wie er, genauso gescheit und wissbegierig. Aber da hörte die Ähnlichkeit auch schon auf; Graf Wilhelm hatte darauf bestanden, dass Andres lesen und schreiben lernte, doch während Bruno sich bei seinem Schwager Christoph von Zimmern in Meßkirch auf das Ritterhandwerk vorbereitete, durfte Andres nur die Pferde aufziehen, füttern und pflegen, auf denen der Sohn des Grafen ritt. Irgendwann – in etwas reiferen Jahren – wurde von Bruno erwartet, eine angemessene Jungfer von Adel zu finden, mit der er dem Familienstammbaum der Ebersteins einen neuen Zweig hinzufügen sollte. Aber bis dahin war noch etwas Zeit – jedenfalls, wenn es nach Bruno ging. Möglicherweise sah seine Mutter das anders. Möglicherweise hatte sie Pläne, die sie ihm nach seiner Ankunft mitzuteilen gedachte.

Genau genommen hatte sie *immer* Pläne.

Bruno seufzte und ließ sein Pferd wieder antraben. Natürlich freute er sich darauf, sie wiederzusehen. Er liebte sie fast so sehr, wie sie ihn liebte. Aber sich anzuhören, wie Gräfin Johanna Adelsfräulein miteinander verglich, als stünde sie vor einer Herde Zuchtstuten und überprüfe jedes einzelne Gebiss … nein, er wollte seiner Mutter zwar gern gehorchen und hatte es fast immer getan, aber so wollte er sich keine Frau aussuchen. Er wusste, dass das nicht üblich war, aber unter all den blaublütigen Töchtern musste es doch wenigstens eine geben, die mehr zu bieten hatte als eine annehmbare Ahnenreihe und eine ordentliche Mitgift. Eine, die hübsch war und freundlich, eine, an die er vielleicht sogar sein Herz verlor.

Nun … bisher hatte er sich immer auf seinen Charme verlassen können. Johanna von Eberstein war eine Frau, vor der sich viele fürchteten, aber er selbst hatte noch nie Grund zur Furcht gehabt. Möglicherweise konnte er sich mit etwas Schmeichelei und geschickter Taktik eine Atempause verschaffen. Oder … oder es ging gar nicht um eine Heirat, sondern um irgendetwas anderes, und er musste bis auf weiteres keinen Gedanken an eine Ehefrau, zukünftige Schwiegereltern und Familienintrigen verschwenden. Dazu war es seiner ganz persönlichen Ansicht nach auch noch viel zu früh – sein Vater hatte seine Mutter erst geheiratet, als er fünfundzwanzig gewesen war.

Die Hufe des Pferdes klapperten auf der Brücke, und vom Neckar wehte eine frische Brise zu Bruno von Eberstein hinauf und zerzauste ihm das Haar.

Er freute sich darauf, seine Mutter wiederzusehen. Aber er freute sich auch auf Andres. Er war gespannt darauf, festzustellen, was von der leichtherzigen, fröhlichen Knabenfreundschaft nach fast drei Jahren Trennung noch übriggeblieben war … und was sich vielleicht wiedererwecken ließ.

Schließlich konnte er dort, wo er irgendwann seinen Wohnsitz nahm, ganz bestimmt einen guten Stallmeister gebrauchen.

Johanna ging unruhig vor dem Fenster ihres Zimmers auf und ab. Es war der größte Raum des Hauses, und doch kam er ihr in diesem Moment erstickend eng vor. Einmal mehr wünschte sie sich nach Gernsbach zurück. Dort gehörte sie hin, auf ihre Burg Neu-Eberstein. Die von ihrem Mann Wilhelm begonnene Erweiterung der alten Burg war noch nicht ganz fertig, genauso wenig wie der Bergfried, aber das war *ihr* Terrain, *ihr* Schachbrett, auf dem sie jede Figur mit sicherer Hand führte. Hier in diesem Fachwerkhaus, das die Besitzer ihr in den vergangenen Jahren schon mehrfach gegen gutes Geld überlassen und eigens für die adelige Mieterin mit allerlei hübschen Einrichtungsgegenständen herausgeputzt hatten, fühlte sie sich nicht wohl. Hier war sie umzingelt von den Mauern der Stadt, umgeben von Bürgern, deren neuer Stolz und prahlerisches Auftreten sie verunsicherten.

Und trotzdem hatte sich der Aufenthalt hier nicht vermeiden lassen. Zum einen war sie hergekommen, um die berühmten Mineralquellen aufzusuchen, von denen sie sich Heilung versprach. Zwar warnte die junge Nonne sie, dass die Wärme des Wassers ihren Gelenken vermutlich mehr schadete als nützte, aber der Medicus in Gernsbach, der Johannas Familie schon seit Jahren diente, sah das anders: »Die Hitze in Euren Gelenken muss gleichermaßen mit Hitze bekämpft werden«, hatte er Johanna voller Überzeugung erklärt, »so wie man ein Übel mit Feuer ausrottet.«

Allerdings hatte sie festgestellt, dass die Knöchel ihrer Hände und Füße und ihr besonders empfindliches rechtes Knie nach zwei Bädern in den Quellen so stark angeschwollen waren und schmerzten wie seit Monaten nicht mehr. Auch wenn es Johanna widerstrebte, sie musste einräumen, dass Fidelitas' Rat höchstwahrscheinlich eher zu trauen war. Also verließ sie sich lieber wieder auf die Salben und Umschläge, die ihre klösterliche Pflegerin aus Bad Frauenalb mitgebracht hatte und frisch für sie zubereitete; dabei achtete sie sehr darauf, es mit Anerkennung und Dank nicht zu übertreiben. Sie war fest überzeugt, dass zu viel Lob den Hochmut förderte, und das war bei einer Nonne ganz gewiss nicht angebracht. Schon gar nicht bei einer, die ihr zwar einen ruhigen, gelassenen Respekt entgegenbrachte, merkwürdigerweise aber gleichzeitig von der Gunst, die Johanna ihr erwies, geradezu schändlich unbeeindruckt zu sein schien.

Zum anderen war sie hier in Cannstatt, um in Ruhe mit Bruno reden zu können, ohne dass Wilhelm es direkt mitbekam. Selbstverständlich war ihr Gemahl das Familienoberhaupt, dessen Wort am meisten zählte. Aber achtundzwanzig Jahre Ehe hatten sie gelehrt, das manche Dinge sich besser durchsetzen ließen, wenn man sie selbst und ohne unnötige Einmischung in die eigene Hand nahm. Und Johanna nahm die Dinge ausgesprochen gern in die eigene Hand. Das war der wichtigste Grund, weswegen sie nun schon das dritte Mal herkam – hier war sie ungestört, hier konnte sie ihre Pläne verfolgen, ohne dass der Graf dazwischenging.

Sie warf einen Blick in den kleinen, runden Spiegel, der neben dem Fenster an der Wand hing. Dreiundvierzig Lenze zählte sie jetzt, und noch immer gefiel ihr, was sie sah. Zehn Geburten hatten ihren Körper gezeichnet, doch sie war schlank geblieben, und ihr aschblondes, fast hüftlanges Haar war noch immer fein, weich und glänzend. Ihre Haut pflegte sie mit einer Salbe aus Ringelblumen. Und auch wenn das Vermögen der Ebersteiner in den letzten Jahren zu Johannas Kummer und Ärger beträchtlich geschrumpft war, hatte sie nicht widerstehen können, den teuren Stoff, aus dem ihr Kleid geschneidert war, zu kaufen. Es war ein herrlich glatter, tiefblauer Samt aus Italien, an den Säumen bestickt mit Rosenblüten aus roten und goldenen Fäden. Statt für den steif gefältelten Kragen, der am spanischen Hof getragen wurde und seit Neuestem in ganz Europa in Mode kam, hatte sie sich für einen kastenförmigen Ausschnitt entschieden, ebenfalls von gestickten Blüten eingefasst. Er war züchtig genug für eine Dame ihres Alters, und dicht über der Ausschnittkante hing an einer feinen, goldenen Kette ein mit tiefdunklen Jettsteinen besetztes Kreuz.

Sie hatte sich dieses Kreuz vor dreizehn Jahren umgehängt, als ihre jüngste Tochter Anna kurz vor dem ersten Geburtstag an der Halsbräune gestorben war, zum Zeichen des Gedenkens und der Trauer. Ein Jahr zuvor hatte sie ihre älteste Tochter Amalia zu Grabe tragen müssen, schon mit zweiundzwanzig.

Zehn Kinder hatte sie zur Welt gebracht, sechs Töchter und vier Söhne. Dass nur zwei davon die Welt bereits wieder verlassen hatten, während die anderen allesamt noch lebten, noch dazu bei guter Gesundheit … das war eine Gnade, für die sie der Himmelsjungfrau bei jedem Morgengebet dankte.

Philipp, Amalia, Elisabeth, dachte sie, *Felizitas, Kunigunde, Wilhelm, Sibylla, Anna, Otto … und Bruno.* Sie flüsterte die Namen in ihrem Geist wie die Anrufungen der Gottesmutter beim Rosenkranz. Den betete sie immer noch, auch wenn ihr Mann Wilhelm schon seit mehreren Jahren davon sprach, das protestantische Glaubensbekenntnis in seinem Herrschaftsgebiet einzuführen. Allerdings hielt er sich inzwischen bemerkenswert zurück. Seit der Kaiser Herzog

Ulrich dazu gezwungen hatte, das Augsburger Interim auszurufen, wartete er erst einmal ab, woher der Wind wehte. Johanna hielt das für ausgesprochen weise.

Sie hatte Bruno als letztes ihrer Kinder genannt, obwohl eigentlich Otto der Jüngste war. Otto war inzwischen siebzehn, hatte ständig die Nase in einem Buch und das bleiche Stubenhockergesicht eines Gelehrten. Der Junge studierte auf ihren Wunsch in Tübingen Theologie und war für ein geistliches Amt vorgesehen – in diesen unruhigen Zeiten war er darin halbwegs sicher versorgt, auch wenn sie sich von ihrem gelehrten Sohn insgeheim nur wenig versprach.

Bruno dagegen …

Auf dem Hof erhob sich Unruhe. Durch die welligen Butzenscheiben mit ihren in das Glas eingeschlossenen Luftblasen konnte Johanna den Kutscher und den Reitknecht sehen, die zum Tor rannten und den Riegel zurückschoben. Sie legte eine Hand auf den Mund und spürte, wie ihr Herz freudig schneller schlug. Um ein Haar hätte sie die Flügel aufgerissen und sich über das Sims gelehnt – aber bei allem Entzücken, eine Gräfin Eberstein hängte sich nicht aus dem Fenster wie eine Bauernmagd.

Also sah sie hinter dem Fenster zu, wie das Tor sich öffnete und Bruno in den Hof einritt, den Reisemantel lose über der Schulter. Seine neumodischen Reitstiefel aus Leder glänzten, aber nicht so sehr wie das aschblonde Haar, das ihm dicht und weich bis auf die Schultern fiel. Er hatte es von ihr geerbt.

Ihr schöner Junge. Ihr prachtvoller Sohn.

An diesem Abend saß Andres Häberlin auf einem zusammengezurrten Heubündel im Stall und polierte die Metallbeschläge an dem schweren Ledergeschirr für die beiden

Kutschpferde des Grafen. Das war eine Arbeit, die ihm gefiel – sie machte keine Mühe, seine Hände taten sie inzwischen fast von allein und er hatte Zeit zum Nachdenken.

Bruno war wieder da.

Seine Ankunft hatte Andres an den Festzug eines Prinzen erinnert – und das, obwohl er ganz ohne Gefolge oder jegliches Gepränge eingetroffen war, ganz wie ein beliebiger Reisender, der hoch zu Ross nach Hause kam. Aber Gräfin Johanna war aus ihren Räumlichkeiten hinunter zur Haustür geeilt, um ihn zu begrüßen. Sie hatte ihm gerade genügend Zeit gelassen, sich zu waschen und umzuziehen, bevor sie ihn ins Obergeschoss bestellte und dort mehr als zwei Stunden festhielt – vermutlich, damit sie ihn ungestört ganz für sich hatte. Andres' Mutter war sofort nach Brunos Rückkehr angewiesen worden, ein besonderes Festmahl auf den Tisch zu bringen; sie hatte in höchster Eile beim nächsten Metzger ein Spanferkel gekauft und es am Abend braun und knusprig gebraten auf einem Bett aus Möhren serviert, die mit Honig, Salbei und viel Butter gekocht worden waren. Dazu hatte es dem Vernehmen nach Wein gegeben, und obendrein hatte seine Mutter einen Grießpudding mit Nüssen auf den Tisch gebracht. Von dem hatte Andres auch noch etwas abbekommen, genau wie von den Möhren. Weil er sich um Brunos Pferd kümmern musste, dem am rechten Vorderlauf ein Hufnagel abhandengekommen war, konnte er nicht in der Küche mit dem anderen Gesinde essen, und sie brachte ihm Pudding und Gemüse in den Stall.

Sie sah ihm schweigend zu, wie er seiner improvisierten Mahlzeit alle Ehre erwies; aber er kannte sie viel zu gut, um nicht zu merken, dass sie irgendetwas beschäftigte.

»Hast du schon mit Bruno gesprochen?«, fragte sie plötzlich.

»Noch nicht«, sagte Andres und schob sich den letzten Löffel Pudding in den Mund. »Aber er hat den Braunen selbst in den Stall geführt und mir gezeigt, welcher Hufnagel ersetzt werden muss, und er kommt heute Abend gewiss noch einmal vorbei.« Er lächelte. »Ganz wie früher. Erinnerst du dich?«

Das müde Gesicht seiner Mutter wurde weich. »Gewiss doch.«

In den Jahren, als Andres und Bruno noch Kinder gewesen waren, hatte man Bruno weit häufiger in den Stallungen von Neu-Eberstein als in der Studierstube angetroffen, wo Magister Stefanus Bronn – in den Augen Brunos steinalt, verstaubt und geradezu unerträglich öde – meist vergeblich auf seinen säumigen Schüler wartete. Denn der war zwar hellen Geistes – wie der Magister Graf Wilhelm gegenüber mit einem tiefen Seufzer zugab –, aber wenn er die Wahl hatte zwischen Feder und Papier oder dem Pferderücken, dann entschied er sich unweigerlich für das Letztere.

Also wurde Bärbel ebenso unweigerlich wieder und wieder in den Stall ausgesandt, um den Ausreißer einzusammeln. Bei einer bis heute unvergessenen Gelegenheit hatte sie weder den damals achtjährigen Bruno noch Andres finden können, und endlich hatte der Graf es auf sich genommen, seinen widerspenstigen Sprössling selbst zurückzuholen. Es endete damit, dass *beide* Knaben den Hintern versohlt bekamen. Als Bruno sich allerdings erbittert über die Lehrmethoden des Magisters beklagte, lieh der Graf ihm sein Ohr und traf eine geradezu salomonische Entscheidung. In Zukunft sollte auch Andres bei Stefanus Bronn in Lesen, Schreiben, Geographie und etwas Latein unterrichtet werden, wenn Bruno im Gegenzug versprach, nie wieder die Stunden zu schwänzen und stattdessen in die Stallungen zu flüchten.

Andres ergriff die Gelegenheit, etwas zu lernen, mit beiden Händen, und die Abmachung zahlte sich nicht nur für ihn aus. Bruno ließ sich von der Begeisterung seines besten Freundes anstecken und gab sich von Stund an zum ersten

Mal wirklich Mühe. Der Graf war vom Erfolg seiner Kriegslist höchst angetan. Selbst seine Frau, die es eigentlich höchst schockierend und unannehmbar fand, dass der Sohn der Köchin mit ihrem Liebling in der Studierstube saß, musste zugeben, dass Bruno deutlich sichtbare Fortschritte machte … auch wenn sie sich lieber die Zunge abgebissen hätte, als zuzugeben, dass das Andres' Verdienst war.

»Diese schönen Zeiten sind vorbei«, sagte Bärbel jetzt.

Es klang wehmütig, sogar ein wenig bitter.

Andres spähte durch das heuduftende Dämmerlicht des Stalles zu ihr hinüber und begriff, dass sie traurig war. Nein – nicht nur traurig. Sie sah aus, als hätte irgendetwas sie vollkommen aus der Fassung gebracht.

»Geht es dir nicht gut?«, fragte er beunruhigt. »War jemand bös zu dir, Mama?«

Bärbel schüttelte leicht den Kopf. »Nichts, worum du dich sorgen müsstest, Kind«, sagte sie. »Du solltest lieber alles dafür tun, dir Brunos Wohlwollen zu erhalten. Jeder Knecht hat einen gütigen Herrn nötig.«

»Aber Bruno ist nicht mein Herr.« Andres musterte sie stirnrunzelnd. »Er ist mein Freund.«

Bärbel lachte. Jetzt klang es mit Gewissheit bitter und zornig.

»Er ist der Sohn des Grafen«, gab sie zurück. »Geboren mit einem Adelstitel und dazu berechtigt, sich eines Tages eine Frau von seinem Stand zu suchen, oder mit etwas Glück sogar darüber, auch wenn er die Burg nicht erben wird, in der du und ich in Lohn und Brot stehen. Solange es ihm gelingt, reich zu heiraten und nicht allzu viele Töchter in die Welt zu setzen, sollte er für den Rest seines Lebens versorgt sein.«

Sie trat auf ihn zu und strich ihm den zerzausten Schopf glatt.

»Du, mein Sohn, bist nichts weiter als ein Reitknecht und der Sohn einer Köchin. Wir sind ganz und gar von der Gnade der Familie abhängig, der wir dienen. Du bist genauso wenig noch ein Kind wie Bruno, also wird es Zeit, dass du das begreifst. Merk dir meine Worte: An dem Tag, an dem du deine Zunge im Umgang mit ihm nicht hütest und bei ihm in Ungnade fällst, stehst du mit leeren Händen da.«

Andres wollte ihr widersprechen, ihr versichern, dass Bruno von anderer Sorte sei als die arroganten Junker, die zuweilen in Neu-Eberstein zu Besuch waren und den Reitknecht im Stall ungefähr genauso deutlich wahrnahmen wie den Dreck, den Andres aus den Hufen ihrer Pferde kratzte. Aber er sah, dass seine Mutter dicht davor war, in Tränen auszubrechen, und zog es vor, zu schweigen.

Stattdessen stand er auf und nahm sie in die Arme. Sie roch nach Holzrauch, nach Honig und gebratenem Fleisch und unendlich vertraut. Nicht zum ersten Mal wurde ihm bewusst, dass er ihr schon lange endgültig über den Kopf gewachsen war. Er drückte das Kinn sachte auf den gestärkten Stoff ihrer Haube.

»Mach dir nicht das Herz schwer, ja?«, sagte er sanft. »Es wird alles gut.«

»Versprichst du mir das?«

Er spürte, wie sich ihre Schultern hoben und senkten, als sie tief einatmete.

»Das tu ich, Mama.« Andres sprach mit Nachdruck. »Das tu ich.«

Als Bruno endlich kam, war die Sonne schon untergegangen. Jörg Stähle, der Kutscher des Grafen, war immer noch nicht wieder zurück; er hatte sich gleich nach dem Gesindeabendessen auf den Weg in die Stadt gemacht, zweifellos zu irgendeiner Schänke, wo man ihm für möglichst wenig von seinen Kreuzern möglichst viele Humpen Bier ausschenkte.

Irgendwann mitten in der Nacht würde er sich durch die Seitenpforte wieder in den Hof schleichen, in den Stall gewankt kommen und sich dort auf seiner Pritsche zusammenrollen. Andres hoffte inständig, dass er selbst dann schon im Reich der Träume sein würde; Jörg schnarchte (vor allem dann, wenn er bezecht war) so laut, dass für alle in seiner Umgebung Schlaf ein Ding der Unmöglichkeit war. *Kein Wunder, dass er bisher noch keine Frau gefunden hatte, die willens war, ihn zu heiraten,* dachte Andres.

Aber es war Brunos Stimme, die er hörte, als er das Warten schon aufgegeben hatte. Er lag in seine Decke eingerollt und war drauf und dran, wegzudämmern.

»He!«

Andres schreckte hoch. Keine drei Ellen von ihm entfernt flammte urplötzlich ein Licht auf, und ein vertrautes, hübsches Gesicht schälte sich aus der Dunkelheit, eingerahmt von schulterlangem Haar, mit einer hohen Stirn, funkelnden Augen, einer geraden Nase und einem Mund, der sich zu einem fröhlichen Grinsen verzog.

»Du glotzt in die Gegend wie eine verdatterte Eule«, spottete Bruno. »Und es tut mir wirklich leid, dass es so lange gedauert hat, aber erst durfte ich mir Mamas Pläne für meine Zukunft anhören und dann noch mit ihr essen. Ich hab uns was mitgebracht – schau!«

Er fegte eine Stelle neben sich sorgfältig von Strohhalmen und Heu frei und stellte erst die dicke Kerze ab und dann einen Tonkrug, in dem es verheißungsvoll schwappte.

»Wein!«, verkündete der Sohn des Grafen heiter. »Von Bärbels Brot war nichts mehr übrig, sonst hätte ich das auch noch dabei.«

»Du und dein ewiger Heißhunger!« Andres schüttelte den Kopf. »Sie hat sich früher ständig darüber beklagt, dass du in ihrer Küche das Backwerk vom Blech, das Schwein vom Spieß und die Suppe aus dem Kessel geholt hast, noch bevor das Essen auf dem Tisch stand. Aber gleichzeitig wollte sie nie, dass dein Vater etwas davon mitbekommt.«

»Und sie hat mich nie verpfiffen.« Bruno lächelte, setzte den Krug an und trank, bevor er ihn Andres hinhielt.

Der Wein hatte ein würziges Aroma, wie eine Mischung aus Trauben und schwarzen Johannisbeeren.

Andres stellte den Krug wieder hin und wischte sich den Mund ab.

»Was für Pläne hat die Frau Gräfin denn geschmiedet? Für deine Zukunft, meine ich?«

Bruno zog eine Grimasse, als sei der gute Tropfen auf seiner Zunge plötzlich sauer geworden.

»Vermählen will sie mich«, sagte er. »Ich hätte es mir eigentlich denken können. Bisher bin ich nur verschont geblieben, weil selbst *sie* es für unstatthaft gehalten hat, einen Fünfzehnjährigen gemeinsam mit irgendeinem verschreckten Edelfräulein vor den Altar zu zerren. Und bei Christoph in Meßkirch war ich seither vor ihren strategischen Ränken in Sicherheit.«

Er langte nach dem Krug und trank erneut.

»Ich fürchte bloß, jetzt sitze ich in der Falle.«

Andres pfiff lautlos durch die Zähne. »Zu wem will sie dich denn ins Brautbett legen? Hat sie dir das gesagt?«

»Das Mädel heißt Stefanie. Stefanie von Baden. Sie ist die jüngste Tochter des Grafen Ernst von Baden mit seiner dritten Frau, Anna Bombast von Hohenheim. Wenn man meiner Mutter glauben darf, ein Bild an Anmut und Schönheit.« Bruno schnaubte in sich hinein. »Was sie mir wahrscheinlich auch dann erzählen würde, wenn die Kleine einen Buckel, schiefe Zähne und eine krumme Nase hätte.«

Andres hätte gern gelacht, aber er konnte sehen, dass sein Freund sich wirklich Sorgen machte.

»Kannst du sie nicht wenigstens noch ein bisschen hinhalten?«

»Ich glaube nicht.« Bruno schlug mit der flachen Hand auf den Stallboden, und die kleine goldene Flamme der Kerze flackerte heftig. »Sie hat sich richtig in diese Brautwerbung verbissen. Mama stammt selbst aus dem Haus Baden, und sie hat es nie verwunden, dass ihre Verwandtschaft dort nichts Besseres zu tun hat, als den Grafen von Eberstein Stück für Stück Ländereien und Einfluss abzunehmen ... jedenfalls ihrer Ansicht nach. Ernst von Baden stammt aus der Durlacher Linie, und die teilt sich mit meiner Familie die Vogtshoheit über das Kloster Frauenalb. Begreifst du jetzt, wieso Mama hinter dieser Ehe her ist wie der Teufel hinter der armen Seele?«

Andres, dem von so viel adeliger Sippenpolitik insgeheim der Kopf schwirrte, versuchte trotzdem nachzuvollziehen, was sein Freund ihm sagen wollte – und ihm blieb der Mund offen stehen, als ihm plötzlich ein Licht aufging. »Sie will das Kloster als Mitgift dafür, dass du das Mädchen heiratest? Ist es das?«

»Ganz genau.« Bruno schnaubte wieder. »Das Kloster und damit endlich wieder die alleinige Vogtshoheit. Dazu so viele Pfründe und Ländereien, wie sie bekommen kann. Für sie ist das Ganze bereits beschlossene Sache. Sie will, dass ich gleich morgen nach Pforzheim aufbreche, mit einem höchst schmeichelhaften Brief an den Markgrafen natürlich. Der mich als einen – wenn auch gottlob ausreichend entfernten – Neffen in den glühendsten Farben anpreist und dem Oheim mitteilt, dass ich mich im Moment auf Brautschau befinde. Stefanie hat nächste Woche Geburtstag. Sie wird sechzehn, und offenbar bin ich als Überraschungsgeschenk gedacht.«

Andres schwieg und überlegte, während Bruno dem Inhalt des Kruges weiter kräftig zusprach.

»Was hält dein Vater davon?«, fragte er endlich.

»Der hat mit Sicherheit nicht die mindeste Ahnung, was Mama im Schilde führt.« Bruno warf ihm einen Blick zu, in dem sich Ärger und widerwillige Bewunderung die Waage hielten. »Was glaubst du wohl, wieso sie mich hierher nach Cannstatt zitiert hat? Sie will ihn vor vollendete Tatsachen stellen. Mit Kunigunde hat sie es vor sechs Jahren ganz genauso gemacht – zum Glück mochten sie und Christoph sich auf Anhieb richtig gern, auch wenn der eigentlich lieber die arme Amalia geheiratet hätte. Deswegen musste mein Vater als Mitgift kaum Geld und Grundbesitz opfern, damit die Zimmerer Kunigunde nahmen, und hat ohne jedes Wenn und Aber zugestimmt. Jetzt verlässt Mama sich darauf, dass ich dem Kind in Pforzheim den Kopf so sehr verdrehe, dass sie gemeinsam mit einer Frau für mich gleich noch ein ganzes Kloster einsackt und damit in der alten Fehde mit den Durlachern endlich den Sieg davonträgt.«

»Glaubst du, dass sie ihr Ziel erreicht?«

»Vielleicht.« Bruno nahm den Krug und trank aus, was noch darin war. »Wenn der Oheim den Braten nicht zu früh riecht … und wenn die Kleine tatsächlich ihr Herz an mich verliert und den Markgrafen anfleht, dass sie den schmucken Junker aus Gernsbach zum Mann nehmen darf. Jüngste Töchter haben schon das Herz von so manchem Vater erweicht. Aber dazu muss ich mitspielen. Und im Moment komme ich mir vor wie ein Stein, der auf dem Mühlebrett hin- und hergeschoben wird.«

Er betrachtete den leeren Krug kritisch und warf Andres einen reuigen Blick zu. »Tut mir leid – ich hätte mehr davon mitbringen sollen. Aber mir scheint, ich brauche heute Abend etwas, worin ich meinen Ärger ersäufen kann.«

»Und wenn …« Andres, der bisher gemütlich an seinem Heubündel gelehnt hatte, setzte sich auf. »Und wenn du morgen in aller Herrgottsfrühe nach Meßkirch zurückreitest? Und von dort schreibst du einen Brief an Graf Wilhelm … oder du bittest deinen Schwager um Rat? Dann bist du erst einmal außer Reichweite; das würde dir eine Gnadenfrist verschaffen.«

In Brunos Augen blitzte es auf. Aber dann wiegte er nachdenklich den Kopf.

»Das würde Mama sicherlich als Verrat betrachten.«

»Wieso das denn? Ein junger Mann, der sich verheiraten will, wird doch erst einmal mit seinem Vater darüber reden dürfen!«, widersprach Andres. »Wenn ich einen Vater hätte, ich würde es sicher tun. Dummerweise hab ich meinen niemals kennengelernt.«

»Dafür würde Bärbel nie auf die Idee kommen, ihren Sohn in eine Ehe zu zwingen, von der vor allem *sie* etwas hat«, konterte Bruno. »Das macht auch einen fehlenden Vater wett, finde ich. Du bist in vielerlei Hinsicht ein Glückspilz, Andres.«

Der erinnerte sich nur zu deutlich an das, was seine Mutter keine Stunde zuvor hier im Stall zu ihm gesagt hatte, und beschloss, seine eigene Sicht der Dinge lieber für sich zu behalten.

Eine ganze Weile schwiegen beide. Die Kerze brannte ruhig, und das einzige Geräusch war ein gelegentliches Schnauben und Stampfen der drei Pferde, die hinter ihnen mit hängenden Köpfen vor sich hin dösten.

»Aber weißt du was? Dein Vorschlag gefällt mir.« Brunos Gesicht hatte sich entspannt; jetzt, wo er einen gangbaren Weg vor sich sah, zeigte es wieder den Humor und die Zuversicht, die Andres von Kindesbeinen an bei ihm gekannt hatte. »Ich werde mich morgen früh aus dem Staub machen, noch bevor die Sonne aufgegangen ist. Und sobald mein Vater von den Plänen meiner Mutter weiß, sollen die beiden die ganze Sache unter sich ausmachen, während ich in Meßkirch erst einmal weiter für Christoph den Knappen spiele.«

Er erhob sich vom Boden und geriet kurz ins Schwanken. Andres sprang rasch auf und hielt ihn fest.

Bruno lachte. »Hoppla! Offenbar bin ich beduselter, als ich dachte!« Er zog Andres in eine kurze, herzliche Umarmung. »Danke, Andi. Wenn ich irgendwann hoffentlich auf meiner eigenen Burg sitze, mit einer Frau, die ich mir mit etwas Glück selbst ausgesucht habe, und einem Dutzend wohlgeratener Kinder, dann wirst du bei mir sein, ja? Als Stallmeister?«

Andi. So hatte Bruno ihn genannt, als sie noch Kinder gewesen waren. Offenbar hatte sich an ihrer Freundschaft tatsächlich nichts geändert – egal, was seine Mutter auch glauben mochte.

»Ich werde bei dir sein, als was immer du willst«, erwiderte Andres fest, und er meinte es sehr ernst.

Bruno bückte sich und hob die Kerze auf; diesmal blieb er sicher auf den Beinen.

»Danke, Andi«, wiederholte er, dann drehte er sich um und ging davon.

Andres konnte hören, dass er vor sich hinsang – ein Lied, das dieser Tage bekannt und beliebt war und von vielen Spielleuten angestimmt wurde.

Ich hör die Hahnen krähen
und spür den Tag dabei.
Die kühlen Winde wehen,
die Sternlein leuchten frei.
Singt uns Frau Nachtigalle,
singt uns ein süße Melodei,
sie meldt den Tag mit Schalle.

Dann fiel die Stalltür hinter ihm zu und es war wieder still. Andres tastete sich in der Dunkelheit zu seinem Nachtlager zurück. Er gähnte, zog sich die Decke über den Kopf und schloss lächelnd die Augen.

11

Gift und Galle

Am Tag zuvor in Tübingen.

»Das ist Verrat!« Ambrosius Widmann, Kanzler der Universität, schlug mit der Faust auf den Tisch.

Er war mittelgroß und gedrungen, und wenn er zornig wurde, senkte er den Kopf wie ein Stier, der sich zum Angriff bereitmachte.

»Das ist kein Verrat, das sind die neuen Zeiten«, bemerkte der Mann milde, der ihm gegenüber am offenen Fenster stand und über das Dächergewirr der Oberstadt auf den Neckar hinunterschaute, der in der Frühlingssonne glitzerte. »Und der neue Glaube – auch wenn er Euch nicht passt.«

Er war hochgewachsen und ein wenig hager, das Haar unter seinem Barett schwarz und glatt. Sein schmales Gesicht wurde beherrscht von einer kühn vorspringenden Nase unter humorvollen, dunklen Augen, in denen im Moment allerdings kein Lachen zu finden war.

»Dafür passt er *Euch* umso besser – nicht?«, schnaubte der Kanzler und sein Kopf senkte sich noch tiefer.

Valentin Schmieder, Doktor der Theologie und seit fünf Jahren Professor, erwartete halb und halb, ihn Feuer speien zu sehen, und seufzte lautlos in sich hinein. Die »neuen Zeiten« waren für Kanzler Widmann ein ständiger Anlass zum Zorn. Seit vierzig Jahren bekleidete er sein verantwortungsvolles Amt, das dem Träger auf Lebenszeit verliehen wurde. Schuld daran, dass sich seine Welt nunmehr in einer dauernden Schieflage befand, waren die Gedanken eines »obskuren kleinen Mönchleins«, wie er den verstorbenen Martinus Luther abschätzig zu titulieren pflegte.

»Ihr solltet dankbar sein, dass ich Eure Promotion bestätigt habe, Valentin«, knurrte er jetzt. »Ohne mich wärt Ihr auch heute noch ein halber Professor, der nur in Tübingen etwas zählt.«

Valentin Schmieder öffnete den Mund, um dem Kanzler zu widersprechen, schloss ihn aber rasch wieder. Es hatte wenig Zweck, Ambrosius Widmann zu erklären, dass Widmann selbst der eigentlich Verantwortliche für die Universitätskrise der letzten fünfzehn Jahre war.

Als Herzog Ulrich 1535 in Tübingen die Reformation eingeführt hatte, war Widmann außer sich vor Entsetzen und Empörung nach Rottenburg und damit auf österreichisches Hoheitsgebiet geflüchtet. Zur Bestürzung des Herzogs und der gesamten Universität hatte er das große Dienstsiegel mitgenommen. Und weil es ihm allein oblag, Promotionen zu vollziehen und akademische Grade zu verleihen, war guter Rat teuer. Der Herzog holte sich mehrere Gutachten ein, unter anderem von Martinus Luther und Philipp Melanchthon – der Letztere hatte selbst in Tübingen studiert und gelehrt und kannte die Verhältnisse aus eigener Anschauung gut genug. Diese Gutachten bewogen Ulrich nach drei Jahren lähmendem Stillstand endlich dazu, Widmann in Abwesenheit seines Amtes zu entheben – was der selbstverständlich nicht widerspruchslos hinnahm. Erbittert überzog er den neuen Dekan Johann Scheurer mit Klagen und die Universität mit förmlichen Protesten gegen jede Promotion, die sein Nachfolger aussprach.

Auch Valentin Schmieder hatte vor fünf Jahren seine Promotion von Johann Scheurer erhalten und sich seither die bange Frage stellen müssen, ob dieser Titel ohne die Bestätigung durch Widmann außerhalb von Schwaben überhaupt irgendetwas wert war.

Im Februar dieses Jahres war Ambrosius Widmann endlich wieder in Amt und Würden eingesetzt worden, aber seine Rückkehr war nicht annähernd so triumphal ausgefallen, wie er sich das vermutlich erträumt hatte. Zwar sorgte das Interim dafür, dass die Obrigkeit dem alten Glauben in Tübingen wieder zu seinem Recht verhalf, aber es war nicht zu übersehen, dass die Bürger nicht die Absicht hatten, den aufgezwungenen Wetterwechsel so ohne weiteres hinzunehmen.

Valentin Schmieder war von Herzog Ulrich erst 1547 als Lehrer an das neu gegründete Evangelische Stift in Tübingen berufen worden. Dieses hatte im ehemaligen Augustinerkloster ein Zuhause gefunden. Das Interim störte den Unterricht dort nicht; Johann Hildebrand hatte bis vor kurzem als Majordomus den Unterricht für die vierzig Stipendiaten so stur wie gelassen aufrechterhalten, und Leonhart Fuchs, derzeit auch Rektor der Universität, hatte ihn nach Kräften unterstützt. All das trug zu Ambrosius Widmanns erklärtem Missvergnügen bei. Valentins Entscheidung sowie die seiner Mitstreiter, als Protestanten zu leben und Protestanten zu unterrichten, bezeichnete er hartnäckig als »Verrat« und erwartete von ihnen, gehorsam wieder unter das Joch der römischen Kurie zurückzukehren.

»Vergesst Luther«, sagte Widmann. »Vergesst Melanchthon. Der hat sich den lateinischen Namen doch bloß zugelegt, damit man ihm seine armselige Herkunft nicht mehr anmerkt. Schwartzerdt heißt er eigentlich, und sein Vater war nichts als ein raufsüchtiger Landsknecht. Praeceptor Germaniae – dass ich nicht lache! Wie irgendeine Universität von Rang diesen lispelnden, käsbleichen Hänfling überhaupt ernst nehmen kann, ist mir ein Rätsel – er hätte bei seinen Leisten bleiben und hier weiter Griechisch lehren sollen. Das konnte er immerhin.«

Widmann wusste höchstwahrscheinlich ebenso gut wie Valentin und so ziemlich jeder Gelehrte deutscher Zunge, dass Melanchthon als Gräzist schlichtweg brillant war und auch auf anderen Gebieten sehr zu Recht große Achtung genoss. Die Art, wie Widmann über ihn sprach, ließ ihn selbst in einem weit schlechteren Licht dastehen als den Mann, dessen Verdienste er gerade so niederträchtig geschmäht hatte.

»Es fällt mir außerordentlich schwer, mein Mäntelchen in den Wind zu hängen«, sagte Valentin. Überrascht stellte er fest, dass er sich sehr beherrschen musste, um dem Kanzler nicht grob über den Mund zu fahren. »Und ich weiß nicht, was die Zukunft bringt – genauso wenig wie Ihr, *Cancellarius.* Die Dinge ändern sich, und sie aufhalten oder die Zeit mit Macht wieder zurückdrehen zu wollen, ist möglicherweise ausgesprochen närrisch.«

Widmann stutzte und warf ihm einen durchbohrenden Blick zu.

»Soll das heißen, Ihr haltet den Kaiser für einen Narren?«, fragte er sehr leise.

Valentin seufzte. Vielleicht hatte er sich soeben um Kopf und Kragen geredet, aber in diesem Moment war ihm das herzlich gleichgültig.

»Ich bin selbst ein Narr«, erwiderte er müde. »Ebenso wie Ihr. In den Augen Gottes sind wir allesamt Narren, und die wahre Weisheit ist, sich dessen bewusst zu sein. *Scio me nihil scire*, oder nicht?«

Er ging hinaus und schloss die schwere Holztür leise hinter sich.

Erst, als er an der Stiftskirche vorbeiging, wurde Valentin Schmieder wieder wirklich bewusst, wo er sich befand. Er blinzelte in die tief stehende Sonne und wich gerade noch rechtzeitig einem Händler aus, dessen mit Säcken vollgeladener Handkarren laut ratternd über das Kopfsteinpflaster des Holzmarkts holperte und ihn um ein Haar gerammt hätte.

»Bitte um Vergebung, Magister!« Der Händler tippte sich an die Filzkappe und war gleich darauf in der Münzgasse verschwunden.

Valentin strich instinktiv den schwarzen Luther-Talar glatt, den er schon jahrelang so selbstverständlich trug, und blieb stehen. »Dein Mundwerk läuft schneller, als es dir guttut, mein Sohn«, war einer der Lieblingssprüche seiner Mutter, der in Tübingen hochangesehenen und beliebten Katharina Schmieder. »Eines Tages wirst du dich noch in Teufels Küche reden.«

Möglicherweise war genau das jetzt geschehen.

Ohne nachzudenken, lenkte Valentin den Schritt in Richtung Barfüßergasse und kam an der Stelle vorbei, wo sich bis vor zehn Jahren das Franziskanerkloster befunden hatte. Nach der Aufhebung des Klosters waren die Gebäude verwaist, bis ein Feuer sie vernichtete. *Sic transit gloria mundi*, dachte Valentin und schüttelte im Stillen den Kopf über sich selbst. Jetzt, da der Ärger über die Auseinandersetzung mit dem Kanzler allmählich verrauchte, wandten sich seine Gedanken wieder einer persönlicheren Angelegenheit zu.

Morgen würde er nach Stuttgart aufbrechen, um seine jüngere Schwester Elsbeth und ihren Mann zu besuchen, die eine erfreulich glückliche Ehe führten und ihr Haus inzwischen mit drei Buben und vier Mädchen bevölkert hatten. Elsbeths jüngste Tochter Friederike war vor kurzem an der Halsbräune erkrankt und nur um Haaresbreite dem Tod entronnen; sie war Valentins erklärte Lieblingsnichte, und er hatte sich eilig eine Vertretung für seine Vorlesungen gesucht, um sie besuchen zu können.

Zu seinem Glück hatte ein neuer Kollege soeben seinen Dienst am Evangelischen Stift angetreten. Der Theologe

Martinus Frecht hatte als Hilfsprediger 1548 empört dagegen protestiert, dass Kaiser Karl im Ulmer Münster wieder die katholische Messe lesen ließ. Er war daraufhin festgenommen worden und hatte bis 1549 in Kirchheim in Haft gesessen. Aus Ulm war er offiziell verbannt worden und bei der mühsamen Suche nach einem neuen Wirkungskreis auf Vermittlung von Herzog Ulrich nach Tübingen gelangt. Hier konnte er endlich wieder weitestgehend ungestört sein Lehramt ausüben, und er war mehr als gerne bereit gewesen, für Valentin einzuspringen.

»Lasst Euch nur Zeit mit Eurem Besuch«, hatte er gesagt, sein Lächeln bitter von den unangenehmen Erinnerungen an die letzten turbulenten Jahre. »Ich bin unendlich dankbar, dass mein kleines Schiff zu guter Letzt einen stillen Hafen gefunden hat. Ihr gebt mir durch Euer freundliches Angebot die Zeit, mich einzugewöhnen. Je mehr ich davon habe, desto besser.«

Valentin war gemeinsam mit Elsbeth in der Oberstadt aufgewachsen, den Neckar vor Augen, wann immer er aus dem Fenster seines Zimmers schaute. Der Glockenschlag der Stiftskirche war die Musik gewesen, die seine Kindheit begleitete, und die Professoren waren so oft in seinem Elternhaus zu Gast gewesen, dass er sie schon als zehnjähriger Bub samt und sonders beim Namen kannte. Sein Vater Vitus Schmieder hatte zeitlebens als großer Förderer und Unterstützer der Universität gegolten. Selbst studiert hatte er nicht, sondern sein Vermögen durch den Handel mit kostbaren Stoffen und Bändern gemacht, die er aus Italien, Flandern und Frankreich einführte. Aber er wünschte sich, dass sein Sohn die Bildung bekommen sollte, die er selbst nie gehabt hatte.

Valentin erfüllte ihm diesen Wunsch, ohne dazu gezwungen werden zu müssen. Durch einen hervorragenden Hauslehrer gut vorbereitet, entschied er sich rasch für die

Theologie, was seinen überaus gläubigen Vater sehr erfreute. Vitus träumte bereits davon, ihn in der Stiftskirche als Priester die Messe lesen zu sehen. So weit kam es jedoch nie: Zum einen entdeckte sein Sohn die Lehren Luthers, und sie faszinierten und begeisterten ihn ebenso, wie sie Philipp Melanchthon mehr als ein Jahrzehnt zuvor fasziniert hatten. Zum anderen wurde Vitus an einem besonders nassen und stürmischen Tag im Herbst 1533 von einem heftigen Fieber niedergeworfen und starb binnen einer Woche, noch bevor er etwas von den revolutionären Ideen seines Sohnes mitbekam. Valentin betrauerte seinen Tod sehr, war jedoch zutiefst dankbar dafür, dass er seinen Vater nicht mehr hatte enttäuschen müssen.

Als Ambrosius Blarer am 17. September 1534 die erste protestantische Predigt in der Tübinger Stiftskirche hielt, saß Valentin Schmieder unter der Kanzel und lauschte, und seither hatte sein Weg klar und deutlich vor ihm gelegen. Dass eines Tages ein katholischer Kaiser versuchen könnte, die alten Verhältnisse wiederherzustellen, das hatte er damals nicht ahnen können.

Jetzt führte ihn sein Weg an die Stelle, wo Barfüßergasse und Hirschgasse sich trafen; dort lag das von Professoren und Studenten gut besuchte Wirtshaus »Hahn«, in dem man nicht nur ein ausgezeichnetes, selbstgebrautes Bier bekam, sondern auch preiswerte Speisen, die sich selbst diejenigen *Studiosi* leisten konnten, deren Eltern nicht imstande waren, ihnen den Geldbeutel üppig zu füllen.

Kurzentschlossen trat er ein und stellte erleichtert fest, dass die Schankstube noch nicht allzu sehr bevölkert war. Er fand einen freien Tisch im Hintergrund und hatte sich gerade erst niedergelassen, als der Wirt ihn auch schon erspähte und zu ihm herüberkam.

»Magister Schmieder! Herzlich willkommen – was darf ich Euch bringen?«

Anton Scheibner war ein Mann, dem man ansah, dass ihm das eigene Bier samt der eigenen Kost genauso gut schmeckte wie seinen Gästen. Was ihm inzwischen auf dem Kopf an Haupthaar fehlte, hatte er an Leibesfülle zu viel, aber er strahlte so viel gute Laune und Wohlwollen aus, dass schon allein sein Anblick den Leuten Appetit machte und sie in sein Wirtshaus lockte.

»Eine Halbe und ein wenig Brot«, sagte Valentin und lächelte ihn an.

Der Wirt gluckste belustigt. »Ein wenig Brot? Ich sehe Tag für Tag genügend Professoren hier, die sich den Bauch vollschlagen, als ließe ihr Amt sie anderswo verhungern. Ihr aber seid so dünn wie die Spindel von meinem Susannchen und scheint immer noch zu glauben, Ihr werdet von Büchern allein satt. Nein … ich hab ganz gewiss noch mehr für Euch als bloß ein wenig Brot!«

Womit er in der Küche verschwand.

Wenige Minuten später erschien seine Tochter – ein junges, hübsches Mädchen mit langen, kastanienbraunen Zöpfen, ebenjenes »Susannchen«, von dem er gerade gesprochen hatte. Sie stellte einen Tonkrug vor ihn hin, in dem das Bier des Hauses schäumte, und machte einen Knicks.

»Zum Wohlsein, Herr Magister!«

»Danke, Susanne.«

Valentin trank den ersten, erfrischenden Schluck und beglückwünschte sich zu der Idee, diesen bislang sehr ärgerlich verlaufenen Tag an diesem Ort zum Abschluss zu bringen. Er lebte genügsam und hielt sich mit berauschenden Getränken üblicherweise sorgfältig zurück – schon deswegen, weil er die Folgen der Trunksucht im Hörsaal allzu oft vor Augen hatte – aber das hier hatte er sich wirklich verdient.

Kurze Zeit später kam Susanne erneut an seinen Tisch. Sie trug eine Schüssel vor sich her, aus der ein köstlicher Duft nach gebratenem Fleisch und würziger Tunke aufstieg.

Außerdem brachte sie auf einem Holzbrett ein paar dicke Scheiben Brot und ein Töpfchen Kachelmus mit Zwiebeln, mit etwas Kümmel in Butter geschmort, mit Milch und Sahne verrührt und gekrönt von zwei halbierten hartgekochten Eiern.

Valentin bedankte sich erneut und unterdrückte ein Grinsen. Heute würde er das Abendessen seiner Mutter wohl stehenlassen müssen – es sei denn, er wollte sich eine unruhige Nacht, eine verschobene Reise nach Stuttgart und eine Kostprobe der gallebitteren Kräutertränke einhandeln, mit denen Katharina ihren Sohn immer dann traktierte, wenn ihn der Magen drückte.

Und obendrein würde er, wenn er das Wirtshaus verließ, nicht bezahlen müssen. Seit einem bestimmten Tag vor vier Jahren hatte er hier für keine Mahlzeit und keinen Humpen Bier auch nur einen Kreuzer auf den Tisch gelegt.

Während er das Fleisch verspeiste, das mitsamt der Tunke ganz genauso köstlich schmeckte, wie es roch, füllte sich der Schankraum allmählich immer mehr. Bald war auf den Bänken kaum noch ein Platz frei, und Valentin hatte nur deshalb noch seine Ruhe, weil sein Tisch in einer kleinen Nische stand. Susanne hastete an ihm vorüber, gleich mehrere volle Krüge fest ans Mieder gedrückt; er gab ihr ein Zeichen und bestellte eine zweite Halbe.

Als sie wenige Minuten später mit dem Gewünschten in seinen Winkel zurückkehrte, folgte ihr ein junger Mann, blieb bei Valentin stehen und verneigte sich.

»*Salve*, Magister«, sagte er höflich. »Habt Ihr einen Moment Zeit für mich oder störe ich Euch beim Essen?«

Valentin betrachtete ihn einen Moment lang stirnrunzelnd. Er hatte schon mehrere Semester nicht mehr regelmäßig an der theologischen Fakultät der Universität unterrichtet, kannte die meisten Studenten aber immer noch wenigstens vom Sehen. Dieser machte keine Ausnahme:

groß gewachsen und ein wenig schmächtig, das Gesicht mit der hohen Stirn und den schwerlidrigen, grauen Augen blass von zu viel Arbeit bei Kerzenlicht in der Studierstube.

»Eberstein, nicht wahr?«, fragte er. »Otto von Eberstein? Viertes Studienjahr?«

Als der junge Mann nickte, bedeutete er ihm, sich zu setzen, und rief Susanne noch einmal zu sich herüber.

»Einen Teller und einen Löffel für den *Studiosus,* und ein Bier dazu«, bat er. »Er hat anständiges Essen noch viel nötiger als ich, und ich schaffe den Überfluss, mit dem dein Vater mich bedacht hat, sowieso nie im Leben allein.«

Kurz darauf machte sich Otto über eine reichliche Portion aus Valentins Schüsseln her. Offenbar hatte sein Anliegen durchaus etwas Zeit; Valentin wartete geduldig, bis sein Gegenüber den Löffel hinlegte und einen satten Seufzer von sich gab.

»Also ist die Küche in der Burse immer noch so übel wie früher«, stellte Valentin fest und grinste, als der Student eine vielsagende Grimasse zog.

»Wenig Fleisch, muffiges Brot und wässrige Milch«, sagte Otto. »Kein Vergleich zu diesem Festmahl hier. Außerdem wandern viele Studenten ab, weil die Mietzimmer bei den Familien in der Unterstadt und in den Gasthäusern um einiges bequemer sind und nicht so teuer, wie man meinen könnte. Ich werde mein Bett in der Burse wahrscheinlich auch bald räumen.«

»Dachte ich mir«, erwiderte Valentin, der den jungen Mann aufmerksam betrachtete. »An den nötigen Mitteln mangelt es Euch wohl kaum – Graf Wilhelm unterstützt Euch weiterhin, hoffe ich?«

»Bis jetzt schon.« Ein Schatten huschte über Ottos Gesicht. »Wenn er allerdings den Protestanten weiter sein Ohr leiht, wird sich das sicher demnächst ändern. Zumal ich nicht die Absicht habe, ihm in die Abtrünnigkeit von Rom zu folgen.« Er warf Valentin einen verstohlenen Seitenblick zu und lief rot an. »Bitte um Verzeihung.«

Valentin winkte ab und lächelte schwach. Die Tatsache, dass er die Reformation nach Kräften unterstützte und die Berufung von Herzog Ulrich an das Stift angenommen hatte, war unter den katholischen Theologiestudenten wohlbekannt – sie hatte seiner Beliebtheit bislang allerdings keinerlei Abbruch getan.

»Schon gut.« Er legte den Kopf schräg. »Wollt Ihr mir nicht endlich verraten, weswegen Ihr zu mir gekommen seid?«

»Oh – natürlich!«

Der junge Grafensohn errötete erneut und nestelte hastig ein gefaltetes Papier aus seinem Wams, das mit einem Klecks Wachs verschlossen war. Das darin eingedrückte Siegel trug die fünfblättrige Rose des gräflichen Wappens; Valentin hatte es erstmals gesehen, als Wilhelm von Eberstein vor vier Jahren seinen Sprössling höchstpersönlich bei seiner zukünftigen *Alma Mater* abgeliefert hatte, und danach noch mehrmals, wenn der Graf zu Besuch kam, um sich bei ihm nach Ottos Fortschritten zu erkundigen.

»Es heißt, Ihr reist morgen nach Stuttgart?«

»Woher wisst Ihr das?«

Die Schnelligkeit, mit der sich auch private Nachrichten in der Stadt verbreiteten, war Valentin immer wieder ein Rätsel.

»Ich hab die Köchin Eurer Frau Mutter auf dem Markt getroffen«, erklärte Otto. »Sie hat mir davon erzählt. Und *meine* Mutter hält sich augenblicklich in Cannstatt auf, deswegen dachte ich …«

»Ihr wollt mich bitten, Euer Kurier zu sein?« Valentin lächelte. »Warum nicht? Zeit habe ich im Moment genug. Lasst mal sehen … Ich schließe mich einer Gruppe Tuchhändler an, die durch den Schönbuch nach Stuttgart wollen. Wenn es Euch ausreicht, dass die Frau Gräfin den Brief übermorgen am Mittag in den Händen hält, dann müsst Ihr mir nur sagen, wo ich sie finde, und ich bin Euch gern behilflich.«

Der junge Mann strahlte und reichte ihm den Brief über den Tisch.

»Grüßt meine Mutter von mir«, sagte er. »Und sagt ihr, dass ich mich nach wie vor bemühe, ihr Ehre zu machen.«

»Ich bin sicher, das weiß sie«, antwortete Valentin und schob den Brief in die Tasche seines Talars. »Aber ich werde es ihr gerne noch einmal bestätigen.«

»Et ne nos inducas in temptationem, sed libera nos a malo«, betete Fidelitas. *»Quia tuum est regnum et potestas et gloria in saecula. Amen.«*

Sie schlug das Kreuz und blieb noch eine ganze Weile still auf den Knien. Daheim in Frauenalb war es die Ehrwürdige Mutter, die den Ordensregeln gemäß die *Laudes* der Nonnen mit dem Vaterunser abschloss. Hier war sie auf die eigene Disziplin angewiesen, und die Stundengebete wirkten wie eine rettende Schnur, die sie über die Entfernung hinweg mit ihren Schwestern verband.

Draußen war es inzwischen hell. Fidelitas trat an das kleine Fenster ihrer Kammer und spähte in den Hof hinunter. Dort rührte sich noch nichts, aber draußen auf der Gasse waren schon vor einer ganzen Weile die ersten Karren vorübergerollt. Sie war auch nicht die einzige Bewohnerin des Hauses, die noch vor Morgengrauen aus dem Bett musste. Magdalena, die Küchenmagd, hatte inzwischen die Asche des vorigen Tages aus der Feuerstelle gefegt, frisches Holz aufgelegt und das Feuer geschürt, auf dem Bärbel die Milch für den Haferbrei wärmte, den das Gesinde beim Frühstück aß. Die Köchin war schon zum Markt gegangen, als Fidelitas den ersten Psalm der *Laudes* betete, denn sie wählte gerne selbst aus, was an Gemüse, Früchten und Fleisch in ihrer Küche auf den Tisch kam. Das Spanferkel für das Festmahl zur Begrüßung von Bruno von Eberstein am Abend zuvor hatte sie nur deshalb beim Metzger gekauft, weil die Zeit drängte und ihr keine andere Wahl blieb. Normalerweise traute sie »diesen Knochenhauern aus der Stadt« nicht über den Weg.

Während Fidelitas noch auf den Hof hinuntersah, schwang die kleine Seitenpforte auf und sie sah Bärbel, die, einen großen Weidenkorb über dem Arm, geschäftig auf das Haus zueilte.

Für das heutige Mittagessen stand ein Gemüseeintopf mit Petersilienwurzeln, Kräutern und Rahm auf dem Speiseplan; das hatte die Köchin gestern verkündet, während die Dienerschaft – neben Bärbel und Fidelitas die Küchenmagd, der Reitknecht, der Kutscher und die Kammerzofe – die Reste des gräflichen Abendessens mit reichlich Brot vertilgten. Den Teig für dieses Brot knetete die Köchin auch hier in Cannstatt selbst, bevor er anschließend zum Lohnbäcker ging; den notwendigen Einkauf beim Metzger nahm sie zähneknirschend hin, wenn er sich denn nicht vermeiden ließ, aber die Bäckergilde würde an den Ebersteins keinen Kreuzer verdienen, und ihr Brot war sowieso besser als jeder Laib, der zur Gänze aus irgendeiner Backstube oder einem Backhaus in Cannstatt kam.

Fidelitas schüttelte ihr Kissen auf, strich das Laken über dem Strohsack glatt und faltete die Wolldecke zusammen. Sie öffnete ihre Medikamententruhe und überprüfte rasch den Inhalt. Die zu Pulver zerriebenen Kräuter in ihren Tonschalen waren ebenso vollzählig wie die Fläschchen mit den Tinkturen und Ölen. In einer abgedeckten Schüssel unter dem Tisch warteten die drei verbliebenen Schierlingswurzeln auf ihren Einsatz, in feuchte Tücher eingeschlagen, um sie frisch zu halten. Nach der ersten Anwendung gestern Morgen waren die Hand- und Fingergelenke der Gräfin bereits ein wenig abgeschwollen, und Johanna hatte nachmittags eine Bemerkung gemacht, die sich allen Ernstes so anhörte, als sei sie dankbar.

Gelinderte Schmerzen nahmen offenbar auch dem dornigsten Charakter ein paar Stacheln.

Fidelitas schüttelte den Kopf über sich selbst, während sie die steilen Stufen der Holztreppe ins Erdgeschoss hinunterging. Ihre Scharfzüngigkeit hatte sie mehr als einmal in Schwierigkeiten gebracht. Mutter Scholastika, die letzte Äbtissin, die zwei Jahre nach Fidelitas' Ankunft im Kloster gestorben war, hatte einmal nur halb im Scherz gemeint, *Humilitas,* Demut, sei vielleicht der bessere Name für einen so unbeherrschten Hitzkopf wie die Elfjährige, die mit dem straffen Regelwerk des Klosters anfangs so gar nicht zurechtgekommen war. Die Ehrwürdige Mutter hatte viel dazu beigetragen, ihre Wildheit zu zähmen und ihre Dickköpfigkeit in ruhige Willenskraft zu verwandeln. Schwester Agatha, die das Kind nach dem Tod Scholastikas dauerhaft unter ihre Fittiche nahm, tat ein Übriges, um ihren Schützling behutsam und liebevoll zu formen, und die junge Nonne, die sich heute über ihren Rückfall in alte Unsitten ärgerte, hatte mit dem Mädchen von vor zwölf Jahren kaum noch etwas gemein. Jedenfalls auf den ersten Blick. Von Zeit zu Zeit machten der alte Starrsinn und das feurige Temperament sich trotzdem noch bemerkbar, und Äbtissin Catharina hatte damit weit weniger Geduld als ihre Vorgängerin.

Fidelitas wusste nur zu gut, dass der Teufel es ganz besonders genoss, dafür zu sorgen, dass die Gläubigen über ihre menschlichen Fehler stolperten und immer aufs Neue sündigten. Und das Vergnügen Satans an den Schwächen von Gottes Dienerschaft – seien es Mönche, Nonnen oder Priester – war sicherlich ganz besonders groß.

In der Küche brannte das Feuer unter dem Kessel mit Haferbrei, und der grobe Holztisch war mit kleinen Schalen, Löffeln und Tonkrügen gedeckt.

Die Köchin drehte sich zu ihr um und lächelte sie an. »Guten Morgen, Schwester!«, sagte sie. »Setzt Euch, ich bringe Euch gleich Euer Frühstück.«

Die Schale verschwand und kehrte gefüllt und dampfend wieder zurück. Der Brei war süß und schmackhaft, und er wärmte angenehm; die Uhr der Kirche hatte noch nicht sieben geschlagen, und außerhalb der Küche war es auch im Haus noch ziemlich kühl.

Während Fidelitas aß, kamen hintereinander erst Andres und dann der Kutscher Jörg Stähle herein. Andres wirkte ausgeschlafen und kläräugig, grüßte seine Mutter und Fidelitas und war offenbar bester Laune. Jörg hingegen sah aus, als sei er am Vorabend in irgendeiner Schänke der Stadt gründlich versackt. Er gab nicht mehr von sich als ein unwirsches Brummen, plumpste schwer auf einen der Hocker und rührte mit gesenktem Kopf in seinem Brei, als sei er sich nicht sicher, ob er in absehbarer Zeit überhaupt etwas essen wollte oder konnte.

Rasche Schritte eilten den Gang herunter, dann stand Clarissa in der Tür, die junge Kammerzofe der Gräfin. Dicke, hellbraune Zöpfe lugten unter ihrer Haube hervor, ihre von langen Wimpern umkränzten Rehaugen blickten erschrocken drein. Fidelitas registrierte, dass Andres die Kleine mit ausgesprochenem Interesse musterte, hatte aber keine Gelegenheit, die Sache weiter zu verfolgen.

»Schwester, die Frau Gräfin möchte Euch sehen. Sofort!«

Fidelitas verzichtete darauf, nachzufragen, was denn so dringend war, dass sie ihr Frühstück nicht beenden durfte. Sie ging rasch hinaus und stieg die Treppe wieder hinauf.

Als sie leise an der Tür der Gräfin klopfte, kam ein sehr ungnädig klingendes »Herein mit Euch!« von drinnen. Fidelitas wappnete sich im Stillen gegen einen Wutanfall – wodurch auch immer er ausgelöst worden war – und betrat das Zimmer.

Die Gräfin saß an dem zierlichen Tischchen, das sie nutzte, um Briefe zu schreiben. Irgendetwas musste sie sehr aufgeregt haben, denn sie trug noch ihr Nachthemd und darüber einen weiten, hellblauen Samtmantel, der offen stand. Für ihre Verhältnisse war das geradezu schockierend unordentlich. Außerdem hielt sie ein Stück Papier in der Hand, mit dem sie sich Luft zufächelte, als litte sie an fliegender Hitze.

»Habt Ihr heute Morgen meinen Sohn gesehen?«, fragte sie.

Es klang, als würde sie mit sämtlichen Fanfaren zur Schlacht blasen.

»Nein«, erwiderte Fidelitas leise und ruhig, »das habe ich nicht. Euer Sohn hat mir gestern eine gute Nacht gewünscht, als ich ihm auf dem Weg in meine Kammer begegnet bin. Da hatte die Uhr gerade neun geschlagen und er wollte zur Haustür hinaus.«

»In den Stall, möchte ich wetten!«, fauchte die Gräfin. »Zu diesem …« Sie brach ab, das Gesicht weiß vor Zorn. »Und danach hat er sich heimlich aufs Pferd geschwungen und aus dem Staub gemacht!«

»Euer Sohn ist wieder abgereist?« Fidelitas runzelte die Stirn. »Nach einem so kurzen Aufenthalt?«

»Ja, das ist er – undankbarer Bengel! Ich habe Pläne für ihn, große Pläne – nützlich für ihn und die Familie. Und was macht er? Er kneift den Schwanz ein wie ein erschrecktes Hündchen, schiebt mir feige ein Stück Papier voll von selbstsüchtigen Ausreden unter der Zimmertür hindurch und ergreift die Flucht!«

»Das da …« Fidelitas deutete vorsichtig auf das Papier in Johannas Hand. »Ist das der Brief? Wisst Ihr, wohin er sich gewandt hat?«

»Natürlich weiß ich das!« Der Ton der Gräfin war noch immer scharf, aber jetzt nahm sie sich zusammen. »Er ist zurückgekehrt nach Meßkirch, zu meiner Tochter Kunigunde und meinem Schwiegersohn, dem Grafen von Zimmern. Wo er die letzten drei Jahre verbracht hat, und wo man ihm immer und allezeit seinen Willen lässt.«

»Dann müsst Ihr Euch immerhin keine Sorgen um seinen Verbleib machen«, erwiderte Fidelitas höchst vernünftig. »Ihr könnt ihm schreiben und ihn wieder herbefehlen … oder Ihr könnt, wenn Euer Aufenthalt in der Stadt beendet ist, ebenfalls nach Meßkirch reisen und die Angelegenheit dort mit ihm klären. Falls«, fügte sie hastig hinzu, »Ihr Wert auf meinen Rat legt, selbstverständlich.«

Die Gräfin zog eine ironische Grimasse. »Auch wenn ich das nicht täte«, versetzte sie, »Ihr würdet ihn trotzdem kaum für Euch behalten, Schwester. So gut kenne ich Euch bereits.«

Sie nahm das Papier und zerriss es energisch in lauter kleine Fetzen, als könnte sie das, was darauf stand, auf diese Weise ungeschehen machen.

»Nachdem Ihr nun schon einmal da seid, könnt Ihr mir auch gleich die Gelenke durchkneten … und wieder diese Umschläge machen. Ich bin zwar nicht sicher, ob sie wirklich helfen oder ob ich mir das nur einbilde, aber schaden tun sie offensichtlich nicht.«

Fidelitas lächelte. »Sehr gern, Gräfin. Ich hole nur schnell, was ich brauche.«

Wie immer, wenn sie sich mit einem Kranken beschäftigte – auch wenn er so schwierig war wie Johanna von Eberstein –, vergaß Fidelitas die Zeit vollkommen. Es zählte nur das Wechselspiel aus Kraft und Sanftheit, das sie aufwenden musste, um die versteiften, schmerzenden Gelenke sanft zu kneten, sie geschmeidiger zu machen und mit den Schierlings-Umschlägen zu kühlen, um die Beschwerden zu lindern. Es zählte nur das Gefühl der Haut unter ihren Fingern, jeder Laut, den die Gräfin von sich gab und der ihr anzeigte, ob ihr die Berührung wohltat oder nur noch mehr Qualen bereitete.

Und weil sie so vertieft war in ihre Aufgabe, bekam sie den Tumult, der sich vor dem Zimmer erhob, nicht sofort mit. Die Gräfin war aufmerksamer. Sie beugte sich vor und schob Fidelitas' Hand weg, die gerade den letzten Umschlag mit einem weichen Streifen Tuch an ihrem Fußknöchel befestigt hatte.

»Was geht da vor?«, rief sie. »Was ist das für ein ungehöriger Lärm?«

Im gleichen Moment ertönte draußen ein schriller Schrei, und dann gleich noch einer.

Fidelitas sprang auf.

»Ich schaue nach«, sagte sie rasch.

Sie öffnete die Tür und stand der kreidebleichen Kammerzofe gegenüber, die am ganzen Leib zitterte und die Hände rang.

»Bruno, der junge Herr …«, stammelte sie, »… in seiner Schlafkammer …«

Fidelitas schob sich hastig an ihr vorbei und sah, dass die Tür zu dem kleinen Eckzimmerchen am Ende des breiten Korridors weit offen stand. Daneben lehnte Bärbel Häberlin an der Wand. Sie zitterte mindestens ebenso sehr wie die Zofe, schluchzte heftig und hielt das Gesicht in den Händen vergraben.

Fidelitas schloss für einen Moment die Augen, dann bekreuzigte sie sich, machte die letzten paar Schritte und trat hinein in die Kammer. Das Erste, was ihr auffiel, war der überwältigende Geruch nach Erbrochenem … und nach

Blut. Und dann sah sie die Gestalt, die sich auf dem zerwühlten Bett krümmte.

Bruno von Eberstein war nicht nach Meßkirch abgereist, obwohl er das eindeutig vorgehabt hatte. Denn er war vollständig bekleidet, wie zum Aufbruch, in Wams, Hemd, Hosen und Reisemantel, bis auf die Stiefel. Er trug nur einen davon, der andere lag auf dem Boden, als sei er damit beschäftigt gewesen, ihn anzuziehen, als ihn Brechreiz und Schmerzen überfielen. Sein Körper zuckte schwach, Kinn und Brust waren mit rötlichem Schleim befleckt.

Sie beugte sich über ihn. Er atmete so flach, dass sich der Brustkorb kaum hob und senkte. Seine Haut war unter ihrer tastenden Handfläche kalt und klamm. Nun, da sie ihm so nahe war, fiel ihr noch ein anderer Geruch auf. Sie hatte ihn zunächst überhaupt nicht bemerkt, aber jetzt erkannte sie ihn und wurde starr vor Entsetzen.

Miserere eius, Domine, dachte sie. *Der Herr erbarme sich seiner. Und meiner auch. Gott, steh mir bei!*

III

Wie die Blume auf dem Feld

Valentin Schmieder traf einen Tag nach seiner Abreise aus Tübingen in Cannstatt ein. Während er von der Marktstraße abbog und die Gasse hinunter auf das Haus zuritt, wo sich laut Otto von Eberstein dessen Mutter aufhielt, dankte er im Stillen dem Himmel, dass er heil und sicher angekommen war. Die Tuchhändler, in deren Gesellschaft er sich am Morgen zuvor auf den Weg gemacht hatte, hatten ihm wahre Schauergeschichten über die Räuber im Schönbuch erzählt; Überfälle und Diebstähle machten die Durchquerung des großen Waldgebietes südwestlich von Stuttgart zu einem gefährlichen Wagnis.

»Könnten wir unsere Waren bloß endlich über den Neckar nach Cannstatt und nach Stuttgart bringen«, hatte einer von ihnen sich beklagt, ein gemütlich gerundeter, älterer Mann mit einer spiegelnden Glatze unter dem Samtbarett, »wir müssten nicht mehr jedes Mal damit durch den Wald. Aber die Heilbronner sind auf ihren eigenen Ertrag so sehr bedacht, dass sie es bisher mit aller Macht verhindert haben, dass der Fluss auch bis hierher schiffbar gemacht wird. Und ich erlebe sicherlich nicht mehr, dass sich das ändert.«

Weil man nun einmal keine Güter auf dem Wasser nach Cannstatt bringen konnte, waren Händler und Reisende darauf angewiesen, Wachmannschaften anzuheuern, die sie und ihr Hab und Gut auf der Fahrt durch den Schönbuch beschützten. Die Männer, mit denen Valentin und die Kaufleute unterwegs gewesen waren, hatten jahrelang als Landsknechte für Herzog Ulrich und verschiedene andere Fürsten gekämpft, bevor sie das Schlachtengetümmel leid gewesen waren und ihr Geld lieber auf andere, etwas weniger gefährliche Weise verdienten.

Landsknechten ging der Ruf voraus, gottlos zu sein und sich den Sold mit Plündern und Brandschatzen aufzubessern. Valentin war froh, die fünf alten Haudegen los zu sein; es war mehr als deutlich spürbar gewesen, womit sie einen Großteil ihres Lebens verbracht hatten. Der Anblick dieser Männer hatte ihm eine Gänsehaut verschafft.

Aber jetzt war das Abenteuer vorüber. Jetzt musste er nur noch den Brief des jungen Studenten übergeben und durfte sich darauf freuen, seine Schwester und ihren quirligen Nachwuchs wiederzusehen. Valentin ließ den Blick an der langen, mit Efeu überwucherten Mauer entlangschweifen und entdeckte das Tor. Er zügelte den gutmütigen Fuchs, der ihn von Tübingen hergetragen hatte, klopfte ihm dankbar den Hals und schwang sich aus dem Sattel. Dann zog er an der Kette, die über dem Tor hing. Eine Glocke läutete überraschend laut, aber niemand kam. Er zog ein zweites Mal, diesmal kräftiger.

Neben ihm öffnete sich plötzlich eine kleine Pforte in der Mauer. Zu Valentins Überraschung trat ein Junge von etwa zehn Jahren im Ministrantenkittel auf die Gasse hinaus, gefolgt von einem Priester. Ohne nachzudenken, schlang Valentin die Zügel seines Pferdes um den Pfosten neben dem Tor und ging rasch zu den beiden hinüber.

»Bitte um Vergebung, Vater«, sagte er. »Könnt Ihr mir sagen, ob in diesem Haus zur Zeit die Gräfin Johanna von Eberstein Wohnung genommen hat?«

Der Priester blieb stehen und musterte ihn, genauso wie der Junge, der unter strohblonden Haarfransen zu ihm hinaufblinzelte.

»Das hat sie in der Tat«, sagte er. »Allerdings glaube ich nicht, dass dies der richtige Augenblick ist für einen Besuch – falls das Eure Absicht war.«

Valentins Blick fiel auf das zierliche Fläschchen, das der Priester behutsam mit beiden Händen festhielt. Und er entdeckte die Glocke in der Hand des Jungen. Die Erinnerung traf ihn wie ein eisiger Nadelstich … an einen nassen, trüben Herbsttag in Tübingen vor siebzehn Jahren. Damals hatte die Glocke des Ministranten den Priester angekündigt, der in sein Elternhaus gekommen war, um seinem Vater die Letzte Ölung zu geben. Er stellte fest, dass er fror.

»Habt Ihr jemandem dort drinnen die heiligen Sakramente erteilt?«, fragte er leise.

Der Priester zögerte.

»Ich denke, es wäre der Gräfin nicht recht, wenn ich mit einem Fremden auf der Gasse über ihre Familienangelegenheiten tratsche«, sagte er endlich. »Ihr werdet schon selbst herausfinden müssen, was geschehen ist. Und jetzt entschuldigt mich, ich habe zu tun. Ich muss dringend zurück in meine Kirche.«

Und damit ging er gemessenen Schrittes davon. Der Junge, der hingebungsvoll die Glocke schwang, lief ihm ein kleines Stück voraus; Valentin konnte das Klingeln noch hören, als die beiden schon um die nächste Biegung verschwunden waren. Er blieb einen Moment zaudernd stehen, den Blick auf die Seitenpforte in der Mauer gerichtet, die einen kleinen Spalt offen stand. Dann kehrte er zu seinem Pferd zurück und streichelte die helle Blesse auf seiner Stirn.

»Warte noch ein wenig auf mich, mein Freund«, sagte er. »Ich bin bald wieder zurück, versprochen.«

Er schlüpfte durch die Pforte, zog sie hinter sich zu und stand in einem gepflasterten Innenhof. In der Mitte erhob sich ein runder Brunnen, dahinter ragte ein zweigeschossiges, strohgedecktes Fachwerkhaus in die Höhe, den spitzen

Giebel ein wenig nach vorne geneigt, die Butzenscheiben der Fenster im Schatten. Es war vollkommen still, kein Geklapper von Geschirr, keine Magd, die Wasser holte, keine Stimmen, nichts.

Ganz kurz war Valentin in Versuchung, Ottos Brief einfach auf die steinerne Schwelle zu legen und sich aus dem Staub zu machen. Allerdings kam ihm das doch ziemlich feige vor; also ging er zur Tür und klopfte.

Es dauerte zwar eine Weile, aber dann kam doch jemand. Ein Riegel wurde quietschend beiseitegeschoben, und gleich darauf sah er sich einem jungen Mädchen gegenüber. Ihre Haare waren unter einer Leinenhaube verborgen, die Augen rotgeweint und das Gesicht blass.

»Was … was wünscht Ihr, Herr?«

»Gott zum Gruß, Fräulein«, sagte er. »Eigentlich bin ich hier, um der Gräfin Johanna von Eberstein einen Brief ihres Sohnes Otto aus Tübingen zu überbringen. Aber offensichtlich komme ich ungelegen.«

»Nein, Ihr … es ist nur, dass …« Sie schniefte und wischte sich die Augen mit dem Blusenärmel. »Es gab einen Unglücksfall, und jetzt … ich glaube nicht, dass die Frau Gräfin …«

Im Inneren des Hauses rief jemand, und das Mädchen zuckte heftig zusammen. Schritte näherten sich und dann stand eine zweite Frau vor Valentin, mittelgroß und schlank, und zu seiner Überraschung in einem Nonnenhabit. Er sah den Schleier, der die enge, weiße Haube bedeckte, das glatt herabfallende Skapulier und die schwarze Tunika darunter.

Eine Benediktinerin, ohne Zweifel.

»Geh zu deiner Herrin, Clarissa«, sagte sie freundlich. »Frag sie, ob sie etwas braucht, und gib mir Bescheid, ja?«

Das Mädchen nickte und huschte davon.

Die Nonne wandte sich Valentin zu. »*Dominus tecum*, Herr. Es tut mir leid, aber in diesem Haus hat sich ein Unglück zugetragen, und wir bemühen uns noch, die Gemüter zu beruhigen. Kann ich Euch irgendwie behilflich sein?«

Valentin wiederholte sein Anliegen, nahm seinen Mut zusammen und fügte hinzu: »Ich bin draußen auf der Gasse dem Priester mit dem Salböl begegnet. Sagt mir, Schwester ... ist jemand in diesem Haus schwer leidend? Ist die Gräfin wohlauf?«

Die Nonne musterte ihn gründlich, als müsste sie erst darüber nachdenken, wie viel sie ihm anvertrauen konnte.

»Ein Sohn der Gräfin ist gestern Abend angereist und heute Morgen von einer plötzlichen ... Krankheit befallen worden«, sagte sie endlich. Sie sprach langsam und überlegt. »Der hochwürdige Herr ... hat ihm die Sakramente gespendet, und vor einer halben Stunde ist er gestorben. Ihr werdet sicher verstehen, dass seine Mutter in diesem Moment des Schreckens und der Trauer nicht imstande ist, Besuch zu empfangen.«

»Natürlich verstehe ich das«, erwiderte Valentin, ehrlich betroffen. »Ich habe hier einen Brief von ihrem Sohn Otto. Würdet Ihr wohl so freundlich sein und ihn im richtigen Augenblick an sie weiterleiten?«

»Selbstverständlich.« Die Nonne neigte zustimmend den Kopf, nahm den Brief, den er aus der Tasche zog, entgegen und ließ ihn in einen ihrer weiten Ärmel gleiten. »Danke für Eure Mühe, und Gott befohlen, Herr.«

»Gott befohlen, Schwester.«

Die Tür schloss sich und Valentin ertappte sich dabei, dass er minutenlang reglos das dunkle Eichenholz anstarrte, aus dem sie geschnitzt war.

Jetzt begriff er endlich, wieso sämtliche Geräusche, die man sonst so selbstverständlich hörte, dass sie einem fast nicht mehr auffielen, hier verstummt waren. Für die Gräfin Johanna von Eberstein, ihre Familie und ihr Gesinde war an diesem Tag nichts mehr selbstverständlich. Der Tod hatte einen Mantel aus Schrecken und Schweigen über das Haus gelegt.

Er wandte sich ab, verließ den Hof durch die Seitenpforte, machte sein Pferd von dem Pfosten los und ritt langsam davon. Während er Cannstatt durch das nächste Stadttor verließ, ging ihm mit dem langsamen Rhythmus der Hufe unablässig ein Wort aus den Psalmen durch den Kopf.

Homo sicut faenum dies eius tamquam flos agri sic efflorebit … Ein Mensch ist in seinem Leben wie Gras, er blüht wie eine Blume auf dem Feld; wenn der Wind darübergeht, so ist sie nimmer da, und ihre Stätte kennt sie nicht mehr.

Elsbeth und ihr Mann Friedrich Fechter hießen Valentin herzlich willkommen, und ihre Kinder stürzten sich begeistert auf den lang vermissten Onkel. Zuerst ging er natürlich zu Friederike, die zwar noch immer das Bett hütete, sich aber langsam auf dem Weg der Besserung befand. Nachdem er ihr eine lange Geschichte erzählt hatte, wurde er genötigt, sämtliche Püppchen seiner anderen drei Nichten in Augenschein zu nehmen, veranstaltete mit den Holzpferden zweier seiner Neffen eine wilde Jagd durch das Schlafzimmer der Jungen und trat mit einem Stock mutig gegen das Holzschwert des dritten Neffen an. Als nach dem Abendessen die gesunden Kinder ein gemeinsames Gebet mit Eltern und Oheim gesprochen hatten und in ihren Betten verschwanden, war er rechtschaffen erschöpft.

»Du hast ihnen gefehlt«, bemerkte Elsbeth. Sie saßen eine Stunde später zu dritt in der Wohnstube, und sie reichte ihrem Bruder einen Becher Wein. »Friederike hat immer wieder nach dir gefragt. Eigentlich schade, dass du so weit weg in Tübingen lebst.«

»Wo ich wundersamerweise immer noch lehren darf«, erwiderte Valentin ironisch und nippte an dem Wein. Er war hell wie Stroh und angenehm fruchtig. »Auch wenn es dem

Kanzler der Universität nicht passt. – Das ist ein sehr ordentlicher Tropfen, Schwager.«

»Von meinem eigenen Wengert«, entgegnete Friedrich, »drüben in Fellbach. Freut mich, dass er dir schmeckt. – Soll das heißen, du hast noch immer Streit mit Widmann?«

»Unverändert.« Valentin nahm noch einen Schluck. »Er hat mir zu verstehen gegeben, dass ich froh und dankbar sein darf, dass er wenigstens meine Professur bestätigt hat.«

»Und verheiratet bist du auch noch nicht.« Elsbeth warf Valentin einen besorgten Blick zu, der ihn frappierend an seine Mutter erinnerte. »Wenn ich sehe, wie wunderbar du mit meinen Kindern zurechtkommst, dann wünsche ich dir dringend ein paar eigene.«

Valentin betrachtete sie liebevoll. Im Schein des großen Kerzenleuchters schimmerte ihr sanftes, rundes Gesicht golden, und das schwarze Haar glänzte dort, wo es unter dem perlenbesetzten Netz ihrer Haube hervorlugte, wie polierter Jettstein.

»Keine Sorge, Bettchen.« Er lächelte sie an. »Ich bin jung genug, um eine Familie zu gründen – selbst für den Fall, dass es noch etwas dauert.«

Er drehte den Becher zwischen den Händen, sah zu, wie der Wein darin herumwirbelte, und spürte, wie die Erinnerung an die Begegnung am Vormittag in ihm aufstieg.

»Heute wollte ich einem meiner Studenten einen Gefallen tun«, sagte er langsam. »Ich habe einen Brief für ihn mitgenommen und wollte ihn seiner Mutter übergeben – einer Gräfin von Eberstein, die sich im Moment in Cannstatt aufhält.«

»Und?«

Elsbeth versetzte der Platte mit gezuckertem Schmalzgebäck verstohlen einen Schubs in seine Richtung. Ganz wie seine Mutter war sie der Ansicht, dass er viel zu wenig aß.

»Ich habe die Gräfin überhaupt nicht zu Gesicht bekommen«, fuhr er fort. »Denn als ich dort eintraf, war offenbar einer ihrer Söhne an einem plötzlich auftretenden Leiden gestorben. Das ganze Haus war wie gelähmt vor Trauer. Ich wusste nicht, wie ich ihnen mein Mitgefühl aussprechen sollte … also habe ich den Brief abgeliefert und bin sofort wieder gegangen.«

Elsbeth blickte erschrocken drein. »Das ist ja entsetzlich! Die arme Frau!«

»Sie hat mir auch sehr leidgetan.« Valentin seufzte und leerte seinen Becher. »Aber dieses Unglück hat mich daran erinnert, wie viel Glück ich habe, dass es euch gibt und dass ich bei euch sein darf. Danke dafür – auch dir, Fritz. Es ist sehr großzügig von dir, einem unbeweibten Magister für eine Weile Zuflucht zu geben.«

»Jederzeit gern.« Friedrich grinste, hob den Krug und schenkte ihm noch einmal ein. »Du darfst so lange bleiben, wie du magst. Du wirst dich allerdings vorsehen müssen, dass meine Frau nicht sämtliche Töchter ihrer befreundeten Gevatterinnen anschleppt, die noch auf dem Heiratsmarkt sind. Nicht zu vergessen die Gevatterinnen, die genauso ohne Mann sind wie du ohne Weib.«

Valentin lachte, zum ersten Mal an diesem Tag wirklich leichten Herzens. Im nächsten Moment verwandelte sich das Lachen in ein herzhaftes Gähnen.

»Ich denke, ich gehe schlafen«, sagte er. »Vielleicht träume ich ja von einer Jungfer, die zu mir passt.«

»Ich werde dafür beten, dass du sie findest«, sagte Elsbeth. »Und auch dafür, dass dieser tote Sohn der Gräfin Einlass findet in Gottes Frieden.«

Valentin erhob sich. Seine Beine waren trotz des heißen Bades, das er nach seiner Ankunft in Stuttgart genommen hatte, von zwei Tagen im Sattel immer noch steif, und sein Rücken schmerzte.

»Das ist ein schöner Gedanke, Bettchen«, sagte er. »Ich weiß nicht, ob der Junge eher Luther zugeneigt war als dem Papst, aber ich werde auch für ihn beten und mich dabei wie immer auf Gottes Gnade verlassen. Gute Nacht, ihr beiden.«

Fünf ausgesprochen friedliche Tage später saß Valentin gegen Mittag in dem kleinen, von einer hohen Mauer eingefassten Garten hinter dem Haus, beschirmt vom breit verzweigten Blätterdach einer hochaufgeschossenen, schlanken Buche. Er las nicht sonderlich konzentriert in »Das Lob der Torheit« von Erasmus von Rotterdam, das er aus Tübingen mitgebracht hatte, und sah zwischendrin Friederike zu, die endlich das Bett verlassen durfte und nun ihre Lieblingspuppe neben dem winzigen Rosenbeet an der Gartenmauer in den Schlaf sang. Ihr leises Geträller wirkte so beruhigend, dass ihm irgendwann der Kopf nach vorne sank und er einduselte.

»Valentin.«

Jemand berührte ihn an der Schulter und rüttelte ihn leicht.

»Valentin, wach auf. Du hast Besuch.«

Er fuhr ruckartig hoch und spürte, wie das Buch von seinem Schoß herunter ins Gras plumpste.

Elsbeth stand vor ihm, die Ärmel ihrer Bluse aufgekrempelt und einen Mehlfleck auf der Nase. Sie roch intensiv und appetitlich nach frischem Sauerteig; seit heute Morgen hatte sie mit ihrer Küchenmagd Brotlaibe geknetet, um sie zum Bäcker zu bringen.

»Du hast Besuch, Valentin«, wiederholte sie. »Ein junger Mann namens Otto von Eberstein. Er ist zu Pferd hier, und er sieht aus, als läge ihm etwas auf der Seele.«

Die Spinnweben verschwanden jäh aus seinem Kopf. »Otto von Eberstein? Was …«

»Was er von dir will? Das hat er mir nicht gesagt. Er …« Elsbeth schlug jäh eine Hand vor den Mund, und ihre Augen wurden groß. »*Eberstein?* Ist das nicht der Name der Gräfin, deren Sohn …«

»Ganz genau.« Valentin rieb sich das Gesicht. »Gräfin Johanna von Eberstein. Und Otto ist der Student, für den ich den Brief überbringen sollte. Am besten führst du ihn hier heraus, damit er mir sagen kann, was er von mir will.«

Elsbeth nickte energisch und verschwand im Haus. Wenige Minuten später war sie wieder da, Otto von Eberstein im Schlepptau. Der junge Mann sah tatsächlich recht besorgt und abgekämpft aus; sein Leinenhemd war zerknittert, seine Stiefel und sein weit geschnittenes Wams voller Staub.

Als er Valentin entdeckte, atmete er sichtlich auf; sein langer Körper entspannte sich, als hätte jemand einen steifen Holzstock herausgezogen. Er verneigte sich und trat rasch beiseite, um nicht im Weg zu sein, während Elsbeth und die Küchenmagd geschäftig einen zweiten Sessel und ein kleines Tischchen ins Freie brachten, gefolgt von einem großen Krug mit Saft, zwei Bechern und einem Brett mit Rosinenwecken mit einem Töpfchen Butter. Als alles zu Elsbeths Zufriedenheit aufgestellt war, nickte sie erst Valentin und dann ihrem Gast freundlich zu und verschwand mitsamt der Küchenmagd ein zweites Mal.

Otto ließ sich auf den zweiten Stuhl fallen, füllte einen der beiden Becher und goss den Inhalt in einem Zug hinunter.

Dann sah er Valentin an und errötete. »Ich bitte Euch, mir zu vergeben«, sagte er. »Normalerweise bin ich nicht halb so ungehobelt. Aber außerhalb von diesem schattigen kleinen Garten Eden hier ist es staubig und warm, und ich hatte es sehr eilig, herzukommen.«

»Ich dachte, Ihr wärt noch in Tübingen«, antwortete Valentin. »Aber Ihr seid bestimmt angereist, um Eurer Mutter in ihrer Trauer beizustehen. Darf ich Euch mein Mitgefühl für den Verlust Eures Bruders aussprechen?«

Ottos Lippen wurden schmal und sein Gesicht noch eine Schattierung blasser.

»Das dürft Ihr … auch wenn ich und Bruno in den letzten Jahren nicht allzu viel miteinander zu tun gehabt haben. Aber ja … er reißt eine riesige Lücke, und der Schmerz meiner Mutter ist schwer zu ertragen, für sie selbst wie für alle anderen.«

»Es muss schrecklich sein, ein Kind zu verlieren«, sagte Valentin leise. »Dies ist sicherlich eine schwere Prüfung für Euch und Eure Familie.«

»Ja, schwer ist es in der Tat.« Otto schaute eine Weile schweigend auf seine staubigen Stiefelspitzen hinunter. »Meine Mutter hat gleichzeitig mir und meinem Vater durch berittene Boten mitteilen lassen, was geschehen ist, und ich habe mich vorgestern Morgen auf den Weg nach Cannstatt gemacht, sobald ich die Nachricht in Händen hielt. Mein Vater hat einen Brief zurückgeschickt; er ist zutiefst bekümmert, wird aber durch Umstände, die er nicht ändern kann, erst in etwa zwei Wochen aufbrechen können, um Bruno selbst das letzte Geleit nach Gernsbach zu geben. Der Pfarrer der Cannstatter Kirche war so freundlich, einen gut schließenden Bleisarg zu bestellen und Bruno darin in der Sakristei aufzubahren, bis er wieder nach Hause zurückkehrt. Wir konnten ihn ja unmöglich in der Kammer liegen lassen!«

Er schluckte.

»Seither verbarrikadiert sich meine Mutter in ihrem Zimmer und ist nur mit Mühe dazu zu bringen, irgendetwas zu sich zu nehmen. Sie würde am liebsten sofort nach Neu-Eberstein zurückkehren, auch ohne meinen Vater. Aber sie wagt die Reise nicht ohne den Begleitschutz der Männer, die sie kennt und denen sie vertraut. Außerdem … außerdem machen ihr die Umstände von Brunos Tod noch zusätzlich zu schaffen.«

»Was für Umstände?« Valentin musterte sein Gegenüber verwirrt. »Mir wurde mitgeteilt, Euer Bruder sei an einer plötzlichen Krankheit verstorben. Als ich vor sechs Tagen Euren Brief abliefern wollte, wisst Ihr? Eine Benediktinernonne hat ihn entgegengenommen, die sich offenbar im selben Haus aufhält wie die Gräfin.«

»Schwester Fidelitas.« Otto nickte. »Sie stammt aus dem Kloster Frauenalb, das meine Familie einst gegründet hat, und ist in Begleitung meiner Mutter, um das hartnäckige Gelenkleiden zu behandeln, das sie seit Jahren quält. Scheinbar haben ihre Salben und Umschläge bisher tatsächlich weit besser geholfen als die Pillen, das Schröpfen und das Zur-Ader-Lassen von unserem Medicus daheim … aber jetzt bringt ihr besonderes Wissen die Schwester möglicherweise in einen schlimmen Verdacht.«

»Wieso das denn?«

»Weil Bruno wahrscheinlich gar nicht an einer Krankheit gestorben ist, Magister Valentin.« Otto sah ihn an und wirkte plötzlich sehr viel älter als seine siebzehn Jahre.

Valentin begriff schlagartig, dass der junge Student Angst hatte. Sehr große Angst.

»Mein Bruder hat am Morgen seines Todes von einem Rahmgemüse unserer Köchin gekostet. Es war mit Petersilienwurzeln und Kräutern gekocht. Kurz danach ist er in seiner Schlafkammer zusammengebrochen. Dort hat ihn unsere Köchin anderthalb Stunden später gefunden. Er war besinnungslos und schon sehr schwach. Kurz vor dem Mittagsläuten ist er dann gestorben.«

»Aber könnte es nicht doch ein plötzliches Fieber gewesen sein?«, gab Valentin zu bedenken. »Was macht Euch so sicher, dass es dieses Gemüse war, das eine solch tödliche Wirkung hatte?«

»Zunächst war sich niemand sicher«, erwiderte Otto niedergeschlagen. »Wie auch? Meine Mutter war außer sich vor Kummer, die Zofe und die Küchenmagd waren von Sinnen vor Schreck, die Köchin weinte ununterbrochen und klagte über Atemnot und Herzrasen.« Er warf Valentin einen nur halb ironischen Blick zu. »Das weiß ich von unserem Pferdeknecht. Er hat mir auch erzählt, dass Schwester Fidelitas als Einzige einen kühlen Kopf behalten hat. Sie beruhigte die Zofe und die Magd, steckte die Köchin ins Bett und verabreichte ihr eine lindernde Tinktur. Dann kümmerte sie sich um meine Mutter und half ihr, die Briefe zu schreiben, die mein Vater und ich kurz darauf erhalten haben.«

»Eine sehr nützliche Frau, in der Tat.«

Valentin erinnerte sich an das ruhige Gesicht unter dem Nonnenschleier. Der Eindruck, den Fidelitas bei ihrer kurzen Begegnung auf ihn gemacht hatte, entsprach ziemlich genau dem, was Otto gerade beschrieb.

»Aber das beantwortet noch nicht die Frage, wieso Ihr glaubt, Euer Bruder sei keines natürlichen Todes gestorben. Und wieso diese tüchtige Nonne – wie Ihr sagt – unter Verdacht geraten ist.«

Otto goss sich noch einmal etwas von dem Saft ein und trank.

»Fidelitas hat uns gesagt, dass er vergiftet worden sein muss«, erklärte er. Seine Stimme klang merkwürdig tonlos. »Sie hat gesagt, dass in dem Rahmgemüse nicht nur Petersilienwurzel gewesen ist. Jemand hat noch etwas anderes hinzugefügt – Wasserschierling. Sie hat uns erklärt, dass der an Flussufern und an Teichen wächst und dass die Wurzeln äußerst giftig sind.«

Valentin wiegte zweifelnd den Kopf. »Und Ihr glaubt, jemand hat diese Wurzeln dazu benutzt, Euren Bruder zu vergiften? Ist das nicht ein wenig weit hergeholt?«

»Nun …« Otto zögerte. »Fidelitas hat sie selbst ausgegraben, zwei Tage vor Brunos Tod. Sie benutzte sie für Umschläge gegen die Schmerzen meiner Mutter. Es wäre ihr ein Leichtes gewesen, ein Stück davon in Scheiben zu schneiden und unter die Rahmsoße zu rühren.«

Valentin runzelte die Stirn. »In einen Topf, von dessen Inhalt grundsätzlich ein jeder hätte kosten können, der imstande war, einen Löffel zu halten? Wenig überzeugend – es sei denn, Ihr glaubt, es war ihre erklärte Absicht, den gesamten Haushalt auszurotten und in aller Ruhe abzuwarten, wer zuerst stirbt. Könnt Ihr Euch das wirklich vorstellen?«

Otto starrte ihn an. Dann seufzte er. »Ihr habt Recht – wenn man es so ausdrückt, hört es sich ausgesprochen unwahrscheinlich an.«

»Außerdem«, fuhr Valentin mit unerbittlicher Logik fort, »würde wohl kaum jemand auf die zweifelhafte Idee kommen, eine solche Untat zu begehen und danach allen in seiner Umgebung zu verraten, woran das Opfer gestorben ist. Es wäre doch viel klüger, so zu tun, als wäre es ein plötzliches Fieber gewesen oder der unbedachte Trunk aus einem Brunnen mit verseuchtem Wasser. Nicht wahr?«

Otto lehnte sich in dem Stuhl zurück und schaute durch das Meer der maigrünen Buchenblätter zum Himmel hinauf.

»Wisst Ihr, Anton Scheibner hat Recht«, sagte er plötzlich. »Der Wirt vom ›Hahn‹ in Tübingen. Er meint, dass Ihr nicht nur den Studenten die Schrift erklärt und sie die lateinischen Vokabeln lehrt. Er glaubt, Ihr habt auch ein besonderes Auge für das, was Menschen tun. Und warum sie es tun. Alle wissen, wie sehr Ihr ihm geholfen habt – damals, vor vier Jahren.«

Valentin fuhr leicht zusammen.

»Ich habe ihm längst nicht so sehr geholfen, wie er glaubt«, gab er ein wenig schroff zurück. »Auch wenn er immer noch damit hausieren geht und mir damit einen sehr merkwürdigen Ruf verschafft hat. Eigentlich bin ich nur ein Professor, der protestantische Studenten unterrichtet – mir gefällt die Vorstellung nicht, dass die Leute glauben, ich würde zum Zeitvertreib Übeltäter jagen, die Jungfern überfallen und Grafensöhne vergiften.«

Otto holte tief Luft, als müsse er sich Mut machen.

»Und trotzdem«, sagte er, »trotzdem habt Ihr damals herausgefunden, wer Scheibners Tochter Susanne überfallen hat. Obwohl der Mann, der es gewesen ist, das Blaue vom Himmel heruntergelogen und ein halbes Dutzend falscher Zeugen aufgeboten hat. Er wurde verurteilt, oder nicht?«

»Ja.« Valentin nickte müde. »Das stimmt. Er wurde verurteilt.«

Er beugte sich vor, füllte seinen eigenen Becher mit Saft und betrachtete wehmütig das Buch, das neben den Rosinenwecken auf dem Tisch lag. Es hatte ihn lange nicht so gepackt wie erhofft, aber jetzt sehnte er sich nach Erasmus' geistreicher Satire zurück.

Und danach, von der Welt rings um ihn her in Frieden gelassen zu werden.

»Was wollt Ihr von mir, Otto?«, fragte er, obwohl er es bereits ahnte. »Was soll ich für Euch tun?«

»Kommt mit mir nach Cannstatt«, sagte der junge Mann. »Helft uns, herauszufinden, weshalb mein Bruder hat sterben müssen … und wer Schuld hat an seinem Tod. Noch hat die Obrigkeit nichts unternommen und niemand Anklage erhoben. Aber das kann jederzeit geschehen, und dann will ich nicht, dass es den Falschen trifft. Dass man die freundliche Nonne einsperrt, zum Beispiel, und sie einem hochnotpeinlichen Verhör unterzieht. Oder die arme Bärbel, unsere Köchin. Sie hat das Gemüse immerhin zubereitet, und sie hätte den Schierling ganz genauso in den Topf geben können wie Fidelitas.«

Valentin dachte nach und ließ sich Zeit damit.

»Ich kann Euch nichts versprechen«, meinte er schließlich. »Wie gesagt, ich denke, Ihr überschätzt mich. Ich weiß nicht, was ich herausfinden werde. Und möglicherweise gefällt Euch das Ergebnis am Ende nicht. Außerdem kann es jederzeit geschehen, dass mir der Superattendent des Evangelischen Stiftes in Tübingen einen reitenden Boten schickt und von mir verlangt, mich gefälligst an meinen eigentlichen Dienst zu erinnern.«

»Das müssen wir dann wohl in Kauf nehmen«, sagte Otto. »Ich habe meinem Vater geschrieben und ihm von Euch erzählt. Ich bin sicher, auch er wird meine Bitte um Hilfe an Euch unterstützen. Genauso wie meine Mutter – sobald sie sich gefasst hat.«

»Sie weiß noch gar nicht, dass Ihr hier seid?«

Otto schüttelte etwas betreten den Kopf und errötete zum zweiten Mal. »Nein. Ich dachte, das kann ich ihr erklären, sobald ich mit Euch zurückkomme.«

Großartig. Valentin starrte in seinen Becher und wünschte sich, es wäre etwas Stärkeres darin als nur der Apfelsaft aus dem Obstgarten seines Schwagers.

»Esst, mein Junge«, sagte er. »Und ruht Euch aus, bevor wir nachher gemeinsam aufbrechen. Ich werde meiner Schwester sagen, dass sie jetzt erst einmal ein paar Tage auf mich verzichten muss.«

»Danke!« Ottos Gesicht wurde hell vor Erleichterung. »Ich danke Euch sehr, Magister, und ich bin sicher, es wird Euer Schaden nicht sein.«

Ob die Suche nach einem Mörder ihm schadete oder nicht, das würde man erst noch abwarten müssen.

Valentin sah zu, wie Otto sich einen von Elsbeths Rosinenwecken nahm, ihn mit Butter bestrich und herzhaft hineinbiss. Sein eigener Appetit war ihm gründlich vergangen.

IV

Tränke und Beschwörungen

»Hier drin«, sagte Otto von Eberstein, »ist mein Bruder gestorben.«

Er trat beiseite, damit Valentin Schmieder einen Blick in die kleine Schlafkammer werfen konnte. Sie war recht karg ausgestattet: ein einfaches, hölzernes Bettgestell mit einem dick gestopften Strohsack ohne Laken, Kissen oder Decke. Am Fenster stand ein kleiner Tisch mitsamt Stuhl, an der weiß gekälkten Wand eine schlichte Kleidertruhe ohne jede Schnitzerei. Daran lehnte eine lederne Satteltasche.

»Die gehört … die *gehörte* Bruno.« Otto lehnte sich an den Türrahmen. »Sie enthält nicht mehr als ein paar Kleidungsstücke, die er bei sich hatte, als er hier ankam. Meine Mutter wollte, dass er am nächsten Mittag nach Pforzheim reist, aber nach der ersten Nacht fand sie eine Nachricht, die er unter ihrer Zimmertür hindurchgeschoben hatte. Darin stand, dass er in aller Herrgottsfrühe wieder aufbrechen wollte – zurück nach Meßkirch. Dort ist unsere Schwester Kunigunde mit dem Grafen von Zimmern verheiratet.«

»Aber er war überhaupt nicht abgereist.«

»Nein.« Otto sah ihn an. »Er war die ganze Zeit hier. Nur hat das niemand gemerkt. Die Dienerschaft hat in der Küche gefrühstückt, wie immer, und meine Mutter bekam gleich nach Sonnenaufgang etwas Brot, Honig und Milch; sie wacht morgens sehr früh auf und isst nur wenig. Danach hat Fidelitas die Gelenke meiner Mutter behandelt und ihr Umschläge gemacht. Erst viel später ist unsere Köchin nach oben gekommen, um Mama zu fragen, wann sie Mittag zu essen wünscht … und dabei hat sie die Tür zu dieser Kammer geöffnet und Bruno gefunden.«

»Und da lebte er noch?«

»Gerade so eben.« Otto räusperte sich. »Er war ohnmächtig. Und er ist nicht mehr zu sich gekommen. Knappe zwei Stunden später war es … vorbei.«

»Ich sollte mit Eurer Mutter sprechen«, sagte Valentin, den Blick noch immer nachdenklich auf das Bett geheftet. »Und auch mit der Nonne. Und der Köchin. Eigentlich mit allen, die in diesem Haus gewesen sind, als Euer Bruder zu Tode kam.«

»Dann würde ich vorschlagen, dass ich jetzt zu Mama gehe und ihr mitteile, dass Ihr hier seid – und wieso. Vielleicht möchtet Ihr unterdessen zu Schwester Fidelitas. Ihre Kammer ist gleich hier drüben.« Otto deutete auf eine Tür am Ende des Korridors. »Um diese Zeit wird sie mit ihren Gebeten fertig sein, denke ich.«

Valentin wandte sich ab, ging die wenigen Schritte zur nächsten Tür und klopfte. Eine Weile war nichts zu hören, aber endlich ertönte eine leise Stimme. »Ja, bitte?«

»Mein Name ist Valentin Schmieder«, sagte er. »Ich bin Doktor der Theologie und Magister aus Tübingen. Die Familie von Eberstein hat mich gebeten, die Umstände zu untersuchen, die zum Tod von Bruno geführt haben, und ich möchte Euch dazu befragen. Würdet Ihr mir die Tür öffnen?«

»Sie ist nicht verriegelt«, sagte die Stimme. »Tretet ruhig ein, Herr Magister.«

Der Raum war noch ein wenig kleiner als die Schlafkammer, die Valentin eben gesehen hatte. Auch hier waren vor dem Fenster – das weit offen stand und die warme Mittagssonne hereinließ – Tisch und Stuhl aufgestellt, es gab dasselbe einfache Bettgestell mit dem Strohsack, aber hier war darüber ein weißes Laken glattgestrichen, ein Kissen aufgeschüttelt, und eine Decke lag zusammengefaltet am Fußende. Neben dem Fenster hing an der Wand ein grazil geschnitztes Kruzifix aus hellem Holz.

Auf dem Stuhl saß die Nonne, der Valentin eine knappe Woche zuvor unten an der Eingangstür begegnet war. Sie hielt den Rücken gerade, den Kopf hoch erhoben und die Hände im Schoß gefaltet.

»*Salvete,* Herr Magister«, sagte sie. »Was kann ich für Euch tun?«

»Etwas Licht ins Dunkel bringen, hoffe ich«, erwiderte er. »Otto von Eberstein hat mich hergeholt, um herauszufinden, was geschehen ist. Doch als sein Bruder starb, war er in Tübingen – anders als Ihr.« Er lehnte sich gegen den Türrahmen. »Otto meint, Ihr hättet eine sehr … genaue Meinung darüber, was es war, das Bruno von Eberstein getötet hat.«

»Das ist richtig«, sagte Fidelitas. »Hat Otto Euch von dem Wasserschierling erzählt?«

Valentin nickte. »Er meinte, Ihr habt die Wurzeln benutzt, um für seine Mutter Umschläge zu machen.«

»Ja.« Die Finger der Nonne verschränkten sich ein wenig fester und entspannten sich wieder. »Ich hatte noch drei Schierlingswurzeln, in einer abgedeckten Schüssel unter diesem Tisch. Ich habe sie hier geschnitten und zu einem Brei zerdrückt, in dieser Kammer … damit kein Messer, kein Brett und kein Löffel aus der Küche damit in Berührung kommt. Ein halbfingerlanges Stückchen von der Wurzel reicht aus, um einen Menschen so stark zu vergiften, dass er binnen kürzester Zeit stirbt.«

»Sind die Wurzeln noch alle da?«

»Ihr meint, ob jemand eine davon gestohlen hat, um sie unter das Rahmgemüse zu mischen?« Die Nonne musterte ihn, und für einen kurzen Moment meinte er, in ihren Augen eine Spur Anerkennung aufblitzen zu sehen. »Ich muss zugeben, das war auch mein erster Gedanke, als mir klar wurde, worunter der arme Junge litt.«

Sie schüttelte leicht den Kopf.

»Aber nein. Es hat keine gefehlt. Eine habe ich für die Umschläge der Frau Gräfin verwendet, drei waren noch da, als ich mich am Tag von Brunos Tod vergewissert habe. Allerdings habe ich sie jetzt fortgebracht und jenseits der Stadtmauer vergraben. Die Gräfin will nichts mehr von den Umschlägen wissen – was ich sehr gut verstehen kann.«

»Erlaubt sie weiterhin, dass Ihr sie behandelt?«, wollte Valentin wissen.

»Sie glaubt nicht, dass ich ihren Sohn auf dem Gewissen habe – falls es das ist, was Ihr *wirklich* wissen wollt«, versetzte die Nonne. Ein Hauch Ungeduld schwang in ihrer Stimme mit. »Bruno hat die letzten drei Jahre bei seinem Schwager in Meßkirch verbracht, um dort das Ritterhandwerk zu erlernen. Ich hatte keinen Grund, ihm übelzuwollen. Eigentlich kannte ich ihn kaum; ich bin ihm vor seinem Tod höchstens ein paarmal begegnet, wenn er seine Mutter ins Kloster begleitet hat. Aber da war er noch ein halbes Kind.« Sie seufzte. »Im Grunde ist er das auch noch gewesen, als er starb.«

»Da habt Ihr Recht.« Valentin musterte die Nonne aufmerksam. »Ich muss sagen, ich hatte etwas mehr Empörung von Euch erwartet. Es scheint Euch nicht im mindesten zu wundern oder aufzuregen, dass man Euch verdächtigt.«

»Wieso sollte es mich wundern?« Fidelitas erwiderte seinen Blick freimütig und scharf. »Ich habe im Kloster gelernt, mit Kräutern umzugehen und sie als Heilmittel für die Kranken zu verwenden. Viele dieser Kräuter richten genauso viel Schaden an wie Nutzen. Und mit vielen kann man einem Menschen ganz gezielt Leid zufügen – wenn man weiß, wie. Und das weiß ich. Also ist der Gedanke, ich könnte die Finger im Spiel haben, nicht vollkommen abwegig – obwohl ich Euch versichere, dass ich nichts, aber auch gar nichts damit zu tun habe.« Ihr Mund verzog sich zu einem winzigen Lächeln. »Und mit Verlaub, Magister – welcher Mörder geht nach der Untat damit hausieren, wie genau sie ihm gelungen ist? Hätte ich nicht viel eher behaupten müssen, der junge Mann sei von einem plötzlichen hitzigen Fieber befallen worden? Oder öffentlich die Vermutung äußern, dass er in einem Gasthof auf der Reise hierher fauliges Fleisch zu essen bekam? Stattdessen allen zu verraten, dass Herr Bruno an einer Wurzel starb, die ich in meiner Kammer hatte – das wäre doch reine Torheit.«

»Es sei denn, es war eine unüberlegte Tat, ungeplant und nur deshalb geschehen, weil sich die Gelegenheit ergab«, sagte Valentin. »Und nachdem sie geschehen ist, plagt Euch das Gewissen und Ihr wollt selbst dazu beitragen, dass man Euch so schnell wie möglich überführt, damit schließlich doch die Gerechtigkeit siegt.«

»Also ermorde ich in einem Anfall von Irrsinn oder Besessenheit einen Jungen, den ich kaum kenne – ohne wirklich einen Grund dazu zu haben. Danach überfällt mich die Reue und ich verstreue überall kleine Krumen Wahrheit, bringe es letztlich aber nicht über mich, die Tat zu gestehen?« Fidelitas schnaubte leise und ungläubig. »Das ist ein wenig sehr an den Haaren herbeigezogen, Magister.«

Natürlich hatte sie Recht – und ihr Argument war fast genau dasselbe, das Valentin selbst in Stuttgart Otto gegenüber verwendet hatte, als es um den Beweis ihrer Schuld ging.

»Klug gesprochen, Schwester.« Er verneigte sich leicht. »Trotzdem wäre mir wohler, wenn ich wüsste, wer in Wahrheit die Wurzel unter das Essen gerührt hat. – Ihr seid sicher, dass der Schierling für Brunos Tod verantwortlich war?«

»So sicher ich es unter diesen Umständen sein kann«, antwortete Fidelitas. »Ich bin Bruno von Eberstein am Vorabend seines Todes hier im Haus begegnet, da war er allem Augenschein nach noch kerngesund. Als ich ihn am nächsten Tag in seiner Kammer sah, war er ohnmächtig, er atmete kaum noch und hatte Blut erbrochen. All das sind Wirkungen des Wasserschierlings, von denen die Heilkundigen wissen. Außerdem roch sein Atem immer noch nach Sellerie … genau wie der Schierling, und genau wie das Essen, in dem eigentlich nur Petersilienwurzel hätte sein sollen. Und neben dem Topf lag ein benutzter Löffel.«

»Das kann aber auch der Löffel der Köchin gewesen sein«, gab Valentin zu bedenken. »Oder nicht?«

»Bärbel Häberlin ist eine sehr ordentliche Frau«, sagte Fidelitas. »Schmutzige Teller, Löffel und Messer sind ihr ein Gräuel. Sie hat erst den Haferbrei für die Dienerschaft und danach das Gemüse gekocht. Die Küchenmagd hat alles Gerät, das sie dafür gebraucht hat, abgewaschen und weggeräumt. Ich vermute, Bruno schlich sich in die Küche, als niemand dort war, konnte der Versuchung nicht widerstehen, eine Kostprobe aus dem Topf zu nehmen, und damit war sein Schicksal besiegelt.«

»Aber Frau Häberlin hat das Gericht doch zubereitet«, warf Valentin ein. »Sie muss es genauso gekostet haben. Wieso ist *sie* nicht gestorben?«

»Weil der Schierling da noch nicht im Topf war«, erklärte Fidelitas; eine steile, kleine Falte grub sich zwischen ihren Augenbrauen ein. »Eine andere Erklärung will mir nicht einfallen, Magister Schmieder.«

»Ist es möglich, dass sie selbst die Wurzel kleingeschnitten und unter das Gemüse gerührt hat?«

»Welchen Grund sollte sie haben?« Die Falte wurde deutlich tiefer. »Bärbel Häberlin dient der Familie von Eberstein schon seit mehr als zwanzig Jahren. Sie hat Bruno und seine Geschwister von Kindesbeinen an gekannt und geliebt, als hätte sie sie selbst geboren. Bruno liebte sie am meisten. Als sie begriffen hat, dass er durch etwas zu Tode kam, das sie gekocht hat, ist ihr fast das Herz stehengeblieben. Sie hatte einen Schwächeanfall und lag zwei Tage darnieder.«

»Otto sagt, Ihr habt ihr irgendeine Tinktur gegeben.«

»Eine Essenz aus rotem Fingerhut«, antwortete Fidelitas, ohne zu zögern. »Um ihr Herz zu stärken.«

»Und die richtige Menge davon wirkt ebenso tödlich wie der Schierling, vermute ich.«

»Das ist wahr. Allerdings bin ich erfahren genug, zu wissen, wie viel ich nehmen muss, und Bärbel ging es besser, nachdem sie die Tinktur genommen hatte.« Die Nonne sah ihm direkt in die Augen. »Darf ich diese Frage so verstehen, dass mein Wissen über die Wirkungen der Kräuter mich nach wie vor verdächtig macht?«

»Ich kann bislang noch niemanden ausschließen«, entgegnete Valentin, »Euch genauso wenig wie jeden anderen, der sich am Tag von Brunos Tod hier im Haus aufgehalten hat. Es sei denn, Ihr haltet es für möglich, dass jemand ungesehen über den Hof, ins Haus und in die Küche geschlichen ist, um das Essen zu vergiften – und dass derjenige ebenso ungesehen wieder entkam.«

»Falls ja, dann war er – oder sie – so wagemutig wie skrupellos«, meinte Fidelitas. »Und hatte obendrein großes Glück. Denn Bärbel hat die Küche bestimmt genauso selten verlassen wie Magdalena.«

»Wer ist Magdalena?«

»Die Küchenmagd.«

Valentin stieß sich vom Türrahmen ab und fing an, in dem Kämmerchen hin und her zu gehen. Es waren gerade einmal fünf Schritte von Wand zu Wand.

»Habt Ihr irgendjemandem davon erzählt, was die Schierlingswurzeln anrichten?«, fragte er.

Fidelitas zögerte.

Zum ersten Mal nahm er sich die Zeit, sie genau zu betrachten. Das dreieckige Gesicht, das unter dem schwarzen

Schleier von der traditionellen, weißen Haube eingerahmt wurde, war regelmäßig und glatt; Valentin stellte fest, dass es gar nicht so einfach war, ihr Alter zu schätzen. Ihre Stirn war ebenso breit wie die hohen Wangenknochen. Die Nase war schmal und sehr gerade, der Mund voll und überraschend weich, das Kinn hingegen ein wenig kantig – als könnte sich jemand, der anders wollte als sie, durchaus den Kopf daran einrennen.

Valentin hätte darauf wetten mögen, dass diese spezielle Nonne mit den Gelübden von Gehorsamkeit und Demut schon mehr als einmal ernstlich in Konflikt geraten war. Und in diesem Moment war er sich absolut sicher, dass sie zwar sehr wohl dazu imstande war, seine Frage zu beantworten … dass es ihr aber zutiefst widerstrebte.

»Also«, wiederholte er geduldig, »habt Ihr irgendjemandem davon erzählt?«

Fidelitas atmete tief durch.

»Andres«, sagte sie. »Ich habe es Andres Häberlin erzählt, dem Sohn der Köchin. Als ich die Wurzeln ausgegraben habe, war er dabei … frühmorgens, wenn ich frische Kräuter sammle, begleitet entweder er mich oder der Kutscher tut es.«

Sie sah ihn an. Ihre Augen waren ungewöhnlich – groß und vom hellen, durchsichtigen Braun des Wassers dicht am Flussufer, gesprenkelt mit schimmerndem Grün. *Hexenaugen,* dachte er und spürte, wie ihn ein unbehaglicher Schauder überlief.

»Mit Andres ist es wie mit Bärbel«, sagte Fidelitas ruhig. »Andres ist mit Bruno aufgewachsen, die beiden waren so eng befreundet, wie der Unterschied von Stand und Herkunft es irgend zuließ. Er hätte Bruno niemals wissentlich geschadet. Er ist über seinen Tod mindestens genauso verzweifelt wie seine Mutter. Und wie Brunos Mutter, nicht zu vergessen.«

»Dummerweise«, antwortete Valentin, »muss es jemand gewesen sein, der hier im Haus war und die Gelegenheit hatte. Und auch wenn es Euch nicht behagt – da kommen nur wenige Menschen in Frage, nicht wahr?«

»Ja, leider Gottes.«

Sie löste die verschränkten Hände und ließ sie auf ihren stoffbedeckten Knien ruhen, die Handflächen nach oben … als hoffte sie im Stillen, dass irgendeine göttliche Erleuchtung vom Himmel herab hineinfiel.

»Viel zu wenige für meinen Geschmack.«

Eine halbe Stunde später saß Valentin Schmieder Bärbel Häberlin gegenüber.

Die Frau hockte zusammengesunken auf einem Schemel neben der Feuerstelle, schnaubte sich die Nase und presste das Tuch in der Faust zu einem Ball zusammen.

Valentin war sich sicher, dass sie unter normalen Umständen der heitere Mittelpunkt der Küche war – ein freundlicher, dienstbarer Geist, dem jeder Handgriff in Fleisch und Blut übergegangen war, der wusste, wie man einen Wildbraten mürbe machte und würzig briet, mit welchem Kraut man welches Gemüse am besten auf den Tisch brachte, mit welchem Teig ein Brot herzhaft im Ofen aufging und ein Kuchen locker würde und genau richtig süß.

Wie dem Wirt im Tübinger »Hahn« sah man ihr an, dass sie das, was sie für ihre Herrschaft zubereitete, auch selbst sehr gerne aß … jedenfalls normalerweise. Im Moment wirkte das runde Gesicht verhärmt und zutiefst unglücklich.

»Ich kann es immer noch nicht fassen.«

Wieder ein hingebungsvolles Schnauben, und trotzdem klang ihre Stimme noch reichlich wässerig.

»Die Frau Gräfin ist wegen der Quellen hierher nach Cannstatt gereist – weil unser Medicus ihr geraten hat, Bäder zu nehmen. Und plötzlich kommt Bruno auf den Hof geritten! Ganze drei Jahre war er nicht mehr daheim in Gernsbach, ich hab ihn fast nicht wiedererkannt – so ein schöner, großer Junge!«

Sie sah Valentin an, und der Kummer in ihren geröteten Augen war ehrlich, bitter und abgrundtief.

»Ich hab ihn seit seiner Geburt gekannt«, sagte sie. »Er ist zwei Monate später auf die Welt gekommen als mein eigener Bub, und er war der liebste kleine Kerl, den man sich nur vorstellen kann. Die edlen Herrschaften gehen mit ihren Kindern anders um als unsereiner; wenn er was anderes wollte als die Stunden bei seinem Lehrer oder die feinen Sachen, in die man ihn gesteckt hat, um ihn vorzuführen wie ein gestriegeltes, herausgeputztes Fohlen, dann kam er zu mir in die Küche. Im Winter hab ich ihm heiße Milch mit Honig gemacht und süße Wecken, im Sommer gab es Apfelsaft aus dem Keller. Er hat mit meinem Andres gespielt und gerauft, sie haben sich gezankt und wieder versöhnt. Immer, wenn Bruno bei mir war, waren sie wie Brüder.«

Valentin überlegte, ob er sie zum Thema zurückbringen und nachfragen sollte, was genau sich an dem Tag zugetragen hatte, als Bruno von Eberstein gestorben war. Doch dann entschied er, dass es vielleicht klüger war, geduldig zu warten, bis im Strom ihrer Erinnerungen irgendetwas Lohnendes oder Wichtiges an die Oberfläche trieb.

»Ich bin dem Grafen sehr dankbar«, fuhr Bärbel fort, »dass er mich in den Dienst genommen hat, damals, als ich plötzlich allein dastand mit meinem Kind. Seither ist es uns sehr gut ergangen. Natürlich war es für Andres schwer, als Bruno fortging. Früher haben die beiden immer so getan, als könnte er Brunos Knappe werden, wenn der irgendwann einem Fürsten den Lehnseid leistet. Ich hab es nicht über mich gebracht, ihm zu sagen, dass daraus nie etwas wird. Er ist nicht von Stand … und in diese Kreise muss man geboren werden, man dient sich nicht hinein. Nie.«

Bärbel musterte Valentin.

»Seid Ihr von Adel, Magister?«

Valentin schüttelte den Kopf. »Nein, Gevatterin. Mein Vater war ein Kaufmann in Tübingen.«

»Aber Ihr habt studiert, und deshalb bringt man Euch Achtung entgegen. Nicht wahr?«

»Gewissermaßen.«

Es hatte wenig Zweck, ihr zu erklären, dass es in diesen unruhigen Zeiten mit der Achtung unglücklicherweise nicht mehr so weit her war. Vermutlich lag das Interim so weit abseits von ihrer Welt, dass es für sie überhaupt keine Rolle spielte. Ob die Ebersteins katholisch oder protestantisch eingestellt waren, konnte ihr gleichgültig sein, solange die Familie zuließ, dass sie weiterhin in der Küche das Zepter schwang.

Es sei denn natürlich, sie war die Mörderin.

»Vielleicht würde es helfen, wenn Ihr mir erzählt, was genau Ihr an dem Tag getan habt, als Bruno zu Tode kam«, sagte er. »Und *wann* Ihr es getan habt.«

»Ich bin mit dem Hahnenschrei aufgestanden«, erwiderte Bärbel. »Ich hab der Frau Gräfin warme Milch und eine Scheibe süßes Brot mit Honig hergerichtet; das Brot war am Vorabend vom Lohnbäcker gekommen. Ich habe es ihr hinaufgebracht und ihr einen guten Morgen gewünscht. Dann bin ich wieder in die Küche, wo Magdalena den Herd gefegt und ein frisches Feuer gemacht hatte.«

»Das Gemüse war da noch nicht gekocht?«

Bärbel schüttelte den Kopf. »Nein«, sagte sie. »Ich habe den Haferbrei für die Dienerschaft angesetzt, hab der Magd aufgetragen, achtzugeben, dass er nicht anbrennt, und bin mit meinem Korb auf den Markt. Da wurde es gerade erst dämmerig. Als ich wieder zurück war, kamen eben die ersten Sonnenstrahlen über die Dächer.«

Der Weg durch die Marktstraße zur Kirche dauerte nur ein paar Minuten; Valentin hatte in den vergangenen Jahren ein paarmal Freunde in Cannstatt besucht und war ihn selbst schon gegangen. Also musste sie gegen sechs aufgebrochen und irgendwann zwischen halb sieben und sieben wieder zurückgekommen sein.

»Habt Ihr die Glocken läuten gehört?«, wollte er wissen.

»Ich hab nicht darauf geachtet«, erwiderte sie. »Ich hatte die Petersilienwurzeln im Korb und einen kleinen Krug voller Rahm. Die ganze Zeit hab ich darüber nachgedacht, ob ich mit den Wurzeln ein paar Zwiebeln braten soll, damit es noch ein wenig deftiger wird. Aber die Frau Gräfin hat es lieber etwas feiner – sie meint sonst immer, das sei bloß ein Essen für Diener oder Bauern.«

Ihr schien jäh wieder aufzugehen, was ihr so liebevoll ausgedachtes Rezept angerichtet hatte; ihre Lippen zitterten, und sie brauchte einen Augenblick, um sich zu fassen.

»Magdalena hat den Tisch für das Gesinde gedeckt, dann gab es Frühstück«, fuhr sie endlich fort. »Schwester Fidelitas kam als Erste herunter. Ich hab ihr die Schale mit Haferbrei gebracht, aber sie hatte kaum Zeit, sie zu essen. Die Zofe der Gräfin hat ihr gesagt, dass ihre Herrin sie sehen will, also ging sie hinauf und kam nicht mehr zurück. Als alle fertig waren, hat Magdalena den Topf geschrubbt und die Schalen und Löffel abgewaschen, bevor ich mit dem Gemüse angefangen hab.« Sie lächelte schwach. »Wenn meine Küche nicht sauber ist, fühle ich mich nicht wohl.«

Valentin dachte an das, was die Nonne über Bärbel gesagt hatte, und nickte leicht.

»Ich habe Magdalena nochmal zum Markt schicken müssen, weil ich die Kräuter vergessen hatte, die ich immer ganz zuletzt in das Gemüse gebe – Bärlauch und Salbei. Derweil hab ich die Petersilienwurzeln in Scheiben geschnitten und in Butter angeschmort. Man muss ordentlich rühren, damit sie nicht anbrennen, und währenddessen hab ich die Glocken draußen läuten hören – es hat zehn geschlagen. Ich hab Liebstöckel und Majoran gehackt, den Rahm in den Topf gerührt und das Ganze vorsichtig kochen lassen. Zuletzt – als die Tunke schön dick war – hab ich noch ein ganz klein wenig gesalzen, und als Magdalena wieder da war, kamen die Kräuter mit hinein. Es … es war sehr schmackhaft.«

Valentin beugte sich gespannt vor. »Nachdem das Gemüse fertig war – habt Ihr die Küche irgendwann verlassen? Vielleicht sogar für längere Zeit?«

»Ich war nur zweimal draußen«, antwortete Bärbel, ohne zu zögern. Wahrscheinlich hatte sie sich selbst in den letzten Tagen schon mehr als einmal den Kopf darüber zerbrochen, wie das Gift in den Topf geraten sein konnte. »Ich habe mir aus meiner Kammer neben der Küche eine frische Schürze geholt, und einmal hab ich für ein kurzes Weilchen frische Luft geschnappt. Aber das hat beides nicht lange gedauert.«

Vielleicht trotzdem lange genug, dass sich jemand an das Herdfeuer schleichen und ein paar Scheiben Schierling in den Topf werfen konnte. Und auf alle Fälle lange genug, dass Bruno im falschen Moment Zeit genug hatte, davon zu kosten.

»Ihr habt Bruno nicht gesehen, als er in die Küche kam?«, fragte Valentin.

Bärbel erblasste, und ihr Mund wurde schmal. »Ich wünschte, ich *hätte* ihn gesehen!«, sagte sie heftig. »Ich wünschte, ich hätte ihn daran hindern können … aber ich wusste doch nicht, dass das Essen giftig war! Ich hatte es doch gekocht, ich hab selbst davon gekostet … wie hätte ich ahnen können …« Sie schlug die Hände vor das Gesicht und brach in Tränen aus.

Valentin, der sich in der Gegenwart von Frauen immer ein wenig unbeholfen vorkam, regte sich nicht und hoffte inständig, dass das Gewitter möglichst rasch wieder vorüberging. Als sie sich wieder etwas beruhigte, hielt er ihr stumm sein eigenes Schnupftuch hin; Elsbeth hatte dafür gesorgt, dass er es einsteckte, und dank ihrer schwesterlichen Fürsorge war es sauber und glatt gebügelt.

Bärbel Häberlin nahm es, warf ihm einen dankbaren Blick zu und putzte sich einmal mehr die Nase.

»Er konnte nie die Finger aus meinen Töpfen lassen«, sagte sie leise. »Immer und immer wieder hat er hinter meinem Rücken frische Wecken stibitzt oder etwas vom Braten für die Abendtafel. Einmal haben die Diener im großen Bankettsaal des Schlosses ein Spanferkel aufgetragen – einer der Küchenjungen hat den ganzen Tag den Spieß gedreht, und ich hab es immer wieder neu mit Fett eingestrichen, damit die Kruste schön knusprig war. Aber als das Ferkel dann oben auf einer großen Platte lag, vor den Augen all dieser hochwohlgeborenen Damen und Herren … da war der Apfel, den es im Maul trug, angebissen. Und an der Schulter fehlte ein hübsches Stück Fleisch.« Sie versuchte zu lachen, brachte aber nur einen sehr kläglichen Laut zustande. »Das war das zweite und letzte Mal, dass der Herr Graf Bruno jemals übers Knie gelegt hat … Aber genützt hat es nicht viel. Sonst würde der arme Bub nämlich noch leben.« Sie betrachtete das feuchte, zerknüllte Tuch und seufzte. »Ich werde es der Waschfrau geben«, meinte sie. »Ihr bekommt es später wieder. Und jetzt müsst Ihr mich entschuldigen, Magister, ich sollte mich an das Abendessen machen. Die Gräfin liebt es nicht, wenn ihre Mahlzeit zu spät auf den Tisch kommt.«

Valentin stieg die Stufen hinauf, ging die wenigen Schritte zur Haustür und trat aufatmend ins Freie. Der Hof lag inzwischen halb im Schatten, die Luft war angenehm kühl. Direkt neben der Tür stand eine breite, grob gezimmerte Bank; er ließ sich darauf nieder und streckte die Beine aus.

Ein toter Grafensohn, der nur eine Nacht in dem Haus verbrachte, das er am nächsten Tag in aller Herrgottsfrühe wieder verlassen wollte und in dem er stattdessen qualvoll starb. Eine verzweifelte Köchin, die den Tod dieses Grafensohnes bitterlich betrauerte. Und eine geheimnisvolle Nonne, die wahrscheinlich mehr über Kräuter wusste, als es gut für sie war.

»Nun, Herr Magister – seid Ihr schon klüger?«

Valentin wandte den Kopf. Schwester Fidelitas stand neben ihm. Ob er so tief in Gedanken gewesen war, dass er sie nicht gehört hatte, oder ob es daran lag, dass sie sich so lautlos bewegte, konnte er nicht sagen.

»Ich bin gerade einmal etwas mehr als eine Stunde hier, Schwester. Ihr dürft keine Wunder von mir erwarten.«

»Mich wundert viel mehr, dass Eure Vorlesungen in Tübingen Euch die Zeit lassen, den Tod eines Mannes zu untersuchen, den Ihr kaum kennt.« Ihre Stimme klang kühl. »Reduziert sich eigentlich der Unterricht, wenn man den althergebrachten Glauben verlässt und sich ketzerischen Irrtümern zuwendet? Das immerhin sollte mich *nicht* wundern.«

Er zuckte leicht zusammen. Sie hatte eindeutig inzwischen Erkundigungen über ihn eingezogen. Wahrscheinlich hatte Otto ihr verraten, dass er zwar tatsächlich ein Magister der Theologie war, der in Tübingen unterrichtete – nur dummerweise die falsche Lehre. Die respektvolle Höflichkeit, die sie ihm noch vor wenigen Stunden erwiesen hatte, war spurlos verschwunden.

Valentin wunderte das wenig. Der Priester, der Bruno die Sterbesakramente erteilt hatte, mochte ein hochwürdiger Herr sein. Der fremde Magister Schmieder war für sie wahrscheinlich nichts anderes als ein Ketzer.

Und damit der Feind.

Die Frustration, die er seit dem Gespräch mit Kanzler Widmann vor einer Woche mit sich herumtrug, brach sich Bahn und ließ ihn schärfer antworten als beabsichtigt.

»Eure Zunge sticht wie eine gut geschliffene Nadel«, gab er zurück. »Ich kann mir nicht vorstellen, dass Eure Mutter Oberin diesen Ton sonderlich zu schätzen weiß. Und die Tatsache, dass jemand an einem Gift verstorben ist, das Ihr im selben Haus auf Vorrat gehalten und verwendet habt, noch viel weniger.«

Ihre Gestalt straffte sich, aber das war die einzige äußerliche Reaktion, die er zu sehen bekam. Er empfand eine widerwillige Bewunderung für ihre Selbstdisziplin.

»Mein Gewissen ist rein«, erwiderte sie flach. »Wer immer dem Jungen das angetan hat, ich bin es nicht gewesen.«

»Wie ich schon sagte – ich kann nur hoffen, dass ich den wahren Täter finde. Frauen, die mit Kräutern umgehen können, geraten gern in den Verdacht, mit dem Bösen im Bunde zu sein.«

Der Blick ihrer grün gefleckten Augen versengte ihn wie eine plötzlich aufzuckende Flamme.

»Wollt Ihr mir Angst machen? Oder gar drohen?«

»Nicht doch.« Er lachte leise und freudlos. »Bislang war es vor allem die allein seligmachende Mutter Kirche in Rom, die die Frauen auf die Scheiterhaufen geschickt hat. Und ihre höchst unselige Tochter, die Inquisition.«

»Meint Ihr wirklich?« Sie zog die Hände aus den Ärmeln und stemmte sie in die Hüften. »Kaiser Karl hat schon vor zwanzig Jahren ein Gesetz erlassen, das genau unterscheidet, zu welchem Zweck Zauberei verwendet wird. Tut sie Gutes, ist sie nach diesem Gesetz nicht mit Strafe zu ahnden, denn in den Augen unwissender Menschen spielt es oft keine Rolle, ob jemand Heilkräuter nur weise verwendet oder obendrein noch einen Spruch darüber sagt. Viele wittern den Teufel überall, das wisst Ihr genauso gut wie ich.«

»Ich bin sicher, protestantische Theologen halten den ›Hexenhammer‹ nicht für eine erstrebenswerte Lektüre«, versetzte Valentin. »Ich kenne viele, die die Theorien von Henricus Institoris vermessen und gefährlich finden.«

»Das ist wohl kaum ein Verdienst des sogenannten reformierten Glaubens.« Fidelitas schob das Kinn vor. »Was haltet Ihr hiervon: ›Es ist ein überaus gerechtes Gesetz, dass die Zauberinnen getötet werden, denn sie richten viel Schaden an … Sie können nämlich Milch, Butter und alles aus einem Haus stehlen … Sie können ein Kind verzaubern … Auch können sie geheimnisvolle Krankheiten im menschlichen Knie erzeugen, dass der Körper verzehrt wird … Schaden fügen sie nämlich an Körpern und Seelen zu, sie verabreichen Tränke und Beschwörungen, um Hass hervorzurufen. Also sollen sie getötet werden, nicht allein weil sie schaden, sondern auch, weil sie Umgang mit dem Satan haben.‹ Wisst Ihr, wer das gesagt hat?«

»Nein«, gab Valentin zu.

»Das stammt aus einer Predigt Eures hochgelehrten Doktor Martinus Luther.« Fidelitas funkelte ihn zornig an. »Ihr solltet mehr von seinen Schriften lesen, Magister. Die meisten werden jetzt gedruckt, man kann sie kaufen. Viele davon sind nichts mehr als üble Pamphlete und Schmähschriften, aber ich finde sie doch recht … aussagekräftig. Meint Ihr nicht?«

Sie machte schwungvoll kehrt und verschwand wieder im Haus. Ihr schwarzes Skapulier wehte hinter ihr her wie ein königlicher Mantel.

Valentin starrte ihr nach und klappte den Mund zu, der ihm noch immer offen stand, während sich gleichzeitig die Haustür mit einem entschiedenen Knall schloss.

Nicht zum ersten Mal an diesem Tag wünschte er sich verzweifelt in seine Tübinger Studierstube zurück … oder wenigstens in den friedlichen Garten seiner Schwester.

V

Eine Gräfin und zwei Söhne

Valentin verbrachte die Nacht nach seiner Ankunft in Cannstatt in ebenderselben Kammer, in der Bruno gestorben war. Gräfin Johanna hatte er am Abend nicht mehr zu Gesicht bekommen; Otto hatte ihm mitgeteilt, seine Mutter sei einverstanden, ihn unter ihrem Dach willkommen zu heißen, sähe sich aber außerstande, ihn sofort zu empfangen.

Valentin war nicht gekränkt. Der Sohn der Gräfin war erst vor sechs Tagen unter so rätselhaften wie furchterregenden Umständen umgekommen, und anstatt ihn schnell heimzubringen und dort mit den gebotenen Ehren in der Familiengruft bestatten zu können, musste sie untätig darauf warten, von ihrem Ehemann aus ihrer misslichen Lage erlöst zu werden. Da wunderte es ihn nicht, dass sie wenig Lust verspürte, einen Mann zu sehen, den sie nicht kannte, und den ihr Sohn ins Haus gebracht hatte, ohne sie vorher um ihre Erlaubnis zu bitten.

Also aß er mit dem Gesinde in der Küche – es gab einen sehr schmackhaften Eintopf mit Lammfleisch und jungen Erbsen – und lernte dabei auch noch die Küchenmagd, den Kutscher der Familie und den Reitknecht kennen. Die Stimmung war gedrückt, und er spürte, dass die Leute der Gräfin ihn als Eindringling empfanden – ein Fremder, der darauf aus war, ihnen ihre kleinen und großen Geheimnisse zu entreißen, und der sie einer Untat verdächtigte, die sie noch gar nicht in ihrer ganzen Tragweite begriffen hatten.

Valentin bemühte sich geflissentlich, die misstrauischen Blicke zu ignorieren, die ihm von allen Seiten zugeworfen wurden, leerte schweigend seinen Napf und bedankte sich anschließend bei der Köchin für das gute Essen. Danach führte ihn die Zofe der Gräfin – das verschreckte Mädchen mit den langen Zöpfen, das ihm bei seinem ersten Besuch die Tür geöffnet hatte – in die kleine Schlafkammer, in der das Bett inzwischen mit einem frischen Laken, mit Kissen und Decke für ihn hergerichtet worden war. Er legte sich hin, sprach ein weiteres Gebet für den jungen Mann, der so jäh und unvermutet aus dem Leben gerissen worden war, und schlief ein.

Am nächsten Morgen wurde er durch einen stetig fallenden Regen geweckt, der über ihm auf das steile Strohdach trommelte und die Fensterscheiben hinunterlief. Es dauerte eine Weile, bis er mitbekam, dass draußen im Flur jemand an seine Tür klopfte. Als er sich aus der Decke geschält hatte und hinausspähte, fand er einen Krug mit warmem Wasser, eine große Schüssel, ein zusammengefaltetes Tuch und ein Näpfchen mit weicher Seife, die ganz ähnlich roch wie die im Haus seiner Mutter; die alte Köchin gewann sie dort aus dem Seifenkraut, das in Katharina Schmieders Garten wuchs.

Valentin hielt sich gern sauber; er war erfreut, nicht erst ein Badehaus aufsuchen zu müssen. Eine halbe Stunde später kam er in die Küche hinunter und wurde dort mit frisch gekochtem Grießbrei versorgt. Dazu gab es Honig und Apfelmus. Während Bärbel in einem Kessel rührte, in dem sie vor seinen Augen ein ganzes Huhn versenkt hatte, saß er allein am Tisch; er hörte die Kirchturmuhr leise acht schlagen. Brunos Tod mochte diesen Haushalt in seinen Grundfesten erschüttert haben; die Arbeit, die getan werden musste, wurde trotzdem getan, und ungeachtet aller Trauer hatte die Gräfin ihre Dienerschaft eindeutig fest im Griff. Er verspürte eine zunehmende Neugier auf Johanna von Eberstein.

Nach dem Frühstück hatte er endlich Gelegenheit, diese Neugier zu befriedigen. Auf dem Weg zurück in seine Kammer kam ihm Otto auf der Stiege entgegen; seine Mutter hatte ihn ausgesandt, den Magister aus Tübingen zu holen und in ihr Zimmer zu führen.

Otto öffnete Valentin die Tür, blieb selbst aber draußen.

Johanna von Eberstein stand am Fenster. Das Kleid, das sie trug, war ebenholzbraun und kaum verziert, abgesehen von einer schmalen, goldgestickten Borte an Ausschnitt, Handgelenken und Rocksaum. Sie hatte auf eine Haube verzichtet, und ihr dunkelblondes Haar war zu einer geflochtenen Krone aufgesteckt. Valentin suchte in ihrem unbewegten Gesicht nach Ähnlichkeiten mit ihrem Sohn und fand die schwerlidrigen Augen und die lange, gerade Nase, die sie offenbar an Otto vererbt hatte.

Er verneigte sich. »Guten Morgen, Frau Gräfin«, sagte er freundlich. »Ich hoffe, Ihr hattet eine erholsame Nacht.«

»Ich schlafe im Moment nicht gut, Herr Magister«, erwiderte sie, die Stirn leicht gerunzelt. »Mein Sohn ist tot, und in jeder wachen Stunde frage ich mich, wer daran die Schuld trägt.«

»Euer Sohn Otto hat mich aus genau diesem Grund hergerufen«, erklärte Valentin. »Er hofft, dass ich herausfinden kann, was geschehen ist – und wieso.«

»Wirklich?« Die Gräfin hob die Augenbrauen. »Denkt Ihr, dass Ihr das könnt?«

»Ich weiß es nicht«, antwortete Valentin ehrlich. »Euer Sohn scheint das zu glauben.«

»Mein Sohn hat auch eine ganze Zeitlang geglaubt, zum Heerführer zu taugen.« Johanna wandte sich ab. »Ich denke, er ist im geistlichen Stand weit besser aufgehoben. Deswegen habe ich ihn zum Studium nach Tübingen geschickt; an Eurer Stelle würde ich seinem Urteil nicht allzu viel Wert beimessen.«

Es war eine bewusste Kränkung, die ebenso auf Otto zielte wie auf ihn; Valentin dankte dem Geschick dafür, dass der junge Student sie nicht mitbekam und dass er selbst durch die Intrigen der letzten Jahre an der Universität abgehärtet genug war, sie an sich abprallen zu lassen.

»Ich wünsche nicht, dass Ihr das Haus in Aufruhr bringt«, fuhr Johanna fort, bevor er noch die Gelegenheit hatte, etwas zu erwidern. »Aufgrund der Tatsache, dass mein Gemahl noch in Gernsbach aufgehalten wird und voraussichtlich erst in etwa zwei Wochen hier sein kann, um mit mir gemeinsam den … den Leichnam Brunos nach Hause zu überführen, müssen wir hier noch aushalten, und wir hatten bereits genügend Unruhe. Mehr davon ist absolut unerwünscht. Habt Ihr das verstanden?«

»Gewiss.« Valentin verneigte sich erneut. »Dennoch werde ich nicht umhinkönnen, nachzuforschen. Ich bin hier, um dafür zu sorgen, dass Eure Fragen beantwortet werden; aber dazu muss ich leider selbst Fragen stellen – und zwar jedem, der hier lebt oder dient.«

Er konnte sehen, dass ihr diese Aussicht nicht gefiel.

»Ich werde so behutsam sein wie irgend möglich«, versprach er. »In jedem Falle behutsamer als die Vertreter der Obrigkeit. Die hat sich bisher aus der Angelegenheit herausgehalten, soweit ich weiß, doch das kann sich ändern. Euch ist bestimmt weit mehr an der Aufklärung dieser Untat gelegen als an einem Skandal, oder nicht?«

Sie wandte sich wieder zu ihm um und musterte ihn, als sähe sie ihn zum ersten Mal.

»Wie darf ich das verstehen?« Sie hob das Kinn. »Wollt Ihr andeuten, dass Ihr, wenn ich Euren Nachforschungen nicht zustimme, selbst öffentlich auf unser Unglück aufmerksam machen wollt? Das ist mehr als dreist, Magister!«

»Ihr missversteht mich«, erwiderte Valentin gelassen. »Es dürfte Euch nicht neu sein, dass so mancher Tod ungesühnt bleibt. Vor allem dann, wenn der Mann oder die Frau, die ihr Leben verlieren, zu arm oder zu unwichtig sind für einen Fürsprecher und einen Richter. Euer Sohn allerdings war von Adel und Eure Familie hat einen Ruf zu verlieren. Es ist sicher besser, die Wahrheit zu kennen und sie hinreichend beweisen zu können, noch bevor Stadt und Obrigkeit sich entschließen, einzugreifen und Euch ebenso wie mir die Sache aus den Händen nehmen.«

Johanna schwieg lange; dann straffte sie sich.

»Ihr mögt Recht haben«, sagte sie. »Aber sobald mein Gemahl hier ist, werde ich meinen Sohn nach Gernsbach bringen und dort zu Grabe tragen – gleichgültig, was Ihr herausgefunden habt oder nicht. Also solltet Ihr Euch besser beeilen.«

»Ich werde mein Möglichstes tun.«

Valentin verneigte sich ein drittes Mal und entschied, dass es weiser war, auf eine sofortige Befragung der Gräfin zu verzichten. Er verabschiedete sich, ging hinaus und spürte, dass er unwillkürlich immer leichter atmete, je weiter er sich von ihr entfernte.

Kein Wunder, dass der Alltag in diesem Haus wie am Schnürchen lief – Schlamperei war etwas, das man sich besser nicht erlaubte, solange Johanna von Eberstein in der Nähe war. Dass sie sich nicht daheim auf »ihrer« Burg befand, sondern noch tage-, wenn nicht wochenlang hier in diesem doch recht beschränkten Quartier festsaß, musste sie zur Weißglut bringen. Sie kam ihm vor wie eine Königin im Exil, die ganz ohne ihr Verschulden zutiefst gekränkt und obendrein eingesperrt worden war, und er wurde den Eindruck nicht los, dass dies genau die Wirkung war, die sie im Sinn gehabt hatte.

Im Hausflur begegnete er Otto, der ihn forschend musterte.

»*Incidit in scyllam cupiens vitare charybdim*«, deklamierte der junge Mann feierlich und grinste für einen kurzen Moment wie ein Lausbub.

Valentin erkannte das Zitat und musste lachen.

»Eure Mutter mit einem sechsköpfigen Monstrum zu vergleichen, halte ich doch für etwas weit hergeholt«, gab er zurück. »Und für respektlos obendrein. Außerdem: wenn die Gräfin die Scylla aus der Odyssee ist – wer oder was ist dann Charybdis?«

»Vielleicht die Universität«, meinte Otto. »Angesichts der Lehren von Doktor Martinus Luther, von Zwingli und Calvin hat sich auch dort manch fester Boden in einen gefährlichen Strudel verwandelt.«

Valentin seufzte. »Gar nicht so falsch«, entgegnete er. »Auch ich bin dieser Tage aus dem Gleichgewicht geraten, wie mir scheint.« Er klopfte Otto auf die Schulter. »Sollte ich jemals ein theologisches Streitgespräch mit Euch führen, werde ich mich in Acht nehmen müssen.«

Otto errötete; er wirkte so überrascht wie erfreut.

Valentin ertappte sich bei der Vermutung, dass der junge Adlige von seiner Mutter nur selten ein Lob zu hören bekam. Vielleicht hatte sie alle Ermutigung, die sie zu geben hatte, für den Sohn aufgespart, der nun nicht mehr lebte.

»Erzählt mir von Bruno«, sagte er, ohne nachzudenken. »Wenn ich herausfinden will, wer Eurem Bruder so übel wollte, dass er nicht davor zurückgeschreckt ist, ihn zu töten, dann muss ich mehr über ihn wissen.«

Otto ging zur Haustür, öffnete sie und warf einen Blick ins Freie. »Es hat aufgehört zu regnen, Magister ... Was haltet Ihr von einem Spaziergang, während wir uns unterhalten?«

»Philipp, mein älterer Bruder, wird eines Tages vermutlich den Grafentitel und die Burg erben«, sagte Otto, während sie sich langsam auf den Weg die schmale Gasse hinunter machten. »Er ist zehn Jahre älter als ich, und meine Mutter liegt ihm in den Ohren, dass er sich endlich eine Frau nehmen muss. Allerdings sollte seine zukünftige Gemahlin besser ein ordentliches Vermögen mitbringen. Unser Haus steht ständig am Rande des Ruins.«

»Tatsächlich?«, fragte Valentin, der sich über so viel ungenierte Offenheit ein wenig wunderte. »Ist es so schlimm?«

»Noch viel schlimmer, Magister.« Otto räusperte sich; der Seitenblick, den er Valentin zuwarf, war ausgesprochen ironisch. »Ich habe – ich *hatte* – drei Brüder und sechs Schwestern. Elisabeth und Amalia haben keinen Mann gefunden, der bereit gewesen wäre, sie ohne eine stattliche Mitgift zu akzeptieren. Außerdem waren beide zu schwächlich, um verheiratet zu werden. Amalia ist bereits seit vier Jahren tot, und meine jüngste Schwester Anna hat kaum die Wiege überlebt. Felizitas ist inzwischen dreiundzwanzig und hat – sehr zur Erleichterung meiner Mutter – den Schleier genommen. Das Kloster war zum Glück mit ein paar wenigen Ländereien als Mitgift zufrieden. Mein Bruder Wilhelm ist einundzwanzig und wird demnächst zum Priester geweiht, meine Schwester Sibylla hat einen Fugger geheiratet, und *seine* Familie ist gottlob so reich wie König Midas.«

Über ihnen öffnete sich ein Fenster. »Obacht, Wasser!«, rief eine Frauenstimme, und Otto machte einen raschen Sprung zur Seite, als sich in hohem Bogen der Inhalt eines Nachttopfes in die Kloake ergoss. Der Regen hatte das schwärzliche Rinnsal, das in der Mitte der Gasse eine Rinne hinunterfloss, stark verdünnt; deswegen war der Gestank schwächer als sonst und noch einigermaßen erträglich.

Valentin und Otto bogen um eine Ecke in die Marktstraße, und plötzlich roch es – weit angenehmer – nach einer Mischung aus brutzelndem Fleisch und frisch gebackenem Brot. In der Tür des Wirtshauses, aus dem der Duft ins Freie wehte, erschien eine Magd und kippte aus einem Holzbottich schmutziges Waschwasser in die Gossenrinne. Sie war blond, drall und hübsch und warf den beiden Männern einen interessierten Blick zu; Valentin stellte fest, dass Otto diesen Blick mit echtem Wohlgefallen erwiderte.

»Ihr seid doch ebenfalls für den geistlichen Stand vorgesehen«, sagte er. »Eure Mutter sagte mir, sie hätte Euch das Studium in Tübingen … äh … nahegelegt.«

»Sie hat mich nach Tübingen *befohlen*, meint ihr.« Otto wandte die Augen sehr widerstrebend von der Magd ab; die nahm ihren Bottich und verschwand wieder im Wirtshaus. »Und sie setzt als selbstverständlich voraus, dass ich mich danach baldmöglichst zum Priester weihen lasse, so wie Wilhelm. Meine Mutter hat gern in allen Dingen die Oberhand. Deswegen hat sie meiner Schwester Kunigunde ja auch befohlen, sich mit knapp sechzehn von Schwager Christoph zum Altar führen zu lassen. Immerhin – die beiden sind einander ausgesprochen zugetan, also kann ich ihr kaum einen Vorwurf daraus machen.«

Valentin erinnerte sich daran, was die Köchin ihm erzählt hatte. »Das ist der Schwager, bei dem Bruno die letzten drei Jahre verbracht hat, nicht wahr?«

»Ganz genau.« Otto schnaubte leise in sich hinein. »Damit er am Ende einen höchst vorzeigbaren Ritter abgibt, der in schimmerndem Kürass in die Stadt einreitet und den Mädchen schöne Augen macht. Wobei meine Mutter gewiss dafür gesorgt hätte, dass es immer die *richtigen* Mädchen sind. Bruno war ihre große Hoffnung auf eine einträgliche Ehe, am liebsten mit einem einflussreichen, hohen Haus, um unsere chronisch leeren Schatztruhen zu füllen.«

»Ich bin nicht sicher, ob Eure Mutter erfreut darüber wäre, dass Ihr mit diesen Dingen mir gegenüber so wenig hinter dem Berg haltet«, meinte Valentin.

Sie hatten den Marktplatz erreicht, und vor ihnen erhob sich die Kirche, die seit knapp achtzig Jahren das Bild der Stadt bestimmte. Die beiden schlenderten an der Fassade entlang, und Valentin bewunderte die schmal nach oben strebenden Fenster und das steil geschwungene Dach über dem Kirchenschiff.

»Ich habe Euch mit hergebracht, um herauszufinden, wer meinen Bruder vergiftet hat«, sagte Otto. »Ihr wolltet doch so viel wie möglich wissen, um irgendwann Eure Schlüsse ziehen zu können. Auch über meine Familie.«

»Ihr und Bruno – seid Ihr gut miteinander zurechtgekommen?«, erkundigte sich Valentin.

»Ziemlich.« Otto lächelte schwach. »Er war ausgesprochen verträglich. Er hat es mich nie spüren lassen.«

»Was hat er Euch nie spüren lassen?«

»Dass meine Mutter unter ihren Söhnen ihn am meisten liebte. Ich bin ihr deswegen nicht wirklich böse ... Bruno liebte *jeder*. Er war immer gutgelaunt, er war zuvorkommend und hilfsbereit, und auch ohne Kürass und Streitross konnten die Mädchen die Augen kaum von ihm abwenden. Ich bin mir neben ihm mehr als einmal vorgekommen, als sei ich unsichtbar.«

»Manch anderen hätte das zornig gemacht. Und neidisch.« Valentin betrachtete Otto von der Seite.

»Mich nicht.« Es klang ruhig und vollkommen ehrlich. »Ich habe ihm sein ebenmäßiges Gesicht und seine Freude am Leben ebenso sehr gegönnt wie die großartige Zukunft, die meine Mutter für ihn geplant hatte. Er hätte irgendwann den Preis dafür zahlen müssen; in seinem Schatten war ich besser aufgehoben. Von mir wurde – und wird – weit weniger erwartet als von ihm.«

»Die Köchin hat mir erzählt, Bruno sei ihrem Sohn so eng verbunden gewesen wie ein Bruder.«

Otto nickte. »Ganz richtig. Solange Bruno noch in Gernsbach lebte, war der eine immer dort zu finden, wo auch der andere war.«

»Und auch das hat Euch nicht gestört, nehme ich an?«

»Auch das hat mich nicht gestört.« Der Blick der schwerlidrigen grauen Augen war offen und ein wenig herausfordernd. »In diesen unruhigen Zeiten sind Freundschaften ein kostbares Ding. Und man sollte dankbar dafür sein, wenn man sie geschenkt bekommt – egal von wem.«

»Da habt Ihr wohl Recht.«

Sie hatten inzwischen die Kirche umrundet; auf dem Marktplatz herrschte ein reges Treiben. Vor der Tür des Kauf- und Steuerhauses waren zwei Händler in ein lebhaftes Gespräch vertieft. Ein Knecht stakste behutsam über das Kopfsteinpflaster, einen Stapel farbenfroher Stoffrollen auf den Armen. Mägde und Hausfrauen strebten mit raschen Schritten zum Bäcker und zum Metzger, und ein Fuhrmann lenkte einen Pferdekarren direkt an ihnen vorbei, auf die »Krone« zu, die der Kirche gegenüberlag. Auf der Ladefläche ragten drei riesige Fässer in die Höhe, und von einem Moment zum anderen war die Luft von kräftigem, herben Bierdunst erfüllt.

Otto schnupperte genießerisch. »Was haltet Ihr von einem anständigen Krug vor dem Mittagessen? Wir sind doch vorhin an diesem Wirtshaus vorbeigekommen …«

»… und da erfreut Euch das Bier bestimmt mindestens ebenso wie die hübsche, blonde Kleine, die es an den Tisch bringt.« Valentin lachte. »Ihr konntet doch die Augen kaum von ihr lassen. Es sei Euch gegönnt, mein Junge – keine Sorge, ich werde Euch nicht verraten. Gönnt Euch den Blick auf ein hübsches Gesicht, bevor Ihr morgen für die Prüfungen nach Tübingen zurückmüsst.«

»Kommt Ihr denn nicht mit, wenigstens auf einen Schluck?«

»Keine gute Idee.« Valentin wandte sich um und ging neben Otto langsam vom Platz in die Marktstraße zurück. »Ich muss mich mit Andres Häberlin unterhalten, und dafür brauche ich einen klaren Kopf.«

Der Stall empfing Valentin mit warmem Dämmer; die Sonnenstrahlen, die durch die Ritzen in den Holzwänden fielen, malten ein feines, goldenes Streifenmuster auf den festgestampften Lehmboden. Es roch süß nach Heu und sehr intensiv nach Pferd. Er zog die Tür hinter sich zu. Sie quietschte laut, und eines der Rösser, die er in diesem Licht kaum sehen konnte, stampfte aufgeschreckt und schnaubte.

»Immer mit der Ruhe, mein Großer. Alles gut«, sagte eine freundliche, helle Stimme. »Mama, bist du das?«

Aus dem Schatten trat ein hochgewachsener junger Mann mit einem dichten, blonden Haarschopf. Er hatte die kräftige, muskulöse Gestalt eines Menschen, der körperlich hart arbeitete, ein hübsches, eckiges Gesicht mit einer eindrucksvollen Nase und einem Mund, dem man ansah, dass er gern lachte. Valentin schätzte ihn auf noch nicht ganz zwanzig.

»Holla!« Er musterte Valentin mit einer Mischung aus Neugier und gesundem Misstrauen. »Wer seid denn Ihr?«

»Valentin Schmieder, Theologe aus Tübingen«, erwiderte Valentin und verneigte sich leicht. »Und im Moment Gast der Gräfin von Eberstein. Deine Mutter ist wahrscheinlich in der Küche. Ich muss sie unbedingt nach dem Rezept für den Lammeintopf mit Erbsen fragen, den es gestern Abend gegeben hat. Die Köchin von *meiner* Mutter wäre sicher dankbar dafür; wenn sie Lamm auf den Speiseplan nimmt, ist es nie auch nur annähernd so köstlich.«

Die Erwähnung von Bärbel und ihrer Kochkunst sorgte – ganz wie Valentin es vorhergesehen hatte – dafür, dass der Junge sich entspannte.

»Ein Theologe aus Tübingen.« Um seine Mundwinkel zuckte es flüchtig. »Ich hab schon von Euch gehört, Magister. Und ich bin Andres Häberlin, ein Reitknecht. Aus Gernsbach, und ganz ohne Doktortitel.«

»Das dachte ich mir beinahe.« Valentin lächelte. »Du hast die gleiche Nase und ebenso blondes Haar wie deine Mutter.«

»Kann schon sein.« Andres musterte ihn fragend. »Was kann ich für Euch tun, Herr? Wollt Ihr, dass ich Euren Fuchs sattele?«

»Nein.«

»Was wollt Ihr dann?« Plötzlich schien ihm ein Licht aufzugehen. »Jetzt weiß ich's – ich bin an der Reihe, Eure Fragen zu beantworten. Bitte um Vergebung … aber die Tatsache, dass Ihr hier seid, sorgt unter der Dienerschaft für ordentlich Unruhe. Ein jeder betrachtet den anderen voller Argwohn und fürchtet sich davor, mit Euch reden zu müssen.«

»Das habe ich mir ebenfalls beinahe gedacht.« Valentin seufzte. »Wenn ich herausfinden soll, wieso Bruno von Eberstein gestorben ist, wird es dummerweise ohne ein wenig Unruhe nicht abgehen. Anscheinend will mir das niemand so recht glauben.«

»Der arme Bruno.« Ein Schatten flog über Andres' Gesicht. »Es ist ein furchtbares Unglück.«

Er schaute auf seine verschränkten Arme hinunter; Valentin hatte den Eindruck, als wollte er etwas Wichtiges sagen, wüsste aber nicht, ob seine Offenheit ihm möglicherweise Ärger eintrug.

Endlich gab er sich einen Ruck.

»Seit dem Morgen, als meine Mutter ihn ohnmächtig in seiner Kammer gefunden hat, lässt mir eine bestimmte Sache keine Ruhe mehr.«

»Und die wäre?«

»Ob Bruno wohl noch leben würde, wenn er nicht verschlafen hätte«, erwiderte Andres. »Eigentlich hätte er nämlich überhaupt nicht mehr im Haus sein sollen.«

Valentin musterte den jungen Mann überrascht. »Hätte er nicht? Wieso das denn?«

»Weil er schon vor Sonnenaufgang aufbrechen wollte, zurück nach Meßkirch. Zurück zu seiner Schwester und seinem Schwager. Das hat er mir jedenfalls gesagt, bevor er mir spätabends eine gute Nacht gewünscht und den Stall verlassen hat.«

»Er kam zu dir in den Stall, nur um dir das zu sagen?«

Andres zog die Schultern hoch; sein Unbehagen war fast mit Händen zu greifen.

»Bruno … er war der Sohn meines Herrn«, sagte er langsam. »Aber wir haben uns gekannt, seit wir Kinder waren. Wir haben miteinander gespielt. Und der Herr Graf hat sogar befohlen, dass Brunos Lehrer mich genauso unterrichtet wie ihn. Deswegen kann ich lesen und schreiben … und ich hab viel mitbekommen. Auch von Bruno. Er hat mich immer behandelt wie … seinesgleichen. Und als er am Tag vor seinem Tod hier ankam, sagte er mir, er wollte später noch mit mir reden. Nach dem Abendessen, und sobald seine Mutter ihn gehen lässt.«

»Von dieser besonderen Freundschaft habe ich schon gehört. Und über diese Unterhaltung am Abend vor Brunos Tod würde ich gern ein bisschen mehr wissen.« Valentin sah sich um. »Kann man sich hier irgendwo setzen?«

Andres nahm eine Pferdedecke von der Trennwand, hinter der Valentins Fuchs stand, schüttelte sie aus und breitete sie über ein eckig verschnürtes Strohbündel. »Nehmt Platz, Magister. Ihr müsst entschuldigen, daheim in Gernsbach haben es nicht nur die Pferde, sondern auch die Reitknechte und die Stalldiener um einiges bequemer.«

»Danke.«

Valentin ließ sich auf der improvisierten Sitzgelegenheit nieder und fand sie durchaus bequem genug. Außerdem hatte er im Moment anderes im Kopf. Das hier klang nach der ersten Spur, die ihn bei der Aufklärung dieses undurchsichtigen Verbrechens vielleicht endlich einen kleinen Schritt weiterbrachte.

»Wieso wollte er so rasch wieder abreisen? Er war doch gerade erst eingetroffen.«

»Er ist bloß hergekommen, weil seine Mutter das wollte«, erklärte Andres. »Die Frau Gräfin hatte vor, ihn so bald als möglich zu verheiraten. Die Auserwählte war die jüngste Tochter des Markgrafen von Baden. Blutjunges Ding, aber wahrscheinlich reich an Geld und Ländereien.« Andres lächelte schwach. »Immerhin – Bruno hatte ja von sich aus auch einiges zu bieten. Die Herrin hat wohl darauf gehofft, dass die badische Kleine sich auf den ersten Blick in ihn verguckt. Und vor allem darauf, dass zu ihrer fetten Mitgift dann auch das Kloster Frauenalb gehört. Die Badener und die Ebersteiner teilen sich seit Jahrzehnten die Vogtshoheit darüber, und sie streiten sich darum wie zwei Hunde um ein saftiges Stück Fleisch.«

Ein vorsichtiger Seitenblick – als wollte Andres sich vergewissern, dass der Magister ihm die Art und Weise, wie er über seine Herrschaft sprach, nicht übelnahm.

Valentin nickte ihm ermutigend zu; ihm fiel ein, was Otto ihm vorhin erzählt hatte.

»Das heißt, Bruno sollte zum einen die leeren Truhen der Familie füllen und zum anderen einen ärgerlichen Dauerzwist beenden. Damit hätte deine Herrin gleich zwei Fliegen mit einer Klappe geschlagen … ein ziemlich ausgeklügelter Plan.«

»Aus dem dummerweise nichts wurde. Stattdessen ist Bruno jetzt tot und wird niemals ein Mädchen zur Frau nehmen. Oder Söhne und Töchter haben«, entgegnete Andres nüchtern und sah traurig zu Boden. »Bevor er an dem Abend ging, hat er mich gebeten, sein Stallmeister zu sein. ›Eines Tages‹, sagte er, ›wenn ich irgendwann hoffentlich auf meiner eigenen Burg sitze, mit einer Frau, die ich mir mit etwas Glück selbst ausgesucht habe, und einem Dutzend wohlgeratener Kinder.‹ Ich weiß es noch, Wort für Wort.«

Er schwieg, sichtlich in Gedanken verloren.

Valentin hielt es für klüger, ebenfalls zu schweigen. Vielleicht kam Andres ja von ganz allein auf etwas, das auf der Suche nach dem Mörder des jungen Mannes weiterhalf.

»Als er sich verabschiedete, war er nicht mehr ganz ... nüchtern.« Es klang leise, die Worte zögernd. »Genau genommen war er ziemlich bezecht. Er hatte einen Krug Wein mitgebracht – vielleicht, um unser Wiedersehen zu feiern. Und während er mir erzählte, was seine Mutter für ihn plante, trank er ihn fast ganz alleine leer. Ich glaube, er hat Angst davor gehabt, ihrem Plan ganz und gar ausgeliefert zu sein.«

Valentin betrachtete den jungen Reitknecht nachdenklich. »War es *seine* Idee, am nächsten Morgen zu verschwinden?«

»Nein, meine.« Die Trauer in Andres' Augen verstärkte sich noch. »Aber sie hat ihm sehr gefallen. Als er ins Haus zurückging, war er fest entschlossen, meinen Rat zu beherzigen. Er wollte von Meßkirch aus seinem Vater einen Brief schreiben und hoffte darauf, dass der Herr und die Herrin sich dann schon irgendwie einigen würden.«

»Das heißt, der Graf wusste nichts von dem Plan seiner Gemahlin?«

»Bruno war sich sicher, dass er keine Ahnung hatte«, antwortete Andres. »Er meinte ... er meinte, seine Mutter wollte Graf Wilhelm vor vollendete Tatsachen stellen.«

Eine willensstarke Frau, die ihren Kopf mit aller Gewalt durchsetzen wollte. Und mit der nicht zu spaßen war.

»Wenn ich bloß mehr von dem Wein getrunken hätte«, murmelte Andres, »und Bruno dafür weniger ...« Er scharrte mit dem Fuß auf dem Lehmboden. »Wahrscheinlich ist er wegen all dem Wein nicht rechtzeitig aufgewacht, um vor Sonnenaufgang aufzubrechen, so wie er es eigentlich vorhatte. Ich hab morgens gesehen, dass sein Pferd noch im Stall stand. Ich hab noch überlegt, ob ich ihn wecken soll, aber es war schon hell ... und ich konnte doch nicht ahnen, dass er sich in die Küche schleicht und von Mamas Gemüse nascht wie ein gieriges Kind!« Er grinste schief. »Obwohl ich das hätte ahnen müssen. Er konnte nie die Finger aus ihren Töpfen lassen.«

»Ich weiß«, sagte Valentin sanft. »Davon hat mir deine Mutter auch erzählt.«

»Sie macht sich schreckliche Sorgen.«

Andres ertrug es scheinbar nicht mehr, stillzustehen. Er ging mit langen, steifbeinigen Schritten auf und ab. Seine Erregung übertrug sich auf die Pferde; der Fuchs fing an, unruhig zu tänzeln, eines der robusten Kutschpferde gab ein schrilles Wiehern von sich und schlug mit dem Huf gegen die Bretter der Trennwand.

Der junge Mann hielt inne und hob begütigend die Hände. »Es tut mir leid. Alles ist gut, meine Kleinen.«

Angesichts der Tatsache, dass die Kutschpferde sich im Hintergrund auftürmten wie zwei breitschultrige Riesen und auch sein Fuchs nicht eben schmal und zierlich geraten war, konnte sich Valentin ein Lächeln nicht verkneifen. Es erstarb rasch wieder, denn obwohl die Tiere sich fast sofort wieder beruhigten, war Andres' Angst noch immer mehr als offensichtlich.

»Es bleibt dabei, dass *sie* dieses Gemüse gekocht hat.« Andres sprach mit erzwungener Ruhe, als wollte er nicht erneut für Aufruhr sorgen, doch seine angespannten Kieferknochen waren unter der Haut deutlich zu erkennen. »Meine Mutter hat die Petersilienwurzeln geschmort, die Sahne in den Topf geschüttet und ihn hinterher stehen lassen. Sie war zwar ein paarmal zwischendurch nicht in der Küche, aber wenn es hart auf hart kommt, wird ihr das nicht helfen. Denn wenn niemand bezeugen kann, dass ein anderer dieses … dieses *Zeug* unter das Essen gerührt hat, dann wird man irgendwann sie wegen Brunos Tod anklagen und einsperren. Davor hat sie große Angst.«

»Du hast doch gewusst, wie der Schierling wirkt, nicht wahr?« Valentin musterte Andres unverwandt. »Schwester Fidelitas meinte, du wärst bei ihr gewesen, als sie ihn ausgegraben hat … und dass sie dir gesagt hat, wie tödlich er ist.«

»Ja … ja, natürlich. Aber …« Andres stutzte und starrte ihn an wie vom Donner gerührt. »Ihr … Ihr meint, *ich* hab Bruno vergiftet? Oder dass ich meiner Mutter dabei geholfen habe? Das kann nicht Euer Ernst sein, Bruno war … mein bester Freund! Er war wie mein Bruder! Und Mama hatte ihn genauso lieb wie ich!«

»Ich musste das fragen«, entgegnete Valentin müde. »Ich muss das *jeden* fragen, der sich in diesem Haus befindet. Leider. Und wer über dieses Gift Bescheid weiß, das Bruno höchstwahrscheinlich umgebracht hat, der ist verdächtig … auch wenn es dir noch so abwegig und grausam vorkommt.«

»Ich war es *nicht!*«

Andres sprach heftig; er klang, als sei er den Tränen nahe, und Valentin wurde erneut bewusst, wie jung er noch war.

Genauso jung wie Bruno.

»Ich war es nicht, und meine Mutter genauso wenig! Ich bitte Euch, Magister, lasst uns in Frieden und findet den wahren Mörder!«

»Das versuche ich doch«, antwortete Valentin, der sich mit jeder Minute erschöpfter fühlte. »Ich wünschte nur, es wäre nicht gar so schwer.«

VI

Ich hört ein Mägdlein klagen …

Clarissa nahm die Haube, die sie selbst in den letzten zwei Tagen aus schwarzen Seidensträngen zu einem feinmaschigen Netz geflochten hatte, und setzte sie ihrer Herrin auf den Kopf. Sie rückte den schmucklosen Samtreif, an dem das Netz befestigt war, behutsam über der Stirn der Gräfin zurecht und schob die dicken, zusammengerollten Flechten im Nacken unter das zarte Maschengewebe. Vier Haarnadeln, zwei rechts und zwei links, die das Gewicht der Haare oben halten mussten. Sie schob die erste Nadel hinter das Ohr, und die Gräfin fuhr zusammen.

»*Au!* Wirst du wohl achtgeben, du ungeschicktes Ding!«

»Bitte um Verzeihung …«

Es war nicht viel mehr als ein verschüchtertes Murmeln. Clarissa hatte sich schon vor langer Zeit abgewöhnt, in Gegenwart der Gräfin die Stimme zu erheben. Johanna besaß ein gefährliches Temperament und neigte in schwierigen Zeiten dazu, ihren Ärger an der Dienerschaft auszulassen.

Von dem Gesinde, das mit nach Cannstatt gereist war, hatte Clarissa am meisten mit ihr zu tun, was ihr Leben nicht eben einfacher machte. Vor allem, nachdem der Sohn der Gräfin gestorben war.

Noch nicht einmal eine Woche war es her, dass die Köchin Bruno besinnungslos auf seinem Bett entdeckt hatte, zur Abreise gekleidet, Hemd und Wams mit Erbrochenem und mit Blut befleckt. Clarissa hatte über Bärbels Schulter hinweg nur einen kurzen Blick auf ihn geworfen, und trotzdem verfolgte das schaurige Bild sie seitdem bis in ihre Träume hinein. Sie tat ganz bestimmt besser daran, es jetzt so rasch wie möglich wieder zu vergessen, bevor sie noch einmal mit einer Nadel danebenzielte.

Die letzte Nadel steckte, ohne dass sich Clarissa einen weiteren Fehler geleistet hatte. Johanna stand auf und blieb mit gerade durchgedrücktem Rücken stehen, während Clarissa ihr einen ärmellosen schwarzen Samtmantel über den Schultern drapierte. Als Nächstes hockte sich das junge Mädchen auf die Holzdielen und hielt der Gräfin die weichen Lederschuhe entgegen, damit sie bequem hineinschlüpfen konnte. Die Gräfin wählte goldene Ohrhänger mit dunklen Granatsteinen und befestigte sie selbst an ihren Ohrläppchen. Auf das dazu passende Halsgeschmeide verzichtete sie; das Jettkreuz, das sie seit Jahren trug, war ihrer frischen Trauer eher angemessen. Ein letzter prüfender Blick in den kleinen Handspiegel, ein paar Tröpfchen Rosenwasser aus einem kleinen Glasfläschchen auf Kehle und Handgelenk, dann rauschte Johanna hinaus wie eine Fürstin auf dem Weg zur öffentlichen Audienz. Was in gewisser Weise zutraf, denn sie hatte die Absicht, zur Messe zu gehen; seit dem Tod ihres Sohnes zeigte sie sich erst zum zweiten Mal in der Öffentlichkeit.

Clarissa hörte ihre energischen Schritte auf der Stiege und seufzte, unwillkürlich erleichtert.

Sie schüttelte Bettdecke und Kissen auf und faltete das Nachtgewand der Gräfin zusammen. Dann wischte sie auch noch das letzte Stäubchen von dem kleinen Pult, das der Gräfin als Frisiertisch diente, und legte Bürste und Kamm ordentlich nebeneinander.

Clarissa wusste genau, wie sehr es Johanna verhasst war, hier in diesem Haus inmitten des verschachtelten Labyrinths der Stadt gefangen zu sein, umgeben von Menschen, die für sie nicht viel mehr waren als Pöbel, mit dem umzugehen sie für weit unter ihrer Würde hielt. Aber es konnte noch fast zwei Wochen dauern, bis ihr Gemahl mit seiner Eskorte vertrauenswürdiger Männer erschien, um sie hier herauszuholen, also blieb ihr kaum etwas anderes übrig, als durchzuhalten. Und das Gesinde zog bis zur Ankunft von Graf Wilhelm am besten samt und sonders die Köpfe ein.

Clarissa stieß das Fenster weit auf, um die frische Morgenluft hereinzulassen. Unten auf dem Hof öffnete Andres Häberlin gerade das Tor, während Johanna in ihre Kutsche kletterte. Jörg Stähle ließ die Peitsche einmal über den Köpfen der Pferde schnalzen, die sich gehorsam in Bewegung setzten. Gleich darauf war die Kutsche verschwunden, Hufgeklapper und Räderrattern verklangen in der Gasse, und das Tor schloss sich wieder. Clarissa folgte Andres mit den Augen, während er in den Stall zurückging. Sie war sich sicher, dass der Tod von Bruno von Eberstein ihn mitnahm; dass die beiden von klein auf beste Freunde gewesen waren, wussten alle, die auf der Burg in Gernsbach Dienst taten. Aber trotzdem kam es ihr so vor, als fühlte er sich in seinem Leben und an seinem Platz darin ausgesprochen wohl. Darum beneidete sie ihn heftig – umso mehr, als es ihr ganz anders ging.

Clarissas Mutter, Sofie Geiss, war als ganz junges Mädchen in den Dienst der Kunigunde von Eberstein, der Mutter des jetzigen Grafen, getreten. Nach dem Tod von Kunigunde hatte Sofie Geiss deren Schwiegertochter, der Gräfin Johanna, gedient, bis ihre Sehkraft zu sehr nachließ, um die Herrin noch zu frisieren, sie anzukleiden und ihre Gewänder mit Stickereien zu verzieren. Bis heute war Clarissa ihrer Mutter zutiefst dankbar, dass sie ihr beigebracht hatte, wie man als Stickerin wahre Wunderwerke auf Samt, Leinen und feiner Wolle vollbrachte. Deswegen hatte Johanna ihr nämlich sofort gestattet, die Arbeit ihrer Mutter zu übernehmen. Neue Kammerzofen ohne besondere Fähigkeiten waren weit weniger begehrt als solche, die obendrein noch so geschickt mit Nadel, Faden und Seidengarn umgehen konnten wie Clarissa.

Also tat sie jetzt das, was vor ihr fast drei Jahrzehnte lang ihre Mutter getan hatte. Sie kümmerte sich um Haar, Schmuck und Gewänder der Gräfin und erfüllte ihre Sonderwünsche, wenn es darum ging, allzu schlichte Kleider, Überwürfe und Mäntel zusätzlich zu schmücken. Außerdem besserte sie Schäden in ihrer Wäsche aus, schob Stoffsäckchen mit Lavendelzweigen und getrockneten Rosenblüten in die Kleidertruhen und bügelte auf Johannas Geheiß die feinen Stoffe selbst, damit die Wäscherin sie nicht verdarb. Sonntags hatte sie nachmittags ein paar Stunden frei; den Rest der Woche freute sie sich darauf und hielt den Launen der Gräfin geduldig stand.

Dass Clarissa nicht nur wunderschön stickte, sondern auch hervorragend nähen konnte, wusste Johanna nicht, und Clarissa hütete sich, es ihr zu sagen. Denn tief in ihrem Herzen hegte sie den ehrgeizigen Traum, eines Tages die Burg zu verlassen und in der Stadt eine Zunft zu finden, die ihre Fähigkeiten prüfte und bereit war, sie aufzunehmen. Bei den Händlern, die regelmäßig auf die Burg kamen, hatte sie sich heimlich erkundigt und erfahren, dass in manchen Schneidergilden auch Frauen arbeiten durften. Das hatte diesen Traum noch beflügelt, auch wenn sie ganz genau wusste, dass er sich erst einmal nicht erfüllen ließ. Mama war inzwischen fast blind; ihre Nachbarinnen kümmerten sich gegen ein kleines Kostgeld rührend um sie, weil Clarissa als Kammerzofe der Gräfin nicht die Zeit dazu blieb. Die freien Stunden am Sonntag verbrachte sie in Gernsbach aber stets mit ihr, ging mit ihr spazieren und unterhielt sie mit Geschichten aus der Burg, die ihre Mutter liebte, weil sie sie an ihre Jugend erinnerten. Sofie lebte zwar in einer Welt, in der es immer dunkler wurde, erfreute sich aber sonst bester Gesundheit; Clarissa war sehr froh darüber.

Eigentlich hatte sie sehnlichst darauf gehofft, in Cannstatt wenigstens ab und zu ihrem Dienst entwischen zu können. Sie wollte das Zunfthaus der Schneider aufsuchen und dort ein paar Beispiele ihrer Näharbeiten vorlegen, aber bislang hatte sie es noch nicht einmal über den Innenhof hinaus geschafft. Genau genommen saß sie in diesem Raum und in ihrer winzigen Kammer ganz genauso fest wie die Gräfin.

Weswegen es auch kein Wunder war, dass ihr Blick, der Andres in den Stall folgte, ein Gutteil Sehnsucht enthielt, und das hatte ganz bestimmt nichts mit Andres' gerstenblondem Haarschopf, seinen langen, kräftigen Beinen und seinen breiten Schultern zu tun. Oder mit seinen graublauen Augen, die sie beim gemeinsamen Essen der Dienerschaft in der Küche stets über den Tisch hinweg anlachten.

Kein bisschen. Ganz und gar nicht.

Clarissa schalt sich selbst eine alberne Närrin und schlug mit einem Knall das Fenster zu.

Die Tatsache, dass die Gräfin zur Kirche gegangen war, bedeutete immerhin ein klein wenig Freiheit. Clarissa nutzte sie, indem sie sich in der Küche einen Apfel und eine Scheibe Brot mit Butter holte und hinaus auf den Innenhof ging. Neben der Haustür stand eine Bank; sie ließ sich darauf nieder, rieb den Apfel an ihrem Rock blank und aß das Brot, während sie eine kleine, schwarzweiß gefleckte Katze beobachtete, die mit hoch erhobenem Schwanz in Richtung Stall lief.

»Kätzchen!«, lockte sie. »Komm her, Kätzchen!«

Das Tier blieb stehen, betrachtete sie neugierig aus bernsteingoldenen Augen und maunzte leise. Plötzlich öffnete sich die Stalltür und Andres trat ins Freie. Die Katze machte einen erschrockenen Satz und war im nächsten Moment um die Ecke des Stallgebäudes verschwunden.

Andres blinzelte in die Morgensonne, dann schaute er zum Haus herüber und kam langsam auf Clarissa zu. Sie stopfte sich hastig den letzten Bissen Butterbrot in den Mund und musste prompt husten. Der Apfel fiel zu Boden und rollte davon, direkt vor seine Füße.

Andres hob ihn auf und hielt ihn ihr hin. »Guten Morgen!«, grüßte er. »Wie schön, dass man dich auch mal draußen sieht – ich dachte immer, die Frau Gräfin hält dich da oben in ihrem Zimmer gefangen. Wie die heilige Barbara in ihrem Turm.«

Clarissa gluckste unwillkürlich. »Sie sollte mich dann wohl besser nicht köpfen, wie der Vater von der armen Barbara es getan hat. Dann muss sie sich nämlich ihre Kleider allein herauslegen und sich die Haare selbst flechten. Bestimmt hat sie ganz vergessen, wie das geht.«

Sie schlug sich die Hand vor den Mund, entsetzt über den eigenen Wagemut. Was, wenn er der Gräfin verriet, was sie gesagt hatte?

Aber ihre kleine Unbotmäßigkeit schien ihn eher zu belustigen, denn in seinen Augen funkelte ein Lachen.

»Darf ich mich zu dir setzen?«, fragte er.

Sie zauderte, hin- und hergerissen zwischen Schrecken, jäher Freude und Scheu. Dann fasste sie sich ein Herz.

»Ein Weilchen«, antwortete sie. »Aber nur so lange, bis die Gräfin wieder da ist. Dann muss ich sowieso ins Haus zurück.«

»Natürlich.« Er setzte sich auf das andere Ende der Bank und betrachtete sie so eingehend von der Seite, als wollte er sich jede Einzelheit einprägen.

Clarissa fragte sich, ob ihre schlichte Leinenhaube wohl gerade saß, wusste nicht, was sie mit ihren Händen anfangen sollte, und faltete sie fest im Schoß. Ihre Wangen wurden heiß.

»Es ist nicht … schicklich, wenn du mich so anstarrst«, murmelte sie und wandte den Blick ab.

»Verzeihung.« Sie konnte hören, dass er lächelte. »Ich kann doch nichts dafür, dass du mir so gut gefällst.«

Sie war so überrascht, dass sie ruckartig den Kopf hob und ihm geradewegs in die Augen schaute. Sie waren tatsächlich graublau … und so klar wie der Himmel kurz nach der Morgendämmerung.

»Das hab ich nicht gewusst«, flüsterte sie.

»Was denn?«

Er zwinkerte ihr zu, und sie brachte es nicht fertig, darüber angemessen empört zu sein. Stattdessen schlug das Herz in ihrem Brustkorb einen seligen Purzelbaum.

»Dass ich … dass ich dir gefalle.« Jetzt brannte ihr ganzes Gesicht vor Verlegenheit.

Er lehnte sich an die Wand zurück und streckte die Beine von sich, so entspannt, als wäre er hier daheim und ihm gehörten Haus und Hof.

»Ich bekomme dich zwar bei weitem nicht so oft zu sehen, wie ich es gern würde … aber *wenn* ich dich sehe, dann scheint die Sonne hinterher immer ein bisschen heller.«

Er sprach im Plauderton, als wäre das, was er sagte, vollkommen selbstverständlich und stellte nicht gerade ihre gesamte Welt auf den Kopf.

»Wenn du morgens in der Küche deinen Haferbrei isst, dann schaust du immer nur dann zu mir herüber, wenn du glaubst, dass ich es nicht merke«, fuhr er fort. »Wenn du dich freust, tauchen in deinen Mundwinkeln kleine Grübchen auf – die finde ich wunderschön. Wenn du Angst hast, dann ziehst du an deinen Zöpfen … Das machst du übrigens jedes Mal, wenn die Gräfin dich rufen lässt. Und dann werden deine Augen dunkel, als würde es plötzlich regnen. Weißt du was? Ich möchte, dass du Grund zum Lachen hast, jeden Tag.«

Clarissa war dankbar, dass sie saß. Im Stehen hätten ganz gewiss ihre Beine unter ihr nachgegeben. Er schien das zu spüren und rückte zu ihr herüber, bis er so dicht neben ihr saß, dass er sie fast berührte.

»Irgendwann«, sagte er leise, »möchte ich sehen, wie du die Haube abnimmst und deine Zöpfe für mich aufmachst. Irgendwann … wenn wir ganz allein miteinander sind.«

Das war jetzt nun wirklich in höchstem Maße unschicklich. Und unfassbar dreist obendrein.

Clarissa schaute sich verstohlen um, aber niemand war zu sehen. Ihr Herz pochte inzwischen so heftig, dass sie glaubte, es würde jeden Augenblick aus ihrer Brust springen.

»Lass … lass das bloß nicht die Gräfin hören!«, flüsterte sie.

»Die Gräfin kümmert mich nicht.« Er lachte, hob die Hand und strich ihr ganz zart mit dem Finger über die Wange. Anstatt zurückzufahren oder ihn zu ohrfeigen, erschauderte Clarissa von Kopf bis Fuß und lachte ebenfalls.

»Sie hat wunderschönes Haar«, erwiderte sie atemlos. »Und obendrein noch länger als meins.«

»Wirklich?«

Sie schauten einander an, und es kam Clarissa vor, als bliebe für einen verzauberten Moment die Zeit stehen.

Dann aber war von draußen auf der Gasse eine Kutsche zu hören, die sich rasch näherte, und eine Stimme, die sie als die des Kutschers erkannte: »Heda – das Tor auf!«

Andres und Clarissa fuhren auseinander. Clarissa sprang auf, strich ihren Rock glatt und huschte ins Haus. Sie rannte rasch die Stiege hinauf und in das Zimmer der Gräfin, trat an das offene Fenster und sah, wie Johanna von Eberstein aus der Kutsche stieg, während Andres die Kutschpferde hielt. Er hob den Kopf und blickte genau in ihre Richtung und sie hätte schwören mögen, dass er ihr zum zweiten Mal an diesem Morgen zuzwinkerte. Während sie sich prüfend umschaute und rasch noch einmal die Bettdecke glattstrich, konnte sie ihn überraschend deutlich pfeifen hören. Sie kannte das Lied.

Ich hört ein Sichlein rauschen
Wohl rauschen durch das Korn,
Ich hört ein Mägdlein klagen,
Sie hätt' ihr Lieb verlorn …

Clarissa lächelte unwillkürlich.

Ich hab dich nicht verloren, dachte sie. *Gefunden hab ich dich, Andres Häberlin.*

»Gutes und Barmherzigkeit werden mir folgen mein Leben lang, und ich werde bleiben im Hause des Herrn immerdar.«

Fidelitas schlug langsam das Kreuz und erhob sich von den Knien; mit dem 23. Psalm war die Sext beendet und ihr Mittagsgebet vorüber. Schon seit mehreren Jahren wurden die Horen in Frauenalb nicht nur auf Latein abgehalten. Die beiden letzten Äbtissinnen hatten es für gut befunden, dass die Nonnen Gott auch mit Worten anriefen, die sie ohne Einführung oder Übersetzung verstanden, und Fidelitas fühlte sich dem Herrn des Himmels noch näher, wenn sie ihre eigene Sprache benutzte, sobald sie sich an ihn wandte.

Dass Doktor Martinus Luther die gesamte Bibel in ein Deutsch übertragen hatte, das man in Sachsen ebenso verstand wie in Schleswig, Schwaben oder Bayern, das war etwas, das Fidelitas ihm durchaus zugutehielt. Ursprünglich hatte er die Mutter Kirche ja auch nicht spalten, sondern erneuern wollen. *Dummerweise,* dachte sie, während sie sich in dem kleinen Spiegel betrachtete und den Schleier über ihrer Haube zurechtrückte, *endet so mancher Versuch, ein Haus zu säubern und wieder instandzusetzen, damit, dass die Wände abgerissen werden und das Dach einstürzt.* Und mit vielen seiner polternden Streitschriften hatte der zornige

Theologe aus Wittenberg – zumindest in ihren Augen – weit mehr zerstört als geheilt.

Sie verließ das Zimmer, ging die Stiege hinunter und begegnete der Zofe der Gräfin; Clarissa trug ein kleines Tablett nach oben, auf dem sich wie immer um diese Tageszeit in einem Deckeltöpfchen das Mittagessen für Johanna, ein Glas und ein kleiner Krug Wein befanden.

»Guten Tag, Schwester«, sagte das junge Mädchen und brachte in dem engen Stiegenhaus tatsächlich einen anmutigen Knicks zustande. »Die Frau Gräfin bittet Euch, zu ihr zu kommen, sobald sie gespeist hat. Sie sagt, sie hat Schmerzen in den Handgelenken.«

Fidelitas betrachtete das Gesicht der Kleinen. *Richtig hübsch, wenn sie nicht gerade erschrocken oder verschüchtert dreinschaut … was nicht weiter verwunderlich ist, solange sie bei Johanna in Diensten steht.*

»Ich werde Salben mitbringen«, antwortete sie freundlich. »Damit können wir die Schmerzen ganz bestimmt vertreiben. Was wird die Gräfin heute essen?«

»In Rotwein geschmortes Fleisch«, erklärte Clarissa bereitwillig. »Sie hat ausdrücklich gewünscht, dass es für sie gekocht wird. Und sie trinkt auch ein wenig Rotwein dazu. Frau Häberlin hat ihn bei einem Händler in der Stadt gekauft.«

Fidelitas schüttelte leicht den Kopf. »Der Wein wird ihr nicht schaden«, meinte sie, »aber sie sollte das Fleisch meiden, wenn sie in Zukunft weniger Schmerzen haben will.«

Die langwimprigen Rehaugen schauten noch ein wenig verschreckter drein als sonst. »Ich darf ihr das jetzt nicht bringen?«

Fidelitas lächelte beruhigend. »Natürlich darfst du das. Wenn ich nachher ihre Gelenke salbe, werde ich selbst mit ihr darüber reden, was sie zu ihrem eigenen Wohl essen sollte und was nicht.«

Clarissa gab einen tiefen Seufzer der Erleichterung von sich und setzte ihren Weg in den ersten Stock des Hauses fort, während Fidelitas nach unten ging.

Das Gesinde würde erst in einer Stunde zu Mittag essen – Brot, Kachelmus und Quark mit frischen Johannisbeeren, die Fidelitas von ihrem letzten Ausflug vor das Stadttor mitgebracht hatte. Auch den Gelenken der Gräfin würde diese schlichte, fleischlose Kost besser bekommen, aber es war ihr wohl kaum zu vermitteln, dass sie aus Gesundheitsgründen das Gleiche zu sich nehmen sollte wie ihre Dienerschaft.

Fidelitas trat durch die Haustür hinaus. Der Regen des vergangenen Tages hatte dem Efeu auf der Mauer, die den Vorhof von der Gasse abschloss, ein noch tieferes Grün verliehen, die Luft erwärmte sich langsam, war aber noch wunderbar frisch. Sie beschloss, sich einen Augenblick der Muße zu erlauben, und nahm auf derselben Bank Platz, wo sie heute früh Clarissa und Andres hatte sitzen sehen. Die beiden hatten sie nicht bemerkt, und Fidelitas hatte sofort beschlossen, ihre Beobachtung für sich zu behalten.

Angesichts der Tatsache, dass ein Fremder im Augenblick Tag für Tag in den Gedanken und Schicksalen aller herumstocherte, die sich in diesem Haus aufhielten, wollte sie den beiden nicht noch zusätzliche Schwierigkeiten bereiten. Dieser Magister Schmieder hatte sie bereits dazu gebracht, ihm zu verraten, dass Andres durch sie von der Wirkung des Schierlings wusste. Sie konnte sich lebhaft vorstellen, was ein Mann wie er mit einer solchen Information anfing … Aber dass Andres tatsächlich etwas mit dem Tod von Bruno zu tun hatte, hielt sie für absolut ausgeschlossen. Und sie konnte nur hoffen, dass der Magister das genauso sah.

Sie zog behutsam das »Beutelbuch« aus dem weiten Ärmel ihrer Kutte. Schwester Agatha hatte es ihr vor dem Aufbruch nach Cannstatt geschenkt, eine Sammlung von Aufsätzen über die Heilkunde, schön in geprägtes Leder gebunden und mit zwei kleinen Schließen gesichert. Am oberen Ende des Einbandes war ein Lederquadrat angenäht, das zu einem Knoten zusammengerafft und an einer Schlaufe befestigt war, die man sich an den Gürtel hängen konnte.

Das Buch enthielt neben den gedruckten Texten zusätzlich wunderschöne, feingliedrige Darstellungen von allerlei Heilpflanzen; Agatha hatte sie selbst gezeichnet. Auch wenn Fidelitas wusste, dass die eigensüchtige Liebe zum Besitz genau zu den menschlichen Schwächen gehörte, die Benedikt von Nursia durch seine Ordensregeln ausmerzen wollte, hatte sie sich auf den ersten Blick in das hübsche Buch verliebt. Jetzt betrachtete sie die fein skizzierten Blütenrispen einer Lavendelpflanze, als sich neben ihr die Tür öffnete.

Sie blickte zur Seite und entdeckte Clarissa, deren Blick unverwandt und voller Faszination an dem Buch in ihrer Hand hing.

»Was ist das, Schwester?«, fragte das junge Mädchen. Ihre Stimme war leise und scheu, als rechne sie von vorneherein damit, abgewiesen zu werden. »Was steht da drin?«

»Es geht um die Heilkraft der Kräuter«, erklärte Fidelitas, »und die Bilder helfen dabei, die Pflanzen zu erkennen. Die Infirmarin meines Klosters hat es mir geschenkt.«

»Was ist eine Infirmarin?«

»Sie sorgt für die Kranken und bestimmt, welche Medizin sie zu sich nehmen müssen.« Fidelitas klopfte auf die Bank neben sich. »Setz dich doch einen Moment.«

Clarissa zögerte, dann ließ sie sich nieder und strich ihren Leinenrock glatt. Fidelitas stellte fest, dass sie die Augen immer noch nicht von dem Buch nahm.

»Wer hat es geschrieben?«

»Eine Äbtissin meines Ordens«, erwiderte Fidelitas. »Sie hieß Hildegard von Bingen und gründete vor vierhundert Jahren ein Kloster. Sie hatte Visionen, schrieb viele Briefe an die mächtigen Männer ihrer Zeit, dazu Bücher über Krankheiten und darüber, wie man sie heilt. Weißt du, was das hier für eine Pflanze ist?«

Clarissa musterte die Zeichnung. »Lavendel?«, fragte sie ein wenig unsicher.

»Ganz richtig.« Fidelitas nickte lächelnd. »Hildegard schreibt darüber Folgendes: ›Wer wilden Lavendel mit Wein kocht oder, wenn er keinen Wein hat, mit Honig und Wasser kocht und so lau oft trinkt, der mildert den Schmerz in der Leber und in der Lunge und die Dämpfigkeit in seiner Brust. Bei der nächsten Erkältung im Winter solltest du nicht nur einen Sirup aus Spitzwegerich und Holunder nehmen, sondern dir auch einen Lavendeltee kochen.‹«

»Das alles steht da drin?«

»Genau.« Fidelitas musterte Clarissa aufmerksam. »Möchtest du, dass ich es dir ausborge? Ich bin sicher, du wirst es mit Sorgfalt behandeln. Wer so schöne Stickereien anfertigt wie du, der geht auch liebevoll mit Büchern um.«

»Nein, ich …« Clarissa faltete die Hände so fest im Schoß, dass die Knöchel weiß wurden. »Ich kann nichts damit anfangen. Mit Büchern, meine ich.« Sie schluckte, dann sah sie Fidelitas an, und ihr Blick war voller Scham. »Ich kann nicht lesen, wisst Ihr?«

»Ach so.«

Fidelitas klappte das Buch zu und dachte einen Moment nach.

»Ich finde, du hast einen sehr schönen Namen, Clarissa«, sagte sie endlich. »Er erinnert mich an eine andere Äbtissin, allerdings keine aus meinem Orden. Und anders als Hildegard von Bingen hat sie in diesem Jahrhundert gelebt.«

»Wer war sie?«

»Sie hieß Caritas und leitete das Klarissenkloster in Nürnberg. Sie stritt sich mit dem Rat der Stadt, als die neuen Lehren in Nürnberg Einzug hielten, und verteidigte ihr

Kloster, als die Ratsherren es schließen wollten. Nur ihretwegen gibt es dort heute noch Klarissen.«

»Ich würde mich mit keinem Ratsherrn streiten«, erwiderte Clarissa. Es klang erstaunlich bitter. »Genauso wenig, wie ich mit meiner Herrin streite. Das kommt mir nicht zu. Und es würde sowieso niemand wissen wollen, was ich zu sagen hab. Oder mich in eine Schneidergilde aufnehmen, wenn ich kein Wort lesen und nicht mal meinen Namen schreiben kann.«

»Meinst du?« Fidelitas betrachtete das herzförmige Gesicht und die niedergeschlagenen Rehaugen nachdenklich. »Es käme immerhin auf einen Versuch an, wenn du das so unbedingt möchtest. Und das mit dem Lesen und Schreiben lässt sich doch ändern. Vielleicht kann ich dir dabei helfen.«

Wieder wurden die Fingerknöchel weiß. »Ihr würdet … *wirklich?*«

»Wirklich. Und sehr gern.« Fidelitas lächelte. »Wenn ich nicht gerade deiner Herrin Heilmittel verabreiche und ihre Gelenke massiere – und wenn du nicht gerade Blumen auf ihre Kleidersäume stickst oder ihre feinen Hemden bügelst –, dann kommst du zu mir, und ich bringe es dir bei. Das Lesen *und* das Schreiben.«

Clarissas Augen strahlten – aber nur kurz, dann erlosch das Licht wieder. »Wenn wir in zwei Wochen mit dem Herrn Grafen nach Gernsbach zurückreisen, oder wenn Ihr in Euer Kloster zurückkehrt, was wird dann?«

Fidelitas entschloss sich, den erst an diesem Morgen gefassten Vorsatz in den Wind zu schlagen.

»Dann«, antwortete sie heiter, »wendest du dich am besten an Andres. Bis dahin hast du bestimmt schon ein paar Grundzüge begriffen, und ich bin sicher, er wird entzückt sein, wenn er dir auch noch mit dem Rest behilflich sein darf.«

Clarissa verfärbte sich scharlachrot, nickte aber. Im selben Moment hörte man, wie die Kirchturmglocke leise halb eins schlug; sie sprang auf und wurde gleich darauf kreidebleich.

»Die Gräfin! Sie ist bestimmt schon mit dem Essen fertig, ich muss nach oben!«

In Windeseile war sie Hals über Kopf im Haus verschwunden. Fidelitas hörte, wie sie die Treppe hinaufhastete, und konnte nur hoffen, dass sie nicht stolperte und der Länge nach hinschlug.

»So … Ihr wollt Euch also um die Bildung der kleinen Jungfer verdient machen?«

Fidelitas fuhr herum und entdeckte Valentin Schmieder, der ein kleines Stück von ihr entfernt an der Hauswand lehnte.

»Was wundert Euch so sehr daran?«, fragte sie spitz. »Euer Prediger Johannes Brenz hat doch schließlich erklärt, dass die Heilige Schrift nicht nur den Knaben zusteht, sondern auch den Mädchen!«

»Hat er«, erwiderte Schmieder gelassen. »Deswegen empfiehlt er ja auch, dass Mädchen genauso lesen und schreiben lernen sollten wie die Knaben. – Darf ich fragen, ob es vorhin in der Unterhaltung mit der Kleinen um Caritas Pirckheimer ging?«

»Ja.« Fidelitas hob herausfordernd das Kinn. »Und um ihren Kampf gegen die Dreistigkeit der Nürnberger Ratsherren, die ihr und ihren Nonnen erst die Beichtväter genommen und die Mutter Caritas dann angeklagt haben, die Novizinnen gegen ihren Willen im Kloster festzuhalten. Zum Glück hat sie den Kampf nicht aufgegeben und sich durchgesetzt.«

Valentins Mundwinkel hoben sich leicht. »Oh, ich erinnere mich. Ihre Anklage der Ratsherren wurde damals überall auf den Straßen verbreitet; ich habe sie auf der Universität in Tübingen gelesen.«

Er stellte sich in Positur und zitierte: »›Es wäre uns lieber und nützlicher, Ihr schicket einen Henker in unser Kloster, der uns allen die Köpfe abschlüge, als dass Ihr uns einen vollen, trunkenen, unkeuschen Pfaffen zuschickt. Man nötigt keinen Dienstboten, noch einen Bettler, dass er beichten muss, wo seine Herrschaft will.‹ – Sie war mindestens so streitbar wie Ihr, Schwester.«

»Soll ich das als Schmeichelei auffassen?«

»Das könnt Ihr halten, wie Ihr wollt«, entgegnete er gutgelaunt. »Ihr wisst aber schon, dass Mutter Caritas Beistand hatte, nicht wahr?«

»Zweifellos den unseres Herrn.« Fidelitas hielt das Kinn noch immer hoch erhoben.

»Den ganz gewiss auch.« Der Magister nickte zustimmend. »Aber ich hatte eher menschliche Hilfe im Sinn. Denn die Ratsherren verließen sich darauf, dass Philipp Melanchthon Mutter Caritas davon überzeugen könnte, sich zu beugen. Melanchthon kam im November 1525 nach Nürnberg, um eine Schule zu eröffnen; er wurde ausgesandt, ihr den Kopf zurechtzurücken. Stattdessen hat er nach der Begegnung mit ihr die Ratsherren zusammengestaucht. Er hat sie heftig dafür getadelt, drei Novizinnen aus dem Kloster entführt zu haben, und dafür, dass man den Nonnen die Sakramente verwehrte. Danach – und erst danach – ließ man die Ehrwürdige Mutter in Frieden. Sie hat die Tatsache, dass ihr Klarakloster noch besteht, also einem der größten Protestanten zu verdanken.«

Tiefe Stille senkte sich über den Vorhof, während Valentin Schmieder ganz offensichtlich die Tatsache genoss, dass Fidelitas nicht wusste, was sie antworten sollte.

Plötzlich fing er an zu lachen. Es klang voll und herzlich, und Fidelitas ertappte sich zu ihrem eigenen Schrecken dabei, dass sie gern mitgelacht hätte.

»Ihr solltet Euer Gesicht sehen!«, gluckste der Magister, als er sich etwas beruhigt hatte. »Als hätte vor Euch unversehens der Blitz eingeschlagen! Aber keine Sorge, ich wollte Euch nicht kränken. Ich dachte nur, es wäre vielleicht ratsam, Euch daran zu erinnern, dass die Welt nicht allein aus Schwarz und Weiß besteht. Und dass man Freunde manchmal auch an Orten findet, wo man nicht damit rechnet. Vielleicht wollt Ihr mir ja helfen, das Rätsel um Brunos Tod zu lösen. Wir könnten Verbündete sein, wisst Ihr?«

Er nickte ihr noch einmal freundlich zu, dann wandte er sich ab und ging zurück ins Haus.

Fidelitas starrte ihm nach, schwankend zwischen Ärger und Belustigung. Und dann ging ihr plötzlich auf, was seine letzten Worte zu bedeuten hatten: Wie es aussah, stand sie für ihn nicht länger unter Verdacht … jedenfalls zunächst einmal.

Natürlich war das eine Erleichterung. Aber es überraschte sie, wie wichtig ihr seine Meinung war. Vor allem, wenn sie bedachte, dass sie sich ihren Weg in das Leben, das sie nun führte, gegen die Meinung vieler erkämpft hatte. Es war für sie nichts Neues, gegen den Strom zu schwimmen. Sie war jetzt sechsundzwanzig, und sie hatte Liebe ebenso erfahren wie Zurückweisung, freundliche Unterstützung ebenso wie heftigen Widerstand. Ihr Glaube war gewachsen und erblüht zu den Gelübden, die sie seit nunmehr zehn Jahren ebenso fest an ihre Kirche banden wie an ihren Schöpfer.

Sie schloss die Augen, spürte die abendliche Maisonne auf ihrem Gesicht und erlaubte ihren Gedanken, zurückzuwandern zu den Frauen, denen sie verdankte, wer sie jetzt war. Confidentia, die sie in Frauenalb willkommen geheißen und ihr die Welt der Bücher erschlossen hatte; Agatha, die ihre Liebe zu allem, was wuchs, erkannt und gefördert hatte, und Scholastika. Ihre zweite Mutter.

Gratias, dachte sie. *Danke, dass du mich mindestens so sehr geliebt hast wie ich dich.*

VII

Abgeschoben

Kloster Frauenalb, im Frühjahr 1535.

Äbtissin Scholastika betrachtete den Brief, den sie in der Hand hielt, und runzelte die Stirn. Sie wartete auf die Priorin, um das mit ihr zu besprechen, was in diesem Brief stand und was sie in nicht geringem Maße ärgerte.

Es klopfte an der Tür und Schwester Bernarda trat ein. Sie war vierschrötig und resolut, und ihr Glaube umgab sie wie eine sichere Rüstung. Scholastika ertappte sich nicht zum ersten Mal dabei, dass die Gegenwart der Priorin auch ihr eigenes Gottvertrauen stärkte. Seit achtundzwanzig Jahren leitete sie die Geschicke des Klosters, und in letzter Zeit litt sie unter Atemnot und gelegentlichen Schwächeanfällen, die sie sorgfältig vor ihren geistlichen Töchtern verbarg. Nur Schwester Bernarda wusste Bescheid, und je hinfälliger Scholastika sich fühlte, desto stärker verließ sie sich auf ihre Unterstützung.

»*Dominus tecum*, Ehrwürdige Mutter.« Bernarda verneigte sich. Als sie sich wieder aufrichtete, erspähte sie den Brief, und ihre Augenbrauen schossen nach oben. »Oh! Ist das die Nachricht, die Ihr erwartet habt?«

»Genau die.« Scholastikas Stimme klang grimmig, selbst in ihren eigenen Ohren. »Er schickt das Kind tatsächlich her. Ich habe mir alle Mühe gegeben, ihm klar zu machen, dass die Zeit der Oblaten, die Zeit, in der man Kinder in ein Kloster gibt, inzwischen längst vorbei ist, und dass er sich eigentlich selbst herbemühen müsste, um das Oblatenversprechen an ihrer statt abzulegen. Es hat ihn nicht abgehalten.«

»Ländereien hat er als Schenkung keine zu bieten«, entgegnete Schwester Bernarda trocken, »aber seine fünfhundert Silbergulden kommen unserem Säckel natürlich auch zugute.«

»Das mag stimmen«, sagte Scholastika, die als Tochter des kurpfälzischen Vogts von Bretten ausgezeichnet mit Zahlen umgehen konnte und die Einnahmen des Klosters auf Kreuzer und Pfennig genau kannte. »Aber wir wissen beide, wieso er die Kleine so eilends loswerden will. Und ich kann mir nicht helfen … es fühlt sich an, als hätten wir ihm das Mädchen abgekauft.«

»Investigabiles viae Domini«, versetzte Schwester Bernarda weise. »Die Wege des Herrn sind unergründlich. Ihr wisst, die Regeln haben sich geändert. Heute kann niemand ein Kind mehr zwingen, die ewigen Gelübde abzulegen und sich für den Rest seines Lebens an ein Kloster zu binden. Trotzdem ist sie hier vermutlich besser aufgehoben als dort, wo die Augen der Burgherrin jeden ihrer Schritte mit Abscheu und Misstrauen verfolgen. Sie mag in diesen Mauern für ein paar Jahre Frieden finden. Und wenn sie alt genug ist, kann sie sich immer noch entscheiden, ob sie bleiben oder fortgehen will.«

»Wenn sie nur im Geringsten ihrem Vater ähnelt, wird sie kein Herz haben, das zum Frieden taugt«, antwortete Scholastika. »Als ich 1507 zur Mutter dieses Hauses wurde, war er in gut ein Dutzend Fehden verwickelt. Ein Temperament, das dem seinen gleicht, könnte das Dach von unserem Kloster sprengen.«

Die Priorin runzelte die Stirn. »Sie ist elf Jahre alt«, sagte sie mit Nachdruck. »Elf Jahre, Ehrwürdige Mutter. Ein Mädchen in dem Alter kann durch Erziehung und Geduld geformt werden, und wir werden unser Bestes tun, ihr hier ein neues Zuhause zu geben, in dem sie sich wohlfühlt.«

Scholastika ließ sich seufzend an ihrem Schreibpult nieder und blickte aus dem Fenster. Regen schlug gegen die dicken Fensterscheiben; das Albtal, in dem das Kloster lag, war seit Tagen von dicken Nebelschwaden erfüllt.

»Wann kommt sie?«, wollte Schwester Bernarda wissen.

»In zwei Tagen, vermute ich«, erwiderte Scholastika. »Je nachdem, wie gut der Mann durchkommt, der sie herbringt. Ich hoffe, er wird nicht überfallen – ich bezweifle stark, dass der Herr Ritter ihr eine große Eskorte mitgegeben hat.«

»Manchmal ist es besser, so wenig Aufsehen zu erregen wie möglich«, gab Bernarda zu bedenken. »Es könnte sich als kluger Schachzug erweisen, wenn das Kind nur mit einem Kutscher in einem einfachen Karren reist. Da wittert kein Räuber fette Beute, und die Gefahr ist weit geringer.«

»Dann wollen wir bis dahin die *Horen* dazu nutzen, für ihre sichere Reise zu beten«, sagte Scholastika. »Und darauf hoffen, dass sie wohlbehalten den Weg hierher findet.«

Das kleine Mädchen war unter dem Geräusch des Wassers eingeschlafen, das unablässig auf das Leinendach über ihrem Kopf herabprasselte. Jetzt öffnete sie die Augen, weil der Regen durch ein kleines Loch in der Plane auf die dicke Wolldecke tropfte, unter der sie sich zusammengerollt hatte. Sie setzte sich auf und blinzelte.

»Kuno?«

Sie krabbelte in dem Karren über ein paar Stoffbündel und an der kleinen Reisetruhe mit ihren Besitztümern vorbei in Richtung Kutschbock.

»Kuno? Wo sind wir denn?«

Kuno Meininger, der Kutscher, saß vornübergebeugt auf seinem Platz, den Hut tief in die Stirn gezogen. Regen troff von der Krempe auf seine Hände, die die Zügel des Pferdes hielten. Er wandte den Kopf nach hinten.

»Schon im Schwarzwald. Jetzt dauert es bloß noch ein paar Stunden, Kind. Willst du was essen? Im Wagen sind Brot und Äpfel, in dem Beutel neben deiner Matte.«

Die Kleine horchte in sich hinein. Nein, Hunger hatte sie keinen. Der Hirsebrei, den es heute Morgen bei ihrer letzten Rast gegeben hatte, wärmte sie zwar nicht mehr, aber er füllte ihr immer noch den Magen. Dafür drückte sie jetzt die Blase.

»Ich muss mal, Kuno!«

Der ungeduldige Seufzer des Kutschers war selbst durch das Rauschen des Regens noch deutlich zu vernehmen.

»Bist du sicher? Kannst du's nicht noch ein bisschen aushalten?«

»Nein.« Sie schniefte unglücklich. »Bitte, lass mich runter, ja?«

Kuno gab ein resignierendes »Brrrrr!« von sich, und der Gaul blieb gehorsam stehen. Die Kleine kletterte neben den Kutscher auf den Bock und wartete, bis er abgestiegen war und auf dem durchweichten Waldboden Halt gefunden hatte. Er packte sie um die Taille und hob sie mit kräftigem Schwung vom Karren herunter.

Sie blinzelte in den Himmel. Selbst jetzt, kurz vor der Mittagsstunde, hingen die Wolken tief und dunkelgrau über den Wipfeln der Bäume, die sich rechts und links von dem unebenen Weg wie eine schwarzgrüne Wand erhoben. Nur wenige Schritte führten sie unter die breitgefächerten Äste der Bäume. Von denen tropfte es zwar auch, aber beileibe nicht so stark. Sie versteckte sich hinter einem dicken Stamm, hob den Rock und verrichtete ihr Geschäft, wobei sie so gut wie möglich darauf achtete, nicht ihre weichen Lederschuhe zu treffen. Dann hastete sie zurück und Kuno bugsierte sie wieder in den Schutz der Plane. Der Karren setzte sich holpernd in Bewegung und die Kleine verkroch sich unter ihrer Decke.

Noch immer begriff sie nicht wirklich, was die Ereignisse der vergangenen Tage zu bedeuten hatten. Vor sechs Wochen war ihre Mutter an der Auszehrung gestorben, und seither hatte sie nicht mehr unten in der Stadt, sondern oben auf der Burg gelebt. Dort gefiel es ihr nicht; tagaus, tagein hauste sie in einer kleinen, engen Kammer und warf höchstens einmal einen sehnsüchtigen Blick auf die Gärten unterhalb der dicken Mauern. Bis zum Tod von Mama hatte sie sich am liebsten draußen aufgehalten, wo alles wuchs und blühte. Jetzt welkte sie genauso vor sich hin wie ein Kraut, auf das die Sonne nicht mehr schien. Nur die Kinderfrau, die sich um die Söhne und Töchter des Ritters kümmerte, schaute regelmäßig nach ihr und brachte ihr Essen und frische Kleider. Vor der Tür ihrer Kammer spielten sich offenbar Dinge ab, von denen sie nichts wusste, die aber trotzdem unmittelbar mit ihrem Schicksal zu tun hatten.

Und dann ging plötzlich alles ganz schnell. Wieder bekam sie etwas Neues zum Anziehen, aber dieses Mal war ein warmer Reiseumhang dabei, und die Kinderfrau Marie packte eine kleine Truhe für sie, in der ihre abgeliebte Stoffpuppe genauso Platz fand wie das einzige Buch, das sie besaß … ein Neues Testament, das Mama gehört hatte. Der Kutscher Kuno hatte es ihr von einem fahrenden Buchhändler mitgebracht, und es war ihr größter Schatz gewesen. Die Geschichte von der Geburt Jesu im Lukasevangelium war der erste Text gewesen, den die Kleine flüssig lesen konnte.

»›Da machet sich auff auch Joseph aus Galilea, aus der stad Nazareth in das Jüdischeland zur stad Dauid, die da heisst Bethlehem. Darumb das er von dem Hause vnd geschlechte Dauid war …‹«

Sie flüsterte die Worte vor sich hin, als könnte sie damit die Geborgenheit des kleinen Hauses zurückbringen, in dem sie gelebt hatten. In dem winzigen Garten dahinter hatte Mama Gemüse und Kräuter gezogen. Als das Mädchen noch sehr klein gewesen war – erst vier –, brachte die Frau des Ritters einen Jungen zur Welt, und Mama hatte als seine Amme gemeinsam mit ihrer Tochter auf der Burg Quartier genommen. Auch da waren sie sehr für sich geblieben. Mama sagte, die Frau des Ritters würde keine Mädchen mögen, weswegen die Kleine es unter allen Umständen vermeiden musste, ihr zu begegnen. Einmal war es aber doch geschehen, als sie einen Moment der Unaufmerksamkeit nutzte und sich heimlich in den Burggarten stahl.

Die Frau des Ritters war hochgewachsen, schlank und schön, und sie trug ein Kleid aus einem dunkelroten Stoff, der wunderbar weich aussah, genau wie ihr blondes Haar. Die Kleine hätte beides gern angefasst. Aber als sie schüchtern die Hand ausstreckte, wich die Frau des Ritters zurück und rief: »Was tut dieses Kind hier?« Ihre Stimme war weder weich noch schön. Die Kleine flüchtete Hals über Kopf vor ihrem Zorn, und am nächsten Tag musste Mama ihren Dienst als Amme aufgeben. Das Mädchen hatte sich für den eigenen Ungehorsam und seine Folgen fürchterlich geschämt, aber es hatte nie Vorwürfe zu hören bekommen, nicht ein einziges Mal. Aber dann … dann wurde Mama krank und starb.

Vielleicht war das ja doch ihre Schuld gewesen.

Zum zweiten Mal war sie an diesem Tag eingeschlafen, viel zu müde, um sich am Schaukeln und Schwanken des Karrens zu stören. Erst als das Gefährt sich nicht mehr bewegte, schreckte sie hoch und rieb sich die Augen.

Kuno saß nicht mehr auf dem Kutschbock, und die Welt jenseits der Plane, die sie in den letzten zwei Tagen vor dem Regen geschützt hatte, war weiß und still. Die Kleine kroch ins Freie und kletterte behutsam vom Karren herunter. Es herrschte dichter Nebel, aber sie begriff trotzdem, dass sie den Wald hinter sich gelassen hatten, denn der Boden unter ihren Füßen war nicht mehr weich und voller Tannennadeln, sondern bestand aus sauber ineinandergefügten Steinen.

»Ist da jemand?«

Eine Gestalt schälte sich aus dem allumfassenden Nichts; die Kleine erkannte nicht gleich, wer es war, und machte erschrocken ein paar stolpernde Schritte rückwärts.

»Schsch … schon gut, Herzchen. Wir sind da.«

Die gemütlich rumpelnde Stimme gehörte zu Kuno, der ihre Hand nahm und sie an einer schemenhaften Mauer entlang zu einer kleinen Pforte führte. Die wurde geöffnet und das warme, gelbe Licht eines Leuchters mit vielen Kerzen fiel auf den Weg. Kuno schob sie sachte ins Innere des Hauses, und plötzlich stand eine fremde Frau in einem langen, dunklen Gewand vor ihr, ganz in Schwarz gekleidet, das Gesicht unter dem Schleier eingerahmt von einer eng sitzenden weißen Haube.

»Ich bin Schwester Confidentia«, sagte sie. »Willkommen in Frauenalb, Kind. Magst du mir sagen, wie du heißt?«

»Dorothea«, flüsterte die Kleine. »Aber Mama … Mama hat immer Thea zu mir gesagt.«

Frauenalb, im Frühjahr 1537.

Schwester Agatha zerquetschte mit dem Stößel und viel Hingabe die kleingeschnittene Schafgarbe und das Tausendgüldenkraut im Mörser. Ein kräftiger, grüner Duft stieg aus dem Steingefäß auf. Er kitzelte Dorothea, die neben ihr stand, in der Nase, und sie musste niesen.

»Jetzt füllst du die Kräuter in den Bottich und leerst Öl darüber«, sagte Agatha. »Das lassen wir eine Woche im dunklen, kühlen Vorratskeller stehen, bevor wir es in die Flaschen abfüllen.«

»Und dann können wir Schwester Ulrika davon geben, damit sie endlich wieder etwas isst«, meinte Thea, die bereits angefangen hatte, den Brei in den Bottich zu löffeln.

»Schwester Ulrika ist fast achtzig, und mit dem Alter lassen viele Dinge nach«, sagte Agatha sanft. »Die Kraft, der klare Geist … und eben auch die Lust auf das Essen.« Sie lächelte das Mädchen an. »Aber vielleicht helfen ein paar Tropfen von unserem Öl ihrem Hunger ja wieder auf die Sprünge.«

Sie reichte Thea den Krug mit dem Sonnenblumenöl und sah zu, wie die ihre Anweisung ausführte; geistig machte sie sich eine Notiz, ihr möglichst bald auch schwierigere Pflichten aufzutragen.

Die blutjunge Oblate, die seit zwei Jahren in Frauenalb lebte, hatte den geruhsamen Alltag der Schwestern gehörig durcheinandergewirbelt. Mutter Scholastika hatte damals gemutmaßt, das Temperament eines so lebhaften Kindes könnte für Aufruhr sorgen, und sie hatte Recht behalten – jedenfalls zum Teil.

Thea war aufgeweckt und klug, sie sog alles Wissen, das sie im Kloster erhielt, auf wie ein Schwamm. Die Novizenmeisterin, die die Bücher auswählte, die sie lesen und aus denen sie lernen sollte, war sehr angetan von ihr. Sie zur Arbeit zu motivieren war ebenfalls weniger schwierig als gedacht; das Mädchen putzte klaglos in der Küche Gemüse, fegte den Kreuzgang, machte sich in der Wäscherei nützlich und half der Schwester Mesnerin beim Ziehen der Kerzen für den Altar.

Allerdings, meinte die Priorin zur Ehrwürdigen Mutter, stellte sie viele Fragen, mehr Fragen jedenfalls, als man es gewohnt war. Wieso denn der Heilige Vater in Rom unfehlbar sei und sich niemals irren würde? Wieso es denn eine Heilige Dreieinigkeit gab, wenn die Kirche doch nur *einen* Gott verkündigte? Wirkten die Gebeine des heiligen Aurelius auch jetzt noch immer Wunder in Hirsau, obwohl das Kloster Peter und Paul vor einem Jahr aufgelöst und die Mönche vertrieben worden waren? Würde man die Nonnen auch aus Frauenalb vertreiben?

Scholastika hörte sich aufmerksam an, was die Priorin zu berichten hatte. Die Fragen des Mädchens schrieb sie einem wachen Geist zu, den man ihr nicht zum Vorwurf machen durfte. Für Scholastika war er ein Geschenk Gottes an das Kind, keine Bürde.

Eines Tages jedoch stellte Thea eine Frage, die sowohl die Priorin als auch die Äbtissin aus dem Gleichgewicht brachte und zutiefst erschreckte. Wieso, wollte sie wissen, war der Priester, der regelmäßig aus dem benachbarten Herrenalb herkam, um den Nonnen die Beichte abzunehmen, denn ein »hochwürdigster Herr«, wenn er während der Beichte in der Sakristei mehr als einmal die jüngeren unter den Schwestern »angefasst« hatte?

Von den Übergriffen des Priesters hatte Scholastika bisher nicht das Geringste mitbekommen. Aber das hieß nicht, dass Thea sich irrte; als die Äbtissin sie streng ins Gebet nahm, konnte sie genau aufzählen, wer den Grapschereien zum Opfer gefallen war. Außerdem hatte Scholastika in den Jahrzehnten ihres Dienstes gelernt, Wahrheit und Täuschung voneinander zu unterscheiden; sie war sich sicher, dass das Kind nicht log. Um sicherzugehen, rief Scholastika nach dieser Offenbarung die Nonnen zu sich, die Thea benannt hatte. Zu ihrem Entsetzen waren es beunruhigend viele; sie befragte sie unter vier Augen und fand sämtliche Aussagen bestätigt. Vor der nächsten Beichte legte sie sich deshalb im abendlichen Dämmer der Kirche gemeinsam mit Schwester Bernarda auf die Lauer.

Vater Matthias verschwand zur üblichen Zeit in der Sakristei, wo sein Armsessel mit der Kniebank stand, auf der die Nonnen sich niederließen, um ihre Beichte abzulegen. Die erste Nonne, die sich näherte, war Schwester Sylvana. Sie hatte erst vor kurzem die ewige Profess abgelegt, ihr Gesicht war ein liebliches Oval mit ritterspornblauen Augen, und unter ihrem gerade herabfallenden Skapulier verbarg sich eine schlanke, wohlgeformte Figur.

Die Tür zur Sakristei schloss sich hinter ihr, und eine ganze Weile blieb es ruhig. Man konnte die junge Frau zwar sehr leise reden und den Priester antworten hören, aber weder die Äbtissin noch die Priorin verstanden, was sie sagten. Dann sprach eine ganze, höchst angespannte Weile niemand – und plötzlich ertönte ein leiser Schreckensschrei und ein deutlich vernehmbares »Vater – *nein!*«.

Schwester Bernarda sprang wie von einer Haubitze abgeschossen aus dem Chorgestühl und riss die Tür auf. Scholastika war langsamer, aber sie kam immer noch früh genug dazu, um zu sehen, dass der Priester vorgebeugt in seinem Lehnsessel saß, hektische Flecken auf den Wangen und Schweiß auf der Oberlippe. Mit einer Hand hielt er Schwester Sylvana fest. Die andere war samt dem dazugehörigen Arm bis zum Ellenbogen unter dem Saum ihrer hochgeschobenen Tunika verschwunden. Diese Geste war auch für die wohlmeinendste Seele nicht misszuverstehen, und Scholastika war in diesem Moment alles andere als wohlmeinend.

Sie sah die entsetzten Augen der jungen Nonne und das jäh erbleichte Gesicht von Vater Matthias und brachte es fertig, Sylvana ein winziges, tröstendes Lächeln zuzuwerfen, während sie gleichzeitig die Faust auf die Brust presste und versuchte, ihren jagenden Herzschlag zu beruhigen.

»Würdet Ihr Euch in meine Gemächer begeben, Vater?«, sagte sie und ließ zum ersten Mal, seit sie ihn kannte, das »hochwürdigst« weg. »Auf der Stelle, wenn ich bitten darf? Und Ihr solltet besser gar nicht erst versuchen, Euch vom Klostergelände zu stehlen, bevor wir Gelegenheit hatten, uns zu unterhalten – die Knechte bewachen die Tore. Sie sind bewaffnet und haben den Befehl, Euch keinesfalls gehen zu lassen.«

Vater Matthias, der inzwischen wieder hochrot angelaufen war, rappelte sich aus seinem Stuhl hoch und hastete an der Äbtissin vorbei hinaus.

Sylvana richtete sich kerzengerade auf, die Hände fest vor ihrem Skapulier gefaltet.

»Ich hab ihn nicht ermutigt«, sagte sie. Ihre helle Stimme war in der schockierten Stille sehr laut. »Ich wollte ihm meine Verfehlungen beichten, aber ich hab ihn nicht … ich habe …« Ihre Lippen fingen an zu zittern, und plötzlich standen die ritterspornblauen Augen voller Tränen.

»Schon gut, liebes Kind«, erwiderte Scholastika rasch. Das Herz schlug ihr noch immer bis zum Hals. »Hier geht es nicht um deine Verfehlungen, eher um *meine* Nachlässigkeit. Da musste erst die Stimme der Unschuld kommen, um mir klar zu machen, was hier unter meinen Augen an einigen meiner Töchter geschieht, ohne dass ich es sehe.« Sie nahm Sylvana bei den Schultern und küsste sie sanft auf die Stirn. »Geh in deine Zelle, wir sehen uns zu den *Laudes.*«

Die junge Nonne war genauso schnell verschwunden wie kurz zuvor der Priester. Scholastika blieb noch einen Moment stehen, dann ließ sie sich schwer in den Lehnstuhl fallen. Bernarda beobachtete sie besorgt.

»Ist Euch nicht wohl, Ehrwürdige Mutter?«

»Was glaubst du denn?« Scholastika tastete nach dem kleinen Fläschchen, das sie immer bei sich trug, fand es und stellte fest, dass es leer war. »Geh schnell zu Schwester Agatha und bitte sie um ihre Fingerhutessenz. Ich fürchte, sie ist aufgebraucht – und um diesen geilen, alten Bock ein für alle Mal aus dem Haus zu jagen, werde ich mich stärken müssen.«

Man musste Bernarda zugutehalten, dass sie angesichts dieser drastischen Sprache nicht einmal mit der Wimper zuckte.

»Gewiss, Ehrwürdige Mutter.«

»Wo die Infirmarin ist, ist Thea bestimmt nicht weit. Schick die Kleine doch bitte zu mir – oder noch besser, gib ihr die Essenz gleich mit. Ich werde hier auf sie warten.«

Bernarda verneigte sich und ging.

Scholastika blieb zurück, allein mit ihrem schwachen Herzen und dem kalten, weihrauchduftenden Schweigen der Sakristei. Erst jetzt wurde ihr wirklich bewusst, wie erschüttert sie war. Wieder und wieder ging ihr das Bild durch den Kopf, das sie eben vor Augen gehabt hatte: die vor Schreck wie erstarrte junge Frau auf ihrem Schemel, und der Priester mit der Hand zwischen ihren Beinen – der Priester, der seine Position als Beichtvater missbrauchte, um sich an ihr zu vergreifen.

»*Adiuva me, Domine Deus meus*«, murmelte sie erschöpft. »*Salva me secundum misericordiam tuam …*«

Es war ein persönlicher Hilferuf und gleichzeitig ein Vers aus dem 108. Psalm, den sie an diesem Abend zum Abschluss der Laudes vortragen würde. »Steh mir bei, Herr, mein Gott! Hilf mir nach deiner Gnade …« Ihr Gewissen klagte sie an. Sie hatte versagt, sie hatte ihre Töchter nicht beschützt. Weil sie dem Priester vertraut hatte. Einem Mann Gottes, und was noch viel schwerer wog, einem Diener ihrer Kirche.

»Ehrwürdige Mutter?«

Sie wandte den Kopf in Richtung Tür und entdeckte Thea, die auf der Schwelle stand und sie genauso besorgt beobachtete, wie Bernarda es zuvor getan hatte. Als ihre Blicke sich begegneten, zog das Mädchen erst eine kleine Phiole und dann einen Löffel aus der Tasche. Sie kam zu Scholastika herüber und drückte ihr beides in die Hand.

»Hier«, sagte sie. »Fünf Tropfen, meint Schwester Agatha, dann fühlt Ihr Euch bestimmt gleich wieder besser.«

Scholastika entkorkte das Fläschchen, ließ die fünf Tropfen daraus vorsichtig auf den Löffel fallen und schluckte die durchsichtige, bittere Flüssigkeit. Sie zog eine Grimasse und musterte das Gesicht des Mädchens aufmerksam.

»Ich möchte, dass du mir etwas erklärst«, sagte sie. »Woher hast du gewusst, was Vater Matthias während der Beichte für unsittliche Dinge treibt? Haben die anderen Nonnen dir davon erzählt?«

Anstatt es mir zu erzählen? Es lag ihr auf der Zunge. Sie schluckte die Bemerkung unausgesprochen hinunter, und die Worte schmeckten keinen Deut weniger bitter als die Medizin.

Aber Thea schüttelte den Kopf. »Nein. Ich hab nur gesehen, dass sie sich verändert haben. Sie fingen an, sich vor der wöchentlichen Beichte zu fürchten. Sie hatten Angst vor Vater Matthias … so viel Angst, dass sie sich nicht mehr getraut haben, Euch um Hilfe zu bitten. Ich hab sie darüber reden hören.«

»Wer hat darüber geredet?«

»Schwester Sylvana und Schwester Agnes.« Theas Mund wurde schmal vor Abscheu. »Er hat ihnen *gedroht,* wisst Ihr? Er hat ihnen gesagt, er würde sie bei Euch verleumden und Euch weismachen, dass sie sich gerne von ihm … anfassen lassen. Und wenn Ihr ihm nicht geglaubt hättet, dann hätten alle Leute in der Umgebung von den … von den losen Sitten in diesem Kloster erfahren.«

»Immerhin hat er die Möglichkeit in Betracht gezogen, dass ich ihm nicht glaube.« Scholastika seufzte. »Offenbar war ich als die geistliche Mutter meiner Töchter doch nicht ganz und gar ein Fehlschlag.«

Sie merkte, wie die Fingerhutessenz zu wirken begann; ihr Herz schlug endlich ruhiger. Wieder betrachtete sie das Mädchen.

»Hat er jemals … ich meine, hat er es auch bei dir versucht?«, fragte sie leise.

»Nein.« Wieder schüttelte Thea den Kopf. »Aber er hat mich angestarrt, während er mir die Beichte abgenommen hat. Ich hab es gefühlt – sogar, wenn ich nicht hingeschaut hab. Sogar, wenn meine Augen zu waren. Irgendwann … in ein paar Jahren vielleicht … oder in ein paar Monaten sogar …

Irgendwann hätte er mich bestimmt genauso angefasst wie Sylvana und Agnes und die anderen. Ich bin kein Kind mehr.«

»Das sehe ich«, sagte Scholastika langsam. »Das sehe ich wirklich. Und die Novizenmeisterin ist voll des Lobes über dich. Du bist auch fast alt genug, um ins Noviziat aufgenommen zu werden. Möchtest du das?«

»Wenn ich Novizin bin, dann dauert es nur noch fünf Jahre, bis ich das ewige Versprechen ablegen kann, nicht?« Thea sprach mit stillem Eifer.

»Richtig.« Scholastika lächelte. »Zwei Jahre Noviziat, und dann noch drei von der zeitlichen bis zur ewigen Profess. Hast du es denn so eilig, Kind?«

»Wenn ich hier Nonne bin«, sagte Thea, »dann seid Ihr doch auch meine Mutter. So, wie Ihr es eben gesagt habt, über … über die anderen Nonnen.« Sie senkte den Kopf, dann blickte sie wieder auf.

Scholastika hatte ihre Augen vom ersten Tag an ungewöhnlich und bemerkenswert gefunden. Ein klares, helles Braun, die Iris durchsetzt von flimmerndem Grün. In diesem Moment leuchteten sie vor Zutrauen. Gleich darauf nahm Thea die Hand der Äbtissin und küsste sie. Es war eine vollkommen zwanglose, liebevolle Geste, die Scholastika mit Rührung erfüllte.

»Ich wäre gern Eure Tochter«, sagte das Mädchen ruhig. »Ich möchte hierbleiben und Eure Tochter sein.«

Kloster Frauenalb, im Herbst 1546.

Die Novizenmeisterin stürmte mit wehendem Talar in das Refektorium, wo das Mittagessen und die Non soeben mit dem letzten Psalm der Mutter Oberin zu Ende ging. Als ihr klar wurde, dass sie mitten in die Andacht geplatzt war, blieb sie außer Atem stehen.

»Also bitte – was soll denn diese Aufregung?« Die Äbtissin wandte den Kopf, runzelte die Stirn und musterte Schwester Confidentia von Kopf bis Fuß.

Sie hatte diesen Blick zu einer unerreichten Kunstform entwickelt und registrierte mit Genugtuung, dass die Nonne sich vor Verlegenheit purpurn verfärbte.

»Ich bin auf der Suche nach Schwester Fidelitas«, sagte die Novizenmeisterin, als es ihr endlich gelungen war, sich zu sammeln. »Gräfin Johanna wird in der nächsten Stunde hier eintreffen, und sie besteht darauf, sie zu sehen.«

Äbtissin Catharina presste die Lippen schmal zusammen. Sie hasste es, wenn jemand den sorgsam geregelten Ablauf des Klosteralltags unterbrach.

»Hast du es im Kräutergarten versucht?«, meinte sie mit mühsam verhohlener Ungeduld. »Normalerweise ist es doch Fidelitas' größtes Glück, in der Erde herumzuwühlen. Und da Schwester Agatha im Moment unpässlich ist, kann sie dort nach Lust und Laune regieren wie eine Königin.«

Confidentia schüttelte leicht den Kopf. »Im Kräutergarten war ich schon. Dort ist sie nicht.«

»Dann such weiter«, sagte Catharina kurz angebunden. »Und wenn du sie gefunden hast, erinnere sie bitte daran, dass die Mahlzeiten und Stundengebete genauso zu den Pflichten einer Nonne gehören wie die Beschäftigung mit heilsamem Grünzeug. Vielleicht ist es aber auch an der Zeit, dass ich ihr das selbst sage – wieder einmal.«

Confidentia war weise genug, sich jede Antwort zu sparen; sie verneigte sich und ging hinaus.

Die Äbtissin brauchte einen Moment, bis ihr Ärger abebbte und sie imstande war, die Schwestern mit angemessener Würde wieder an die Arbeit zu schicken und in ihre Räume zurückzukehren. Es war beileibe nicht das erste Mal, dass Fidelitas ihr Dasein in Aufruhr brachte. Sie hatte von Anfang an gewusst, dass dieses Mädchen ein Störenfried war.

Catharinas Vorgängerin Scholastika war vor neun Jahren ihrem Herzleiden erlegen. Da war Fidelitas – oder Thea, wie sie damals hieß – gerade erst Novizin und noch fast fünf Jahre von der zeitlichen Profess entfernt gewesen, und sie hatte den Tod ihrer geistlichen Mutter sehr schwer genommen. Catharina, zu jener Zeit Mesnerin der Kirche und für den Altar sowie die heiligen Gefäße verantwortlich, war nie mit ihr warm geworden. Hinter Fidelitas' augenscheinlicher Gelassenheit vermutete sie einen Hitzkopf, der sich nur oberflächlich mit Sanftmut tarnte. Theas leidenschaftlichen Sinn für Gerechtigkeit hielt sie für anstrengend, und der Skandal, der das Kloster einen langjährigen Beichtvater gekostet hatte, war zweifellos ganz und gar ihre Schuld.

Catharina hatte nie begriffen, was Scholastika an Fidelitas fand; die tiefe Zuneigung zwischen der ehrwürdigen Mutter und der jungen Nonne hatte sie irritiert.

Dann starb Scholastika. Priorin Bernarda hatte keinerlei Interesse am Amt der Äbtissin, Catharina aber sehr wohl. In jahrelanger Kleinarbeit war es ihr gelungen, sich mit einem Anschein stiller Heiligkeit zu umgeben. Sie hatte das Gelände sondiert, sorgfältig Konflikte vermieden und gleichzeitig Bündnisse geschlossen. Außerdem hatte sie ihr Möglichstes getan, die Gräfin von Eberstein auf ihre Seite zu ziehen, um in der Mäzenin von Frauenalb eine starke Fürsprecherin zu haben, wenn es darauf ankam. Und ihre Rechnung war aufgegangen; im Herbst 1537 hatte das Konvent sie zu Scholastikas Nachfolgerin gewählt. Das Kloster stand zu diesem Zeitpunkt wirtschaftlich sehr gut da, und die Reibereien zwischen den Ebersteinern und den Markgrafen von Baden hielten sich in Grenzen; Catharina hatte mit einem Mal Pfunde in den Händen, mit denen sich prächtig wuchern ließ.

Fidelitas allerdings war ein Teil des Erbes, den Catharina liebend gern abgelehnt hätte. Als die zeitliche Profess anstand, war sie es, die im Gespräch mit der Priorin und der Novizenmeisterin Zweifel anmeldete, ob Thea wirklich reif dafür sei. Beide, Priorin wie Novizenmeisterin, waren anderer Ansicht, was Catharina heftig verstimmte. Von Confidentia hatte sie nichts anderes erwartet, aber im Amt der Priorin hatte sie die robuste Bernarda durch die wesentlich sanftere Sylvana ersetzt und hielt deren Widerspruch nun für schieren Undank. Dass die vorlaute Kleine dafür gesorgt hatte, dass die lüsternen Nachstellungen des Priesters ein Ende fanden und dass Sylvana ihr zweifellos noch immer dankbar war, änderte Catharinas Meinung nicht im Geringsten. Zwar bedauerte sie, was den anderen Schwestern widerfahren war, aber die Tatsache, dass Thea die Nonnen belauscht, ihre Schlüsse gezogen und sie offen ausgesprochen hatte, entsetzte sie. So viel ungehemmte Wahrheitsliebe war unklug, wenn nicht gar gefährlich. Sie wäre das junge Mädchen lieber heute als morgen losgeworden. Das wurde jedoch nicht gerade durch die Tatsache erleichtert, dass Thea drei Jahre nach der zeitlichen auch die ewige Profess abgelegt hatte. Seitdem trug sie den schwarzen Schleier, der sie ihren Schwestern gleichstellte, an ihrem Finger steckte der Ring, der sie mit Christus vermählte, und sie trug den Namen Fidelitas – Treue. Catharina hatte immer geargwöhnt, dass diese Treue zwar auch Gott, aber vor allem noch immer der verblichenen Scholastika galt, und nicht ihr.

Doch vielleicht ergab sich ja jetzt die Gelegenheit, sich dieses Dorns in ihrer Seite zu entledigen – je nachdem, was die Gräfin von Fidelitas wollte.

Es klopfte.

»Ja, bitte?«

Die Tür öffnete sich und Fidelitas kam herein. Catharina holte tief Luft und atmete bewusst langsam aus. Gleich war sie möglicherweise ein wenig klüger.

»Ihr wolltet mich sehen, Ehrwürdige Mutter?«

»So ist es.« Catharina nickte energisch. »Liebe Tochter – wie kommst du auf die Idee, dass die Essens- und Gebetszeiten für dich nicht gelten? Damit bist du deinen Mitschwestern kein gutes Vorbild.«

»Ich bitte um Vergebung, Ehrwürdige Mutter. Aber ich habe einen Hustensirup zubereitet, der über dem Feuer ziehen und dabei genau überwacht werden muss, damit er nicht anbrennt, während er eindickt.«

»Und das hast du nicht in dem Holzschuppen neben dem Kräutergarten tun können? Die Novizenmeisterin hat dich gesucht und konnte dich nirgendwo finden.«

»Ich habe den Kessel mit dem Sirup in den Keller unter der Infirmerie gebracht, zum Abkühlen. Schwester Confidentia muss mich wohl verpasst haben.«

»Merkwürdig, dass du auf alles immer die richtige Antwort zu haben scheinst«, sagte Catharina bissig. »Man könnte meinen, du betrachtest es als Spiel, die Regeln in deinem Sinne zu beugen.«

»Es tut mir leid, dass ich die Non versäumt habe«, erwiderte Fidelitas sanft. »Ich werde mich sehr bemühen, dass es nicht mehr vorkommt.«

»Du wirst dich sehr *bemühen*?« Catharina beäugte die junge Frau scharf. »Aber du kannst es natürlich nicht versprechen. Ich muss sagen, das wundert mich kaum.« Sie räusperte sich.

Der Blick der Nonne war respektvoll auf sie gerichtet, ohne jeden Trotz oder Zorn. Und doch wurde die Äbtissin – wie immer, wenn sie es mit Fidelitas zu tun hatte – den Verdacht nicht los, dass es jenseits dieser merkwürdig durchdringenden Augen ein Wesen gab, das sich ihrer Kontrolle entzog und sich ihrem Willen in keiner Weise unterwarf. Und wie jedes Mal verfluchte sie insgeheim die Tatsache, dass dieser Verdacht sie derart aus der Fassung brachte.

»Hast du eine Vorstellung davon, was die Gräfin von Eberstein von dir will?«, fragte sie.

»Die Frau Gräfin leidet an Gicht und an Schwellungen der Gelenke«, antwortete Fidelitas. »Die Infirmarin hat sie mit einigen Salben versorgt und mir gestattet, neue Rezepte zu erproben, die ihre Beschwerden vielleicht lindern könnten.«

»Die Krankheit der Gönnerin unseres Klosters eignet sich wohl kaum dazu, die Wirkung irgendwelcher Kräuter zu erforschen!«, gab Catharina scharf zurück. »Sonst könnte es eines Tages damit enden, dass du die hohe Frau vergiftest, und damit wäre dem Kloster keineswegs gedient.«

»Selbstverständlich nicht, Ehrwürdige Mutter.«

Fidelitas verneigte sich. Sie verzog keine Miene, aber Catharina sah grüne Funken in den braunen Augen tanzen und hatte für einen höchst irritierenden Moment das Gefühl, ausgelacht zu werden.

Sie wedelte ungeduldig mit der Hand. »Ich brauche dich erst einmal nicht mehr. Du kannst gehen!«

Fidelitas verneigte sich erneut, verließ leise den Raum und schloss die Tür hinter sich.

Geh und rühr in deinem Kessel, dachte Catharina aufgebracht, *du kleine, aufsässige Kräuterhexe. Ich wünschte, der Herr Ritter hätte dich damals vor elf Jahren in ein anderes Kloster verfrachtet … aber wenn Gott der Allmächtige meine Gebete erhört, will die Gräfin dich ja vielleicht auf Dauer als Pflegerin haben.*

Und dann bin ich dich endlich los.

VIII

Freund oder Feind?

Valentin Schmieder saß in der winzigen Stube, in der er seit Tagen hauste, vor sich einen Bogen Papier und ein Tintenfässchen samt Feder. Seit seiner Jugend hatte er seine Gedanken gern aufgeschrieben, weil ihm das half, sie zu ordnen. Das kam ihm bei der Arbeit an der Universität und im Evangelischen Stift sehr zugute, und es würde ihm vielleicht auch dabei nützen, das Rätsel zu lösen, mit dem er sich hier konfrontiert sah.

Allerdings hatte er bisher nur enttäuschend wenig herausgefunden: Es gab die Gräfin, die mit dem Tod ihres Sohnes die letzte Hoffnung auf eine einträgliche Heirat verloren hatte. Es gab Otto, der mit der Vorzugsstellung seines Bruders nach eigenem Bekunden gut zurechtgekommen war. Es gab Andres, Brunos besten Freund trotz des großen Standesunterschiedes, der zwischen ihnen gähnte wie ein tiefer Abgrund. Es gab die Köchin Bärbel, die ebenso sehr um Bruno trauerte, wie sie sich davor fürchtete, für sein Ableben angeklagt zu werden. Die Küchenmagd Magdalena hatte Bruno kaum gekannt, und Jörg Stähle, der Kutscher, kannte ihn zwar, hatte den Grafensohn allerdings jahrelang nicht gesehen und auch sonst so gut wie nichts mit ihm zu tun gehabt – es sei denn, sie liefen sich zufällig in den Ställen über den Weg oder Bruno war mit Johanna in der Kutsche unterwegs.

Und da gab es noch Fidelitas … die scharfzüngige Nonne mit den Hexenaugen und dem beunruhigenden Wissen über Kräuter und Gifte.

Nur einen Mörder gab es noch nicht. Und ihm blieben weniger als zwei Wochen, um ihn zu finden, ohne dass er den Ort der Tat verlassen und seinen Verdächtigen ins Badische nachreisen musste. Sobald die Gräfin mit Brunos Leichnam nach Gernsbach zurückkehrte, lösten die letzten Spuren sich höchstwahrscheinlich in Luft auf, es sei denn, die Obrigkeit wurde doch noch auf die Sache aufmerksam. Dann konnte es vielleicht wirklich geschehen, dass man Bärbel verhaftete, egal ob sie schuldig war oder nicht. Immerhin hatte sie das giftige Essen gekocht, und Valentin war sich alles andere als sicher, ob man sich damit aufhalten würde, einen triftigen Grund zu finden, den sie gehabt haben könnte, den jungen Mann zu ermorden. Oder noch schlimmer: Die Untersuchung führte zu einem hochnotpeinlichen Verhör, um eben diesen Grund herauszufinden. Und unter der Folter hatten Menschen schon die unmöglichsten Dinge gestanden, nur damit die Qual ein Ende nahm.

Selbst wenn niemand ermittelte, es würde immer ein vager Verdacht bleiben, der Geruch eines Skandals, der unter der Oberfläche weitergärte. Und am Ende – wenn es zum Schlimmsten kam – war nicht nur Bruno vergiftet, sondern auch der Ruf der Familie und der Ruf aller, die mit dieser geheimnisvollen Sache zu tun hatten. Genau das wollte Valentin gern verhindern, hatte aber bislang noch keine Ahnung, wie er das anstellen sollte.

Wieder wanderten seine Gedanken zu Fidelitas zurück. Sie fesselte ihn ebenso sehr, wie sie ihn ärgerte. Dass sich bei ihr jedes Mal die Stacheln aufstellten, wenn sie einander über den Weg liefen, begriff er durchaus. Er stand für die neuen Zeiten und für den Zerfall all dessen, was sie liebte und woran sie hing. Heute Mittag hatte er im Gespräch mit ihr das letzte Wort behalten, und dieser kleine Triumph hätte ihm wahrscheinlich nicht so viel bedeuten sollen, wie er es tat. Gleichzeitig hatte er ihr aber auch ein Friedensangebot gemacht. Anders als er kannte sie die Menschen in diesem Haus, und sie hatte zwar Haare auf den Zähnen, war aber ausgesprochen scharfsinnig. Er konnte ihre Unterstützung gut gebrauchen.

Es sei denn natürlich, sie hatte den Schierling doch selbst unter das Essen gerührt.

Valentin tröstete sich damit, dass er – falls sie sich tatsächlich dazu bereiterklärte, ihm zu helfen – zwangsläufig mehr über sie herausfinden würde. Selbst wenn das, was er herausfand, der Grund war, der sie dazu gebracht hatte, ein Verbrechen zu begehen. Das kam auch unter den Dienern und Dienerinnen Gottes vor; niemand war ohne Sünde. Doch er ertappte sich dabei, dass er auf ihre Unschuld hoffte. Bärbel war beileibe nicht die einzige Kandidatin für ein verschärftes Verhör. Und Valentin wünschte der wortgewandten Nonne genauso wenig wie der Köchin, dass sie auf der Streckbank landete oder als angebliche Hexe bei der Wasserprobe ertrank.

Dabei würde sich Fidelitas durch ihr Angebot, Clarissa das Lesen und Schreiben beizubringen, auch so schon genügend Ärger einhandeln. Denn die Gräfin würde es kaum widerspruchslos dulden, dass ihre kleine Zofe durch Bildung und mit einem ganz neuen Selbstvertrauen auch nur den kleinsten Schritt in Richtung Freiheit tat.

Valentin seufzte, betrachtete noch einmal seine kargen Notizen und schob das Blatt beiseite. Bis jetzt hatten seine Nachforschungen niederschmetternd wenig ergeben. Bruno mochte mit Wasserschierling vergiftet worden sein – und Valentin neigte dazu, der Nonne zu glauben –, aber nach dem, was sie gesagt hatte, war von ihrem persönlichen Vorrat der tödlichen Knollen nichts weggekommen. Also musste der Schierling in dem Rahmgemüse von jemand anderem gepflückt und ins Haus gebracht worden sein, und das kurz vor der Untat, damit er noch frisch war und nicht verdarb.

Und laut Fidelitas wuchs dieses vermaledeite Zeug nirgendwo innerhalb der Stadtmauern.

Valentin hatte inzwischen an sämtlichen Toren vorgesprochen, durch die man Cannstatt verlassen oder betreten konnte. Er hatte die Dienerschaft der Gräfin genau beschrieben und nachgefragt, ob einer von ihnen am Abend vor Brunos Ableben oder sehr früh am nächsten Morgen beobachtet worden war. Aber keiner der Männer konnte sich erinnern, Bärbel, die Zofe Clarissa oder die Küchenmagd Magdalena gesehen zu haben, und auch weder Jörg Stähle noch Andres Häberlin waren zur fraglichen Zeit durch eines der Tore hinaus- oder hineingegangen.

Es war zum Auswachsen.

Er musste seinen Stolz überwinden und jemanden um Hilfe bitten, der vielleicht mehr Weisheit und Scharfblick besaß, auch wenn Valentin im Moment nicht mehr tun konnte, als ihm mitzuteilen, was er bisher über diese elende Sache wusste.

Er tauchte den Federkiel in das Tintenfässchen und fing an zu schreiben.

Mein hochverehrter Herr Huldreich!

Bevor ich letzte Woche abgereist bin, habe ich in den Mauern meiner geliebten Stadt Tübingen läuten hören, dass die Zeit Eures Exils sich dem Ende zuneigt. Es wärmt mir das Herz, dass selbst in diesen schwierigen Zeiten Gerechtigkeit geschieht, und dass Ihr bald nach Hause zurückkehren dürft, wo Eure Familie gewiss sehnsüchtig darauf wartet, Euch wiederzusehen. Neben der Mutter auch den Vater zu entbehren ist hart – hoffentlich haben Eure Söhne und Töchter Euch bald wieder.

Ich sehe mich hier in Cannstatt mit einer Aufgabe betraut, die vielleicht mein Können übersteigt. Einmal mehr habe ich Euren Rat nötig. Ich werde einen zuverlässigen reitenden Bo-

ten finden müssen, der diesen Brief möglichst rasch zu Euch auf die Burg Hornberg trägt, denn die Angelegenheit eilt …

Valentin sah die Nonne erst am nächsten Morgen wieder. Er hatte den Brief zu einem befreundeten Medicus in Cannstatt gebracht, der an diesem Tag einen Besuch in Stuttgart vorhatte und ihm versprach, den versiegelten Umschlag bei seinem Schwager abzuliefern. Friedrich würde ihn so bald als möglich einem Reiter übergeben, der die Aufgabe hatte, ihn ohne Umweg nach Hornberg zu bringen. *Und ohne dass fremde Augen neugierige Blicke darauf warfen.*

Er war schon früh unterwegs. Zum einen, weil er sehr schlecht geschlafen hatte, und zum anderen, weil es ihm guttat, eine Weile ganz für sich zu sein. Und als er etwa eine halbe Stunde nach Sonnenaufgang die Gasse hinunter zum Haus der Gräfin zurückkehrte, sah er, wie ihm Fidelitas entgegenkam.

Sie trug einen Weidenkorb über dem Arm, und ihr Habit war am Saum dunkel vor Nässe. Sie hatte es ein wenig hochgerafft und den Stoff unter das geflochtene Zingulum, den Gürtel, gesteckt, so dass Valentin freie Sicht auf ihre schlanken Fesseln hatte und auf ihre bloßen Füße, die in schlichten Ledersandalen steckten. Ihr Gesicht hatte eine frische Farbe, und tiefe Zufriedenheit strahlte von ihr aus wie das Sonnenlicht vom klaren Frühlingshimmel.

»Der Herr sei mit Euch, Schwester!«, grüßte er freundlich. »Und einen guten Morgen. Was habt Ihr getan – die Wiesen am Fluss nach neuen Kräutern gegen die Gebrechen der Gräfin abgesucht?«

Fidelitas stellte den Korb ab, löste Tunika und Skapulier ohne jede Hast wieder von ihrem Gürtel und ließ beides herabfallen. Dabei wirkte sie weder verlegen noch sonderlich überrascht.

»Guten Morgen, Magister.« Sie hob den Korb auf und hielt ihn ihm entgegen. Er warf einen Blick hinein und entdeckte einen ganzen Berg tiefrot glänzender Johannisbeeren.

»Träuble!« Er lächelte. »Die wachsen im Garten meiner Mutter. Sie backt gern Kuchen damit; das ist eine der seltenen Gelegenheiten, bei denen ihr die Köchin nicht hereinreden darf. Die führt nämlich sonst an ihrem Herd ein sehr strenges Regiment.«

»Am Flussufer wachsen sie auch, sogar sehr viele. Und Bärbel macht eine ausgesprochen schmackhafte Quarkspeise damit, für die Dienerschaft. Habt Ihr gestern nichts mehr davon abbekommen?«

»Ich habe in meiner Stube gegessen«, entgegnete Valentin. »Bei Tisch ständig voller Argwohn angestarrt zu werden, ist auf Dauer etwas anstrengend. Bärbel hat mir Kachelmus und Brot nach oben gebracht. Entweder hat sie die Quarkspeise vergessen, oder sie fand, ich hätte sie nicht verdient. Sie bringt mir ebenso großes Misstrauen entgegen wie der Rest des Gesindes – die Leute glauben wahrscheinlich, dass ich mich in ihr Leben dränge und sie damit in Gefahr bringe.«

»Und das nehmt Ihr ihnen tatsächlich übel?« Fidelitas setzte sich wieder in Bewegung; sie hatten das Haus fast erreicht. »Sie kennen Euch nicht. Ihr stellt eine Frage nach der anderen, und hinter Euch wittern sie eine Obrigkeit, die ihnen vielleicht Böses will.«

»Je mehr sie mir helfen und je ehrlicher sie mir Antwort geben, desto geringer ist die Gefahr, dass sie es überhaupt mit der Obrigkeit zu tun bekommen«, sagte Valentin. »Ich wünschte, sie würden begreifen, dass ich nur aus einem Grund hier bin: Ich will herausfinden, wer Bruno ermordet hat, und wenn ein Richter fragt, wen er dafür anklagen soll, dann würde ich ihm gern den richtigen Namen nennen und alle anderen damit reinwaschen. Versteht wenigstens Ihr das?«

»Ich denke, ich kann Euch folgen.« Fidelitas betrachtete ihn von der Seite. »Das heißt, Ihr seid der Ansicht, wir müssten Euch eigentlich dankbar sein.«

Valentin seufzte leicht ungeduldig. »Ich bin nicht auf Dankbarkeit aus«, antwortete er. »Nur auf die Wahrheit.«

»Die ist in diesen Tagen ein heiß umkämpftes Gut.« Die Nonne seufzte; zum ersten Mal, seit er sie angesprochen hatte, schien sie sich zu entspannen. »Jede Seite beansprucht sie für sich und bezichtigt die jeweils andere der Lüge.«

Valentin schmunzelte unwillkürlich. »Ich hatte eigentlich erwartet, jetzt eine feurige Rede zur Verteidigung des einzig wahren Glaubens zu hören. Und ein paar Anklagen gegen die, die sich gegen die allein seligmachende Kirche versündigen. Ihr verblüfft mich.«

»Dann ist es ausgesprochen leicht, Euch zu verblüffen. Dass Menschen einander an die Gurgel gehen und Fürsten in den Krieg ziehen, weil sie glauben, zu wissen, wie genau der Allmächtige angebetet werden soll, schmerzt mich sehr.«

Sie hatten die Seitenpforte erreicht; Fidelitas zog einen kleinen Schlüssel aus ihrem Skapulier und sperrte sie auf.

»Allerdings sind wir wahrscheinlich sehr unterschiedlicher Meinung, wenn es darum geht, wer an der augenblicklichen Verwirrung die Schuld trägt«, fügte sie hinzu. Ihr Ton war ironisch, aber nicht feindselig. »Euer Doktor aus Wittenberg hat zwar wortreich behauptet, die Kirche erneuern zu wollen – aber stattdessen hat er sie gespalten.«

»Also doch eine Anklage.« Valentins Mundwinkel zuckten ebenso ironisch.

Er sah zu, wie sie die Pforte zuschloss und den Schlüssel wieder verstaute, und plötzlich kam ihm eine Idee.

»Wer außer Euch darf diese Pforte noch öffnen?«, fragte er. »Die Köchin? Die Zofe der Gräfin?«

Fidelitas warf ihm einen scharfen Blick zu, und unvermittelt war die Anspannung wieder da. »Die Gräfin hat für die Dauer ihres Aufenthaltes sämtliche Schlüssel. Für jeden Schlüssel gibt es ein Doppelstück. Die für die Haustür, das große Tor und die Pforte werden in einem Kasten in der Küche aufbewahrt. Wenn die Gräfin ausfährt, bekommt Andres den Schlüssel für das große Tor, damit er es für ihre Kutsche öffnen und wieder schließen kann.«

»Auch den für die kleine Seitenpforte?«

»Nein, wozu?« Fidelitas schüttelte den Kopf. »Den nimmt sich, wer immer Besorgungen in der Stadt zu erledigen hat. Und wieso auch nicht? Bis dieses Unglück über uns hereingebrochen ist, sind wir davon ausgegangen, dass das gesamte Gesinde vertrauenswürdig ist.«

Also konnte jeder einem etwaigen Mörder von außerhalb die Pforte geöffnet haben … und damit war Valentin genauso klug wie vorher.

Die Nonne registrierte seine Enttäuschung. »Dieses Rätsel zu lösen ist schwieriger, als Ihr es ursprünglich erwartet hattet, nicht wahr?«

»Ich weiß nicht, was ich erwartet hatte, Schwester.«

Valentin ging neben Fidelitas langsam über den Hof, an dem Brunnen vorbei. Der Gedanke, wieder ins Haus zurückkehren zu müssen, war ihm plötzlich ausgesprochen zuwider.

»Hätte der junge Herr Otto mich nicht gebeten, herzukommen und herauszufinden, wieso sein Bruder zu Tode gekommen ist, müsste ich mir jetzt nicht darüber den Kopf zerbrechen. Im Moment kann ich mir bei keinem der Bewohner vorstellen, dass er Bruno etwas Böses wollte.«

»Vielleicht habt Ihr ja Recht.« Fidelitas blieb am Brunnen stehen und lehnte sich an das Mauerrund, ohne ihn aus den Augen zu lassen. »Vielleicht wollte niemand vom gräflichen Gesinde Bruno etwas Böses.«

»Ach, tatsächlich?«

Valentin drehte sich zu ihr um. In seiner augenblicklichen Stimmung kam sie ihm schlagartig vor wie die Quelle allen Übels. Er hatte alle Mühe, den Verdruss, der in ihm aufstieg, aus seiner Stimme zu verbannen.

»Wenn Ihr das glaubt, wieso habt Ihr dann die Büchse der Pandora geöffnet? *Ihr* seid es doch gewesen, die zuerst von einer Vergiftung gesprochen hat! Ihr habt alle mit der Nase darauf gestoßen, dass sich in dem Rahmgemüse Wasserschierling befunden haben muss. Damit habt Ihr eine Behauptung aufgestellt, die man nur sehr schwer ignorieren kann. Gräfin Johanna mag es versuchen, weil sie den Staub dieser Stadt so schnell wie möglich von den Füßen schütteln und ihren Sohn daheim zu Grabe tragen will. Aber Otto ist das nicht so leicht gefallen. Er will die Wahrheit herausfinden, und deswegen bin ich hier.« Er trat mit zwei schnellen Schritten auf sie zu. »Vorgetäuschte Dummheit steht Euch nicht gut zu Gesicht, Schwester. Also reden wir doch einmal ganz offen miteinander. Wenn niemand in diesem Haus Bruno etwas Böses wollte, und Ihr seid trotzdem der Ansicht, er sei an dem Wasserschierling gestorben, und sprecht darüber, dann gibt es dafür nur eine Erklärung, die Sinn macht. Dann müsst Ihr den Verdacht haben, der Junge hätte seinem Leben selbst ein Ende gesetzt.« Er sah, wie sich ihre Hand um den Brunnenrand krampfte. »Möglicherweise hat ja *er* den Schierling aus Eurem Zimmer entwendet. Denn woher will ich wissen, dass tatsächlich nichts davon verschwunden ist? Ihr habt doch die restlichen Wurzeln selbst außerhalb der Stadtmauern vergraben, wie Ihr sagt, und vielleicht war es in Wirklichkeit ja nur noch eine. Vielleicht war ja auch gar nichts davon in dem Essen. Vielleicht hat Bruno das Stück selbst kleingeschnitten und verschluckt … Vielleicht hatte er solche Angst vor den Ränken seiner Mutter, dass er lieber Hand an sich gelegt hat.«

Fidelitas' Augen waren weit vor Entsetzen, und sie bekreuzigte sich. »Um sich selbst der ewigen Verdammnis auszuliefern? Das hätte er nie getan. *Niemals.*«

»Und wenn doch?«, schoss er zurück. »Vielleicht konnte Eure rechtschaffen katholische Seele den Gedanken nicht ertragen, dass man einen Selbstmörder zwischen seinen Ahnen in einer geweihten Gruft zur Ruhe bettet. Möglicherweise habt Ihr deswegen den Keim des Zweifels gesät, und jetzt, da er aufgegangen ist, will Euch die Frucht nicht schmecken.«

Fidelitas starrte Valentin an, als sei er nicht ganz bei Trost. »Daran ist kein wahres Wort, Magister! Und was soll das überhaupt bedeuten: ›die Ränke seiner Mutter‹? Die Gräfin hatte doch nur den Plan, ihn zu verheiraten – und das ist für einen jungen Mann mit seinen Aussichten, von seinem Stand und seinem Naturell wohl kaum ein Grund, sterben zu wollen!«

»Ach, *das* wusstet Ihr?« Er hätte sie am liebsten geschüttelt wie einen Pflaumenbaum zur Erntezeit. »Ich bin nur deshalb an diese ausgesprochen interessante Information gekommen, weil Bruno Andres gegenüber keine Geheimnisse hatte und Andres mir gegenüber auch keine – jedenfalls soweit ich das bislang beurteilen kann. Eine Einstellung, die ich bei Euch schmerzlich vermisse!«

»Ich bin Euch keinerlei Rechenschaft schuldig!« Fidelitas spie ihm die Worte entgegen, das Gesicht bleich und zornig. »Und es kümmert mich keinen Deut, dass Otto Euch hergebracht hat. Ich finde es *unerträglich*, wie Ihr hier herumschnüffelt, wie Ihr überall Fragen stellt und die guten Menschen in diesem Haus in Angst und Schrecken versetzt!«

»Ihr seid nicht die Erste, von der ich das höre.« Er atmete tief durch und senkte die Stimme. »Gräfin Johanna hat fast dieselben Worte verwendet. Aber wenn Bruno nicht freiwillig aus dem Leben geschieden ist, und wenn ich nicht zweifelsfrei nachweisen kann, dass ein unbekannter Feind sich Zugang verschafft und das Essen vergiftet hat, das Bruno zu sich nahm, dann ist wenigstens *einer* unter Euch alles andere als ein guter Mensch. Denn dann hat er – oder sie! – gemordet, hinterrücks und voller Heimtücke. Und wenn ich diesen Menschen nicht finde, dann kommt derjenige mit seiner Untat davon, ohne jegliche Sühne oder Buße, und Ihr werdet Euch den Rest Eures Lebens fragen, wer es war. *Et cognoscetis veritatem et veritas liberabit vos*, meint Ihr nicht?«

Fidelitas musterte ihn, die Augen zusammengekniffen. Es dauerte eine ganze Weile, bis sie sprach, aber als sie es tat, bemühte sie sich hörbar um Beherrschung.

»Die Wahrheit wäre vielleicht imstande, mich zu befreien … aber dazu müsste ich Euch erst zutrauen, dass Ihr imstande seid, sie zu erkennen. Und daran habe ich doch heftige Zweifel. Seit Ihr hier seid, frage ich mich ununterbrochen, wieso Otto ausgerechnet *Euch* geholt hat, um dieses Unglück aufzuklären.«

Valentin zögerte.

»Ich könnte Euch jetzt sagen, dass ich Euch ebenfalls keinerlei Rechenschaft schuldig bin«, sagte er endlich müde, »aber dann würden wir anfangen, uns im Kreis zu drehen – was wir ohnehin schon eine ganze Weile tun, wie mir scheint. Otto hat mich zu Hilfe gerufen, weil ich einmal auf der Suche nach der Wahrheit Glück gehabt habe. Vor vier Jahren, in meiner Heimatstadt. Und ich werde Euch die Geschichte gern erzählen, wenn es hilft, dass Ihr endlich ein wenig Vertrauen zu mir fasst.« Er blickte sich um. »Aber nicht hier. Ich habe dieses Haus herzlich satt, und Lust auf neugierige Lauscher und Tratschereien habe ich noch viel weniger. Vielleicht möchtet Ihr mich auf einen Spaziergang an den Neckar begleiten. Dann suchen wir uns ein stilles Plätzchen auf der Wiese und ich werde Euch jede Frage beantworten, die Euch einfällt.«

Er konnte sehen, dass sie neugierig war, aber noch nicht ganz überzeugt.

»Ihr habt keinen Grund, um Eure Tugend zu fürchten«, meinte er. »Ich habe Euch schon einmal gesagt, dass wir Verbündete sein könnten, und jetzt müsst Ihr nichts weiter tun, als mir zuzuhören.«

»Um meine Tugend habe ich mir keine Sorgen gemacht«, versetzte sie, und einmal mehr konnte er die grünen Lichter in ihren Augen ironisch funkeln sehen. »Bisher sind die entsprungenen Nonnen ihren abtrünnigen Mönchen und Professoren noch immer freiwillig in die Arme gesunken, soweit ich weiß. Und was das angeht, solltet Ihr euch besser keine Hoffnungen machen, Magister.«

»Nie im Leben«, versicherte Valentin feierlich.

Es erleichterte ihn zutiefst, dass der Sturm vorüber war. Vielleicht konnten sie das finstere Rätsel um den Tod von Bruno von Eberstein ja doch gemeinsam lösen.

»Ich bringe schnell die Johannisbeeren in die Küche, damit sie in der Sonne nicht verderben«, erwiderte Fidelitas. »Danach können wir uns auf den Weg machen.«

Er verneigte sich so tief, als hätte er die Gräfin vor sich. »Ich warte hier auf Euch, Schwester.«

Es war immer noch früh am Morgen, als Valentin Schmieder und Fidelitas Cannstatt durch das dem Neckar am nächsten gelegene Tor verließen. Dieses Mal nahmen sie die Brücke, die den Fluss an der alten Furt überspannte, auf die andere Seite. Auch hier weidete kein Vieh auf den Wiesen; offenbar hatten die Bauern in Brie-Altenburg genauso viel ängstlichen Respekt vor dem »Kuhtod« wie ihre Landsleute in Cannstatt.

Die junge Nonne steuerte zielbewusst auf eine Ansammlung von Weiden zu, die dicht am Ufer wuchsen, und machte es sich daneben ohne viel Federlesens im Gras bequem. Sie lehnte den Kopf zurück und ließ sich die Sonne ins Gesicht scheinen. Valentin blieb ein kleines Stück entfernt von ihr stehen und betrachtete sie. Eigentlich kannte er von ihr nicht viel anderes als ihr Gesicht. Die Sonne verlieh den Härchen in ihren Augenbrauen einen leuchtenden Kupferschimmer. Ob sie wohl rote Haare hatte?

Er wandte den Blick ab und spürte, wie sich seine Mundwinkel nach oben kräuselten. *Hexenaugen und Hexenhaar,* dachte er.

»Darf ich mich zu Euch setzen?«

Fidelitas blinzelte und sah ihn an. »Wenn Ihr mir wirklich eine Geschichte erzählen wollt, Magister, dann wäre das nur vernünftig«, erwiderte sie. »Es sei denn, Ihr wollt um der Schicklichkeit willen Abstand halten und die ganze Zeit schreien. Was ich nicht für wirklich nötig halte; Ihr habt mir ja versichert, meine Tugend sei nicht in Gefahr.«

Er setzte sich neben sie – wobei er immer noch eine Armeslänge Abstand hielt –, streckte die langen Beine von sich und seufzte unwillkürlich erleichtert. Die Tatsache, dass er dem engen Haus mit seiner düsteren, angespannten Atmosphäre entkommen war, war eine noch größere Wohltat als erwartet. Sie ließ ihn fast vergessen, weswegen er mit Fidelitas hierhergekommen war, und für einen kurzen Augenblick ertappte er sich bei dem Wunsch, sie hätte es ebenfalls vergessen.

Aber natürlich war ihm so viel Glück nicht beschieden.

»Dann lasst hören, Magister«, sagte sie. »Ich bin wirklich sehr neugierig.«

Er schaute sie an und sah, dass sie genau wusste, was er dachte.

»Also schön.«

Er versetzte sich in Gedanken an einen wolkigen Herbsttag vor vier Jahren zurück und begann zu erzählen …

Tübingen, im September 1546.

Es hatte den ganzen Tag geregnet – ein Vorhang aus herbstkalten Tropfen, die Schmutz und Abfälle durch die Kloaken hinabspülten in den Neckar, der sie mit sich davontrug. Wasser strömte die steilen, kopfsteingepflasterten Gassen hinab, und die Oberstadt ebenso wie die Unterstadt rochen für eine kurze, gesegnete Zeit wie frisch gewaschen.

Wenige Leute waren unterwegs; der eine oder andere Diener, der eilends einen Botengang erledigte, ein paar Studenten auf dem Weg in die Bibliothek, ein einsamer Professor, der dahinhastete und ein Buch unter seinem zunehmend klammer werdenden Mantel schützte. Der Vespergottesdienst in der Stiftskirche war so schlecht besucht gewesen wie schon lange nicht mehr. Und Susanne Scheibner war nach einem letzten, ehrfürchtigen Knicks vor dem Hochaltar auf dem Heimweg zum Gasthaus ihres Vaters, Kopf und Oberkörper in einen dicken Wollüberwurf mit Gugel gehüllt.

Ihr Vater hing dem Protestantismus an und hegte den Wunsch, dass seine Tochter dasselbe tat. Allerdings betrachtete er die Sache mit dem Glauben eher nüchtern. »Meinen Gästen sieht man nicht an, ob sie ihr Vaterunser auf Deutsch oder auf Latein beten«, sagte er immer mit einem Augenzwinkern, »und ich frag sie auch nicht danach. Beiden schmeckt das Bier gleich, egal auf welchen Prediger sie hören.«

Damit befand er sich mit so manchem Tübinger Bürger durchaus auf einer Linie. Die Heiligenbilder, die gemalten Kreuzwege und verzierten Kruzifixe, die man aus den Kirchen entfernt hatte, waren nicht etwa zerstört, sondern größtenteils an katholische Gläubige jenseits der Grenzen des habsburgischen Herrschaftsgebiets verkauft worden. Das lag ohnehin nur einen Steinwurf weit entfernt. Und Susanne Scheibner war bei weitem nicht die Einzige, die zwar die neuen Lehren sehr befreiend fand, aber gleichzeitig heimlich die Statue der Muttergottes in der Stiftskirche vermisste. Sich beim Gebet an Maria zu wenden – die schließlich auch eine Frau war – fiel ihr bedeutend leichter. Dass das Pendel dank der Anordnung eines weit entfernten Kaisers jetzt wieder zurückschlug, machte ihr daher bei weitem nicht so viel aus wie manch anderem Gläubigen in der Stadt.

Sie bog in die Barfüßergasse ein und war froh, dass sie es fast geschafft hatte. Sie freute sich auf frische Kleidung, einen warmen Honigwein und ein Fußbad. Eine Erkältung konnte sie sich nicht leisten, dafür gab es im »Hahn« einfach viel zu viel zu tun. Genug jedenfalls, dass ihre Hochzeit mit Michel Andrä, dem Sohn des besten Bierbrauers der Tübinger Zunft, erst im nächsten Frühjahr stattfand – weil sie dann ins Haus ihrer Schwiegerleute übersiedeln würde und ihr Vater sein bestes Schankmädchen noch nicht gar so schnell verlieren wollte.

Endlich ließ der Regen nach. Susanne blieb stehen, streifte die Gugel ab und blickte zum Himmel empor. Erst jetzt, als das regelmäßige Trommeln der Tropfen und der dicke Wollstoff nicht mehr jedes Geräusch dämpften, hörte sie die Schritte hinter sich. Aber noch ehe sie sich umdrehen oder wieder in Bewegung setzen konnte, packten zwei Hände sie von hinten an den Schultern, und eine dritte zerrte ihr den feuchten Wollstoff so weit über den Kopf und in die Stirn, dass sie nichts mehr sah.

Sie wollte schreien, aber bevor sie auch nur einen Laut von sich geben konnte, stopfte ihr jemand einen Stofffetzen in den Mund, der durchdringend nach Branntwein stank. Die Hände lösten sich von ihren Schultern und stattdessen schlangen sich Arme wie Eisenklammern um ihren Brustkorb. Jemand versetzte ihr einen kräftigen Stoß in den Rücken, sie machte einen stolpernden Schritt vorwärts und wurde seitlich in einen schmalen Durchgang zwischen zwei Gebäuden gedrängt. Sie prallte schmerzhaft gegen eine Mauer, wurde erneut vorwärtsgestoßen und fand sich plötzlich in einem engen Schuppen wieder, den sein Erbauer einfach zwischen die beiden Häuser geklemmt hatte.

Es war zwar noch hell draußen, aber Susanne konnte zunächst trotzdem kaum etwas sehen. Sie wurde umgedreht und grob auf einen Berg Holzscheite geworfen, die auf dem Lehmboden gestapelt lagen. Plötzlich waren ihre Arme frei, aber bei weitem nicht lang genug, als dass sie diesen Vorteil hätte nützen können.

»Halt sie fest!«, sagte eine leise Stimme vor ihr.

Im nächsten Moment stakste eine schattenhafte Gestalt mit einem langen Schritt über sie hinweg und hockte sich so hinter ihren Kopf, dass seine Knie ihre Ellbogen niederhielten.

»Gut so«, lobte die gleiche Stimme. »Wenn ich fertig bin, darfst du sie als Nächstes besteigen.«

Susanne erstarrte wie ein verschrecktes Kaninchen; ihr war nur zu bewusst, welches Schicksal ihr bevorstand. Kräftige Hände zwangen ihre Beine auseinander und schlugen ihren Rock hoch. Sie fing an zu weinen und würgte an dem dicken Stofffetzen, der sie daran hinderte, einen etwaigen Retter auf sich aufmerksam zu machen. Das hier war etwas anderes als die trunkenen Pöbeleien in der Schankstube, gegen die sie sich gut zu wehren wusste und die sich dank dem scharfen Blick ihres Vaters stets innerhalb gewisser Grenzen hielten.

Diese beiden hatten ihr aufgelauert; sie mussten die richtige Gelegenheit abgewartet und den Überfall ganz gezielt geplant haben.

Der Mantel war ebenso aus dem Weg wie der Rock, und jetzt rissen Mieder und Bluse. Der Mann vor ihr, der ein Knie zwischen ihre Beine geschoben hatte, beugte sich über sie. Im Gegenlicht konnte sie ihn unmöglich erkennen, aber sie hörte ihn gleichzeitig keuchen und lachen.

»Hübsche Titten. Halt die kleine Jungfer bloß gut fest, damit ich auspacken kann, was ich für sie habe.«

Starke Finger legten sich auf eine Brust und drückten zu. Der Schmerz brannte wie Feuer in dem empfindlichen Fleisch, und Susanne biss gequält in den nassen Knebel. Sie bäumte sich auf, wurde aber jetzt von vier Händen gehalten, und die Knie des Mannes hinter ihrem Kopf pressten sich so heftig gegen ihre Arme, dass sie meinte, ihre Knochen würden brechen. Das Gewicht eines Körpers senkte sich auf sie herab und ein Mund saugte sich gierig an ihrem Hals fest. Ihr Peiniger stöhnte laut und heiser, während er sich gleichzeitig gegen sie drängte. Sie spürte ihn hart an ihrem nackten Schenkel; zwei grobe Finger tasteten herum, als wollten sie den Weg erkunden. Er stieß zu, ungeschickt und hastig, und gab ein enttäuschtes Knurren von sich, als ihm klar wurde, dass er noch immer nicht am Ziel seiner Begierde war. Sie biss erneut auf den Stoff, außer sich vor Schrecken, Pein und Wut.

Der andere Mann keuchte inzwischen ebenfalls heftig … und plötzlich merkte Susanne, dass eines seiner Knie von ihrem Arm abgerutscht war. Auch eine ihrer Schultern wurde schon eine Weile nicht mehr am Boden gehalten. Unvermittelt tauchte sie aus dem Nebel ihrer Panik auf, ließ den Kopf in den Nacken sinken und sah, dass er hinter ihr seinen Hosenlatz aufgeschnürt hatte. Eine Hand streichelte träge sein steif aufgerichtetes Gemächt, während er auf ihre Brüste starrte; offenbar konnte er es kaum abwarten, dass sein Kumpan mit der schändlichen Untat fertig war und er selbst zum Zuge kam. Die andere Hand lag nur noch locker auf ihrer Schulter, und Susanne tat instinktiv das Einzige, was ihr in diesem Moment einfiel: Sie packte blitzartig zu, bekam seine Hoden zu fassen und drückte mit aller Kraft.

Das lüsterne Keuchen des Mannes verwandelte sich schlagartig in einen schrillen Schmerzensschrei, und der andere fuhr hoch. Er sah verblüfft, dass sein Freund nach hinten umgekippt war und an der Rückwand des Schuppens lehnte, die Hände wimmernd im Schoß verkrampft, und gleichzeitig spuckte Susanne den Knebel aus. Sie starrte fassungslos in das Gesicht ihres Peinigers, das sie in den Lichtstrahlen, die durch die Ritzen der Bretterwände fielen, zum ersten Mal deutlich erkennen konnte.

»*Ihr!*«, flüsterte sie. »*Ihr seid das!*«

In der nächsten Sekunde füllte sie ihre Lungen und schrie. Sie schrie so laut, dass sich in den Häusern rechts und links die Fenster öffneten. Der Mann, den sie kannte, rappelte sich hoch, stieß die Schuppentür auf und ergriff die Flucht, wobei er beinahe über seine Hose gestolpert wäre, die ihm noch immer in den Kniekehlen hing. Sein Komplize zog sich mühsam an der Wand nach oben, hinkte an Susanne vorbei ins Freie und floh die Barfüßergasse hinunter, dem anderen Übeltäter nach.

Jetzt liefen die Leute zusammen und entdeckten Susanne, die – noch immer mit hochgeschlagenem Rock und nackten Brüsten – auf dem Holzstapel im Schuppen lag. Eine mitfühlende Seele deckte einen Mantel über ihre Blöße, und eine andere rannte in den Gasthof und holte ihren Vater.

Anton Scheibner ließ alles fallen, was er in Händen hielt, hastete quer über die Straße und fiel neben seiner Tochter auf die Knie. Er nahm sie in die Arme und wiegte sie wie ein Kind. Als sie ihn erkannte und in Tränen ausbrach, weinte er mit ihr.

IX

Eine Jungfer in Nöten

»Aber mein Susannchen hat ihn doch ganz deutlich gesehen! Sie *weiß*, wer es war!«
Die Stimme des Gastwirts klang in der betretenen Stille der Studierstube überlaut.

Johann Scheurer räusperte sich. Als Universitätskanzler, der von seinem auf Lebenszeit eingesetzten Vorgänger nicht ernstgenommen wurde, hatte er es schon schwer genug; diese Angelegenheit hier belastete ihn noch zusätzlich. Dass die unbescholtene Tochter von Anton Scheibner auf dem Heimweg von der Messe zwei Tage zuvor brutal überfallen und um ein Haar vergewaltigt worden war, sorgte für ziemlichen Aufruhr. Dass die Täter sich der Verfolgung so beharrlich wie erfolgreich entzogen, machte die Sache noch schlimmer.

»Wenn die Universität uns nicht zu unserem Recht verhilft, werden wir uns an die städtische Obrigkeit wenden.« Scheibner sprach jetzt etwas ruhiger, aber der Zorn brodelte noch immer deutlich hörbar unter der Oberfläche.

»Das wird Euch nicht viel nützen«, erklärte Scheurer so sanft wie möglich. »Die *Alma Mater* hat ihre eigene Gerichtsbarkeit, und die Stadt mischt sich nicht in ihre Fälle ein.«

»Das kommt Euch ausgesprochen gelegen, möchte ich wetten!« Der Gastwirt schnaubte erbittert. »Viele Eurer sauberen Adelssöhne besuchen doch nur die Universität, um abends die Schänken unsicher zu machen, sich auf den Straßen zu prügeln und die Mädchen zu belästigen, die das Pech haben, in ihre Nähe zu kommen. Und sobald diese sauberen Früchtchen ihren Schaden angerichtet haben, flüchten sie sich unter die Mäntel der Professoren und sind in Sicherheit. Das, mein Herr Kanzler, ist Unrecht!«

»Es ist *Gesetz*«, korrigierte Scheurer. »Und welcher Gerichtsbarkeit er auch unterliegt, ein Übeltäter wird erst dann verurteilt und bestraft, wenn man ihm die Tat nachweisen kann. Egal ob von der Universität oder der Obrigkeit der Stadt.« Er warf dem Wirt einen Blick zu, in dem sich Mitgefühl und Strenge mischten. »Angesichts der Umstände wundert es mich nicht, dass Eure Tochter sich geirrt hat. Die schlechten Lichtverhältnisse in diesem Schuppen, ihre nur zu verständliche Panik … Es muss sich um ein Missverständnis handeln. Gerold von Blankenstein war überhaupt nicht in der Nähe, als das Verbrechen an Eurer Tochter geschah. Er hielt sich in der Gesellschaft mehrerer Freunde auf, alles Studenten der juristischen Fakultät, wenn ich das hinzufügen darf.«

»Die natürlich Stein und Bein schwören, dass er das Haus, in dem sie sich befanden, auch nicht für eine Minute verlassen hat«, knurrte der Wirt. »Das hat der Junge sich ja prächtig ausgedacht. Aber merkt Euch meine Worte: Wir werden jemanden finden, der unsere Sache vertritt. Und dann wird dieser Wicht büßen, was er meiner Tochter angetan hat!«

Er wandte sich in Richtung Tür und stapfte hinaus, ohne sich zu verbeugen. Scheurer war geneigt, ihm diese mangelnde Ehrerbietung in Anbetracht der Umstände zu verzeihen. Außerdem war er viel zu sehr damit beschäftigt, darüber nachzugrübeln, wie er den Vater des Verdächtigen, den hochedlen Grafen Gunter von Blankenstein, davon abhalten sollte, einen Groll gegen die Universität zu entwickeln. Seine Unterstützung war – vor allem in diesen unruhigen Zeiten – hochwillkommen.

Und selbst wenn der Junge log: Der Kanzler konnte den Grafen wohl kaum bitten, ihn dazu zu bringen, dass er die Wahrheit sagte. Die durch keinen Skandal beschädigte Zukunft seines Jüngsten war ihm ganz gewiss wichtiger als die befleckte Ehre einer Wirtshaustochter. Auch wenn Susanne Scheibner möglicherweise tatsächlich wusste, dass es Gerold von Blankenstein gewesen war, der sie überfallen hatte.

Am nächsten Tag ging Valentin Schmieder nach der letzten Vorlesung nicht etwa nach Hause, sondern geradewegs in den »Hahn«. Er hatte sich, sehr zur Belustigung seiner Mutter, angewöhnt, die Woche mit einem Humpen Bier und einem Eintopf bei Anton Scheibner abzuschließen und war dort inzwischen ein gern gesehener Gast.

Natürlich hatte er mitbekommen, was Susanne zugestoßen war; die Geschichte hatte sich in Tübingen ausgebreitet wie ein Lauffeuer, und auch drei Tage danach war die Sache noch in aller Munde. Er wunderte sich daher nicht, dass Susanne nirgendwo zu sehen war. Anton Scheibner wollte sie bestimmt nicht den gaffenden Augen und dem Tratsch der Leute aussetzen.

Ein anderes Mädchen brachte ihm sein Bier, eine Schüssel mit Fleisch und Gemüse und ein paar Scheiben Brot. Er hatte kaum einen Schluck getrunken, als der Wirt durch die gut gefüllte Schankstube herbeigeeilt kam und an seinen Tisch trat. Er sah aus, als hätte er in den letzten Nächten kaum geschlafen. Sein rundes, sonst stets gutgelauntes Gesicht wirkte blass und erschöpft.

»Gott zum Gruß, Magister«, sagte er. »Es tut wohl, Euch zu sehen. Hättet Ihr vielleicht nach dem Essen ein wenig Zeit für mich? Ich … ich könnte etwas Hilfe brauchen.«

Valentin setzte den Humpen ab. »Ich wüsste nicht, wie ich Euch behilflich sein kann.«

Der Wirt verkrampfte die Hände vor seiner Schürze. »Ihr habt einen Ruf als scharfsinniger Mann«, sagte er. »Und ich befinde mich in einer verzweifelten Lage.«

Er sah sich um. Mehrere Augen hatten sich dem Tisch zugewandt, wo Valentin saß; hier und da flüsterten die Gäste hinter vorgehaltener Hand.

»Wenn Ihr Euer Abendessen beendet habt«, bat er, »würdet Ihr mich dann nach oben begleiten, wo wir in Ruhe miteinander reden können?«

Valentin stellte sich vor, was der Kanzler sagen würde, wenn er herausfand, dass einer seiner Professoren sich auf die Seite eines Mannes schlug, der versuchte, der ehrwürdigen *Alma Mater* Ärger zu machen. Scheurer würde alles andere als entzückt sein.

»Bitte!«, sagte Anton Scheibner in seine Gedanken hinein. »Magister, ich bitte Euch.«

Er klang wirklich verzweifelt.

»Also schön.« Valentin tauchte leicht resigniert den Löffel in die Schüssel. »Gebt mir eine halbe Stunde Zeit – und am besten noch einen zweiten Humpen Bier, sobald dieser hier leer ist.«

Etwas mehr als dreißig Minuten später saß Valentin dem Wirt in dessen Wohnstube gegenüber. Sie befand sich direkt über dem Schankraum. Er konnte das Gemurmel der Gäste und das leise Klirren der Krüge schwach durch den Boden hören.

Scheibner hatte ihn genötigt, in einem gepolsterten Lehnsessel Platz zu nehmen, der dicht an einem Kachelofen stand. Eine mit Kissen belegte Bank zog sich um den Ofen herum; auf einem der Kissen schlummerte eine Katze mit kupferrot gestromtem Fell. Ein Schrank aus dunklem Holz enthielt eine Sammlung von Zinntellern, daneben stand ein weiterer Schrank mit offenen Fächern, in dem sich zu Valentins Überraschung eine ganze Reihe Bücher befand. Er konnte sich nicht vorstellen, dass Anton Scheibner sonderlich viel Lust und Zeit für Bücher aufbrachte; wahrscheinlich war es Susanne, die gerne las.

»Ihr sagt, dass Eure Tochter weiß, wer sie überfallen hat?«, fragte er.

»Sie weiß es«, bestätigte der Wirt. »Gerold von Blankenstein, Sohn eines Grafen aus der Nähe von Reutlingen. Und ich bin nicht sonderlich überrascht. Ich hätte es wissen und besser auf mein Kind achtgeben müssen. Er ist früher oft hier eingekehrt, aber ich hab ihn lieber gehen als kommen sehen, wenn Ihr versteht, was ich meine.«

»Nicht ganz.«

»Er war oft mit seinen Freunden hier. Lärmendes, hochmütiges Volk, das meint, dass ihm alles gehört und jeder gehorchen muss. Ihr kennt die Sorte.«

Valentin kannte sie in der Tat.

»Wenn Bier und Essen nicht schnell genug an den Tisch kamen, gab es Geschrei und zerbrochenes Geschirr. Und natürlich hat der Bursche mein Susannchen angestarrt – so oft, dass sie sich kaum noch in die Schankstube getraut hat. Mit den Augen ausgezogen hat er sie. Endlich hab ich ihm das Haus verboten. Und dann hat er ihr aufgelauert … und sie hat ihn erkannt.«

Der Wirt holte tief Luft, als könnte er sich damit beruhigen.

»Aber der Junge hat sich abgesichert«, fuhr er fort. »Angeblich hat er den Abend mit einer ganzen Gruppe anderer Studenten verbracht, die natürlich allesamt bestätigen, dass er bei ihnen war. Er weiß sehr gut, dass ihm nicht viel geschehen kann, solange wir keine Beweise haben.«

»Außer Susanne hat ihn niemand gesehen?«

»Nur der andere, der ihm geholfen hat, sie in den Schuppen zu zerren.« Anton Scheibner blickte auf seine Hände hinunter. »Sie waren zu zweit, wisst Ihr? Zwei Männer, die über ein hilfloses Mädchen herfallen und glauben, dass man sie dafür nicht zur Rechenschaft zieht!«

»Nach allem, was ich höre, war Eure Tochter nicht gar so hilflos, wie die beiden Halunken gedacht haben«, bemerkte Valentin.

Scheibner lächelte schwach, und in seinen Augen blitzte flüchtig ein kleiner, stolzer Funke.

»Sie hat ihre Tugend tapfer verteidigt, meine Kleine«, bestätigte er. »Aber jetzt liegt sie im Bett und will nicht mehr unter Menschen. Obendrein weigert sie sich, ein Kleid anzuziehen. Sie sagt, es tut ihr weh, wenn sie sich das Mieder zuschnürt. Der Kerl … der Kerl hat ihre Brust gequetscht, und es ist alles grün und blau. Das hat jedenfalls der Medicus gesagt, den ich gerufen habe, sobald sie wieder zuhause war. Er hat auch gesagt, dass sie noch … dass sie nicht …« Er schluckte hörbar und schwieg.

»Susanne ist noch jungfräulich?«, fragte Valentin sanft.

Der Wirt nickte. Dann zog er ein großes Schnupftuch aus der Westentasche und schnaubte sich die Nase.

»Viele glauben das nicht«, sagte er. »Ich weiß genau, dass sich die Leute über mein Kind das Maul zerreißen. Viele haben sie da liegen sehen, in diesem Schuppen … die Beine gespreizt, das Mieder zerrissen. Und jetzt glauben sie …« Er brach ab und senkte den Kopf. »Ihre … ihre Schwiegereltern waren gestern hier. Sie haben Zweifel. Sie möchten nicht, dass ihr Sohn durch seine Braut in Verruf gerät. Und das hat mein Susannchen einfach nicht verdient!«

»Da habt Ihr Recht.« Valentin seufzte. »Aber ich sehe noch immer dieselbe Schwierigkeit wie zuvor. Wie kann ich Euch helfen?«

»Ich weiß es nicht«, gestand Scheibner. »Ich weiß nur einfach nicht mehr weiter. Und Ihr seid ein freundlicher, kluger Mann … Ich dachte, Ihr wüsstet vielleicht Rat.«

»Im Augenblick weiß ich bedauerlicherweise noch keinen.«

Valentin stand auf. Die rote Katze erwachte, streckte die Glieder und musterte ihn leicht gekränkt, bevor sie von der Ofenbank sprang und davonstolzierte.

»Aber vielleicht würde es helfen, wenn Ihr mir sagt, wer der Medicus war, der Susanne nach dem Überfall untersucht hat. Ich möchte gern mit ihm reden.«

»Hässliche Geschichte«, sagte Cyprian Beierle, der Medicus. »Blaue Flecken an Armen und Beinen, eine gemeine Quetschung auf einer Brust, aber sie ist mit dem Schrecken davongekommen. Sie ist immer noch eine *virgo intacta.* Auch wenn ihr das wahrscheinlich nichts nützen wird.«

»Wie meint Ihr das?«

Der Arzt betrachtete Valentin, als hätte er ein naives Kind vor sich. »Stellt Euch nicht dumm, Magister«, sagte er schroff. »Das arme Ding ist beschädigte Ware, das wisst Ihr ebenso gut wie ich. Wenn ihr Vater die Lage retten will, dann sollte er sie rasch an einen großzügigen Mann verheiraten, der von dem Skandal nicht allzu viel mitbekommen hat und obendrein nicht in Tübingen lebt. Damit wieder Ruhe einkehrt.«

Valentin dachte an Susannes süßes, unschuldiges Gesicht und an ihren verzweifelten Vater, der noch immer an Gerechtigkeit für seine Tochter glaubte.

»Habt Ihr das dem ›armen Ding‹ genau so gesagt?«, fragte er leise.

»Nicht ihr«, versetzte der Medicus. »Aber dem Scheibner schon. Besser, er macht sich keinerlei Illusionen. Schließlich ist es nicht das erste Mal, dass der junge Blankenstein mit einer solchen Sache davonkommt.«

Valentin stutzte. »Nicht das erste Mal?«

»Keineswegs.« Der Medicus nahm einen Krug vom Tisch und füllte daraus tiefdunklen Rotwein in ein Glas. »Wollt Ihr auch, Magister? Ihr schaut aus, als hättet Ihr es nötig.«

Valentin nickte, wartete, bis Beierle ihm ebenfalls etwas eingegossen hatte, und kostete. Der Wein war ausgezeichnet. Wenn dieses Drama sich lange genug hinzog, würde er sich noch zu einem ausgewachsenen Trunkenbold entwickeln.

»Gerold von Blankenstein studiert jetzt seit vier Jahren das Rechtswesen«, sagte der Medicus. »Wohlgemerkt – er ist nicht auf den Kopf gefallen, seine Prüfungsergebnisse sind ordentlich. Aber sein Umgang mit Frauen ist … unangemessen. Mit den jungen Damen aus seinem eigenen Stand hat er sich nie etwas zuschulden kommen lassen. Aber die Tübinger Jungfern hält er ganz offensichtlich für Freiwild.«

Valentin nahm einen großen Schluck Wein. »Von wie vielen Jungfern reden wir?«

»Es gibt zwei, von denen ich sicher weiß.« Der Medicus räusperte sich. »Sie wurden ebenso verschleppt wie Susanne Scheibner. Allerdings hatten sie nicht so viel Glück oder waren nicht so beherzt. Beide schworen anschließend, es sei Blankenstein gewesen. Er hat das jedes Mal abgestritten und hieb- und stichfest durch die Aussage von Freunden belegt, dass er ganz woanders war. Die eine wurde auf die Alb verheiratet, an einen braven Müller, glaube ich. Die andere … nun, sie wurde schwanger. Und als sie es nicht mehr ertrug, dass die anständigen Bürger von Tübingen mit den Fingern auf sie zeigten, ist sie von der Eberhardsbrücke in den Neckar gesprungen. Vor drei Jahren war das.« Er stellte das Glas mit einem Knall auf den Tisch. »Es gibt vielleicht noch mehr Mädchen. Aber die haben sich gehütet, ihn anzuzeigen, denke ich. Weil sie nicht im Fluss enden wollten, so wie Katharina.«

»Sie hieß Katharina? Ihr habt sie gekannt?«

»Katharina Bauer. Sie war die Tochter meiner Köchin«, erwiderte Beierle kurz angebunden. »Ein freundliches, liebenswertes Mädchen. Es hat ihr nur nichts geholfen.«

»Und seither erzählt Ihr jeder Jungfer, der dasselbe Unglück widerfährt, dass sie sich in ihr Schicksal fügen soll?«, fragte Valentin. »Anstatt diesem adeligen Hundsfott, der seinen Schwanz nicht hinter dem Hosenlatz behalten kann, das Handwerk zu legen?«

»Hinter ihm steht ein Vater mit reich gefüllten Schatztruhen«, sagte der Medicus. »Und mit viel Einfluss. Als Katharina damals … Ich hatte eine kranke Frau. Und Blankenstein fing an zu verbreiten, ich würde meine Gelüste statt bei ihr bei Katharina stillen. Es war natürlich eine dreiste Lüge, aber sie kam beiden zu Ohren, und sie hat beide zutiefst verletzt. Diese üblen Verleumdungen haben Katharina das Leben gekostet, und meine Frau hat sich nie richtig davon erholt. Letztes Jahr ist sie gestorben.«

Valentin schwieg und dachte nach. Ganz plötzlich fiel ihm etwas ein; er setzte sich aufrecht hin und betrachtete Beierle scharf.

»Würdet Ihr mir noch einmal sagen, was bei der Untersuchung von Susanne herauskam?«

»Wieso?«, fragte der Medicus verwirrt.

»Sagt mir einfach, was Ihr gesehen habt«, sagte Valentin. »Ich erklär's Euch hinterher.«

Zwei Tage darauf machte sich Valentin Schmieder auf den Weg zu Leonhart Fuchs, dem Rektor der Universität. Der residierte nunmehr seit zwölf Jahren mit seiner Familie im Nonnenhaus, lehrte Medizin und zog in seinem Garten eine Vielzahl von Arzneipflanzen. Um diese Jahreszeit waren die

Beete natürlich kahl; aber Valentin erinnerte sich gut daran, wie Fuchs im letzten Sommer zwischen Kamille, Pfefferminze und Frauenmantel gestanden hatte, von Bienen umsummt, von balsamischen Düften und einer Traube wissbegieriger Studenten umgeben, während er aus seinem »New Kreüterbuch« dozierte. Dass in den Kirchen nunmehr ein anderer Geist herrschte, focht ihn nicht an, und Herzog Eberhard war mehr als gewillt, einen streitbaren Katholiken an der Universität zu dulden, solange der ihm nur reichlich akademisches Ansehen bescherte. Seit Fuchs vor neun Jahren seine erste Professur in Tübingen angetreten hatte, war der Rektor regelmäßig mit seiner Frau in Valentins Elternhaus zu Gast.

Eine Dienstmagd öffnete Valentin die Tür; er wurde sofort vorgelassen und in die Studierstube geführt.

»Magister Schmieder – welch seltenes Vergnügen! Was kann ich für Euch tun?«

Fuchs erhob sich aus dem Stuhl hinter seinem Schreibpult und kam ihm entgegen, um ihn zu begrüßen. Er hatte ein schmales Gelehrtengesicht, und das nach spanischer Mode rundum zu gleicher Länge gekürzte Haar unter seinem Barett war fein und von rötlichem Blond.

»Ich komme in einer ernsten Angelegenheit«, sagte Valentin. »Ich muss einen Studenten dieser Universität der versuchten Notzucht an einer Jungfer dieser Stadt anklagen und Euch empfehlen, ihn samt seinem Helfershelfer festsetzen und verurteilen zu lassen.«

Fuchs runzelte die Stirn. »Es handelt sich doch nicht etwa um den Überfall auf Susanne Scheibner?«

»Genau um den«, antwortete Valentin gelassen. »Und der Student, der festgesetzt werden soll, ist Gerold von Blankenstein.«

»Das ist *wirklich* eine sehr ernste Sache«, sagte Fuchs. Auch sein Gesicht war inzwischen sehr ernst. »Und ich kann nur für Euch hoffen, dass Ihr mehr in der Hand habt als eine

Anschuldigung, die einzig und allein auf der Aussage einer verschreckten Jungfer fußt.«

»Ich habe Beweise.« Valentin legte die in Leder gebundene Mappe, die er mit sich trug, auf das Schreibpult des Rektors. »Und ich habe sie Euch mitgebracht. Nehmt sie in Augenschein, und lasst sie Euch erklären.«

Noch am selben Abend fanden sich acht Personen im Nonnenhaus ein. In der großen Studierstube waren Stühle aufgestellt worden. Johann Scheurer thronte in einem prächtig geschnitzten Lehnsessel, Leonhart Fuchs saß hinter seinem Schreibpult und Valentin daneben. Vor ihnen warteten fünf junge Männer darauf, dass man ihnen erklärte, wieso sie hatten herkommen müssen: Gerold von Blankenstein, sein Freund, ein gewisser Junker Max von Schlenzheim, und drei weitere *Studiosi*, allesamt aus dem verschworenen Dunstkreis des Grafensohnes. Zufälligerweise waren es genau die jungen Männer, die versichert hatten, Gerold sei während des Überfalls auf Susanne die ganze Zeit bei ihnen gewesen.

»*Salve,* meine Herren«, sagte Leonhart Fuchs. »Ihr werdet Euch wundern, was der Anlass für dieses Treffen ist. Ich werde Euch darüber nicht im Unklaren lassen. Es geht darum, herauszufinden, was vor fünf Tagen geschehen ist, als Susanne Scheibner von der Messe nach Hause ging. Ich korrigiere mich: Was geschehen ist, *wissen* wir. Wir müssen nun feststellen, wer dafür die Verantwortung trägt.«

Valentin beobachtete Gerold von Blankenstein, der scheinbar gelangweilt an Fuchs vorbei ins Leere starrte. Erst beim letzten Satz schien er aufzuwachen und blickte ausgesprochen verärgert drein.

»Was hab *ich* damit zu schaffen?«, wollte er wissen. »Habe ich nicht wieder und wieder versichert, dass ich der Jungfer kein Haar gekrümmt habe? Und habe ich nicht genügend Zeugen beigebracht, die mir genau das bestätigen?«

Er hatte ein hübsches, aber arrogantes Gesicht und strahlend blaue Augen unter einem Schopf dunkel gelockter Haare; es war mehr als offensichtlich, dass er sich für ein Geschenk des Allmächtigen an die Menschheit hielt – vorzugsweise an den weiblichen Teil davon.

Sein Hofstaat nickte beflissen.

»Immer der Reihe nach«, entgegnete Leonhart Fuchs und deutete auf Valentin.

Offenbar wurde von ihm erwartet, dass er ab jetzt übernahm.

»Also schön.« Valentin beugte sich vor. »Ihr, Herr von Blankenstein, sagt, Ihr hättet Susanne Scheibner kein Haar gekrümmt. Die Jungfer behauptet das Gegenteil. Die Frage ist, wer die Wahrheit spricht.«

»Das ist *keine* Frage«, fuhr der Blankensteiner dazwischen. »Es sei denn, Ihr wollt dem Geschrei einer Dirne Glauben schenken, die behauptet, eine Jungfräulichkeit verloren zu haben, die sie wahrscheinlich gar nicht mehr besaß. Wir wissen doch alle, wie es um die Tugend von Schankmädchen bestellt ist, oder?«

Er blickte sich beifallheischend um, und sein Hofstaat kicherte unterdrückt.

Ein scharfer Blick von Leonhart Fuchs sorgte allerdings sofort dafür, dass wieder Stille einkehrte.

»Susanne wurde mit einem Stofffetzen geknebelt und in einen Schuppen gezerrt«, fuhr Valentin fort, ohne sich von der gezielten Schmähung des jungen Mannes aus der Ruhe bringen zu lassen. »Dort hielt einer der beiden Übeltäter sie am Boden, indem er sich auf ihre Arme kniete und ihre Hände festhielt. Der andere zerriss ihr Mieder und ging ihr unter den Rock.«

Er hielt inne; als er weitersprach, war seine Stimme sanft und verächtlich.

»Besonders geschickt hat er sich wohl nicht angestellt. Denn laut Aussage des Medicus war sie, als die beiden von ihr abließen, zwar gewiss nicht mehr unberührt, aber noch Jungfrau. Es könnte jedoch auch sein, dass dieser üble Wicht nicht gewohnt war, auf so viel Gegenwehr zu treffen. Vermutlich waren die früheren Opfer seiner Gier vor Schreck erstarrt – Susanne Scheibner war es nicht.«

Der Blankensteiner verzog keine Miene.

»Kommen wir zu dem zweiten Mann, der vermutlich dafür verantwortlich war, dass es der Jungfer gelang, sich zu befreien. Wie gesagt – er war es, der sie festhielt, damit der andere freie Hand für die Notzucht hatte. Er mag darauf gewartet haben, dass er selbst an der Reihe war, und irgendwann wurde er wohl etwas ungeduldig und entblößte sich. Die tapfere Jungfer nutzte die plötzliche Gelegenheit ... und packte ihn an den Eiern.«

In Gerolds Wange zuckte ein Muskel. Max von Schlenzheim wurde erst bleich, dann feuerrot. Die anderen drei wanden sich vor Verlegenheit und wussten sichtlich nicht, wo sie hinschauen sollten.

»Das heißt, die letzten paar Tage müssen für den Mann äußerst schmerzhaft gewesen sein«, bemerkte Valentin mit einem schmallippigen Lächeln. »Geschwollene Hoden sind kein Vergnügen.«

»Was soll dieses Theater?«, fragte Gerold plötzlich. »Ich muss sagen, an Euch ist ein wahrer Jahrmarktsgaukler verloren gegangen, Magister! Was erwartet Ihr als Nächstes? Dass ich und meine Freunde vor dem Kanzler und dem Rektor die Hosen herunterlassen und unser Gehänge präsentieren?«

»Das wird kaum nötig sein«, entgegnete Valentin gelassen. »Sowohl Susanne als auch ihr Vater erzählten mir, dass der Mann, der versuchte, sie zu notzüchtigen, dabei ihre Brust gequetscht hat. Mein geschätzter Kollege, der Rektor, mag sich zwar vor allem mit Botanik beschäftigen, ist aber dennoch ein ausgezeichneter Doktor der Medizin und mit den Reaktionen des menschlichen Körpers bestens vertraut. Er wird uns bestätigen können, dass eine gequetschte Brust sich grün und blau verfärbt, manchmal sogar schwarz, wenn der darauf ausgeübte Druck nur grausam genug gewesen ist.«

Leonhart Fuchs nickte zustimmend; sein Gesicht war wachsam und angespannt.

Gleich darauf begegneten sich die Augen von Valentin und Gerold. Es war der junge Grafensohn, der nach einer gefühlten Ewigkeit zuerst den Blick abwandte.

»Das brachte mich auf eine Idee. Ich bat den Medicus, der Susanne Scheibner nach dem Überfall untersucht hatte, die Quetschung auf ihrer Brust noch einmal genau in Augenschein zu nehmen. Er stellte fest, dass sie die Form einer Hand hatte; der Umriss war auch drei Tage danach noch tiefdunkel und deutlich zu erkennen.«

Valentin lehnte sich auf seinem Stuhl zurück. Sein Mund war trocken und er hätte gern um ein Glas Wasser gebeten, aber er wollte den Spannungsbogen seiner Geschichte nicht abreißen lassen.

»Ich gab ihm ein Stück feinen, durchsichtigen Stoff, den er auf die Quetschung legte, bevor er mit einem Kohlestift diesen Umriss auf dem Stoff nachzeichnete.«

Beide Hände des Blankensteiners waren mit einem Mal in den üppigen Falten des Samtumhangs verschwunden, den er über seinem teuren, bestickten Wams trug. Den Kopf hielt er trotzdem hoch erhoben.

Wahrscheinlich verlässt er sich darauf, dass die Behauptungen seiner Freunde ihn weiterhin schützen – egal was bei dem Abdruck herausgekommen ist, dachte Valentin.

»Und was hat Eure alberne Komödie ergeben?«, sagte Gerold jetzt. »Dass jemand die Jungfer angefasst hat? Das ist ja nun wahrhaftig nichts Neues, und ich behaupte nach wie vor, es war nicht das erste Mal. Wer weiß schon, mit wem sich die hübsche Susanne schon in der nächstbesten Scheune im Stroh gewälzt hat? Oder zwischen den Bierfässern ihres Vaters im Keller?«

»*Tacete*, junger Mann!« Das war Johann Scheurer, der das, was sich rings um ihn abspielte, bisher in völligem Schweigen verfolgt hatte. Seine Stimme klang scharf und zornig. »Das ist absolut unbillig und ehrverletzend. Ihr vergesst Euch!«

Der Blankensteiner stand auf. »Ich werde jetzt gehen. Und ich werde meinem Vater von Eurem skandalösen Benehmen mir gegenüber berichten!«

»Ihr bleibt, und Eure Freunde ebenfalls«, sagte Leonhart Fuchs. Er sah bemerkenswert unbeeindruckt aus. »Der Magister ist mit seinem Vortrag fast fertig, denke ich, und Ihr werdet Euch auch noch den Rest anhören.«

»Es stimmt sicherlich«, sagte Valentin leise und ruhig, »dass der Umriss einer Hand noch keinen Täter überführt. Jedenfalls normalerweise. Zufällig weiß ich aber, dass es vor ziemlich genau vier Jahren einmal hier in einer Tübinger Schänke ein Spiel gab, bei dem Ihr anwesend wart, ganz zu Beginn Eures Studiums. Es war die Art Spiel, vor dem ich mich immer gehütet habe. Man legt die Hand mit gespreizten Fingern auf den Tisch und stößt die Spitze eines Dolchs so schnell wie möglich in das Holz dazwischen. Das habt Ihr auch im Gasthaus von Anton Scheibner getan – nicht der Hauptgrund, weshalb er Euch irgendwann das Haus verboten hat, aber einer davon. Da hattet Ihr dieses Spiel allerdings längst anderswo gespielt. Und eines Abends habt Ihr dabei zu viel getrunken, um noch richtig zu zielen … nicht wahr?«

Gerold von Blankensteins Gesicht hatte jäh alle Farbe verloren. Der Blick seiner Augen zuckte panisch von einer Seite der Studierstube zur anderen und zur Tür, als suchte er instinktiv nach einem Fluchtweg.

»Zeigt mir Eure rechte Hand, wenn ich bitten darf.«

Gerold schien zusammenzuschrumpfen.

»Eure Hand, *Studiosus*«, sagte Johann Scheurer.

Noch immer keine Bewegung.

»Ich kann die Wachen hereinrufen«, warnte der Rektor. »Und sie können Euch dazu zwingen, das wisst Ihr. Wollt Ihr wirklich so tief sinken?«

Endlich gehorchte der junge Mann. Valentin hörte, wie Leonhart Fuchs neben ihm schockiert nach Luft schnappte.

An der rechten Hand des Blankensteiners fehlte der kleine Finger.

»Welcher Medicus Euch damals versorgt hat, konnten wir nicht herausfinden«, sagte Valentin. Er verspürte keinerlei Triumph, nur Müdigkeit und eine große, fast schmerzhafte Erleichterung. »Aber genügend Leute haben dieses Spiel damals beobachtet, und auch der Wirt der Schänke hat sich daran erinnert. Er ist gerne bereit, seine Aussage zu beeiden. Der Abdruck von der Hand des Burschen, der versucht hat, Susanne Scheibner zu schänden, hat ebenfalls keinen kleinen Finger. Und ich kann mir kaum vorstellen, dass ein Mann bei einer solchen Untat und mitten in der Hitze seiner bösen Lust auf den Einfall kommt, ihn abzuspreizen – was nebenbei bemerkt gar nicht so einfach ist, wenn man sich gleichzeitig mit der Hand abstützt. Ich habe es versucht und hatte meine liebe Mühe damit.«

Zum zweiten Mal an diesem Abend sah Valentin Gerold von Blankenstein direkt in die Augen. »Ich würde sagen, Ihr seid überführt.«

Während die Geschichte ihren Lauf genommen hatte, war die Sonne am Himmel hoch aufgestiegen. Fidelitas hatte sich als gute Zuhörerin erwiesen, die die meiste Zeit schwieg und nur von Zeit zu Zeit eine knappe Frage stellte.

»Wie hat dieser junge Blankenstein es fertiggebracht, dass seine Freunde ihn ständig geschützt haben?«, wollte sie jetzt wissen.

»Das war ausgesprochen einfach«, meinte Valentin. »Immer wenn er mit dem Junker von Schlenzheim auf Frauenjagd ging, traf er sich zuvor mit den dreien und trank mit ihnen, so lange, bis sie allesamt bezecht genug waren, um einzuschlafen. Dann schlichen er und der Junker sich hinaus, verübten ihre Verbrechen und kamen immer rechtzeitig zurück, um angeblich neben ihnen aus einem Rausch zu erwachen, den sie in Wirklichkeit gar nicht gehabt hatten.«

Fidelitas betrachtete ihn eine Weile still von der Seite. »Wurden die beiden verurteilt?«

»Nicht öffentlich.« Valentin lächelte schief. »Der Graf von Blankenstein wusste das zu verhindern. Als die *Alma Mater* ihn mit den Beweisen gegen seinen Sohn und den Junker konfrontierte, beschloss er, Anton Scheibner eine große Summe Geldes anzubieten – als eine Art Ausgleich für das an seiner Tochter begangene Unrecht.«

»Und der Wirt hat es angenommen?«

»Ja. Die Familie des Brauers beschloss nämlich, ihren Erstgeborenen lieber mit einer Jungfer zu verheiraten, die etwas weniger … skandalumwittert war. Daraufhin überlegte Scheibner sogar eine Weile, ob er den Gasthof verkaufen und mit Susanne woanders neu anfangen sollte. Aber schon sein Großvater hat in diesem Haus Bier ausgeschenkt, und Susanne schwor ihm, dass sie bei ihm bleiben und lieber überhaupt keinen Mann nehmen wollte als diesen.«

»Kluges Mädchen. Und mutig noch dazu.« Fidelitas lächelte.

Valentin blickte über das im Sonnenschein glitzernde Neckarwasser hinweg auf die Silhouette von Cannstatt, die sich vor ihm ausbreitete.

»Jetzt wisst Ihr, wieso Otto von Eberstein auf die Idee gekommen ist, mich um Hilfe zu bitten«, meinte er. »Obwohl ich nicht wirklich glaube, dass ich von Nutzen bin … bis jetzt jedenfalls.«

Fidelitas nickte langsam. »Zumal Euch diesmal kein Handabdruck dabei helfen wird, den Täter zu finden, nicht wahr?«

»Nein«, sagte Valentin niedergeschlagen. »Wohl kaum.«

X

Stelldichein im Stall

Es war schon später Nachmittag, als Clarissa endlich die Gelegenheit fand, sich aus dem Haus zu schleichen. Den ganzen Tag über hatte sie Licht und Sonnenschein des milden Maitages nur durch die Butzenscheiben des Fensters betrachten können. Gräfin Johanna hatte reichlich Arbeit für sie gehabt, den gerissenen Saum eines Kleides, einen ausgefransten Schleier, eine aufgetrennte Ärmelnaht und eine Handvoll geflochtener Schlaufen aus Seidengarn, die ihre Herrin an einen ihrer Umhänge genäht haben wollte. Dann wurde Clarissa ausgesandt, bei einem Händler in der Nähe einen Krug Rotwein zu kaufen, den die Gräfin zum Mittagsbraten zu trinken wünschte und den Bärbel – wie jede Mahlzeit und jedes Getränk seit Brunos Tod – vor ihren Augen gekostet hatte, um ganz sicher zu beweisen, dass er nicht vergiftet war. Nachmittags erklärte Johanna, dass ihr blauer Hausmantel aus Samt viel zu schlicht war und unbedingt ein paar Stickereien brauchte, um ihn aufzuwerten.

Schwester Fidelitas, die höchstwahrscheinlich gegen den Braten Einspruch erhoben hätte, war nicht da, da die Behandlungen auf Wunsch Johannas heute ausfallen sollten. Clarissa hatte die Nonne mit Magister Schmieder fortgehen sehen und sie um ihre Freiheit glühend beneidet. Außerdem hatte sie sich über die plötzliche Eintracht der beiden nicht wenig gewundert. Normalerweise war Fidelitas auf den Mann, den der Sohn des Grafen vor ein paar Tagen mitgebracht und hier einquartiert hatte, alles andere als gut zu sprechen.

Doch in diesem Moment waren der Magister samt seinen Fragen, die Nonne und selbst die herrische Gräfin ganz und gar aus Clarissas Kopf verschwunden. Während sie mit heftig klopfendem Herzen über den Hof in Richtung Stall huschte, dachte sie einzig und allein an Andres, der dort hoffentlich auf sie wartete.

Sie hatte die Dinge, die er zu ihr gesagt hatte, wieder und wieder hin- und hergewendet wie einen kostbaren Streifen Seide, auf dem sie einen Fehler suchte. Sie fand keinen; wann immer sie Andres' Worte vor sich hinmurmelte wie eine heimliche Beschwörung, wurde ihr das Herz heiß, und ihr drehte sich der Kopf. »Weißt du was? Ich möchte, dass du Grund zum Lachen hast, jeden Tag. Irgendwann möchte ich sehen, wie du die Haube abnimmst und deine Zöpfe für mich aufmachst. Irgendwann … wenn wir ganz allein miteinander sind.«

Sie *wollte* ganz allein mit ihm sein, unbedingt. Sie wollte, dass er diese wundersamen Dinge wieder zu ihr sagte … und noch viel mehr davon.

Jetzt hatte sie den Stall erreicht und schob das Tor auf. Sie spähte in das heuduftende Dämmer hinein, hörte eines der Pferde wiehern und öffnete den Mund, um nach Andres zu rufen.

»Schau an – was für hübscher Besuch!«

Eine Hand packte sie am Arm, und zu Clarissas Schrecken war es nicht Andres, sondern Jörg, der Kutscher. Er musterte sie von Kopf bis Fuß und blies ihr dabei seinen Atem ins Gesicht, der nach Zwiebeln und schlechten Zähnen roch.

»Was willst du denn hier?«, erkundigte er sich. »Hast du was von der Herrin zu bestellen, oder war dir einfach bloß langweilig?«

Sie zuckte zurück und riss ihren Arm weg, während sie gleichzeitig fieberhaft nachdachte. Plötzlich fiel ihr das Kätzchen mit dem schwarzweißen Fell und den Bernsteinaugen ein, das hier immer über den Hof stromerte.

»Ganz gewiss nicht!«, schnappte sie. »Ich hab immer genug zu tun. Ich hab bloß versucht, die … die Katze zu finden!«

Jörg nahm immer noch nicht den Blick von ihr; es war deutlich zu erkennen, dass er eine Ausrede witterte.

»Ich wollte ihr ein bisschen Milch bringen«, fuhr sie fort und setzte dabei eine möglichst treuherzige Miene auf. »Und was zu fressen. Wenn sie mag.«

»Vielleicht suchst du ja auch eher nach einem Kater.« Der Kutscher grinste anzüglich. »Einem *jungen* Kater, der gerne was zum Naschen hätte. Ich bin sicher, unser Andres würde ganz gerne mal von dir kosten – meinst du nicht?«

»Behalt deine schmutzigen Gedanken für dich, Jörg Stähle!« Clarissas Gesicht brannte vor Verlegenheit und Zorn. »Und jetzt pack dich zurück zu deinen Gäulen und lass mich in Frieden!«

»Wie eine Dame von Stand redest du, seit du die Zofe der Gnädigen bist.« Jörg musterte sie mit zusammengekniffenen Augen. »Vielleicht solltest du öfter mal weg von ihr, damit du nicht vergisst, wo du hingehörst.«

»Hier gehör ich ganz bestimmt nicht hin!«

Clarissa machte kehrt und stürmte mit flatternden Röcken wieder ins Haus zurück. Eben noch hatte sie nichts Eiligeres zu tun gehabt, als daraus zu entkommen; jetzt aber erschien es ihr als rettender Zufluchtsort. Warum hatte sie im Stall ausgerechnet dem Kutscher begegnen müssen? Und wo um Himmels willen war Andres?

Sie schlug die Haustür hinter sich zu und flüchtete in ihre winzige Kammer unter dem Dach hinauf. Aus dem Fensterchen, über dem sich das vorspringende Dach wölbte wie eine Augenbraue, konnte sie den ganzen Hof überblicken.

Genau in dem Moment, als sie hinausschaute, sah sie, wie die kleine Seitenpforte aufschwang und Andres den Hof betrat. Er trug ein kleines Ledersäckel bei sich; was darin war, konnte sie nicht erkennen. Während er in Richtung Stall schlenderte, sah er so aus, als würde er fröhlich vor sich hinpfeifen. Obwohl er ihr Herz in Aufruhr versetzte, hätte sie ihm am liebsten einen Tritt gegen das Schienbein versetzt.

Sie ließ sich auf der Bettkante nieder und dachte gründlich nach. In etwa einer halben Stunde würde Bärbel das Abendessen für die Dienerschaft auf den Tisch bringen, und danach gab es für die Zofe der Gräfin nicht mehr viel anderes zu tun, als das Nachtgewand ihrer Herrin zurechtzulegen und ihr beim Auskleiden zu helfen. Allerdings konnte es dauern, bis Johanna schlafen ging. Und wenn es zu spät wurde, hatte Clarissa keine Gelegenheit mehr, sich ein zweites Mal davonzustehlen. Also konnte sie nur darauf bauen, dass die Herrin heute rechtzeitig müde wurde. Und dass Jörg seine übliche Runde durch die Cannstatter Schänken drehte. Eine Menge Unwägbarkeiten, wenn man auf glückliche Zufälle angewiesen war.

Clarissa seufzte und beschloss, das Beste zu hoffen.

Sie brachte das Abendessen mit Anstand hinter sich und beobachtete einmal mehr mit Interesse, wie sehr das Verhältnis zwischen dem Magister und Fidelitas sich verändert zu haben schien. Bisher hatte zwischen beiden – wenn sie überhaupt einmal gleichzeitig an diesem Tisch saßen – feindseliges Schweigen geherrscht. Jetzt hielten sie ein lockeres Gespräch in Gang, und einmal lachte Fidelitas sogar.

Clarissa starrte sie verblüfft an. Ihr eckiges Gesicht schien von innen heraus zu leuchten, und zum ersten Mal, seit Clarissa sie kannte, fand sie die Nonne richtig hübsch.

Es dauerte mehr als eine halbe Stunde, bevor sie die Küche endlich verlassen konnte, und zum ersten Mal an diesem Tag hatte sie Glück: Die Gräfin klagte über Kopfschmerzen. Fidelitas wurde herbeigerufen und empfahl einen Tee aus Weidenrinde. Johanna trank ihn, ohne sich über den bitteren

Geschmack zu beschweren, und legte sich ins Bett. Clarissa wünschte ihr artig eine gute Nacht, ging in ihre Kammer, löste ihre Zöpfe und flocht sie neu. Dann trat sie ans Fenster. Inzwischen war die Sonne schon hinter dem Horizont verschwunden, die Abenddämmerung hatte eingesetzt und der Hof lag im Schatten. Trotzdem konnte sie deutlich sehen, wie Jörg Stähle aus dem Stall kam und durch die Seitenpforte verschwand. Das Schicksal war ihr offenbar tatsächlich hold – wenn der Kutscher einmal eine Schänke fand, wo es billiges Bier gab, kam er so schnell nicht wieder.

Sie wartete noch ein paar weitere, endlos lange Minuten, um ganz sicher zu sein. Dann verließ sie die Kammer, huschte die Treppe hinunter und stahl sich zum zweiten Mal an diesem Tag aus dem Haus.

Dieses Mal kam ihr niemand entgegen, als sie das Stalltor aufschob. Keine Laterne brannte, niemand hatte ein Talglicht angezündet, und vom Tag war nur noch so wenig Helligkeit übrig, dass sie Mühe hatte, sich zurechtzufinden. Sie fürchtete sich davor, in eine der Boxen zu stolpern und die Pferde aufzuschrecken, also zog sie es vor, dicht am Eingang stehenzubleiben.

»Andres?«

Keine Antwort, abgesehen von einem leisen Schnauben direkt voraus und dem Stampfen von Hufen auf dem Lehmboden.

»Andres, bist du da?«

Eine Hand berührte ihre Schulter, eine zweite legte sich auf ihren Mund – ohne großen Druck, aber fest genug, um einen möglichen Schrei zu dämpfen. Der Schreck durchzuckte Clarissa wie ein Blitz vom Kopf bis zu den Füßen, aber sie brachte es fertig, keinen Laut von sich zu geben.

»Wie schön, dass du mich besuchen kommst!«

Andres' Stimme lachte dicht neben ihrem Ohr, und sein Atem strich warm über ihre Wange. Dann nahm er seine

Hand von ihrem Mund und schlang stattdessen beide Arme um ihre Mitte.

»Nicht böse sein, ich wollte dir keine Angst einjagen. Aber die Pferde mögen keinen Lärm.«

»Ich weiß«, flüsterte Clarissa. »Ich hab es schon heute Nachmittag versucht. Aber da warst du nicht da, und ich bin stattdessen in Jörg hineingerannt.«

»Was denn, wirklich?« Er lachte erneut, und dann berührte sein Mund ihre Wange. »Tut mir leid, dass wir uns nicht gesehen haben; ich musste etwas beim Hufschmied holen. Hoffentlich hat der alte Saufaus nicht geglaubt, dass du zu *ihm* wolltest!«

»Ich hab ihm erzählt, ich such die Katze.«

Clarissa musste unwillkürlich selbst lachen, obwohl ihr die Begegnung mit dem Kutscher mehr als unangenehm in Erinnerung war.

Jetzt, da ihr Andres so nahe war und sie sich ganz auf ihre Nase und ihren Tastsinn verlassen musste, fiel ihr erst wirklich auf, wie sehr die beiden Männer sich voneinander unterschieden. Andres' Hände waren nicht grob wie die von Jörg, sondern sanft und behutsam. Er roch auch vollkommen anders als der Kutscher – ganz leicht nach sauberem Schweiß, nach der Kräuterseife, die Bärbel Häberlin selbst anrührte, nach Heu und Pferd. Sie hätte sich gern zu ihm umgedreht, traute sich aber nicht. Also lehnte sie sich einfach zurück, den Rücken an seiner Brust und den Hinterkopf an seiner Schulter, und verflocht ihre Finger mit den seinen. In diesem Moment verspürte sie ein tiefes Gefühl der Zufriedenheit – als wären alle ihre Ziele erreicht und alle ihre Wünsche erfüllt, nur weil sie bei ihm war.

»Ich möchte dich so gern küssen«, murmelte er.

»Hast du das denn gerade nicht schon getan?« Ihr Herz hämmerte so heftig, dass sie fest davon überzeugt war, er müsse es hören.

»Nicht richtig. Nicht so, dass es zählt.«

Er drehte sie mit einer raschen Bewegung zu sich herum und nahm sie in die Arme, und dann fand sein Mund den ihren. Clarissa hielt still, gleichzeitig verwundert darüber, wie weich und fremd sich seine Lippen anfühlten, und überwältigt von dieser vollkommen neuen, intensiven Nähe. Als seine Zunge ganz zart ihre Unterlippe liebkoste und sie um Einlass bat, öffnete sie unsicher den Mund, darum bemüht, ihm zu gefallen. Ein merkwürdig grollender, dunkler Laut kam irgendwo tief aus seinem Brustkorb und ließ sie heftig erzittern … dann stupste seine Zungenspitze gegen die ihre, und sie gab ein leises, verblüfftes Quieken von sich. Er löste sich sofort von ihr, und für ein paar Momente war ihr gemeinsamer rascher Atem das einzige Geräusch in der Stille.

»Bist du mir böse?«, fragte er leise.

Sie schüttelte heftig den Kopf – worauf ihr einfiel, dass er das gar nicht sehen konnte.

»Nein«, sagte sie rasch. »Nein, bin ich nicht. Kannst du … kannst du das noch mal machen? Das hat sich wunderschön angefühlt.«

Andres lachte ein wenig atemlos. »Du süße Unschuld! Ich möchte das sehr gern noch mal machen … und noch viel mehr.«

Er löste sich von ihr und seine Schritte raschelten durch das Stroh. Plötzlich flammte ein paar Meter von ihr entfernt ein Licht auf, und Clarissa sah, dass er eine kleine Laterne mit einem Talglicht darin angezündet hatte. In ihrem Schein schimmerten sein Gesicht und sein Haar in einem sonnigen Goldton. Sie konnte den Blick nicht von ihm nehmen, und als er mit der Laterne zu ihr zurückkam, streckte sie ihm die Hand entgegen.

Er stellte das Licht ab, bevor er sie erneut in die Arme nahm und küsste. Diesmal war Clarissa schon nicht mehr so scheu, und sie wagte es, mit den Händen ein wenig auf Wanderschaft zu gehen. Sie umfasste seine Schultern und strich mit gespreizten Fingern über seine Brust. Unter dem weiten Leinenhemd, das inzwischen aus dem Bund seiner Hose gerutscht war, fühlte sie feste Muskeln, doch als sie die Hände tiefer gleiten lassen wollte, hielt er sie auf, und sein Atem traf wie ein sommerheißer Windstoß ihr Gesicht, bevor er sie sanft von sich schob.

»Du solltest ins Haus zurückgehen«, sagte er. Da war ein Ton in seiner Stimme, den sie noch nie von ihm gehört hatte, und von dem ihr auf glückselige Weise schwindelte. »Irgendwann kommt meine Mutter auf die Idee, nach dir zu suchen, oder die Frau Gräfin wünscht noch etwas zu trinken … und dann enden wir beide in Teufels Küche.«

»Und wenn das nicht geschieht?«, fragte sie, ohne so recht zu wissen, woher sie den Mut dazu nahm. »Wenn ich bei dir bleibe und uns niemand ertappt?«

»Dann könnte es geschehen, dass ich mir Dinge herausnehme, die sich ganz gewiss nicht schicken.« Er zögerte, dann streckte er die Hand aus und nahm einen ihrer Zöpfe in die Hand. »Die Vernunft von Männern hat ihre Grenzen, weißt du? Und ihre Selbstbeherrschung leider auch. Im Moment möchte ich am liebsten nicht nur diesen Zopf aufmachen …«

»Nein?« Sie schaute ihn im schwachen Licht der Laterne an und spürte dabei den eigenen Puls bis in die Fingerspitzen. »Was möchtest du denn noch?«

»Du Versucherin!« Jetzt zog er sie doch wieder an sich, bis sie Stirn an Stirn standen. Seine Hände liebkosten ihren Rücken, und seine Stimme sank zu einem weichen, erregenden Flüstern herab. »Ich möchte die Haken deines Mieders lösen und dir die Bluse von den Schultern streifen. Ich möchte dir aus dem Rock helfen und sehen, wie du neben mir liegst, mit offenen Haaren und ohne einen Faden am Leib. Damit ich dich überall berühren kann. *Überall.*«

Ihr stockte der Atem, und eine nie gekannte, süße Hitze sammelte sich tief in ihrem Bauch. Was er da sagte, war unverfroren, unverschämt und zutiefst unschicklich. Außerdem war es absolut wunderbar. Und sie wollte es auch.

Er schien zu spüren, was sie dachte, und trat einmal mehr einen Schritt zurück. »Ab ins Haus mit dir, mein Mädchen. Wenn wir beide hier den Kopf verlieren, werde ich der Erste sein, dem er abgerissen wird … von meiner Mutter. Die mag dich nämlich gern.« Er nahm ihre Hand und drückte einen Kuss in ihre Handfläche. »Wenn wir wieder daheim in Neu-Eberstein sind – weg von diesem Haus und von diesem Magister, der ständig eine Frage nach der anderen stellt –, dann sehen wir weiter. Und dann kann ich mit dir durch die Weinberge des Herrn Grafen spazieren gehen und dir meine Lieblingsplätze im Wald zeigen. Da sucht uns dann niemand mehr … meine Mutter auch nicht, denn mit der werde ich reden. Damit sie weiß, dass ich dich auch gern mag … und wie *sehr*.«

Clarissa spürte, dass sich ein strahlendes Lächeln auf ihrem Gesicht ausbreitete. »Dann hoffe ich, dass wir bald wieder nach Hause fahren!«

Andres streichelte ihre Wange und küsste sie wieder, diesmal sehr sanft. Sie entdeckte Trauer in seinen Augen und wunderte sich darüber; in seiner Gegenwart war es ihr in diesem Moment ganz und gar unmöglich, über irgendetwas traurig zu sein.

»Das hoffe ich auch«, sagte er. »Und dass wir irgendwann ein besseres Leben haben. Weit weg von der Gräfin, die dich herumschubst, weg von einem trunksüchtigen Kutscher, dessen Arbeit ich auf meine Schultern nehmen muss, wenn er wieder einmal irgendwo zu tief in einen Bierkrug geschaut hat.« Er seufzte. »Und leider ganz ohne die Aussicht, einmal Stallmeister beim jungen Herrn Bruno zu werden, wie er es mir versprochen hat. Er war mein Freund, und dieses Versprechen war ernst gemeint, das weiß ich. Aber ein toter Ritter braucht niemanden mehr, der für seine Pferde sorgt.«

Clarissa schluckte. Sie hatte kurzzeitig ganz vergessen, dass Bruno von Eberstein Andres' Freund gewesen war. Dass er ihn verloren hatte, musste ihm sehr wehtun. Aber obwohl sie seinen Kummer verstand, ließ die neu gefundene Seligkeit es nicht zu, dass sie sich davon anstecken ließ. Sie würde ihn glücklich machen, egal wohin das Schicksal sie verschlug. Ganz bestimmt.

Sie blickte zu ihm auf, von plötzlicher Zuversicht erfüllt. »Ich bin sicher, du findest einen Weg«, sagte sie fest. »Genauso, wie ich glaube, dass ich irgendwann nicht mehr die Zofe meiner Herrin sein muss. Eines Tages sitze ich nämlich in meiner eigenen Nähstube an einem Fenster im Sonnenschein und besticke Kleider für reiche Damen. Und die bezahlen mich mit klingender Münze dafür.«

»Solche Träume hast du!« Die Trauer in seinen Augen wich dem Staunen. »Dann will ich daran glauben, dass sie sich erfüllen.«

»Wir wollen gemeinsam daran glauben.« Sie stellte sich auf die Zehenspitzen, schlang die Arme um seinen Hals und spürte beglückt, wie er sie an sich zog. »Denn wenn es nach mir geht, dann dauert es nicht mehr lange, bis wir *alles* gemeinsam tun.« Sie musterte ihn ein wenig ängstlich. »Das war jetzt hoffentlich nicht zu frech? Du hast … ich meine, du hast noch *nicht* …«

Sie verhaspelte sich, brach den Satz ab, der so offensichtlich ins Nirgendwo führte, und zerrte verlegen an dem Zopf, den Andres vorhin die ganze Zeit in der Hand gehalten hatte.

»Du hast Recht, ich hab noch *nicht*.« Andres' Gesicht wurde weich. »Aber eines Tages ist es so weit, das verspreche ich dir. Gute Nacht, meine Hübsche.«

Er schob das Stalltor für sie auf, strich ihr zärtlich über das Haar und reichte ihr die Laterne. Sie ging rasch und leise über den Hof auf das Haus zu. Die Fenster waren dunkel, auch oben, wo die Gräfin schlief. Niemand hatte sich auf die Suche nach ihr gemacht, niemand Alarm geschlagen. Niemand hatte auch nur die mindeste Ahnung davon, dass ihre Welt ab sofort eine völlig andere war.

Im Laternenlicht schlüpfte sie aus ihren Kleidern und in ihr Nachthemd und legte sich hin. Den ganzen Tag über hatte die Sonne auf das Dach geschienen und das Kämmerchen aufgeheizt; jetzt war es stickig darin, und sehr warm. Sie stand wieder auf und öffnete das kleine Fenster, so weit es ging. Ein paar Minuten schaute sie auf den mondbeschienenen Hof hinaus und genoss die Brise, die ihre feuchte Stirn kühlte. Dann trat sie in den Schatten der Kammer zurück, streifte kurzentschlossen das Nachthemd wieder ab und streckte sich nackt auf dem Laken aus. Sie starrte mit weit geöffneten Augen in die Dunkelheit.

Ich möchte dir aus dem Rock helfen und sehen, wie du neben mir liegst, mit offenen Haaren und ohne einen Faden am Leib. Damit ich dich überall berühren kann.

Es dauerte eine ganze Weile, bis sie einschlief, den Klang seiner Stimme noch immer in den Ohren.

Der Abend verlief ganz und gar nicht so, wie Jörg Stähle ihn sich vorgestellt hatte.

Zwar war das Bier schmackhaft, das Schankmädchen einigermaßen freundlich und die drei Handwerksgesellen, die ihm ein Würfelspiel vorschlugen, sahen nach den ersten beiden geleerten Humpen aus wie beste Freunde. Aber dann trank er weiter, während er mit ihnen spielte; und ohne dass er hinterher recht wusste, wie das hatte geschehen können, hatte er den Großteil seiner ohnehin nicht sehr reichlichen Barschaft an die Gesellen verloren. Die steckten die Münzen ein, klopften ihm auf die Schulter und machten sich still und leise davon. Obendrein überließen sie es auch noch ihm, das Bier, das sie in sich hineingegossen hatten, gleich mitzubezahlen.

Was an Kreuzern noch in Jörgs Geldbeutel verblieben war, reichte gerade so aus, dass der Wirt nicht den Büttel rufen musste, um ihn als Zechpreller abführen zu lassen. Und so kam es, dass er sich nicht viel mehr als eine Stunde nach Sonnenuntergang wieder auf dem Heimweg befand. Er war bei weitem noch nicht betrunken genug, um die Wut darüber zu vergessen, dass er nach allen Regeln der Kunst ausgenommen worden war. Allerdings war er auch nicht mehr nüchtern genug, einzusehen, dass er die ganze betrübliche Angelegenheit einzig und allein seiner eigenen Dummheit zu verdanken hatte.

Zuhause in Gernsbach war Jörg Stähle dafür berüchtigt, dass er nach einem ausgiebigen Besuch in der Schänke gern in Händel geriet, die oft mit verstauchten Gliedern, zugeschwollenen Augen und ausgeschlagenen Zähnen endeten. Der Graf hatte mehr als einmal die Forderungen empörter Gernsbacher Bürger bezahlt, die auf die Burg gezogen waren, um den gräflichen Kutscher anzuzeigen. Die Tatsache, dass er seinen Posten bislang noch nicht verloren hatte, verdankte Jörg vor allem seinem Geschick mit den Pferden, die Wilhelm von Eberstein sehr am Herzen lagen.

Jetzt stapfte er schwerfällig die Gasse hinunter, die von der Schänke zu dem Haus führte, das die Gräfin angemietet hatte. In seinem Kopf waberte ein Nebel aus Enttäuschung und dumpfem Hass, und insgeheim war er auf der Suche nach irgendjemandem, den er für das erlittene Unrecht bestrafen konnte. Gottlob war um diese Tageszeit fast niemand mehr unterwegs, denn sonst wäre das Ende vom Lied womöglich gewesen, dass ein unschuldiger und gänzlich ahnungsloser Zeitgenosse eine Tracht Prügel bezogen hätte.

Er erreichte die efeuüberwucherte Mauer mit der kleinen Pforte, fingerte den Schlüssel aus der Tasche und ließ ihn prompt fallen. Er las ihn wieder vom Kopfsteinpflaster auf, bugsierte ihn ins Schloss und bekam es tatsächlich auf; dann stand er auf dem Hof, drückte die Pforte hinter sich wieder zu und blinzelte wie eine Eule. Offenbar waren Gräfin und Gesinde schon schlafen gegangen … am besten verkroch er sich im Stall, um seinen Rausch auszuschlafen und seinen Ärger zu vergessen.

Er hatte das Stalltor fast erreicht, als es sich plötzlich quietschend öffnete. Der Himmel war klar, und er konnte jetzt ein wenig besser sehen. Jörg erkannte zwei schemenhafte, im Schein einer Stalllaterne dicht beieinanderstehende Umrisse und hörte zwei Stimmen flüstern. Dann wurde das Tor wieder zugeschoben, und eine schlanke kleine Gestalt huschte raschen Schrittes auf das Haus zu, die Laterne in der ausgestreckten Hand hoch erhoben wie ein Glas voll Glühwürmchen.

Jörg mochte ordentlich bezecht sein, aber er wusste trotzdem sofort, wen er vor sich hatte: Clarissa, die kleine Zofe. Dasselbe Mädchen, das er heute Mittag dabei ertappt hatte, wie es sich in den Stall schleichen wollte.

Schlagartig verflüchtigte sich der Nebel in seinem Kopf.

»Von wegen Katze!«

Er stand vor dem Stall, wiegte sich auf den Fußballen vor und zurück und grinste triumphierend. Seine Nase hatte ihn nicht getrogen – die Kleine war vorhin auf ein Stelldichein mit dem jungen Andres aus gewesen. Und nachdem er sich zu ein paar Stunden wohlverdienter Entspannung davongemacht hatte, hatten die beiden die Gelegenheit genutzt, um sich im Stall zu vergnügen.

Dass Andres die Kleine gut gefiel, konnte Jörg dabei durchaus nachvollziehen. Sie war freundlich und hübsch, mit sanften Rehaugen in einem lieblichen Gesicht. Unter ihrem schlichten Leinenmieder ahnte man reizende Apfelbrüste, unter ihren weiten Röcken appetitlich gerundete Hüften und lange, schlanke Beine. Jörg hatte sich erst heute Mittag bei dem Wunsch ertappt, selbst Hand anzulegen – allerdings war Clarissa um einiges wehrhafter gewesen als erwartet.

Jörg lehnte sich an die Stallwand und überlegte. Welch einen Nutzen konnte er aus seinem gerade erst erworbenen Wissen ziehen? Clarissa unter Druck zu setzen hielt er für keine gute Idee, er hatte kaum Lust auf ein zerkratztes Gesicht. Andres kam genauso wenig in Frage. Dass er, anders als Jörg, lesen und schreiben konnte und eine recht anspruchsvolle Bildung genossen hatte, spielte dabei keine Rolle. Der Junge war schlichtweg stärker als er, und Jörg war ziemlich sicher, dass er bei einer Prügelei den Kürzeren ziehen würde.

Der Gräfin würde es sicher ganz und gar nicht gefallen, dass sich ihre tüchtige kleine Zofe ausgerechnet mit dem Pferdeknecht einließ. Anders als dieser Magister, der seit Tagen hier herumschnüffelte, wusste Jörg, dass Johanna den Sohn der Köchin verabscheute, und anders als das restliche Gesinde hier im Haus wusste Jörg auch ganz genau, warum.

Es hatte sich ausgezahlt, bei den Ausfahrten in Gernsbach stets die Ohren zu spitzen. Er hatte jedes Gespräch mitbekommen, jeden Wortwechsel zwischen Graf und Gräfin, der sich in der Kutsche zutrug, auf deren Bock er saß, jede Auseinandersetzung, jeden offenen Streit. Dass ihn zumindest Johanna nicht als Person wahrnahm, erwies sich dabei als sehr nützlich. Und was in der Kutsche nicht zur Sprache kam, weil das Paar lieber vollkommen allein darüber redete, davon hatte Jörg vor allem deswegen genügend mitbekommen, weil er schon lange genug in den Diensten der Ebersteins stand.

Er wusste genug, um Andres und Clarissa in ernste Schwierigkeiten zu bringen. Aber er war nicht so dumm, die

Sache mit den beiden auszufechten. Nein … wenn er jemandem die Daumenschrauben anlegen musste, dann war es Andres' Mutter, Bärbel.

Bärbel Häberlin war in seinen Augen mindestens so appetitlich wie Clarissa, allerdings älter und runder, wie ein reifer, gut abgelagerter Apfel. Bei ihrem Anblick war Jörg schon öfter das Wasser im Mund zusammengelaufen. Außerdem galt sie als vernünftig und sparsam. Wenn er ihr androhte, der Gräfin zu verraten, dass Clarissa sich mit Bärbels Sohn im Heu wälzte, dann konnte er ihr gewiss einiges von ihrem Geld aus der Tasche ziehen, als Gegenleistung dafür, dass er den Mund hielt.

Außerdem gab es da ein paar Geschichten über Bärbel Häberlin, die diesen naseweisen Magister bestimmt sehr interessieren würden und die Obrigkeit ganz gewiss auch. Dafür, dass er beiden diese Geschichten vorenthielt, würde er Bärbel ebenfalls kräftig zahlen lassen.

Und ganz gewiss nicht nur mit den Münzen aus ihrem Sparstrumpf.

Jörg legte den Kopf in den Nacken und spürte, wie das Grinsen auf seinem Gesicht noch breiter wurde. Er sah Bärbel vor sich, wie sie vor ihm kuschte und ihn anflehte, ihr keinen Ärger zu machen. Die Vorstellung gefiel ihm außerordentlich. Mehr noch, sie versetzte sein Blut in Wallung.

Hof und Haus waren vollkommen still. Niemand hatte eine Ahnung davon, dass er hier draußen war. Niemand hatte eine Ahnung, wie viel er wusste.

Jörg schob eine Hand hinter seinen Hosenlatz, umfasste sich selbst und bewegte die Finger rhythmisch auf und ab, berauscht und erhitzt von einem Gefühl ungeahnter Macht.

Oh ja, Bärbel würde zahlen. Und sie würde alles tun, um ihren kostbaren Jungen zu schützen, buchstäblich *alles.* Er hatte ein echtes Ass im Ärmel, und mit dem würde er ganz gewiss bekommen, was er haben wollte.

XI

Der älteste Sohn

»*Pueblacho pequeñin, eh?*«

Juan Alvarez de Santa Cruz y Fuego, der neben Philipp von Eberstein ritt, ließ den Blick leicht belustigt über die Silhouette von Cannstatt schweifen, die sich jenseits der Brücke vor ihm ausbreitete.

Philipp lachte. »Verglichen mit Straßburg ist so ziemlich *alles* ein winziges Dorf«, erwiderte er. »Aber lass dich nicht täuschen. Die wackeren Schwaben mögen in ihren Fachwerkhäusern sitzen, ihre deutsche Bibel lesen und das Gefasel des kleinen Mönchs aus Wittenberg trotz aller Dekrete des Kaisers für die einzig wahre Auslegung von Gottes Wort halten. Aber sie schaffen es trotzdem immer wieder aus ihren kleinen Käffern weit in die Welt hinaus. Schau mich an.«

Juan warf ihm einen Seitenblick zu. »Bis nach Spanien, Felipe«, sagte er in seinem Deutsch mit den hart rollenden Rs, die immer ein wenig klangen wie kriegerischer Trommelwirbel. »Vielleicht überlässt du die Burg, an der dein *papá* so unablässig baut, ja doch noch einem deiner Brüder und bleibst eines Tages ganz im Dienst von Kaiser Karl.«

»Darauf kannst du lange warten.« Philipp klang unerwartet grimmig.

Juans Brauen schossen spöttisch nach oben. »So viel Begeisterung für einen Haufen Steine, ein paar Weinberge und Dörfer mit *campesinos* darin, die brav ihren Zehnten abliefern?«, sagte er. »Für derart heimatverbunden hätte ich dich gar nicht gehalten.«

»Kein Wunder.« Philipp verzog den Mund. »Du hast nie ein Stück Land besessen, weder in deinem Dorf noch sonst wo. Du hast keine Wurzeln … du kennst doch bloß die Sorte Reichtum, die in deinen Beutel passt.«

»Dafür muss ich mir aber nicht dauernd den Kopf darüber zerbrechen, ob einer meiner Brüder mir eines Tages den Stuhl an der Familientafel wegschnappt, auf den eigentlich *mein* Hintern gehört.« Jetzt war der Spott überdeutlich auch in der Stimme des Spaniers zu hören. »Du hast dich jahrelang gefragt, ob überhaupt noch etwas von deinem Erbe übrig ist, wenn *papá* eines Tages ins Gras beißt, ob deine Schwestern Männer finden und deine Familie dabei nicht durch ihre Mitgift ruinieren. Dann hast du deine *mamá* belauert, weil du geglaubt hast, dass sie deinen *hermano* Bruno dir vorzieht und ihm mehr zuschustert, als ihm zusteht. *No quedas satisfecho nunca*, Felipe. Manchmal werde ich den Verdacht nicht los, du kriegst den Hals nicht voll.«

Philipp wäre ihm gern über den Mund gefahren, aber die Bitterkeit, die in seiner Kehle hochstieg, verschloss ihm den Mund. Juan Alvarez konnte nicht wissen, was es bedeutete, der Erbe eines alten Grafengeschlechtes zu sein, das nach drei stolzen Jahrhunderten voller Einfluss und Macht immer mehr an Stärke verlor. Er hatte nicht – wie Philipp – seinem Vater dabei zugesehen, wie er sich nach einem zermürbenden Kleinkrieg mit dem Haus Baden auf der einen und den Württembergern auf der anderen Seite inzwischen nur noch in Rückzugsgefechte verstrickte. Das badische Stammhaus verloren, das neue Domizil in Gernsbach eine Baustelle, die mehr verschlang, als Ländereien und Abgaben jährlich einbrachten …

Tief in seinem Herzen wusste Philipp genau, dass Juan Alvarez Recht hatte. Das Geschlecht der Ebersteiner war im Niedergang begriffen, und er, Philipp, würde alle Mühe haben, diesen Niedergang aufzuhalten – falls es ihm überhaupt gelang.

Aber es war *seine* Familie, es war *sein* Titel und er konnte beides nicht aufgeben. Genauso wenig wie den Glauben, in dem er erzogen worden war und den sein Vater mittlerweile ebenso leichtfertig aufs Spiel setzte wie das Wenige, das die Ebersteiner noch besaßen. Philipp wusste genau, dass Wilhelm von Eberstein mit den Protestanten liebäugelte, aber genau wie seine Mutter weigerte er, Philipp, sich steif und fest, einen Wechsel zu dem neuen, skandalösen Bekenntnis auch nur in Betracht zu ziehen. Und genau wie Gräfin Johanna war er viel zu klug, Wilhelm diese Weigerung allzu deutlich spüren zu lassen.

Dass sein Sohn dem katholischen Kaiser diente, der jetzt in Schwaben alles dafür tat, die Uhren des Glaubens wieder zurückzudrehen, war etwas, das Wilhelm ohne Widerspruch hinnahm. In diesen Zeiten tat man gut daran, sich so wenig Feinde wie möglich zu machen, das wussten sie beide.

Das Stadttor lag hinter ihnen, und vom Rücken seines Braunen aus konnte Philipp das Gewirr der Häuser und Gassen gut überblicken. Zur Linken ragte der Turm der Stadtkirche in die Höhe, und bis zu dem Haus, das seine Mutter gemietet hatte, waren es nur noch ein paar Minuten.

Er sah sich zu Juan Alvarez um, der ein kleines Stück hinter ihm ritt. »Am besten, du gehst in das Wirtshaus am Marktplatz und nimmst dir ein Zimmer«, sagte er. »Wenn ich mehr weiß – vor allem, wann wir wieder aufbrechen können –, schicke ich dir einen Boten.«

»Desde luego!«, erwiderte Juan Alvarez heiter und hielt Philipp auffordernd eine Hand hin.

Der zog eine Grimasse und nestelte einen kleinen Lederbeutel aus seinem Reisemantel; Juan griff blitzschnell zu und ließ den Beutel in seinem Wams verschwinden.

»Ganz genau wie beim letzten Mal, *sí*?«

Philipp nickte. »Ganz genau wie beim letzten Mal.«

Der Kutscher kam sofort gelaufen, als Philipp sich vor dem Tor aus dem Sattel schwang und kräftig gegen das dicke Eichenholz pochte. Er ließ den ältesten Sohn seines Herrn ein, verbeugte sich tief und nahm den Braunen am Zügel. Das ersparte es Philipp, sich in den Stall bemühen zu müssen – es war Bruno gewesen, der sich ständig dort herumgetrieben hatte.

Bruno, dessen Leichnam jetzt hier in Cannstatt in einem dicht verschlossenen Sarg lag und darauf wartete, endlich in die heimatliche Gruft überführt zu werden.

Philipp hätte den Gedanken an Bruno gern abgeschüttelt, wusste aber, dass das Thema unweigerlich zur Sprache kommen würde, sobald er auf seine Mutter traf.

Er hatte sich in Straßburg aufgehalten, als der Bote mit der Nachricht über Brunos Tod ihn erreichte. Er war dem Mann zufällig in einer Pferdewechsel-Station der königlichen Post begegnet – zum Glück, denn sonst hätte man ihm Johannas Brief bis nach Spanien nachschicken müssen, wo er unter anderem die verantwortungsvolle Aufgabe hatte, die Anheuerung neuer Söldner für die Armee von Kaiser Karl zu überwachen.

Er war nie ein Gelehrter oder auch nur ein so guter Schüler gewesen wie seine Brüder Wilhelm und Otto, aber er hatte ein sicheres Gefühl für Sprachen und konnte sich inzwischen ohne größere Schwierigkeiten in Französisch, Flämisch und Spanisch verständigen. Das war auch vonnöten, denn die Männer, die Karl in den zahlreichen Schlachten einsetzte, die er an allen möglichen Fronten ausfocht, waren ein bunt zusammengewürfelter Haufen aus verschiedenen Ländern. Die Männer folgten dem Krieg wie die Aasvögel und dienten nur dem, der am besten zahlte. Genau wie Juan Alvarez, den seine Männer ebenso wie seine Feinde kurz und bündig – und mit mehr als einem Hauch von Furcht in der Stimme – *El Fuego* nannten, das Feuer … weil dort, wo er und seine Rotte Schwerter und Dolche schwangen oder mit ihren klobigen Musketen schossen, wenig mehr blieb als verbrannte Erde.

Philipp betätigte den eisernen Türklopfer und wartete. Rasche Schritte näherten sich, dann öffnete sich die Tür und ein Mädchen stand vor ihm, hübsch und sehr jung, die braunen Augen unter der Haube erschrocken geweitet. Er kannte die Jungfer nicht, betrachtete sie aber mit Wohlgefallen von Kopf bis Fuß und stellte fest, dass sie noch hübscher aussah, wenn sie rot anlief.

»Womit kann ich dienen, Herr?«, fragte sie.

»Ich bin Philipp von Eberstein«, sagte er kühl. »Erkennst du den ältesten Sohn deines Herrn nicht, wenn du ihn siehst?«

»Bitte um V…vergebung!« Die Jungfer errötete noch tiefer. »Ihr s…seid lange nicht mehr daheim gewesen, Herr. Als Ihr fortgegangen seid, war ich noch ein Kind und hab der Frau Gräfin noch nicht gedient. Damals war meine Mutter ihre Zofe.«

Philipp gönnte sich eine zweite ausgiebige Inspektion.

»Ah – dann bist du also die Tochter von Sofie Geiss!«, sagte er. »Ich erinnere mich. Die hat auch immer so verschreckt dreingeschaut. Wie eine Kuh im Gewitter.«

Er wusste, dass er keinen Anlass hatte, mit Worten auf dieses Kind loszugehen, aber der Ärger über sich selbst machte seine Stimme nur noch schroffer.

»Jetzt lass mich endlich herein und bring mir heißes Wasser und Seife, damit ich mich waschen kann, bevor ich deine Herrin aufsuche. Ich bin seit drei Tagen kaum aus dem Sattel gekommen.«

Johanna von Eberstein hatte sich kaum verändert. Es war jetzt fast vier Jahre her, seit Philipp sie das letzte Mal gesehen hatte, aber ihr Gesicht war noch ebenso glatt wie früher, und in ihrem aschblonden Haar, das zum größten Teil unter einer mit winzigen Perlen verzierten französischen Haube verborgen war, entdeckte er kaum Spuren von Grau. Nicht nur die Haube mit dem langen Schleier daran war schwarz, auch ihr Gewand war so schwarz wie das Jettkreuz, das sie seit Jahr und Tag zum Gedenken an ihre beiden toten Töchter trug. *Wie eine Friedhofskrähe,* dachte Philipp.

Sie saß auf einem Stuhl an einem kleinen Schreibpult, die Röcke säuberlich um sich herumdrapiert. Das passte zu ihr; selbst in der Stunde großen Unglücks achtete sie noch immer penibel auf ihre Haltung.

Philipp beugte sich zu ihr hinab und tupfte ihr einen leichten Kuss auf den Handrücken. »Befindet Ihr Euch wohl?«, fragte er, obwohl er sich die Antwort bereits denken konnte.

Johanna seufzte. »Mein Sohn ist tot ... vermutlich durch Gift ermordet in diesem Haus, das ich noch immer nicht verlassen kann«, erwiderte sie. »Mein Gatte, von dem ich erwarten sollte, dass er mich in dieser Zeit der Trauer schnellstmöglich nach Hause geleitet, wird von unaufschiebbaren Geschäften in Gernsbach aufgehalten. Also sitze ich hier eingesperrt wie eine Gefangene, während Brunos Leichnam in einem Sarg verrottet und ich ihn nicht bestatten kann. Das ist mehr an Prüfung, als man einem einzelnen Menschen aufbürden sollte!«

Philipp, der zahlreiche Scharmützel überstanden und einige Schlachtfelder zu Gesicht bekommen hatte, vertrat eine entschieden andere Meinung, beschloss aber, sie für sich zu behalten. Außerdem fühlte sich die Tatsache, dass sie ihre anderen drei Söhne vollkommen vergessen zu haben schien, an wie der gezielte Hieb auf eine nie ganz verheilte Wunde. Es machte ihn wütend.

Johanna stand auf und sah ihm ins Gesicht. Als sie sprach, bemühte sie sich hörbar um einen schmeichelnden Tonfall. *Wahrscheinlich will sie irgendetwas von mir,* dachte Philipp.

»Umso erleichterter bin ich, dass wenigstens *du* hergefunden hast, Philipp«, sagte sie. »Die Lage in diesem Haus ist wirklich nicht zu ertragen. Stell dir vor – Otto hat einen obskuren Magister aus Tübingen angeschleppt, der herausfinden soll, wie es kommt, dass Bruno an einem vergifteten Gemüse gestorben ist. Denn das ist er vermutlich. Die Nonne, die mich herbegleitet hat, sagt das – und sie ist zwar anmaßend und überraschend wenig demütig für eine Frau ihres geistlichen Standes, aber mit Kräutern kennt sie sich aus, das muss ich zugeben.«

Philipp interessierte sich nicht im Mindesten für die Nonne. »Was denn für ein Magister?«

»Er heißt Valentin Schmieder«, erklärte Johanna. »Aus irgendeinem Grund ist Otto der Ansicht, er wäre imstande, Brunos schrecklichen Tod aufzuklären. Nach dem, was er mir erklärt hat – und ich war an diesem Tag in einem derart zerrütteten Zustand, dass ich nicht alles mitbekommen habe –, ist es diesem Menschen wohl vor einiger Zeit in Tübingen gelungen, dem Sohn eines Adeligen, der einer Wirtshaustochter … äh … zu nahe getreten ist, sein Vergehen nachzuweisen.«

Philipp spürte, wie sich sein ganzer Körper jäh anspannte; es überlief ihn kalt. Er erinnerte sich verblüffend deutlich an einen Brief Ottos von vor knapp vier Jahren. Darin schilderte der sehr lebendig, was der Wirtshaustochter Susanne Scheibner in Tübingen geschehen war, und wie ihren Peiniger und seinen Komplizen die verdiente Strafe ereilt hatte. Otto war beeindruckt und begeistert gewesen, Philipp nicht. Er hatte sich gefragt, wo ein bürgerlicher Bücherwurm die

Dreistigkeit hernahm, aus seinem Elfenbeinturm heraus einem Mann von Adel solchen Ärger zu machen. Zwar war Gerold von Blankenstein nicht mit Kerkerhaft oder körperlicher Züchtigung bestraft worden, aber es war viel Geld als Entschädigung geflossen. Und Philipp, der an den chronischen Geldmangel seiner Familie gewöhnt war, fand diese Tatsache besonders empörend.

»Der Mann ist jetzt hier?«, fragte er. »In diesem Haus?«

Johanna nickte. »Otto meinte, wir müssten doch herausfinden, wer für Brunos Tod verantwortlich ist. Wer dieses Essen vergiftet hat. Und er wollte unsere Familie vor einem Skandal schützen und davor bewahren, dass ein Dutzend schwachsinniger Büttel hier jeden Stein einzeln herumdreht.«

»Stattdessen dreht nun dieser merkwürdige Magister jeden Stein einzeln herum«, versetzte Philipp brüsk. »Das ist doch genauso schwachsinnig, oder nicht?«

»Otto meinte, Valentin Schmieder würde diskreter vorgehen als die Obrigkeit«, sagte Johanna. »Und sobald das Ganze ruchbar würde, hätten wir mit etwas Glück ein Ergebnis vorzuweisen, das alle zufrieden stellt.«

»Und darauf habt Ihr Euch eingelassen?« Philipp schnaubte ungläubig. »Ich muss an Eurem Urteilsvermögen zweifeln, Mutter.«

Johanna warf ihm einen scharfen, bösen Blick zu. »Fünf Jahre fort von Land und Familie haben dich offenbar vergessen lassen, wem du Respekt schuldest«, sagte sie. »Ich bin nicht bereit, Landsknechtsmanieren von deiner Seite zu dulden, mein Sohn.«

»Mein Sohn?« Philipp hob die Augenbrauen. »Erfreulich, dass Euch das wieder in den Sinn kommt. Gerade eben hat es sich noch so angehört, als wäre Bruno Euer einziger Sohn gewesen.«

»Derartige Gefühlsduseleien bin ich von dir nicht gewohnt.« Johanna schüttelte den Kopf. »Außerdem: Worüber beklagst du dich? Du wirst eines Tages den Grafentitel erben, die Burg und die Ländereien …«

»… und einen Berg Schulden«, versetzte Philipp bitter. »Von dem, was einst den Ruhm und den Glanz unseres Hauses ausgemacht hat, ist doch kaum noch etwas geblieben! Wenn Vater irgendwann das Zeitliche segnet, wird es mir überlassen sein, den Mangel zu verwalten.«

»Du bist undankbar!« Johanna musterte ihn mit zusammengekniffenen Augen, die Mundwinkel heruntergezogen. »Als ob der Titel nicht schon allein aller Ehren wert wäre!«

»Ihr habt leicht reden!«, konterte Philipp aufgebracht. »Von Ehre wird man nicht satt, oder? Also habt Ihr Euch ausgedacht, dass Ihr Euer strahlendes Goldstück möglichst gewinnbringend verheiratet – womöglich noch an irgendein mitgiftschweres Edelfräulein aus dem Haus Baden, damit das Geld in der Familie bleibt. Und jetzt, da sich Eure Pläne zerschlagen haben, soll es ein Mord gewesen sein – nur weil irgendeine Nonne etwas von Kräutergiften faselt? Und damit irgendwer bestraft wird für den Tod Eures Lieblingssohnes?«

»Bruno war *nicht* mein …« Johanna brach ab; ihre Lippen bebten.

»Seht Ihr? Ihr könnt es nicht einmal laut aussprechen.« Philipp verschränkte die Arme vor der Brust. »Weil Ihr wisst, dass es eine Lüge wäre.«

»Ich werde mich vor dir nicht rechtfertigen, Philipp.« Johanna wandte den Blick ab und starrte aus dem Fenster. »Doch was du mir da unterstellst, schmerzt mich. Ich war meinem Mann immer treu ergeben, ich habe ihm zehn Kinder geschenkt und Tag für Tag mein Bestes gegeben. Du hast kein Recht, mich anzuklagen!«

Sie stand auf und stützte sich auf das schmale Fensterbrett.

»Bist du allein gekommen oder mit mehreren Männern?«

»Ich bin nur mit einem meiner Söldnerführer unterwegs«, erwiderte Philipp. »Wir werden in Spanien erwartet und ich will mich genauso wenig verspäten wie er. Falls Ihr also darauf hofft, dass ich Euch, Eurem Gesinde und Brunos Überresten das Geleit nach Gernsbach gebe, dann muss ich Euch enttäuschen.«

Johanna fuhr herum. »Wie du mit mir sprichst!« Ihre Stimme war voller Abscheu. »Die Schlachtfelder von Flandern haben dich verroht. Bruno wäre niemals so mit mir umgesprungen – er war liebenswürdig und freundlich zu jedermann.«

»Liebenswürdigkeit fällt leicht, wenn man geliebt wird.« Philipp hatte Mühe, den siedenden Zorn, der ihn plötzlich überfiel, im Zaum zu halten. »Ihr hättet das Füllhorn Eurer mütterlichen Zuwendung ein wenig gleichmäßiger über Euren Söhnen und Töchtern ausleeren sollen. Amalia war zu schwächlich, um vermählt zu werden, ebenso wie Elisabeth – zwei große Enttäuschungen. Dafür habt Ihr Euch an Sibylla und Kunigunde schadlos gehalten. Bei Sibylla hat sich die Sache zum Glück immerhin ausgezahlt. Kunigunde habt Ihr dem Zimmerer aufgeschwatzt wie einen wurmstichigen Apfel, obwohl er Amalia zur Frau wollte – aber die hätte das erste Ehejahr nicht überlebt, und das habt Ihr gewusst. Felizitas habt Ihr so lange dazu gedrängt, den Schleier zu nehmen, bis sie sich gefügt hat, Wilhelm hat brav das Priestergelübde abgelegt und Otto habt Ihr nach Tübingen auf die Universität abgeschoben. Wo er kreuzunglücklich ist, denn es zieht ihn zum Kriegshandwerk, genau wie mich.«

»Das werde ich niemals zulassen!«, protestierte Johanna. »Ein Schlächter in der Familie genügt.«

»So einer wie ich? Verbindlichsten Dank, Mutter.« Philipp brachte es fertig, sich zu verneigen. »Doch eines Tages wird Otto sich vielleicht weigern, weiter nach Eurer Pfeife zu tanzen. Eines Tages hätte vielleicht sogar *Bruno* sich geweigert. Was hättet Ihr wohl getan, wenn er Euren Heiratsplänen nicht zugestimmt hätte? Wenn er bei Nacht und Nebel ein paar Zeilen an Euch auf ein Stück Papier gekritzelt und die Flucht ergriffen hätte, damit er Euren Intrigen nicht länger ausgeliefert ist?«

Johanna wurde kreidebleich. »Das ist infam!«, flüsterte sie. »Wie kannst du es wagen!«

Aber er konnte sehen, dass er bei ihr ebenso schmerzhaft einen Nerv getroffen hatte wie sie bei ihm. Die Tatsache erfüllte ihn mit eisiger Genugtuung.

»Er wäre irgendwann fortgegangen und hätte sich sein eigenes Schicksal gesucht«, sagte er leise und ruhig. »Und Ihr wärt allein zurückgeblieben, Mutter … mit Euren hochfliegenden Plänen, Eurem Ehrgeiz und Eurer Gier.«

Er drehte sich um und ging hinaus, weg von Johannas fassungslosem Gesicht. Sein Herz schlug heftig, das Blut rauschte wild in seinen Adern, und er wäre in seiner Hast auf der Stiege beinahe gestürzt.

Aber es war nicht der hässliche Streit, der ihn nachträglich mit solchem Schrecken erfüllte. Er hatte sich dazu verführen lassen, seine Mutter mit Worten so gezielt zu verletzen wie den Feind im Dunkel der Nacht mit einem heimlich gezückten Dolch.

Und dabei hatte er sich beinahe um Kopf und Kragen geredet.

Anstatt in Johannas Haus um Obdach zu bitten, was nach dem Auftritt wahrscheinlich keine gute Idee gewesen wäre, ritt Philipp zur »Krone«, in der Juan Alvarez untergekommen war. Dort fand er den Söldner in der Wirtsstube, vor einem Tisch, der mit frischem Brot, einem Mus aus Karotten und Gerste und einem geräucherten Karpfen reichlich gedeckt war. Dazu gab es kühles Bier. Philipp ließ sich neben Juan auf die Bank fallen, befahl dem Schankmädchen, ihm Teller, Besteck und Krug zu bringen, und beschloss, die vergangene Stunde ganz und gar aus seinem Gedächtnis zu streichen.

Er schaufelte das Essen wortlos in sich hinein und ignorierte die neugierigen Seitenblicke, die der Spanier ihm zuwarf. Jedenfalls so lange, bis er seinen ersten Hunger gestillt hatte. Dann stopfte er sich eine Brotkante und ein Stück würzigen Räucherfisch in den Mund, spülte mit einem langen Zug Hausgebrautem nach und setzte den Humpen aufatmend auf dem Tisch ab.

»Hat dir was den … wie sagt man hier … den *cebollino* verhagelt?«, erkundigte sich Juan, der die ganze Zeit geduldig geschwiegen hatte.

»Den Schnittlauch«, knurrte Philipp. »Außerdem heißt es nicht Schnittlauch, sondern Petersilie. *Perejil.*«

»Eure Sprache ist merkwürdig.« Juan gönnte sich selbst einen herzhaften Schluck Bier. »Und eure Sprichwörter noch viel mehr. – Hast du den Unwillen von *mamá* erregt?«

Philipp hob ruckartig den Kopf. »Woher weißt du das?«

»So wütend und gleichzeitig verlegen sehen Männer nur dann aus, wenn ihre Mütter sie behandeln wie unvernünftige kleine *niños.*« Juan nahm sich ein Stück Brot, strich mit dem Löffel etwas von dem buttrigen Gemüsebrei darauf und verspeiste es mit Genuss. »Wundert dich das? Unsere *mamás* haben uns die Brust gegeben, uns die triefende Nase geputzt und uns nach dem Scheißen den Hintern abgewischt. Wie sollen sie uns da ernst nehmen?«

»Nun, *meine* Mutter hat das alles gewiss nicht getan.« Philipps Lippen wurden schmal. »Für solche Dinge gab es eine Kinderfrau.«

»Armer Felipe.« Der Söldner seufzte und leerte seinen Humpen bis auf den letzten Tropfen. »Und dann hat dir dein kleiner *hermano* auch noch den Rang bei ihr abgelaufen. *Qué miseria!*«

Er gab dem Schankmädchen ein Zeichen.

»Wir sollten noch ein Bier trinken. Nein – eigentlich sollten wir noch jede Menge Bier trinken. Aber vielleicht hat der Wirt hier ja auch etwas Stärkeres zu bieten. Wie sieht's aus, *guapa*? Habt ihr etwas in der Vorratskammer, das einem ein bisschen rascher in den Kopf steigt?«

Das Mädchen lächelte geschmeichelt, als hätte er keine Bestellung aufgegeben, sondern eine Ballade auf ihre Schönheit gesungen. Philipp kannte das schon. In den Händen von Juan Alvarez wurden viele Frauen zu Wachs, aber er ging mit ihnen ganz genauso um wie mit gut zubereitetem Wildbret, frischem Brot und teurem Wein: Solange es sie gab, genoss er diese Dinge von ganzem Herzen, sobald Schüssel, Teller und Krug aber leer waren, vergaß er sie schnell wieder.

Jetzt kicherte das Schankmädchen, dem er zugezwinkert hatte, und eilte beschwingten Schrittes davon. Sehr rasch war sie wieder da, mit einer Steingutflasche und zwei kleinen Bechern aus demselben Material. Philipp zog den Korken aus der Flasche, goss sich etwas davon ein und nahm einen vorsichtigen Schluck. Ein starkes, fruchtiges Aroma breitete sich in seinem Mund aus und rieselte seine Kehle hinunter wie loderndes Feuer.

»Apfelbrand«, erklärte das Mädchen stolz. »Mein Onkel macht ihn aus den eigenen Äpfeln; er hat einen Obstgarten drüben in Fellbach.«

»*Muchas gracias, guapa.*« Juan Alvarez' Augen funkelten. »Lass die Flasche gleich da. Keine Sorge, wenn mein *compañero* nachher nicht mehr stehen kann, schlepp ich ihn eigenhändig in mein Zimmer. Und ich verspreche feierlich, ich werde dafür sorgen, dass er dem Wirt hier nicht in die Schankstube kotzt.«

Sie betrachtete ihn fasziniert. »Und woher weiß ich, Herr, dass *Ihr* nachher noch genügend stehen könnt, um Euren Freund in das Zimmer zu schleppen?«

»Ganz schön keck!« Juan nickte anerkennend. »Aber ich vertrage eine ganze Menge, *bonita*. Und wenn ich heute Abend nicht Kinderfrau für meinen Freund spielen müsste, würde ich dir liebend gern beweisen, was bei mir noch so alles … *steht.*«

Die Kleine prustete vor Lachen und schlug eine Hand vor den Mund. Dann wandte sie sich ab und eilte davon. Wenn sie Freundinnen hatte, würde sie ihnen sicherlich genussvoll von dem fremden, exotischen Mann mit dem frechen Betragen erzählen.

Und falls sie – dank der geänderten Verhältnisse – zur Beichte ging, würde auch der Priester davon hören.

Philipp grinste und goss sich den kleinen Becher zum zweiten Mal mit Apfelbrand voll. Dann kippte er den gesamten Inhalt in einem Zug hinunter. Das Gesöff erfüllte seinen Zweck ausgezeichnet – es fing bereits an, ihm das Hirn zu vernebeln.

»Du hast wirklich überhaupt kein Schamgefühl, Juan«, verkündete er. »Eines Tages wirst du einmal an die falsche Frau geraten, und dann endest du auf ein Schwert gespießt wie ein Spanferkel. Oder mit durchgeschnittener Kehle.«

»Man könnte meinen, du freust dich darauf.« Juan nippte an seinem eigenen Becher. »Oder aber du fürchtest um mein Wohl und willst mich auf den Weg des Anstandes zurückführen. Das hätte zwar wenig Zweck, aber rühren würde es mich trotzdem.«

Philipp starrte auf die Tischplatte. Das Gespräch mit seiner Mutter zog an seinem inneren Auge vorbei … die kalte Höflichkeit und wachsende Anspannung, der Wortwechsel, der halbwegs ruhig begonnen hatte, immer zorniger geworden war und damit geendet hatte, dass er die Flucht ergriff.

Und er dachte an Bruno, dem es immer so viel leichter gelungen war als ihm, Zugang zu Johannas Herzen zu finden. Der hübsche, junge Knappe, der seiner Mutter äußerlich so sehr und innerlich in keiner Weise geähnelt hatte … Jetzt war er tot und Johanna konnte ihn mit nichts anderem mehr bevorzugen als mit ihrer Trauer.

»Ich hab ihn gehasst«, murmelte Philipp. »Ich hab ihn so sehr gehasst.«

»Wen?«, fragte Alvarez. »Deinen Bruder?«

Philipp nickte düster.

»Das«, meinte Alvarez sanft, »solltest du vielleicht besser für dich behalten, Felipe. Es ist nicht der beste Weg zum Herzen einer Mutter, sie wissen zu lassen, dass man ihrem *preferido* den Tod an den Hals gewünscht hat … vor allem, wenn dieser Wunsch dann auch noch in Erfüllung gegangen ist.«

Philipp starrte ihn an. Im kerzenerleuchteten Dämmer der Wirtsstube und durch den Alkoholdunst in seinem Kopf konnte er das Gesicht des Spaniers nur schemenhaft erkennen. Es kümmerte ihn nicht, genauso wenig wie die Tatsache, dass ihm die Worte ausgingen und die Sprache verschwamm, ganz wie die zynischen dunklen Augen, die ihn von der anderen Tischseite beobachteten.

Der Becher füllte sich auf wundersame Weise immer wieder neu. Philipp registrierte es mit Dankbarkeit und trank weiter, während der Abend voranschritt und die Gäste einer nach dem anderen die Wirtsstube verließen, bis nur noch er und Juan Alvarez an ihrem Tisch saßen und in der Steingutflasche kein Tropfen übrig war.

Philipp wusste später nur ungefähr, wie er ins Bett gekommen war. Jemand nahm seinen Arm und führte ihn langsam und geduldig an Tischen und Bänken vorbei eine enge Stiege hinauf. Er stolperte immer wieder und wurde einmal kurzerhand wie ein Sack Getreide an die Wand gelehnt, während neben ihm die Tür zu einer Kammer geöffnet wurde und eine dunkle Stimme etwas vor sich hinsang, das sich anhörte wie ein von amüsiertem Glucksen unterbrochenes Schlaflied.

Dann sank er auf etwas hinab, das weich war und leise knisterte. Außerdem drehte es sich in einem trägen Wirbel, der erst nachließ, als jemand eine Wolldecke über ihn breitete und ihm sachte auf die Schulter klopfte.

Er schlief ein. In seinen unruhigen Träumen glitt ein Stück Papier unter einer verschlossenen Tür hindurch und vom Boden hinauf in seine Hände. Buchstaben aus schwarzer Tinte vollführten darauf einen wirren Tanz. Als sie sich zu Worten ordneten und er endlich begriff, was dort stand, ging das Papier in Flammen auf und zerfiel zu Asche.

Plötzlich war die Welt leer, dunkel und kalt.

XII

Verdächtig

Der nächste Morgen war genauso unerfreulich, wie Philipp es erwartet hatte.
Sein Kopf pochte wie ein schlechter Zahn, jeder noch so dünne Lichtstrahl schmerzte höllisch in den Augen und beim bloßen Gedanken an ein Frühstück drehte sich ihm der Magen um. Er quälte sich aus der kleinen Gästekammer hinunter in die Wirtsstube, wo er ein paar Kaufleute, einen Priester und Juan Alvarez vorfand, der munter und bestens gelaunt vor einem Teller mit Brot und gekochten Eiern in Kräutertunke saß, einen Krug Dünnbier in der Hand.

»*Buenos días*, Felipe!« Der Spanier grinste. »Na – bereit, den neuen Tag zu beginnen?«

»Halt bloß das Maul, *cabrón*!«, knurrte Philipp ungnädig, hockte sich in einigem Abstand neben Juan und ertappte sich bei dem Wunsch, den Mann mitsamt seiner lauten und fröhlichen Stimme zu erdolchen.

Juan schien ihm seine Ausdrucksweise nicht weiter übel zu nehmen. »Das wird dich lehren, deinen Ärger demnächst lieber in einem Eimer Wasser aus dem Brunnen zu ertränken«, versetzte er. »Wer saufen will, darf den dicken Schädel am nächsten Tag nicht scheuen.«

»Du klingst wie ein Priester bei der Beichte«, schoss Philipp zurück, dessen dicker Schädel jeden Moment zu platzen drohte. »Und das, obwohl du seit wenigstens zwanzig Jahren keine Kirche mehr von innen gesehen hast, du gottloser Heide.« Er stöhnte in sich hinein, als ihm der Geruch der gekochten Eier in die Nase stieg und seine Eingeweide sich alarmierend verkrampften. »Es sei denn natürlich, du hast die Kirche geplündert und danach angezündet.«

Juan stippte eines der Eier in die Kräutertunke, steckte es sich in den Mund und kaute genussvoll.

»Ich will dein schlechtes Gedächtnis mal dem Apfelbrand von gestern Abend zuschreiben«, versetzte er. »Kirchen hab ich noch gar keine geplündert. Bloß zwei oder drei Klöster.«

»Und jetzt erzählst du mir gleich, dass die Nonnen dabei nicht nur mit dem Leben, sondern obendrein noch mit ihrer geheiligten Tugend davongekommen sind«, spottete Philipp.

»In den Klöstern gab es bedauerlicherweise nur Mönche, keine Nonnen.« Juan zwinkerte belustigt. »Und an deren Tugend waren weder ich noch meine Männer interessiert. Höchstens am Messgeschirr und an den Schätzen aus den Truhen des Abtes. Die frommen Brüder lassen sich die Gebete für das Seelenheil ihrer Schäflein verdammt gut bezahlen, muss ich sagen.«

»Die Welt ist voller Betrug und Niedertracht. Was für eine Überraschung.«

Philipp gähnte. Sein Kopfschmerz ließ ganz allmählich ein wenig nach.

»Dann bin ich eindeutig weniger überrascht als du«, bemerkte Juan gleichmütig. »Du bist doch der, der tief in seinem Herzen noch am Rockzipfel seiner Mutter hängt und jeden mit Eifersucht verfolgt, den sie mehr liebt als ihn. *Muy infantil,* Felipe.«

Er wischte seinen Teller mit dem letzten Stück Brot sauber.

»Und nachdem du *mamá* gestern bewiesen hast, was für ein treusorgender ältester Sohn du bist – können wir endlich wieder nach Spanien aufbrechen? Wir haben jetzt schon ein paar Tage verloren, und wenn ich zu lange stillsitze, werde ich unruhig.«

»Ich kann nichts dafür, dass der Bote meiner Mutter mich gleich in Straßburg gefunden hat«, protestierte Philipp. Der Ärger bohrte sich wie ein glühendheißer Messerstich in seine Schläfe. »Und gestern habe ich mich mit ihr gestritten – ich werde wenigstens noch einmal zu ihr zurückmüssen, um sie zu überzeugen, dass mir ihr Wohlergehen am Herzen liegt.«

»Wenn sie das nach siebenundzwanzig Jahren noch nicht weiß, dann wird ein weiterer Besuch sie auch nicht davon überzeugen.« Juan stand auf und klopfte sich die Krümel von Wams und Hose. »Aber wie du willst, *amigo.* Ich nehme an, ich darf dich wieder nicht begleiten?«

Philipp musterte ihn aus zusammengekniffenen Augen. Dann schnaubte er unterdrückt. »Solange du nicht drauf bestehst, meiner Mutter die Aufwartung zu machen, und auch nicht versuchst, das weibliche Gesinde zu verführen …«

Juan verneigte sich schwungvoll. »Ich werde so ungefährlich sein wie ein bartloser Novize.«

»›Ungefährlich‹ und ›Novize‹ sind zwei Worte, die mit dir in Einklang zu bringen ich große Mühe habe«, knurrte Philipp. »Aber meinetwegen – komm mit.«

Der Innenhof des Hauses, in dem Johanna von Eberstein residierte, lag still und friedlich im Sonnenschein, als Philipp dort eintraf. Wie beim letzten Mal öffnete die kleine Zofe ihm die Tür.

»Ich möchte meine Mutter sehen«, sagte er. »Sag ihr, dass ich hier bin.«

Clarissas Blick wanderte von ihm zu Juan. Der schenkte ihr ein strahlendes Lächeln, zog seinen breitkrempigen Hut und vollführte einen Kratzfuß, der ihr eine leichte Röte ins

Gesicht trieb und dafür sorgte, dass ihre Mundwinkel sich verwundert aufwärts kräuselten.

»Juan Alvarez de Santa Cruz y Fuego, zu Euren Diensten, *Señorita*«, sagte er. »Ich bin nur in Begleitung des jungen Herrn hier, damit er in den Gassen Eurer hübschen kleinen Stadt nicht unter die Räuber fällt.«

»Jetzt bin ich ja in Sicherheit«, entgegnete Philipp leicht ironisch. »Hier wird mir wohl kaum etwas zustoßen.«

Obwohl … das war blauäugig, korrigierte er sich im Stillen selbst. Bruno war in diesem Haus ums Leben gekommen. Der Tod konnte überall zuschlagen.

Clarissa hatte sichtlich Mühe, ihre Aufmerksamkeit wieder von dem schillernden Fremden ab- und dem Sohn ihrer Herrin zuzuwenden.

»Soll ich Euren Begleiter … auch anmelden?«, fragte sie.

»Nicht nötig.« Philipp entdeckte die Bank neben der Tür. »Ich bin sicher, er wartet gern hier draußen, bis ich wieder herunterkomme.«

Als Antwort ließ sich Juan auf der Bank nieder und streckte die Beine aus. Er nahm den Hut ab, gab einen kleinen, zufriedenen Seufzer von sich und schloss die Augen.

»Aber selbstverständlich«, meinte er. »Nichts geht über eine nette kleine *siesta*, vor allem, wenn sie schon am hellen Vormittag stattfindet. Lasst Euch nur Zeit … *Herr.*«

Philipp ignorierte den sehr offensichtlichen Spott und folgte Clarissa ins Haus und die Treppe hinauf. Er war sich nicht sicher, wie er empfangen werden würde. Am Vortag waren zu viele harte Worte gefallen, und die meisten hatte *er* seiner Mutter entgegengeschleudert. Es bestand durchaus das Risiko, dass sie sich rundheraus weigerte, ihn zu sehen … und das konnte er sich aus gleich mehreren Gründen nicht leisten.

Aber er hatte Glück. Johanna wies ihn nicht zurück, sondern bat ihn herein; vielleicht wollte sie sich vor der Nonne, die bei ihr war, keine Blöße geben.

Philipp musterte das eckige, kluge Gesicht unter dem schwarzen Schleier; er erinnerte sich daran, dass sie sich um die Gesundheit seiner Mutter kümmerte, und hielt eine knappe Verbeugung für angebracht, bevor sie hinausging.

Johanna ihrerseits ließ zu, dass er ihr die Hand küsste und schenkte ihm ein – wenn auch schmallippiges – Lächeln. Er entschloss sich, die Gelegenheit zu nutzen, so gut er konnte.

»Ich muss Euch um Vergebung bitten, Mutter«, sagte er. »Mein Betragen gestern war höchst unangemessen, und mich schmerzt der Gedanke, dass dadurch dauerhaft böses Blut zwischen uns herrschen könnte.«

Sie betrachtete ihn, als wäre sie sich alles andere als sicher, ob er die Wahrheit sagte. Er konnte es ihr nicht übelnehmen; er war sich selbst nicht sicher, wie viel Wahrheit in seinem Auftritt steckte.

»›Unangemessen‹ ist ein schwacher Ausdruck für diesen Vorfall«, sagte sie endlich. »Ich kann nicht leugnen, dass er mich zutiefst verblüfft hat, und verletzt noch viel mehr. Woher diese plötzliche Einsicht, Philipp? Bist du eigens hergekommen, damit du gut Wetter machen kannst?«

Er steckte die Spitze ein, ohne mit der Wimper zu zucken.

»Ich bin hier, damit wir Frieden schließen können, bevor ich wieder nach Spanien abreise. Nachdem ich Euren Brief durch einen glücklichen Zufall schon in Straßburg erhalten hatte, bin ich sofort gemeinsam mit einem guten Freund und Kriegsgefährten aufgebrochen, um Euch in Eurer Trauer beizustehen. Das und nichts anderes war meine Absicht, als ich gestern dieses Haus betrat. Und dann sind mir wohl irgendwie … die Pferde durchgegangen.«

Er hielt inne, um sich zu sammeln. Es war viel zu wichtig, sie zu überzeugen, als dass er sich jetzt einen Fehler leisten konnte … vor allem, solange dieser geheimnisvolle, neugierige Magister im Haus herumlief und Fragen stellte.

»Ich werde eines Tages den Grafentitel erben«, fuhr er fort, »und ob unser Geschlecht nun in Wohlstand und Ruhm fortbesteht oder ob es in Vergessenheit gerät, ich stehe zu dieser Verantwortung und dieser Aufgabe. Ich habe schon zu viele noble Familien auseinanderbrechen sehen, um mich nicht vor allzu viel Zank und Streit in Acht zu nehmen. Und egal, ob wir beide einander nahestehen oder nicht, Mutter – ich möchte meinen Vater nicht enttäuschen.«

»Gesprochen wie ein wahrer Erbe«, antwortete seine Mutter. In ihren Augen glomm ein Hauch von Zweifel … und dazu etwas anderes, für das Philipp noch keinen Namen hatte. »Das heißt, ich muss nicht mehr mit weiteren wilden Vorwürfen rechnen, die jeglicher Grundlage entbehren und mich obendrein noch bitter kränken?«

»Ich sagte bereits, ich bitte Euch um Vergebung«, erwiderte Philipp steif. »Und Ihr würdet mir die Sache um einiges leichter machen, wenn Ihr mir glaubt.«

»Ich werde mich darum bemühen«, sagte seine Mutter kaum weniger steif. »Aber deine Anschuldigungen haben mich umso mehr getroffen, weil ich seit Jahren geduldig ertrage, was dein Vater mir zumutet, ohne Widerspruch und offene Empörung. Trotzdem bin ich scheinbar in deinen Augen der Feind.«

Philipp runzelte die Stirn. »Was meint Ihr damit? Was ist es denn, das Vater Euch zumutet?«

»Ich sage es dir«, antwortete Johanna, »weil ich glaube, dass du als Erbe des Titels und als Verwalter unseres schwindenden Vermögens die Wahrheit kennen solltest.« Sie warf ihm einen weiteren, scharf abschätzenden Blick zu. »Allerdings sollte dir klar sein, dass diese Wahrheit kein Gut ist, mit dem man leichtsinnig umgehen darf. Magister Schmieder sollte nichts davon erfahren. Denn auch wenn ich wissen will, wer an Brunos Tod die Schuld trägt, ist es mir doch wichtiger, dass unser Name nicht im Zusammenhang mit einem hässlichen Skandal genannt wird. Und dass das nicht geschieht, kann mir der Herr Magister nicht garantieren. Deshalb muss das, was ich dir jetzt sage, unter allen Umständen ein Geheimnis zwischen uns beiden bleiben – egal wie viele Fragen er stellt. Versprichst du mir das?«

Philipp verbeugte sich leicht. Zum ersten Mal, seit er dieses Zimmer betreten hatte, erfasste ihn echte Neugier. »Ich verspreche es, Mutter.«

»Also schön.« Johanna von Eberstein stand auf, lehnte sich an die Wand neben dem Fenster und verschränkte die Arme vor der Brust.

Jetzt konnte Philipp den Ausdruck in ihren Augen, den er schon vorhin wahrgenommen hatte, viel deutlicher sehen. Und jetzt erkannte er ihn auch als das, was er war.

Es war nackter Hass.

Fidelitas sah sich in ihrer Kammer um. Das Bett war gemacht, die Medikamententruhe sauber verschlossen und unter dem Tisch an die Wand geschoben. Der fein geschnitzte Jesus an dem Kruzifix über ihrem Bett schien sie mit betrübter Geduld zu mustern, und sie seufzte unwillkürlich.

Steh mir bei, Herr, dachte sie. *Ich habe die vielen Rätsel hier satt, für die es keine Lösung gibt, und die Stimmung in diesem Haus beschwert mir die Seele. Sei mir gnädig und hilf, dass ich bald wieder zu meinen Schwestern heimkehren darf. Mir fehlt der Frieden unseres Klosters … mehr, als ich jemals geglaubt hätte.*

Vorhin war sie Philipp von Eberstein begegnet, der am Vorabend schon hier gewesen war. Was er bei diesem Besuch mit seiner Mutter besprochen hatte, wusste Fidelitas nicht, aber ihr war der heftige Streit der beiden nicht entgangen. Die Wände waren solide, aber nicht dick genug, um zu verbergen, dass der älteste Sohn von Graf und Gräfin die Stimme mehr als einmal zornig erhoben hatte. Und auch nicht, dass er keine halbe Stunde nach seiner Ankunft schon wieder in höchster Eile das Haus verließ.

Fidelitas hatte am Fenster gestanden und ihm dabei zugesehen, wie er mit langen Schritten über den Vorhof eilte und laut nach seinem Pferd rief. Der Kutscher hatte es aus dem Stall geführt und dem Grafensohn das große Tor geöffnet, und Philipp war mit stocksteifem Rücken und ohne ein weiteres Wort zu Jörg Stähle in raschem Trab davongeritten.

Und nun war er also wieder da … vielleicht, um sich mit Johanna zu versöhnen.

Fidelitas wusste nicht viel über Philipp; sie wusste nur, dass er der Erstgeborene des Grafen von Eberstein war, siebenundzwanzig Jahre alt und noch nicht verheiratet. Johanna hatte mit Sicherheit ihr Möglichstes getan, das zu ändern, zumal eine Schwiegertochter immer zusätzliche Ländereien und Geldvermögen aus einer Mitgift bedeutete. Aber offensichtlich hatte er sich ähnlich wie Bruno gegen ihre Absichten zur Wehr gesetzt. Während der jüngere Sohn seiner Mutter noch in der Nacht vor seinem Tod in einem Brief erklärt hatte, dass er nicht die Absicht hatte, eine Frau zu nehmen, die sie für ihn ausgesucht hatte, war der ältere noch radikaler vorgegangen. Nach dem, was Bärbel einmal an einem ruhigen Abend kurz nach ihrer Ankunft in Cannstatt zu erzählen wusste, war er bereits mit knapp zwanzig in den Dienst des spanischen Königs getreten, der gleichzeitig als Kaiser über die deutschen Lande herrschte. Seitdem hielt er sich in Spanien auf, zuweilen aber auch in Frankreich, Italien oder Flandern, je nachdem, wohin die unruhigen Zeiten und die zahlreichen Händel des kriegerischen Karl ihn verschlugen.

»Er ist wütend auf seine Mutter«, hatte Bärbel gesagt, »weil die Frau Gräfin all die Jahre viel zu sehr mit ihren Ränken beschäftigt gewesen ist, um ihn wahrzunehmen.

Deswegen ist er auch immer so schrecklich eifersüchtig auf Bruno gewesen, denn der bekam von ihr alles, was Philipp nicht hatte, und noch viel mehr. Jedenfalls hat Philipp das geglaubt, und deswegen ist er fortgegangen.«

Sie hatten allein in der Küche gesessen, wo Bärbel Petersilienwurzeln putzte und in Scheiben schnitt, für ein Rahmgemüse, ganz ähnlich dem verhängnisvollen Gericht, an dem Bruno höchstwahrscheinlich gestorben war. Nach den offenen Worten über Philipp war Bärbel zusammengefahren und hatte ihr einen verängstigten Blick zugeworfen, als fürchte sie, sich mit diesem doch sehr privaten Urteil über ihre Herrin und deren Söhne zu weit vorgewagt zu haben. Fidelitas hatte genickt und sie beruhigend angelächelt, aber Bärbel hatte es trotzdem vorgezogen, das Thema zu wechseln.

Draußen öffnete und schloss sich eine Tür; es war die zum Zimmer der Gräfin, mit einem typischen, schrillen Quietschen der Scharniere, das erst abbrach, sobald sie wieder fest ins Schloss fiel.

Fidelitas wartete noch einen Moment, dann ging sie selbst hinaus und den Flur hinunter zur Stiege. Sie wollte sich Wasser aus dem Brunnen holen, um eine neue Salbe für die empfindlichen Gelenke der Gräfin anzurühren. Seit Brunos Tod waren die Schierlingsumschläge unterblieben, und damit leider auch ihre segensreiche Wirkung gegen Johannas Leiden ausgefallen.

Alle Dinge sind Gift, und nichts ist ohne Gift; allein die Dosis macht's, dass ein Ding kein Gift sei. Paracelsus hatte das gesagt, der berühmte Arzt aus Hohenheim. Schwester Agatha hatte Fidelitas sein Buch »Septem Defensiones« gegeben, damit sie daraus lernte und ihr Wissen vermehrte. Dass diese Schrift eine trotzige Brandrede war von einem, den die gelehrten Medici seiner Zeit nur mit Mühe als einen der ihren anerkannten, hatte die alte Infirmarin nicht abgehalten, sie wertzuschätzen, und Fidelitas genauso wenig.

Omnia autem probate quod bonum est tenete, dachte Fidelitas, als sie ins Freie trat. *Prüfet alles und das Beste behaltet.* Sie atmete tief durch und ging auf den Brunnen zu, aber am liebsten wäre sie durch die Pforte in der Mauer hinausgelaufen und gleich weiter durch das Stadttor hinunter zum Fluss. Sie hungerte nach frischem Grün, nach dem Rauschen des Wassers, dem Himmel über sich und nach Gras unter ihren bloßen Füßen. Die Sehnsucht war so intensiv, dass sie fast spürte, wie die taufeuchten Halme ihre Knöchel und Waden streiften …

»*Tócate los cojones!*«, ertönte plötzlich eine gutgelaunte dunkle Stimme hinter ihr. »Schau einer an! Ich dachte, hier haust eine Gräfin mitsamt ihrem Gesinde, und jetzt gibt es noch eine Nonne als Überraschung obendrauf?«

Fidelitas zuckte zusammen und fuhr herum.

Auf der Bank neben dem Eingang saß ein Mann, den sie noch nie gesehen hatte. Er trug eng anliegende Lederstiefel mit niedrigem Schaft, darüber feine Strümpfe und eine rehbraune Hose, großzügig weit geschnitten und geschlitzt. Die Innenseite der Schlitze war leuchtend rot gefüttert, Farbe und Futter wiederholten sich bei den Ärmeln des Wamses, das von einem breiten Gürtel zusammengehalten wurde. Von dem hingen in Lederscheiden ein Dolch und ein Katzbalger, ein kurzes Schwert, herab.

Die Beine waren ausgestreckt, als hätte der Fremde es sich ganz zwanglos zu einem Nickerchen bequem gemacht, die Arme waren vor der Brust verschränkt. Die lange, weiße Feder auf dem breitkrempigen Hut, der neben ihm auf der Bank lag, wehte sachte in der milden Brise.

Fidelitas blinzelte verblüfft; sie hätte ausgerechnet hier nie mit einem Landsknecht in seiner prahlerisch bunten Pracht gerechnet. Genauso wenig wie mit dem amüsierten Männergesicht, das von einem sauber gestutzten schwarzen Backenbart eingerahmt wurde, und mit den dunklen Augen, die sie während ihrer Inspektion die ganze Zeit unverwandt im Blick behielten. Und die ihr unverfroren zuzwinkerten, als besagte Inspektion vorüber war.

»Gefällt Euch, was Ihr seht, *hermana*?«, fragte er.

»Ich weiß nicht, was mir da gefallen sollte«, sagte sie kühl. »Männer von Eurer Sorte haben einen schrecklichen Ruf.«

»Und vollkommen zu Recht.« Er lächelte und entblößte dabei eine Reihe gerader, erstaunlich weißer Zähne. »Aber solange Ihr Euch in der sicheren Klausur Eures Klosters befindet, sind Männer von meiner Sorte Euch wohl kaum gefährlich.«

»Meint Ihr?« Fidelitas spürte Zorn in sich aufsteigen. »Wollt Ihr mir weismachen, dass die Landsknechte und Soldaten seit Neuestem einen großen Bogen um jedes Kloster schlagen, zum Wohl der Mönche und Schwestern? Das kann unmöglich Euer Ernst sein!«

Ihr Blick streifte die beiden Waffen an seinem Gürtel. Plötzlich wurde ihr bewusst, dass sie auf dem stillen, sonnigen Vorhof ganz allein war mit einem Fremden. Sie befand sich nicht in der sicheren Klausur ihres Klosters. Und wenn sie wieder ins Haus wollte, musste sie an ihm vorbei.

Ihre Augen begegneten einander erneut. Ein winziger, kalter Schauder rieselte ihr Rückgrat hinab. In dem Moment entspannte sich sein Gesicht erneut zu einem Lächeln.

»Wie verschreckt Ihr dreinschaut!«, sagte er. »Als würdet Ihr darauf warten, dass ich mich jeden Moment auf Euch stürze und Euch um Tugend und Leben bringe. Was angesichts der Tatsache, dass sich in diesem Haus Gesinde und im Stall mit Sicherheit ein Stallknecht samt Kutscher befinden, ein miserabler Einfall wäre, denke ich. Zumal ich eigentlich nur in Begleitung des Herrn Philipp von Eberstein hier bin, der seiner Mutter einen Besuch abstattet. Und wir sind nicht hier untergebracht, sondern haben ein Zimmer in der ›Krone‹. Direkt am Marktplatz, mit einem ausgesprochen lausigen Rotwein, dafür aber immerhin mit sauberen Betten.« Das Lächeln wurde noch ein wenig breiter. »Ihr müsst also weder um Eure Gesundheit noch um Eure Unschuld fürchten, *hermana*.«

»Ich fürchte mich n…«

Ihr unverbesserlicher Wahrheitsdrang hinderte sie daran, den Satz zu beenden; es war unübersehbar, dass ihr Gegenüber das erkannte und sich darüber amüsierte.

Fidelitas merkte, wie sie errötete, und ihr Zorn kehrte zurück.

»Ist es der rechte Umgang mit einer Nonne, dass man sie verspottet?«, fragte sie scharf. »Nicht, dass mich dieses unverfrorene Betragen bei einem Landsknecht wundern würde … aber reißt Euch doch wenigstens so weit zusammen, um Euch vorzustellen.«

»Aber natürlich.« Er erhob sich von der Bank und verneigte sich tief. »Juan Alvarez de Santa Cruz y Fuego, ganz und gar zu Euren Diensten.« Er legte eine Hand auf die Brust und zog eine tragische Grimasse. »Mit dem Glauben mögt Ihr Recht haben, aber Euer Zweifel an meinem Betragen trifft mich mitten ins Herz. Ich habe mir immer eingebildet, mein Umgang mit Frauen sei ohne Fehl und Tadel.«

»Schwer vorstellbar.« Fidelitas schnaubte ungläubig.

Juan Alvarez schüttelte den Kopf und seufzte. »Das habe ich wohl wieder dem schrecklichen Ruf zu verdanken, von dem Ihr gesprochen habt«, versetzte er. »Aber Ihr müsst doch zugeben, dass ich mich ernsthaft darum bemühe, Euch gegenüber so zuvorkommend und höflich zu sein wie irgend möglich. Und da ich Euren Wunsch erfüllt und mich vorgestellt habe, würde ich jetzt gern Euren Namen erfahren, damit ich nicht hoffnungslos im Nachteil bin, falls uns noch die Zeit bleibt, ein wenig miteinander zu plaudern.«

»Schwester Fidelitas«, sagte sie kurz. »Fidelitas von Frauenalb.«

Er musterte ihr Gesicht, aufmerksam und überraschenderweise vollkommen ohne jeden Spott.

»Fidelitas …«, wiederholte er langsam. »In meiner Sprache sagen wir es ganz ähnlich – *la fidelidad*. Die Treue. Sehr passend für eine Nonne in diesen unruhigen, wechselhaften Zeiten.« Plötzlich war der Spott wieder da und sprühte in den dunklen Augen helle Funken. »Wie tröstlich. Wenn der Name zu Euch passt, muss sich Eure Mutter Oberin wohl keine Gedanken darüber machen, dass Ihr eines Tages über die Klostermauer steigt, um Euch einen Mann zu suchen. Das soll dieser Tage ja häufiger vorkommen, wie man hört.«

Fidelitas spürte höchst unangemessene Heiterkeit in sich aufsteigen und kämpfte mit einer Mischung aus Verlegenheit und Entsetzen dagegen an. Dieser Mann gab eine Unverschämtheit nach der anderen von sich – sie durfte ihn doch unmöglich noch ermutigen! Wahrscheinlich war eine ehrliche Antwort am ehesten dazu geeignet, ihm das Maul zu stopfen.

»Ich bin als Kind in den Konvent gekommen«, sagte sie ruhig. »Damals bin ich nicht gefragt worden, ob ich dort hinwill – und *hätte* es jemand getan, ich wäre sicher noch nicht verständig genug gewesen, zu wissen, was gut ist für mich. Aber als es so weit war, habe ich die ewigen Gelübde aus freiem Willen abgelegt, und von ganzem Herzen. Mir ist nie in den Sinn gekommen, über die Mauer zu steigen und zu flüchten. Ich bin in meinem Kloster nicht eingesperrt, Herr Alvarez.«

Juan Alvarez öffnete den Mund, um zu antworten, aber bevor er die Gelegenheit dazu hatte, sprang die Haustür auf und Philipp von Eberstein stürmte ins Freie. Sein Gesicht war bleich und starr vor Wut. Er warf dem Spanier einen kurzen Seitenblick zu, ignorierte Fidelitas völlig und marschierte mit wehendem Mantel an ihr vorüber über den Vorhof. Offensichtlich hatte er es sehr eilig, fortzukommen. Fidelitas fragte sich, ob er sich wohl ein zweites Mal mit seiner Mutter gestritten hatte; es sah jedenfalls ganz danach aus. Sekunden später schlug die kleine Seitenpforte hinter ihm zu.

Der Spanier zuckte leicht die Achseln. »Ich fürchte, das war das Signal zum Aufbruch«, sagte er bedauernd. »Sehr schade. ich hätte gern noch ein Weilchen mit Euch geplaudert. Und da der sehr aufgebrachte Herr von Eberstein und ich demnächst nach Spanien zurückreisen müssen, sehen wir uns wohl nicht so bald wieder – wenn überhaupt.« Er schwenkte seinen Hut und verneigte sich ein zweites Mal vor ihr. »Aber wisst Ihr, was mich freut?«

Sie atmete tief durch. »Was?«

»Ich hätte Euch eben fast zum Lachen gebracht. Ihr seid ernst geblieben, aber es hat nicht viel gefehlt, *sì*?«

Sie spürte, wie ihre Mundwinkel sich ganz leicht hoben. »Nein«, gab sie widerstrebend zu. »Es hat nicht viel gefehlt.«

»Dann freut es mich umso mehr, dass wir uns begegnet sind«, sagte er. »In diesen Zeiten, wo die Könige und Kaiser Kriege darum führen, auf welche Weise und in welcher Sprache Gott angebetet werden soll, haben die Menschen wenig Grund zum Lachen. *Adiós, hermana.*«

Fidelitas schwieg, nickte aber leicht.

Er lächelte sie an, bevor er sich abwandte und den Vorhof verließ. Sie lächelte nicht zurück – doch auch, als er schon verschwunden war, hielt sie den Blick noch eine ganze Weile unverwandt auf die Pforte gerichtet.

»*Au!* Seid Ihr nicht bei der Sache? Das tut weh!«

Fidelitas lockerte den Griff ihrer Finger. Johannas Handgelenk war gerötet und empfindlich.

»Wenn ich Euch zu behutsam anfasse, wirkt die Berührung nicht«, sagte sie sanft. »Sie muss kräftig und gleichmäßig sein, um Wirkung zu zeigen. Ich habe außerdem eine neue Salbe angesetzt, die vielleicht hilft – aber wahrscheinlich nicht so gut wie die Schierlingsumschläge, die Ihr mir verboten habt.«

Johanna, die auf ihrem Bett lag, setzte sich auf.

»Ich will nicht mit der Scheußlichkeit in Berührung kommen, die meinen Sohn das Leben gekostet hat!«, fuhr sie Fidelitas an. Dann ließ sie sich auf das Bett zurücksinken. »Macht weiter … bitte.«

Dass die Gräfin dieses Wort über die Lippen brachte, war ungewöhnlich. Die Begegnung mit ihrem Sohn musste sie schwer erschüttert haben, oder aber ihre Schmerzen waren noch schlimmer als gewöhnlich. Fidelitas verrieb etwas von der Salbe aus Beinwell und Mädesüß, die sie in einem kleinen Tontiegel mitgebracht hatte, auf ihren Handflächen. Dann begann sie wieder damit, über das geschwollene, empfindliche Gelenk zu streichen.

»Ich werde einen Brennnesseltee ansetzen und Umschläge machen«, meinte sie, die Stirn leicht gerunzelt. »Sie ziehen hoffentlich die Hitze heraus, auch ohne dass ich Euch dabei überflüssige Schmerzen zufüge.«

»Derartige Rücksichtnahme mir gegenüber bin ich in letzter Zeit kaum gewohnt«, entgegnete Johanna bissig. »Ich sollte Euch dankbar sein, nehme ich an.«

Sie schwieg, während Fidelitas von ihrem linken zu ihrem rechten Handgelenk wechselte. Dieses war nicht so stark entzündet, und die Gräfin hielt geduldig still, als die Fingerspitzen der Nonne sachte jeder Erhebung und Vertiefung unter der Haut nachspürten.

»Mein ältester Sohn war hier«, sagte sie unvermittelt. »Er hat mir vorgeworfen, ich hätte ihn vertrieben. Daran ist kein wahres Wort.«

Sie schaute an Fidelitas vorbei, als hätte sie vorübergehend vergessen, dass sie da war. »Er hat mich angeklagt, mir läge nichts an ihm … und dass ich von meinen Söhnen nur Bruno wirklich geliebt hätte.« Sie verzog den Mund. »Philipp wollte wissen, was wohl geschehen wäre, wenn Bruno bei Nacht und Nebel ein paar Zeilen an mich auf ein Stück Papier gekritzelt und die Flucht ergriffen hätte, damit er meinen Intrigen nicht länger ausgeliefert ist. Und Bruno hat das tatsächlich getan! So viel Undank – der eine Sohn will keine einträgliche Ehe, der andere nennt meine Pläne zum Wohl der Familie tatsächlich *Intrigen*!«

Fidelitas entschloss sich zur Diplomatie.

»Kinder verstehen nicht immer, dass manche Pläne nur zu ihrem Besten sind«, antwortete sie vorsichtig.

Johanna nickte; es war ihr anzusehen, dass sie mit Zustimmung von dieser Seite nicht gerechnet hatte.

»Ihr solltet Euch glücklich schätzen, dass Euch als Nonne das Los einer Mutter erspart bleibt«, sagte sie. »Das Leid, das einem Söhne und Töchter zufügen können, ist unermesslich.« Wieder wurden ihre Lippen schmal. »Das gilt auch für Ehegatten.«

Fidelitas wischte sich mit einem sauberen Tuch die Salbe von den Fingern. Sie war nicht sicher, ob Johanna einen Kommentar von ihr erwartete, und wie sie reagieren würde, wenn dieser Kommentar allzu ehrlich ausfiel.

»Möchtet Ihr die Brennnesselumschläge sofort haben oder zuerst ein wenig ruhen?«

»Ich werde schlafen«, erwiderte Johanna. »Und ich möchte wenigstens zwei Stunden lang nicht gestört werden – von niemandem.« Sie sah Fidelitas an. »Würdet Ihr dafür sorgen?«

»Selbstverständlich.« Fidelitas nickte. »Wenn Ihr wünscht, wecke ich Euch hinterher, und dann machen wir die Umschläge.«

Sie verneigte sich leicht, nahm den Salbentiegel und verließ das Zimmer. Während sie den Korridor hinunter in

Richtung ihrer Kammer ging, ließ sie sich die bitteren Worte der Gräfin durch den Kopf gehen. *Er hat mich angeklagt, mir läge nichts an ihm ... und dass ich von meinen Söhnen nur Bruno wirklich geliebt hätte.*

Sie hatte die Kammer erreicht, ging hinein und blieb vor dem Bett stehen. Der Christus am Kruzifix schaute noch ebenso betrübt und geduldig drein wie zuvor.

Philipp wollte wissen, was wohl geschehen wäre, wenn Bruno bei Nacht und Nebel ein paar Zeilen an mich auf ein Stück Papier gekritzelt und die Flucht ergriffen hätte, damit er meinen Intrigen nicht länger ausgeliefert ist.

Ein Stück Papier ...

Fidelitas drehte sich auf dem Absatz herum und hastete zu der kleinen Schlafstube hinüber, in der sie vor elf Tagen den sterbenden Bruno gefunden hatte und in der jetzt Valentin Schmieder untergekommen war. Sie klopfte kräftig an die Tür.

»Ja, bitte?«, kam eine müde Stimme von drinnen.

»Ich bin's, Fidelitas«, sagte sie. »Ich muss dringend mit Euch reden.«

»Kommt herein.«

Valentin saß am Tisch, ein Buch in der Hand. Nicht nur seine Stimme klang müde, er sah auch müde aus. Müde davon, den Tod eines jungen Mannes aufzuklären, während alles rings um ihn her sich dazu verschworen zu haben schien, ihn daran zu hindern.

»Habt Ihr mitbekommen, dass der älteste Sohn der Gräfin gerade hier war?«, fragte Fidelitas. »Gestern, und heute noch einmal?«

»Gewiss.« Er klappte das Buch zu. »Ich hatte die Absicht, die Gräfin nach diesem Besuch zu fragen. Nicht, dass ich mit einer nützlichen Antwort rechne oder mit irgendeiner Auskunft, die mich sonst wie weiterbringt. Um die Wahrheit zu sagen, ich bin drauf und dran, aufzugeben und abzureisen.«

»Vielleicht habe ich etwas für Euch«, sagte Fidelitas langsam. »In der Nacht, als Bruno aus Cannstatt abreisen wollte nach Meßkirch zu seinem Schwager, schrieb er eine Notiz an seine Mutter, weil er es nicht über sich brachte, ganz ohne Erklärung zu verschwinden. Ich habe diese Notiz gesehen, bevor kurze Zeit später Bruno entdeckt wurde, der bewusstlos hier in dieser Kammer lag. Er hat sie in der Nacht vor seinem Tod halb unter der Tür ihres Zimmers hindurchgeschoben. Die Gräfin hat sie mir gezeigt; sie war sehr wütend darüber.«

»Ja, und?« Valentin musterte sie verwirrt. »Wie soll mir das helfen?«

»Als Philipp von Eberstein gestern hier war, hat er sich mit seiner Mutter gestritten«, fuhr Fidelitas fort. »Die Gräfin hat mir von diesem Streit erzählt … warum, weiß ich nicht, vielleicht lag er ihr einfach zu schwer auf der Seele. Heute Morgen kam Philipp zurück, und als er zum zweiten Mal ging, war es wieder im Streit. Sie sagte mir, er hätte sie verlassen, weil er sich nicht genügend von ihr geliebt fühlte. Und dass er sicher gewesen wäre, Bruno hätte sie eines Tages genauso verlassen wie er, bei Nacht und Nebel, nachdem er ein paar Zeilen für sie auf ein Stück Papier gekritzelt hätte.«

»Ihr sprecht noch immer in Rätseln.«

»Dass er diese Nachricht erwähnt, ist merkwürdig. Die Gräfin kann sie ihm nicht gezeigt haben, sie hat sie am Morgen von Brunos Tod vor meinen Augen zerrissen. Wenn wir annehmen wollen, dass er sich die Notiz nicht nur ausgedacht hat, um seine Kränkung noch ein wenig farbiger zu machen – wieso hat er sie dann erwähnt? Er kann unmöglich davon wissen, es sei denn …«

Der Magister richtete sich kerzengerade auf. »… es sei denn, er hat die Notiz gesehen, *bevor* sie zerrissen worden ist. Und das bedeutet …«

Fidelitas nickte. »Das bedeutet, Philipp von Eberstein war in dieser Nacht hier.«

XIII

Aufruhr in der Nacht

»Um einen Gänsekiel zu härten, muss er nach dem Einweichen bei großer Hitze getrocknet werden.« Fidelitas beugte sich über das Herdfeuer in der Küche. Mit einer Feuerzange holte sie den kleinen Granitmörser aus der Glut und stellte ihn auf den Steinfliesen ab. Dann nahm sie die beiden Federn, die die vergangene Nacht in einem Becher mit Wasser zugebracht hatten, und steckte sie in den glühend heißen Sand, mit dem der Mörser gefüllt war. Es zischte leise.

»Und jetzt?«, fragte Clarissa fasziniert.

Fidelitas warf ihr einen lächelnden Blick zu. »Jetzt gehst du wieder hinauf und schreibst die Buchstaben auf dem Blatt ab, das auf meinem Tisch liegt. Da liegen übrigens auch ein leerer Bogen Papier und eine frisch zugeschnittene Feder, und das Tintenfässchen ist fast voll. Bis die Frau Gräfin sich von dir das Abendessen bringen lässt, hast du mit etwas Glück noch fast zwei Stunden Zeit.«

Clarissa konnte den Blick immer noch nicht von dem Mörser losreißen. »Aber was passiert denn als Nächstes mit diesen Federn da?«

»Die lasse ich abkühlen«, sagte Fidelitas. »Dann sind sie hart, aber gleichzeitig biegsam genug, um nicht zu brechen. Als Nächstes muss man sie nur noch spalten und zuspitzen, damit man mit ihnen schreiben kann; ich kann dir nachher gerne zeigen, wie das geht.«

»Danke!« Clarissa machte einen kleinen Knicks, drehte sich um und war gleich darauf aus der Küche verschwunden.

Fidelitas richtete sich auf und strich ihr Habit glatt.

»Ihr setzt dem Kind doch bloß Flausen in den Kopf!«

Bärbel stellte den Kessel, den sie gerade sauber geschrubbt hatte, mit einem etwas zu heftigen Knall auf dem Holztisch ab.

»Clarissa sollte dankbar sein, dass sie in den Diensten ihrer Herrschaft steht und genügend dafür entlohnt wird, um für sich und ihre Mutter zu sorgen. Alles, was darüber hinausgeht, macht sie nur hochmütig. Schlimmer noch – es lässt sie von Dingen träumen, die ihr nicht zustehen.«

»Findet Ihr?« Fidelitas betrachtete die Köchin überrascht.

Das war seit Tagen die längste Rede, die sie von Bärbel Häberlin zu hören bekommen hatte. Seit Bruno von Eberstein gestorben war, sprach sie nicht mehr sehr viel; zwar hatte Fidelitas' Fingerhutessenz sie wieder auf die Beine gebracht, aber das Unglück hatte ihrer gutmütigen Freundlichkeit einen starken Dämpfer versetzt.

»Das finde ich, jawohl. Was soll es der Kleinen bringen, wenn sie sich nicht mit dem zufrieden gibt, was sie hat?«

Bärbel wandte sich wieder dem Holzbottich zu, in dem sie das Geschirr spülte. Sie fischte eine der langen Fleischgabeln aus der Seifenbrühe, trocknete sie behutsam ab und legte sie auf ein Tablett neben der Feuerstelle.

»Es ist kein Fehler, Lesen und Schreiben lernen zu wollen«, bemerkte Fidelitas sanft. »Nicht einmal für ein Mädchen. Ich habe es doch genauso gelernt und ich bin dankbar dafür. Diese Fähigkeiten öffnen den Menschen Türen in eine ganz neue Welt.«

»Ja, aber Ihr seid ja auch eine Nonne«, entgegnete Bärbel. »Noch dazu eine, die sich mit Kräutern und Heilkünsten auskennt. Ihr gehört in eine Welt, in der es Bücher gibt – Clarissa nicht. Sie sollte in der Welt bleiben, die sie kennt, anstatt sich eine neue zu wünschen.«

»So wie Ihr selbst, Frau Häberlin?«

Fidelitas ließ sich auf einem Stuhl neben dem breiten Küchentisch nieder.

»Ganz recht, so wie ich.« Bärbel nickte energisch. »Große Träume bringen nichts als Unruhe. Denkt nur an den jungen Herrn Philipp – er wünscht sich die großen Zeiten zurück, als die Familie von Eberstein noch reich war und Einfluss hatte. Aber die sind lange vorbei.«

Fidelitas hoffte inständig, dass die Köchin nicht wie beim letzten Mal Angst vor dem eigenen Freimut bekam und sich in ihr Schneckenhaus zurückzog. Es galt, diese unerwartete Gesprächigkeit zu nutzen und im Fluss zu halten, zumal die Küchenmagd Magdalena einen Botengang machte und dadurch nichts davon mitbekam. Es war selten genug, dass man Bärbel allein antraf; vielleicht ergab sich ja die Gelegenheit, herauszufinden, ob Philipp von Eberstein in der Nacht vor Brunos Tod tatsächlich hier im Haus gewesen war.

Bärbel rieb die Zinnplatte trocken, auf der sie das Mittagessen für die Gräfin angerichtet hatte, und stellte sie weg. Dann hob sie den Deckel von dem Kessel, der über dem Feuer hing, warf einen prüfenden Blick hinein und rührte den Inhalt einmal durch. Das kräftige Aroma von Karotten und Petersilie wehte durch die Küche; Fidelitas lächelte unwillkürlich.

»Unsere Köchin – Schwester Saporosa – liebt Karotten. Wir ziehen sie im Klostergarten, und sie bereitet sie oft einfach nur mit Butter und ein wenig Honig zu.«

»Honig und Butter nehme ich auch gern.« Bärbels Gesicht hatte sich entspannt. Dies war ihr ureigenes Handwerk, das Gebiet, auf dem sie sich auskannte. »Aber es lässt sich auch mit etwas Salz und frischem Rahm ein wunderbares Mus daraus machen. Das gibt es heute Abend.«

»Dann habe ich etwas, worauf ich mich freuen kann«, sagte Fidelitas. Und fügte in beiläufigem Ton hinzu: »Wieso sind die großen Zeiten denn vorbei, von denen der junge Herr Philipp träumt?«

Das Glück schien ihr hold zu sein; Bärbel kam an den Tisch und setzte sich.

»Die Ebersteiner haben früher Klöster gegründet, sie haben in Schlachten gekämpft und sind damit zu Ruhm und Ehre gekommen«, sagte sie. »Nur ist das alles lange, lange vor meiner Zeit passiert, vor mehr als vierhundert Jahren, heißt es. Und seit dreihundert Jahren wohnen die Grafen nicht mehr auf ihrer alten Burg in Baden. Sie sind sie an die Markgrafen von Baden losgeworden, wegen zu vielen Schulden. Damals waren die Schatztruhen ebenso leer wie heute.« Sie zog eine kleine Grimasse. »In der Küche merkt man immer sehr rasch, wenn es an Geld mangelt. In Gernsbach kommt weniger Fleisch auf den Tisch als hier in Cannstatt, das dürft Ihr mir gerne glauben!«

Dass die Gräfin es sich in diesem Haus besser gehen ließ als daheim, war zweifelsohne interessant, hatte aber bedauerlicherweise nichts mit dem zu tun, was Fidelitas unbedingt wissen wollte. Sie beschloss, den Stier bei den Hörnern zu packen.

»Erzählt mir von Philipp«, sagte sie sanft. »Ist er Bruno sehr ähnlich?«

»Ganz und gar nicht.« Bärbel klang ehrlich bedauernd. »Er ist immer schon ein wenig verschlossen gewesen, fast scheu. Beim Lernen hat er sich viel mehr Mühe gegeben als Bruno. ›Ich will meinen Eltern beweisen, dass ich ein würdiger Erbe bin.‹ Das hat er einmal zu mir gesagt, da war er gerade elf Jahre alt.«

»Und was meint Ihr: Hat sich diese Mühe für ihn ausgezahlt?«

»Dass er sich mehr angestrengt hat, bedeutet nicht, dass ihm das Studieren leichter fiel. Sein jüngerer Bruder Wilhelm war klüger, und Bruno war schrecklich faul, aber wenn er sich endlich einmal für die Sache erwärmte, fiel ihm alles zu. Und dass Andres gemeinsam mit ihm die Nase in die Bücher steckte, hat ihm natürlich auch geholfen.«

»Philipp hatte niemanden wie Andres?«, fragte Fidelitas.

»Nein.« Bärbel schien ganz und gar in ihren Erinnerungen gefangen zu sein. »Philipp hatte überhaupt kaum Freunde, und unter der Dienerschaft wollte er sich keine suchen. Deswegen war er ein ziemlich einsamer Junge, und auch als Mann wurde er nicht viel geselliger. Ich denke aber, der Dienst in Spanien hat ihm gutgetan, irgendwie. Dort konnte er sich beweisen.«

»Zuhause konnte er das nicht?«

»Nicht da, wo es darauf ankam.« Bärbels Mund wurde schmal, als hätte sie die eigene Beredsamkeit plötzlich wieder fest am Zügel. »Ich sollte mich jetzt an die Vorbereitungen für das Abendessen machen. Außerdem wird Magdalena jeden Moment zurück sein, und sie soll mich nicht dabei erwischen, wie ich müßig mit Euch schwatze.«

Höchste Zeit, die Frage zu stellen, auf die Fidelitas die ganze Zeit zugesteuert war: »War Philipp eigentlich schon einmal in diesem Haus, bevor er vorgestern hierher nach Cannstatt kam?«

»Nein, war er nicht.« Bärbel nahm den Schürhaken, stocherte damit die Glut unter dem Kessel auf und bückte sich, um etwas frisches Holz nachzulegen. »Wieso wollt Ihr das wissen, Schwester?«

»Es hat mich einfach interessiert«, antwortete Fidelitas nicht ganz wahrheitsgemäß und erhob sich von ihrem Stuhl, gerade als Magdalena mit einem großen Weidenkorb die Küche betrat. Selbst durch das dicke Tuch, das den Korb abdeckte, drang ein köstlicher Duft nach warmem, frisch gebackenem Brot. »Danke dafür, dass Ihr mir ein wenig von Eurer Zeit geschenkt habt, Frau Häberlin. Wir sehen uns beim Abendessen.«

Sie schluckte ihre Enttäuschung hinunter, grüßte die Küchenmagd mit einem Lächeln und ging rasch hinaus.

Valentin Schmieder hatte zunehmend das Gefühl, dass ihm in seiner winzigen Kammer die Decke auf den Kopf fiel. Auf seinen Brief an den väterlichen Mentor in Hornberg war bislang noch keine Antwort gekommen – dazu war es allerdings auch noch etwas zu früh. Philipp von Eberstein, sein neuester Verdächtiger, hatte an diesem Morgen das Haus verlassen, ohne dass er wusste, wohin. Und die Neuigkeiten, die die Nonne mitbrachte, waren ebenfalls nicht dazu angetan, seine Laune zu verbessern.

»Habt Ihr den Eindruck, Frau Häberlin sagt die Wahrheit?«, fragte er.

»Ich bin mir nicht ganz sicher«, erwiderte Fidelitas. »Wäre Magdalena nicht just in dem Moment hereingekommen, ich hätte weiter nachgefragt. Obwohl, wenn ich ehrlich sein soll, glaube ich nicht, dass sie mir mehr erzählt hätte. Sie arbeitet seit fast zwanzig Jahren für die Ebersteins und weiß außerordentlich viel über die Familie. Aber ich habe den Eindruck, sie scheut sich davor, irgendjemanden von ihrer Herrschaft dem Klatsch auszuliefern – geschweige denn, einen Eberstein in Misskredit zu bringen.«

»Was keine schlechte Eigenschaft ist für eine Dienstbotin von Anstand«, bemerkte Valentin. »Unsere Köchin würde jeder Magd, die vor einem Fremden über die Angelegenheiten der Schmieders redet, eins mit dem Kochlöffel überziehen. ›Was sich im Haus zuträgt, muss im Haus bleiben‹, sagt sie immer.« Er seufzte. »Das heißt, Bärbel Häberlin hilft uns erst einmal nicht weiter. Ich muss die Gräfin um Auskunft darüber bitten, ob vor zwölf Tagen nicht etwa *zwei* ihrer Söhne in diesem Haus gewesen sind. Wahrscheinlich kann ich von

Glück sagen, wenn sie sich zu einer Antwort herablässt. Sie ist der Ansicht, jede meiner Fragen sei ein Anschlag auf den Ruf ihres Hauses.«

»Ihr müsst sie nicht mehr fragen«, sagte Fidelitas. »Ich habe mich nach Philipps letztem Besuch in Cannstatt erkundigt, als ich sie heute Vormittag massiert habe. Sie hat mir versichert, ihn erst vorgestern nach Jahren der Abwesenheit zum ersten Mal wiedergesehen zu haben.«

»Was natürlich keineswegs bedeuten muss, dass er nicht hier war. Vielleicht zieht er es vor, ihr aus dem Weg zu gehen – genau wie ich.« Valentin seufzte erneut. »Wisst Ihr was? Ich sollte zu meiner Schwester nach Stuttgart zurückkehren und *Euch* das Fragen überlassen. Ihr seid nicht nur geschickter darin, Ihr habt auch noch mehr Erfolg als ich. Wenn Ihr den Übeltäter gefunden habt, könnt Ihr mir jederzeit einen reitenden Boten schicken.«

»Noch hat niemand Philipp selbst gefragt«, entgegnete Fidelitas. »Soweit ich weiß, will er mit diesem Söldner, den er gestern mitgebracht hat, wieder nach Spanien zurück, und wenn wir Pech haben, ist er bereits aufgebrochen.«

»Was für ein Söldner?«, fragte Valentin verwirrt.

»Der hat gestern mehr als eine Stunde draußen vor der Tür gesessen und auf Philipp von Eberstein gewartet«, antwortete Fidelitas. »Ein ungehobelter und ziemlich unverschämter Mensch. Sein Name ist übrigens Juan Alvarez – nur für den Fall, dass er Euch begegnet.« Sie warf ihm einen prüfenden Blick zu. »Ihr braucht ein wenig Bewegung an der frischen Luft, Magister. Warum macht Ihr nicht einen raschen Gang zur ›Krone‹ hinüber? Dort sind sowohl Philipp als auch dieser Spanier untergekommen, und dort müssten sie sich auch jetzt noch aufhalten – wie gesagt, es sei denn, sie sind schon abgereist.«

Valentin musterte sie verblüfft. »Und von wem wisst Ihr, in welches Wirtshaus ich gehen muss?«

»Von dem Spanier«, erklärte Fidelitas kurz und bündig.

»Ich hätte nicht gedacht, dass Ihr ausgerechnet mit einem Landsknecht plaudert.« Valentin runzelte die Stirn. »Das ist Volk von übelster Sorte.«

»Oh, ich weiß.« Fidelitas senkte sittsam den Kopf. »Falls Euch übrigens der Sinn danach steht, in der ›Krone‹ etwas zu trinken, solltet Ihr den Rotwein meiden.«

Valentin legte belustigt den Kopf schräg. »Ich kann mir unmöglich vorstellen, dass Ihr die Weinkeller der Wirtshäuser in Cannstatt höchstselbst auf ihre Güte überprüft habt. Stammt dieser Rat womöglich auch von dem geheimnisvollen Spanier?«

»Richtig.« Fidelitas erlaubte sich ein winziges Lächeln. »Ein Mann dieser Sorte mag von Anstand, Güte und Glauben nicht viel verstehen, aber ich bin sicher, mit Wein kennt er sich aus.«

Valentin spürte, wie sich seine Lebensgeister hoben. Die bloße Aussicht, das Haus verlassen zu können, ließ ihn leichter atmen.

»Ich gehe hinüber zur ›Krone‹«, sagte er, »und wenn ich wieder hier bin, erstatte ich Euch Bericht. Allerdings: Selbst wenn es stimmt, dass Philipp von Eberstein zum fraglichen Zeitpunkt hier war, werden wir nicht so ohne weiteres damit rechnen können, dass er mir das auch bestätigt. Falls er bei Brunos Tod die Hände im Spiel hatte, wird er es rundheraus abstreiten.«

»Natürlich wird er das.« Fidelitas nickte. »Wir werden uns eben darauf verlassen müssen, dass Ihr eine Lüge erkennt, wenn Ihr sie hört. *Dominus tecum,* Magister.«

»Et cum spirito tuo.«

Die vertraute lateinische Antwort war ihm ganz automatisch über die Lippen gekommen … kein Wunder, er war noch bis weit in sein Theologiestudium hinein ein guter Sohn der Kirche gewesen, die sich selbst fälschlicherweise für allein seligmachend hielt. Doch anstatt sich über seinen Rückfall in katholische Bräuche zu ärgern, erwiderte er Fidelitas' überraschtes Lächeln und verneigte sich leicht.

»Der Herr sei auch mit Euch, Schwester. Das gilt im alten Glauben genauso wie im neuen. Wir haben in dieser Sache Gottes Beistand beide dringend nötig, oder nicht?«

»Da habt Ihr wohl Recht, Magister«, erwiderte Fidelitas ernst. »Und nicht nur wir beide.«

Der Gang zur »Krone« bescherte Valentin die dringend nötige Bewegung und frische Luft; die Antwort, die Philipp von Eberstein ihm geben sollte, bekam er allerdings nicht. Zwar traf er den Spanier an, den Fidelitas erwähnt hatte, aber der konnte ihm nur sagen, dass Philipp das Wirtshaus vor einer Stunde verlassen hatte, um irgendetwas Dringendes in Cannstatt zu erledigen. Was genau das war, wusste er leider nicht. Und ja, er würde ausrichten, dass *el magister* da gewesen war und eine wichtige Auskunft wünschte.

Valentin machte sich auf den Rückweg, ohne wirklich etwas erreicht zu haben. Er kämpfte mit dem niederschmetternden Gefühl, an ein Rätsel geraten zu sein, dessen Fäden sich nur umso mehr verwirrten, je mehr er daran zog.

Clarissa fand, dass dies ein guter Tag gewesen war. Die Gräfin war mit ihr nur halb so herablassend umgegangen wie üblich und hatte ein-, zweimal sogar fast gelächelt. Obendrein hatte sie eine ihrer Stickereien ausdrücklich gelobt; normalerweise dachte sie nicht im Traum daran, dass die kunstvolle Mühe ihrer Zofe Dank oder gar Anerkennung verdiente.

Aber was Clarissa wirklich in Hochstimmung versetzte, war die Tatsache, dass sie nach wenigen Tagen bereits die ersten fünf Buchstaben des Alphabets beherrschte. Und das

Lob der freundlichen Nonne, die es wundersamerweise auf sich nahm, ihr das Lesen und Schreiben beizubringen, war für sie wertvoller als jedes Kompliment von Johanna.

Wann immer sie die Zeit dazu erübrigen konnte, ging sie in Fidelitas' Zimmer. Zu der winzigen Kammer gab es zwei Schlüssel; einen davon hatte die Gräfin der Nonne ausgehändigt, als sie in Cannstatt angekommen waren. Jetzt brachte Fidelitas jedes Mal, wenn sie die Kammer verließ, den Schlüssel zu Clarissa. Die stahl sich dann bei der nächsten Gelegenheit hinein, nahm Feder und Papier zur Hand und schrieb so sorgfältig wie langsam einen Buchstaben nach dem anderen ab – so lange, bis sie sicher war, dass sie die Bögen, Striche und Rundungen, aus denen diese Buchstaben bestanden, wirklich beherrschte.

Es fiel ihr leichter als gedacht; das mochte daran liegen, dass sie durch ihre Stickerei daran gewöhnt war, sich komplizierte Muster zu merken und sie umzusetzen. Aber was immer auch der Grund sein mochte, sie freute sich darüber, und Fidelitas freute sich mit ihr. Sobald Clarissa das ganze Alphabet im Kopf hatte, wollte die Schwester ihr die ersten einfachen Worte beibringen … und dann war es bis zu dem Moment, in dem sie ein »richtiges« Buch in die Hand nehmen und lesen konnte, nicht mehr weit. Irgendwann würde sie genug wissen, um fortzugehen.

Am liebsten mit Andres natürlich. Der liebte zwar die Rösser, um die er sich für den Grafen Wilhelm zu kümmern hatte, aber er wollte ganz gewiss nicht für den Rest seines Lebens Pferdeknecht in Gernsbach bleiben. Und da Bruno von Eberstein als zukünftiger Dienstherr bedauerlicherweise ausfiel, würde er sich sicher davon überzeugen lassen, eines Tages mit ihr aufzubrechen in bessere Zeiten, auch wenn dieser Tag in einer noch recht nebelhaften Zukunft lag. Denn er würde seine Mutter sicherlich genauso wenig allein zurücklassen wollen wie Clarissa die ihre.

Clarissa verschloss das Tintenfässchen mit dem kleinen Glasstopfen und wischte die Feder vorsichtig sauber, um keine Flecken auf dem Tisch zu hinterlassen. Sie betrachtete ein letztes Mal prüfend die gerade Buchstabenreihe, die der auf Fidelitas' Übungsblatt erfreulich ähnlich sah, dann ging sie hinaus und schloss die Tür wieder ab. Bärbel würde demnächst das Abendessen für die Dienerschaft auftragen, und dann konnte der Schlüssel zu seiner rechtmäßigen Besitzerin zurückkehren.

Fidelitas hatte auf diesen Schlüssel bestanden – weniger um ihre Tugend zu schützen, wie sie Clarissa erklärte, sondern vor allem wegen der Kräuter und Tränke in ihrer Truhe. Nicht wenige davon waren giftig, und Fidelitas war es darum gegangen, tragische Unfälle zu vermeiden. Dummerweise hatte ihre kluge Vorsichtsmaßnahme nicht ausgereicht, um das Leben des jungen Herrn Bruno zu schützen.

Es kam immer wieder vor, dass Clarissa sich fragte, wer wohl an Brunos Tod die Schuld trug. Doch so wie vermutlich der ganze Rest des Gesindes fand sie es unvorstellbar, dass irgendjemand unter diesem Dach niederträchtig genug war, einen Mord zu begehen. Bärbel und Andres kamen für sie ohnehin alle beide nicht in Frage, was nicht nur daran lag, dass sie ihr Herz an den hübschen Sohn der Köchin verloren hatte, sondern weil sie beide zu lange kannte, um ihnen eine solche Untat zuzutrauen. Der Kutscher Jörg trank bestimmt mehr, als gut für ihn war, und die Art, wie er sie manchmal unter gesenkten Lidern anstarrte, gefiel ihr überhaupt nicht. Aber das hieß noch lange nicht, dass er es fertigbrachte, einen Menschen zu töten. Und Magdalena, die Küchenmagd, hatte sich einmal aus dem Holzkistchen mit dem Haushaltsgeld bedient, das Bärbel Häberlin von der Gräfin zugeteilt wurde. Clarissa hatte sie dabei beobachtet, aber nichts gesagt. Magdalena wurde noch schlechter entlohnt als sie, und was Clarissa bekam, reichte zwar gerade so eben aus, ihre

Mutter zu versorgen und hin und wieder Stoffe und Garn zu kaufen, zu mehr aber nicht. Dass Magdalena ein paar Kreuzer stahl – und viel mehr konnte es nicht gewesen sein, sonst hätte Bärbel mit Sicherheit Alarm geschlagen –, war etwas vollkommen anderes, als jemanden zu vergiften.

Clarissa war schon halb an der Stiege zum Erdgeschoss, als ein plötzlicher Einfall jeden Gedanken an den armen Bruno und seinen Mörder aus ihrem Kopf vertrieb. Sie machte kehrt, sperrte die Kammer noch einmal auf und nahm das Blatt mit ihren Buchstaben. Sie rollte es sorgfältig zusammen und ließ es in die Rocktasche gleiten. Dann schloss sie die Tür zum zweiten Mal zu, ging endgültig hinunter und reichte Fidelitas den Schlüssel, bevor sie sich an den Tisch setzte und Bärbels Karottenmus mit Rahm und ihrem frischen Brot kräftig zusprach.

Jetzt musste der Gräfin nur noch das Essen serviert werden – Johanna bekam Huhn mit Petersilie und dazu in Butter geschwenkte, ganz junge Möhren. Dann noch das Nachthemd herauslegen, Bürste und Kamm zurechtrücken und demütig auf letzte Anweisungen warten – vielleicht hielt Clarissas Glück an und der Gräfin fiel nichts mehr ein, was noch unbedingt vor dem Schlafengehen erledigt werden musste.

Denn sobald sie für diesen Tag entlassen war, würde sie heimlich in den Stall gehen und Andres das Blatt zeigen. Er musste doch unbedingt sehen, was sie gelernt hatte.

»Das sieht großartig aus!«

Zwei Köpfe beugten sich im Licht der Stalllaterne über das Papier. Clarissa strahlte vor Glück, denn ihre Leistung beeindruckte Andres genauso sehr, wie sie sich das erträumt hatte.

»Und du übst wirklich erst diese wenigen Tage?« Andres legte den Arm um ihre Schultern und nickte anerkennend. »Ich bin sehr stolz auf dich, mein süßes Mädchen. Du wirst irgendwann eine Handwerkerin sein, die sich weder von Händlern noch von Kunden übers Ohr hauen lässt.« Sein Lächeln erstarb; er blickte nachdenklich drein. »Ich hab es immer schade gefunden, dass meine Mutter nicht lesen kann«, sagte er. »Deswegen weiß sie mit Büchern nichts anzufangen, und als ich damals zusammen mit Bruno in seiner Studierstube über den Fibeln gesessen bin, hat sie immer Angst gehabt, dass mir zu viel Wissen ›den Kopf wirr macht‹. Dabei hat es mir gefallen, zu lernen, vor allem zusammen mit ihm. Er hat mir nie das Gefühl gegeben, dass er über mir stand … obwohl das natürlich gestimmt hat.«

Er blieb eine Weile ganz still, als blickte er in eine glückliche Zeit zurück, die unwiederbringlich verloren war. Dann schüttelte er sich leicht.

»Mama rechnet gut genug, dass sie auf den Markt gehen und einkaufen kann«, fuhr er fort, »und ihre Rezepte hat sie allesamt im Gedächtnis, aber schade ist es trotzdem.«

Ihre Augen begegneten sich. Sein Gesichtsausdruck wurde weich und das Lächeln kehrte zurück.

»Meine Frau wird eines Tages genauso gut lesen und schreiben können wie ich«, sagte er. »Das gefällt mir sehr.«

»Meine Frau« hat er gesagt, dachte Clarissa, zitternd vor Freude. *Er will mich zur Frau haben!*

Natürlich hatte sie gewusst, dass er sie liebhatte. Natürlich hatte sie damit gerechnet, dass sie eines Tages gemeinsam vor einem Priester stehen würden oder auch vor einem protestantischen Pfarrer. Ihr war beides recht, solange es nur damit endete, dass sie danach für den Rest ihres Lebens vor Gott und den Menschen zusammengehörten. Und jetzt hatte er es zum ersten Mal laut ausgesprochen.

Andres küsste sie zärtlich auf den Mundwinkel, dann ließ er sie zu ihrem größten Bedauern los.

»Du musst ins Haus zurück«, meinte er. »Bestimmt liegen bald alle in den Betten, und dann solltest du nicht mehr auf dem Hof herumschleichen. Außerdem wäre die Frau Gräfin alles andere als einverstanden, wenn sie wüsste, wo du steckst.«

»Warum denn?«, fragte Clarissa. »Weil ich mir überhaupt jeden Mann aus dem Kopf schlagen soll, solange ich in ihren Diensten stehe – oder weil du nur ein Pferdeknecht und der Sohn der Köchin bist?«

»Sie mag mich nicht«, erwiderte Andres. »Obwohl ich keine Ahnung hab, warum – ich hab ihr bestimmt nie etwas Schlimmeres angetan, als ihr die Kutschentür aufzuhalten.«

Clarissa war die Meinung der Gräfin herzlich egal. Sie stellte sich auf die Zehenspitzen und küsste Andres auf den Mund. Was damit endete, dass er sie in die Arme nahm und den Kuss genauso erwiderte wie sie die Umarmung. Irgendwann stand die Stalllaterne ein paar Meter von ihnen entfernt auf dem Lehmboden und sie lagen beide auf einer ausgebreiteten Pferdedecke, einen weich knisternden Haufen Stroh unter sich. Clarissa hatte weder eine Ahnung, wann Andres diese Decke ausgebreitet hatte, geschweige denn, wie sie darauf gelandet waren. Und am meisten wunderte sie sich darüber, dass sie noch Rock, Bluse und Mieder trug. Es sprach für Andres' Ehrenhaftigkeit, dass er sich auch jetzt dafür entschied, ihre eifrige Bereitwilligkeit nicht auszunutzen. Auch wenn Clarissa ihm das sicher nicht übel genommen hätte.

Aber eigentlich war ihr das gleichgültig. Sein warmer Körper dicht an ihrem, sein Atem in ihrem Haar … all das fühlte sich absolut *richtig* an. In seiner Nähe war sie auf wundersame Weise vollständig.

»Bist du sicher, dass ich gehen muss?«, flüsterte sie.

Ein leises Lachen kam aus der Dunkelheit. »Ziemlich. Spätestens morgen früh wäre es ganz gut, wenn man dich in deinem Bett vorfindet und nicht hier.«

»Lass mich noch ein bisschen bei dir sein, ja?« Sie legte den Kopf an seine Brust. »Nur ein paar Stunden. Ich weiß, wie man den Türriegel auch von außen aus der Halterung hebt. So bin ich schon das letzte Mal wieder hineingekommen.«

Andres lachte wieder. »Die Gräfin hat offenbar keine Ahnung, wie leicht es ist, sich unter ihr Dach zu schleichen, sonst würde sie sicher besser achtgeben. Und jemand, der weiß, was du weißt, könnte nachts ihren gesamten Besitz aus dem Haus tragen.«

»Deswegen sag ich das ja auch niemandem«, erklärte Clarissa. »Bloß dir. Darf ich noch ein bisschen bleiben?«

Andres zögerte, aber dann spürte sie seine Lippen auf der Stirn.

»In Ordnung, ein paar Stunden. Aber bevor es Tag wird, schick ich dich zurück.«

Clarissa nickte, schmiegte sich an ihn und schloss die Augen, froh darüber, ihre gemeinsame kleine Welt nicht schon wieder verlassen zu müssen.

Sie wusste später nie, wann sie eingeschlafen war und wie lange sie geschlafen hatte. Aber irgendwann schreckte sie hoch und sah, dass Andres nicht länger neben ihr lag, sondern aufrecht stand, die Stalllaterne erhoben.

»Was ist denn?« Sie stützte sich auf einen Ellenbogen und rieb sich die Augen. »Weißt du, wie spät es ist? Muss ich gehen?«

»Es hat eben vom Kirchturm Mitternacht geschlagen.« Plötzlich straffte er sich und legte einen Finger auf den

Mund. »*Psssst.* Da kommt jemand. Und ich glaube, das ist *nicht* Jörg.«

Sie lauschte gespannt in die nächtliche Finsternis. Er hatte Recht. Von draußen näherten sich leise, verstohlene Schritte … und zwar von mehr als zwei Füßen.

»Steh auf – rasch!«

Er zog sie hoch, und sie stolperte widerspruchslos hinter ihm her, an der kleinen Kutsche der Gräfin, den beiden Kutschpferden und dem Fuchs des Magisters vorbei ganz in die hintere Ecke des Stalles, wo das Futterheu zu einem lockeren Berg aufgehäuft lag. Andres schob zwei Armvoll davon beiseite und schob sie in die entstandene Vertiefung hinein, dann deckte er sie hastig mit dem Heu zu. Die langen Halme und der aufgewirbelte Staub kitzelten Clarissa heftig in der Nase und sie hatte alle Mühe, nicht zu niesen.

Andres entfernte sich mit der Lampe. Die war nicht besonders hell, deshalb konnte Clarissa aus ihrem Versteck nicht viel mehr sehen als einen Lichtpunkt, der immer kleiner wurde. Das große Stalltor knarrte und wurde ganz offensichtlich aufgeschoben.

»Wer da?«

Andres' Stimme, laut und scharf. Eines der Kutschpferde schnaubte laut und erschrocken.

Doch wer immer da gerade hereingekommen war, machte sich nicht die Mühe, zu antworten. Von dort, wo Clarissa kauerte, sah es aus, als risse jemand Andres die Laterne aus der Hand. Geräusche ertönten, die sich anhörten wie ein heftiges Handgemenge – dann folgte ein erster Schlag von vielen.

Und Andres schrie.

Die Kerze auf dem Tisch flackerte. Der Docht musste feucht geworden sein, denn er zischte leise.

Fidelitas schüttelte leicht den Kopf, um ihre Müdigkeit zu vertreiben. Die Matutin war ihr unter den Stundengebeten schon immer am schwersten gefallen. Um diese Nachtzeit hatte sie alle Mühe, die nötige Andacht und Konzentration aufzubringen, weswegen sie hier allein für sich – anders als im Kloster – im Hemd, ohne Haube und Schleier betete, in der stillen Hoffnung, dass Gott ihr diese Nachlässigkeit vergeben möge.

»*Domine, labia mea aperies. Et os meum annuntiabit laudem tuam …*«, betete sie leise und sprach die Antwort gleich mit, weil keine ihrer Schwestern anwesend war, um ihr zu antworten. »Herr, öffne meine Lippen, damit mein Mund dein Lob verkünde …«

Ihr Fenster stand weit offen, um die kühle Nachtluft hereinzulassen – und im nächsten Moment kam von draußen ein plötzliches Quietschen, Krachen und Poltern. Es klang, als bräche ein Teil des Hauses zusammen. Ein lauter Schmerzensschrei, dann wieherte ein Pferd schrill und panisch und jetzt erkannte Fidelitas die Quelle des Lärms. *Der Stall.*

Sie dachte nicht nach, warf sich kurzerhand die Tunika über, ließ den Rest ihres Habits liegen und schlüpfte in ihre Sandalen. Sie schloss die Kammertür auf und rannte den vertrauten Korridor entlang zur Stiege. Sie schaffte es ins Erdgeschoss, ohne zu stolpern und zu stürzen, schob den Riegel der Haustür zurück und trat ins Freie. Es sah aus, als würde im Stall Licht brennen … und rätselhafterweise auch davor.

Wahrscheinlich hätte sie bleiben sollen, wo sie war. Aber von hier aus konnte sie das Wiehern und Stampfen noch deutlicher hören. Sie dachte an Andres, der um diese Zeit normalerweise im Stall bei den Tieren schlief, die sich jetzt allesamt in einem solchen Aufruhr befanden. Sie war sich ziemlich sicher, dass der Schrei von ihm gekommen war.

Fidelitas rannte über den Hof auf das Gebäude und ganz instinktiv auf das Licht zu, das jemand vor dem Stalltor angezündet hatte. Als sie begriff, dass jemand dieses Licht in der Hand hielt, war es schon zu spät und sie prallte gegen eine hochgewachsene menschliche Gestalt.

»Verflucht noch mal!« Eine wütende Männerstimme.

Eine Hand packte sie an der Schulter, dann wurde das Licht – eine kleine Laterne, wie die Nachtwächter sie bei sich trugen – hochgehoben. Zweifellos, damit ihr unbekanntes Gegenüber sehen konnte, wen er vor sich hatte. Aber im selben Moment erkannte sie auch ihn.

»Was tut Ihr hier?«, fragte sie verwirrt. »Und was geht da drinnen vor?«

Er antwortete nicht. Stattdessen drehte er ihr plötzlich den Arm auf den Rücken; starke Finger pressten sich auf ihren Mund und erstickten jeden Laut. Etwas krachte mit betäubender Wucht seitlich gegen ihre Schläfe und Fidelitas versank in einer Finsternis, die schwärzer war als jede Nacht.

XIV

Eine Nonne verschwindet

Die ersten Sonnenstrahlen fielen in die Fenster und Cannstatt schickte sich gerade an, hinter den Fassaden seiner Fachwerkhäuser zu erwachen. Währenddessen versuchte Valentin Schmieder nach wie vor, sich auf die rätselhafte Katastrophe der vergangenen Nacht einen Reim zu machen.

Gegen halb eins war er von lautem Geschrei im Vorhof des Hauses aus dem Schlaf gerissen worden. Während er sich aus dem Bett quälte und im Licht von zwei flackernden Kerzen in einem Messingleuchter versuchte, seine Beinkleider und sein Hemd zu finden, wurde unten im Erdgeschoss die Haustür geöffnet, und das Geschrei verstärkte sich noch. Valentin meinte die Stimmen von Bärbel Häberlin und der kleinen Zofe Clarissa auszumachen, war sich aber nicht ganz sicher. Er wollte ebenfalls nach unten, wurde aber von der Gräfin aufgehalten, die sich durch ihre verschlossene Zimmertür hindurch unwirsch erkundigte, was für ein gottloser Aufruhr das sei. Valentin nahm seine Lebensgeister zusammen, versprach Johanna, herauszufinden, was vor sich ging, und gelangte endlich ins Erdgeschoss.

Die Haustür stand sperrangelweit offen. Die Küchenmagd Magdalena, ein gestricktes Umschlagtuch über dem Nachthemd, spähte von der Schwelle aus zitternd vor Angst hinüber zum Stall, von wo verzweifeltes Jammern und Klagen zu hören war. Valentin riet ihr mit aller Strenge, zu der er imstande war, sich anständig anzuziehen, und ging zum Stall hinüber.

Mit dem, was er dort vorfand, hatte er allerdings nicht gerechnet.

Zwei Laternen spendeten gerade ausreichend Licht, dass er Andres Häberlin erkennen konnte, der offenbar besinnungslos auf dem Boden lag, das Hemd zerrissen, das Gesicht blutüberströmt. Neben ihm kniete seine Mutter, streichelte ihm hilflos die Hände und weinte laut dabei. Ein kleines Stück abseits hockte Clarissa, den Blick unverwandt auf Mutter und Sohn gerichtet und kreidebleich, während ihr die Tränen über die Wangen strömten.

Noch während Valentin fieberhaft überlegte, wie er Bärbel von dem verletzten Jungen trennen und die kleine Zofe aus ihrem Schockzustand reißen konnte, kam jemand hinter ihm durch das offene Tor in den Stall.

»Jesus, Maria und Josef, was ist denn *hier* passiert?«

Valentin fuhr herum und entdeckte Jörg Stähle, der verdutzt das Drama vor seinen Augen betrachtete. Er mochte den Kutscher nicht besonders und hatte den starken Verdacht, dass dieser den Abend wieder einmal irgendwo in einer Cannstatter Schänke verbracht hatte, aber im Augenblick hätte er ihm kaum willkommener sein können.

»Geht hinüber ins Haus«, befahl er kurz angebunden. »Sagt der Küchenmagd, sie soll Schwester Fidelitas wecken und herschicken. Wisst Ihr in der Nähe einen Medicus? Vielleicht einen, der die Gräfin hier schon behandelt hat?«

»Barnabas Stöckle«, erwiderte der Kutscher prompt. »Den hab ich beim letzten Mal, als die Gräfin in Cannstatt war, ein paarmal hergefahren.« Er musterte zweifelnd die noch immer schluchzende Bärbel und den bewusstlosen Andres. »Aber wenn ich die Kutsche nehmen und die Pferde anschirren soll, dann muss der Junge da weg.«

»Lasst die Finger von Andres – wir müssen erst einmal herausfinden, was ihm zugestoßen ist!«, fuhr Valentin ihn an. »Wohnt dieser Medicus nahe genug, um zu laufen?«

»Zehn Minuten zu Fuß vielleicht«, brummte der Kutscher.

»Dann richtet Magdalena aus, was ich Euch gesagt habe, und nehmt die Beine in die Hand!«

Erstaunlicherweise machte Jörg Stähle tatsächlich kehrt und tat, wie ihm geheißen. Valentin sah, wie er auf das Haus zusteuerte und die Tür erreichte, als Magdalena – nunmehr schicklich bekleidet – ins Freie trat. Jörg sprach kurz mit ihr und hastete dann über den Vorhof in Richtung Pforte, während die Küchenmagd wieder im Haus verschwand.

Halbwegs zufrieden wandte sich Valentin wieder der Szene im Stall zu, beugte sich vor und berührte Bärbel sachte an der Schulter. »Frau Häberlin … darf ich mir Euren Sohn etwas näher ansehen? Ich möchte ihm helfen.«

Bärbel fuhr zusammen und starrte ihn aus geröteten Augen an. Ein weiterer Tränenausbruch blieb ihm allerdings erspart.

»Mein Andres …«, murmelte sie. »Mein armer Junge … Jemand hat ihn halb zuschanden geprügelt. Ich begreife das nicht. Er wollte doch noch nie jemandem was Böses!«

»Jemand hat ihn verprügelt?«

Valentin musste zugeben, dass der Schluss nahelag. Jetzt, nachdem Bärbel ihm ein wenig Platz gemacht hatte, konnte er die Wunde am Haaransatz, aus der das meiste Blut stammte, deutlicher sehen. Sie war die spektakulärste Verletzung unter vielen. Eines von Andres' geschlossenen Augen hatte sich blauschwarz verfärbt. Die Oberlippe war geschwollen und blutverkrustet wie von einem kräftigen Schlag, und unter dem zerrissenen Hemd waren weitere Verfärbungen zu erkennen. Als er dem ohnmächtigen Jungen die Hand auf die Brust legte, spürte er zu seiner großen Erleichterung, dass sie sich langsam und regelmäßig hob und senkte.

»Ich habe die Heilkunst nicht studiert«, meinte er, »aber es scheint, als wäre er noch halbwegs glimpflich davongekommen. Es hängt viel davon ab, wie schlimm es ihn am

Kopf erwischt hat, aber das werden wir erst wissen, wenn der Medicus hier ist.«

Oder Fidelitas, die er sich mitsamt ihrer Erfahrung in der Heilkunde immer dringlicher herbeiwünschte. Wo zum Donnerwetter blieb sie eigentlich?

»Es waren zwei«, sagte Bärbel neben ihm.

Er schaute sie an und sah, dass sie sich Nase und Augen mit dem Blusenärmel rieb.

»Zwei?« Er runzelte die Stirn. »Zwei Männer, die über ihn hergefallen sind? Woher wisst Ihr denn das?«

»Ich hab's gesehen.«

Zum ersten Mal hörte er Clarissas Stimme. Bisher hatte sie sich nicht von der Stelle gerührt, kein Wort gesagt und unverwandt den besinnungslosen Reitknecht angestarrt. Während sie jetzt sprach, nahm sie noch immer keinen Moment die Augen von Andres' blassem Gesicht.

»Ich bin hier gewesen«, erklärte sie leise. »Ich wollte Andres zeigen, wie gut ich schon Buchstaben schreiben kann. Und danach bin ich noch ein wenig … geblieben.«

»Bis um Mitternacht?« Valentin hob die Augenbrauen. »Ganz allein mit ihm hier im Stall?«

»Clarissa ist ein gutes Mädchen!«, mischte sich Bärbel ein. Sie klang immer noch wässerig und erschüttert, aber ein Hauch Energie war wieder in ihre Stimme zurückgekehrt. »Mein Andres hat sie gern, und er hat sich ihr gegenüber ganz bestimmt keine Freiheiten herausgenommen!«

Valentin schluckte jeden Widerspruch, der ihm spontan in den Sinn kam, entschlossen hinunter; er war froh, dass sich die Köchin wieder ein wenig beruhigt hatte.

»Also schön.« Er wandte sich Clarissa zu. »Was genau hast du denn gesehen, Kind?«

»Jemand ist auf den Stall zugekommen«, erklärte Clarissa. Sie sprach sehr leise und Valentin musste sich vorbeugen, um sie zu verstehen. »Andres hat gemeint, das kann nicht

Jörg sein. Und er hatte Recht. Das waren *zwei* Männer, und sie haben sich ganz heimlich aufgeführt … als sollte niemand merken, dass sie hier sind.«

Sie schluckte trocken, während sich ihre Augen gleichzeitig erneut mit Tränen füllten. Valentin hätte ihr gern sein Schnupftuch gereicht, aber das lag noch irgendwo in seiner Kammer.

»Er hat mich nach hinten gebracht und unter dem Heu für die Pferde versteckt«, fuhr sie fort. »Und dann ist er mit der Lampe zurückgegangen, und das Tor war plötzlich offen und er rief: ›Wer da!‹ Und dann haben sie sich auf ihn gestürzt und auf ihn eingedroschen, als wäre er ein Bündel Weizen.«

»Woher weißt du, dass es zwei waren?«

»Sie haben ihm die Laterne aus der Hand geschlagen«, erwiderte Clarissa und wischte sich abwesend ein paar Tränen von der Wange. »Aber sie ist über den Boden geschliddert und nicht ausgegangen. Ich hab gesehen, wie sie … Erst haben sie Andres beide verprügelt, und dann hat der eine ihn festgehalten, und der andere hat ihn getreten und geohrfeigt und … und Andres hat geschrien und dann … dann irgendwann hat er auf dem Boden gelegen und sich nicht mehr gerührt.« Ihre Lippen bebten. »Andres hat geschrien«, wiederholte sie. »Aber nur einmal. Und ich hab im Heu gehockt und mich nicht herausgetraut. Ich hab ihm nicht geholfen.«

»Ja, wie denn auch?«, meinte Bärbel und tätschelte ihr tröstend die Schulter. »Ein Mädchen gegen zwei Raufbolde! Was hättest du denn machen wollen? Die hätten dich zerbrochen wie einen Weidenzweig. Oder andere, schreckliche Dinge mit dir angestellt.«

»Frau Häberlin hat Recht«, sagte Valentin und dachte an Susanne Scheibner. Dann stellte er ohne große Hoffnung seine zweite Frage: »Kanntest du die beiden vielleicht? Oder hast du ihre Gesichter gesehen?«

Clarissa schüttelte den Kopf. »Nein. Der eine ist meistens mit dem Rücken zu mir gestanden, und den anderen hat er dabei verdeckt.« Sie zog die Nase hoch. »Ich wünschte, ich könnte … Es tut mir leid. Wirklich.«

Valentin ertappte sich dabei, dass er ihr am liebsten über den Kopf gestrichen hätte wie einem verstörten Kind. Wie alt war sie? Sechzehn? Genauso alt wie Susanne, als die beiden Studenten über sie hergefallen waren.

Hinter ihm ertönten rasche Schritte. Er drehte sich erleichtert herum – aber die Frau, die hereinkam, war nicht Fidelitas, sondern Magdalena.

»Ich kann die Nonne nicht finden«, sagte sie.

»*Was?*«

»Die Schwester ist nirgendwo im Haus«, sagte Magdalena und sah dabei genauso verwirrt aus, wie Valentin sich fühlte. »Ihre Kammer ist leer, ihre Haube und ihren Schleier hab ich zusammengefaltet auf dem Tisch gefunden, mit dem Gürtel. Aber das Gewand, das sie immer trägt – das ist weg. Und ihre Sandalen auch.«

Eine Stunde später lag Andres nicht mehr im Stall, sondern in Bärbels Kammer, die sich nur wenige Schritte neben der Küche befand. Barnabas Stöckle, der von Jörg herbeigeholte Medicus, hatte sich trotz der unchristlichen Stunde nicht nur als gelassen und freundlich erwiesen, sondern auch als beruhigend kundig. Er hatte Andres noch im Stall untersucht, behutsam seinen Kopf und sämtliche Glieder abgetastet und zur allgemeinen Erleichterung erklärt, dass nichts gebrochen sei.

Valentin und Jörg Stähle hatten den bewusstlosen Jungen vorsichtig ins Haus getragen und in das Bett seiner Mutter gelegt. Dort säuberte der Medicus Andres' Wunden, legte einen festen Kopfverband aus Leinenstreifen an und strich eine kühlende Salbe auf das schwarze Auge, die geschwollene Lippe und die zahlreichen Kratzer.

»Wollen wir doch mal sehen, ob wir ihn nicht aufwecken können«, meinte er. Dann ließ er sich von Bärbel eine Hühnerfeder bringen, brannte sie in einer Kerze des Messingleuchters an und hielt sie Andres unter die Nase.

Ein schwaches Stöhnen, dann regte sich Andres zum ersten Mal, nieste und fuhr zusammen. Er öffnete das Auge, das nicht schwarz verschwollen war, und entdeckte Bärbel, die neben dem Bett saß und seine Hand hielt.

»*Mama?*« Es war nicht viel mehr als ein leises Krächzen.

Bärbel brach prompt einmal mehr in Tränen aus, aber der Medicus lächelte.

»Ausgezeichnet«, sagte er. »Jetzt ist alles, was unser junger Mann hier braucht, Ruhe und gute Pflege.«

Worauf Bärbel die Hand ihres Sohnes losließ, die von Stöckle ergriff und dankbar küsste. Der gab ein paar begütigende Laute von sich, dann verabschiedete er sich fürs Erste und ging mit Valentin nach draußen.

»Er hat großes Glück gehabt.« Der Medicus verstaute eine saubere Leinenrolle in seinem großen Lederbeutel; jetzt lächelte er nicht mehr. »Wer immer diese Männer waren, sie sind sehr brutal mit ihm umgesprungen. Hätten sie noch ein wenig weitergemacht, der arme Junge wäre vielleicht mit verkrüppelten Gliedern geendet – oder noch schlimmer.«

Er versprach, am folgenden Mittag noch einmal nach dem Rechten zu sehen, dann ging er nach Hause, um seinen unterbrochenen Nachtschlaf fortzusetzen. Valentin hatte sich von Magdalena – die das Regiment in der Küche übernommen hatte – den Schlüssel zu der Seitenpforte geben lassen. Jetzt sperrte er hinter Stöckle wieder zu – und machte vor Schreck fast einen Satz, als eine Hand ihn von hinten vorsichtig am Arm berührte.

Es war Clarissa. Sie hatte sich in Magdalenas Umschlagtuch gewickelt wie in eine Bettdecke, und ihr Gesicht wirkte im Mondlicht sehr bleich und verloren.

»Geht … geht es ihm besser? Wird Andres wieder gesund?«, fragte sie ängstlich.

»Ich denke schon.« Valentin drückte ihr beruhigend die Hand. »Ich bin sicher, seine Mutter wird sich aufopferungsvoll um ihn kümmern. Gib ihm etwas Zeit, dann kommt er schon wieder auf die Beine.«

»Mir ist noch etwas eingefallen«, sagte Clarissa. »Die beiden Raufbolde … Jemand hat ihnen gesagt, dass sie aufhören sollen. Von draußen.«

Valentin starrte sie an. »Da war *noch* jemand? Ein dritter Mann?«

»Ja.« Clarissa nickte. »Er hat irgendwas zu ihnen gesagt, aber ich hab nicht verstanden, was es war. Von da, wo ich im Heu gesessen hab, war es zu weit weg, und ich hatte solche Angst wegen Andres. Aber was immer er auch gesagt hat … danach haben sie aufgehört. Sie haben Andres liegenlassen und sind verschwunden.«

Ja, dachte Valentin, so ratlos wie erbittert. *Sie sind verschwunden … genau wie Fidelitas.*

»Was soll das heißen, es war kein Einbruch?«

Die Gräfin musterte Valentin verärgert.

»Wollt Ihr damit sagen, jemand vom Hausgesinde hat ohne jeden Grund beschlossen, dass unser Reitknecht verprügelt gehört und dafür eigens zwei Schurken angeheuert? Ich bin ja inzwischen allerhand von Euch gewohnt, Magister, aber diese abenteuerliche Idee bringt das Fass zum Überlaufen.«

Johanna saß auf dem Stuhl neben dem kleinen Schreibpult, den blauen Hausmantel über dem Nachtgewand, das lange Haar offen. Selbst in Anbetracht der Umstände gab sie eine äußerst eindrucksvolle Erscheinung ab, aber Valentin hatte nicht die geringste Lust, ihr dafür die Bewunderung zu zollen, die sie eindeutig erwartete. Mittlerweile hatten die Glocken vom Turm der Kirche zwei geschlagen, er war todmüde und zutiefst besorgt.

»Ich muss mich an die Tatsachen halten«, sagte er, so ruhig er es vermochte. »Das große Tor vom Vorhof des Hauses in die Gasse ist verschlossen, die Seitenpforte habe ich gerade eben selbst hinter dem Medicus zugesperrt. Niemand hat versucht, durch Tor oder Pforte einzudringen oder sie aufzubrechen. Und das kann logischerweise nur zweierlei bedeuten: Die beiden Männer, die Andres Häberlin zusammengeschlagen haben, hatten entweder einen Schlüssel – oder jemand hat ihnen geöffnet.«

Das Gesicht der Gräfin war reglos und starr. »Und wollt Ihr mir verraten, wer das gewesen sein soll?«

»Ich habe keine Ahnung«, entgegnete Valentin. »Ich denke aber, Bärbel können wir als seine liebevolle Mutter ebenso ausschließen wie Magdalena oder Clarissa.«

Er hielt es instinktiv für klüger, Johanna nicht über die seit Neuestem ausgesprochen innige Natur der Beziehung zwischen Clarissa und Andres aufzuklären.

»Und wenn es der Kutscher war?«, sagte die Gräfin. »Mir ist wohl bekannt, dass er zu viel trinkt und immer wieder in Händel und Raufereien gerät. Ginge es nach mir, ich hätte ihn längst entlassen, aber mein Gemahl will ihn unbedingt in unseren Diensten behalten, weil er mit seinen kostbaren Pferden besser umgehen kann als jeder andere.«

»Jörg Stähle ist erst aufgetaucht, da waren die beiden Raufbolde bereits über alle Berge«, gab Valentin zu bedenken. »Das kann natürlich auch eine Finte gewesen sein, um nicht in Verdacht zu geraten. Aber er hat mir vorhin erzählt, er sei in der ›Mauerschänke‹ gewesen und hätte dort den einen oder anderen Humpen geleert. Es wird sich leicht herausfinden lassen, ob er lügt. Ich muss nur nachher hingehen und die Wirtsleute befragen, ob sie ihn gesehen haben und wie lange er sich dort aufgehalten hat.«

»Tut das und bringt die ärgerliche Angelegenheit damit zum Abschluss.« Die Gräfin presste eine Hand an die Stirn, als hätte sie Kopfschmerzen.

»Der Überfall auf Andres ist nur ein Teil der Angelegenheit«, sagte Valentin ernst. »Oder habt Ihr Schwester Fidelitas vergessen?«

»Nein, natürlich nicht!« Die Gräfin klang aufgebracht. »Das ist einfach zu viel des Guten! Wieso kann sich Räubergesindel hier einschleichen und auf einen meiner Diener losgehen, während eine Frau, die ebenfalls in meinen Diensten steht, sich bei Nacht und Nebel aus dem Haus davonmacht? Man könnte meinen, die ganze Welt ist verrückt geworden!«

Valentin spürte, wie Zorn in ihm aufstieg. »Meint Ihr wirklich, Schwester Fidelitas hat sich davongemacht? Sie ist die ganze Zeit bei Euch gewesen, um für Euer Wohlergehen zu sorgen, und sie hat nie die Absicht geäußert, vorzeitig ihren Dienst zu beenden. Mehr noch: Seit ich ihr das erste Mal begegnet bin, hat sie nicht auch nur einmal den Eindruck erweckt, sie sei des Klosterlebens und ihrer Kirche überdrüssig – im Gegenteil, sie hat mir gegenüber ihren Glauben mit Entschlossenheit und großem Eifer verteidigt. Und solch eine Frau soll von einem Moment zum anderen ohne jeden Grund ihre Besitztümer und einen Teil ihrer Tracht liegen lassen und die Flucht ergreifen? Das kann ich mir einfach nicht vorstellen.« Er schüttelte den Kopf. »Andres wurde kurz nach Mitternacht überfallen – die Zeit, zu der man in den Klöstern üblicherweise das erste Stundengebet des Tages spricht. Möglicherweise war Schwester Fidelitas wach, hat den Lärm im Stall mitbekommen und beschlossen nachzusehen, was da vor sich ging.«

»Und sie läuft einfach so hinaus ins Freie, nur halbwegs bekleidet und ohne männlichen Schutz?« Die Gräfin verzog ungläubig das Gesicht.

»Wie ich sagte – sie ist voller Entschlossenheit und Eifer«, erwiderte Valentin. »Aber sie ist auch impulsiv und gewiss nicht immer vorsichtig. Möglicherweise ist sie den Männern, die Andres so zugerichtet haben, begegnet, als die gerade fliehen wollten. Und sie hatten zwar keinerlei Skrupel, sich an dem Jungen zu vergreifen, aber bei einer Nonne schlug ihnen das Gewissen.«

»Und deswegen haben sie sie kurzerhand gefesselt, geknebelt und mitgenommen?« Johanna schnaubte abfällig. »Was für ein Unsinn!«

»Irgendeinen Grund muss es geben, dass die Schwester unauffindbar ist«, beharrte Valentin. »Wie auch immer sie Haus und Hof verlassen hat, ich bin bereit, einen heiligen Eid darauf zu schwören, dass es nicht freiwillig geschah. Ich werde mir alle Mühe geben, sie wiederzufinden, hoffentlich lebendig und bei guter Gesundheit.« Er hielt inne, als ihm plötzlich etwas einfiel. »Als ich hierherkam, habe ich mich erkundigt, wie viele Schlüssel es für die Türen in diesem Haus gibt. Man sagte mir, Ihr hättet für jedes Schloss einen Schlüssel. Dürfte ich Euch bitten, nachzusehen, ob der für die Seitenpforte noch da ist?«

Johanna starrte ihn so ausdruckslos an, als sei sie eine Statue. Dann nickte sie knapp zu einer kleinen Holzschatulle hinüber, die auf der geschnitzten Eichenkommode neben der Tür stand.

Valentin hob den Deckel und spähte in die kleinen Fächer, die jemand mit kleinen Papierschildchen versehen hatte. »Kutschtor« stand da zu lesen, »Vordertür«, »Hintertür« und gleich fünffach »Schlafkammer«, säuberlich durchnummeriert.

Das Fach mit der Aufschrift »Mauerpforte« war leer.

»Es scheint, als sei Euch der Schlüssel, der heute Nacht eine solch wichtige Rolle gespielt hat, abhandengekommen«, sagte er leise. »Vielleicht habt Ihr ja bei meiner Rückkehr herausgefunden, wo er geblieben ist.«

Er deutete eine knappe Verbeugung an und ging mit langen Schritten hinaus, ohne auf Johannas Antwort zu warten. Der Kopf schwamm ihm vor Erschöpfung, und so gern er sich sofort auf die Suche nach den beiden Übeltätern und der verschwundenen Nonne gemacht hätte, er wusste, er brauchte ein paar Stunden Schlaf, um wieder klar denken zu können.

Er verriegelte seine Kammertür, streifte die Schuhe ab und ließ sich auf das Bett fallen. Die Gedanken drehten sich in seinem Geist so schwindelerregend schnell wie ein Kreisel. Wer waren die Männer, die den Überfall verübt hatten? Und wieso waren sie gekommen? Hatte jemand sie dafür bezahlt? Und warum? Wer konnte den freundlichen Sohn der Köchin genügend hassen, um ihm so etwas anzutun?

Und wo um Himmels willen war Schwester Fidelitas hingeraten?

»Steh ihr bei, Herr«, betete er. »Sie mag zuweilen eine echte Heimsuchung sein und ihre Klosteroberen haben es versäumt, sie die geistliche Tugend der Demut zu lehren, aber sie ist deine Dienerin. Schick all deine Engel, um sie zu behüten.«

Er beschloss, für den eigenen Seelenfrieden noch ein Vaterunser zu sprechen, und kam bis zu dem Satz »… und erlöse uns von dem Übel«, bevor er einschlief.

Am Morgen war es Magdalena, die sich um das Frühstück kümmerte. Sie brachte einen süßen Gerstenbrei mit Milch und Apfelmus auf den Tisch, von dem ausnahmsweise auch die Gräfin eine kleine Schüssel voll aß, ohne sich darüber zu beschweren, dass sie dieselbe Mahlzeit wie ihr Gesinde bekam.

Bärbel wich derweil nicht von Andres' Seite; der Junge schlief friedlich der nächsten Untersuchung durch den Medicus entgegen, während Valentin sich – noch immer übernächtigt und beklagenswert stoppelbärtig – auf den Weg zur »Mauerschänke« machte, um die Geschichte von Jörg Stähle auf ihren Wahrheitsgehalt zu überprüfen.

Die Schänke sah genauso aus, wie er es erwartet hatte: Das niedrige, kleine Haus mit dem steilen Schindeldach schmiegte sich geduckt an die Stadtmauer, die Schankstube war selbst am Vormittag düster und mit ihren grob behauenen Tischen und Hockern wenig einladend. Aber ein Mädchen war immerhin damit beschäftigt, den Boden zu wischen, und der Wirt, der aus der winzigen Küche herbeigerufen wurde und genauso müde und unrasiert aussah wie Valentin, war gern bereit, seine Fragen nach Jörg zu beantworten.

»Groß, mit einem dichten Bart und einem ziemlich krummen Rücken, nicht wahr?«, sagte er. »Ja, den Mann kenn ich. Der war in den letzten Tagen jeden Abend hier. Kommt immer eine Weile nach Sonnenuntergang und bleibt, bis ich das letzte Bier auf die Tische stelle. Vor einer Weile gab es da mal Ärger mit drei Spitzbuben; die haben ihn zum Kartenspiel verleitet und sind dann verschwunden, ohne zu zahlen. Die Zeche ist an ihm hängengeblieben. Das hat ihm gar nicht geschmeckt. Er hat sich lautstark darüber beklagt, jetzt arm zu sein wie eine Kirchenmaus und dass seine Herrschaft ihn kurzhalten würde. Er war drauf und dran, Krach zu schlagen. Ich hab ihn dann lieber vor die Tür gesetzt, und er hat sich getrollt.«

»Aber gestern Abend ist nichts dergleichen geschehen? Und Ihr seid sicher, dass er die ganze Zeit hier gesessen hat?«

Der Wirt nickte zustimmend. »Ganz recht. Er hat sich nicht von seinem Tisch weggerührt, bis ich zugemacht und ihm gesagt hab, dass er gehen soll. Und obwohl er so darüber geklagt hat, dass er für schlechten Lohn arbeiten muss, hatte er nach der Geschichte mit den Karten jeden Abend genügend Geld im Beutel, um alles zu zahlen, was er getrunken hat. Und das war eine ganze Menge.«

»Hat er mit irgendwem geredet?«

Der Wirt überlegte. »Nicht dass ich wüsste. Er bleibt eigentlich immer für sich. Wieso?«

»Weil es im Haus seiner Herrschaft heute Nacht einen Überfall gegeben hat. Dabei haben zwei Männer dem Reitknecht übel mitgespielt, und der Mann, nach dem ich gefragt habe, ist dafür bekannt, streitsüchtig und nachtragend zu sein.«

Der Wirt blickte erschrocken drein. »Das ist ja schrecklich! Aber wenn er sich Spießgesellen für so was gesucht hat, dann sicher nicht hier, Herr. Tut mir leid.«

Damit kam der trinkfreudige Kutscher als Urheber der Untat nur dann in Frage, wenn er die beiden Schläger irgendwann *vor* seinem Besuch in der »Mauerschänke« angestiftet hatte. Aber dazu war ihm gestern zu wenig Gelegenheit geblieben. Jörg hatte den gesamten Vortag im Stall verbracht und mit Andres gemeinsam die Deichsel an der Kutsche der Gräfin ausgetauscht, weil die alte morsch gewesen und bei der letzten Ausfahrt fast gebrochen war. Das wusste Valentin von Bärbel, die die beiden während der Arbeit mit Essen versorgt hatte. Abends hatte Jörg mit der übrigen Dienerschaft am Tisch gesessen; da war es schon dämmerig gewesen und die Zeit reichte gerade aus, um sich nach Sonnenuntergang in der Schänke einzufinden.

Valentin unterdrückte einen Seufzer. Selbstverständlich war es ohne weiteres möglich, dass Jörg die Tat schon früher mit seinen Helfershelfern geplant hatte. Aber wieso? Jörg kam zwar insgesamt mit kaum jemandem wirklich gut aus, aber es hatte zwischen ihm und Andres in letzter Zeit nie Streit gegeben. Der Kutscher hatte schlichtweg keinen Grund, dem Jungen eine solche Abreibung zu verpassen, jedenfalls keinen, von dem Valentin wusste.

Aber was wusste er schon?

Er verabschiedete sich von dem Wirt, stieg über den mit Schmutzwasser gefüllten Holzbottich des Mädchens hinweg und trat hinaus ins Freie.

Wohin jetzt? Eigentlich war das eine gute Gelegenheit, zum zweiten Mal sein Glück bei Philipp von Eberstein zu versuchen. Die »Krone« war nur einen kurzen Fußmarsch von hier entfernt. Wenn er heute schon nicht herausfand, wieso Andres zusammengeschlagen worden war, dann vielleicht wenigstens, ob der Sohn des Grafen in der Nacht vor dem Tod seines Bruders im Haus gewesen war. Einen Versuch war es wert.

Er wanderte die Gasse hinunter und über den Marktplatz hinweg an der Kirche vorüber zum Wirtshaus und ließ auf dem Weg eine Handvoll Kreuzer bei den Bettlern zurück, die an der Mauer des Gotteshauses hockten. Mit Grausen erinnerte er sich daran, wie ihn vor Jahren einmal ein Mann im Schatten der Reutlinger Marienkirche um ein paar Münzen gebeten hatte. Eine Wolke aus fauligem Gestank hatte ihn umgeben; sie rührte von dem Bein her, das schwarz verfärbt aus seinem zerlumpten Hosenbein ragte. Zutiefst entsetzt hatte er daheim seinem Vater davon erzählt, und der hatte unglaublicherweise gelacht.

»Es wird nicht sein eigenes gewesen sein«, sagte Vitus. »Viele Bettler sind Betrüger. Dieses Gesindel schleicht sich nachts auf den Kirchhof und raubt die verwesenden Glieder aus den Gräbern – um sich mit fremden Federn zu schmücken, sozusagen. Oder mit fremden Beinen.«

Von den Bettlern hier in Cannstatt hatte keiner ein Bein zu viel; sie riefen ihm im Chor Segenswünsche hinterher, während er weiterging.

Bei seiner Ankunft kam ihm der Wirt entgegen und warb geschäftstüchtig für das frische Brot und den gebratenen Flussbarsch, der demnächst in seiner Küche aus der Pfanne käme. Außerdem gäbe es ein Dunkelbier, das gerade erst frisch im Haus gebraut worden und ganz köstlich sei. Valentin stellte fest, dass er Hunger und gute Lust hatte, sich in die Gaststube locken zu lassen, erkundigte sich aber zuerst nach Philipp.

Der Wirt bedauerte. Vom Verbleib des Herrn von Eberstein wisse er nichts, aber dessen fremdländischer Kamerad säße gerade bei einem späten Frühstück. Er könne ihm doch sicher Auskunft geben. Valentin beschloss, das Angenehme mit dem Nützlichen zu verbinden und folgte dem Wirt dorthin, wo der »fremdländische Kamerad« gerade die Nase in seinem Bierkrug versenkte, einen Teller mit Brot und Barsch vor sich.

Valentin verbeugte sich. »Guten Morgen, Herr Alvarez.«

Der Spanier stellte seinen Krug ab und lächelte breit. »Wieder auf der Suche nach *conde* Felipe? Dann sind wir schon zwei. Wie ich Euch schon gestern sagte, sollten wir eigentlich längst nach Spanien unterwegs sein. Dummerweise hat sich die Erledigung, die Felipe gestern in Cannstatt vorhatte – und von der ich nach wie vor nicht das Geringste weiß – offenbar als etwas Größeres herausgestellt. Denn sein Pferd ist aus dem Stall dieses freundlichen Hauses verschwunden und Felipe scheinbar gleich mit.«

Valentin ließ sich auf die Bank gegenüber sinken. Plötzlich wurde ihm flau im Magen, und sein Appetit war wie weggeblasen.

Alvarez musterte ihn stirnrunzelnd und rief nach dem Wirt. »Bringt ein Bier *al magister*«, befahl er. »Er sieht aus, als könnte er es brauchen.«

Der Wirt eilte davon, und bis er zurückkam, hatte Valentin Gelegenheit, die Gedanken zu ordnen, die ihm in wilder

Folge durch den Kopf schossen. Dann nahm er einen kräftigen Schluck aus dem Krug und atmete tief durch.

»Gestern«, sagte er, »war ich hier, um herauszufinden, ob der junge Herr Philipp hier in Cannstatt war, als sein Bruder Bruno starb. Wisst Ihr davon?«

»Natürlich.«

Das gebräunte Gesicht mit dem sauber gestutzten Bart blieb weiter freundlich, aber irgendwo tief in den dunklen Augen schien sich eine Tür zu schließen. War Alvarez bis jetzt leutselig und gesprächsbereit gewesen, zog er jetzt so eindeutig die Zugbrücke hoch, dass Valentin förmlich im Geiste das Rad vor sich sah, um das sich die schwere Eisenkette aufwickelte.

»Nun … wir wissen immer noch nicht, wer Anlass hatte, Bruno zu vergiften«, fuhr Valentin fort. »Und vergiftet *wurde* er, davon bin ich überzeugt. Aber das ist nicht das einzige Rätsel, das ich jetzt lösen muss. Letzte Nacht ist noch eines dazugekommen. Zwei fremde Männer betraten den Vorhof des Hauses, ohne die Tür aufbrechen zu müssen. Entweder hatten sie einen Schlüssel oder sie wurden von jemandem begleitet, der ihn hatte. Sie betraten den Stall und fielen über Andres Häberlin her. Er ist der Reitknecht der Gräfin und der Sohn der Köchin.«

Alvarez nickte, gab aber keinen Kommentar ab.

»Die beiden wussten nicht, dass außer Andres noch jemand im Stall war, jemand, der versteckt im Heu saß und alles mit ansah. Im Stall stehen drei Pferde, die es genau wie unser geheimer Zeuge mit der Angst zu tun bekamen. Sie wieherten und stampften, vermutlich irgendwann laut genug, um das ganze Haus mitsamt der Gräfin aufzuwecken. Der Zeuge behauptet, jemand habe draußen vor dem Stall gewartet und den beiden Männern befohlen, dass sie von Andres ablassen und verschwinden sollten.«

»Seid Ihr Euch da wirklich sicher?«, fragte Alvarez, die Stirn leicht gerunzelt. »Immerhin: Es war Nacht und dieser … Zeuge bekam es, wie Ihr sagt, mit der Angst zu tun. Kann er sich den Mann vor dem Stall nicht bloß eingebildet haben?«

»Das glaube ich kaum«, antwortete Valentin. »Und meine Geschichte ist noch nicht zu Ende. Letzte Nacht sind nicht nur diese beiden Männer – und der dritte – verschwunden. Wenn ich es recht weiß, habt Ihr, als Ihr gestern mit dem jungen Herrn Philipp beim Haus der Gräfin wart, Schwester Fidelitas kennengelernt. Sie hat mir von Euch erzählt.«

Das Gesicht von Alvarez entspannte sich zu einem Lächeln. »Nur Gutes, hoffe ich?«

»Ich denke, ihr ist durchaus bewusst, dass man Männer von einer gewissen Sorte besser mit Vorsicht behandelt«, versetzte Valentin. »Im Moment sieht es allerdings so aus, als sei sie nicht vorsichtig genug gewesen. Scheinbar hat sie das Haus verlassen, als der Aufruhr im Stall losging. Und seither hat sie niemand mehr zu Gesicht bekommen.«

Alvarez saß plötzlich kerzengerade. »Die *hermana* ist verschwunden?«

»Jawohl«, sagte Valentin und sah ihm dabei unverwandt in die Augen. »Genau wie Euer Freund Felipe. Was für ein merkwürdiger Zufall, nicht wahr?«

XV

Verschleppt

»Ihr meint, mein Freund Felipe hat zwei *bribones* bezahlt, damit sie einen Reitknecht verprügeln, den er kaum kennt und obendrein jahrelang nicht gesehen hat?« Zwischen die Augenbrauen von Juan Alvarez grub sich eine tiefdunkle Falte. »Wie alt ist der Junge?«

»Achtzehn«, antwortete Valentin Schmieder. »Wieso?«

»Das heißt, als Felipe das letzte Mal auf der Burg seiner Eltern war, ist dieser Reitknecht noch ein Kind gewesen«, sagte Alvarez. »Vielleicht hat er sich damals ein bisschen bei den Pferden nützlich gemacht. Vielleicht hat er Felipe ja auch ein oder zweimal in den Sattel geholfen oder ihm das Tor aufgehalten. Hätte ich jedem *mocosuelo*, dem ich vor ein paar Jahren irgendwo im Stall begegnet bin, eine Abreibung verpasst, die halbe Jugend von Flandern, Italien und Spanien würde jammernd durch die Gegend hinken.«

»Mag sein.« Valentin nahm einen Schluck von seinem Bier. »Aber meine Liste derer, die diesen Überfall angezettelt haben können, ist so beklagenswert kurz, dass ich nach der Logik gehen muss. Der einzige Mann, der außer mir im Haus lebt, kann es nicht gewesen sein, das weiß ich sicher. Ich selbst habe keinen Grund, dem Jungen auch nur ein Haar zu krümmen. Und ich kann mir kaum vorstellen, dass Andres' Mutter, die Küchenmagd oder die Zofe der Gräfin sich in die verrufeneren Winkel von Cannstatt geschlichen haben, um dort das richtige Gesindel für diese Übeltat auszusuchen.«

»Die scharfzüngige *hermana* auch nicht?« Um die Mundwinkel von Juan Alvarez zuckte es verdächtig.

»Die hat in ihrer Truhe genügend giftige Kräuter, dass sie für einen Mord gar nicht erst das Haus verlassen müsste«, versetzte Valentin trocken.

Juan Alvarez gluckste in seinen Bierkrug, wurde aber rasch wieder ernst.

»*Está bien*«, sagte er. »Dann will ich es auch einmal mit Eurer Logik versuchen, Magister. Ihr sagt, dass diese zwei *bribones* entweder den Schlüssel hatten, oder dass ein Dritter – wahrscheinlich mit dem Schlüssel in der Tasche – mit ihnen kam. Wie viele Schlüssel gibt es zu der Tür, durch die sie in den Hof gekommen sind?«

»Zwei«, sagte Valentin. »Einen davon hatte der Kutscher bei sich, als er gestern Abend in eine Schänke hier in Cannstatt ging – ich habe ihn heute Morgen nach dem Schlüssel gefragt. In der Schänke lässt er sich nach Auskunft des Wirts jeden Abend volllaufen, seit die Gräfin mit ihrem Gefolge in dem Haus eingetroffen ist.« Er sah, dass Alvarez etwas einwenden wollte, und hob rasch die Hand. »Gestern war er auch dort. Die ganze Zeit. Er hat mit niemandem geredet und auch niemanden angeheuert. Und er kam erst zurück, da lag Andres bereits bewusstlos im Stall. Ich hab ihn weggeschickt, um den Medicus zu holen.«

Juan Alvarez betrachtete Valentin nachdenklich. »Wer hat den zweiten Schlüssel?«

»Die Gräfin Johanna.« Valentin faltete die Hände vor sich auf dem Tisch. »Sie hat das Haus von der Familie angemietet, der es gehört, und solange sie sich dort aufhält, besitzt sie Schlüssel zu jeder Tür. Bis auf den zu der kleinen Seitenpforte, der offenbar seit gestern fehlt.«

»Hätte vielleicht *sie* Grund, diesem Andres übelzuwollen?«

»Warum sollte sie?« Valentin schüttelte den Kopf. »Sie hat kaum mit ihm zu tun, es sei denn, er hält ihr die Kutschentür auf. Und für sie gilt dasselbe wie für alle anderen Frauen im Haushalt: Sie würde wohl kaum losziehen, um sich die passenden Handlanger für eine solche Tat auszusuchen. Außerdem kommt mir die ganze Sache nicht wie etwas vor, das jemand von langer Hand geplant hat. Wenn Ihr mich fragt, ist sie aus Wut geschehen, spontan und mit heißem Herzen.«

»Womit wir wieder bei Felipe wären, nehme ich an.« Juan Alvarez seufzte. »Der zugegebenermaßen ziemlich hitzköpfig sein kann – Ihr habt ihn nie auf einem Schlachtfeld erlebt, ich schon. Aber noch einmal: Für mich hat er ebenso wenig Grund wie die anderen.«

»Kann sein«, sagte Valentin. »Oder auch nicht. Bei meiner letzten Unterhaltung mit Schwester Fidelitas, bevor sie verschwand, hat sie mir gesagt, dass Philipp nach seinem zweiten Besuch das Haus in höchster Erregung verlassen hat. Sie meinte auch, er hätte sich am Tag zuvor heftig mit seiner Mutter gestritten.«

Juan Alvarez hob spöttisch eine Augenbraue. »*Cáspita!* Sollte die *hermana* an der Tür gelauscht haben?«

»Das Haus ist nicht besonders groß«, gab Valentin zurück. »Man kann sich nicht so leicht aus dem Weg gehen wie auf der Burg des Grafen. Wenn Schwester Fidelitas Recht hatte und es diesen Streit wirklich gab, dann ist Philipp ja möglicherweise am Tag danach zurückgekommen, um sich mit der Gräfin zu versöhnen. Vielleicht – und nur vielleicht – hat er dabei etwas von ihr erfahren, was ihn in heftige Wut versetzte. Worauf er den zweiten Schlüssel zu der kleinen Seitenpforte mitnahm und beschloss, etwas sehr Überstürztes und … Drastisches zu tun.« Valentin sah Juan Alvarez an. »Ihr seid ihm doch bestimmt am Abend zuvor begegnet, als er von seiner Mutter hierher zurückgekehrt ist.«

Juan Alvarez nickte. »Ja, natürlich habe ich ihn gesehen. Und ja, Ihr habt genauso Recht wie die *hermana*. Er hatte sich mit seiner Mutter gestritten.«

Er streckte die Beine von sich und trank den letzten Rest aus seinem Humpen.

»Es ist schon eine merkwürdige Sache mit Müttern und Söhnen«, meinte er. »Felipe hat sich immer alle Mühe gegeben, es der *condesa* recht zu machen, aber sie hat es ihm kaum jemals gedankt. Stattdessen hat sie – zumindest seiner Ansicht nach – all ihre zärtliche Zuneigung an seinen jüngeren Bruder Bruno verschwendet, so dass für ihn nichts mehr davon übrig blieb.«

»Ach so?« Valentin sprach sehr beiläufig. »Dann hat er Bruno bestimmt gehasst. Ich habe nur eine jüngere Schwester und hatte niemals Grund zur Eifersucht, aber ich kenne genügend Geschichten aus anderen Familien, in denen sich Bitterkeit und Zorn einnisten, weil sich die Waage zuweilen in die falsche Richtung neigt.« Der Spanier antwortete nicht, und Valentin beugte sich vor. »Schwester Fidelitas war davon überzeugt, dass Philipp hier gewesen ist, als Bruno starb. Sie glaubt, er hat einen Brief gesehen, den sein Bruder in der Nacht vor seinem Tod an die Gräfin geschrieben hat. Die hat ihn gelesen und kurz darauf vor den Augen der Schwester zerrissen, weil ihr nicht gefiel, was darin stand.«

Alvarez schwieg immer noch.

»Ihr habt mit ihm gekämpft, Ihr seid offenbar schon seit Jahren an seiner Seite und jetzt vermutlich schon seit Monaten mit ihm unterwegs. Ihr müsst es wissen: War Philipp in der Stadt?«

Alvarez' Mund wurde schmal. »Ihr habt Recht«, sagte er endlich langsam. »Ich bin seit Jahren an seiner Seite. Und ich habe mit ihm gekämpft. Deswegen glaube ich, dass ich ihn recht gut einschätzen kann. Ich glaube nicht, dass er seinen Bruder hinterrücks ermorden würde – egal wie sehr er ihn gehasst hat.«

»Also *war* er hier«, entgegnete Valentin ruhig.

»*Cojones* – ja!« Alvarez warf einen verdrossenen Blick in seinen leeren Bierkrug. »Und ich auch. Wir sind beide in diesem Gasthaus abgestiegen. Allerdings bin ich an dem bewussten Abend nicht hier gewesen und erst spät am nächsten Vormittag zurückgekehrt.« Seine Miene hellte sich auf, als ginge ihm eine angenehme Erinnerung durch den Kopf.

Valentin hätte sein letztes Professorengehalt darauf verwettet, dass irgendwo in Cannstatt ein unbekanntes Fräulein sich ebenso gern an diesen Abend erinnerte.

»Als ich Felipe an besagtem Vormittag wiedersah, kam er mir nicht im Mindesten so vor, als hätte er gerade ein Verbrechen begangen, noch dazu an einem Mitglied seiner Familie.«

»Mir geht es darum, herauszufinden, ob er die Möglichkeit dazu hatte«, beharrte Valentin. »Das habt Ihr mir soeben bestätigt. Und nun hat es im selben Haus wieder ein Verbrechen gegeben, selbst wenn diesmal niemand zu Tode kam. Außerdem ist eine Frau verschwunden, die ganz sicher nicht die Absicht hatte, auf eigene Faust fortzugehen. Und Philipp von Eberstein hat sich genauso in Luft aufgelöst wie sie. Meint Ihr nicht, das sind ein paar Zufälle zu viel?«

»Kann schon sein.« Juan Alvarez steckte sich einen Bissen Fisch in den Mund. »Andererseits: Seid Ihr eigentlich schon auf die Idee verfallen, die Gräfin zu fragen, was es war, das sie Felipe bei ihrem letzten Gespräch erzählt hat? Vielleicht war es etwas vollkommen Harmloses, das mit dem Reitknecht nicht das Mindeste zu tun hatte – und dann geht Eure ganze schöne Theorie in Scherben.«

Valentin fuhr sich mit allen zehn Fingern durch das Haar und entschied sich bedauernd, auf einen zweiten Humpen Bier zu verzichten.

»Ich werde sie wohl fragen müssen«, meinte er müde. »Und ich verlasse mich lieber nicht darauf, dass sie mir die Wahrheit sagt. Deshalb werde ich danach an den Stadttoren vorsprechen und die Wachen um Auskunft bitten, ob sie Philipp von Eberstein gesehen haben, wie er Cannstatt verließ. Und ob er möglicherweise in Begleitung gewesen ist.«

Juan Alvarez warf ihm einen scharfen, leicht ironischen Blick zu. »Immer gesetzt den Fall, Ihr habt Recht mit Eurer abenteuerlichen Theorie, dass das Verschwinden der gescheiten *hermana* und das meines Freundes Felipe zusammenhängen: Ihr glaubt doch nicht wirklich, dass sie freiwillig mit ihm käme, wenn er sie aus der Stadt verschleppt?«

»Wohl kaum.« Valentin schnaubte leise. »Dazu ist sie viel zu streitbar. Er wird sie fesseln und knebeln müssen, um sie unentdeckt mitzunehmen, falls er sie sich nicht schon vorher vom Hals geschafft hat, irgendwo hier in einer unbelebten Gasse. Und das will ich um ihretwillen nun wirklich nicht hoffen.«

»Ich genauso wenig«, antwortete Juan Alvarez. »Ich möchte allerdings sehr gern glauben, dass Felipe irgendwann in nächster Zukunft hier auftaucht, uns eine höchst glaubwürdige Geschichte darüber auftischt, wo er gewesen ist, und dass sich auch für das Verschwinden der *hermana* eine einfache Erklärung findet.«

Valentin musterte ihn zweifelnd. »Das ist nicht wirklich Euer Ernst!«

»Nein.« Juan Alvarez schüttelte den Kopf. »Ihr habt Recht, das ist nicht wirklich mein Ernst. Und das hat weniger mit Eurer Logik zu tun, sondern mit dem merkwürdigen Gefühl in meinem Bauch, das irgendwie mit jeder Minute stärker wird. Darauf hab ich mich noch immer verlassen können. Vielleicht solltet Ihr gleich die Wachen fragen und dann erst die Gräfin aufsuchen. Denn wenn man ihn tatsächlich an einem der Tore gesehen hat und sie glauben muss, dass er sich gegen alle unsere gemeinsamen Abmachungen und ohne ein bestimmtes Ziel davongemacht hat, vielleicht ist sie dann ja weit eher gesonnen, Euch die Wahrheit zu sagen.« In seinen dunklen Augen blitzte ein plötzlicher Funke. »Wir könnten die Angelegenheit aber auch abkürzen, indem ich Felipes Mutter meine Aufwartung mache, während Ihr die Torwachen befragt. Wir werden bei den Söldnertruppen des Kaisers in Madrid erwartet; Felipe steht immerhin noch in seinen Diensten. Da habe ich als sein Begleiter und Kriegskamerad jeden Grund, mich nach seinem Verbleib zu erkundigen. Außerdem könnte es doch sein, dass sie mir gegenüber weniger Vorbehalte hat.«

»Ihr meint, Ihr könnt mit Frauen besser umgehen als ich«, erwiderte Valentin trocken.

Juan Alvarez grinste. »Das auch, natürlich. Soll ich den Versuch wagen, was meint Ihr?«

Valentin betrachtete ihn grübelnd. Sich ausgerechnet den zwielichtigen Spanier zum Verbündeten zu nehmen … Er konnte sich nicht helfen, es kam ihm vor wie ein Bund mit dem Teufel. Aber er hatte wohl kaum eine andere Wahl.

»In Gottes Namen – versucht Euer Glück.« Valentin stand auf. »Wenn ich mit den Wachen geredet habe, komme ich zum Haus der Gräfin. Dann wissen wir hoffentlich beide mehr.«

Es war später Vormittag, als Clarissa den spanischen Gast zu Johanna von Eberstein führte. Juan Alvarez hatte seinen gesamten Landsknechtsputz von der Dienstmagd im Gasthof aufbügeln und seine Stiefel aufbürsten lassen; außerdem schmückte er sich mit goldenen Ringen in den Ohren und an den Fingern. Die bunte Pracht ließ ihn erscheinen wie einen reichen Höfling, der bei der Königin demütig um Audienz bat, und schon nach seiner ersten, besonders tiefen Verbeugung vor Felipes Mutter – bei der die Pfauenfeder theatralisch über die Bodendielen streifte – konnte er sehen, dass es ihm gelungen war, sein erstes Ziel zu erreichen: Die Gräfin war beeindruckt, und geschmeichelt obendrein.

»Ich bedaure unendlich, Euch in diesen Zeiten der Trauer mit weiteren Unannehmlichkeiten belästigen zu müssen«, sagte er, nachdem er sich aus seiner Verbeugung wieder aufgerichtet hatte. »Euer Sohn Felipe war mit mir unterwegs nach Spanien, als Ihr ihn vom schockierenden Tod seines Bruders benachrichtigt habt und er sofort beschloss, Euch beizustehen. Aber jetzt bin ich sehr in Sorge um ihn, *condesa.*«

Die Gräfin runzelte leicht die Stirn.

»Dass Ihr in Sorge um meinen Sohn seid, ehrt Euch zwar, Herr Alvarez«, erwiderte sie, »aber ich verstehe den Grund nicht. Ich hatte ihn bereits auf halbem Weg über die Grenze vermutet. Wo ist Philipp?«

»Er verließ gestern den Gasthof, in dem wir untergekommen sind, um irgendetwas hier in Cannstatt zu besorgen. Dabei kam er mir ungemein aufgewühlt und zornig vor. Und da ich weiß, dass er zuvor bei Euch war, hoffe ich auf eine Erklärung dafür, wieso er so außer sich gewesen sein könnte. Denn von dieser Besorgung ist er nicht wieder zurückgekehrt. Bis jetzt.«

Juan schaute angemessen verwirrt und beklommen drein, während er die Gräfin gleichzeitig nicht aus den Augen ließ.

Sie erblasste nicht und es regte sich kein Muskel in ihrem ebenmäßigen Gesicht, aber die Hand, die auf ihrem Schreibpult lag, krampfte sich zusammen, sehr kurz nur, nicht länger als ein Wimpernschlag, aber die Fingerknöchel wurden weiß. Einem anderen wäre die unwillkürliche Reaktion vielleicht gar nicht aufgefallen; Juan aber sah es und registrierte gleichzeitig mit ehrlicher Bewunderung, wie eisern diese Frau sich im Griff hatte.

»Eine Erklärung?«, fragte sie. »Was für eine Erklärung?«

»Wenn ich ihn recht verstanden habe«, wiederholte Juan, »dann hatten er und Ihr eine Unterredung, *condesa.* Vergebt mir … aber habt Ihr vielleicht irgendetwas zu ihm gesagt, das ihn dazu gebracht haben könnte, sämtliche Pläne und Verpflichtungen fahren zu lassen? Der größte Teil vom Inhalt seiner Satteltaschen ist im Gasthaus geblieben, als sei er überstürzt aufgebrochen mit der Absicht, noch einmal zurückzukommen. Aber er ist nicht wieder aufgetaucht, und nun ist sein Pferd gemeinsam mit ihm verschwunden. Ich kann mir keinen Reim darauf machen und bin hier, weil ich auf Euren Beistand hoffe.«

»Ich habe keine Ahnung, wie ich Euch helfen soll«, sagte die Gräfin. »Ich habe lediglich eine Familienangelegenheit mit ihm besprochen, die so privat ist, dass sie Euch nicht kümmern muss. Doch sie war ganz sicher nicht der Grund für seine … Aufregung.«

Beim letzten Wort brach ihre Stimme ganz leicht. Die Hand auf dem Schreibpult war jetzt zu einer Faust geballt.

Juan dachte an das, was der Magister ihm erzählt hatte, und plötzlich kam ihm eine Idee.

Er senkte die Stimme zu einem vertraulichen Tonfall. »Ihr müsst wissen, dass heute Morgen ein Mann aus diesem Haus bei mir war. Ein gewisser Valentin Schmieder, ein ziemlich seltsamer Mensch, muss ich sagen. Er war zu meiner nicht geringen Verblüffung der Ansicht, Euer Sohn könne für den Überfall verantwortlich sein, der sich letzte Nacht hier zugetragen hat.«

Die Gräfin fuhr heftig zusammen, und er musste sich ein Lächeln verkneifen. Offenbar hatte er die schwache Stelle in ihrer Rüstung gefunden.

»Wie kann er es *wagen!*« Es war kaum mehr als ein giftiges Zischen.

»Sehr impertinent, in der Tat.« Juan wiegte teilnehmend den Kopf. »Offenbar glaubt er, Felipe habe zwei Schurken angeheuert und sie selbst mit einem Schlüssel in den Vorhof gelassen, damit sie in den Stall gehen und diesen bedauernswerten Jungen verprügeln konnten – wie hieß er doch gleich? Andres?«

»Andres Häberlin.« Sie rang hörbar um Fassung. »Der Sohn meiner Köchin. Wie kommt der ... der herumschnüffelnde *Dummkopf* ausgerechnet auf die Idee, Philipp zu beschuldigen?«

»Ich bin ebenso fassungslos wie Ihr«, log Juan, ohne mit der Wimper zu zucken. »Außerdem glaubt dieser Schmieder fest daran, dass Felipe auch noch etwas mit dem Verschwinden einer frommen Frau aus diesem Hause zu tun hat. Einer gewissen Schwester Fidelitas.« Er seufzte, als würde ihn die Schlechtigkeit der Welt einmal mehr mit tiefster Trauer erfüllen. »Aber was soll Euer Sohn mit einem Reitknecht oder einer entsprungenen Nonne zu schaffen haben? Das will mir nicht einleuchten.«

»Mir genauso wenig.«

Die Gräfin brachte es nicht länger fertig, stillzustehen. Sie ging, den Kopf empört hoch erhoben, in dem Zimmer hin und her, wobei die Röcke ihres Samtgewandes rauschten.

»Es war Ottos Idee, ihn herzubringen. Mein Sohn studiert in Tübingen und meinte, der Magister könnte vielleicht herausfinden, was zu Brunos Tod geführt hat, ohne die Obrigkeit von Cannstatt aufzuscheuchen. Ich hätte wissen müssen, dass das eine unsinnige Idee war. Otto ist ein Bücherwurm, und sein Zutrauen in diesen Mann ist so lächerlich wie fehlgeleitet.« Sie atmete tief durch die Nase ein, als wollte sie sich beruhigen. »Jetzt ist Otto an die Universität zurückgekehrt, und ich habe Valentin Schmieder am Hals. Er versetzt seit Tagen meine Dienerschaft in Unruhe, und anstatt zur Aufklärung der Ereignisse beizutragen, macht er alles nur noch schlimmer.«

»Wie ärgerlich!« Juan legte unendliches Verständnis in seine Stimme. »Im Moment versucht dieser Schmieder übrigens, bei den Torwachen zu erfahren, ob Felipe die Stadt verlassen hat – womöglich sogar in Begleitung der bedauernswerten *hermana*. Bestimmt wird er, sobald man ihm dies bestätigt, die Verfolgung aufnehmen wollen.«

Die Gräfin blieb ruckartig stehen und starrte ihn an. Er konnte förmlich sehen, wie sich die Gedanken hinter ihrer glatten Stirn überschlugen, und dann änderte sich im nächsten Moment ihre gesamte Körperhaltung. Sie ließ sich auf den Stuhl neben dem Schreibpult sinken und stützte die Stirn in die Hand, als hätten sie jäh sämtliche Kräfte verlassen.

»Die Ereignisse, die sich in diesem Haus zugetragen haben, schmerzen mich unendlich«, sagte sie mit bebender Stimme. »Bedenkt, ich habe erst vor wenigen Tagen meinen Sohn verloren. Gerade deshalb wünsche ich absolut keinen Skandal.« Eine Träne lief ihre Wange hinab, dann noch eine. »Philipp ist der Erbe des Grafentitels. Was immer er auch getan hat und aus welchem Grund auch immer er beschlossen hat, so hastig abzureisen, ich werde nicht dulden, dass ein Schatten auf unsere Familie fällt.«

Sie förderte ein Tüchlein aus dem Ärmel ihres Kleides zutage und tupfte sich die Augen trocken – und dann sah er den scharf abschätzenden Blick, den sie ihm hinter der Deckung aus feinem Stoff zuwarf. Er war ohne jede Trauer, ohne einen Hauch von Gefühl.

Sie wollte nur wissen, ob ihr Spiel bei ihm verfing.

»Sollte Schmieder nichts erfahren und unverrichteter Dinge hierher zurückkehren, dann werde ich ihn aus dem Haus weisen«, sagte sie. »Meine Geduld ist erschöpft. Sollte er aber tatsächlich herausfinden, dass Philipp fortgegangen ist, und sich an seine Fersen heften, würdet Ihr ihn vielleicht begleiten, Herr Alvarez? Würdet Ihr die Dinge … im Auge behalten und verhindern, dass er noch mehr Unglück über mich und meine Familie bringt?«

»Das heißt, Ihr haltet es doch für möglich, dass es etwas herauszufinden gibt.« Es war eine Feststellung.

»Die Dinge sind nicht immer … *einfach.*« Johanna wählte jedes Wort hörbar mit Bedacht. »Ich kann von einem Mann wie diesem weltfremden Professor aus Tübingen nicht erwarten, dass er das begreift. Dass es zuweilen Ereignisse gibt, die um der Ehre willen unvermeidlich bestimmte … *Maßnahmen* nach sich ziehen. Oder dass Menschen wenigstens aus guten Gründen fest davon überzeugt sind, diese Maßnahmen seien notwendig.«

Juan folgte dem verschlungenen Weg ihrer Worte auf der Suche nach der Wahrheit, die sich dahinter verbarg.

»Ihr meint, Felipe fühlte sich in seiner Ehre gekränkt? Und er musste sich dagegen wehren?«

»Ich wusste, Ihr würdet das verstehen, Herr Alvarez.« In die Augen der Gräfin trat glühender Eifer. »Genauso, wie ich weiß, dass es dieser Magister ganz gewiss nicht versteht. Was über seine Bücher und Lateinvokabeln hinausgeht, ist ihm zu hoch. Und genau deswegen werden seine Fragen und Nachforschungen allmählich zu einer ernsten Gefahr. Einer Gefahr, vor der ich mich fürchte.«

»Und Ihr meint, wenn ich den Herrn Schmieder begleite, ließe sich diese Gefahr bannen?«

»Ganz sicher!« Es fehlte nicht viel und sie hätte flehend die Hände gefaltet. »Falls er sich auf die Spur meines Sohnes setzt – behaltet ihn im Auge und hindert ihn daran, uns zu schaden … mit allen Mitteln, die dazu nötig sind. Ich weiß, Ihr schlagt sonst nur die Schlachten der hohen Herren, die Euch am besten bezahlen. Aber hier geht es um Philipps Wohl, um das Wohl Eures Kriegskameraden und um das Wohl seiner Familie. Er hat Euch hier in diesem Zimmer einen guten Freund genannt. Würdet Ihr diese Schlacht schlagen, für ihn und für mich? Ich schwöre, es soll Euer Schaden nicht sein.«

Juan begriff ganz genau, was es war, das sie von ihm verlangte – und was sie wohlweislich nicht offen aussprach, obwohl es ihr wichtig genug war, ihm sogar kaum verhohlen Geld dafür anzubieten. Er hätte am liebsten laut gelacht, achtete aber sorgsam darauf, dass nichts von der kalten, verblüfften Heiterkeit, die ihn erfüllte, auf seinem Gesicht zu erkennen war.

»Aber selbstverständlich«, sagte er sanft. »Ihr seid Felipes Mutter, und mein Schwert ist ganz das Eure.«

»Ich danke Euch!« Ihre Augen strahlten in einer Mischung aus Erleichterung und Triumph.

Juan beugte sich über die Hand, die sie ihm huldvoll hinstreckte, und küsste sie formvollendet, dann verneigte er sich noch einmal und ging hinaus.

Kurz darauf trat er ins Freie; sein Blick streifte die Bank, auf der er gestern gesessen hatte, während Fidelitas mit ihm sprach. *Fidelidad, die Treue.* Die Frau, die Gräfin Johanna während ihres gesamten Gesprächs nicht mit einem Wort erwähnt hatte, als sei es ihr herzlich gleichgültig, ob die Nonne lebte oder starb, während sie gleichzeitig dem Magister aus Tübingen ziemlich unverhohlen den Tod an den Hals wünschte. Woraus sich für ihn, Juan, ohne Weiteres Kapital schlagen ließ, wenn er es nur richtig anfing.

Er wollte nicht hier im Vorhof auf Valentin Schmieder warten. Schließlich wusste er nicht, wie viele Ohren hier lauschten und wer womöglich von seinem Gespräch mit *el magister* berichten würde.

Der Kutscher kam aus dem Stall, brummelte mürrisch etwas, das halbwegs nach einem Gruß klang, und ließ ihn durch die Seitenpforte hinaus.

Juan lehnte sich an die efeuüberwucherte Mauer und wartete darauf, dass Valentin Schmieder zurückkam.

Philipp von Eberstein saß im Schatten einer dicht belaubten Eiche, das Gesicht in beide Hände gestützt. Er ließ die Ereignisse der vergangenen knapp zwei Wochen an seinem inneren Auge vorüberziehen und fragte sich, wann genau er auch noch den letzten Rest von Kontrolle über den Lauf der Dinge eingebüßt hatte.

Vor einer Stunde hatte er den Kerl mit dem Karren entlohnt und wieder nach Hause geschickt; wie verschwiegen der war und ob auch sein Bruder den Mund hielt, wenn es jemals zu einem Verhör kam, konnte er nicht wirklich einschätzen. Mit dem Karren war er bisher nur quälend langsam vorangekommen, ganz abgesehen davon, dass er bei jeder Gruppe von Händlern und in jedem einzelnen Reiter, der ihnen begegnete, einen Büttel witterte, der möglicherweise verlangte, einen Blick auf die mit Pferdedecken verhüllte Ladung zu werfen.

Hier im Wald waren deutlich weniger Menschen unterwegs, und das war auch bitter nötig, denn ab jetzt ließ sich das, was bislang im Karren unter ein paar Strohsäcken gelegen hatte, nicht länger verbergen. Es sei denn natürlich, er schlug sämtliche Skrupel und die beharrliche Stimme seines Gewissens in den Wind und bereitete dem ganzen Alptraum hier und jetzt ein Ende.

Er stand auf und ging ein paar Schritte in die Senke hinunter, die gerade weit genug von dem Waldweg entfernt lag, dass man nicht ohne Weiteres hineinsehen konnte.

Er beugte sich über die Gestalt, über die er vor einer halben Stunde eine Pferdedecke gebreitet hatte, und betrachtete sie.

Ihr Gesicht war sehr blass. Dicht unterhalb der Schläfe hatte sich eine bläulich verfärbte Beule gebildet, aus der ein paar Stunden zuvor noch etwas Blut gesickert war. Ihr Haar war kurz und bedeckte ihren Kopf mit einer Masse aus weichen, kupferroten Locken. Es verblüffte ihn noch immer, wie überaus jung und verletzlich sie ohne Haube, Schleier und Skapulier wirkte; wahrscheinlich hatte sie es in der letzten Nacht zu eilig gehabt, nach dem Rechten zu sehen, um sich korrekt mit ihrem Habit zu bekleiden. Und ebenso wahrscheinlich hatte sie sich zu viele Sorgen um den Jungen im Stall gemacht, um – womit Philipp fest gerechnet hatte – wie der Rest der Bewohner im Haus zu bleiben, bis der Aufruhr vorüber war. Ihre spontane, unbedachte Fürsorge hatte sie genauso ins Unglück gestürzt wie ihn selbst seine jäh aufflammende und ebenso unbedachte Wut.

Er rieb sich die Augen und biss die Zähne zusammen.

Als er nach dem Gespräch mit seiner Mutter den Schlachtplan geschmiedet hatte, hatte sich das Ganze in seinem Kopf ungemein einfach angehört. Zwei Spitzbuben finden, die für einen Beutel voll Gulden gern bereit sein würden, einem unbewaffneten Jungen die Abreibung seines Lebens zu verpassen. Sichergehen, dass sie ihre Arbeit gründlich genug erledigten, ohne den kleinen Bastard umzubringen, denn zu einem Mord wollte er sich nicht versteigen. Der Schlüssel zur Pforte wartete griffbereit in seinem Wams; er hatte ihn nach dem Abschied von Johanna blitzschnell aus dem Kasten auf der Kommode genommen, als sie nicht hinsah.

Er musste seine Helfershelfer nur um Mitternacht an den richtigen Ort führen und sie nach vollbrachter Tat entlohnen. Danach konnte er sich in den Gasthof zurückbegeben und gleich am nächsten Morgen mit Juan Alvarez nach Spanien aufbrechen.

Alles hatte geklappt wie am Schnürchen. Bis zu dem Moment jedenfalls, als die kleine, schlanke Gestalt über den nächtlichen Hof gekommen und geradewegs in ihn hineingerannt war. Er hatte sie aufgefangen und festgehalten, ohne nachzudenken, und die Laterne gehoben, um zu sehen, mit wem er es zu tun hatte. Sie hatte ihn schneller erkannt als er sie, und er hatte zugeschlagen – damit sie nicht schrie und ihn damit verriet. Und dann hatte er in der Dunkelheit gestanden, ihren schlaffen Körper im Arm und außer sich vor Schreck.

Es wäre so leicht gewesen, sie an Ort und Stelle abzustechen und einfach liegen zu lassen, als das zufällige, tragische Opfer eines rätselhaften Zwischenfalls, der sich nachträglich kaum noch aufklären ließ. Alle seine in Kriegsdienst, Schlachten und Scharmützeln eingeübten Instinkte hatten ihm dazu geraten, und er hielt den Dolch bereits in der Hand … aber er hatte es nicht fertiggebracht. Er war einfach nicht fähig gewesen, sie zu töten.

Würde es ihm jetzt gelingen?

Die Schlange der Versuchung erhob ihr böses Haupt; ihr lockendes Zischen klang ihm süß und böse in den Ohren. Es war doch so einfach: ein einziger, gezielter Stoß, der außer einer kleinen Wunde kaum Spuren und Blut hinterließ. Sie schlief und würde ihren gnädigen Tod nicht einmal bemerken. Dann zumindest ein flaches Grab im lockeren Waldboden, aus Achtung vor ihrem Stand, und die rasche Rückkehr nach Cannstatt, wo sich Juan wahrscheinlich inzwischen fragte, was um Himmels willen mit ihm geschehen war. Er konnte den Ritt nutzen, sich eine Geschichte auszudenken, die hoffentlich genügend Sinn machte, um glaubwürdig zu sein.

Philipp zog den Dolch, prüfte aus reiner Gewohnheit mit dem Daumen die Schneide und fand sie rasiermesserscharf. Ein Sonnenstrahl fiel auf die Klinge und ließ sie gleißend hell aufblitzen.

Er kniff die Augen zusammen, warf einen letzten, bedauernden Blick in das Gesicht seines Opfers … und gefror zu Eis.

Schwester Fidelitas war wach. Und sie sah ihn an.

XVI

Auf Messers Schneide

Fidelitas fror. Ihr Kopf schmerzte, und sie hatte einen seltsam süßlichen Geschmack im Mund.

Dumpf erinnerte sie sich daran, dass ihr jemand etwas eingeflößt hatte, als sie zum ersten Mal nach dieser unvermuteten Begegnung mitten in der Nacht wieder zu sich gekommen war. Eine schattenhafte Gestalt hatte ihr eine kleine Phiole an die Lippen gehalten. Sie hatte getrunken, ohne sich zu wehren; sie war viel zu verwirrt gewesen, um zu begreifen, was rings um sie her vorging.

Diesmal war ihr Geist klarer. Sie roch Erde und Moos, und nicht weit entfernt von ihr ertönte das leise Rauschen von Wasser. Ein Fluss? Nein, eher ein Bach, der über Felsen rieselte. Als sie die Finger behutsam auf dem Boden neben sich spreizte, ertastete sie trockenes Laub und dünne Äste.

Sie öffnete die Augen einen Spalt breit.

Über ihr wölbten sich zahlreiche Baumkronen, das goldschimmernde Grün durchsetzt vom blassen Blau des Himmels dahinter. Es war vollkommen still. Plötzlich blitzte knapp am Rande ihres Sichtfeldes etwas auf, und dann beugte sich jemand über sie und löschte das friedliche Bild aus. Sie erkannte ihn sofort – und sie begriff ebenso rasch, was er in der Hand hielt. Es war ein Dolch, und er zielte geradewegs auf ihr Herz.

Ihr brach der Schweiß aus. Ihr Körper wurde starr, als würde jede Faser auf diesen einen, stechenden Schmerz warten, der ihr Leben zur Unzeit beendete. Mit einem Mal gingen ihr

Worte aus dem Buch der Weisheit Salomos durch den Sinn. *Omnia tempus habent et suis spatiis transeunt universa sub caelo … tempus nascendi et tempus moriendi …* Sie sagte sie nicht laut, dazu fehlte ihr schlichtweg der Atem. *Ein Jegliches hat seine Zeit, und jedes Vornehmen unter dem Himmel hat seine Stunde … geboren werden und sterben hat seine Zeit …*

Philipp von Eberstein war leichenblass, seine Lippen zu einem Strich zusammengepresst. Seine Augen begegneten den ihren und irrten wieder ab, als könnte er es nicht ertragen, dass sie ihn anschaute. Schlagartig wurde ihr bewusst, dass sie nur deswegen noch lebte, weil sie gerade rechtzeitig zu sich gekommen war. Und ihr Leben hing nach wie vor an einem seidenen Faden.

»Muss ich sterben?«, flüsterte sie. »*In manus tuas, Pater, commendo spiritum meum.* Werdet Ihr mich töten?«

Er antwortete nicht. Seine Finger krampften sich noch ein wenig fester um den Dolchgriff, aber noch immer stieß er nicht zu.

Seltsamerweise verlieh ihr das etwas Mut, und sie atmete leichter.

»Wenn ich schon sterben soll«, fuhr sie etwas lauter fort, »und noch dazu ohne die Tröstungen der Kirche und den liebevollen Beistand meiner Schwestern, dann wüsste ich wenigstens gern, *warum*.«

Immer noch Schweigen.

Sie wartete, das Gebet nicht mehr als ein lautloses Flüstern in ihrem Geist. *Vater, in deine Hände befehle ich meinen Geist.*

»Was habe ich Euch angetan, dass ich dafür mit meinem Leben büßen muss?«

Im nächsten Moment gab Philipp von Eberstein einen Laut verzweifelter Wut von sich. Der Dolch zischte in tödlichem Bogen nach unten – und grub sich in den weichen Waldboden, höchstens eine halbe Handbreit von ihrer Schulter entfernt.

Fidelitas konnte nicht verhindern, dass sie heftig zusammenzuckte.

Philipp machte ein paar schwere, stolpernde Schritte rückwärts, dann ließ er sich am Rand der Senke, in der sie lag, unter einer jungen Buche nieder und lehnte sich an den glatten, grauen Stamm.

»Nichts.« Seine Stimme war heiser. »Nichts habt Ihr getan. Ihr seid nur zur falschen Zeit am falschen Ort gewesen. Ich hätte nie gedacht … Wieso kommt Ihr mitten in der Nacht aus dem Haus gestürzt, noch dazu halb angezogen? Für eine Nonne habt Ihr erstaunlich wenig Anstand, muss ich sagen!« Er warf einen verstohlenen Blick auf ihr Haar und schaute rasch wieder weg.

Unwillkürlich hob sie die Hand und berührte die Locken über ihrer Stirn. Sie kam sich schrecklich entblößt vor – fast nackt ohne den heiligen Schutz von Skapulier, Haube und Schleier.

»Ich habe mir Sorgen gemacht«, gab sie zurück, darauf bedacht, jeden Zorn aus ihrem Ton zu verbannen. »Ich hatte Angst, dass Andres etwas zustößt. Ich musste einfach nachsehen, und deswegen habe ich mir nicht die Zeit genommen, mich geziemend zu kleiden. Habt Ihr irgendeine Ahnung, wie lange es dauert, die gesamte Tracht anzulegen?«

»Woher soll ich das wissen?« Philipp schnaubte unterdrückt.

Fidelitas setzte sich auf, langsam und vorsichtig, um ihn nicht zu reizen. Die Erinnerung an den Dolch in seiner Hand war zu furchterregend, um sie zu verdrängen. Sie wusste, sie war ihm körperlich hoffnungslos unterlegen. Er konnte jederzeit erneut nach der Waffe greifen und sie doch noch endgültig zum Schweigen bringen.

»Was ist mit Andres geschehen?«, fragte sie leise. »Und was hattet Ihr damit zu tun?«

Wieder wurde es still. Philipp starrte zu Boden.

Fidelitas aber blickte unverwandt zu ihm hinüber und wartete darauf, dass er sein Schweigen brach. Es dauerte eine geraume Zeit, bis es endlich so weit war.

»Sagen wir, ich war der Ansicht, Andres hätte eine … Abreibung nötig.« Sein Kopf zuckte hoch und senkte sich sofort wieder. »Es gibt Gründe dafür. Und die sind ganz und gar nicht Eure Sache.«

»Das mag wohl sein, Herr«, sagte sie ernst. »Aber da Ihr es nun einmal für nötig befunden habt, mich bei unserer Begegnung vor dem Stall niederzuschlagen und zu verschleppen, finde ich schon, dass ich ein gewisses Anrecht darauf habe, zu erfahren, wieso es dazu kam.«

»Für *nötig* befunden?« Erneut zuckte sein Kopf nach oben. »Meint Ihr wirklich, ich hätte mich mit Euch belasten wollen? Wäre mein Plan aufgegangen, ich könnte bereits auf halbem Weg nach Spanien sein!«

»Aber Ihr seid es nicht.« Sie beobachtete ihn scharf. »Stattdessen sitzt Ihr hier mitten im Wald, auf halbem Weg nach – ja, wohin eigentlich? Wo sind wir?«

»Ein paar Stunden vor Calw.« Es klang ausgesprochen mürrisch. »Und das ist *durchaus* auf dem Weg nach Spanien.«

»Calw?« Sie runzelte die Stirn. »Vergebt mir … aber erst schlagt Ihr mich nieder, dann wisst Ihr augenscheinlich nicht mehr, was Ihr mit mir anfangen sollt, und schleppt mich trotzdem weiter mit wie einen überflüssigen Sack Mehl?«

»Hätte ich Euch stattdessen lieber abstechen sollen?« Er klang mürrisch und niedergeschlagen. »Ihr wisst offenbar genauso wenig wie ich, was Ihr wollt.«

Sie fühlte fast so etwas wie Mitleid, als hätte sie ein bockiges Kind vor sich, dessen Spiel fehlgeschlagen war und das man nun beruhigen und auf andere Gedanken bringen musste. *Das Kind ist ein erwachsener Mann,* erinnerte sie eine leise Stimme, die merkwürdigerweise sehr nach Mutter Scholastika klang, *und dieser Mann wollte dich noch vor kürzester Zeit mit dem Dolch töten. Wenn du dich nicht vorsiehst, will er es vielleicht wieder versuchen, also sei besser auf der Hut.*

»Richtig, ich war ohnmächtig.« Sie nickte. »Als ich nach dem Schlag wieder aufgewacht bin, da hat mir jemand irgendetwas eingeflößt. Wart Ihr das?«

Philipp zog eine Grimasse. »Ich habe kurz nach Sonnenaufgang den Apotheker geweckt, der früher immer die beruhigenden Mittelchen für meine Mutter zusammengerührt hat. Er ließ sich davon überzeugen, dass sie nach einer sehr unerfreulichen Nacht ein wenig Schlaf nötig hatte, und stellte keine Fragen.«

»Und dann?«

»Ich habe Euch in den Karren gelegt, den ich gemietet hatte, und gewartet, bis Ihr halbwegs zu Euch gekommen seid. Ich hab Euch das zu trinken gegeben, was in dem Fläschchen des Apothekers war, ein paar Pferdedecken über Euch geworfen und bin neben dem Karren zum Tor geritten. Dort gab es schon mehr Fragen nach dem Woher und Wohin, aber keine der Wachen kam auf den Gedanken, in den Karren zu schauen.«

»Dann hattet Ihr mehr Glück als Verstand«, bemerkte Fidelitas trocken. »Von wem stammte der Karren?«

»Er gehörte einem der beiden, die bei Andres … die bei ihm im Stall waren. Ich habe ihn ausgeliehen.«

»So wie Ihr Euch die Fäuste der beiden ausgeliehen habt, für diese Abreibung, die Andres Eurer Ansicht nach nötig hatte.«

Wieder berührte Fidelitas unwillkürlich ihr Haar. Wenn Philipp durch irgendetwas, das sie sagte, in Zorn geriet, blieb ihr nicht einmal der zerbrechliche Schutz ihres Habits. Und trotzdem, sie musste wissen, was geschehen war. Und was ihr bevorstand.

»Was war Euer Plan?«, fragte sie vorsichtig. »Und was werdet Ihr jetzt mit mir tun?«

»Ich werde ... ich werde Euch ... Herrgott, ich *weiß* es nicht!«

Es war das Eingeständnis vollkommener Ratlosigkeit. Erneut fühlte sie einen Stich des Mitgefühls, ungeachtet der Tatsache, dass es ein entscheidender Teil seines letzten Planes gewesen war, sie zu töten.

»Und wenn Ihr mich einfach ... zurückbringt?«, wagte sie sich vor. »Ihr könntet danach noch immer unbehelligt mit Eurem Freund nach Spanien.«

»Und Ihr würdet lügen, um mich zu schützen?« Er musterte sie ungläubig. »Was würdet Ihr meiner Mutter denn sagen – dass Ihr Euch in Cannstatt verlaufen habt, und dass es leider etwas länger gedauert hat, wieder zurückzufinden?«

»Nein, ich ...«

Ihre Augen begegneten sich. Sie wusste, sie wollte und konnte Johanna von Eberstein nicht hintergehen. Und sie wusste, dass Philipp diese Tatsache ebenso klar war wie ihr.

»Nein, ich würde nicht lügen«, bestätigte sie. »Aber ich könnte es immerhin mit meinem Gewissen vereinbaren, zu schweigen, bis Ihr außer Reichweite seid. Und ich glaube nicht, dass Eure Mutter die Cannstatter Obrigkeit hinter Euch herhetzt. Sie wird sicher denken, ein verprügelter Pferdeknecht ist so viel Aufregung nicht wert.«

Philipps Mund wurde schmal. »Ihr seht das wohl anders?«

»Ja, das tue ich.« Fidelitas sprach sehr ruhig. »Andres Häberlin ist ein Geschöpf Gottes wie Ihr und ich. Und auch er hat eine Mutter, die sich um ihn sorgt.«

Philipp wurde blass, als hätte sie unbewusst irgendeinen wunden Punkt getroffen. Aber er antwortete nicht, und ein paar Minuten lang herrschte ein unbehagliches, angespanntes Schweigen.

Plötzlich stieß er sich von dem Baum ab und stand auf. Er packte Fidelitas am Arm und zog sie ebenfalls unsanft in den Stand.

»Ich bin es herzlich leid, hier herumzusitzen«, sagte er schroff. »Wir werden jetzt weiterreiten. Und wenn wir jemandem begegnen, solltet Ihr besser keinen Moment vergessen, dass ich hinter Euch sitze und Euch notfalls sehr rasch zum Schweigen bringen kann. Habt Ihr das verstanden, Schwester?«

Das Bild der glänzenden Klinge flackerte erneut vor Fidelitas' Augen. Sie nickte, folgte ihm dorthin, wo er seinen Rappen an den Stamm einer Eiche gebunden hatte, und hielt gehorsam still, als er sie vor sich in den Sattel hob.

Der Nachmittag war fast vorüber, als sie über die Nikolausbrücke nach Calw hineinritten. Fidelitas schreckte hoch und sah über die niedrige Mauer der Brücke hinweg das Wasser der Nagold grün um die großen Steine im Flussbett wirbeln. Ihr Kopf war im Halbschlaf nach hinten an Philipps Schulter gesunken; als sie sich jetzt aufrecht hinsetzte, spürte sie, dass sein Arm fest um ihre Mitte lag. Als sie aufblickte, lag das Stadttor direkt voraus, und über ihr erstreckte sich die Stadtmauer nach rechts und links, gekrönt von einem überdachten Wehrgang.

»Wohin des Wegs, Herr – und wer ist die Frau bei Euch?«, fragte der Torwächter. Sein Gesicht war rund und freundlich, seine Augen wachsam.

»Ich bin der Herr von Ehingen«, erwiderte Philipp. Er klang verblüffend gelassen. »Und die Frau ist eine Nonne aus dem Kloster Frauenalb. Sie war auf dem Heimweg zu ihren Schwestern, als sie und der Priester, der sie begleitet hat, unter die Räuber fielen. Der Priester wurde leider Gottes erschlagen, aber ich kam gerade noch rechtzeitig, um Schlimmeres zu verhindern.«

Der Blick des Torwächters streifte Fidelitas' unbedecktes Haar, die staubige Tunika und ihre nackten Füße in den Sandalen, dann wurde er bestürzt und mitleidig.

»Der Herr steh uns bei!« Er bekreuzigte sich. »Das sind wahrhaft schreckliche Zeiten, wenn solches Gesindel nicht einmal vor heiligen Frauen zurückschreckt!«

»In der Tat.« Philipp nickte grimmig. »Diese Räuber waren ganz gewiss protestantische Vagabunden. Und ich bin nach Calw gekommen, um etwas Proviant zu kaufen und frische Kleidung für die Schwester hier. Danach werde ich sie auf direktem Weg in ihr Kloster bringen.«

»Wartet einen Moment, Herr.«

Der Wächter verschwand im Torhaus und kam eine kleine Weile später zurück, ein sauber zusammengefaltetes blaues Tuch über dem Arm.

»Das gehört meiner Frau«, sagte er. »Sie hat es heute früh über den Korb mit meinem Essen gelegt. Ich bin sicher, es wird ihr nichts ausmachen, wenn Ihr es bekommt, Schwester … Wie ist Euer Name?«

»Fidelitas«, sagte sie leise. »Fidelitas von Frauenalb.«

Sie nahm das Tuch entgegen. Es war weich und sauber, und als sie es auseinanderfaltete, war es noch größer, als sie gedacht hatte. Groß genug, um ihr Haar zu bedecken und um es mit einem festen Knoten im Nacken zusammenzubinden. Es sorgte dafür, dass sie sich zum ersten Mal seit Stunden wieder wenigstens annähernd fühlte wie sie selbst.

»Darf ich auch wissen, wie Ihr heißt?«, fragte sie.

»Albrecht Dietz«, sagte er. »Gott mit Euch, Schwester Fidelitas.«

»Sein Segen möge Euch und Eure Frau begleiten«, erwiderte sie. »*Dominus tecum*, Albrecht.«

Sie ritten unter dem Tor hindurch und die Gasse hinunter.

»Da unten ist ein Wirtshaus«, bemerkte Philipp, »gar nicht weit von hier. Wenn Ihr mir auf den Ring, der Euch mit Eurem himmlischen Gemahl verbindet, einen Eid leistet, dass Ihr in der Gaststube kein Zeter und Mordio schreit, dann kaufe ich Euch etwas zu essen.«

»Und Ihr habt mich aus der Gewalt protestantischer Halunken befreit und bringt mich anschließend in mein Kloster zurück?« Fidelitas hörte die beißende Ironie, die sich in ihre gesenkte Stimme schlich, aber diesmal machte sie sich nicht die Mühe, sie zu verbergen. »Wieso sollte ich Zeter und Mordio schreien, wenn ich mich doch in der Obhut eines so selbstlosen Helden befinde, mein Herr von Ehingen?«

»Eines Tages wird Euer loses Mundwerk Euch noch einmal in ernste Schwierigkeiten bringen, Schwester«, sagte Philipp kühl. »Und die Ehinger werden kaum jemals erfahren, dass ich mir ihren Namen ausgeborgt habe. Sie tun mir damit einen Gefallen, der sie nichts kostet. Sollte uns jemand verfolgen, muss ich ihn ja nicht gerade mit der Nase darauf stoßen, wo ich abgeblieben bin.«

»Ihr glaubt, dass Euch jemand verfolgen wird? Euer spanischer Freund?«

»Juan? Wohl kaum.« Philipp schnaubte abfällig. »Dem ist das Hemd näher als die Weste. Sobald Juan feststellt, dass ich nicht mehr zurückkomme, wird er sich unweigerlich auf den Weg zu Karls Truppen machen. Zum Glück hab ich mein Pferd mitgenommen. Ich würde ihm ohne weiteres zutrauen, dass er es beim nächsten Händler losschlägt und das Geld einsteckt.«

Das Gasthaus kam in Sicht, und er zügelte den Rappen.

»Nein … Ich könnte mir eher vorstellen, dass dieser Magister aus Tübingen sich auf meine Spur setzt. Er ist unerträglich neugierig, und es ist mir immer noch ein Rätsel, wie meine Mutter es zulassen konnte, dass er tagelang im Haus herumschnüffelt. Aber ich weiß natürlich nicht, wie viel er aus Andres herausbekommt, immer gesetzt den Fall, der Bursche ist noch am Leben.«

Fidelitas wandte den Kopf und starrte in sein ausdrucksloses Gesicht. »Ihr habt Euch nicht … vergewissert, wie es ihm geht?«

»Nein.« Philipp schürzte den Mund. »Dafür hatte ich aber auch gar keine Zeit. Bevor ich dazu gekommen bin, hatte ich eine ohnmächtige Nonne am Hals.«

Er schwang sich aus dem Sattel und hob sie zu sich herunter. Ein Stallknecht kam gelaufen und verbeugte sich. Ein paar kleine Münzen purzelten in seine Handfläche, er verbeugte sich noch ein wenig tiefer und führte das Pferd davon.

»Es tut mir aufrichtig leid, dass ich Euch zur Last falle«, sagte Fidelitas. »Vielleicht wäre es doch besser gewesen, mich *nicht* niederzuschlagen.«

Ihr Ton war ebenso kühl wie seiner. Im nächsten Moment schloss sich seine Hand fest und schmerzhaft um ihren Oberarm.

»Nur um sicherzugehen, dass wir beide uns recht verstehen, Schwester«, sagte er leise. »Wir werden in das Gasthaus gehen und dort etwas essen. Wenn jemand Fragen stellt, werde *ich* es sein, der sie beantwortet. Danach werden wir wieder aufbrechen und Ihr werdet mich ohne Widerspruch oder Gegenwehr begleiten. Solltet Ihr versuchen, die Wirtsleute oder irgendwelche Gäste um Hilfe zu bitten, wird das schmerzhafte, wenn nicht gar tödliche Folgen für Euch haben. Wie Ihr ganz richtig sagt: Ihr fallt mir zur Last, und sobald ich beschließe, mich dieser Last zu entledigen, bin ich frei und kann gehen, wohin ich will. Es ist also in Eurem eigenen Interesse, mich nicht zu deutlich an diese Tatsache zu erinnern.«

Fidelitas würgte die Panik, die in ihr hochschoss, so rasch wie möglich hinunter und folgte ihm wortlos in die Wirtsstube, in der es sehr appetitanregend nach geschmortem Huhn, nach Bier und warmem Brot duftete. Ungeachtet ihrer Furcht spürte sie, wie ihr das Wasser im Mund zusammenlief.

Philipp schob sie auf eine Bank in einer kleinen Nische, von der aus man einen guten Überblick über die Stube und einen ebenso guten Ausblick durch eines der kleinen Fenster hatte. Wieder einmal wurde Fidelitas bewusst, dass sie es mit einem Krieger zu tun hatte; er achtete sehr genau darauf, sich abzusichern und seinen Rücken zu decken. Als die Wirtin lächelnd an den Tisch kam und nach ihren Wünschen fragte, ließ er eine reichliche Portion Huhn und Brot bringen, verlangte für sich einen Humpen Bier und für Fidelitas einen Becher verdünnten Gewürzwein.

Die Wirtin – eine wohl gerundete, sehr mütterlich wirkende Frau – zeigte sich ebenso entsetzt über das Schicksal von Fidelitas, wie der Torwächter es gewesen war. Es fehlte nicht viel, und sie hätte »das arme Kind« unter ihre Fittiche genommen und in einen Badezuber gesteckt, um sie von ihrer Staubschicht und ihrem Elend zu befreien und sich fortan höchstpersönlich um ihr Wohl zu kümmern. Fidelitas, die die Drohung von Philipp noch allzu deutlich im Ohr hatte, beeilte sich zu versichern, dass sie alles habe, was nötig sei, und sich in der Obhut des Ritters von Ehingen gut aufgehoben und sicher fühle. Bis zum nächsten Abend würde sie endlich wieder in ihrem Kloster sein, daher sei das Angebot zwar sehr freundlich, aber nicht nötig.

Sie warf Philipp, der neben ihr mit sichtbarem Appetit seinen Löffel in die Schüssel tauchte, einen kurzen Seitenblick zu. Sie sehnte sich unendlich danach, die soeben ausgesprochenen Lügen in Frauenalb zu beichten – aber dazu musste sie es erst einmal lebendig zurück hinter die Klostermauern schaffen.

Anders als eine oder zwei ihrer Mitschwestern hatte sie nie den Wunsch verspürt, dem Dasein als Nonne zu entkommen. Und nach den Ereignissen der letzten Tage und Stunden hätte sie inzwischen auch die strengste Klausur freudig akzeptiert und so dankbar genossen wie einen Vorgeschmack des Paradieses.

Im Moment allerdings musste sie dringend ihren Hunger stillen, und das tat sie, indem sie alles aß, was Philipp in der Schüssel übrig ließ. Sie wischte den letzten Rest Tunke mit dem letzten Stück Brot auf und hätte auch um einen zweiten Becher Wein gebeten; allerdings wurde Philipp allmählich unruhig, und sie hielt es für weiser, ihn nicht zu verärgern. Also verabschiedete sie sich freundlich von der Wirtin und folgte ihm wieder hinaus ins Freie.

Philipp nahm sie mit in den kleinen Laden eines Schneidermeisters, der sich eine Gasse weiter befand. Er ließ sich einen dunklen Wollumhang zeigen, legte ihn Fidelitas um die Schultern und nickte zufrieden, als er feststellte, dass der Saum bis fast zum Boden reichte. Er bezahlte den Umhang, kaufte bei einem Bäcker ein frisches Brot und bei einem Metzger ein ordentliches Stück Speck. Dabei ließ er Fidelitas keinen Moment aus den Augen. Anschließend kehrte er mit ihr zum Wirtshaus zurück, wartete, bis der Stallknecht ihm seinen Rappen brachte, und hievte sie wieder vor sich in den Sattel.

Die beiden verließen Calw durch dasselbe Tor, durch das sie die Stadt auch betreten hatten. Die Sonne senkte sich langsam dem Horizont entgegen und schien Fidelitas in die Augen. Während die Hufe von Philipps Pferd über die Steine der Nikolausbrücke klapperten, spürte sie, wie heftige Furcht in ihr aufstieg. Von nun an war sie wieder mit ihrem Entführer allein – ohne Zeugen, ohne Hilfe und Schutz.

Herr, steh mir bei, betete sie stumm. *Dein Wille geschehe … aber lass mich nicht sterben!*

Es wurde schon langsam dunkel, als sie in den Schatten der Bäume eintauchten. Dies waren die ersten Ausläufer des Schwarzwaldes. Von hier aus war ihr Kloster kaum mehr als eine Tagesreise entfernt und Gernsbach mit der Burg der Ebersteiner nur noch eine weitere Tagesreise mehr.

Während das Pferd sich im Abenddämmer langsam den Weg auf der immer schmaler werdenden, holprigen Straße suchte, setzte sich der Gedanke in ihrem Kopf fest und wiederholte sich unablässig wie die vertraute Litanei der Stundengebete: War es möglich, dass Philipp unbewusst auf dem Weg nach Hause war? Dass er zu seinem Vater wollte?

Inzwischen war das Licht fast vollständig geschwunden und Philipp abgestiegen. Um zu verhindern, dass sein kostbarer Rappe über eine Wurzel stolperte oder in ein Dachsloch trat und sich verletzte, führte er ihn am Zügel und wandte sich vom Weg ab, als sich seitlich eine kleine Lichtung öffnete. Er band sein Reittier an einer Astgabel fest und hob Fidelitas hinunter. Sie setzte sich unter einen Baum, hüllte sich dankbar in den Umhang, den er für sie gekauft hatte, und wartete schweigend, während er Feuer machte.

Als die Flammen das rasch zusammengeklaubte Reisig in Brand gesetzt und das übereinandergeschichtete Holz erfasst hatten, ließ er sich davor nieder, holte das Speckstück aus seinem Beutel und schnitt mit dem Dolch eine Scheibe davon herunter. Er spießte sie auf einen langen Ast und hielt sie über die Glut. Als der Speck durchgebraten war, schob er ihn zwischen zwei Brotscheiben und hielt ihn Fidelitas hin. Sie nahm das unverhoffte Abendessen entgegen, biss hinein und hätte sich um ein Haar den Mund verbrannt, aber sie war viel zu dankbar, um sich zu beschweren.

Der heiße Speck schmeckte würzig und leicht nach Wacholder, das Brot hatte Fett und Fleischsaft aufgesogen und war ein Genuss. Fidelitas ließ nicht einen Krümel übrig und leckte sich am Schluss wie ein Kind den Rest von den Fingern.

Philipp sah es und grinste schwach. Nachdem er selbst seine Mahlzeit beendet hatte, reichte er ihr die Tonflasche, die er vorhin an einem Bach aufgefüllt hatte, und trank anschließend selbst. Keiner von beiden sagte etwas. Fidelitas hörte nicht allzu weit entfernt ein Käuzchen rufen; irgendwo huschte ein kleines Tier durch das Unterholz, und als sie den Kopf wandte, leuchtete dicht am Boden ein Augenpaar auf, golden wie eine zweifache Kerzenflamme.

Plötzlich ging ihr wieder durch den Kopf, was sie vorhin gedacht hatte.

»Graf Wilhelm, Euer Vater, ist er nicht der Präsident des Reichskammergerichtes?«, fragte sie leise.

Philipp regte sich unbehaglich. »Das ist wahr. Wie kommt Ihr darauf?«

»Ich bin nur neugierig«, meinte Fidelitas. »Wenn jemand eine Untat begeht, ist es dann Eures Vaters Aufgabe, den Verbrecher zu verfolgen und das Urteil über ihn zu sprechen?«

»Nein.« Philipp griff noch einmal nach der Tonflasche. »Wollte er sich um die Missetaten jedes Hinz und Kunz in jedem Flecken von Pommern bis Mailand kümmern, er käme kaum aus dem Sattel. Das Reichskammergericht wurde geschaffen, um Urteile zu überprüfen, die überall im Reich gefällt worden sind. Wenn ein Fürst Einspruch erhebt, beispielsweise, oder wenn eine Stadt gegen eine fürstliche Anordnung protestiert. Was heutzutage schockierend häufig vorkommt.«

»Ihr findet es anmaßend, dass Städte ihre eigenen Entscheidungen treffen wollen?«

Er warf ihr einen missmutigen Blick zu. »Ich sehe schon, ich hätte Euch nicht füttern sollen. Mit vollem Magen werdet Ihr schwatzhaft.« Er trank einen kräftigen Schluck. »Die Geschichte vom Armen Konrad sollte Euch doch hinreichend bewiesen haben, dass der gemeine Mann in den Abgrund stürzt, wenn er sich anmaßt, zu herrschen. Und die Bürger in den Städten mögen mehr Gulden im Säckel haben als die Hungerleider auf ihren Bauernhöfen, aber die Herrschaft gebührt noch immer dem Adel. Genauso wie die Vermittlung des Glaubens allein der Kirche in Rom obliegt – und nicht den Protestanten, die sich erdreisten, Klöster und Priestertum abzuschaffen. Oder hat der Umgang mit dem Tübinger Magister Eure Meinung dazu geändert?«

»Nein.«

Fidelitas betrachtete Philipps müdes Gesicht, die tief eingegrabenen Linien, die harten Augen, in denen sich der Flammenschein spiegelte.

»Dies sind friedlose Zeiten«, sagte sie ruhig. »Aber auch früher hat es schon Kriege gegeben und der Bruder hat den Bruder erschlagen. Edle Familien geraten bis heute in unseligen Streit über ererbtes Gold und Land. Eure eigene Familie weiß genügend Geschichten darüber zu erzählen, oder nicht?«

»Das ist wahr.«

»Dann ist es wohl eine Erlösung für Euch, dass Ihr Euch nicht länger mit dem Grafentitel belasten müsst?«

Er stutzte und starrte sie an. »Was bringt Euch auf den merkwürdigen Einfall, dass ich mich nicht mehr mit dem Titel belasten will?«

»Ihr selbst, Herr.« Sie erwiderte seinen Blick unverwandt. »Erinnert Ihr Euch nicht mehr daran, was Ihr vor dem Wirtshaus in Calw zu mir gesagt habt? Ihr habt gesagt: ›Ihr fallt mir zur Last, und sobald ich beschließe, mich dieser Last zu entledigen, bin ich frei und kann gehen, wohin ich will.‹ Wenn Ihr aber das Erbe Eures Vaters antreten wollt, dann könnt Ihr keineswegs gehen, wohin Ihr wollt. Ihr werdet auf Dauer bleiben müssen. Oder Ihr müsst zumindest eines Tages aus Spanien zurückkehren.«

Philipp schüttelte den Kopf. Sein Blick war halb aufgebracht und halb bewundernd.

»Welch ein Glück, dass Frauen an den Universitäten niemals zugelassen sein werden – Ihr steckt mit Eurer Spitzfindigkeit so manchen Professor der Juristerei in die Tasche!«

Er schwieg eine Weile; endlich zog er den eigenen Mantel noch etwas enger um die Schultern zusammen und seufzte.

»Aber Ihr habt Recht – vor dieser Verantwortung kann ich nicht davonlaufen. Der Glanz meiner Familie mag verblasst sein, aber es ist trotzdem meine Pflicht, sie zu führen, wenn die Zeit gekommen ist.«

Fidelitas beschloss, einen Schuss ins Blaue zu riskieren. »Seid Ihr deswegen auf dem Weg zu Eurem Vater? Um bei Ihm Euer Herz zu erleichtern und ihn um Rat zu bitten?«

»Was zum …« Philipp fuhr halb hoch und ließ sich wieder zu Boden sinken. Jetzt war in seinen Augen beinahe so etwas wie Furcht zu lesen. »Wie kommt Ihr darauf, zum Teufel?«

»Ihr seid im Streit von Eurer Mutter geschieden, und Ihr habt von ihr etwas erfahren, das Euch zu einer unbedachten und sehr brutalen Tat getrieben hat. Aber ungeachtet dieser Tat könnt Ihr Gut und Böse immer noch mühelos voneinander unterscheiden.«

»Ich habe mich getäuscht«, knurrte er. »Ihr gehört nicht auf einen Professorensessel, sondern auf den Scheiterhaufen. Nur aus Neugier: Wie kommt Ihr darauf, dass ich das kann?«

»Ich bin sicher, in der Schlacht seid Ihr fähig, jedem Feind grausam und mit Entschlossenheit zu begegnen«, antwortete Fidelitas still. »Aber trotz all Eurer Drohungen habt Ihr es nicht fertiggebracht, mich zu töten. Und ich glaube, Ihr werdet es auch jetzt nicht mehr tun. Stattdessen seid Ihr auf dem Weg nach Hause, wie ein Kind, das Trost und Hilfe sucht.«

Philipp schaute auf seinen Gürtel hinunter und legte die Hand auf den Dolchgriff. »Seid Ihr sicher?«

»So sicher ich es sein kann – angesichts der Tatsache, dass ich noch lebe.«

Er nahm die Hand wieder vom Dolchgriff, und Fidelitas stellte fest, dass sie unwillkürlich den Atem angehalten hatte.

»Und Ihr meint, ich soll – wie habt Ihr das ausgedrückt – vor meinem Vater mein Herz erleichtern und ihn um Rat bitten? Ihr kennt ihn nicht besonders gut, fürchte ich. Ich bin nicht sicher, ob er wirklich ein Mann ist, dem man gerne sein Herz öffnet.«

»Das«, antwortete sie, »werdet Ihr erst wissen, wenn Ihr es versucht.«

»Ich werde morgen entscheiden, was ich versuche und was lieber nicht.« Er streckte sich auf den Waldboden aus und verschränkte die Arme hinter dem Kopf. »Ihr solltet Euch jetzt ausruhen, Schwester. Und hört auf, darüber nachzudenken, ob ich es fertigbringe, Euch zu töten. Das sorgt für unruhigen Schlaf und üble Träume.«

Fidelitas wickelte sich in ihren neuen Umhang wie in eine Decke, schloss die Augen und flüsterte die Eingangsworte der Komplet stumm und tief in ihrem Herzen. *Eine ruhige Nacht und ein vollkommenes Ende gewähre uns der allmächtige Herr …*

XVII

Widersprüche und Rätsel

Andres Häberlin dehnte unter der Bettdecke vorsichtig die Beine und biss die Zähne zusammen. Immerhin, es tat nicht mehr ganz so weh wie noch am Abend zuvor. Und auch das verletzte Auge ließ sich schon wieder einen Spalt öffnen.

Er sah sich in der Schlafkammer seiner Mutter um und entdeckte auf dem kleinen Nachtkasten einen Becher und einen Krug, der vermutlich Wasser enthielt. Erst jetzt merkte er, dass er durstig war. Er hätte sich gerne etwas aus dem Krug eingegossen, wusste aber instinktiv, dass es keine gute Idee war, sich aufzusetzen.

Die Tür öffnete sich. Es war nicht seine Mutter, die hereinkam, sondern Clarissa. Andres spürte, wie ihn eine Mischung aus schierer Erlösung und fassungsloser Freude überflutete. Er versuchte, sie anzulächeln, und gab stattdessen ein leises Stöhnen von sich.

»Hallo«, flüsterte er. »Hallo, mein Mädchen. *Ah* … mir … mir tut der Mund weh.«

Sie setzte sich auf den Stuhl neben dem Bett und schenkte ihm das Lächeln, das er selbst nicht zustande brachte.

»Ich bin so froh, dass es dir besser geht!«, antwortete sie. »Der Medicus meint, du musst nur noch ein, zwei Tage im Bett bleiben. Und dass du großes Glück gehabt hast.«

Andres erinnerte sich an geschickte, behutsame Hände, die seine zahllosen Schrammen und blauen Flecken mit kühlender Salbe betupften. *So ist's recht … ja, und jetzt drehen wir uns ein bisschen nach rechts ... oh, da ist es besonders schlimm?* Eine leise, freundliche Männerstimme, die mit ihm sprach, als wäre er ein kleines Kind. *Und jetzt bleiben wir wieder ruhig liegen, dann ist bald ganz bestimmt alles wieder gut.*

»Der Medicus hat sicherlich Recht«, antwortete er. »Und wenn ich nicht das Gefühl hätte, ich wäre unter ein Fuhrwerk geraten, dann würde ich das mit dem Glück sofort glauben.«

»Die Männer hätten dich fast totgeschlagen.« Clarissa senkte den Kopf und verkrampfte die Hände im Schoß. »Und ich hab da im Heu gesessen und alles mit angesehen ... und nicht einmal den Mut gehabt, Hilfe für dich zu holen. Es tut mir so leid!«

»Du hättest an den Kerlen vorbeimüssen, mein süßes Mädchen«, gab er sanft zu bedenken. »Und wie hätte dir das gelingen sollen? Nein – ich bin sehr froh, dass du dich nicht gerührt hast. Die hätten dir wer weiß was angetan.«

»Stattdessen hat es jetzt vielleicht Schwester Fidelitas getroffen.« Clarissa klang zutiefst unglücklich. »Denn nachdem diese Kerle geflüchtet sind, war sie plötzlich auch nicht mehr aufzufinden.«

»*Was?*« Andres vergaß alle Vorsicht, setzte sich ruckartig auf – und sank mit einem Ächzen wieder auf die Matratze zurück. »Die Schwester ist verschwunden?«

Clarissa nickte. »Sie ist seither nicht wieder zurückgekommen. Und der Magister aus Tübingen ist überzeugt davon, dass sie nicht freiwillig gegangen ist. Er glaubt, man hat sie verschleppt.« Sie blickte auf. »Und jetzt ist er auch weg.«

»Wieso das denn?« Andres beäugte sie mit wachsender Verwirrung und Besorgnis. »Hat er herausgefunden, wer Bruno getötet hat? Ist er deswegen abgereist?«

»Bruno?« Clarissa blinzelte. »Das ... nein. Nein, er ist bei der Gräfin in Ungnade gefallen, glaube ich. Sie *wollte,* dass er geht. Eigentlich hat sie das schon die ganze Zeit gewollt.

Er hat einfach zu viele Fragen gestellt, und die haben sie schrecklich zornig gemacht.«

»Ich weiß.« Selbst Andres, der durch seine Arbeit im Stall nicht alles mitbekam, was sich im Haus abspielte, war diese Tatsache aufgefallen. »Also hat sie ihn jetzt vor die Tür gesetzt?«

»Nein, nein!« Clarissa beugte sich vor, als sei das, was sie jetzt zu berichten hatte, zu aufregend und geheimnisvoll, um es laut auszusprechen. »Er hat gesagt, er will Schwester Fidelitas suchen. Die Gräfin hat gemeint, er würde sie sowieso nie finden, weil sie inzwischen überall sein kann und wahrscheinlich gar nicht mehr lebt. Und er hat geantwortet, wenn *er* sie nicht findet, dann ganz gewiss der Spanier.«

Plötzlich wurden ihre Wangen rosig und ihre Augen glänzten, als sähe sie insgeheim ein überaus angenehmes Bild vor sich.

Andres' Kopf schmerzte. »Welcher Spanier?«

»Er ist mit dem Herrn Philipp hergekommen«, erklärte Clarissa. »Als der vorgestern das zweite Mal hier war, um seine Mutter zu sehen. Er hat draußen vor der Tür auf ihn gewartet … und jetzt ist er mit dem Magister aufgebrochen, um die Schwester zu finden.«

»Kennt er sie?« Für Andres wurde die ganze Sache immer rätselhafter. »Dieser Spanier? Sind er und Schwester Fidelitas sich begegnet?«

»Das weiß ich nicht so genau.«

Clarissa schien sich wieder darauf zu besinnen, weshalb sie eigentlich hereingekommen war. Sie lehnte sich zu dem Nachtkasten hinüber und goss Wasser in den Becher. Andres lauschte sehnsüchtig auf das leise Plätschern und leckte sich unbewusst die Lippen.

Clarissa schob ihm einen Arm unter den Nacken, beugte sich zu ihm hinab und hielt ihm den Becher an den Mund; er trank durstig und war sich gleichzeitig ihrer Nähe sehr deutlich bewusst. Seine Wange ruhte in ihrer Armbeuge, und ihre jungen Brüste, von Mieder und Bluse verhüllt, waren keine Handspanne von ihm entfernt. Er hätte sich am liebsten an sie geschmiegt und an ihr festgehalten, aber er war zu schwach dazu. Der Teil von ihm, der noch klar denken konnte, war dankbar dafür. Dies war ganz sicher der falscheste Moment, sein Mädchen ins Bett zu holen … und obendrein in das Bett seiner Mutter.

»Ich weiß nicht, ob dieser Spanier Schwester Fidelitas kennt«, fuhr Clarissa fort. »Aber er hat genauso wie Magister Schmieder geglaubt, dass man sie nicht im Stich lassen darf. Und er war sich ganz sicher, dass er den Magister begleiten muss, damit es überhaupt eine Möglichkeit gibt, sie aufzuspüren, auch wenn diese nur ganz klein ist.«

Sie bettete Andres wieder in das Kissen, stellte den Becher auf das Nachtkästchen zurück und strich ihm zärtlich über die Wange.

»Ich hab für sie gebetet, die ganze Zeit«, erklärte sie schlicht. »Genau wie für dich. Ich möchte nicht, dass einem von euch beiden jemals etwas Schlimmes geschieht.«

»Dann wollen wir hoffen, dass der Allmächtige dir immer zuhört, wenn du mit ihm sprichst«, antwortete Andres.

Die Glieder wurden ihm ebenso schwer wie das Denken; er versuchte, zu überlegen, wo die freundliche Nonne hingeraten sein könnte, aber jeder Gedanke entglitt ihm wie der Zügel eines jungen, noch nicht zugerittenen Pferdes, das vor seiner festen Hand zurückscheute. Brunos Gesicht im Schein der Kerze an jenem letzten Abend ging ihm durch den Sinn, gefolgt von einem Stich schmerzhaften Bedauerns. Sein Freund würde nie erfahren, was für ein Glück er gefunden hatte. Andres spürte, wie etwas sachte seine Wange streifte und begriff verschwommen, dass Clarissa ihn zum Abschied geküsst hatte. Dass sie hinausging, bekam er nicht mehr mit.

Als er das nächste Mal die Augen öffnete, war es Bärbel, die an seinem Bett saß, die Sonne war untergegangen und das Zimmer lag im Dämmerlicht. Er erwachte von der Berührung ihrer Hand, die ihm unablässig über das Haar strich, und davon, dass sie ihm leise etwas vorsang.

»Es ging ein Mägdlein zarte
Früh in der Morgenstund
In einen Blumengarten,
Frisch, fröhlich und gesund …«

Er kannte die Melodie, kam in seinem benommenen Zustand aber nicht darauf, woher. Sie klang friedlich und beruhigend, und als er seine Mutter anlächelte, schmerzte sein Mund fast gar nicht mehr.

»Mama?«

»Ja, mein Junge. Ich schau dir schon eine ganze Weile beim Schlafen zu – so wie früher, als du noch klein warst.« Die Hand auf seinem Haar hielt still. »Wie fühlst du dich?«

»Ein bisschen besser.«

Es war die Wahrheit. Und gleichzeitig begriff er in einem Moment bestürzender Klarheit, dass es ihr trotz seines bedenklich zerschlagenen Zustandes deutlich schlechter ging als ihm. Ihr rundes, vertrautes Gesicht, das immer so fröhlich gewesen war, hatte seine gesunde Farbe verloren, und es war seltsam schmal geworden, als schliefe sie zu wenig oder würde von üblen Alpträumen geplagt. Sie sah unglücklich aus, beinahe verzweifelt.

»Mama«, flüsterte er. »Mama, was hast du denn?«

»Nichts, worum du dich sorgen müsstest, Kind«, erwiderte sie.

Ihm fiel plötzlich wieder ein, dass er das schon einmal von ihr gehört hatte, im Stall, an dem Abend, bevor Bruno ums Leben gekommen war. Und dass die Ungewissheit darüber, wer seinen Jugendfreund vergiftet hatte, noch immer über ihnen hing wie eine dunkle Wolke. Allerdings hätte er schwören mögen, dass der schreckliche Verdacht gegen sie nicht das Einzige war, was seiner Mutter schwer auf der Seele lag.

»Da ist doch noch was!«, beharrte er. »Sag mir, was dir fehlt, Mama.«

Sie zögerte, dann nahm sie seine Hand.

»Es gibt da etwas, das du wissen musst, mein Sohn«, sagte sie. »Es wird allerhöchste Zeit, dass ich dir davon erzähle.«

»Ja, Herr – den Ritter habe ich gesehen«, sagte die Bauersfrau. »Gestern Morgen, eine gute Weile vor dem Mittagsläuten. Ich war auf dem Weg zum Markt in Cannstatt, mit meinen Zwiebeln und meinen jungen Erbsen, viel später als sonst, denn mein kleiner Junge ist krank, und deswegen hätte ich fast meinen Stammplatz an der Stadtkirche verloren.«

»War er allein unterwegs?«, fragte Valentin Schmieder gespannt.

Die Bäuerin strich ihren Rock glatt und musterte aus den Augenwinkeln fasziniert Juan Alvarez, der ebenso wie Valentin im Sattel eines Pferdes saß und auf ihre Antwort wartete. Trotz seiner schlichten Reisekleidung wirkte er so exotisch wie ein fremdartiger Vogel.

Endlich riss sie sich lange genug von seinem Anblick los, um Auskunft zu geben.

»Nein, er ritt neben einem Karren her.« Sie runzelte leicht die Stirn, während sie augenscheinlich versuchte, sich möglichst genau zu erinnern. »Und ich fand das merkwürdig, wisst Ihr … denn der Gaul, der diesen Karren zog, passte so gar nicht zu dem Pferd des Ritters. Das war ein Rappe, schön genug, um einen König zu tragen. Das Tier, das den Karren zog, war eine rechte Schindmähre. Dass die beiden zusammen unterwegs waren, wollte mir nicht in den Kopf.«

»Ich danke Euch, gute Frau.« Valentin verneigte sich leicht, dann holte er ein paar Kreuzer aus seinem Geldbeutel und drückte sie ihr in die ausgestreckte Hand. »Kauft Eurem kranken Jungen etwas Schönes dafür.«

Sie ließen das kleine Gehöft hinter sich. Valentin war über die Spur, die sich endlich ergeben hatte, so erfreut, dass er ganz vergaß, wie ungern er über weite Strecken im Sattel saß. Er beschloss, zu verdrängen, wie lange er wahrscheinlich noch reiten musste, bis sie Philipp von Eberstein eingeholt hatten, und wie gering seine Hoffnung war, dass Fidelitas sich noch lebendig und gesund in dessen Gesellschaft befand.

»Wenn Felipe immer noch zusammen mit diesem Karren unterwegs ist, dann bleibt er ganz bestimmt nicht die ganze Zeit auf dieser Straße«, sagte Juan Alvarez neben ihm. »Viel zu auffällig. An seiner Stelle würde ich schauen, dass ich den Karren loswerde und mich mitsamt der *hermana* in die Büsche schlage. Immer gesetzt den Fall, er will dorthin, wo ich annehme, dass er hinwill.«

Valentin seufzte innerlich und wappnete sich mit Geduld. »Ich hoffe, Ihr lasst mich an Euren Vermutungen teilhaben.«

»Ich könnte mir vorstellen, dass er zu *papá* reitet, nach Gernsbach«, meinte Juan Alvarez gleichmütig. »Seine letzten zwei Begegnungen mit *mamá* sind sehr unerfreulich verlaufen. Falls das stimmt, was Ihr vermutet, Magister, dann steckt er jetzt gewaltig in der Klemme. Er wird jemanden brauchen, der ihm sagt, was er tun soll. Vielleicht will er dem *conde* ja auch die Augen öffnen und ihm erzählen, was die *condesa* so alles anstellt, wenn sie alleine unterwegs ist und er es nicht mitbekommt.«

»Oder er will Graf Wilhelm den Mord an Bruno gestehen«, warf Valentin ein.

»Seinem Vater?« Juan Alvarez musterte ihn, als sei er nicht ganz bei Trost. »*Nunca en la vida!* Ganz ehrlich – hätte er Bruno umgebracht, er würde ohne Umweg nach Straßburg reiten, und wahrscheinlich hätten wir Mühe, ihn einzuholen. Er wäre schneller in Spanien, als Ihr und ich bis drei zählen können.«

»Es ist dieselbe Richtung«, gab Valentin zu bedenken. »Wenn Philipp nach Straßburg und nach Spanien will, wird ein kurzer Umweg nach Gernsbach ihn kaum aufhalten.«

»Aber er würde diesen Umweg nicht auf sich nehmen, wenn Bruno durch sein Verschulden gestorben wäre«, beharrte der Spanier unbeugsam. »Kein Sohn sucht seinen Vater auf, um ihm ins Gesicht zu sagen, dass er Hand an den eigenen Bruder gelegt hat.« Sein Gesicht wurde grimmig. »Wahrscheinlich müssten wir uns dann auch keine Gedanken mehr über Wohl und Wehe der *hermana* machen. Wer den Bruder vergiftet, dem lastet auch eine tote Nonne nicht mehr auf dem Gewissen.«

»Das sagt ausgerechnet Ihr als Landsknecht?« Die Worte waren draußen, bevor Valentin die Zeit hatte, nachzudenken. Er musste gegen den instinktiven Impuls ankämpfen, vor dem Spanier zurückzuweichen.

Juan Alvarez sah nicht aus, als sei er wütend. Er betrachtete Valentin eine Weile schweigend und nachdenklich, und in seinen Augen funkelte etwas, das aussah wie ein kaltes Lachen.

»Ihr haltet mich für einen Mörder ohne jeden Skrupel, oder?«

»Sagt Euch der *Sacco di Roma* irgendetwas, Herr Alvarez?« Valentin hatte den Verdacht, dass er sich soeben um Kopf und Kragen redete, aber seine Neugier war stärker.

Juan Alvarez atmete tief durch. »Aber sicher. Allerdings war ich damals erst ein *pipiolo* von zwölf Jahren und noch um ein weniges zu jung, um mich dem Heer von *rey* Carlos anzuschließen. Dreißigtausend Mann im Kampf gegen Frankreich und den Papst, und nicht annähernd genügend zusammengeborgtes Geld, um ihren Sold zu bezahlen. Söldner sind nicht wirklich mit Geduld gesegnet. Und wenn man sie zu lange auf den Lohn warten lässt, den man ihnen versprochen hat, dann werden sie zu wilden Tieren.«

»Kein wildes Tier würde tun, was diese Männer damals in Rom getan haben«, sagte Valentin leise.

»Das mag wohl stimmen.« Valentin sah, wie sich die Kiefermuskeln des Spaniers anspannten. »Aber das war beinahe dieselbe Zeit, als hier die Bauernkriege herrschten, nicht? Und diese Bauern haben ebenso geplündert, gebrandschatzt, gemordet und vergewaltigt wie die Landsknechte in jenem Frühling in Rom. Männer, die jedes Maß verloren haben und die man dann von der Leine lässt wie ein Rudel Hunde, die lassen sich nicht mehr zurückpfeifen, ob sie nun Landsknechte sind, Bauern oder brave Bürger.« Er sah Valentin an. Das kalte Lachen in seinen Augen war verschwunden und hatte tiefem Ernst Platz gemacht. »Als junger Soldat in den Diensten von Carlos hatte ich einen Kameraden, der sein ganzes Leben damit verbracht hatte, seine Kriegskunst mit Schwert, Dolch und Hellebarde an ein halbes Dutzend hoher Herren auszuleihen. Anders als ich war er beim *Sacco di Roma* dabei. Aber immer, wenn ihn jemand danach fragte, verstummte er und ging hinaus. Und dann konnte ich ihn in der Nacht darauf im Schlaf schreien hören. Das, Herr Magister, hat mich etwas Wichtiges gelehrt: Meine Rotte wird mit eiserner Hand geführt. Und wer mir nicht beweisen kann, dass er imstande ist, meinen Männern den vereinbarten Sold zu zahlen, für den kämpfen sie nicht.«

»Weil Ihr nicht wollt, dass sie sich versündigen?«

Alvarez gab ein abfälliges Schnauben von sich. »Weil Männer, die nachts Alpträume haben, verdammt schlecht kämpfen. Meine Rotte hat den Ruf, nahezu unbesiegbar zu sein. Und wenn dieser Ruf Schaden nimmt, verdirbt das die Preise.« Er räusperte sich. »Ich habe mir eine Karte angesehen. Um den Weg von Felipe weiter zu verfolgen, müssen wir uns jetzt eine Weile trennen. Ich möchte, dass Ihr weiter in Richtung Pforzheim reitet und auf dem Weg jeden, dem ihr begegnet, nach einem Reiter auf einem Rappen und mit einem Karren fragt. Oder nach einem Reiter, der eine Frau vor sich im Sattel hatte, als er vorüberkam.«

»Oder nach einem Reiter auf einem Rappen ganz ohne Karren und ohne Frau«, ergänzte Valentin pessimistisch.

»Malt den Teufel nicht an die Wand.« Juan Alvarez zügelte sein Pferd. »Ich werde die direkte Straße nach Calw nehmen. Sie führt geradewegs in den Wald hinein, und irgendwann ist sie wahrscheinlich nur noch ein Weg zwischen den Bäumen, aber auch dort findet man den einen oder anderen Einsiedelhof, auf dem jemand vielleicht etwas gesehen hat. Sobald ich Erfolg hatte, reite ich zurück und komme Euch entgegen. So sparen wir hoffentlich etwas Zeit.« Er grinste schief. »Tut mir den Gefallen, Magister, und geht in der Zwischenzeit nicht verloren. Ich kann nur *einen* Menschen auf einmal retten, versteht Ihr?«

Wenige Minuten später war er von der Hauptstraße abgebogen und hinter einem Hügel verschwunden. Valentin folgte ihm mit dem Blick und sah am Horizont den dunklen Saum des Schwarzwaldes. Irgendwo in dieser Richtung lag Calw. Und irgendwo in dieser Richtung war hoffentlich auch Philipp von Eberstein unterwegs, wenn er nicht doch auf der Straße geblieben war, die einst die Römer gebaut hatten.

Während Valentin seinen Fuchs wieder antrieb, dachte er darüber nach, wieso Juan Alvarez diese mühselige Verfolgungsjagd überhaupt auf sich nahm. Er hatte wie versprochen mit der Gräfin geredet und ihm anschließend bestätigt, dass auch sie den Verdacht hegte, ihr ältester Sohn könnte geflohen sein. Es war Juan Alvarez' Idee gewesen, jeden reisenden Handwerksburschen, jede Gruppe von Händlern und jeden Reiter der kaiserlichen Post zu befragen, bis sich endlich ein erster Hinweis ergab. Dass diese Unternehmung der sprichwörtlichen Suche nach der Nadel im Heuhaufen glich, hatte ihn nicht im Geringsten abgehalten.

Gab der Mann sich so viel Mühe, weil er Philipp von Eberstein als seinen Freund betrachtete? Immerhin hatte er ihn schon mehrfach mit großem Eifer gegen den Verdacht verteidigt, seinen Bruder ermordet zu haben. Hatte er etwa sein Herz für die streitbare, temperamentvolle Nonne entdeckt? Oder gab es da noch weitere Motive, von denen er, Valentin, nichts ahnte?

Möglich war immerhin beides. Juan Alvarez de Santa Cruz y Fuego war ein Mann voller Widersprüche und Rätsel.

Der Tag verstrich langsam, während Valentin weiterritt und jeden, dem er begegnete, nach dem Ritter, dem Karren und der Frau fragte. Es waren viele Menschen zwischen Stuttgart und Pforzheim unterwegs, aber niemand konnte ihm auch nur im Geringsten weiterhelfen. Niemand hatte Philipp von Eberstein und Fidelitas gesehen, weder gemeinsam noch allein.

Es war bereits Nachmittag, als er im Schatten eines kleinen Wäldchens etwas abseits der Straße Rast machte. Er fragte sich entmutigt, wie lange es wohl noch dauern würde, bis er die Hoffnung verlor, und zögerte den Moment, in dem er wieder aufs Pferd steigen musste, immer wieder hinaus. Als er sich gerade aufgerafft hatte, den Weg fortzusetzen, sah er urplötzlich Juan Alvarez, der einen Bogen um eine schwatzende Händlergruppe mit einem überdachten Wagen schlug und auf ihn zukam, entspannt und offenbar ausgesprochen gut gelaunt.

»*Holá,* Magister!«, sagte er. »Ihr könnt Euch den weiteren Weg nach Pforzheim sparen. Felipe und die Nonne dürften inzwischen schon in Calw sein, und wenn wir uns genügend beeilen, schaffen wir es vielleicht, sie morgen einzuholen. Ich hatte ein bisschen Glück.«

»Im Gegensatz zu mir«, versetzte Valentin, dem eine ungeheure Last von den Schultern fiel. Er knüpfte die Zügel seines Fuchses los und schwang sich in den Sattel. »Von wem wisst Ihr, wo die beiden sind?«

»Ein Stück hinter der Abbiegung, an der wir uns getrennt haben, liegt eine Postmeisterei mit einer Wechselstelle für die Pferde der reitenden Boten«, erklärte Alvarez, der eindeutig die Absicht hatte, seine Geschichte nach allen Regeln der Kunst auszukosten. »Unweit davon gibt es ein Waldstück, durch das der kürzeste Weg mitten hindurchführt. Und genau deswegen bietet neben der Wechselstelle auch ein Radmacher seine Dienste an. Wer nach Calw will, muss durch diesen Wald, und der Weg ist ein unbefestigtes Auf und Ab aus Schlaglöchern, Wurzeln und Felsbrocken. Ich möchte nicht wissen, wie viele Händlerwagen da schon die Räder verloren haben.«

Er sah, dass Valentin sich alle Mühe gab, nicht ungeduldig im Sattel herumzurutschen, und grinste. »Geduld, Magister, ich bin gleich so weit. Als ich mich in der Postmeisterei nach Felipe erkundigen wollte, fiel mir ein Kerl auf, der gerade versuchte, ein Rad an einem ziemlich mitgenommenen Karren festzumachen.«

»Und der war verdächtig?«

»Erst als ich ihn nach einem Ritter auf einem Rappen in Begleitung einer Nonne gefragt habe«, entgegnete Alvarez gemütlich. »Da wurde er kreidebleich, hat herumgestammelt und kurz darauf versucht, ohne seinen Karren Fersengeld zu geben. Allzu weit ist er aber nicht gekommen.«

Valentin musterte ihn aus den Augenwinkeln. »Was habt Ihr mit ihm angestellt?«

»Ich hab ihn eingefangen und ihm das Maul gestopft«, sagte Alvarez. »Da waren wir glücklicherweise schon außer Sicht der Poststation und im Wald. Und im Wald wartet er jetzt auf Euch, zusammengebunden wie ein *pollo* am Spieß. Ich dachte, Ihr würdet ihn vielleicht gern selbst befragen.«

»Sehr aufmerksam.« Valentin verneigte sich im Sattel. »Ich dachte schon, Ihr hättet ihm den Garaus gemacht.«

»Nicht ehe er Euch gesagt hat, was er weiß. Das hat er mir zwar auch schon erzählt, bevor ich ihn verschnürt habe, aber ich bin sicher, mit einer Geschichte aus zweiter Hand seid Ihr nicht zufrieden.«

Wirklich sehr aufmerksam, dachte Valentin. Er war – zumindest im Moment noch – alles andere als überzeugt davon, dass Juan Alvarez ihm vorbehaltlos die Wahrheit sagen würde. Vor allem, wenn diese Wahrheit seinen Freund und Kriegskameraden Philipp von Eberstein schwer belastete. Allerdings, überlegte er weiter, hätte der Spanier sich die Sache auch wesentlich einfacher machen können, indem er den unliebsamen Mitwisser und Komplizen einfach aus dem Weg schaffte, bevor Valentin ihn zu Gesicht bekam.

Sie ritten Seite an Seite weiter, die sinkende Sonne im Rücken. Als sie die Abbiegung der Straße nach Calw erreicht hatten, blieben ihnen vielleicht noch zwei Stunden Tageslicht, und es dauerte nicht lange, bis die Poststation in Sicht kam. Vor dem lang gestreckten, niedrigen Haus mit dem bemoosten Schindeldach und den angebauten Stallungen war ein Bauer gerade damit beschäftigt, den Rest seiner Waren in einen Handkarren zu laden, bevor er nach Hause ging. Valentin kaufte ihm Brot, getrocknetes Obst und die letzten vier mit Zwiebeln und Speck gefüllten Pasteten ab, die noch auf dem kleinen Tisch lagen, dann setzten sie ihren Weg fort und erreichten die ersten Ausläufer des Waldes. Der Weg wand sich zwischen den Bäumen hindurch und verschwand im abendlichen Dunkel.

»Ist es noch weit bis zu Eurem verschnürten Schurken?«, wollte Valentin wissen.

»Nur noch ein paar Minuten«, erwiderte Alvarez leichthin.

»Wir sollten unsere Trinkflaschen auffüllen«, meinte Valentin. »Wenn der Mann fast den ganzen Tag gefesselt in irgendeinem Versteck gelegen hat, werden ein paar Schlucke Wasser ihn vielleicht geneigter machen, meine Fragen zu beantworten.«

»Eine Dolchspitze am Hals tut es auch.« Alvarez grinste.

»Zweifellos.« Valentin zog eine Grimasse. »Aber es spricht doch nichts dagegen, ihm und uns die Sache zu erleichtern.«

»Wie Ihr meint.«

Alvarez deutete auf eine Stelle, wo der Weg eine scharfe Biegung machte und am Rand einer Lichtung entlangführte, die fast zur Gänze von einem Teich eingenommen wurde. Inzwischen stand die Sonne so tief, dass das Wasser schimmerte wie ein glatter, goldener Spiegel.

Alvarez stieg vom Pferd, knotete die Zügel um eine Astgabel und ging zu einem breiten, von Wind und Wetter gezeichneten Baum hinüber, der eigentlich aus drei zusammengewachsenen Stämmen bestand. Er umrundete ihn, und gleich darauf war erst ein Kratzen und Scharren und dann ein lautes, schmerzvolles Stöhnen zu hören. Im nächsten Moment tauchte der Spanier auf der anderen Seite wieder auf; er hielt eine zerzauste Gestalt in zerrissenem Wams und verdreckten Hosen am Schlafittchen, die Valentin über einen Knebel hinweg wütend anfunkelte.

Alvarez schleppte den Mann zu ihm herüber und ließ ihn vor Valentins Fuchs auf die Erde fallen wie einen Sack Mehl. Dann beugte er sich zu ihm hinunter, riss das Tuch ab, das um sein Gesicht geknotet war, und zog ihm einen durchweichten Stoffball aus dem Mund.

»Steht mir bei, Herr!«, jammerte prompt das immer noch verschnürte Opfer. »Ich weiß nicht, wer Ihr seid, aber habt Erbarmen mit mir! Dieser Wüterich hat …«

»Dieser Wüterich hat Euch gefangengesetzt, ich weiß«, sagte Valentin. »Und wenn Ihr mit heilen Gliedern davonkommen wollt, solltet Ihr mir jetzt besser die Wahrheit sagen. Trifft es zu, dass Ihr letzte Nacht gemeinsam mit einem Komplizen den Reitknecht der Gräfin Johanna von Eberstein so lange verprügelt habt, bis er ohnmächtig liegen blieb? Und dass es Philipp von Eberstein war, der Euch dazu angestiftet hat?«

Der Mann starrte ihn an; ihm dämmerte sichtlich, dass Valentin keineswegs der Retter war, für den er ihn gehalten hatte. Er schluckte und starrte zu Boden. »Ich weiß nicht, wie der Kerl wirklich heißt«, kam es mürrisch. »Und wer diese Gräfin ist, weiß ich auch nicht.«

»Aber Ihr habt den Mann begleitet, nicht wahr?« Valentin stieg vom Pferd und kauerte sich hin, damit er ihm direkt ins Gesicht sehen konnte. »Und er hat Euren Wagen dazu benutzt, eine Frau aus der Stadt zu schmuggeln? Eine Nonne?«

Juan Alvarez zog seinen Dolch und hielt ihn dem Mann unter die Nase. »Mach das Maul auf, *canalla*!«, sagte er liebenswürdig. »Oder ich sorge höchstpersönlich dafür, dass du nie wieder irgendetwas erzählen kannst – ganz egal, wem.«

Ein panisches Blinzeln. »Er hat nach der Abreibung für den Jungen noch was draufgelegt für den Wagen!«, platzte der Mann heraus. »Wir konnten doch nicht wissen, dass er plötzlich eine ohnmächtige Frau anschleppt! Also haben wir ihm gesagt, er soll ihr den Hals umdrehen, damit wir sie los sind. Aber er hat sich glattweg geweigert, dieser Trottel.«

»Erzähl *el magister*, wo ihr euch getrennt habt«, sagte Juan Alvarez, noch immer in demselben liebenswürdigen Tonfall.

»Keine Stunde von hier«, antwortete der Mann eilig. »Bloß war das schon heute Morgen. Ich hab keinen blassen Schimmer, wo die jetzt sind, Herr. Wirklich!«

»Dafür wissen *wir* jetzt Bescheid.« Alvarez schleuderte seinen Dolch in die Luft, folgte der glänzenden Klinge mit den Augen und fing ihn geschickt wieder auf. »Und wir werden die beiden schon finden. Aber was machen wir jetzt mit dir, *canalla*?«

»Wir sollten ihn vielleicht laufen lassen«, meinte Valentin. »Andernfalls müssen wir ihn nämlich entweder nach Cannstatt zurückbringen und ihn dort der Gerichtsbarkeit übergeben. Oder wir müssen ihn nach Calw mitnehmen und dort beim Stadtbüttel abliefern.«

»Oder wir drehen ihm den Hals um, damit wir ihn los sind.« Juan Alvarez lächelte sanft, und der Mann wurde bleich.

»Herr, im Namen aller Heiligen …«

»Die Heiligen haben mit dir überhaupt nichts zu schaffen, du elender Dummbeutel«, sagte Valentin ruhig. »Und auch wenn mein Freund hier das vielleicht anders sieht als ich, du kannst dich davonmachen. Wir haben Wichtigeres zu tun, als uns mit deinem Kadaver aufzuhalten. Wenn das nicht so wäre, könnte ich in Versuchung geraten, mich abzuwenden und den Dingen sozusagen … ihren Lauf zu lassen.«

Die Augenbrauen des Spaniers schossen in die Höhe. Er betrachtete Valentin mit einem Blick voll belustigtem Respekt. Dann setzte er den Dolch an, um die Fesseln ihres Gefangenen durchzuschneiden … und hielt inne, als würde er nachdenken. Plötzlich zuckte die Klinge nach oben und zog eine böse Spur quer über die Stirn des Mannes. Blut quoll aus dem Schnitt, lief über das vor Schreck und Schmerz verzerrte Gesicht und tropfte von seinem Kinn.

»Nimm es als Kainsmal«, sagte Juan. »Ich zeichne dich, damit ich dich jederzeit wiederfinde. Und jetzt nimm die

Beine in die Hand, bevor ich meine Meinung ändere und diese Welt doch noch von deiner überflüssigen Gegenwart befreie.«

Der Blick des Mannes, der Andres zusammengeschlagen und Philipp von Eberstein geraten hatte, Schwester Fidelitas umzubringen, irrte vom Gesicht des Spaniers hinüber zu dem von Valentin. Dann drehte er sich um und rannte; sie konnten noch eine ganze Weile hören, wie er durch das Unterholz davonstolperte.

»Wir machen hier am besten Rast.« Juan Alvarez führte sein Pferd an den Teich und ließ es trinken. »Hinter Calw ist die Strecke kein Deut besser als hier, und Felipe wird sich auch einen Platz zum Schlafen suchen müssen. Wir holen sie ein, spätestens morgen Abend.«

Valentin sah ihn an, ohne sofort zu antworten. Der plötzliche Gewaltausbruch hatte ihn erschüttert; überrascht hatte er ihn nicht. So gelassen und freundlich Juan Alvarez sich auch geben mochte, er war so gefährlich wie eine geladene Muskete, bei der man sich vorsehen musste, damit sie nicht unversehens losging.

»Wir könnten ein gutes Lagerfeuer brauchen.« Er stand auf. »Am besten sammle ich uns jetzt ein wenig Holz dafür.«

Der nächste Morgen dämmerte frisch und kühl herauf, und Juan Alvarez drängte nach einem sparsamen Frühstück aus Wasser, Brot und getrockneten Äpfeln sehr rasch zum Aufbruch. Valentin verkniff sich jeden Hauch von Widerspruch; die Aussicht, Philipp von Eberstein heute noch zu finden – und Schwester Fidelitas hoffentlich ebenfalls –, beflügelte ihn. Nachdem sie das Waldstück hinter sich gelassen hatten, war die Straße zwar nicht ganz eben, aber doch deutlich besser befestigt, und sie kamen gut voran. Am frühen Nachmittag waren sie bereits in Calw, und sie hatten bei der Suche ein weiteres Mal Glück.

Ein Wachmann am Tor erinnerte sich an einen Ritter, der eine Nonne vor sich im Sattel gehalten und die schreckliche Geschichte von einem Überfall erzählt hatte. Juan Alvarez hörte sich die Schauermär an, ohne eine Miene zu verziehen, und er ließ sich auch nicht dadurch aus der Ruhe bringen, dass der Ritter nach eigener Auskunft angeblich zum Geschlecht der Ehinger gehört hatte. Stattdessen erkundigte er sich höflich, ob dem Wachmann vielleicht irgendwo ein Wappen aufgefallen wäre.

Der Torwächter runzelte die Stirn. Doch, ja, er hatte etwas gesehen, am Zaumzeug des Ritters – eine Zinnplakette, bemalt mit einer roten, fünfblättrigen Blume. Ob das eine Hilfe sei?

Der Spanier bedankte sich artig und machte sich mit Valentin durch das Stadttor auf den Weg nach Calw hinein.

»Aber sicher war das Felipe«, sagte er, während sie auf den Gasthof zuritten, der dem Tor am nächsten lag. »Die Idee mit dem falschen Namen war gar nicht so übel – aber er hätte das Zaumzeug wechseln sollen. Die rote Blume ist das Wappen der Ebersteiner. Ich hab es in den letzten Jahren wahrlich oft genug gesehen, um es zu erkennen.« Er warf Valentin einen triumphierenden Blick zu. »Und die *hermana* ist noch am Leben!«

Sie ließen sich in dem Gasthof ein frühes, aber reichliches Abendessen bringen; die Wirtin war sehr freundlich und auf vorsichtige Nachfrage hin nur zu gern bereit, die Geschichte von dem »armen Kind« zu erzählen, das unter die Räuber gefallen und von dem Ritter, der sie begleitete, so selbstlos vor einem schrecklichen Los bewahrt worden war. Valentin und Juan nahmen mit Interesse zur Kenntnis, dass der Ritter die Nonne in ihr Kloster zurückbringen wollte. Dann schlugen sie einträchtig das angebotene Zimmer aus, ließen sich

Brot, kleine Mohnkuchen und kaltes Huhn in einen Beutel packen und brachen wieder auf, um bis zum Sonnenuntergang so weit zu kommen wie möglich.

Als der Himmel sich zu grauer Dämmerung verdunkelte, hatten sie den Rand des Schwarzwaldes schon hinter sich gelassen und ritten langsam unter einem Baldachin aus dichten, hohen Tannen dahin. Der Weg war vergleichsweise gerade und eben, bedeckt von einem dichten, weichen Teppich brauner Nadeln. Die letzten Sonnenstrahlen malten tiefrot leuchtende Streifen auf den Boden, und irgendwann hob Juan Alvarez die Hand und zügelte sein Pferd.

»Wir lassen es besser gut sein für heute«, sagte er. »Bis jetzt haben weder mein Brauner noch Euer Fuchs ein Eisen verloren oder sich ein Bein gebrochen. Ich könnte obendrein etwas zu essen vertragen – und ich hab aus dem Gasthaus in Calw eine Flasche Wein mitgenommen.«

Valentin nickte zustimmend und stieg ab.

»Überaus umsichtig von Euch«, sagte er, führte sein Pferd zwischen den Bäumen auf eine kleine Lichtung und band es an einem Baum fest. Äste und Zweige lagen reichlich herum, und bald brannte ein kleines Feuer.

Juan Alvarez spießte ein Stück Huhn auf einen Stecken und wärmte es über den Flammen, bevor er es mit einem Becher Wein zu Valentin hinüberreichte. Der bedankte sich, aß und trank mit herzhaftem Appetit und versuchte, abzuschätzen, wie weit Philipp und Fidelitas wohl noch entfernt waren.

»Was meint Ihr«, fragte er, »wann werden wir die beiden einholen?«

»Schwer zu sagen.« Juan Alvarez biss in ein Hühnerbein und spülte mit einem kräftigen Schluck aus seinem eigenen Becher nach. »Felipes Pferd trägt beide, und wir haben heute ordentlich Boden gut gemacht. Sehr lange kann es jetzt nicht mehr dauern.«

Und was geschieht, wenn wir sie gefunden haben?

Valentin stellte die Frage nicht laut, aber er machte sich Gedanken. Würde Philipp versuchen, sich gegen die Anschuldigungen zu wehren – vielleicht mit dem Schwert? Würde er Fidelitas als Schild benutzen oder gar als Geisel? Er war so tief in seine Grübeleien versunken, dass ihm die Änderung im Verhalten von Juan Alvarez nicht sofort auffiel. Erst als der Spanier aufstand, mit einer raschen Bewegung das Feuer austrat und angespannt in den abendstillen Wald spähte, wurde er aufmerksam.

»Was ist denn los?«

»Schsch …!«

Ohne das kleine Flammennest war es fast vollständig finster. Valentin schwieg, wie ihm geheißen, und lauschte genauso intensiv wie sein Reisegefährte. Ja … da war etwas. Leise Stimmen, die zwischen den Bäumen erstaunlich weit trugen, ein golden flackerndes Licht, als hätte jemand knapp in Sichtweite ebenfalls ein Lagerfeuer entzündet. Aber dann vervielfachten sich die Stimmen unvermittelt zu lautem Gebrüll. Das scharfe Klirren von Metall auf Metall ließ ihn zusammenfahren, und er begriff entsetzt, dass es sich um Kampfeslärm handelte.

»Rührt Euch nicht vom Fleck! Habt Ihr verstanden?«

Die Stimme war nicht mehr als ein leiser, scharfer Hauch dicht neben seinem Ohr. Gleichzeitig ein weiteres metallisches Klirren; Valentin begriff, dass Juan Alvarez sein Schwert gezogen hatte. Dann huschte der Spanier leise davon. Valentin blieb allein zurück, alle Sinne auf den einen reduziert.

Plötzlich ertönte der gellende, verzweifelte Schrei einer Frauenstimme, so deutlich, dass er jedes Wort verstand.

»Gott im Himmel – er bringt ihn um!«

Valentin vergaß alle Vorsicht, alle guten Vorsätze und die Anweisung von Juan Alvarez, sprang auf und rannte zwischen den Bäumen hindurch auf das flackernde Licht zu, so schnell er konnte.

XVIII

Tod und Teufel

Er war noch nicht allzu weit gekommen, als er mit dem rechten Fuß hängenblieb und der Länge nach zu Boden stürzte. Für einen kurzen Moment blieb er reglos liegen, halb benommen und den Mund voll nachtfeuchter Erde. Dann spuckte er aus und hob den Kopf, um sich zu orientieren.

Dort, wo der Kampf stattfand, hatte jemand die Flammen hell und hoch geschürt – Valentin vermutete, dass das Juan Alvarez gewesen war, dessen natürliches Interesse es sein musste, zu sehen, mit wie vielen Gegnern er es zu tun hatte. Der Schrecken über den Frauenschrei ließ Valentins Blut immer noch zu rasch und zu hitzig durch seine Adern strömen, um den Rückzug anzutreten – was wahrscheinlich um ein Vielfaches vernünftiger gewesen wäre. Aber er musste einfach wissen, was da vor sich ging.

Also rappelte er sich auf, stellte halbwegs beruhigt fest, dass er auf beiden Beinen sicher stand, und schlich weiter gebückt durch das Unterholz – wenn auch diesmal etwas vorsichtiger, um nicht noch einmal das Gleichgewicht zu verlieren.

Wieder ertönte ein Schrei, aber dieses Mal nicht der einer Frau. Es war ein Mann, und der gutturale Laut brach sehr rasch wieder ab, als sei ihm die Luft ausgegangen. Das harte Zischen einer geschwungenen Klinge, dann ein dumpfes, erschrockenes »Uff!«. Und plötzlich lachte jemand – so unbeschwert, als würde dort nicht auf Leben und Tod gekämpft. Valentin *wusste*, wer das war, er wusste es ohne einen Hauch eines Zweifels.

Er hatte den Ort des Geschehens fast erreicht und fand Zuflucht hinter einem Felsbrocken. Der fühlte sich unter seinen tastenden Handflächen seltsam weich und nachgiebig an; vermutlich war er mit Moos überzogen, aber auf der dem lodernden Feuer abgewandten Seite war davon nichts zu sehen. Valentin kniete sich in die kleine Kuhle hinter dem Stein und spähte vorsichtig darüber, während ihm der Nachttau kühl und feucht durch die Beinkleider drang.

Vor ihm befand sich eine kleine Lichtung, gerade groß genug für ein Lagerfeuer, ein paar Menschen, die vor Dunkelheit und Kälte Schutz suchten und für ein, zwei Reitpferde. Ein Pferd gab es tatsächlich; Valentin erkannte den Rappen, der Philipp von Eberstein gehörte. Er war links von der Feuerstelle in ausreichendem Abstand an einen Baum gebunden und tänzelte unruhig hin und her.

Im Schein der Flammen entdeckte Valentin zwei Männer reglos am Boden. Dem einen klaffte ein breiter Schnitt in der Kehle wie ein zweiter, entsetzt aufgerissener Mund. Blut war daraus über das zerlumpte Wams gelaufen und bildete neben ihm eine schwarze Pfütze, die langsam in der Walderde versickerte. Der andere lag zusammengekrümmt auf der Seite, und seine Augen starrten glasig ins Leere. Valentin konnte nur mutmaßen, woran er gestorben war, aber tot war er ganz sicher.

Er wollte nach Schwester Fidelitas Ausschau halten, aber sein Blick wurde unwillkürlich von den beiden übrigen Männern angezogen, die noch auf den Beinen standen und miteinander kämpften, einer von ihnen abgerissen und verwildert wie jemand, der schon lange kein Dach mehr über dem Kopf gehabt oder in einem Bett geschlafen hatte. Er umklammerte den Griff eines kurzen Krummsäbels und setzte sich mit verzweifelter Wut gegen Juan Alvarez zur Wehr, der ihn leichtfüßig umkreiste und nur von Zeit zu Zeit kleine Ausfälle mit dem Schwert machte. Es wirkte, als hätte der Spanier alle Zeit der Welt, aber Valentin, der sich noch nie mit einer Waffe hatte verteidigen müssen, erkannte instinktiv, wie viel Spannung hinter seiner scheinbaren Lässigkeit steckte. Bei jedem ungeschickten Hieb oder Stich seines Gegners wich Alvarez aus, so geschmeidig und rasch wie ein Tänzer. In seinem rechten Wamsärmel war ein Riss, der Stoff des Hemdes darunter rot verfärbt. Offenbar war dem Räuber wenigstens ein Treffer gelungen, aber der Spanier sah nicht so aus, als würde ihm die Wunde etwas ausmachen.

Erneut zuckte der Krummsäbel vor. Alvarez drehte sich zur Seite weg, das Gesicht aufmerksam, die Augen vollkommen ausdruckslos. Und dann bewegte sich sein Schwert, so rasch, dass Valentin das Blitzen der Klinge gar nicht mitbekam. Das Einzige, was er sah, war der andere Mann, der sich plötzlich mit einem qualvollen Aufkeuchen an den Bauch griff und nach vorne fiel. Er sackte neben dem Feuer zur Erde und sein Körper zuckte schwach.

Alvarez hatte, nachdem seine Waffe ihr Ziel gefunden hatte, einen Schritt rückwärts gemacht. Jetzt betrachtete er seinen besiegten Feind einen Moment lang schweigend und reglos, bevor er sich vorbeugte, ihn am Schopf packte und seinen Kopf in die Höhe zog. Dann schnitt er ihm mit einer raschen, beiläufigen Bewegung die Kehle durch. Als er sich wieder aufrichtete und die blutige Klinge an seiner Hose abwischte, lächelte er.

Valentin spürte, dass es ihn eiskalt überlief. Es kam ihm so vor, als hätte er zum ersten Mal einen Blick hinter die glatte, humorvolle Fassade getan, die der Landsknecht der Welt üblicherweise zu zeigen pflegte, und was dahinterlag, erschreckte ihn. Nicht, dass der Räuber von der Hand des Spaniers gestorben war, erfüllte ihn mit jäher Furcht, sondern die Tatsache, wie *zufrieden* Alvarez darüber war. Er tötete so gelassen wie mitleidlos, weil das nun einmal sein grimmiges Handwerk war. Für ihn waren diese drei Toten nichts anderes als die Schafe auf der Schlachtbank für einen Metzger.

Er suchte erneut nach Schwester Fidelitas und fand sie fast direkt gegenüber. Sie saß an einen Baum gelehnt, das Gesicht selbst im Flammenschein noch kreideweiß. Sie trug weder Haube noch Schleier; wirre, kurze Locken spiegelten die Farbe der Glut wider wie warmes Kupfer. Und erst jetzt sah er auch Philipp von Eberstein, den Körper vor ihr lang ausgestreckt auf dem Bauch, den Kopf zur Seite gedreht auf ihrem Knie, die Augen geschlossen.

»Blutet er noch?«

Alvarez wandte Valentin den Rücken zu, während er sich nach dem Befinden seines Freundes erkundigte. Vermutlich war der Sohn des Grafen verwundet worden, als die Räuberbande über ihn und Fidelitas herfiel.

Die Nonne blickte zu ihm auf; Valentin konnte in ihrem Ausdruck nichts von dem Schrecken sehen, der ihn selbst erfüllte. Aber sie wirkte unendlich erschöpft.

»Nein«, sagte sie leise. »Ich hab ein Stück von seinem Wams auf die Wunde gepresst, und ich muss sie säubern und verbinden; zum Glück ist sie nicht sehr tief. Ich bin sicher, er kommt bald wieder zu sich.«

»Gut.« Juan Alvarez straffte die Schultern. »Dann sollte ich vielleicht dorthin zurückgehen, wo *el magister* und ich unser Lager aufgeschlagen haben, und ihn aus seiner Ungewissheit erlösen.« Er zögerte. »Allerdings missfällt mir der Gedanke, Euch hier allein zu lassen.«

»Wieso?« Fidelitas zog eine leichte Grimasse. »Ihr habt doch die ganze Bande umgebracht. Und die drei Leichen da können weder mir noch Eurem Freund noch etwas antun.«

»So furchtlos?« Der Spanier sprach gedämpft, als wollte er ihr nicht noch mehr Angst einjagen, als sie bereits durchgestanden hatte.

»Nein, nur so müde«, erwiderte Fidelitas. »Noch nie habe ich mich so sehr in die Geborgenheit meines Klosters zurückgesehnt, Herr Alvarez.«

»Wir werden Euch dorthin zurückgeleiten«, versicherte der Spanier, »jedenfalls, sobald mein Freund Felipe hier wieder aufrecht sitzen und reiten kann. Euer Abenteuer ist fast vorüber.«

»Mag sein.« Die Nonne seufzte. »Aber das heißt nicht, dass ich so ohne weiteres vergessen kann, was ich gesehen habe.«

»Vielleicht hättet Ihr im Kloster bleiben sollen, *hermana.*« Alvarez' Stimme war sehr sanft, beinahe zärtlich.

Valentin hielt es für dringend an der Zeit, einzugreifen, bevor der Mann – was Gott verhüten mochte – auf die Idee kam, einer frommen Frau unsittliche Anträge zu machen.

Er stand auf. »Schwester?«

Fidelitas spähte an Alvarez vorbei, der blitzartig herumfuhr, das Schwert bereits gezückt. Sein Gesicht entspannte sich erleichtert, aber nur ganz kurz. Denn nun geschahen mehrere Dinge gleichzeitig.

Hinter Valentin raschelte etwas. Er zuckte zusammen und sah, wie Juan Alvarez einen langen Satz auf ihn zu machte, den Mund zu einem halben Warnschrei geöffnet. Bevor er noch selbst die Gelegenheit hatte, sich umzudrehen, traf ihn etwas im Rücken, knapp unterhalb der linken Schulter. Es war ein durchdringender, stechender Schmerz, und von einem Moment zum anderen bekam er keine Luft mehr. Außerstande, sich abzustützen, kippte er nach vorne auf den Felsen, prallte mit der Stirn dagegen und rutschte seitlich daran hinunter, während die Welt rings um ihn her verschwamm und schwand.

Wenige Stunden später brach der Morgen an und der Himmel erhellte sich erst zu bläulichem Grau und dann zu Gold. Nebel füllte die Senken und Vertiefungen im Wald und hing zwischen den Baumstämmen wie blasser Rauch.

Als Fidelitas die Augen öffnete, lag sie in ihrem Umhang zusammengerollt. Sie konnte Philipp von Eberstein leise schnarchen hören, ein kleines Stück weit entfernt; kurz nach Mitternacht war er aus seiner Bewusstlosigkeit erwacht, hatte etwas Wasser getrunken und ein Stück Brot gegessen, ehe er einschlief. Auf ihrer anderen Seite, in Reichweite ihrer Hand, lag Valentin, den Kopf auf einem Polster aus einer Pferdedecke und mit einer zweiten sorgsam zugedeckt.

Seit dem Messerstich in den Rücken war er noch nicht zu sich gekommen. Fidelitas hatte ihr Kopftuch halb durchgerissen und zunächst Philipps Wunde verbunden; dann hatte sie den Magister so gründlich untersucht, wie es ihr bei Nacht und im Feuerschein möglich war. Der Stich schien nicht sehr tief zu gehen, und allzu viel Blut hatte er auch nicht verloren. Sie hatte die kleine Wunde mit dem Rest aus der Wasserflasche von Juan Alvarez und mit dem Wein gereinigt, den er ihr gebracht hatte. Für den Verband war der Rest des Tuchs draufgegangen, das der Frau des freundlichen Torwächters in Calw gehört hatte. Fidelitas war sich sicher, dass sowohl Philipp als auch der Magister die Sache überstehen würden, aber sie konnte es trotzdem kaum erwarten, beide der Fürsorge eines guten Medicus zu übergeben.

Angesichts dieser Information hatte Juan Alvarez eine Grimasse gezogen und etwas Unverständliches auf Spanisch in seinen Bart gemurmelt. Er hatte darauf bestanden, den Kratzer an seinem Arm selbst zu behandeln, und nicht zugelassen, dass sie ihm dabei zur Hand ging. Danach hatte er sich ans Feuer gesetzt und die Wache übernommen, während Fidelitas sich hinlegte, die Ereignisse der letzten Stunden noch einmal rekapitulierte und darum rang, sie zu verdauen.

Juan Alvarez war aus heiterem Himmel auf die Lichtung gestürmt, als einer der Räuber Philipp von Eberstein an der Schulter verletzt hatte und sich gerade anschickte, sein blutiges Werk zu vollenden. Der Spanier hatte so kraftvoll mit dem Schwert zugestoßen, dass vor Fidelitas' entsetzten Augen die Klingenspitze vorne an der Brust von Philipps Angreifer wieder herauskam. Der zweite Mann aus der Bande hatte sich von hinten auf ihn gestürzt und Alvarez hatte ihn abgeschüttelt wie ein Bär einen lästigen Fuchs.

Genau wie Valentin hatte sie ihn kämpfen sehen. Genau wie er hatte sie gesehen, wie Juan die Haut des freundlichen Kavaliers abstreifte und mit der Waffe in der Hand einen Totentanz vollführte, der sie auf schaurige Weise faszinierte. Drei Männer waren binnen kürzester Zeit von seiner Hand gefallen, gleich darauf der vierte – ein Junge noch, ausgehungert, mager und halb toll vor Angst, nachdem er Valentin niedergestreckt hatte. Seine Kameraden hatten ihn ebenso zurückgelassen, wie Juan Valentin zurückgelassen hatte, und er war auf die Suche nach ihnen gegangen.

Der Junge hatte sich hinter Valentin angeschlichen und in Panik zugestochen, als er entdeckt worden war; bei seinem Fluchtversuch war er nicht weit gekommen. Juan Alvarez war ihm dicht auf den Fersen gewesen und hatte ihn außer Sichtweite eingeholt.

Noch jetzt war Fidelitas dankbar dafür, und dieses Gefühl erfüllte sie mit tiefer Scham. Sie wusste, sie hätte Juan daran hindern müssen, dieses halbe Kind zu töten, und war gleichzeitig froh darüber, dass sie nicht hatte mit ansehen müssen, wie der Junge starb. Er hatte keinerlei Gelegenheit zur Reue gehabt, keine Möglichkeit der Buße und Umkehr. Seine Verdammnis lastete ihr schwer auf dem Gewissen.

Sie blickte sich um und sah, dass das Feuer ausgegangen war. Kleine, graue Qualmfäden stiegen von dem Rest der Glut in die Höhe; Juan Alvarez war nirgendwo zu sehen, genauso wenig wie die Leichen der vier Räuber. Er musste sie fortgeschafft haben, während sie noch schlief. Dann hörte sie leise Schritte, vom weichen Waldboden gedämpft, und sie sah Juan durch den Schleier ihrer Wimpern zwischen den Bäumen hervortreten. Er kam auf sie zu und sie schloss rasch die Augen, ohne wirklich zu wissen, weshalb. Sie hörte, dass er stehen blieb, und begriff, dass er eine ganze Weile auf sie hinunterschaute.

Halb und halb wartete sie darauf, dass er sie berührte. Sie hatte keine persönliche Erfahrung damit, was zwischen Männern und Frauen vor sich ging, aber tief in ihrem Herzen wusste sie, dass er sie berühren *wollte* … schon von dem Moment an, als sie sich das erste Mal begegnet waren.

In der Nacht hatte sie aus dem Augenwinkel registriert, wie er fasziniert ihr unbedecktes Haar betrachtete, während sie damit beschäftigt war, Valentins Wunde zu versorgen. Aber er hatte keinen Versuch gemacht, sich ihr zu nähern, und bis zu diesem Moment hatte sie nie darüber nachgedacht, ob sie in seiner Gegenwart womöglich weniger in Sicherheit war, als sie bisher geglaubt hatte.

Männer hielten die Macht fest in den Händen, innerhalb der Kirche und außerhalb; auch die sogenannte Reformation von Doktor Martinus Luther hatte nicht das Mindeste daran geändert. Macht konnte missbraucht werden; Fidelitas hatte es am Beispiel von Vater Matthias gesehen, der seine Position als Beichtvater des Klosters skrupellos genutzt hatte, um die eigene böse Lust zu befriedigen. Diese Erfahrung hatte sich tief in die Seele des Kindes eingebrannt, das sie damals noch gewesen war.

Sie traute Juan Alvarez nicht; sie wusste, dass sie das nicht durfte, unter keinen Umständen. Ihre und seine Welt waren einander vollkommen entgegengesetzt – Weiß gegen Schwarz, Licht gegen Finsternis, Gut gegen Böse. Und trotzdem streckte sich irgendetwas in ihm nach ihr aus, sie hatte es von Anfang an gespürt. Genauso, wie tief in ihr irgendetwas existierte, das ihm auf diese Sehnsucht Antwort gab. Es fiel ihr unendlich schwer, sich das einzugestehen, aber

Mutter Scholastika hatte sie gelehrt, der Wahrheit allezeit offen ins Gesicht zu sehen. »Unseren Herrn kannst du sowieso nicht belügen, Kind«, hatte sie immer gesagt, »der schaut dir geradewegs ins Herz.«

Jetzt bewegte Juan sich wieder. Sie wartete ein paar Atemzüge, dann öffnete sie die Lider einen Spalt breit und sah, dass er mit einem langen Schritt über Valentin hinwegstieg und sich dicht neben ihn hockte. Er musterte den bewusstlosen Magister, den Kopf leicht schräg gelegt und die Hände locker auf den Oberschenkeln; es war Fidelitas unmöglich, zu erraten, was er dachte.

Und dann zog der Mann, der in dieser Nacht schon vier Männer getötet hatte, seinen Dolch.

Die Nonne schlief. Felipe würde ebenfalls noch eine ganze Weile nicht aufwachen. Es war nüchtern betrachtet die beste Gelegenheit, den Wunsch der Gräfin zu erfüllen und ihr einen Zeugen und Mitwisser vom Hals zu schaffen.

Mit allen Mitteln, die dazu nötig sind.

Die Stimme war ein leises, böses Echo in seinem Kopf. Sie hatte geschwiegen, während er sich mit dem Magister auf die Suche nach Felipe und der verschwundenen Nonne gemacht hatte. Sie hatte geschwiegen, als er auf Valentins Wunsch hin den Mann laufen ließ, in dessen Karren Fidelitas aus der Stadt geschmuggelt worden war. Sie hatte keinen Laut von sich gegeben, als er zur Rettung von Felipe herbeigeeilt war und dem armseligen Bengel den Garaus machte, der den Magister verwundet hatte.

Jetzt aber, in der Stille kurz vor Sonnenaufgang, jetzt kehrte sie zu ihm zurück und flüsterte auf ihn ein, drängte ihn, der Sache ein Ende zu machen, ehe der neue Tag begann, ehe sie die Reise nach Gernsbach zu Felipes Vater fortsetzten und die Dinge nicht mehr allein seiner Kontrolle unterlagen.

Valentin Schmieder zu beseitigen würde gleich mehrere Probleme auf einmal lösen. Zwar würde Johanna von Eberstein dann wahrscheinlich nie erfahren, wer für den Tod von Bruno verantwortlich war, aber so, wie sie sich Juan gegenüber verhalten hatte, war es ihr ohnehin wichtiger, die Familie vor einem handfesten Skandal zu bewahren.

Zu wissen, wer den Jungen ermordet hatte, würde ihr Bruno nicht zurückgeben, und im Moment war die Angst, dass ihr Ältester und gleichzeitig der Erbe des Grafentitels dank seiner Hitzköpfigkeit in die schwerfälligen Mühlen des Gesetzes geriet, größer als die Trauer um den verlorenen Sohn. Mit dieser Angst ließ sich trefflich Geld verdienen. Dabei spielte es nicht einmal eine Rolle, ob die Gräfin ihn für diesen Mord bezahlte oder ob er sie anschließend damit unter Druck setzte, dass sie ihn dazu aufgefordert hatte, und mit Felipes Schuld obendrein, wenn es nötig wurde. Er konnte sie melken wie die Magd die Kühe im Stall.

Die Wunde, die der Magister davongetragen hatte, war nicht tödlich. Juan hatte das bereits gewusst, noch bevor Fidelitas sie gereinigt und verbunden hatte. Ihm waren schon viel zu viele Verletzungen von dieser Sorte unter die Augen gekommen, um sich zu täuschen, bei seinen Männern und bei sich selbst. Aber er kannte auch die anderen Wunden, die noch Stunden nach dem Kampf das Leben kosten konnten, Stiche, blitzschnell ausgeführt mit dünnen, rasiermesserscharfen Klingen. Stiche, die man zuerst gar nicht bemerkte, weil der angerichtete Schaden tief im Leib saß und unsichtbar weiterwütete bis zu einem heimlichen, stillen Tod.

Alles, was er jetzt tun musste, war die richtige Stelle zu treffen, unter der das Herz saß. Es würde ihn keine Mühe kosten. Danach etwas Druck auf die Wunde ausüben, um eine etwaige Blutung unauffällig zu stillen, und den leblosen

Körper wieder zudecken. Es würde gut ein, zwei Stunden dauern, bis den anderen beiden auffiel, dass der Magister nicht mehr schlief, sondern gestorben war, augenscheinlich an einer fast unsichtbaren Verletzung, die die tüchtige Fidelitas in der Dunkelheit tragischerweise übersehen hatte. Allerdings musste er sich beeilen, bevor es ganz hell wurde und man ihn womöglich ertappte, ehe sein Werk vollendet war.

Mit allen Mitteln, die dazu nötig sind.

Er wog den Dolch in der Hand und schenkte dem entspannten Gesicht des bewusstlosen Mannes einen langen Blick ehrlichen Bedauerns. Ein kluger Gelehrter, der sich in ein Rätsel verbiss wie der Hund in einen Knochen. Zu dumm, dass diese Hartnäckigkeit ihn jetzt das Leben kostete. *Perdón, magister.* Er griff nach dem Saum der Pferdedecke und schlug sie zurück.

»Was tut Ihr da?«

Als er jäh aufblickte, schaute er geradewegs in die grün gefleckten Augen von Schwester Fidelitas.

Puta mierda!

»Deckt ihn wieder zu«, sagte sie leise und ruhig. »Er ist nicht schwer verwundet, aber wenn er sich erkältet, wird das seinen Zustand verschlimmern.«

Juan zog die Pferdedecke säuberlich bis unter Valentins Kinn und seufzte. »Hättet Ihr nicht noch ein bisschen weiterschlafen können, *hermana*? Ich muss sagen, Ihr macht mir das Leben unnötig schwer.«

»Wieso? Weil ich nicht zulasse, dass ihr den vier Räubern, die Ihr in dieser Nacht getötet habt, noch ein unschuldiges Opfer hinzufügt?« Ihr Blick war voller Trauer. »Ihr solltet mir dankbar dafür sein, dass mich das Heil Eurer Seele mit solcher Sorge erfüllt, Herr Alvarez.«

»Das würde voraussetzen, dass ich überhaupt eine Seele habe. Und dass ich davon überzeugt bin, dass Gott sie verdammen kann. Ich glaube keines von beidem, *querida.*«

Das Kosewort kam ihm so mühelos über die Lippen, als hätte er sie im Geiste schon viel länger so genannt. Merkwürdigerweise wunderte ihn das in diesem Moment genauso wenig wie die Tatsache, dass sie so ruhig blieb, obwohl er gerade um ein Haar vor ihren Augen einen Auftragsmord begangen hätte.

»Aber natürlich habt Ihr eine Seele.« Sie setzte sich auf, den Blick noch immer unverwandt auf ihn gerichtet. »Genau wie ich, genau wie Herr Philipp und wie der Herr Magister. Dass er sich von unserer Mutter Kirche abgewandt hat, ändert überhaupt nichts daran.«

»Dann träumt Ihr also davon, den abtrünnigen Doktor in ihren Schoß zurückzuführen?« Juan steckte den Dolch weg und betrachtete Fidelitas mit echter Neugier.

»Ich bezweifle, dass mir das so ohne weiteres gelingen würde.« Ihr Ton war überraschend nüchtern. »Was diesen protestantischen … Irrtum angeht, ist er ausgesprochen verstockt.«

Juan grinste unwillkürlich. »Ich wette, über Euch würde er genau dasselbe sagen!«

»Sehr wahrscheinlich.« Ihr Gesicht blieb ernst. »Und doch ist er ein Mann mit Scharfblick und Verstand und unablässig auf der Suche nach der Wahrheit. Ich begreife nicht, wie er so sehr in die Irre gehen kann.«

»Ihr habt ein unschuldiges Herz«, bemerkte Juan. »Der Frieden in Eurem Kloster hat Euch davor geschützt, manche Dinge zu sehen. In dieser Welt gibt es nicht nur Schwarz und Weiß, es gibt zahllose Farben dazwischen. Die Hände von *rey* Carlos, der die Macht der katholischen Kirche in diesem Land wiederherstellen will, sind ebenso blutbefleckt wie die der Fürsten, die er bei Mühlberg besiegt hat. Der Magister hier hat mich erst gestern daran erinnert, wie Carlos' Truppen in Rom gewütet haben. Und die meisten hohen Herren verkaufen ihren Glauben und den ihrer Untertanen an den, der am meisten bietet, sei er nun Katholik oder Protestant, so wie ich meine Waffen und meine Männer. Wer will da noch beurteilen, was richtig ist und was falsch?«

»Dafür gibt es die Lehren der Kirche«, sagte Fidelitas unbeugsam. »Und die Worte der Heiligen Schrift.«

»Und von denen haben die Menschen über Jahrhunderte hinweg nur das gewusst, was die Priester ihnen erzählt haben«, konterte Juan. »Dann kam dieser merkwürdige kleine Mönch aus Sachsen und hat das heilige Buch übersetzt, und die Leute haben es sich gegenseitig in den Stuben und auf den Straßen vorgelesen. Wollt Ihr die Uhr so zurückdrehen, wie Carlos es versucht, und das Wissen wieder in die Klöster und Kirchen einsperren?«

Fidelitas' Augen wurden schmal. »Es kommt mir merkwürdig vor, dass mich ausgerechnet jemand über richtig und falsch belehren will, der noch vor wenigen Minuten drauf und dran war, einen schlafenden Mann zu erdolchen.«

»Und ich hoffte schon, Ihr hättet es vergessen.« Juan gluckste leise und ein wenig resigniert. »Aber das ist genau das, was ich eben gemeint habe. Die Kaiser, Könige und Fürsten sind auf ihre Weise ebenso Mörder, wie ich es bin, *querida.* Nur finden sie meist willige Helfershelfer, die ihre Taten für sie ausführen.«

»Tatsächlich?« Fidelitas hob die Augenbrauen. »Dann sagt mir, für wen *Ihr* diesmal der Helfershelfer seid. Für wen solltet Ihr den Magister Schmieder ermorden?«

»Warum glaubt Ihr, dass es nicht meine eigene Idee gewesen ist?«, gab er zurück. »Ich könnte immerhin zur Waffe greifen, um Felipe vor dem Wahrheitsdurst von *el magister* zu bewahren.«

Er wusste, dass er ihr auswich, und auch, dass sie ihn damit nicht davonkommen lassen würde.

In einem Moment großer Klarheit glaubte er, geradewegs in sie hineinsehen zu können und ihr innerstes Wesen zu erkennen: Weisheit, gepaart mit einem wissbegierigen Geist, Sanftmut, Hand in Hand mit starkem Willen und einem unnachgiebigen Gerechtigkeitssinn. Und nichts davon wurde auch nur im Geringsten von der Angst getrübt, die sie in diesem Moment vor ihm empfand und die von ihr ausstrahlte wie ein eisiger Frosthauch.

Irgendwann würde sie unweigerlich begreifen, dass es in der Welt anders zuging als in ihrem Herzen. Das war etwas, das ausnahmslos mit allen reinen Seelen geschah. Und dann würde ihre Angst noch um ein Vielfaches größer sein als jetzt.

Die Sonne stieg hinter Fidelitas über den Tannen nach oben, übergoss die kleine Lichtung mit Helligkeit und umgab den unbedeckten Kopf der jungen Nonne mit einem rötlich schimmernden Heiligenschein. Juan konnte den Blick nicht von ihr abwenden und fragte sich, ob sie auch nur die geringste Ahnung davon hatte, wie anziehend sie war. Und wieso er es in Wirklichkeit abgelehnt hatte, dass sie seine Wunde versorgte. Denn dann hätte sie ihn berühren müssen, und selbst seine Beherrschung hatte ihre Grenzen.

»Vielleicht habt Ihr wirklich geglaubt, Euren Freund zu schützen, indem Ihr den Magister beseitigt«, räumte Fidelitas ein. »Aber dafür hättet Ihr dann sehr viel unnötigen Aufwand betrieben. Wieso warten, wenn Ihr ihn doch schon viel früher hättet töten und verscharren können, irgendwo im Wald, wo Ihr ganz ohne Zeugen gewesen wärt?«

Juan blinzelte überrascht. Vielleicht war sie doch etwas furchtloser, als er gedacht hatte.

»Sehr scharfsinnig«, sagte er langsam. »*Está bien.* Ihr habt Recht, es war *nicht* meine Idee. Was würdet Ihr denken, wenn ich Euch verraten würde, dass es die *condesa* war, die mich darum gebeten hat, ihn aus dem Weg zu schaffen?«

Im Gegenlicht konnte er nicht erkennen, ob sie blass wurde. Aber sie zog den Umhang, in dem sie geschlafen hatte, fester um sich zusammen und straffte den Rücken, als würde eine aufrechte Haltung ihr zusätzlich Kraft verleihen.

»Ich würde denken, dass die Verzweiflung Menschen zuweilen dazu treibt, Dinge zu tun, die sie sich ohne diese besonderen Umstände niemals hätten vorstellen können«, sagte sie endlich langsam. »Oder auch großer Zorn, wenn man ihn nicht im Zaum hält.«

»Oder Herrschsucht«, erwiderte Juan leise. »Oder eine Eitelkeit, die weder Wahrheit noch Widerspruch verträgt … wie bei der *condesa*.«

Die Sonne verschwand hinter einer vereinzelten Wolke, die mitten am Himmel hing. Jetzt erst sah er, wie bleich Fidelitas' Gesicht war … und er sah die Verwirrung in ihren Augen.

»Aber wenn Ihr so genau verstanden habt, was in ihr vorgeht, Herr Alvarez – wieso habt Ihr Euch dann vor ihren Karren spannen lassen?«

Er seufzte, wandte den Blick aber nicht ab. »Weil ich bin, was ich bin, *querida*«, antwortete er sanft. »Weil ich ein Mann bin, der vom Tod anderer lebt, und weil mein Schwert dem gehört, der am besten zahlt. Das mag Euch nicht gefallen, aber es ist die Wahrheit.«

»Ich verstehe.« Es war kaum mehr als ein Flüstern.

Danach verstummte sie, und das Schweigen breitete sich zwischen ihnen aus wie ein Ozean, der lautlos immer breiter wurde. Irgendwann kam er Juan so gewaltig vor, dass er das Gefühl hatte, Fidelitas auf der anderen Seite nicht mehr zu erkennen.

Er stand rasch auf. »Ich hole Wasser«, sagte er. »Wir haben keins mehr, und wenn die beiden hier aufwachen, müssen sie etwas trinken. Ich hoffe nur, sie können sich im Sattel halten, sonst weiß ich nicht, wie wir sie heil nach Gernsbach schaffen sollen.«

Fidelitas antwortete nicht.

»Wir könnten auch erst einmal Euer Kloster aufsuchen«, bot er an. »Das wäre fast eine Tagesreise weniger, und dort könnte man die beiden zur Versorgung in die Obhut Eurer heilkundigen Schwestern übergeben. Dann wärt Ihr wieder zu Hause. Und den Rest der Strecke schaffe ich mit Felipe und *el magister* ohne weiteres auch allein.«

»Nicht doch.« Sie schüttelte entschieden den Kopf. »Dazu traue ich Euch nicht mehr genügend über den Weg. Außerdem bin ich nicht aus dem Dienst der Gräfin entlassen. Nein … Ich werde Euch nach Gernsbach begleiten und dort Graf Wilhelm um Rat fragen. Erst dann werde ich entscheiden, wohin ich gehe.«

Juan verneigte sich. »Wie Ihr wünscht.«

Fidelitas sah dem Spanier zu, wie er im Wald verschwand. Erst als sie sicher war, dass er sie nicht mehr sehen konnte, entspannte sie sich und wagte, ein wenig freier zu atmen. Sie stellte fest, dass sie am ganzen Leib zitterte.

Sie hatte Mühe, aufzustehen, musste sich an dem Baumstamm hinter sich festhalten und ging nur wenige, unsichere Schritte, bevor sie sich wieder auf dem Waldboden niederließ, dicht neben Valentin Schmieder.

Weil ich ein Mann bin, der vom Tod anderer lebt, und weil mein Schwert dem gehört, der am besten zahlt.

Sie schloss die Augen, rang um Fassung – und fuhr vor Schreck fast aus der Haut, als etwas sie am Unterarm berührte.

Sie senkte den Blick und stellte erleichtert fest, dass der Magister zu sich gekommen war und sie anschaute. Was sie gespürt hatte, war seine Hand … sie fühlte sich warm an, fast heiß. *Er hat Fieber,* sagte die Stimme der Heilerin warnend in ihrem Kopf. Sie ignorierte sie für den Moment und verschränkte ihre Finger fest mit den seinen, unsäglich dankbar dafür, dass er noch lebte.

»Ihr habt Euch um mich gekümmert, nicht wahr?« Seine Stimme war heiser und müde.

Sie nickte wortlos.

»Danke, Schwester.«

Er blieb eine Weile still. Sie dachte, er wäre wieder ohnmächtig geworden, aber dann sprach er weiter.

»Ich habe Euch nicht nur dafür zu danken, dass Ihr die Wunde verbunden habt, glaube ich.«

Fidelitas schaute ihn an und erkannte das sanft ironische Licht in seinen Augen.

»Ich wusste doch, einem Landsknecht zu trauen, ist gefährlich. Hatte ich Euch nicht gewarnt?«

»Doch.« Fidelitas seufzte. »Doch, das habt Ihr getan.«

»Ich hätte es nicht für möglich gehalten, dass Ihr dem sicheren Tod die Stirn bietet«, murmelte er. »Ausgerechnet meinetwegen. Aber wisst Ihr, was mich noch mehr erstaunt?«

Sie schüttelte den Kopf.

»Dass Juan Alvarez mich tatsächlich verschont hat. Ausgerechnet Euretwegen.«

Sie wusste nicht, was sie darauf antworten sollte. Sie fühlte sich noch immer wie betäubt, ihr Magen schmerzte und ihr Herz verkrampfte sich bei jedem Schlag.

»Doch mit ein paar Dingen hat er Recht, wisst Ihr?«

»Womit?« Sie wollte es eigentlich nicht hören, fragte aber trotzdem.

»Dass es vielen hohen Herren herzlich gleichgültig ist, welchem Bekenntnis sie angehören. Dass das Wort des Herrn für sie nicht mehr ist als ein Mittel, Reichtum zu gewinnen und Macht über andere. Und dass es manchmal sehr schwer ist, zu wissen, was richtig ist und was falsch.«

»In diesem Fall«, sagte Fidelitas leise, »müssen wir darauf vertrauen, dass Gott uns den rechten Weg zeigt. Durch allen Zorn, alle Eitelkeit und alle menschliche Gier hindurch. Wir müssen Ihn fragen und hoffen, dass wir rechtzeitig seine Stimme hören, so leise sie auch sein mag … auch, wenn die Welt rings um uns her so laut tobt und schreit, dass wir seine Worte kaum verstehen.«

»Und wenn wir sie überhaupt nicht verstehen?« Valentins Blick war von Schmerzen verschleiert, aber trotzdem voller Neugier.

»Dann müssen wir versuchen, in seinem Sinn zu handeln«, erwiderte sie. »So gut wir es irgend können.«

»Sehr weise.« Seine Lider sanken wieder herab, doch er ließ ihre Hand nicht los. »Offenbar seid *Ihr* es gewesen, die Juan Alvarez den rechten Weg gezeigt hat. Sonst wäre ich nämlich jetzt tot.«

Fidelitas wollte antworten, ihm widersprechen, aber dann merkte sie, dass er erneut das Bewusstsein verloren hatte. Sie tastete nach seinem Puls und fand ihn langsam, aber kräftig und regelmäßig. Er war außer Gefahr, jedenfalls für den Moment.

Sie hätte Gott gern für Valentins Errettung gedankt, aber zum ersten Mal nach langen Jahren der Anbetung wollten ihr weder Psalm noch Liturgie einfallen.

Sie saß vollkommen reglos, Kopf und Herz leer und stumm. Und erst, als ihr die Tränen warm auf den Handrücken tropften, merkte sie, dass sie weinte.

XIX

Fragen und Antworten

An die nächsten zwei Tage konnte sich Valentin Schmieder später nie ganz genau erinnern. Die Verletzung in seinem Rücken war zwar gottlob nicht tödlich, aber trotz aller Versuche von Fidelitas, sie sauber zu halten, entzündete sich die Wunde, und seine Umgebung versank in einem undeutlichen Nebel, genau wie er selbst.

Allein zu reiten kam unter diesen Umständen nicht in Frage. Also nahm Juan Alvarez Valentin notgedrungen vor sich in den Sattel und führte seinen Fuchs am Zügel, während Fidelitas, die selbst nicht gut genug reiten konnte, um mit dem Fuchs fertigzuwerden, mit auf Philipps Pferd saß. Offenbar war der Sohn des Grafen aus härterem Stoff gemacht als ein Professor aus Tübingen, überlegte Valentin betrübt. Kein Wunder, schließlich hatte Philipp schon zahlreiche Schlachten geschlagen, während Valentin sich üblicherweise höchstens mit komplizierten lateinischen und griechischen Texten herumschlug. Oder mit faulen Studenten.

Er hielt sich vor Juan Alvarez mühsam aufrecht, die Wunde unter dem Verband ein brennender Schmerz, den Kopf merkwürdig leicht vom Fieber, und wünschte sich verzweifelt in seine friedliche kleine Studierstube zurück. Im Moment hätte er auch ein weiteres erbittertes Wortgefecht mit Kanzler Widmann freudig und dankbar in Kauf genommen.

Einmal mussten sie noch im Freien schlafen. Juan Alvarez und Philipp von Eberstein hievten ihn gemeinschaftlich fluchend vom Pferd, und Fidelitas sorgte dafür, dass er Wasser bekam, bevor ihm die Augen zufielen. Er schreckte mehrmals hoch, weil sich Baumwurzeln in seinen Rücken pressten, weil die Wunde stach und pochte und die Kälte in seine Kleider kroch. Jedes Mal, wenn er den Kopf wandte, sah er Fidelitas dicht neben sich sitzen, einen dunklen Umhang um Kopf und Glieder geschlungen, das Gesicht müde, angespannt und wachsam. *Mein Schutzengel*, dachte er, bevor er wieder wegdämmerte.

Am nächsten Morgen gab es wieder Wasser; Juan Alvarez hatte außerdem am Vorabend zwei Kaninchen gefangen und der Bäuerin auf einem Einsiedelhof am Weg ein frisch gebackenes Brot und etwas Milch abgekauft.

Fidelitas häutete die Beute des Spaniers, nahm sie aus und zerlegte sie in mundgerechte Stücke. Sie hatten keinen Topf, also mussten sie das Fleisch auf Holzspieße stecken und braten. Valentin brachte etwas davon hinunter – es war zwar vollständig ungewürzt, aber immerhin durchgegart und wohltuend heiß – und trank einen Becher Milch, bevor er wieder zurück in den Sattel musste.

Irgendwann im Laufe dieses Tages merkte er, dass die Bäume weniger dicht standen, und dann wich der Saum des Waldes hinter ihnen zurück und sie ritten unter einem klarblauen Himmel mehrere Stunden einen schmalen, gewundenen Weg zwischen grünen Hügeln entlang. Dann wurde dieser Weg langsam abschüssig und die Hügel öffneten sich zu einer Ebene. Er beugte sich vor und blinzelte ein wenig benommen, als er die Häuser sah, die sich zu seiner Rechten um einen Kirchturm zusammendrängten. Gleichzeitig schlang sich ein kräftiger Arm um seine Mitte und hielt ihn aufrecht.

»*Hola, magister*«, sagte Juan, »Ihr wollt doch nicht so kurz vor dem Ziel vom Pferd fallen!«

»So kurz vor dem Ziel?«

Philipp blickte zu ihnen herüber und deutete nach vorne. »Schaut, da oben! Das ist Neu-Eberstein! Da ist meine Burg!«

Er klang beinahe unbeschwert … wie ein Sohn, der nach langer Reise endlich sein Zuhause vor sich sah. Was ja durchaus auch stimmte, überlegte Valentin, während er die Burganlage betrachtete, die sich hoch über dem Murgtal auf einem Felsvorsprung erhob. Allerdings hätte er das, was er an Geld besaß, lieber nicht darauf verwettet, dass Philipps Vater sich so sehr freuen würde, seinen Sohn wiederzusehen, wie der Vater in dem biblischen Gleichnis, zumindest nicht unter diesen Vorzeichen.

Er fand es zunehmend schwierig, wach zu bleiben. Der lange Ritt und die Nacht im Freien hatten das, was von seinen Kräften noch übrig war, fast vollständig aufgezehrt. Er bekam kaum mit, wie sie den Fluss überquerten, der sich um den Burgberg herumwand. Dass der Pfad, der um den Berg herum zu den Gebäuden hinaufführte, steiler wurde, spürte er nur daran, dass Juan Alvarez' Pferd im Schritt ging und er selbst zunehmend schlaff nach hinten sank.

Dann klapperten die Hufe über unebenes Kopfsteinpflaster. Valentin riss die Augen auf und der breite Schatten eines gemauerten Torgebäudes glitt über ihn hinweg. Plötzlich waren überall Stimmen, die durcheinanderriefen, und rennende Schritte. Philipp von Eberstein gab eine Erklärung ab, die Valentin durchaus interessiert hätte, wenn er nur genügend bei sich gewesen wäre, um sie richtig zu verstehen.

Er spürte, wie er langsam, aber sicher seitlich aus dem Sattel rutschte, dann fiel er tatsächlich vom Pferd … allerdings zum Glück in gleich mehrere freundliche Arme hinein, die sich ihm entgegenstreckten.

Als Valentin das nächste Mal zu sich kam, hatte der Schmerz in seinem Rücken sich zu einem leichten Ziehen vermindert, und er fühlte sich endlich wieder halbwegs gesund. Er stellte fest, dass er auf einer breiten, weich ausgestopften Matratze lag, eine feine Wolldecke bis über die Brust hochgezogen, einen holzgeschnitzten Betthimmel über sich. Das Zimmer, in dem man ihn untergebracht hatte, war nicht allzu geräumig, hatte aber zwei große Fenster, die helles Sonnenlicht hereinließen.

Ihn drückte die Blase; als er sich vorsichtig aus dem Bett lehnte, entdeckte er einen Nachttopf in Reichweite. Er schlug die Decke zurück, stellte fest, dass er sich – wenn auch ein wenig schwankend – auf den Beinen halten konnte, und erleichterte sich hastig. Danach kroch er wieder ins Bett und lehnte sich aufatmend in die Kissen.

Die ganzen letzten Tage kamen ihm vor wie ein böser Traum. Die lange Suche nach Philipp von Eberstein und der verschleppten Fidelitas, die blutige Schlacht auf der kleinen Lichtung, die auch ihn nicht unversehrt gelassen hatte, und der Rest der Reise, an die ihm nur sehr verschwommene Erinnerungen blieben. Aber jetzt war er wieder wach, und endlich wieder imstande, klar zu denken.

Er betrachtete im Geiste die Ereignisse, die ihn hierher geführt hatten, und versuchte, sie in eine logische Ordnung zu bringen.

Philipp hatte sich an dem Abend, bevor Bruno gestorben war, im selben Haus aufgehalten wie seine Mutter, so viel stand fest. Aber die Bedenken, die Juan Alvarez geäußert hatte, waren nicht von der Hand zu weisen, selbst wenn man sie durch den Filter der Freundschaft betrachtete. Es war tatsächlich nur schwer vorstellbar, dass der älteste Sohn des Grafen von Eberstein so ohne weiteres seinen Vater aufsuchen würde, wenn er kaum zwei Wochen zuvor auf besonders heimtückische Weise einen seiner Brüder ermordet hatte.

Aber wenn er tatsächlich am Tod Brunos nicht schuld war, was hatte er dann in dem Haus in Cannstatt getan? Und weswegen hatte er die beiden Männer für diesen heimtückischen Überfall auf Andres angeheuert? Valentin war nach wie vor überzeugt davon, dass nur ein sehr giftiger und sehr persönlicher Hass ihn dazu gebracht haben konnte, so etwas zu tun. Aber wo rührte dieser Hass her? Oder anders ausgedrückt: Was genau hatte Gräfin Johanna Philipp möglicherweise erzählt, dass er auf Andres so wütend geworden war? All das musste er schnell herausfinden, möglichst bevor der Titelerbe der Ebersteins sich mitsamt seinem spanischen Freund aus der Burg davonmachte und hinter dem Horizont verschwand.

Bei diesem Gedanken öffnete sich die Tür, und ein alter Herr betrat den Raum. Er trug eine um die Mitte gegürtete Tunika und ein Samtbarett; sein rundes, von einem kurzen, weißen Bart eingerahmtes Gesicht war freundlich und besorgt zugleich.

»Aber Ihr seid ja wach!«, rief er aus. »Dass Ihr mir ja nicht aus dem Bett steigt – das könnte Eure Säfte auf schädliche Weise zum Kreisen bringen!«

Mit wenigen Schritten war er neben dem Bett, verbeugte sich knapp und legte Valentin eine trockene, kühle Altmännerhand auf die Stirn.

»Friedensreich Steurer, zu Euren Diensten«, erklärte er, fühlte an Valentins Hals den Puls und gab ein zweifelndes »Ts, Ts« von sich. »Hmmmm … Bei Eurer Schwäche wäre es möglicherweise von Nutzen, die Schröpfköpfe anzusetzen.« Er sprach mit zunehmendem Eifer. »Oder vielleicht sollte ich Euch zur Ader lassen. Das hätte den Vorteil, die Krankheit aus Eurem Leib zu vertreiben.«

Valentin vermutete, dass er den gräflichen Medicus vor sich hatte. Er verkniff sich wohlweislich die Erklärung, dass er soeben bereits aufgestanden war und ohne irgendwelche schädlichen Folgen den Nachttopf benutzt hatte. Außerdem hielt er es nicht für angeraten, dem Mann zu erklären, dass er durch die Wunde für seinen Geschmack in den letzten zwei Tagen schon genügend Blut verloren hatte.

»Das kann sicher noch etwas warten«, sagte er stattdessen diplomatisch. »Ich würde gern den Grafen Wilhelm sprechen. Und könnt Ihr mir sagen, wie es Schwester Fidelitas geht?«

»Sie hat sich zu Gebet und Einkehr zurückgezogen«, sagte der Mann. »Der Herr Graf hat erst vor ganz kurzem die Burgkapelle neu herrichten und ausmalen lassen. Dort ist die Schwester jetzt, auch wenn ich nicht begreife, dass sie es vorgezogen hat herzukommen, anstatt in ihr Kloster zurückzukehren.«

Es hörte sich beinahe so an, als wäre er ein wenig gekränkt.

»Ich nehme an, Schwester Fidelitas wollte sicher sein, dass ich hier, wenn schon nicht gesund, so doch in einem Stück eintreffe«, erwiderte Valentin vorsichtig. Er hatte das Gefühl, dass zwischen dem würdigen Medicus und der energischen Nonne eine gewisse Rivalität herrschte. »Ich bin ihr zutiefst dankbar. Ich wurde bei einem Überfall verletzt, wie Ihr sicher bereits wisst. Und ohne ihre unermüdliche Fürsorge würde es mir jetzt viel schlechter gehen.«

»Je nun, sie ist eine durchaus … äh … aufopferungsvolle Frau«, meinte der Medicus und schürzte die Lippen. »Trotzdem denke ich, sie ist in der Gesellschaft ihrer Schwestern besser aufgehoben.«

Das heißt, du willst nicht, dass sie dir mit ihren Methoden in die Quere kommt, dachte Valentin. Vermutlich war sein Gegenüber alles andere als erfreut darüber, dass Fidelitas ihn bei der Pflege von Gräfin Johanna ausgestochen hatte.

»Würdet Ihr für mich herausfinden, ob der Herr Graf etwas Zeit für mich erübrigen kann?«, sagte er laut. »Es ist wirklich sehr wichtig. Und außerdem bin ich sicher, dass es mir ganz und gar nicht schadet, wenn ich aufstehe. So hinfällig bin ich nicht mehr.«

Der Medicus schnalzte bedenklich mit der Zunge. »Gestern haben wir Euch ohnmächtig in dieses Zimmer tragen müssen«, entgegnete er. »Ich bin sicher, ein Tag mehr Bettruhe – oder besser zwei – wären für Euren Zustand durchaus angemessen.«

»Mag sein.« Valentin setzte sich auf. »Ich muss trotzdem darauf bestehen, so rasch wie möglich mit Eurem Herrn zu reden. Und da ich ihm ungern im Nachthemd gegenübertreten möchte, hätte ich gern meine Kleidung zurück.«

Der Medicus beäugte ihn so missbilligend, als sei er ein besonders unvernünftiges und dickköpfiges Kind.

»Eure Sachen sind geflickt und gewaschen worden; sie werden wohl kaum schon trocken sein. Ich werde etwas anderes für Euch finden, das Ihr anziehen könnt. Aber ich würde Euch dringend empfehlen, wenigstens etwas zu essen, bevor Ihr anfangt herumzulaufen, sonst liegt Ihr schneller wieder in diesem Bett, als es Euch lieb sein kann.«

Valentin musste zugeben, dass das vernünftig klang. Außerdem stellte er fest, dass er Hunger hatte.

»Ganz, wie Ihr meint«, antwortete er lammfromm.

Worauf der alte Mann ihm einen halbwegs besänftigten Blick zuwarf und verschwand.

Die nächste Person, die auftauchte, war ein Diener, der ein Tablett mit einer Schüssel voll Haferbrei, einem Krug Dünnbier und zwei dick gebutterten Scheiben Brot vor sich hertrug, gefolgt von zwei Mägden, die eine mit heißem Wasser und etwas Seife, die zweite mit einem Stapel Kleidung. Er machte sich dankbar über seine erste vernünftige Mahlzeit seit fast zwei Tagen her. Der Haferbrei war großzügig mit Honig und Rosinen gesüßt, das Brot war frisch, und erst, als er das Bier fast auf einen Zug ausgetrunken hatte, wurde ihm bewusst, wie durstig er gewesen war.

Danach wusch er sich und kleidete sich langsam an. Seine Schulter war mit einem sauberen weißen Tuch bandagiert und ein wenig steif. Das etwas zu weit geratene Hemd überzuziehen, stellte sich deswegen als recht mühsam heraus, aber es gelang ihm ohne Hilfe. Die restlichen Sachen passten ganz gut, und seine Stiefel waren sorgfältig geputzt worden.

Er wandte sich in Richtung Tür, und in diesem Moment wurde ihm klar, dass er keine Ahnung von Ausmaß und Aufteilung der Burg hatte. Noch viel weniger wusste er, wo in diesem Gemäuer der Graf zu finden war. Er blieb unschlüssig stehen, kämpfte gegen ein wachsendes Gefühl der Lächerlichkeit an – und wurde im nächsten Moment von einem Klopfen erlöst.

»Ja, bitte?«

Ein Mann trat ein, so hochgewachsen, dass er sogar Valentin überragte, und noch um einiges dünner. Sein hageres Gesicht wurde von einigen alten Narben geziert, die er vermutlich lange zurückliegenden Schlachten zu verdanken hatte. Auf seiner schlichten, dunkelgrauen Tunika war in Brusthöhe die fünfblättrige rote Wappenrose der Ebersteins eingestickt.

Als er Valentin sah, der mitten im Zimmer stand, stutzte er kurz, dann verneigte er sich tief.

»Gott zum Gruß, Magister Schmieder. Es ist gut, Euch so erholt und wohlauf zu sehen.«

Valentin verneigte sich ebenfalls. »Ich danke Euch. Mit wem habe ich die Ehre?«

»Ich bin Merten Spieß, der Leibdiener von Graf Wilhelm. Der Medicus hat ihm berichtet, dass Ihr aufgewacht seid. Er wünscht Euch zu sehen.«

Der Diener führte Valentin in den Wohnflügel, wo sich die Studierstube des Grafen befand. Auf dem Weg zeigte er ihm die Ausblicke durch die schmalen Fenster des langen Korridors und erklärte ihm, was er sah.

»Dort hat der Herr Graf die Wehrmauer erweitert«, sagte er und deutete nach Westen. »Und aus dem oberen Zwinger hat er einen Garten gemacht, um die Frau Gräfin zu erfreuen. Sie hat sich allerhand Blumen gewünscht, und er hat sie herbringen und anpflanzen lassen. Und seht Ihr da drüben den Wehrturm? Der ist erst letzten Monat fertig geworden.«

Valentin gab einen vage anerkennenden Laut von sich; ihm fiel wieder ein, wie illusionslos Otto in Cannstatt über die schrumpfenden Geldmittel seiner Familie gesprochen hatte. Er betrachtete die Wandteppiche und Truhen, an denen er vorüberging – alles Zeugnisse einer stolzen Geschichte und nicht minder stolzer Erinnerungen, vermutlich aus ebendieser Geschichte herübergerettet, während den Herren von Eberstein gleichzeitig der Rest des Reichtums, der ihnen geblieben war, zwischen den Fingern zerrann.

Sie waren vor einer Tür aus dunklem, reich mit Schnitzereien verziertem Holz angelangt. Der Diener klopfte an, öffnete und ging Valentin voraus.

Als Valentin eintrat, sah er einen Mann an einem hohen Spitzbogenfenster stehen. Er war nur etwas mehr als mittelgroß und sein schulterlanges Haar eisengrau, aber breite Schultern und kräftige Beine ließen noch immer erkennen, dass er einmal mit dem Schwert in der Hand in den Krieg gezogen war. Beim Klang der Schritte hinter ihm drehte er sich um, blieb aber stehen, wo er war.

»Herzlich willkommen, Magister«, sagte er. Seine Stimme war tief und ruhig. »Wie schön, dass Ihr Euch so rasch erholt habt. Es freut mich außerordentlich, Euch zu sehen. Habt Ihr schon den Ausblick auf dieser Seite genossen?«

»Nein.« Valentin verneigte sich leicht, dann trat er neben ihn und schaute hinaus.

Unter ihm wand sich die Murg in einer Schleife um die große Felsnase, auf der sich die Burg erhob. Inzwischen stand die Sonne hoch am Himmel, und Valentin konnte das Wasser glitzern sehen. Dort lag Gernsbach mit seiner Kirche, und im Hintergrund schwammen die Hügel, aus denen er am Vortag gemeinsam mit Juan Alvarez, Fidelitas und Philipp von Eberstein gekommen war, im mittäglichen Dunst. Weit in der Ferne konnte er gerade noch die Ausläufer des Schwarzwaldes als dünne, dunkle Linie am Horizont erkennen.

»Wirklich sehr eindrucksvoll.«

»Vor knapp zweihundert Jahren wurde diese Burg einmal von den Württembergern belagert«, sagte der Graf, als hätte er ihn überhaupt nicht gehört. »Mein Vorfahr Wolf von Eberstein war damals das Haupt der Familie – ein jähzorniger, streitsüchtiger Mann. Er überfiel den Grafen Eberhard von Württemberg und handelte sich dadurch den Zorn des Kaisers ein. Die Leute erzählen sich bis heute, er sei der Belagerung durch einen Sprung von diesem Felsen in die Murg entkommen ... aber das ist Unsinn. Die Truppen zogen nach drei Monaten unverrichteter Dinge wieder ab, und Wolf war gar nicht hier. Er hielt sich fast zwei Jahre lang bei befreundeten Adelsfamilien in der Nähe versteckt. Und am Ende musste er fast alles verkaufen, was er besaß. Ist Euch bekannt, dass diese Burg zur Hälfte dem Haus Baden gehört?«

Valentin schüttelte den Kopf.

»Wir sind zwischen den Markgrafen von Baden und den Württembergern eingeklemmt wie ein zu weich geratenes Stück Eisen zwischen Hammer und Amboss«, fuhr der Graf fort. »Beide Seiten schlagen Jahr für Jahr mehr Späne von dem ab, was wir einst hatten und was wir noch sind.«

»Und trotzdem steckt Ihr noch so viel Arbeit in ... das hier?«

»Es ist mein Zuhause«, sagte Graf Wilhelm schlicht, »meines und eines Tages auch das meines Sohnes Philipp, wenn er den Titel von mir erbt. Das heißt, falls er nicht in einer der zahllosen Schlachten des Kaisers fällt.«

»Der Mensch ist in seinem Leben wie Gras …«, murmelte Valentin und dachte an den Tag, als er nach Cannstatt gekommen war, um einen Brief von Otto zu überbringen.

Da hatte er vom Tod Brunos erfahren, und es war ihm genau dieses Bibelwort durch den Sinn gegangen.

Noch nicht einmal drei Wochen war das jetzt her, und doch fühlte es sich so an, als wäre es in einem anderen Leben geschehen.

Graf Wilhelm lächelte schwach. *»Er blühet wie eine Blume auf dem Felde«*, ergänzte er. *»Wenn der Wind darüber gehet, so ist sie nimmer da.* Nach all den Jahren ist es für mich noch immer ein Wunder, die Psalmen in meiner eigenen Sprache lesen zu können.«

»Ich möchte Euch mein Beileid aussprechen«, sagte Valentin, »zum unzeitigen Tod Eures Sohnes. Und ich segne die Tatsache, dass ich hier bin und direkt mit Euch reden kann, denn es gibt viele Fragen, die vielleicht nur Ihr mir beantworten könnt. Dazu kommen ein paar andere, auf die nur Euer Erstgeborener die Antwort weiß.«

»Dann sollten wir ihn vielleicht dazuholen«, meinte der Graf.

»Noch nicht gleich«, erwiderte Valentin. »Hat Philipp Euch gesagt, was sich in den letzten drei Tagen ereignet hat?«

»Nein.« Graf Wilhelm musterte ihn aufmerksam, die Stirn leicht gerunzelt. »Wenn ich es recht bedenke, hat er seit seiner Ankunft eigentlich kaum ein Wort mit mir gewechselt. Man könnte fast meinen, er geht mir aus dem Weg.«

»Das würde ich nicht ganz ausschließen«, sagte Valentin trocken. »Wem zu viele Dinge gleichzeitig auf der Seele liegen, dem verschließen sie oft den Mund. Vielleicht sollte ich Euch zuerst einmal ins Bild setzen. Danach könnt Ihr Philipp rufen, damit er sich ebenfalls zum Lauf der Dinge äußern kann.«

Der Graf zögerte einen Moment, als müsse er diesen Vorschlag erst gründlich abwägen. Endlich ging er zu einem breiten Schreibpult hinüber und ließ sich dahinter in einem geschnitzten Lehnsessel nieder. Er deutete auf einen Stuhl, der dem Pult genau gegenüberstand.

»Nehmt Platz, Magister, und lasst hören«, sagte er. »Ich bin ganz Ohr.«

Es dauerte fast eine Stunde, bis Valentin seine Darstellung der Ereignisse beendet hatte. Der Graf lauschte schweigend und stellte keine einzige Zwischenfrage, obwohl Valentin mehrmals kurz innehielt, weil er instinktiv darauf wartete. In dem Gesicht hinter dem Schreibpult war schwer zu lesen, also beschränkte er sich darauf, die Fakten so akribisch, gründlich und wahrheitsgemäß auszubreiten wie möglich.

Als er fertig war, herrschte minutenlang Stille. Dann räusperte sich Graf Wilhelm, und zum ersten Mal fiel Valentin auf, wie blass er geworden war.

»Ich denke, jetzt wird es Zeit, Philipp zu holen«, sagte er.

Merten Spieß wurde in die Studierstube gerufen und nach Philipp ausgeschickt. Der Graf stand auf, trat wieder ans Fenster und schaute hinaus.

Valentin begriff, dass er im Moment nicht in der Stimmung war, mit ihm zu reden. Das war mehr als nachvollziehbar; schließlich war dieses wilde Drama aus Mord, Totschlag, Überfällen und Entführungen für Wilhelm größtenteils vollständig neu und mit Sicherheit nicht ganz leicht zu verkraften.

Er lehnte sich in seinem Stuhl zurück und beschäftigte sich damit, die Bücher zu betrachten, die hinter dem Schreibpult in einem kunstvoll bemalten Holzschrank aufgereiht standen. Offenbar besaß der Graf die gleiche Bibelausgabe wie er selbst: von 1534, aus der Druckerei Hans Lufft in Wittenberg, dazu eine ganze Menge weiterer dickleibiger Bände, die allesamt so aussahen, als würden sie oft gelesen.

Von draußen näherten sich Schritte, dann öffnete sich die Tür.

Philipp von Eberstein stand auf der Schwelle. Er sah aus, als hätte er in der vergangenen Nacht nicht wirklich viel geschlafen, und als er Valentin entdeckte, wurde seine Haltung steif und wachsam. Aber er machte nicht den Versuch, den Rückzug anzutreten, sondern kam vollends herein und verneigte sich vor Graf Wilhelm.

»Vater.«

»Gott zum Gruß, mein Sohn.« Der Graf drehte sich herum und musterte ihn durchdringend. »Ich habe dich rufen lassen, weil ich soeben von Magister Schmieder hier einige Dinge erfahren habe, die mich gelinde gesagt ziemlich erschüttern.«

Philipps Adamsapfel bewegte sich, als er schluckte. »Tatsächlich?«

»Tatsächlich.« Der Graf ging an Philipp vorbei und ließ sich wieder in seinem Lehnsessel nieder. »Ich höre, du hast erst zwei Halunken gedungen, um meinen Reitknecht verprügeln zu lassen? Und als die gute Nonne, die sich seit Wochen vorbildlich um die Gesundheit deiner Mutter kümmert, dich dabei ertappt hat, wie du während dieser zweifelhaften Tat vor dem Stall Wache gehalten hast, wurde sie von dir niedergeschlagen und verschleppt?«

Philipp schwieg.

»Trifft das zu, mein Sohn?«

Philipp atmete tief durch. »Ja, Vater.«

»Würdest du mir erklären, wieso du das getan hast?«, fragte der Graf leise. »Dass du auf dem Schlachtfeld deine Feinde erschlägst, ist eine Sache. Auch ich habe in jüngeren Jahren gekämpft. Aber solche Heimtücke mitten in der Nacht einem unschuldigen Jungen gegenüber, der nichts Böses ahnt … und dann auch noch der Überfall auf Schwester Fidelitas? Ich verstehe das nicht.«

Philipps Kopf zuckte jäh hoch. Seine Augen brannten. »Du weißt über die Sache aber nur das, was der Magister dir erzählt hat.«

»Richtig.«

»Dann gibt es ganz gewiss einiges, wovon er keine Ahnung hat«, sagte Philipp. »Dinge, über die man mit einem Außenstehenden nicht spricht, Dinge, die ausschließlich innerhalb einer Familie bleiben müssen, um Skandale zu vermeiden. Nicht wahr, Vater?« Jetzt war sein Blick ausgesprochen angriffslustig.

Der Graf stutzte, dann wurde sein Gesicht hart und seltsam grau, als machte das, was er bisher nicht begriffen hatte, plötzlich Sinn und erschreckte ihn gleichzeitig zutiefst.

»Soll ich hinausgehen?«, fragte Valentin ruhig.

Philipp sah ihn an, als könnte er gar nicht rasch genug verschwinden, aber der Graf schüttelte nach kurzem Zögern den Kopf.

»Nein«, erwiderte er. »Ihr habt Euer Bestes getan, die Dinge aufzuklären, die dieser Familie in den letzten Wochen widerfahren sind. Ich denke, dass ich Euch die Wahrheit schulde – auch wenn ich fest davon ausgehe, dass Ihr sie nicht weiterverbreitet. Geschweige denn, dass Ihr zulasst, dass die Obrigkeit Wind davon bekommt. Ich wünsche meinen Erben nicht im Kerker zu sehen!«

»So sehr ich Euch als Vater auch verstehe«, erwiderte Valentin ruhig, »für einen Präsidenten des Reichskammergerichtes ist das eine merkwürdige Einstellung, muss ich sagen.«

Der Graf warf ihm einen zornigen Blick zu. »Die Reichskammer ist eine Sache«, sagte er, »der Erbe meines Hauses, Herr Magister, ist eine ganz andere. Ich mag an Einfluss verloren haben, aber ich werde nicht zulassen, dass Philipp in diese Sache hineingezogen wird.«

»Halten zu Gnaden, aber Euer Erbe steckt doch schon bis über beide Ohren drin!« Valentin verschränkte die Arme vor der Brust. »Ihr habt ihn dafür getadelt, dass er zwei Halunken auf einen unschuldigen Jungen gehetzt hat, und für die Entführung einer nicht weniger unschuldigen Nonne ebenfalls. Und das gerade eben erst. Seid Ihr so wetterwendisch, Herr? Wenn das der Fall sein sollte, dann ist es mir um das Recht im Reich angst und bange.«

»Ich will nicht noch einen Sohn verlieren!« Es klang wie ein unterdrückter Schrei.

Valentin rührte sich nicht, aber Philipp blinzelte überrascht und musterte seinen Vater, als sähe er ihn zum ersten Mal.

Der Graf atmete tief durch. »Könnt Ihr mir wenigstens versichern, dass die Obrigkeit nur dann von dieser Sache erfährt, wenn es sich gar nicht vermeiden lässt?«

»Darum habe ich mich von Anfang an bemüht, und das ist auch weiterhin mein Ziel«, antwortete Valentin. »Doch ehe Ihr vor mir streng gehütete Familiengeheimnisse offenlegt, gibt es da etwas, das ich von Eurem Sohn wissen muss. Bislang ist er bereits der Anstifter eines feigen, nächtlichen Überfalls und ein Entführer. Ob ich ihn auch für einen Brudermörder halten muss, das hängt ganz davon ab, wie er meine nächste Frage beantwortet.«

Philipp fuhr heftig zusammen, aber der Graf ließ die Augen nicht von seinem Sohn.

»In der Nacht, als Bruno starb, wart Ihr ebenfalls in Cannstatt«, sagte Valentin, an Philipp gewandt. »Dafür brauche ich keine Beweise mehr, dafür habe ich einen Zeugen.«

»Juan.« Der Name zischte durch Philipps Zähne wie ein Fluch. »Dieser elende Idiot. Ich hätte nie gedacht, dass er so schwatzhaft ist.«

»Oh, er hat lange geschwiegen und Euch obendrein verteidigt«, antwortete Valentin gelassen. »Ich hatte meine liebe Mühe, ihm die Tatsache Eures Besuchs im Haus Eurer Mutter aus der Nase zu ziehen. Was er mir nicht sagen konnte, war, *weswegen* Ihr dort gewesen seid. Für mich gibt es mehrere Möglichkeiten. Entweder habt Ihr bereits gewusst, dass Bruno an jenem besonderen Abend auch da sein würde, oder ihr habt es erst nach Eurer Ankunft herausgefunden. Was geschah dann? Habt Ihr beschlossen, Bruno zu beseitigen, weil Eure Mutter ihm immer viel mehr zugetan war als Euch und weil er alles von ihr bekam, was Ihr zeitlebens so gern gehabt hättet?«

Philipp verkrampfte beide Hände zu Fäusten.

»Seid Ihr deswegen in das Haus Eurer Mutter gegangen? Um Euren Bruder zu ermorden?«

»Nein!«, stieß Philipp hervor. »Nein, nicht deswegen! Ich wusste nicht, dass er an diesem Tag dort war … jedenfalls nicht gleich! Später hab ich es natürlich mitbekommen. Sie … sie hat es mir gesagt.«

»Wer ist *sie*?«

Philipp biss sich auf die Lippen. »Bärbel«, sagte er müde. »Bärbel Häberlin, unsere Köchin. Ich bin ihretwegen nach Cannstatt gekommen. Bloß ihretwegen.«

Zum ersten Mal rührte sich der Graf wieder. »Lieber Gott«, murmelte er. »Lieber Gott, *natürlich.*«

Valentin blickte stirnrunzelnd von einem zum anderen. »Ich fürchte, ich brauche etwas Nachhilfe.«

Philipp seufzte. »Bärbel hat im Mai Geburtstag. Natürlich werden … *solche* Feste normalerweise nicht gefeiert. Die der Dienerschaft, meine ich. Aber wir als Kinder haben es alle gewusst, und als wir noch klein waren, haben wir ihr an diesem Tag Blumen geschenkt. Oder Bilder für sie gemalt. Oder die Mädchen haben Seidenkordeln für sie geflochten. Bärbel … Sie hat ihnen beigebracht, wie das geht.«

Valentin erinnerte sich daran, wie liebevoll die Köchin von Bruno gesprochen hatte. Vermutlich empfand sie für den gesamten Nachwuchs des Grafenpaares genauso, und die Kinder hatten ihre Gefühle erwidert und sich um sie geschart wie um ein wärmendes Herdfeuer. Wenn man von der eigenen Mutter unablässig herumgeschoben wurde, als sei man eine Figur auf dem Schachbrett, die dazu diente, Macht, Einfluss und Reichtum zu gewinnen, dann musste es eine große Erleichterung sein, einfach »nur« geliebt zu werden.

»Auch in späteren Jahren – als zwei meiner Schwestern geheiratet hatten und eine ins Kloster gegangen war – haben wir diese Tradition beibehalten«, fuhr Philipp fort. »Wer immer zur rechten Zeit in Bärbels Nähe war – meist hier auf der Burg –, der kam zu ihr, überreichte ihr ein kleines Geschenk und verbrachte etwas Zeit mit ihr. Am liebsten in ihrer Küche, weil sich das so anfühlte wie … wie *früher.*«

Er sah Valentin an, und für einen kurzen, flüchtigen Moment war in seinem Gesicht und in den Augen der Junge zu erkennen, der er einmal gewesen war.

»Ich hatte ein Tuch aus spanischer Spitze für sie; ich hab es schon letztes Jahr gekauft, in der Nähe von Madrid. Ich kam zu Fuß ins Haus, heimlich und unangemeldet, weil ich nicht wollte, dass meine Mutter meinen Besuch mitbekommt. Dabei hätte ich mir keine Sorgen machen müssen – das wäre sowieso nicht geschehen.« Er schnaubte leise. »Bruno war bei ihr, und wenn er sich in der Nähe aufhielt, hatte sie für niemanden sonst Augen.«

»Seid Ihr Eurem Bruder an diesem Abend begegnet?«, wollte Valentin wissen.

»Nein.« Philipp hob die Schultern. »Selbst wenn ich das gewollt hätte – ich sagte ja schon, meine Mutter hatte ihn ganz und gar mit Beschlag belegt. Ich saß bei Bärbel in der Küche, und wir redeten über die alten Zeiten.«

»Wie lange etwa?«

»Ich weiß es nicht. Ich bin nach Sonnenuntergang gekommen, und als ich wieder ging, war es tiefschwarze Nacht. Ein oder zwei Stunden werden es schon gewesen sein. Außer ihr habe ich niemanden gesehen. Vermutlich waren die Küchenmagd und die Zofe schon im Bett.«

Valentin musterte ihn durchdringend.

»Euer Bruder hatte die Absicht, ganz früh vor Tagesanbruch wieder abzureisen. Er schrieb für seine Mutter ein paar Zeilen auf ein Stück Papier, und er hat es unter ihre Tür gesteckt. Wisst Ihr etwas darüber?«

Philipp zauderte einen Moment, dann nickte er. »Nennt es einen Moment der Schwäche«, sagte er, »aber als ich schon aufbrechen wollte, beschloss ich von einem Augenblick zum anderen, doch noch zu meiner Mutter hinaufzugehen. Es war spät, und als ich im ersten Stock ankam und vor der Tür zu der großen Stube stand, sah ich eine Ecke des Papiers herausschauen. Ich hab es aufgehoben und gelesen.«

»Wisst Ihr noch genau, was darauf stand?«

Philipp zog eine kleine Grimasse. »Nicht mehr wörtlich. Aber er teilte meiner Mutter mit, dass er nicht die Absicht hatte, sich von ihr an irgendein schwerreiches Fräulein aus dem Haus Baden verheiraten zu lassen, und es vorzog, nach Meßkirch zurückzukehren. Ich muss gestehen, als ich das las, habe ich ihn ehrlich bewundert … für seine Mut und seinen Widerstandskraft.«

»Aber Ihr seid doch auch Eure eigenen Wege gegangen«, gab Valentin zu bedenken.

»Das ist wahr«, sagte Philipp. »Aber aus anderen Gründen als Bruno. Ich habe es getan, weil ich immer schon wusste, dass sie mich nur als Mittel sieht, der Familie wieder zum alten Glanz zu verhelfen. Ansonsten bin ich ihr vollkommen gleichgültig, seit Jahren schon. Hätte sie mir nur einmal das Gefühl gegeben, ihr so lieb und teuer zu sein, wie Bruno es war … ich hätte mit Freuden auch die hässlichste Vogelscheuche zum Weib genommen, nur um sie damit glücklich zu machen.«

»Ich verstehe.« Valentin überlegte kurz. »Aber an diesem Abend habt Ihr Euch unbemerkt davongestohlen. Und Ihr seid nicht noch einmal zurückgekommen? Am nächsten Morgen vielleicht?«

»Nein.« Philipp sprach sehr bestimmt. »Ich bin am nächsten Vormittag gemeinsam mit Juan Alvarez Richtung Straßburg aufgebrochen – und dort fand mich dann der Bote, der mir von Brunos Tod berichtet hat. Ich bekam einen gewaltigen Schrecken. Schließlich war ich dort gewesen, nur wenige Stunden bevor er starb. Aber ich hatte Bärbel ohnehin versprochen, niemandem von meinem Besuch zu erzählen, und jetzt kam mein Schweigen nicht nur ihr zugute, sondern auch mir.« Er warf Valentin einen ironischen Blick zu. »Jedenfalls habe ich das gedacht.«

Valentin horchte auf. »Wieso wollte Bärbel, dass Ihr niemandem etwas sagt?«

»Bevor ich kam, hatte sie sich mit meiner Mutter gestritten. Und sie wollte sie nicht noch mehr durch irgendwelche Heimlichkeiten reizen. Mutter hat es nie gefallen, dass wir so oft in der Küche waren. Sie fürchtete, die Gesindemanieren könnten auf uns abfärben. Jedenfalls bekamen wir das immer zu hören, wenn sie uns erwischte.«

Jetzt sah Philipp seinen Vater an. »Außerdem war Mutter wütend auf Bärbel … nein, nicht bloß wütend. Sie hasst sie ganz genauso wie den Andres. Und du weißt, warum.«

Plötzlich war die stille Studierstube wieder von einer starken, fast schmerzhaften Spannung erfüllt. Valentin wurde klar, dass die Antwort auf die Frage, wieso Andres dem nächtlichen Angriff zum Opfer gefallen war, nicht mehr lange auf sich warten ließ.

»Ihr hasst Bärbel nicht«, stellte er fest. »Aber den Andres hasst Ihr sehr wohl, nicht wahr? Wieso?«

Philipp starrte den Grafen an, die Augen schmal. »*Du* wolltest doch die Wahrheit sagen, Vater. Also nur zu. Erzähl es ihm.«

Der Graf lehnte sich in dem Sessel zurück. Sein Gesicht war erschöpft und erfüllt von einer Mischung aus Kummer und Scham.

»Andres ist mein Sohn«, sagte er leise.

XX

Wiedersehen und Abschiede

Valentin spürte, wie ihm das Blut aus dem Gesicht wich. »Euer Sohn.«

Der Graf nickte. »Ja. Und wenn du nicht mit anhören möchtest, Philipp, was ich dem Magister dazu zu sagen habe, darfst du dich zurückziehen. Oder habt Ihr mit ihm noch etwas zu klären? Denn ich fürchte, er wird demnächst mit seinem Freund, dem Herrn Alvarez, nach Spanien aufbrechen müssen.«

»Es gibt nicht mehr viel zu klären«, erwiderte Valentin automatisch, noch immer außer sich vor Verblüffung. Er musste sich erst einen Moment sammeln, ehe er fortfahren konnte. »Ich … nun, er *kann* Bruno nicht vergiftet haben. Das Gericht, in dem sich der Schierling befand, wurde erst am nächsten Morgen gekocht – Ihr hättet mir also unbesorgt von Eurem Besuch erzählen können.« Er sah Philipp von Eberstein geradewegs in die Augen. »Bleibt die Sache mit Andres. Wenn es stimmt, dass er der Sohn Eures Vaters ist, dann ist er gleichzeitig auch Euer Halbbruder … vollkommen unschuldig an der Tatsache, dass er zur Welt kam, und vermutlich auch noch vollkommen ahnungslos.« Er wandte sich dem Grafen zu. »Oder habt Ihr ihm davon erzählt?«

»Nein.«

Valentin vermied es nur mit Mühe, das Gesicht zu verziehen.

Natürlich nicht. Wo kommt man auch hin, wenn man einem einfachen Reitknecht verrät, dass adeliges Blut in seinen Adern fließt? Dann vergisst der Junge womöglich ganz, wo sein Platz ist. Und eine solche Ungeheuerlichkeit konnte sich der Graf vermutlich ebenso wenig vorstellen wie eine Strafe für seinen rechtmäßigen Sohn und Erben, der zwei Schurken damit beauftragt hatte, den missliebigen Bastard verprügeln zu lassen.

»Vielleicht hat seine Mutter ihm ja tatsächlich nie gesagt, von wem er wirklich abstammt«, sagte Valentin leise. »Aber dann, Herr Philipp, war es eine besonders niederträchtige Idee, den einzigen Menschen zu bestrafen, der an der ganzen Sache am allerwenigsten die Schuld trägt. Oder nicht?«

Philipp schwieg. Sein Gesicht war sehr blass, die Augen halb geschlossen, als horchte er in sich hinein.

Dann hob er plötzlich den Kopf. »Wen hätte ich sonst bestrafen sollen?«, fragte er. »Meinen Vater? Dazu hatte ich weder die Macht noch die Möglichkeit. Bärbel? Frauen sind schwache Geschöpfe … und nein, Vater, ich will tatsächlich nichts darüber hören, wie und wann du dich hier mit ihr irgendwo im Stroh gewälzt hast. Du hast Mutter damit zutiefst gekränkt. Und ihr Zorn auf Bärbel und Andres ist ebenso groß wie auf dich.«

»Das hat sie sehr gut verborgen«, antwortete der Graf.

»Vor dir vielleicht.« Philipps Ton war ätzend scharf. »Aber ganz gewiss nicht vor mir. Bei meinem letzten Gespräch mit ihr in Cannstatt hat sie keinen Zweifel daran gelassen, dass sie die beiden lieber gehen als kommen sähe und dass sie es als furchtbare Ungerechtigkeit empfindet, dass du sie nicht schon lange aus deinem Dienst entlassen hast.« Er straffte die Schultern. »Ich würde mich jetzt gern verabschieden«, sagte er. »Ich habe zwar nicht viel Gepäck vorzubereiten, aber ich will noch einige Briefe schreiben, bevor ich abreise.«

»Dann besprechen wir den Rest ohne dich«, entschied der Graf.

Valentin, der genau registrierte, dass ihn Wilhelm nicht nach seiner Meinung fragte, nickte zustimmend.

»Wir machen uns in etwa zwei Stunden auf den Weg«, meinte Philipp. Er musterte Valentin mit einem Blick, der widerwillige Anerkennung enthielt. »Ich nehme an, Ihr werdet auch noch herausfinden, wer hinter dem Mord an meinem Bruder steckt. Hartnäckig genug seid Ihr ja.«

»Das hoffe ich«, erwiderte Valentin ernst. »Ungesühnte Taten sind wie entzündete Wunden, die unsichtbar weiterschwären, auch wenn man sie unter der zugeheilten Haut nicht mehr sieht. Sie können den gesamten Leib vergiften.«

»Ich werde dich auf dem Laufenden halten«, sagte der Graf. »Ich werde dir Nachricht senden; wo man dich in Madrid erreichen kann, weiß ich ja.« Er zögerte. »Natürlich nur, wenn du Wert darauf legst.«

Philipp zögerte ebenfalls – und er zögerte deutlich länger als Wilhelm.

Valentin stellte fest, dass er angesichts der starken, spannungsgeladenen Schwingungen im Raum unwillkürlich die Luft anhielt.

»Ich lege Wert darauf«, erwiderte Philipp endlich. »Großen Wert, Vater. Ich … ich würde mich freuen, wenn du mir schreibst.«

»Danke, mein Sohn.«

Mit dem, was in diesem Moment zwischen den beiden Männern *nicht* laut ausgesprochen wurde, hätte man vermutlich mühelos ein Buch füllen können.

Philipps Gesicht entspannte sich ein wenig. Er schenkte seinem Vater ein schmales Lächeln und Valentin ein angedeutetes Nicken, dann ging er hinaus.

Diesmal war es der Graf, der in seinem Sessel sitzen blieb, und Valentin, der ans Fenster trat. Draußen war das Licht der Sonne geschwunden, und die Murg wand sich in der Tiefe mattgrau zwischen ihren grünen Ufern entlang.

Valentin räusperte sich. »Ihr sagtet vorhin, Eure Gemahlin hätte ihre Wut auf Bärbel und Andres gut verborgen«, sagte er. »Aber nun scheint sich das ja geändert zu haben. Sie hat Eurem Sohn gegenüber nicht damit hinter dem Berg gehalten, wie gern sie Bärbel und Andres los wäre. Was ich nicht begreife: Trotzdem hat sie die beiden mit nach Cannstatt genommen. Wieso das, wenn sie eine solche Abneigung gegen die beiden hegt? Habt *Ihr* darauf bestanden?«

Der Graf betrachtete ihn stirnrunzelnd. »Ganz gewiss nicht. Es geschah auf Wunsch meiner … meiner Frau.«

Valentin hob die Augenbrauen. »Kommt Euch das nicht eigenartig vor?«

»Jetzt, da Ihr es sagt …« Graf Wilhelm rieb sich die Stirn. »Ich muss gestehen, ich habe in letzter Zeit nicht wirklich mitbekommen, was zwischen Johanna und Bärbel vorgeht. Als Bärbel damals Witwe wurde und mit dem Buben plötzlich allein dastand, habe ich darauf bestanden, ihr als Köchin Arbeit zu geben. Zu dieser Zeit wusste Johanna noch nichts von meinem – Fehltritt. Vor ein paar Jahren hat sie es dann herausgefunden, aber ich habe mich immer geweigert, Bärbel und Andres fortzuschicken. Das war wahrscheinlich nicht sehr weise.«

»Von Rücksicht zeugt es jedenfalls nicht gerade«, meinte Valentin. »Ihr habt Eurer Gemahlin damit einiges zugemutet … und Bärbel ebenfalls.«

»Ich habe eingewilligt, Euch die Wahrheit zu sagen.« Der Graf lächelte schwach. »Dann muss ich auch mit den Folgen leben, nicht wahr? Die Welt der Männer und Frauen ist voneinander sehr verschieden. Und ich hatte immer genügend anderes zu tun.«

Er hielt inne, als müsse er erst seine Gedanken ordnen.

»Als Bruno … als Bruno noch nicht geboren war, hat meine Frau mehrere Monate bei ihrem Vater verbracht, im Elsass. Damals kam Bärbel zu uns. Sie brachte Wärme mit, viel mehr als die Kinderfrauen, die ständig miteinander im Zank lagen. Wichtiger noch, sie liebte die Kinder, und die

Kinder liebten sie. Und ich habe … Sie war freundlich und willig. In diesen Monaten hat es sich vollkommen richtig angefühlt.«

»So ein Gefühl kann täuschen«, sagte Valentin leise.

»Meint Ihr, das weiß ich nicht?« Ein Hauch Ärger machte die ruhige Stimme herrisch und scharf. »Aber darüber habe ich mir damals nicht den Kopf zerbrochen. Außerdem ist es in all den Jahren kaum jemals vorgekommen, dass ich zwischen den beiden hätte schlichten müssen. Ich dachte, es würde wenigstens ein gewisser Burgfrieden herrschen. Bärbel hat sich nie beklagt … *fast* nie jedenfalls.«

Also hatte Wilhelm es vorgezogen, über die ganze Angelegenheit so wenig zu reden wie möglich. Die Gräfin hatte vermutlich ebenfalls geschwiegen, vielleicht aus gekränktem Stolz. Sie hatte jahrelang ihren Zorn hinuntergeschluckt und ihrem Gemahl die Sache damit gefährlich leicht gemacht.

»Wenn man sich von der rechtmäßigen Ehefrau beobachtet fühlt«, meinte Valentin ein wenig trocken, »tut man sich schwer damit, beim Ehemann Beschwerde zu führen, vor allem, wenn die Ehefrau wie in diesem besonderen Fall durchaus Grund zum Misstrauen hat. Und wenn der lebende Beweis der Untreue ihres Gatten Tag für Tag vor ihren Augen herumläuft … Ist in letzter Zeit etwas geschehen, das diesen Burgfrieden gestört haben könnte?«

Der Graf überlegte. Dann veränderte sich etwas in seinem Gesicht, so unmerklich, dass es Valentin erst gar nicht richtig auffiel. Es war eine merkwürdige Mischung aus langsamem Begreifen und aufdämmernder Furcht.

»Anfang dieses Jahres«, sagte er langsam, »wurde ich von einem heftigen Fieber niedergeworfen. Ein paar Tage war ich sehr elend, und in den schlimmsten Momenten habe ich gefürchtet, es könnte mit mir zu Ende gehen. Der gute Meister Steurer hat mich zum Glück wieder auf die Beine gebracht, und als ich mich halbwegs erholt hatte, geriet ich ins Nachdenken. Was, wenn ich beim nächsten Mal nicht mehr aus dem Bett aufstehe? Was geschieht dann mit Bärbel, und mit Andres? Meine Frau hat jahrelang geschwiegen, aber wenn ich einmal tot bin, wird sie sich Bärbel und Andres vom Hals schaffen, so schnell sie kann. Das weiß ich ganz genau.«

Der Graf beugte sich vor und drückte an der Unterseite des Schreibpultes auf eine bestimmte Stelle. Vor Valentins fasziniertem Blick sprang seitlich ein kleines Schubfach heraus. Diesem entnahm er ein zusammengefaltetes, versiegeltes Pergament und legte es vor sich auf das Pult.

»Das hier«, sagte er, »ist ein Brief an Bärbel Häberlin. Darin steht, dass ich ihrem Sohn nach meinem Ableben aus meinem Vermögen – wie klein es dann auch immer sein mag – fünfhundert Gulden hinterlasse. Ich habe das bereits in meinem Testament festgelegt, und es ist von Zeugen beeidet. Mit diesem Geld kann Andres sich eine Existenz aufbauen, sich einen Lehrherrn suchen oder als Stallmeister verdingen, was immer es ist, was er tun möchte. Damit ist auch Bärbel versorgt, denn er wird seine Mutter sicher nicht im Stich lassen.«

»Gewiss nicht«, entgegnete Valentin, der Andres ebenso einschätzte. »Weiß Bärbel davon?«

Der Graf schüttelte den Kopf und seufzte. »Ich habe es ihr nie erzählt, dafür aber meiner Frau. Mir hat der Gedanke widerstrebt, dass sie, wenn ich eines Tages tot bin, erst aus meinem letzten Willen erfährt, dass ich nicht nur unsere gemeinsamen Kinder bedacht habe, sondern auch Andres.«

Valentin atmete tief durch. »Wann war das – und was hat sie dazu gesagt?«

»Erst wenige Wochen ist das her«, antwortete der Graf. »Sie ist ganz ruhig geblieben und hat nicht mit einem Wort Widerspruch erhoben. Ich muss gestehen, das hat mich erstaunt.«

Valentin erstaunte es keinen Deut weniger. So, wie er die Gräfin bisher kannte, hatte er mindestens mit einem Tobsuchtsanfall gerechnet.

»Dann«, fuhr der Graf fort, »hat sie plötzlich entschieden, nach Cannstatt zu reisen. Und Bärbel und Andres sollten sie unbedingt begleiten. Man könnte meinen …« Er brach ab.

»Man könnte meinen, sie wollte die beiden aus Eurer Reichweite fortbringen?«, fragte Valentin vorsichtig.

»Ganz genau.« Der Graf zog die Schultern hoch, als müsse er sich gegen eine plötzliche Flut von Gedanken stemmen, die ihm samt und sonders nicht gefielen. »Aber welchen Grund sollte sie dazu haben? An meinem letzten Willen ändert sich nichts – egal, wo Bärbel sich aufhält. Oder ihr … *unser* Sohn.«

»Vielleicht«, antwortete Valentin, »wollte Eure Gemahlin ungestört auf Bärbel Einfluss nehmen. In Cannstatt ist sie immerhin weit genug von dieser Burg entfernt, dass Ihr nicht eingreifen könnt, nicht wahr?«

Wilhelm von Eberstein nickte langsam und widerstrebend. Zum ersten Mal fiel Valentin auf, dass er die graublauen Augen des Grafen schon einmal gesehen hatte … in Andres' Gesicht, bei ihrem ersten Gespräch im Stall. Er hatte sie eindeutig von Wilhelm geerbt. Und jetzt, da er genauer hinschaute, bemerkte er noch mehr Ähnlichkeiten: den gleichen Schwung des Kinns, die gleichen breiten Wangenknochen.

Andres glich seinem Vater äußerlich mehr als Otto oder Philipp – die einzigen legitimen Söhne von Johanna und Wilhelm, die Valentin kannte. Und für Johanna war der Junge eine ständige Erinnerung an die Demütigung durch ihren Mann, ein schmerzhaftes Abbild seiner Untreue. Ihr stummer Hass musste mit der Zeit ins Unermessliche gewachsen sein.

»Wir sollten nach Cannstatt gehen«, sagte Valentin laut. »Und das möglichst rasch, denke ich.«

»Ich bin ganz Eurer Meinung«, sagte der Graf. »Die Pflichten, die mich aufgehalten haben, sind ohnehin getan. Wir können gleich morgen aufbrechen.«

Fidelitas beendete den dritten Psalm der Non und bekreuzigte sich.

Die friedliche Stille in dem kleinen Raum rings um sie her wirkte wie ein lang entbehrter Balsam. Von dem Diener, der sie hergeführt hatte, wusste sie, dass die Kapelle fast dreihundert Jahre alt und erst kürzlich frisch hergerichtet worden war. Übertriebenen Schmuck gab es trotz der Erneuerung nicht, abgesehen von gemalten Blütengirlanden aus Rosen, Akelei und Maiglöckchen, die das Kreuzgewölbe der Decke schmückten und sich als Bordüren an den Wänden entlangzogen.

Über dem steinernen Altartisch mit dem weißen Tuch stand auf einem aus der Wand herausgemeißelten Podest eine Marienstatue. Sie war schlicht, schön und so grazil wie ein junges Mädchen. Der Bildhauer hatte ihrem Mantel das leuchtende Blau eines Sommerhimmels gegeben. Ihr Schleier war weiß, ihre Wangen rosig und ihr Mund halb geöffnet, als betrachte sie das Kind, das auf ihrem Arm saß, voll freudiger Verwunderung.

Ave Maria, dachte Fidelitas, den Blick fest auf das liebliche Gesicht gerichtet. *Du bist gesegnet unter den Frauen, du Lilie unter Dornen, du elfenbeinerner Turm, du versiegelte Quelle. Bitte für uns Sünder, jetzt und in der Stunde unseres Todes.*

Hinter ihr öffnete sich leise die Tür. Sie drehte sich um und entdeckte einen älteren Mann, der ihr zunickte und sich schweigend an eine der Kniebänke lehnte, als wartete er darauf, dass sie mit ihrer Andacht fertig war.

Sie bekreuzigte sich ein letztes Mal, stand auf und ging zu ihm hinüber.

»Gott zum Gruß, Fräulein«, sagte der Mann freundlich. »Oder sollte ich besser ›Schwester‹ sagen?«

Fidelitas legte den Kopf schräg. »Wie kommt Ihr darauf?«

»Eure Körperhaltung beim Gebet, die Selbstverständlichkeit jeder Geste, als sei Euch beides durch jahrelange Übung in Fleisch und Blut übergegangen. Ihr seid noch recht jung, also hat man Euch wahrscheinlich schon als Oblate ins Kloster gebracht. Ihr tragt keinen Habit – jedenfalls keinen vollständigen –, aber wenn Ihr geht, haltet Ihr die Hände vor Euch auf eine Weise verschränkt, als steckten sie normalerweise in den weiten Ärmeln Eurer Kutte. Euer Kopftuch gehört zu keiner Tracht, die ich kenne, aber Ihr habt es gefaltet und gebunden wie eine Nonnenhaube. Und da wir uns hier auf der Burg meines Freundes Wilhelm von Eberstein befinden, hätte ich auch ein Zuhause für Euch. Ihr gehört nicht zufällig nach Frauenalb?«

Fidelitas blinzelte … und dann fing sie unwillkürlich an zu lachen. Es war Wochen her, seit sie das letzte Mal so gelacht hatte; sie war überrascht, wie gut es ihr tat.

Der Mann schmunzelte so spitzbübisch, als hätte sie ihn bei einem kleinen Streich ertappt.

»Ich bin tatsächlich als Kind nach Frauenalb gekommen«, erwiderte sie. »Vor fünfzehn Jahren. Unter der Ehrwürdigen Mutter Scholastika bin ich Novizin geworden, unter Mutter Catharina habe ich die Ewige Profess abgelegt. Mein Name ist Fidelitas, und ich arbeite mit der Infirmarin im Kräutergarten. Mit wem habe ich denn die Ehre, Herr?«

Er verbeugte sich, trotz seiner massiven Gestalt ausgesprochen leichtfüßig. »Huldreich Engster, zu Euren Diensten«, erwiderte er. »Eigentlich aus Schwäbisch Hall – obwohl ich dort schon viel zu lange nicht mehr gewesen bin. In den letzten Jahren bin ich umhergewandert wie ein Vagabund

und habe hier und da Obdach gefunden. Zum Beispiel hier, wo ich seit ein paar Wochen zu Gast bin. Aber jetzt bin ich genauso auf dem Heimweg wie Ihr.«

Fidelitas seufzte. »Noch ist es für meinen Heimweg zu früh, Herr Huldreich. Ich bin seit mehreren Wochen die Pflegerin der Gräfin Johanna, und die befindet sich im Moment in Cannstatt. Ich werde wohl erst einmal dorthin zurückkehren müssen.«

»Ganz recht«, erwiderte Engster. »Genau wie mein Freund Valentin Schmieder, der mir einen Brief geschrieben und Euch darin ausdrücklich erwähnt hat, Schwester Fidelitas.«

Fidelitas blinzelte zum zweiten Mal. »*Oh.* Hat er das?«

»Ja, gewiss.« Das von einem eindrucksvollen, graubraunen Backenbart eingerahmte Gesicht wurde ernst. »Er hat mich um Rat gebeten und mir die schlimme Heimsuchung der Familie von Eberstein geschildert, die er aufklären soll. Das ist wahrhaftig ein vertracktes Rätsel.«

»Es ist vor allem ein toter junger Mann«, entgegnete Fidelitas. »Der höchstwahrscheinlich vergiftet wurde, weil er aus einem Topf mit Essen genascht hat, von dem die Köchin, die es zubereitet hat, beim Kochen auch gekostet haben muss. Und da war es noch vollkommen unschädlich.«

»Zweifellos.« Engster betrachtete sie aufmerksam. »Und sie hat dem Jungen nichts Böses gewünscht?«

»Niemals«, erwiderte Fidelitas fest. »Sie hat ihn geliebt. Und sie war über sein grausames Ende zutiefst verstört.«

»Der Ansicht war auch Valentin in seinem Brief.« Er nickte knapp. »Ich wollte ihn dazu etwas fragen, aber Ihr könnt mir bestimmt genauso gut Auskunft geben wie er. Dieses Rahmgemüse, das die Ursache allen Übels war – hätten davon alle essen sollen? Wurde es für die Gräfin *und* das Gesinde zubereitet?«

Fidelitas überlegte. »Üblicherweise bekommt Gräfin Johanna ein besonderes Mittagessen, nur für sie allein«, antwortete sie endlich langsam. »Aber an jenem Tag war Markt, und Bärbel ist schon in aller Herrgottsfrühe unterwegs gewesen. Sie hatte am Vorabend in der Küche angekündigt, dass nur das Rahmgemüse auf den Tisch käme ... wahrscheinlich, weil sie wusste, dass ihr morgens die Zeit fehlen würde, zweimal zu kochen.«

»Ich verstehe.« Engster schaute einen Moment lang an ihr vorbei, als wäre er in Gedanken weit weg, dann fasste er sie wieder ins Auge. Sein Blick war sehr neugierig. »Ihr wart diejenige, die festgestellt hat, dass Bruno an dieser giftigen Wurzel starb, oder?«

»Das ist richtig.«

»Valentin schrieb in seinem Brief davon«, bemerkte Engster. »Er fand Euch scharfsinnig und streitbar, aber er fürchtete, Eure Kenntnisse über die Wirkungen von Kräutern und Giften könnten Euch in Gefahr bringen.«

Sie musterte ihn mit zusammengekniffenen Augen. »Ihr meint, ich könnte in den Verdacht geraten, eine Hexe zu sein?«

Er erwiderte ihren Blick ruhig und direkt. »Hexen mag es geben, aber ich vertraue fest darauf, dass der Herr im Himmel allezeit mehr Macht besitzt als jeder noch so böse Zauberspruch. Es war Gott, der Hagel und Sturm als Strafgericht über den Pharao brachte, kein Weib, das finstere Wolken in ihrem Kessel zusammengebraut hat. Und Ihr, Schwester, seid ganz gewiss *keine* Hexe.«

»Ihr habt die Heilige Schrift gründlich studiert«, sagte Fidelitas.

»Genügend, um zu wissen, dass sie uns den Weg vor den Thron Gottes weist.« Sein Blick streifte die Marienstatue mit dem Kind. »Und dass es ein Umweg ist, die Heiligen anzubeten.«

Sie schwieg einen Moment. »Ihr seid Protestant, vermute ich.«

»Ja, Schwester, das bin ich. Weil ich fest daran glaube, dass Gott in uns alle, die wir ihn lieben, ein Stück seiner Heiligkeit gepflanzt hat wie ein Samenkorn. Statuen zu verehren und zu Knochen in reich verzierten Schreinen zu pilgern, lenkt uns nur von dieser Wahrheit ab.«

Er stand hoch aufgerichtet, die Beine leicht gespreizt, als rechne er fest mit heftigem Gegenwind. Dieser Anblick wirkte auf Fidelitas seltsam ernüchternd, und sie musste plötzlich an etwas denken, das Juan Alvarez bei jenem schicksalhaften, nächtlichen Gespräch zu ihr gesagt hatte: *In dieser Welt gibt es nicht nur Schwarz und Weiß, es gibt zahllose Farben dazwischen. Und die meisten hohen Herren verkaufen ihren Glauben und den ihrer Untertanen an den, der am meisten bietet, sei er nun Katholik oder Protestant, so wie ich meine Waffen und meine Männer. Wer will da noch beurteilen, was richtig ist und was falsch?*

»Euer Doktor aus Wittenberg«, sagte sie langsam, »wollte die Kirche erneuern und von ihren Auswüchsen reinigen. Stattdessen hat er das Kind mit dem Bade ausgeschüttet. Ich will ihn gern dafür loben, dass er die Worte Gottes in unsere Sprache übertragen hat. Es ist wichtig, dass ein jeder sie lesen und verstehen kann. Aber die Lehren der Kirche in Bausch und Bogen zu verwerfen und den Menschen mit einem Schlag zu rauben, was ihnen in Jahrhunderten lieb und teuer geworden ist, das kann ich nicht gutheißen. Wem schaden die Legenden über die Heiligen?«

»Wem nützen sie – wenn die Menschen sich stattdessen an Gott wenden können, der in seinem Sohn zu ihnen gekommen ist, um sie zu erlösen?«, fragte Engster. Er hatte sich etwas entspannt, als bereite ihm der unerwartete Diskurs Vergnügen. »Was ist, wenn sie die Heiligen gar nicht mehr brauchen, weil sie ihnen ein Leben lang den Blick verstellt haben auf die Herrlichkeit Gottes?«

Fidelitas deutete auf die Statue über dem Altar. »Sie ist die Mutter Gottes«, sagte sie leise. »Sie hat ihn in ihrem Leib getragen und ihn geboren. Sie hat seinen ersten Worten gelauscht und ihn bei seinen ersten Schritten an den Händen gehalten. Sie hat gesehen, wie er seine Wunder tat und wie er am Kreuz starb. Wollt Ihr mir ernsthaft sagen, dass sie den Menschen den Blick auf Gott verstellt?«

Engster zögerte, dann kräuselten sich seine Mundwinkel leicht nach oben. »Ich gebe zu, in diesem Fall macht es mir Mühe, Euch zu widersprechen«, sagte er.

»Das beruhigt mich«, entgegnete Fidelitas. »Es ist eine Wohltat, einem Menschen zu begegnen, der imstande ist, auch dort Weisheit zu sehen, wo er sie nicht erwartet.«

»Das ist in den Augen mancher heutzutage keine Tugend«, antwortete Engster. »Ich bin wegen meines Wissens und der Schlüsse, die ich daraus gezogen habe, aus Amt und Heimat vertrieben worden. Ich musste mich vor meinen Verfolgern verbergen wie König David in den Psalmen, der irgendwann nur noch auf den Herrn vertrauen konnte. Meine Frau lebt nicht mehr, und meine Kinder sind nur dank der Fürsorge von Verwandten und Freunden satt und sicher.«

Fidelitas schluckte die Frage, die ihr auf der Zunge lag, unausgesprochen hinunter. »Das tut mir sehr leid«, sagte sie leise.

»Mir auch«, entgegnete Engster. »Und doch habe ich viel Güte erfahren, und ich habe Menschen kennengelernt, die mir zu Schutzengeln geworden sind. Und wer mir Mitgefühl und Freundlichkeit entgegenbringt, der wärmt mir noch immer das Herz. So wie Ihr, Schwester.«

Fidelitas wusste nicht so recht, was sie darauf antworten sollte.

Bevor ihr etwas einfiel, öffnete sich die schmale Tür, die nach draußen führte, und vor ihnen stand Valentin.

Engster, der ihm den Rücken zuwandte, drehte sich rasch um. »Mein lieber Junge! Was für ein Glück, Euch wiederzusehen!«

Valentin starrte ihn an und wurde erst rot, dann bleich. Seine Augen leuchteten vor Staunen und Freude.

»Ihr?«, flüsterte er. »Der Graf hat mir schon gesagt, dass ich in der Kapelle nicht nur Schwester Fidelitas finde, sondern auch einen guten Freund, aber … mein Gott, *Johannes*!«

Die beiden Männer umarmten sich herzlich. Fidelitas machte einen Schritt rückwärts und wartete, während die Frage, die sie Huldreich Engster vorhin hatte stellen wollen, wieder in ihr Bewusstsein zurückkehrte.

Endlich löste Engster sich von Valentin, klopfte ihm kurz und liebevoll auf die Schulter und wandte sich wieder Fidelitas zu.

»Ich bitte um Vergebung, Schwester«, sagte er und klang ein klein wenig verlegen dabei. »Ich muss gestehen, ich habe Euch vorhin nicht meinen richtigen Namen genannt … zum einen, weil ich mich an den falschen schon zu sehr gewöhnt habe, und zum anderen, weil ich es vermeiden wollte, mir Eure sofortige Feindschaft zuzuziehen.«

Sie schüttelte leicht den Kopf. »Bin ich so furchterregend?«

»Das ist zum Teil meine Schuld«, warf Valentin hastig ein. »Ich habe Euch in meinem Brief als sehr … halsstarrig geschildert. Ihr solltet wohl eher *mir* vergeben.«

»Ich denke, darüber müsst Ihr Euch im Moment keine Gedanken machen«, sagte Fidelitas sanft. »Möchtet Ihr Euch nicht einfach noch einmal vorstellen, Herr …«

»Johannes Brenz.« Valentins Freund verneigte sich zum zweiten Mal vor ihr. »Geboren in Weil der Stadt, studiert in Heidelberg, gelehrt und gepredigt in Schwäbisch Hall, auf der Flucht Zuflucht gefunden in Urach, Hornberg und hier auf Burg Eberstein … bevor ich jetzt hoffentlich wieder nach Hause darf.«

»Es war schön, Euch kennenzulernen«, erwiderte sie. »Und ich wünsche Euch, dass Ihr in zukünftigen, friedlicheren Zeiten unbehelligt im Kreis Eurer Familie leben könnt.«

Über sein Gesicht huschte ein leichter Schatten. »Das ist kein kleiner Wunsch, wenn man bedenkt, wie groß die Kriegslust der Menschen geworden ist und wie unbarmherzig sie gegeneinander wüten«, meinte er ernsthaft. »Aber ich danke Euch trotzdem.«

Valentin räusperte sich. »Graf Wilhelm hat mir zugesagt, dass wir morgen nach Cannstatt zurückkehren. Er geht davon aus, dass Ihr gemeinsam mit uns aufbrecht, Johannes.«

»Das habe ich vor, ja.«

»Dann werden wir auf der Reise hoffentlich noch miteinander über die Untat an Bruno von Eberstein reden können«, sagte Valentin spürbar erleichtert. »Denn sobald wir in Cannstatt ankommen, brauchen wir dringend mehr Klarheit, als wir sie jetzt haben.« Er schaute Fidelitas an. »Ich soll Euch übrigens in den oberen Zwinger bitten. Juan Alvarez möchte sich dort von Euch verabschieden, bevor er in Kürze mit Philipp von Eberstein nach Spanien aufbricht. Soll ich Euch begleiten, Schwester?«

Fidelitas spürte, wie ihr Herzschlag kurz ins Stolpern geriet.

Weil ich bin, was ich bin, querida. Weil ich ein Mann bin, der vom Tod anderer lebt, und weil mein Schwert dem gehört, der am besten zahlt.

»Das ist nicht nötig«, antwortete sie ruhig. »Ich bin sicher, ich finde den Weg allein.«

Sie sah ihn bereits durch eines der kleinen Fenster in dem Gang, der vom Wohntrakt in Richtung Torgebäude führte. Er ging zwischen frisch erblühten Rosenbüschen und Kräuterbeeten auf und ab, den Hut mit der langen Feder in der Hand, während er auf sie wartete.

Bevor sie die kleine Pforte öffnete, die in den Zwinger hinausführte, atmete sie tief durch und strich sorgfältig ihre Tunika glatt. Wie schon so oft zuvor in den letzten Tagen wünschte sie sehnsüchtig ihr vollständiges Habit zurück. Dann rief sie sich streng zur Ordnung. Es gab keinen Grund, sich zu fürchten.

Das schmale Geviert des Zwingers lag warm in der Sonne, und es duftete intensiv nach Rosen, Lavendel und Rosmarin … fast wie daheim im Heilgarten ihres Klosters.

»Herr Alvarez?«

Er fuhr mit wehendem Mantel herum und seine Miene hellte sich auf. »*Hermana!* Ich hatte schon gefürchtet, ich müsste abreisen, ohne Euch noch einmal gesehen zu haben.«

»Valentin Schmieder hat mir gesagt, dass Ihr hier seid.«

»Und Ihr seid gekommen.« Er hielt den Blick unverwandt auf ihr Gesicht gerichtet, als wollte er sich jede Einzelheit einprägen. »Ich muss gestehen, nach unserem letzten Gespräch vor drei Nächten war ich nicht ganz sicher.«

»Wollt Ihr mir weismachen, Euch plagt das Gewissen?«

»Wie das, wenn ich doch gar keins habe?« Er verzog leicht den Mund.

Fidelitas stellte fest, dass sie lächelte.

»Kein Gewissen und keinen Gott? Wenn das wirklich so wäre, würdet Ihr mit einer höchst durchlässigen Rüstung in Euren nächsten Kampf ziehen, Herr Alvarez.«

Während sie sprach, war er langsam auf sie zugekommen. Jetzt stand er nahe genug, um sie zu berühren.

»Sie wird ausreichen, um die üblichen Hiebe und Stiche abzuwehren«, sagte er. »Das hat sie bisher immer getan. Und bevor ich Euch Lebewohl sage, würde ich Euch gern um etwas bitten, *hermana*. Eigentlich um zwei Dinge, wenn ich so kühn sein darf.«

»Ich kann Euch nicht versprechen, Eure Wünsche zu erfüllen«, antwortete sie. »Schon gar nicht, wenn es gleich zwei sind.«

»So hoffnungslos ehrlich wie immer, *querida.*«

Er fuhr sich mit einer Hand durch das Haar.

Zum ersten Mal bemerkte Fidelitas die vereinzelten Silberfäden, die sich durch das tiefe Schwarz zogen. Und zum ersten Mal fragte sie sich, wie alt er wohl war.

»Sagt mir, um was Ihr mich bittet, und ich werde Euch sagen, ob Ihr es bekommt.«

»Ich wünsche mir Euren Segen«, erwiderte er schlicht. »Ich glaube, dass er mehr zählt als jeder andere – denn Ihr seid Gott näher, als ich es jemals sein könnte.«

»Ich bin nur eine Nonne unter vielen«, sagte sie. »Und weit davon entfernt, vollkommen zu sein. Würdet Ihr meine Ehrwürdige Mutter fragen, Ihr müsstet Eure hohe Meinung von mir vielleicht korrigieren.«

Zu ihrer Verblüffung lachte er. »Nicht einmal Eure *abadesa* kann mir weismachen, dass sie Euch besser versteht als ich. Ihr seid mutig wie eine Löwin und klüger als ein Dutzend Gelehrter hinter ihren verstaubten Büchern. Ihr seid voller Liebe und gleichzeitig so hart und so biegsam wie eine Klinge aus Damaszenerstahl. Ich möchte Euren Segen auf den Weg. Werdet Ihr ihn mir geben, *hermana*?«

Fidelitas zögerte einen Wimpernschlag lang, dann streckte sie die Hand aus und zeichnete ihm ein Kreuz auf die Stirn. »*Dominus tecum*, Juan Alvarez«, sagte sie leise. »Mögen der Herr, seine Engel und alle Heiligen Euch behüten und darüber wachen, dass Eure unsterbliche Seele nicht verlorengeht.«

»*Cáspita!*« Es klang höchst ironisch, aber seine Augen waren voller Wärme. »Ich hätte nie geglaubt, dass Ihr gleich sämtliche himmlischen Heerscharen aufbietet. Seid Ihr sicher, dass ich das wert bin?«

»Das weiß nur Gott allein«, antwortete sie. »Aber ich denke, in manchen Fällen muss man alle Truppen in die Schlacht werfen, die man hat.«

In seinem Blick funkelte der Spott, und einen Moment lang glaubte sie, er werde sich zum Abschied auf seine übliche, dramatisch schwungvolle Weise vor ihr verneigen. Stattdessen wurde sein Gesicht wieder ernst.

Jetzt war er es, der die Hand ausstreckte. Er streifte ihr das Tuch vom Kopf. Seine Fingerspitzen strichen in einer zarten Liebkosung erst über ihr Haar, dann über die Wange und bis hinunter zu ihrem Kinn. Dann trat er zurück.

»Lebt wohl, *hermana.*«

Sie stand reglos da, buchstäblich starr vor Staunen. Das Echo seiner Berührung durchschauerte sie vom Kopf bis zu den Füßen mit plötzlicher Wärme, und während sie noch versuchte, ihre Fassung wiederzugewinnen, ging er schon an ihr vorbei auf die Pforte zu, durch die sie eben gekommen war.

Sie blickte über ihre Schulter zurück. »Herr Alvarez?«

Er blieb stehen. »Ja?«

»Was war Euer zweiter Wunsch?«

»Den habe ich mir soeben selbst erfüllt, *querida*«, erwiderte er. »Aber ich glaube, das wisst Ihr.«

»Ja«, flüsterte sie. »Ja, ich weiß.«

Er ging hinein und die Pforte schloss sich hinter ihm.

XXI

Schrecken in der Nacht

»Aber sicher hab ich auch noch was für dich. Vorsicht, mein Großer … nicht schnappen, ja?«
Im Stall war es fast dunkel. Clarissa stand neben einem der mächtigen Kutschpferde, hielt ihm eine Karotte hin und spürte die weichen Lippen auf ihrer Handfläche, als das Gemüse krachend im Pferdemaul verschwand. Bis vor kurzem hatte sie sich noch ein wenig vor Andres' Schützlingen gefürchtet, aber das war jetzt vorbei.

Solange Andres bettlägerig war, hatte sie beschlossen, seine Rösser regelmäßig mit kleinen Leckereien zu versorgen. Also bediente sie sich mit Möhren und Äpfeln aus den Vorräten im Keller des Hauses und ging die Tiere besuchen, wann immer sie die Zeit dazu fand.

»Sprich leise«, hatte Andres gesagt, »sonst haben sie Angst vor dir. Und wenn du freundlich genug zu ihnen bist, dann haben sie dich bald genauso gern wie mich.«

Das konnte Clarissa inzwischen bestätigen. Sobald sie einmal ihren Mut zusammengenommen und ihre Scheu überwunden hatte, wuchsen ihr die Kutschpferde des Grafen immer mehr ans Herz. Außerdem war sie im Stall für sich und hatte ein wenig Zeit zum Nachdenken. Über die verdüsterte Stimmung zum Beispiel, die im Haus herrschte, nachdem Fidelitas verschwunden und Magister Schmieder mit dem spanischen Herrn aufgebrochen war, um sie zu suchen.

Seit Gräfin Johanna auf ihre Pflegerin verzichten musste, war sie besonders schlecht gelaunt und ruppig. Zwar hatte sich Clarissa längst daran gewöhnt, von ihr angefahren und herumgescheucht zu werden, aber in den letzten Tagen hatten die spitzen Bemerkungen ihrer Herrin eine besonders giftige Qualität, die ihr zunehmend unter die Haut ging.

Und das war nicht die einzige Wolke, die das Haus verfinsterte. Seit vier Tagen war Andres merkwürdig schweigsam und ständig in Gedanken; bisher hatte er sich geweigert, ihr zu sagen, was ihn beschäftigte. Und seine Mutter sprach auch kaum noch ein Wort. Als sie nach Cannstatt gekommen waren, hatte Bärbel wenigstens in der Küche für etwas Wärme und Freundlichkeit gesorgt, aber obwohl sie nach wie vor am Herd stand und so gut kochte wie immer, herrschte dort inzwischen traurige Kälte.

Clarissa wünschte sich verzweifelt Schwester Fidelitas zurück. Ihre Lese- und Schreibübungen waren naturgemäß ins Stocken geraten, und immer dieselbe Lektion zu wiederholen, brachte sie nicht weiter. Dass Andres lesen und schreiben konnte, half ihr ebenso wenig. Er freute sich zwar immer, wenn sie die Zeit fand, ihn zu besuchen, konnte und wollte sich aber nicht darauf konzentrieren, ihr irgendetwas beizubringen.

An diesem Punkt wurden ihre trüben Gedanken von Schritten unterbrochen, die sich dem Stall näherten. Das musste Jörg Stähle sein, der wie jeden Abend in Cannstatt unterwegs gewesen war und nun zurückkam … bestimmt alles andere als nüchtern. Clarissa sah sich hastig nach einem Versteck um. Sie bemühte sich, Jörgs anzüglichen Blicken so gut sie konnte aus dem Weg zu gehen – wie vermutlich jedes dienstbare Wesen im Haus, das einen Rock trug –, aber diesmal hatte sie sich eindeutig zu lange aufgehalten.

Ihr fiel der Haufen Futterheu wieder ein, in den sie in der Nacht des Überfalls auf Andres gekrochen war. Einen Moment blieb sie noch unschlüssig stehen, dann huschte sie an der Kutsche der Gräfin und den beiden Pferden vorbei an das Ende des Stalls und schob den dichten Berg aus Halmen gerade weit genug auseinander, um darin zu verschwinden. Jetzt konnte sie nur hoffen, dass der Kutscher den Stall noch einmal verließ, um sein Wasser abzuschlagen – der Abtritt befand sich an der Rückseite des Stalls –, oder dass er betrunken genug war, um rasch und so tief einzuschlafen, dass er sie nicht bemerkte, wenn sie sich an seinem Lager vorbei ins Freie stahl.

Das Tor wurde aufgeschoben, jemand stapfte schwerfällig herein. Das war ganz sicher Jörg. Clarissa konnte hören, wie er sich räusperte und auf den Boden spuckte; sie verzog das Gesicht und fragte sich leicht entmutigt, wie lange sie hier wohl ausharren musste. Die Zeit schlich dahin, und dann geschah etwas, womit sie nicht gerechnet hatte: Das Tor öffnete sich zum zweiten Mal und wieder ertönten Schritte, diesmal aber leichter und rascher. Das Tor schloss sich erneut, es blieb einen Moment still, und dann bemerkte Clarissa aus ihrem Versteck einen plötzlichen Lichtschein. Jemand hatte das Talglicht in der kleinen Stalllaterne angezündet.

Sie spähte vorsichtig hinaus, sah die stämmige Gestalt von Jörg Stähle, daneben eine zweite, in ein Umschlagtuch gehüllt, das lang über ihren Rock hinunterfiel.

Und diesen Rock kannte sie.

Clarissa hatte als hervorragende Stickerin sehr gute Augen, und selbst über die etwa zehn Ellen hinweg und an den Rädern der Kutsche vorbei konnte sie die Margeritenblüten erkennen, mit denen der Rocksaum verziert war. Sie schimmerten weiß und gelb im Flammenschein, und Clarissa erinnerte sich ganz genau an den Märztag, als sie Bärbel Häberlin gezeigt hatte, wie man die Blütenblätter besonders schön auf den Stoff bekam. »Du musst erst kleine Vorstiche machen«, hatte sie zu der Köchin gesagt, »damit füllst du die

Blätter quer. Als Nächstes stickst du noch einmal längs darüber, die Fäden immer dicht nebeneinander. Auf diese Weise sieht die Margerite am Ende fast aus, als wäre sie echt.«

Die Blüten waren noch einen Moment deutlich zu sehen, dann verschwanden sie, als Bärbels Röcke nach unten und zu Boden rutschten. Clarissa begriff schlagartig, dass die Köchin sich vor Jörg Stähle auszog, und schlug gerade noch rechtzeitig die Hand vor den Mund, um den entsetzten Laut zu ersticken, der sie um ein Haar verraten hätte.

Sie verfolgte ungläubig, wie der Kutscher die Köchin packte, sie unsanft herumdrehte und mit dem Gesicht voraus gegen die Trennwand aus Holzbrettern drängte, hinter der die Kutschpferde standen. Sie sah mit schreckgeweiteten Augen, dass er an seinem Hosenstall nestelte, während Bärbel sich vorbeugte und die obere Kante der Bretterwand mit beiden Händen umklammerte, den Kopf gesenkt. Er ließ seine Hose bis in die Kniekehlen hinunterfallen und schob die nackten Beine der Köchin grob noch ein Stück weiter auseinander. Dann presste er sich gegen ihre Hinterbacken und begann, sich ruckartig zu bewegen … einen Stoß nach dem anderen, immer schneller und so hart, dass die Bretterwand erzitterte.

In diesem Moment war Clarissa dankbar, dass sie den Ausdruck auf Bärbels und Jörgs Gesichtern nicht sehen konnte. Dieser ganze Akt hatte etwas zutiefst Liebloses und Brutales an sich, meilenweit entfernt von dem Entzücken, das sie empfand, wenn Andres sie berührte. Ganz abgesehen davon, dass Andres sich bisher immer zurückgehalten hatte und ganz sicher anders mit ihr umgehen würde, als Jörg es in diesem Moment mit Bärbel tat.

Sie schloss die Augen und mühte sich, das rhythmische Klatschen von Fleisch auf Fleisch zu überhören, ebenso wie Jörgs abgerissenes Keuchen, das immer lauter wurde, je länger diese hässliche Sache andauerte.

Irgendwann gab er ein tiefes, kehliges Stöhnen von sich und hörte endlich, endlich auf.

Clarissa hielt den Atem an und wagte nicht, sich zu rühren. Jörg machte einen Schritt rückwärts. Er knöpfte seinen Hosenlatz zu und Bärbel stieg stumm wieder in ihre Röcke, während sie dem Mann, der sie gerade genommen hatte wie ein Stück Vieh, immer noch den Rücken zukehrte.

»Dann bis morgen Abend, Bärbel«, sagte er. Es war das erste Mal überhaupt, dass einer von beiden sprach.

»Ich weiß nicht, ob ich morgen kommen kann.« Bärbels Stimme war flach und tonlos.

»Das solltest du aber besser«, versetzte der Kutscher. »Wenn du *nicht* kommst, halte ich ein Schwätzchen mit dem Büttel oder der Stadtobrigkeit. Dann gibt es einen gewaltigen Skandal und du landest geradewegs im Kerker, Mädel. Oder auf der Streckbank. Und bild dir bloß nicht ein, dass der Graf dich da wieder herausholt.«

»Hast du nicht langsam genug, Jörg?«

Clarissa konnte die Hoffnungslosigkeit und Verzweiflung in Bärbels Ton so deutlich hören, dass ihr ein kalter Schauder den Rücken hinabrieselte.

»Du hast all mein Geld bekommen, und ich halt … *das* hier nicht mehr aus. Kannst du mich nicht endlich in Frieden lassen?«

»Hört ein Bauer auf, die Kuh zu melken, die ihm Milch gibt?« Jörg grinste. »Aber ich will nicht so sein. Wenn du Angst hast, dass du mit noch einem Bastard endest, dann kannst du's mir auch jederzeit mit dem Mund machen. Oder ich steck ihn dir ab jetzt nur noch in den Arsch.«

»Verflucht sollst du sein, Jörg Stähle!« Es war kaum mehr als ein hasserfülltes Flüstern. »Zur Hure werde ich deinetwegen – dass du dich nicht schämst!«

»Eine Hure bist du doch schon lange, Mädel«, sagte der Kutscher gemütlich. »Es sollte in deinem Kopf keinen Unterschied machen, für wen du die Röcke hebst. Und jetzt pack dich zurück in die Küche – ich bin sicher, da gibt es Teig zu kneten oder Gemüse zu schneiden. Weißt du was? Ich komm gleich mit und schau nach, ob von deinem Brot noch was übrig ist. Ich hab Hunger.«

Er versetzte ihr einen kräftigen Klaps auf das Hinterteil, ging zum Tor und schob es auf. Gleich darauf waren die beiden außer Sicht, und Clarissa blieb allein zurück.

Sie wartete kaum ein paar Sekunden, ehe sie aus dem Heuhaufen krabbelte und zum Tor schlich. Es öffnete sich mit schrillem Quietschen; Clarissa erstarrte vor lauter Angst, dass Jörg es hörte und zurückkam, um nachzuschauen, wer im Stall herumschlich. Was er mit Bärbel getan hatte, das konnte er auch mit ihr tun … Sie würde kaum imstande sein, sich gegen ihn zu wehren.

Aber nichts rührte sich. Die beiden waren wahrscheinlich schon im Haus, und genau dort wollte Clarissa jetzt auch hin, nach oben in ihre Kammer unter dem Dach, um das zu verdauen, was sie gerade mit angesehen hatte. Ihr Magen rumorte, sie war erschüttert und entsetzt.

Zum Glück schlief die Gräfin bereits; Clarissa wäre jetzt unmöglich imstande gewesen, ihr gegenüber so zu tun, als sei alles so wie immer.

Sie hebelte den Riegel auf, schlüpfte durch die Haustür und hastete die Treppe hinauf, so rasch sie konnte. Auf dem kleinen Tisch in ihrer Kammer stand ein Krug mit Wasser. Sie goss sich etwas ein, trank hastig und wünschte sich, die Erinnerung an die letzte halbe Stunde ließe sich genauso leicht fortspülen wie ein schlechter Geschmack im Mund.

Was hatte Jörg gegen Bärbel in der Hand, dass er sie so schrecklich demütigen konnte? Und wie lange ging das schon?

Clarissa war alles andere als dumm. Sie begriff genau, dass es etwas sehr Ernstes sein musste, das Bärbel dazu trieb, dem Kutscher zu Willen zu sein. Hatte Jörg irgendein gut gehütetes Geheimnis herausgefunden? Aber was für ein Geheimnis konnte das sein?

Sie versuchte, die Erinnerung an Jörgs Schandtat beiseitezuschieben, um sich auf das zu konzentrieren, was er zu Bärbel gesagt hatte. Er hatte ihr angedroht, sie der Obrigkeit zu melden. Offenbar hatte sie ihm notgedrungen ihren Lohn und ihre Ersparnisse überlassen, damit er schwieg. Und als kein Geld mehr da war, hatte sie … *nein.* Bei dem bloßen Gedanken daran wurde Clarissa schon wieder übel.

Er hatte Bärbel eine Hure genannt. »Eine Hure bist du doch schon lange«, hatte er gesagt. Und während Clarissa sich noch Wort für Wort jede seiner vulgären Gemeinheiten vor Augen führte, blieb sie an einem einzelnen Satz hängen, der für sie der Kern des unheilvollen Rätsels zu sein schien: *Wenn du Angst hast, dass du mit noch einem Bastard endest …*

Noch ein Bastard.

Aber Bärbel hatte nur ein Kind, von dem Clarissa wusste. Und das war Andres. Sie hatte Clarissa immer erzählt, ihr Mann sei früh gestorben, noch vor Andres' Geburt, in einem besonders grimmigen Winter. Natürlich war Clarissa davon ausgegangen, dass er auch Andres' Vater war.

Und wenn das gar nicht stimmte?

Plötzlich wusste Clarissa, dass sie mit Andres reden musste – am besten sofort. Sie würde ihm nichts von dem erzählen, was sie im Stall gesehen hatte. Sie konnte Bärbel unmöglich derart vor ihrem Sohn beschämen. Aber vielleicht wusste er etwas, das ihr dabei weiterhalf, zu verstehen, wieso seine Mutter tat, was sie tat. Der kluge Magister war ebenso wenig hier wie Fidelitas. Und auf die Hilfe der Gräfin hoffte Clarissa instinktiv gar nicht erst. Sie musste auf eigene Faust herausfinden, was für ein schreckliches Unheil hier vorging. Nur dann konnte sie Bärbel vielleicht helfen – und nach dem, was sie heute gesehen hatte, wollte sie das unbedingt.

Sie schlich sich hinaus und wieder die Stiege hinunter. Wider Erwarten war Bärbel nicht in der Küche, und als sie an die Tür pochte, die zu Bärbels Schlafkammer führte, antwortete ihr nur Andres' Stimme.

Clarissa trat ein und sah ihn im Licht einer Kerze aufrecht auf der Bettkante sitzen, nicht mehr im Nachthemd, sondern vollständig angezogen. Er wirkte müde und traurig, und ihr wurde das Herz noch ein wenig schwerer als bisher schon.

»Mein Mädchen!«, sagte er. »Bin ich froh, dass du kommst … und dass ich endlich wieder aufstehen darf. Glaub mir, wenn ich auch nur noch einen halben Tag hier herumliegen müsste, würde ich die Wände hochgehen. Meine Pritsche im Stall ist nicht halb so bequem wie Mutters Matratze, aber ich kann es kaum erwarten, wieder drüben zu schlafen, sogar wenn Jörg mir die halbe Nacht hindurch die Ohren vollschnarcht.«

Was Jörg wohl tat, wenn Andres sich ab sofort wieder dauernd im Stall aufhielt? Er konnte Bärbel ja wohl kaum vor den Augen ihres Sohnes missbrauchen!

Clarissa spürte, wie ein leicht hysterisches Kichern in ihr hochstieg, und nahm sich hastig zusammen. Sie setzte sich neben Andres auf die Bettkante und griff nach seiner Hand.

»Tust du mir einen Gefallen?«

»Was für einen?« Er musterte sie ein wenig wachsam.

»Erzähl mir von deinem Vater«, bat sie leise.

Einen Moment war es ganz still. Dann fing Andres zu ihrer Verblüffung an zu lachen. Sie musterte ihn erschrocken; es war ein Lachen ohne jede Freude.

»Wieso willst du das wissen?«, fragte er. »Ausgerechnet jetzt?«

»Was meinst du denn mit ›ausgerechnet jetzt‹?« Sie runzelte verwirrt die Stirn.

Er schaute an ihr vorbei, das Gesicht merkwürdig bleich. »Jahrelang hab ich geglaubt, mein Vater wäre Hannes Häberlin gewesen, Reitknecht erst im Stall von Graf Bernhard von Eberstein, dann von Graf Wilhelm. Und dass er im Winter vor meiner Geburt bei einer Kutschfahrt vom Bock geschleudert wurde, als die Pferde auf einer Eisplatte ausrutschten und vor lauter Schrecken durchgingen. Jedenfalls hat meine Mutter mir das immer erzählt.«

»Mir auch.« Clarissa streichelte sachte seinen Handrücken. »Willst du mir sagen, dass er gar nicht dein Vater war?«

Andres nickte, immer noch, ohne sie anzusehen. »Ganz recht, das will ich dir sagen … nein, *wollen* tu ich es ganz bestimmt nicht, aber ich muss wohl. Und auch, dass ich Geschwister habe, mehr Geschwister, als ich es jemals für möglich gehalten hätte. Eigentlich hätte ich *nichts* davon jemals für möglich gehalten. Und soll ich dir noch was sagen, mein Mädchen?«

»Was denn?«

Jetzt wandte er ihr den Blick zu, und sie entdeckte, dass seine Augen voller Tränen standen.

»Mein bester Freund«, sagte er, »der Junge, mit dem ich als Kind habe spielen dürfen, obwohl ich in den Stall gehörte und er auf die Burg … mit dem ich Lesen und Schreiben gelernt hab und der sich bloß deswegen angestrengt hat, weil ich neben ihm saß … den ich so lieb hatte wie einen Bruder … der ist wirklich mein Bruder gewesen.«

»*Was?*« Clarissa starrte ihn an. »Bruno war …«

»… mein Bruder«, wiederholte Andres. »Weißt du, was das Schlimmste daran ist? Er hätte sich vielleicht darüber gefreut. So, wie ich ihn kannte, hätte er sich ganz *bestimmt* darüber gefreut, denn so was wie Hochmut und Standesdünkel war ihm fremd. Aber er hat es nicht gewusst. Und jetzt wird er es auch nie mehr erfahren.«

Gräfin Johanna von Eberstein erwachte im ersten Morgenlicht. Sie wusste weder, wie lange sie geschlafen hatte, noch, wie spät es war. Dann hörte sie aus der Entfernung die Glocken der Kirche schlagen. Sechs Uhr. Es konnte nicht mehr lange dauern, bis die Sonne aufging.

Sie drehte sich in dem Bett auf die Seite und zuckte zusammen – eine feurige Spur aus Schmerz züngelte von ihrem Knie aufwärts in Richtung Leiste, und auch in beiden Handgelenken pochte und brannte es.

Johanna biss sich auf die Lippen und wartete darauf, dass der Anfall nachließ. Solange diese Nonne sie versorgt hatte, waren ihr diese quälenden Nachtwachen größtenteils erspart geblieben.

Fünf Nächte war es jetzt her, dass Schwester Fidelitas verschwunden war, und die Gräfin hatte das Gefühl, dass sie persönlich den höchsten Preis für dieses Unglück zahlte. Keine Behandlungen, die die gewohnten Beschwerden auf überraschend wirksame Weise linderten, keine Kräutersalben mehr, deren Duft allein schon Balsam war für ihre überreizten Sinne. Obendrein besaß die junge Nonne genügend Bildung, um mit ihr ein Gespräch zu führen, bei dem man sich nicht schon nach wenigen Minuten tödlich langweilte. Inzwischen vermisste Johanna ihre Erzählungen, die Gedanken, die sich ihre Pflegerin nach der Lektüre der neuesten Bücher machte, sogar die kleinen Wortgefechte zwischen ihnen und Fidelitas' sanft ironischen Humor, der sie sonst so geärgert hatte.

Der Magister hatte sie für kalt und gleichgültig gehalten; Johanna war das nicht entgangen. Natürlich verstand ein blutloser Gelehrter wie er nicht, dass es für eine Gräfin von Eberstein gewisse Prioritäten gab – dass es sie einfach geben *musste,* wenn man gezwungen war, das große Bild im Blick zu behalten. Sie war an solche kleingeistigen Begriffsstutzigkeiten gewöhnt und fand sie höchstens ärgerlich. Er wusste nichts über sie. Er ahnte nicht, wie viel sie hatte ertragen müssen … wie viel sie immer noch ertrug.

Das Zimmer war stickig, die Decke zu warm und zu schwer. Johanna beschloss, aufzustehen. Es konnte sicherlich nicht schaden, das Fenster zu öffnen und etwas frische Luft hereinzulassen.

Während sie am Fenstersims lehnte, wanderten ihre Gedanken fast neunzehn Jahre zurück. Sibylla – inzwischen komfortabel reich an einen Fugger nach Augsburg verheiratet – konnte zu jener Zeit noch nicht laufen, und Bruno war nicht mehr als ein gerade erst eingepflanztes Versprechen in ihrem Leib. Amalia war sieben und schon als kleines Mädchen alarmierend oft unpässlich, drei weitere Kinder zerrten trotz der tüchtigen Kinderfrau und dem Hauslehrer für Philipp an Johannas Nerven, und sie hatte das Gefühl gehabt, dass ihr die Dinge über den Kopf wuchsen.

Verständnis und Rücksichtnahme ihres Gatten hielten sich, wie sie fand, betrüblich in Grenzen, und obwohl sie sich redlich mühte, eine würdevolle Fassade zu wahren, kam es immer öfter zu heftigem Streit. Also war Johanna im Sommer 1531 kurzentschlossen ins Elsass gereist, zu ihrem Vater, Landgraf Philipp von Hanau-Lichtenberg. Dort war sie fast ein halbes Jahr geblieben und erst dann – inzwischen schon sichtbar schwanger mit ihrem nächsten Sohn – nach Gernsbach zurückgekehrt. Dass dort weder Ruhm noch Reichtum auf sie warteten, hatte sie gewusst. Aber als Adelsfrau ohne Macht und Einfluss und ohne jegliche Zukunftsaussichten im verschlafenen Buchsweiler bei ihrem Vater herumzusitzen, das war in ihren Augen noch weit schlimmer.

Zuhause stellte sie leicht irritiert fest, dass Graf Wilhelm auch ohne ihre ordnende Hand recht gut zurechtgekommen war. Kinderfrau und Hauslehrer hatten ihr Bestes gegeben, und Wilhelm hatte zusätzlich eine junge Frau aus Gernsbach angeheuert, die der schon recht betagten Köchin in der Burg mit beträchtlichem Geschick zur Hand ging und eine Anziehungskraft auf Johannas Kinder ausübte, die diese höchst verdächtig fand. Sie war drall, hübsch und sehr freundlich, und ihr Name war Bärbel Häberlin.

Nachdem Johanna ein paar Wochen mit angesehen hatte, dass ihr Nachwuchs sich weit lieber in der Küche bei Bärbel aufhielt als in der Gegenwart der eigenen Mutter, beschloss sie, dass dieser unhaltbare Zustand ein Ende haben musste. Bärbel ließ es ihr gegenüber nie an der angemessenen Demut fehlen, aber Johanna wollte sie trotzdem los sein, so schnell wie möglich. Wilhelm wehrte sich zunächst, aber nicht lange und auch nicht sehr energisch. Also musste die junge Frau wieder gehen, und Johanna strich sie dankbar aus ihrem Gedächtnis. Dass Bärbel heiratete und ihren Mann nur wenige Monate nach der Hochzeit durch einen Unfall wieder verlor, bekam sie nicht mit, es hätte sie auch nicht interessiert.

Doch zwei Jahre später kehrte Bärbel ärgerlicherweise in ihr Leben zurück. Als Witwe mit einem kleinen Jungen und ohne Familie war sie in Not geraten, und Graf Wilhelm hatte beschlossen, ihr zu helfen. Die alte Köchin war inzwischen bei weitem zu gebrechlich, um ihre Arbeit weiter zu tun, also bestimmte er kurzerhand Bärbel zu ihrer Nachfolgerin. Johanna war alles andere als begeistert, fügte sich aber. Sie machte ihren Kindern klar, dass sie Bärbel tunlichst zu meiden hatten, wenn sie sich nicht den Zorn ihrer Mutter zuziehen wollten, mit dem Resultat, dass ihre Söhne und Töchter sich fortan heimlich in die Küche schlichen, wo stets ein Glas Milch, irgendeine Leckerei, ein warmes Herdfeuer und viel Gelächter auf sie warteten.

Im Lauf der Jahre unternahm Johanna mehrere Versuche, die Köchin wieder loszuwerden, aber Graf Wilhelm weigerte sich unnachgiebig, ihren Wunsch zu erfüllen. Mehr noch, er ließ Bärbels Sohn an Brunos Unterricht und später auch an Ottos teilnehmen. Johanna war empört und wehrte sich mit Händen und Füßen dagegen. Sie musste allerdings widerwillig zugeben, dass Bruno an den Büchern und Pergamenten des alten Magisters Stefanus Bronn erst echtes Interesse zeigte, als Andres neben ihm saß, der alles, was es zu lernen gab, mit Begeisterung aufsaugte.

Erst viel später keimte in ihr allmählich der Verdacht, dass der Graf ebenso wie Bärbel Häberlin ihr all die Jahre etwas ganz Entscheidendes verschwiegen hatten: als der zwölfjährige Andres, der ihr beim Ausritt das gesattelte Pferd brachte, sie mit Augen ansah, die so unverkennbar die von Wilhelm waren, und als ihr langsam klar wurde, wie viele vom Gesinde zumindest ahnten, wer wirklich der Vater des Jungen war, auch wenn sie in ihrer Nähe nie laut darüber zu reden wagten.

Als sie Wilhelm endlich auf diese Ungeheuerlichkeit ansprach, leugnete er sie nicht, sondern gab sie offen zu. Und war nach wie vor nicht bereit, Bärbel samt seinem für Johanna so peinlichen Bankert zum Teufel zu jagen.

Seither hatte sich ihre Ehe immer mehr abgekühlt, obwohl Wilhelm sich betont von Bärbel fernhielt und sowohl er als auch Johanna sich um einen angemessen höflichen Umgang miteinander bemühten. Die Kinder wurden groß; sieben von ihnen verließen die Burg und gingen ins Leben hinaus, aber Andres blieb, ebenso wie seine Mutter. Und dann hatte der Graf auch noch den angesichts der allgemeinen Lage der Familie vollkommen wahnwitzigen Entschluss gefasst, den Jungen mit einem Erbe von fünfhundert Gulden zu unterstützen.

In diesem Moment entschied Johanna, dass sie ein für alle Mal genug hatte. Die Reise nach Cannstatt bot ihr einen willkommenen Anlass, Bärbel und ihren Sohn von der Burg und aus Wilhelms Dunstkreis wegzubringen. Jetzt galt es nur noch, der Köchin gezielt das Leben sauer und sie obendrein glauben zu machen, dass dem Grafen nichts mehr an ihr lag.

Johanna hatte ihrerseits etwas Geld aus dem Erbe ihres Vaters beiseitegeschafft und war bereit, Bärbel damit zu bestechen, damit sie verschwand. Natürlich keine fünfhundert Gulden. So viel wollte Johanna nicht einmal in die heißersehnte Befreiung von diesem Pfahl in ihrem Fleisch investieren. Aber auch die kleinere Summe von hundert Gulden eignete sich prächtig als Druckmittel. Zum Glück konnte das ungebildete Weibsbild nicht lesen und wusste auch nichts von dem Erbe für Andres. Also hatte Johanna Bärbel ein Papier unter die Nase gehalten und behauptet, es sei der Vertrag, der ihr das Geld zusicherte, wenn sie bereit war, mitsamt ihrem Sohn auf Nimmerwiedersehen zu verschwinden. Und sie hatte ihr gedroht, das kostbare Dokument zu zerreißen, falls sie nicht einwilligte. Die Gräfin erinnerte sich noch jetzt mit Genuss daran, wie sehr sie die Köchin damit aus der Fassung gebracht hatte, und lächelte unwillkürlich.

Das Lächeln verblasste rasch wieder. Johanna starrte aus dem Fenster auf die Stallungen. Die ersten Sonnenstrahlen ließen das Strohdach golden aufleuchten.

Als Andres überfallen worden war, hatte sie sehr bald geargwöhnt, dass Philipp in die Sache verwickelt war – genauso wie der Magister, dessen Scharfblick ihr vom ersten Moment an suspekt gewesen war. Sie hatte gehofft, dass ihr Sohn zu den Truppen von Kaiser Karl entkam, bevor man ihn befragen und – was Gott und alle Heiligen verhüten mochten – für diese Tat verurteilen konnte. Und in den schlaflosen Nächten seither hatte sie sich eingestanden, wie viel einfacher die Dinge lägen, wenn die beiden Schläger Andres den Garaus gemacht hätten.

Zu schade, dass ihn diese saftige Tracht Prügel nicht das Leben gekostet hat. Wieso soll diese Hure am Herd ihren Sohn behalten, während ich Bruno betrauern muss?

Die Sonne schien der Gräfin jetzt genau in die Augen. Mit einem energischen Knall schloss sie das Fenster und schlüpfte in den samtenen Morgenmantel. Sie wusch sich das Gesicht mit dem Rest des Waschwassers, das noch vom Vorabend in dem Krug verblieben war. Dann tupfte sie sich etwas Rosenöl auf Hals und Handgelenke und bürstete sich das Haar. Köchin und Magd würden demnächst Feuer machen und Clarissa würde das Frühstück heraufbringen.

Plötzlich hörte sie die aufgeregte Stimme ihrer Zofe, aber nicht draußen im Gang, sondern erst in der Diele und dann irgendwo weiter im Haus. Sie rief irgendetwas, das Johanna nicht verstand, begleitet von lautem Klopfen.

Was geht da unten vor, um Himmels willen?

Clarissa war an diesem Morgen etwas früher wach als ihre Herrin. Dies war die erste Nacht gewesen, die Andres wieder im Stall verbracht hatte, und sie wollte unbedingt herausfinden, wie es ihm ergangen war. Gleichzeitig dachte sie an Jörg und an ihr beängstigendes Erlebnis zwei Abende zuvor. Sollte sie es wirklich wagen, hinüberzugehen? Und was, wenn sie dem weibstollen Kutscher dabei in die Arme lief?

Es dauerte nur wenige Minuten, bis sie genügend Mut aufbrachte, um den Plan trotz ihrer Furcht vor Jörg Stähle in die Tat umzusetzen. Im ganzen Haus rührte sich nichts, während sie barfuß die steile Stiege hinabschlich, die Sandalen in der Hand. Sie stahl sich in die Küche, nahm einen Tonbecher vom Bord und steckte sich einen Apfel aus der Schale auf dem Tisch in die Rocktasche.

Draußen zeigte sich gerade das erste schwache Licht des Tages hinter den unregelmäßigen Giebeln der Häuser; es war hell genug, um etwas Wasser aus dem Brunnen heraufzuholen. Sie setzte den vollen Eimer auf dem Brunnenrand ab, füllte den Becher und stellte ihn daneben. Dann tauchte sie beide Hände in den Eimer, spritzte sich die kalten, frischen Tropfen ins Gesicht und lachte leise vor Entzücken.

Mit dem Becher in der Hand schlich sie zum Stall hinüber und schob das Tor einen Spalt auf. Sie lauschte angespannt, aber nirgendwo war auch nur das leiseste Schnarchen zu hören. Konnte es sein, dass der Kutscher von seiner letzten Sauftour noch nicht zurückgekommen war?

»Andres?«

»Clarissa?«

Andres' schläfrige Stimme kam ungefähr von dort, wo die Kutschpferde standen. Bestimmt hatten sich die Pferde mindestens ebenso sehr gefreut, ihn wiederzusehen, wie umgekehrt.

»Ich wollte wissen, ob es dir gutgeht«, sagte sie leise. »Ist Jörg nicht da?«

»Gestern Abend war er's noch.« Die Pritsche quietschte, als er aufstand, dann raschelte das Stroh, während er auf sie zukam. »Aber wo er jetzt steckt – ich hab keine Ahnung. Guten Morgen, mein süßes Mädchen.«

Sein Gesicht tauchte im Stalltor auf. Die meisten Blessuren, die er bei der Prügelei davongetragen hatte, konnte man noch deutlich erkennen, aber wenigstens die aufgeplatzte Lippe war sauber verheilt. Über den Wangenknochen zog sich ein unregelmäßiger, dunkler Fleck, und dort, wo ihn am Haaransatz ein heftiger Schlag getroffen hatte, würde ihm wahrscheinlich eine Narbe zur Erinnerung bleiben. Clarissa strich zart mit einem Finger darüber, dann küsste sie Andres auf den Mund.

»Ich hab dir Wasser mitgebracht und einen Apfel«, sagte sie. »Als erstes Frühstück sozusagen.«

»Dankeschön, Liebchen.« Andres nahm ihr den Becher ab und trank durstig; als er ihn zurückgab, kräuselten sich seine Lippen zu einem spitzbübischen Lächeln. »Oben hinein und unten wieder hinaus«, meinte er. »Ich bin mal rasch auf dem Abtritt.«

Clarissa blieb am Stalltor stehen und wartete, während er um die Stallecke bog. Sie blickte zum Himmel hinauf. Er hatte die Farbe der Rosenknospen im Zwingergarten daheim in Gernsbach. Der wunderschöne, zarte Pfirsichton verblasste bereits und machte dem ersten Blau des Tages Platz.

»Clarissa – komm her. *Komm her*!« Der Ton von Andres' Stimme war scharf und entsetzt.

Clarissa rannte los, stolperte über die Zinken einer Harke, die an der Stallwand lehnte, und wäre um ein Haar lang hingeschlagen. Dann sah sie, was er zuerst gesehen hatte, und blieb abrupt stehen, den Herzschlag im Mund.

Jörg Stähle lag direkt neben dem Abtritt auf dem Rücken, Arme und Beine gespreizt, die Augen glasig und leer. Clarissa wusste, dass er tot war, noch bevor sie den Dolchgriff entdeckte, der mitten aus seiner Brust ragte.

»Sag es den anderen drinnen«, flüsterte Andres. »Die … die Gräfin muss Bescheid wissen.«

Clarissa wandte sich ab und rannte auf das Haus zu. Sie schoss durch die Diele und in die Küche. Noch war niemand zu sehen, obwohl es inzwischen höchste Zeit für das morgendliche Feuer war. Sie erreichte die Tür zu Bärbels Schlafkammer, trommelte dagegen und rief laut Bärbels Namen. Endlich machte Bärbel ihr auf, noch im Nachthemd, ein Wolltuch um die Schultern. Ihr Gesicht war ebenso verschlafen und erstaunt wie kurz zuvor das ihres Sohnes.

»Was hast du, Kind? Was ist denn passiert?«

»Jörg.« Clarissa sprach mit erhobener Stimme; es kostete sie Mühe, nicht panisch zu schreien. »Jörg Stähle! Er liegt hinter dem Stall. Jemand hat ihn umgebracht!«

»Heilige Maria, Mutter Gottes!« Die Köchin bekreuzigte sich.

Aber ehe sie noch mehr sagen konnte, kam von irgendwo über ihnen ein schriller Laut des Entsetzens, gefolgt von heftigem Gepolter.

Clarissa rannte in die Diele zurück, starrte die Stiege entlang nach oben und sah ungläubig zu, wie Johanna von Eberstein die steilen Holzstufen hinunterstürzte. Ihr Körper prallte rechts und links gegen die Wände, überschlug sich mehrmals und blieb endlich mit einem dumpfen Knall zu Clarissas Füßen liegen, in die Falten des blauen Samtmantels gewickelt.

XXII

Fingerhut

»Das alles ist *meine* Schuld. Ich hätte eher hier sein müssen.«

Wilhelm von Eberstein starrte auf seine Frau hinab, die bewusstlos in ihrem Bett lag, den Kopf und das rechte Bein verbunden, die rechte Schulter geschient. Ihr Gesicht war fast so weiß wie die gekälkten Flächen zwischen den Eichenbalken des Fachwerks an der Wand.

»Nach Brunos Tod wollte sie, dass ich komme und sie nach Hause geleite«, sagte er bitter. »Stattdessen habe ich es vorgezogen, dringende Akten für das Reichskammergericht zu bearbeiten, und ich habe mit dem Markgrafen von Baden gestritten, wie schon so oft. Lauter eitle Nichtigkeiten, so wichtig sie mir auch vorgekommen sind. Ich hätte hier sein müssen.«

Valentin stand neben der Tür und lauschte schweigend. Er konnte die Verzweiflung des Grafen durchaus nachvollziehen. Vor zwei Stunden waren sie in Cannstatt eingetroffen und hatten ein wahres Bild des Schreckens vorgefunden. Der Kutscher von unbekannter Hand erdolcht, die Gräfin in besorgniserregendem Zustand, Zofe und Küchenmagd tränenüberströmt, die Köchin vor Aufregung einem Herzanfall nahe.

Zum Glück hatte Andres sich sofort auf den Weg zum Medicus gemacht. Bis er eintraf, hatte Fidelitas der zitternden Bärbel einen Löffel der konzentrierten Fingerhutessenz aus ihrer Medizintruhe eingeflößt, sie in ihre Kammer geführt und sanft überredet, sich hinzulegen. Die nächsten Minuten verbrachte sie damit, die völlig aufgelöste Clarissa zu beruhigen und ihr die Tränen zu trocknen.

Barnabas Stöckle erschien, versorgte Johanna kundig und gelassen und brachte es fertig, durch seine bloße Anwesenheit die Wogen zu glätten. Er erklärte Wilhelm, dass bei seiner Gemahlin zwar kein Schädelbruch festzustellen war, mögliche Spätfolgen aber nicht ausgeschlossen werden konnten. Außerdem hätte ihr rechtes Bein eine offene Wunde davongetragen und eine Schulter sei ausgekugelt.

»Wie schnell sich die Gräfin erholt«, sagte er freundlich, »wird davon abhängen, ob sie innerhalb der nächsten zwei Tage wieder zu sich kommt. Ab heute Abend kann ich hierbleiben und dauerhaft über sie wachen, aber zuvor muss ich erst noch einmal nach Hause.«

Der Graf bedankte sich und Stöckle ging – nicht ohne dass er Fidelitas im Vertrauen empfahl, der Kirche einen Besuch abzustatten.

»Zündet vor Cosmas und Damian eine Kerze für die Frau Gräfin an«, sagte er. »Ich wäre für den Beistand der Heiligen in diesem speziellen Fall sehr dankbar, und auf eine Nonne hören sie wahrscheinlich weit lieber als auf einen abgehetzten Medicus, der am Sonntag ständig die Frühmesse verschläft und nur ab und zu einmal ein schnelles Gebet murmelt.«

Er nickte ihr lächelnd zu und ging die Straße hinunter.

Fidelitas kehrte über den Hof ins Haus zurück, wobei sie den Blick auf den Stall mied; dort drinnen, in einer Ecke weit weg von den Pferden, hatte man Jörg Stähles Leiche abgelegt, in ein Laken gewickelt. Auch die hatte Barnabas Stöckle in Augenschein genommen und bestätigt, was jeder schon wusste: Der Kutscher war durch einen Dolchstoß zu Tode gekommen. Aber genauso wenig wie irgendjemand sonst im gräflichen Haushalt konnte er sagen, wer Jörgs Mörder war.

Vielleicht hatte sich der Kutscher auf einer seiner abendlichen Zechtouren zuletzt mit dem falschen Raufbold angelegt; der war ihm vielleicht zum Haus gefolgt und hatte ihm in der Nacht hinter dem Stall den Garaus gemacht. Die Vorstellung war grimmig genug, aber sie gefiel Fidelitas weit besser als die Idee, dass einer vom Gesinde aus heiterem Himmel beschlossen hatte, Jörg umzubringen.

Oder vielleicht doch nicht so ganz aus heiterem Himmel.

Was Clarissa ihr stammelnd und bleich vor Entsetzen erzählt hatte, ließ tief blicken; Jörgs plötzliches Ende war zwar ein großer Schock, aber es sah ganz und gar nicht so aus, als weinte sie dem Mann auch nur eine Träne nach. Jörg hatte offenbar die Gabe besessen, sich außerordentlich unbeliebt zu machen. Denn wann immer Clarissa über ihn sprach, schwang in ihrer Stimme kalter Ekel mit. Fidelitas fragte sich, was in der Zwischenzeit geschehen sein mochte, um diesen Ekel auszulösen … abgesehen davon, dass Jörg schon von Natur aus ziemlich abstoßend gewesen war.

Fidelitas hatte in ihrem Leben außer mit Priestern und Heilern in gesetztem Alter nur wenig mit Männern zu tun gehabt, aber selbst sie erkannte eine gewisse Art von lüsterner Gier. Bei den Gelegenheiten, als der Kutscher sie zum Kräutersammeln begleitet hatte, war sie nie ganz das Gefühl losgeworden, dass nur die Angst vor seiner Herrschaft ihn davon abhielt, sich gewisse Freiheiten herauszunehmen.

Sie betrat das Haus, ging durch die Diele und langsam die Stiege hinauf. Zwölf steile, hölzerne Stufen führten ins erste Geschoss, zwölf weitere ein Stück weiter hinten bis hinauf unter das Dach. Inzwischen fiel die Nachmittagssonne in den breiten Gang vor dem Zimmer der Gräfin. Ein paar Strahlen warfen eine schmale Bahn aus Licht auf die obersten drei Stufen der Stiege … und plötzlich sah Fidelitas darin etwas aufleuchten, so intensiv blau wie eine frisch erblühte Kornblume.

Sie bückte sich, wollte es aufheben und begriff erst einen Moment später, dass es festhing: ein abgerissenes Stück feiner Kordel, dessen eines Ende fest um einen winzigen Haken geknotet war. Und der steckte in der Wand neben der Stiege.

Einer plötzlichen Eingebung folgend, strich sie mit der flachen Hand an der gegenüberliegenden Wand entlang und stieß gegen den zweiten Haken.

Ein paar atemlose Momente lang stand sie ganz still, dann kletterte sie die Stiege noch einmal hinunter, sehr langsam. Sie berührte jede einzelne Stufe, tastete Flächen und Kanten ab, fand aber nichts. Auch unter der Stiege gab es zwar einige Spinnweben und ein wenig verstreuten Mäusekot, aber kein weiteres Stück Kordel wie das, das Fidelitas jetzt sicher in der Tasche ihrer Tunika unterbrachte. In der Diele war ebenfalls nichts zu sehen.

Wieder ging sie nach oben, aber diesmal geradewegs zu Johannas Zimmer. Sie klopfte leise an und trat ein.

Der Graf saß neben dem Bett seiner Frau. Er drehte sich um, als er Fidelitas hörte, und lächelte schwach. »Kann ich etwas für Euch tun, Schwester?«

»Ich würde gern den Morgenmantel der Gräfin sehen«, sagte sie.

Er deutete zu dem Stuhl vor dem kleinen Tischchen hinüber, an dem Johanna immer ihre Korrespondenz erledigt hatte.

Über der Lehne hing der gesuchte Mantel. Er war zerknittert, der feine Samt an mehreren Stellen durch den Sturz zerrissen. Fidelitas nahm ihn, hob ihn hoch und schüttelte ihn vorsichtig aus. Als sie ihn wieder über den Stuhl legte, entdeckte sie die Kordel auf dem Boden, und ihr Herz machte einen Satz. Sie atmete tief und stockend ein, holte das zweite, abgerissene Stück aus der Tasche und hielt beide aneinander. Wie erwartet passten sie perfekt zusammen, und jetzt hatte sie die Gelegenheit, die Machart der Kordel genauer zu untersuchen.

Sie war tatsächlich aus Seide und zu einem außerordentlich feinen, komplizierten Muster geflochten. So etwas brachte in diesem Haus nur eine Person fertig; Fidelitas wusste es auf der Stelle. Doch genauso wenig konnte sie sich vorstellen, dass diese Person mit dem Anschlag irgendetwas zu tun hatte.

Und ein Anschlag war es gewesen.

»Herr Graf?«, sagte sie leise.

»Ja, Schwester?« Wilhelm nahm den geduldigen Blick vom Gesicht seiner Frau und sah sie an.

Fidelitas trat vor ihn hin und hielt ihm die beiden Kordelstücke entgegen.

»Das hier«, erklärte sie ruhig, »muss jemand irgendwann letzte Nacht über die Stiege gespannt haben, die von diesem Stockwerk nach unten führt. Derjenige hat zwei kleine Häkchen in die Wände gedreht und diese Kordel daran festgeknotet. Nachmittags kann man sie deutlich sehen, da scheint die Sonne auf die Stufen, morgens früh aber ganz sicher nicht. Und Eure Frau ist heute sehr früh die Stiege hinabgestürzt.«

Der Graf betrachtete verwirrt die Kordelhälften, dann wurde er schlagartig bleich. »Wollt Ihr damit sagen, dass …«

»Ich will damit sagen, dass dieser Sturz nicht zufällig geschah.« Fidelitas nickte. »Ich glaube, jemand *wollte*, dass Eure Frau hinunterfällt. Jemand wollte, dass sie stirbt.«

»Aber … aber *warum* denn?«

»Ich weiß es nicht«, erwiderte Fidelitas. »Wir sollten es allerdings dringend herausfinden. Vor fast drei Wochen ist Euer Sohn Bruno hier ums Leben gekommen, und jetzt ist noch ein weiterer Mensch tot. Ich weigere mich zu glauben, dass das ein Zufall ist. Und es macht mir Angst.«

Der Graf schwieg einen Moment lang.

»Ja, mir auch«, sagte er dann. »Weiß der Magister schon von dieser Kordel?«

»Nein, noch nicht. Ich habe sie gerade erst gefunden.«

»Dann solltet Ihr ihm davon berichten.« Der Graf stand auf. »Und ich werde mich hier in diesem Zimmer umschauen. Vielleicht finde ich unter den Besitztümern meiner Frau ja irgendetwas, das uns weiterhilft. Diese schändliche Untat darf nicht ungesühnt bleiben!«

Fidelitas verneigte sich, steckte die beiden Kordelhälften ein und ging.

Der Himmel über dem Innenhof war diesig und ein wenig bewölkt, und es roch ganz leicht nach Regen. Als Fidelitas ins Freie trat, atmete sie tief und erleichtert durch; mittlerweile widerstrebte es ihr zutiefst, sich unter dem Dach dieses Hauses aufzuhalten.

Sie schaute sich um. Plötzlich öffnete sich das Stalltor und Valentin kam heraus. Er hielt einen kleinen, in ein Tuch gewickelten Gegenstand in der Hand. Als er sie entdeckte, ging er rasch auf sie zu. Er setzte sich auf die Bank neben der Tür und schlug das Tuch auseinander.

»Das ist Jörgs Dolch.«

Die Klinge maß etwa eine halbe Handspanne, war schmal und befleckt mit bräunlich eingetrocknetem Blut. Der Griff sah aus wie Holz, über das Leder gespannt und mit kleinen Nägeln befestigt worden war. Und auch dieses Leder hatte dunkle Flecken.

»Ich glaube, Jörgs Mörder hat sich verletzt, als er den Dolch benutzte«, sagte Valentin. »Oder wahrscheinlich schon vorher. Der Medicus meint, dass bei einer solchen Waffe und einem Stich wie dem, der den Kutscher getötet hat, nicht viel Blut aus der Wunde fließt. Der Griff müsste eigentlich sauber sein, zumal der Dolch ja nicht herausgezogen wurde. Er steckte noch in Jörgs Brust, als Andres ihn heute früh gefunden hat.«

»Vielleicht gab es einen Kampf«, mutmaßte Fidelitas. »Vielleicht hat der Mörder Jörg den Dolch erst entreißen müssen und sich dabei an der Klinge geschnitten.«

»Gut möglich.« Valentin schlug die Waffe wieder in das Tuch ein. »Magister Stöckle hat mir dringend geraten, die Obrigkeit zu informieren. Inzwischen sind es schon zwei Tote, und die Gräfin hat den unglücklichen Sturz wohl nur mit sehr viel Glück überlebt. Die Leute werden anfangen zu reden. Lange lässt sich diese leidige Angelegenheit wohl nicht mehr unter der Decke halten.«

»Ich weiß.« Fidelitas holte die zerrissene Kordel aus ihrer Tunikatasche. »Zumal wir wohl davon ausgehen müssen, dass bei diesem Sturz jemand die Hand im Spiel hatte.«

Sie erklärte Valentin, wo die Kordel herkam. Er lauschte stirnrunzelnd, das Gesicht ernst und besorgt.

»Seid Ihr sicher, dass diese heimliche Stolperfalle für die Gräfin bestimmt war?«

»Ich habe kurz nach unserer Ankunft hier mit Clarissa gesprochen«, antwortete Fidelitas. »Sie meint, Bärbel hätte noch geschlafen, als sie und Andres Jörgs Leiche fanden und im Haus Alarm schlugen. Magdalena schläft in der Kammer direkt neben Bärbel und kam auch erst unmittelbar nach dem ganzen Aufruhr heraus. Die beiden waren also weder im ersten noch im zweiten Stock des Hauses und kommen als Ziel dieses Anschlages wohl nicht in Frage. – Clarissa hat sich übrigens bei Sonnenaufgang hinausgeschlichen, um nach Andres zu sehen. Da gab es auf der Stiege noch keine Schnur, sonst wäre womöglich *sie* die Treppe hinuntergefallen.«

Valentin nahm Fidelitas das Seidengeflecht aus der Hand. »Eine sehr schöne Arbeit«, sagte er leichthin. »Wir wissen beide, dass sie eigentlich nur von Clarissa stammen kann, oder?«

»Das wissen alle anderen im Haus ganz sicher auch«, gab Fidelitas ein wenig scharf zurück. »Clarissa schließt ihre Seidenfäden und Stoffe nicht weg; wer sich etwas aus ihrem Stickkorb nehmen will, kann das jederzeit tun. Und welchen Grund sollte das Mädchen haben, einen Anschlag auf ihre Herrin zu verüben?«

»Keine Ahnung.« Valentin zog eine Grimasse und verfiel in Schweigen.

Fidelitas setzte sich neben ihn und zog ihr Skapulier gerade. Die Sonne war inzwischen fast ganz verschwunden, und während sie noch auf den Innenhof hinausschaute, fielen die ersten Regentropfen.

»Wir haben nicht viele Verdächtige«, sagte Valentin leise. »Weder für den Mord an Bruno vor drei Wochen noch für den Mord an Jörg letzte Nacht. Philipp von Eberstein hat Bruno lange gehasst, ihn jedoch nicht getötet, davon können wir ziemlich sicher ausgehen. Aber jetzt hat jemand anscheinend versucht, auch noch die Gräfin umzubringen. Vielleicht … vielleicht haben wir das Pferd die ganze Zeit über von hinten aufgezäumt.«

»Was meint Ihr damit?«

Valentin setzte sich gerade hin, die Stirn konzentriert gerunzelt. »Johanna hat kategorisch darauf bestanden, Bärbel und Andres hierher nach Cannstatt mitzunehmen. Sie wusste, dass Bärbel dem Grafen vor knapp zwanzig Jahren eine Weile das Bett gewärmt hat, und dass Andres das Resultat dieses … Fehltrittes war. Obendrein hat sie vor kurzem erfahren, dass der Graf beabsichtigte, nach seinem Tod dem Jungen fünfhundert Gulden zu hinterlassen. Erinnert Ihr Euch, was Johannes dazu gesagt hat?«

Fidelitas erinnerte sich sehr gut. An dem Abend, bevor Johannes Brenz die Reisegruppe verlassen hatte, um den Weg nach Schwäbisch Hall allein fortzusetzen, hatten sie über die Ereignisse der letzten Wochen geredet, während Wilhelms Männer rings um das Lager Wache hielten und der Graf bereits auf dem Wagen schlief, der später dafür gedacht war, Brunos Sarg nach Gernsbach zurückzubringen.

Sie hatten zu dritt um ein munter flackerndes Feuer gesessen und mit gesenkten Stimmen gesprochen … wie Verschwörer, die sich über ein gefährliches Geheimnis nur im Flüsterton auszutauschen wagten. Sie konnte die Worte von Johannes Brenz hören wie einen unheilvollen Vers, der ihr seither nicht mehr aus dem Kopf ging: *Johanna bleibt nichts anderes übrig, als Bärbels Gegenwart zu ertragen, obwohl der Zwang, mit ihr unter einem Dach zu leben, für sie eine unerträgliche Kränkung sein muss. Ich fürchte, mein Freund Wilhelm ist ein Narr. In seiner Burg hat sich zwanzig Jahre hindurch so viel Hass aufgestaut, dass er sich wahrscheinlich eines Tages so heftig entladen wird wie ein Kanonenschlag.*

»Also schön«, nahm Fidelitas den Faden auf, »lasst uns annehmen, Johanna hätte beschlossen, Bärbel endgültig loszuwerden. Aber wie?«

»Mit dem, was ihr selbst am wichtigsten ist«, gab Valentin prompt zurück. »Und wovon ihre noble Familie betrüblicherweise immer weniger besitzt. Verjagen kann sie sie nicht, daran wird der Graf sie hindern. Sie könnte versucht haben, Bärbel zu bestechen.«

»Aber Bärbel hat doch diese fünfhundert Gulden in Aussicht«, gab Fidelitas zu bedenken. »Würde sie dann nicht eher wieder auf die Burg zurückkehren, den Kopf einziehen und darauf hoffen, dass die Zeit für sie arbeitet?«

»So viel Strategie traue ich ihr nicht zu.« Valentin schüttelte den Kopf. »Außerdem weiß sie überhaupt nichts von dem Geld; Graf Wilhelm hat ihr nie davon erzählt. Stellt Euch vor, *Ihr* müsst fast zwanzig Jahre in einem Gemäuer verbringen, wo Euch von Seiten Eurer Herrschaft Tag für

Tag Misstrauen und blanke Wut entgegenschlägt. So etwas macht mürbe. Und wenn Euch dann plötzlich ein Ausweg geboten wird, der es Euch ermöglicht, gemeinsam mit Eurem Sohn irgendwo anders in Frieden zu leben – würdet Ihr ein solches Angebot nicht akzeptieren?«

»Ich weiß es nicht«, sagte Fidelitas nachdenklich. »Vielleicht würde ich das.«

Der Tag verstrich, der Abend brach an und Magister Stöckle kam wieder ins Haus, um die Nachtwache bei Johanna zu übernehmen. Der Graf aß am Krankenbett seiner Frau und zog sich dann zurück. Bärbel trank etwas Milch, hatte aber ansonsten keinen Appetit und war noch nicht wieder imstande, sich an den Herd zu stellen. Fidelitas, die in der Küche mit Andres, Clarissa, Valentin und Magdalena eine sehr stille Mahlzeit eingenommen hatte, ging in ihre Kammer hinauf, um die Komplet zu sprechen und sich schlafen zu legen.

Sie hatte eben den abschließenden Psalmvers *Herr, stell eine Wache vor meinen Mund, eine Wehr vor das Tor meiner Lippen* gebetet und sich bekreuzigt, als es plötzlich an der Tür klopfte.

»Wer ist da?«

»Ich bin's – Clarissa.«

Fidelitas unterdrückte ein Seufzen. Falls die wissbegierige kleine Zofe darauf hoffte, eine der ausgefallenen Lehrstunden im Lesen und Schreiben nachzuholen, dann war dies eindeutig der falsche Augenblick. Trotzdem widerstrebte es ihr, das Mädchen draußen stehen zu lassen.

»Komm herein.«

Clarissa sah aus, als läge ihr irgendetwas schwer auf der Seele. Sie blieb stumm mitten in der kleinen Kammer stehen;

offenbar wusste sie nicht, wie sie loswerden sollte, was sie zu sagen hatte.

»Was fehlt dir denn, Kind?«, fragte Fidelitas endlich. »Wenn du mir irgendetwas erzählen möchtest, was dich bedrückt, dann nur zu.« Sie lächelte Clarissa aufmunternd an. »Es sei denn natürlich, du möchtest dich lieber einem Priester in der Beichte anvertrauen.«

Das Mädchen fuhr zusammen und erblasste. »*Nein!*«, sagte sie mit unterdrückter Heftigkeit. »Das … So etwas kann ich keinem Priester erzählen … keinem Mann, meine ich.«

Fidelitas neigte den Kopf zur Seite. Allmählich dämmerte ihr, wo Clarissa der Schuh drückte.

»Möchtest du mir vielleicht etwas über Jörg Stähle sagen?«, erkundigte sie sich behutsam. »Ich hatte schon heute früh das Gefühl, dass du mir da etwas verschwiegen hast. War Jörg … Hat er versucht, dich anzufassen? Hat er dir wehgetan?«

»Mir doch nicht!« Es klang wie ein mühsam unterdrückter Schrei. »Mir nicht! Aber … aber ich hab ihn gesehen. Im Stall. Und dann ist sie zu ihm gekommen und ich konnte nicht hinaus und musste alles mit ansehen, und er hat … er hat …«

Fidelitas trat vor sie hin und nahm sie sanft bei den Schultern. »Wer ist zu ihm in den Stall gekommen, Clarissa?«

Die kleine Zofe fing an zu weinen. Und erst, nachdem sie sich beruhigt und die Nase geputzt hatte, erzählte sie Fidelitas endlich, mit wem sie Jörg Stähle im Stall gesehen hatte.

Als der nächste Morgen anbrach, regnete es immer noch. Fidelitas hatte kaum geschlafen. Sie hatte die Matutin ebenso andächtig gebetet wie die Laudes, sie hatte kein Schuldbekenntnis ausgelassen und keinen Psalm. Sie schloss alle

Menschen in ihre Fürbitte ein, die sie kannte … die schmerzlich vermissten Schwestern im Kloster mitsamt der Ehrwürdigen Mutter, Valentin Schmieder und Johannes Brenz – auch wenn diese beiden guten und gelehrten Männer ihre unsterbliche Seele durch einen schädlichen Irrglauben riskierten. Sie betete für Magdalena, für den Grafen und die ohnmächtige Gräfin, für Andres und Clarissa, diese beiden freundlichen, unschuldigen Liebenden. Sie betete für Philipp von Eberstein, der es nicht fertiggebracht hatte, sie zu töten, und für Juan Alvarez, der davongeritten war unter dem zerbrechlichen Schirm ihres Segens und mit ihrem Kreuzeszeichen auf der Stirn.

Zuletzt betete sie inständig für Bärbel, deren Elend sie erst seit dem Gespräch mit der kleinen Zofe wenigstens zum Teil begriff.

Sie hatte sich gerade das müde Gesicht gewaschen, als wieder an ihre Tür geklopft wurde. Es war erneut Clarissa, die ebenso übernächtigt aussah, wie Fidelitas sich fühlte.

»Der Herr Graf bittet Euch zu sich.«

Fidelitas wurde in die größere der beiden Gästekammern geführt, die dem großen Zimmer der Gräfin gegenüberlagen. Offenbar hatte Magdalena, die Bärbel nach ihrem Schwächeanfall einmal mehr vertrat, am Vorabend ein halbes Wunder an Tüchtigkeit vollbracht. Das Bett war für Graf Wilhelm frisch bezogen worden, der Boden blitzsauber. Johannas Schreibpult war mitsamt dem Stuhl ans Fenster der Kammer gewandert, und es blieb sogar noch Platz für einen Tisch, auf dem dampfender Haferbrei, frisches Brot, Früchte und Milch angerichtet waren.

Nicht nur der Graf begrüßte sie, als sie eintrat, Valentin war ebenfalls anwesend.

»Ich dachte, wir sollten Kriegsrat halten«, meinte Wilhelm. »Setzt Euch, Schwester, und esst etwas. Ich für meinen Fall kann besser denken, wenn ich etwas im Magen habe.«

Sie verneigte sich. »Mir geht es ähnlich, Herr. Ich danke Euch.«

Sie frühstückten schweigend. Es war der Graf, der als Erster den Löffel hinlegte und sich die Lippen mit dem Mundtuch abwischte. Er räusperte sich.

»Der Medicus hat mir soeben gesagt, dass meine Frau eine gute Nacht hatte«, sagte er. »Er ist inzwischen zuversichtlich, dass sie im Laufe dieses Tages zu sich kommen wird.«

»Deo gratias«, sagte Fidelitas mit Inbrunst.

»Ich danke Euch, Schwester.« Graf Wilhelm lächelte schwach. »Bevor Magister Stöckle gestern Abend gekommen ist, um nach meiner Frau zu sehen, habe ich wie besprochen ihr Zimmer durchsucht. Ich habe ihre Kleider gesehen, ihren Schmuck und allerlei Mittelchen, die das Weibsvolk verwendet, um sich schöner zu machen. Ich habe außerdem ihre Bücher durchgesehen und ein paar Rechnungen entdeckt, die ich wahrscheinlich nie finden sollte. Falls sie irgendwelche Briefe geschrieben hat, sind sie längst auf dem Weg an ihren Bestimmungsort.«

»Das heißt, es ist Euch nichts Ungewöhnliches aufgefallen?«, fragte Valentin. Er klang enttäuscht.

»Das habe ich nicht gesagt.«

Graf Wilhelm drehte sich um und nahm ein kleines Kästchen vom Schreibpult. Er stellte es neben die leere Breischüssel und klappte es auf. Es war bis zum Rand mit Silbergulden gefüllt.

»Es hat mich zuerst nicht gewundert, *dass* ich dieses Geld im Zimmer meiner Gemahlin gefunden habe«, sagte er, »sondern *wo* ich es fand. Es war tief in der Truhe mit ihren Kleidern verborgen. Und oben auf den Münzen lag das hier.«

Er zog ein kleines Papier aus seinem Wams und reichte es Fidelitas über den Tisch. Sie faltete es auseinander. Es stand nur ein einziges Wort darauf, in der flüssigen, eleganten Handschrift von Gräfin Johanna: »Schandgeld«.

Fidelitas reichte das Papier schweigend an Valentin weiter. Der betrachtete es lange, bevor er es dem Grafen zurückgab.

»Was meint Ihr, wofür diese Summe gedacht war?«, fragte er.

»Mir geht nicht mehr aus dem Kopf, was Ihr in Gernsbach zu mir gesagt habt«, erwiderte Wilhelm von Eberstein. »Dass meine Frau versuchen könnte, Bärbel unter Druck zu setzen. Vielleicht wollte sie sie ja mit diesem Geld dazu bringen, gemeinsam mit Andres fortzugehen.«

Valentin war überrascht. Der Graf dachte offensichtlich in genau dieselbe Richtung wie er.

»Aber wieso dieses Papier?«, fragte Fidelitas. »Das kommt mir übertrieben vor.«

»Das täte es nicht, wenn Ihr Johanna ein klein wenig besser kennen würdet«, erwiderte der Graf. »Sie hat einen außerordentlich empfindlichen Stolz. Nachdem die letzten Verhandlungen mit dem Markgrafen von Baden um die Vogtshoheit über die Klöster Herrenalb und Frauenalb gescheitert waren, ließ sie aus lauter Zorn ein Bild von Markgraf Karl aus ihren Räumlichkeiten entfernen; es war ein Geschenk zu unserer Hochzeit gewesen und hatte mehr als zwanzig Jahre dort gehangen. Ich habe bis heute keine Ahnung, was damit geschehen ist. Weiß der Himmel, was sie getan hätte, wenn sie jemals dahintergekommen wäre, dass ich Bärbel das Lesen beigebracht habe. Johanna vergisst keine Kränkung, niemals. Sie hat dieses Stück Papier wahrscheinlich für sich selbst geschrieben und es zu den Münzen gelegt. Damit es sie jedes Mal, wenn ihr das Kästchen unter die Finger kommt, an die Schande erinnert, die sie mit diesem Geld loswerden will. So etwas sähe ihr außerordentlich ähnlich.« Wilhelm seufzte. »Kränkungen habe ich ihr einige zugefügt, wie ich zugeben muss, und diese war vielleicht die größte von allen. Ich fürchte, die Geschichte mit Bärbel ist alles andere als ein Ruhmesblatt für mich.«

»Moment.« Valentin hatte sich kerzengerade aufgerichtet. »*Was* habt Ihr da gerade gesagt?«

Der Graf stutzte und musterte ihn leicht erstaunt. »Ich sagte, die Geschichte mit Bärbel ist nicht gerade ein Ruhmesb…«

»Nein.« Valentin hob ungeduldig die Hand und schnitt ihm damit kurzerhand das Wort ab. »*Vorher.* Ihr habt Bärbel das Lesen beigebracht?«

»Ja«, sagte der Graf. »Während der Zeit, als Johanna sich bei ihrem Vater im Elsass aufhielt. Sie ist eine sehr gelehrige Schülerin gewesen.«

Fidelitas spürte, wie sie ein plötzlicher Schwindel überkam. Bisher war sie – ebenso wie Valentin – immer davon ausgegangen, dass Bärbel Häberlin weder lesen noch schreiben konnte. Und Bärbel hatte nie auch nur angedeutet, dass es anders war. Im Gegenteil – die Tatsache, dass Fidelitas Clarissa Unterricht gab, hatte ihr äußerst missfallen. »Sie sollte in der Welt bleiben, die sie kennt, anstatt sich eine neue zu wünschen«, hatte sie gesagt. »Das lässt sie von Dingen träumen, die ihr nicht zustehen.« Kein Wunder. Sie hatte sich selbst einmal eine neue Welt gewünscht und von Dingen geträumt, die ihr nicht zustanden … und sich damit in schreckliches Elend gestürzt.

Aber wenn Bärbel lesen konnte, dann bedeutete das auch … ja, natürlich bedeutete es das.

Gütiger Gott!

Fidelitas' Mund öffnete sich in plötzlichem Begreifen, als ein wichtiger Teil des Rätsels, das sie seit Wochen verfolgte, an seinen Platz fiel und sie dazu zwang, das ganze Bild in einem völlig anderen Licht zu sehen.

Valentins Blick hielt den ihren fest. Sie erkannte, dass er zu genau demselben Schluss gekommen war wie sie und verkrampfte unwillkürlich die Hände im Schoß.

»Würdet Ihr *mich* mit Bärbel reden lassen?«, bat sie leise. »Bevor irgendjemand sonst es tut? Ich wollte sowieso nach ihr sehen – das wäre die beste Gelegenheit.«

Valentin nickte. »Geht nur, Schwester«, sagte er ruhig und fügte hinzu, an den Grafen gewandt: »Keine Sorge, Herr – sobald wir den Rest der Geschichte kennen, werden wir Euch sofort aufklären.«

Fidelitas eilte die Stiege hinunter, ohne richtig zu merken, wohin sie lief. Die so plötzlich gefundene Erkenntnis betäubte sie beinahe, und die Gedanken drehten sich in ihrem Kopf wie ein Mühlrad in halb gefrorenem Wasser. Dann hatte sie die Küche erreicht, in der Magdalena am Herd stand und in einem großen Kessel rührte.

»Guten Morgen, Schwester!«, sagte sie freundlich. »Kann ich etwas für Euch tun? Möchtet Ihr etwas essen?«

»Ich habe vorhin gefrühstückt«, antwortete Fidelitas. »Dankeschön, Magdalena. Ist … ist Bärbel schon wach?«

Magdalena nickte. »Ich wollte ihr gerade etwas Haferbrei und Milch bringen.«

»Das würde ich gern an Eurer Stelle tun«, sagte Fidelitas. »Ich hätte einige wichtige Dinge mit Bärbel zu besprechen. Könnt Ihr bitte dafür sorgen, dass uns niemand stört?«

Magdalena öffnete den Mund, als wollte sie eine Frage stellen, und einen Wimpernschlag lang waren ihre Augen ängstlich und wachsam. Aber gleich darauf war der Ausdruck wieder verschwunden … so rasch, dass Fidelitas sich nicht sicher war, ob sie ihn wirklich gesehen hatte. Außerdem hatte sie im Moment ganz andere Sorgen.

»Ich tu, was ich kann, Schwester.«

Magdalena füllte etwas Haferbrei in ein kleines Schüsselchen, goss Milch in einen Becher und stellte beides auf ein

Tablett, das sie Fidelitas reichte. Dann wandte sie sich wieder ihrem Kessel zu.

Fidelitas ging mit dem Tablett durch die Küche und hielt es mit einer Hand fest, als sie an die Tür von Bärbels Kammer klopfte.

»Bärbel? Ich bin's, Fidelitas. Habt Ihr etwas Zeit für mich?«

»Kommt herein.«

Das Zimmer war dämmrig; die Sonne würde erst in ein paar Stunden durch das schmale Fensterchen hereinscheinen, und noch lag das Bett der Köchin im Schatten. Auf dem Nachtkästchen standen ein Wasserkrug und daneben ein kleiner Becher. Um das Tablett abstellen zu können, musste Fidelitas beides zur Seite schieben … und dann fiel etwas herunter, das sie zuvor übersehen hatte, und rollte ihr vor die Füße. Sie bückte sich, hob es auf … und erstarrte.

Es war eine Phiole aus dunklem Glas. Fidelitas hatte ein knappes Dutzend dieser Phiolen in ihrer Medizintruhe; jede von ihnen trug an einem dünnen Wollfaden ein Schildchen um den Hals, das darauf hinwies, was sie enthielt. Auf diesem stand, von ihrer eigenen Hand geschrieben, *Digitalis purpurea.*

Roter Fingerhut. Einen Löffel der hochkonzentrierten, in Rotwein aufgelösten Essenz hatte sie Bärbel eingeflößt, als sie nach Brunos Tod vor Kummer zusammengebrochen war, einen weiteren Löffel gestern, nach dem Treppensturz der Gräfin. Eigentlich hätten noch gut zwei Drittel des Inhalts übrig sein müssen. Doch der dicht schließende, hölzerne Stopfen war verschwunden, und das Fläschchen war leer.

Sie richtete sich auf, die Glieder schwer wie Blei und die Hand fest um die Phiole geschlossen. Bärbel lag unter einer Wolldecke in ihrem Bett. Sie wandte Fidelitas ein geisterhaft bleiches Gesicht zu und schaute ihr geradewegs in die Augen.

»Habt Ihr das Fläschchen aus meiner Truhe geholt?«, fragte Fidelitas.

Ein leichtes Nicken. »Ihr habt es mir doch gezeigt. Und außerdem hing das Schildchen daran.«

Natürlich.

»Wie viel davon habt Ihr getrunken?«, fragte Fidelitas, obwohl sie es eigentlich schon wusste.

»Alles«, erwiderte Bärbel. »Bis zum letzten Tropfen.«

Fidelitas setzte sich auf die Bettkante, nahm Bärbels Hand, die auf der Decke lag, und legte den Daumen auf das Handgelenk. Sie konnte den Pulsschlag der Köchin spüren, regelmäßig und deutlich, aber erschreckend langsam.

»Warum habt Ihr das getan, Frau Häberlin?«, flüsterte sie. »Ich habe Euch doch erklärt, wie der Fingerhut wirkt.«

»Eben darum.«

»Ihr verspielt die himmlische Gnade.« Fidelitas schloss die Augen; sie war den Tränen nahe. »Wenn das stimmt, was ich denke, habt Ihr zwei Menschen getötet, und jetzt begeht Ihr eine noch größere Sünde und schleicht Euch davon. Habt Ihr denn keine Angst vor dem Zorn Gottes?«

Unglaublicherweise gab Bärbel ein müdes, kleines Glucksen von sich.

»Ich hab fast zwanzig Jahre lang Angst gehabt, Schwester«, sagte sie. »Davor, dass die Leute mit dem Finger auf mich zeigen und mich Hure schimpfen, weil sie nicht wirklich glauben, dass Andres der Sohn von meinem armen Hannes ist. Der war so ein guter und lieber Mensch – hat mich geheiratet, obwohl ich schwanger war. Doch dann ist er bei diesem Unfall gestorben, und ich war wieder allein. Da hatte ich Angst, dass ich mit meinem Kind verhungern muss. Und später hab ich jahrelang Angst gehabt, dass die Herrin mich aus der Burg verjagt, wenn der gnädige Herr nur lange genug fort ist, um nichts mehr dagegen tun zu können, sobald er wiederkommt.«

»Aber sie hat Euch nicht verjagt.«

»Nein.« Bärbel schüttelte leicht den Kopf. »Solange wir in Gernsbach waren, hat sie sich zurückgehalten … und ich hatte meine Erinnerungen. An die Zeit, als ihre Söhne und Töchter klein waren und glücklich, bei mir zu sein. Ich glaube, es hat ihr gar nicht so viel ausgemacht, dass der Herr mich in sein Bett genommen hat. Aber dass ihre Kinder mich liebhatten – und ich sie –, das hat sie nicht ertragen.«

Fidelitas atmete tief durch. Noch immer hielt sie Bärbels Hand, den Daumen an ihrem Puls.

»Wieso hat Bruno sterben müssen?«, fragte sie. »Ich glaube keinen Moment, dass das Eure Absicht war.«

Bärbels Finger zuckten. Ihr Brustkorb hob und senkte sich schwer, und sie blieb eine ganze Weile still. Fidelitas fürchtete schon, ihre Zeit wäre noch schneller abgelaufen als erwartet … aber dann sprach sie doch.

»An dem Abend, als Bruno nach Cannstatt kam, rief mich die Herrin zu sich. Sie hat mir erklärt, sie wäre es leid, darauf zu warten, dass der Graf zur Vernunft kommt. Sie wollte mich endlich nicht länger jeden Tag sehen müssen, und Andres auch nicht. Erst ist sie ganz ruhig geblieben, dann hat sie angefangen, mich anzuschreien, als müsste sie sich Luft machen. Sie sah fast so aus, als ob es ihr gefiel. Ich hab den Mund gehalten und bloß gehofft, dass sie irgendwann genug hat und ich endlich gehen kann. Dann wurde sie ganz plötzlich wieder ruhig, fast freundlich. Sie sagte, sie würde mir Geld geben – aber nur, falls ich bereit wäre, nicht mit zurück nach Gernsbach zu reisen, wenn der Graf kommt, um sie abzuholen. Für hundert Gulden sollte ich zusammen mit Andres fortgehen. Am besten sofort. Sie hat mir das Kästchen mit den Münzen gezeigt.«

»Und dann?«

»Dann hat sie mir ein Papier hingehalten und gesagt, darauf würde stehen, dass mir dieses Geld rechtmäßig gehört … und dass sie es zerreißt, wenn ich nicht tue, was sie will.« Für einen Moment huschte ein Lächeln über das farblose Gesicht. »In Wirklichkeit war es eine Rechnung von ihrem Schneider, für ein Samtkleid, das er ihr genäht hat. Er wollte fast dreimal so viel von ihr, wie *sie* ausgeben wollte, um mich loszuwerden. Und sie hatte keine Ahnung, dass ich das gemerkt hab. Ich war sicher, dass sie mich betrügen würde … Vielleicht hätte sie mich dem Büttel gemeldet, wenn ich die hundert Gulden genommen hätte. Vielleicht hätte sie behauptet, ich hab sie bestohlen.«

So wie sie das Temperament der Gräfin einschätzte, hielt Fidelitas das durchaus für möglich.

»Da hab ich gewusst, dass ich der Sache ein Ende machen muss, ein für alle Mal. Andres hat mir nicht erst erzählen müssen, wie giftig Schierlingsknollen sind. Ich mag mich nicht so gut mit Kräutern auskennen wie Ihr, aber ein bisschen was weiß ich auch.«

Bärbels Stimme war jetzt gleichmäßig, leise und ruhig, als spräche sie im Traum.

»Ich hab an dem Abend gesagt, dass ich am nächsten Tag nur einmal kochen kann – damit keiner hinterher auf den Gedanken kommt, das Gift wäre nur in dem Essen für die Gräfin gewesen. Eine der Metzgersfrauen hier in Cannstatt hat mir verraten, dass es in der Stadtmauer ein kleines Tor gibt, ganz in der Nähe des Badehauses. Die Alteingesessenen kennen es alle. Bevor es dunkel wurde, habe ich mich dort hinausgeschlichen und mir eine Schierlingsknolle vom Fluss geholt.«

Deswegen hatte keine Wache gesehen, wie Bärbel die Stadt verließ und wieder zurückkam, dachte Fidelitas.

»Als ich wieder ins Haus wollte, wartete der junge Herr Philipp vor dem Tor auf mich … so eine Überraschung! Ich hatte keine Ahnung, dass er in Cannstatt war. Er kam ganz heimlich, wisst Ihr? Er brachte mir ein wunderschönes Tuch und er blieb fast zwei Stunden … und solange er bei mir in der Küche saß, war alles so wie früher und alles gut.«

»Ich weiß.«

Die Vorstellung, dass Philipp und Bärbel am Herdfeuer heimelige Erinnerungen austauschten, während irgendwo in der Küche versteckt der Schierling lag, der Philipps Mutter vergiften sollte, bescherte Fidelitas eine Gänsehaut. Aber sie schwieg und hörte weiter zu.

»Spätabends ist er wieder gegangen«, fuhr Bärbel fort. »Da war ich drauf und dran, die Knolle wegzuwerfen, weil ich mich für meinen Plan geschämt hab … und vor allem, weil ich solche Angst hatte, Bruno könnte am nächsten Mittag mit seiner Mutter essen. Aber dann bin ich doch noch mal nach oben gegangen, um zu schauen, ob die Herrin etwas von Philipps Besuch mitbekommen hatte oder ob sie schon schlief. Und da hab ich den Brief gesehen, den Bruno an sie geschrieben hat. Er steckte unter der Tür.«

»Und Ihr habt ihn gelesen.« Fidelitas schüttelte den Kopf. Ihr war kalt vor Entsetzen. »Ihr habt geglaubt, Bruno wäre am nächsten Morgen schon in aller Herrgottsfrühe fort … lange bevor das Rahmgemüse fertig sein würde. Und dann habt Ihr beschlossen, Eure Bedenken in den Wind zu schlagen.«

Bärbel nickte, und jetzt liefen ihr Tränen aus den Augenwinkeln und tropften auf das Kissen. Aber sie erzählte dennoch weiter.

»Am nächsten Tag bin ich auf den Markt gegangen und hab absichtlich die Kräuter vergessen, damit ich Magdalena losschicken kann, um sie zu holen. Als sie weg war, hab ich die Portion für die Gräfin in einen kleinen Topf gefüllt und ein fingerlanges Stück Schierling hineingeschnitten … so fein, dass er noch schneller gar war als die Petersilienwurzeln. Dann hab ich diesen Topf ganz nach hinten auf den Herd geschoben und ein großes Tuch darübergelegt. Und dann hab ich einen schrecklichen Fehler gemacht. Ich bin hinausgegangen … nur ganz kurz, aber da ist das Unglück geschehen.«

Denn Bruno, der zeitlebens die Finger nicht aus ihren Töpfen lassen konnte, hatte verschlafen und den kurzen Moment ihrer Abwesenheit genutzt, um sich in die Küche zu schleichen. Er hatte das besondere Töpfchen unter dem Tuch entdeckt, von dem Inhalt gekostet – und damit sein eigenes Todesurteil unterschrieben.

»Ich muss mich nicht mehr vor der Strafe Gottes fürchten, wisst Ihr?«, flüsterte Bärbel. »Dass ich aus Versehen Bruno vergiftet hab, ist die schlimmste Strafe von allen.«

»Ich verstehe.« Fidelitas verstand es wirklich.

Nachdem Bruno sterbend aufgefunden worden war, hatte es Bärbel gerade noch in die Küche geschafft und den Inhalt des Töpfchens eilig hinter dem Stall in den Abtritt geleert. Sie schrubbte das Töpfchen sauber, stellte es weg – und sackte gleich darauf mit schrecklicher Atemnot und Herzstechen zusammen, gerade als Fidelitas hereinkam, um nach ihr zu sehen.

»Ich wär besser gleich gestorben«, sagte sie mühsam. »Danach wurde nämlich alles noch viel schlimmer.«

Denn Jörg Stähle hatte einen Teil von Johannas wütender Tirade belauscht und die Gelegenheit genutzt, um Bärbel zu erpressen. Er drohte ihr an, der Obrigkeit von den Beschimpfungen der Gräfin zu erzählen, um Bärbel in Verdacht zu bringen, dass sie mit dem Giftanschlag zu tun hatte … und der Gräfin, dass Clarissa ihr Herz ausgerechnet an Andres verloren hatte.

»Dass mein Junge der Sohn des Grafen ist, hat er natürlich gewusst. Das wissen viele in Gernsbach. Aber nur *er* hat deswegen Ärger gemacht.«

Jörg hatte ihr alles Geld abgenommen, was sie besaß. Und als keines mehr da war, hatte er sich auf andere Weise schadlos gehalten.

»Ich weiß davon«, sagte Fidelitas sanft. »Clarissa hat Euch zusammen im Stall gesehen.«

Bärbel schluchzte auf. »Lieber Gott – das arme Kind!«

Fidelitas zog ein Tuch aus der Tunikatasche und wischte Bärbel behutsam die Tränen ab. In diesem Moment fühlte sie weder gerechten Zorn noch Abscheu. Stattdessen empfand sie ein so bitteres Mitleid mit dieser unglücklichen Frau, dass sie am liebsten selbst geweint hätte.

»Ihr habt Jörg erstochen, um Euch ihm nicht mehr ausliefern zu müssen, nicht wahr?«, fragte sie.

»Ja, das hab ich.« Bärbel schloss die Augen.

»Und der Sturz der Gräfin?«

»Ich wollte bloß noch, dass es vorüber ist«, murmelte Bärbel. »Ich wusste, ich kann nicht zurück nach Gernsbach. Ich dachte, wenn die Herrin tot ist, kann ich das Geld aus ihrem Zimmer holen und es irgendwie Andres zukommen lassen, bevor ich … für immer einschlafe. Besser, er denkt, ich bin an meinem schwachen Herzen gestorben, als dass er mich irgendwann am Galgen hängen sehen muss.«

Der Puls unter Fidelitas' Fingern stolperte, setzte aus und wieder ein, noch ein wenig langsamer und schwächer als zuvor.

Bärbel hatte eine der Kordeln aus Clarissas Korb genommen, weil sie fest genug war, um beim Aufspannen nicht gleich zu reißen, und dunkel genug, dass man sie ohne Sonnenlicht nicht sehen konnte. Aber die Gräfin war nicht gestorben. Und Bärbels Herz hatte ihr auch ganz ohne Fingerhut einen Streich gespielt. Sie hatte zwar noch ausreichend Zeit gehabt, die Phiole aus Fidelitas' Kammer zu stehlen, aber nicht mehr genug, den Rest der Kordel aufzusammeln und die Häkchen wieder aus der Wand zu drehen.

Sie öffnete die Augen und sah Fidelitas an. »Ich weiß, ich hab mich schrecklich versündigt.« Ihre Stimme war inzwischen kaum noch ein Hauch. Fidelitas musste sich dicht über sie beugen, um etwas zu verstehen. »Aber Gott wird doch nicht meinen Jungen dafür strafen? Oder Clarissa?«

»Ganz bestimmt nicht.« Fidelitas legte in ihren Ton alle Gewissheit und Überzeugungskraft, die sie besaß.

Gott würde seinen Zorn über diese verzweifelte Sünderin nicht an zwei Unschuldigen auslassen. Nicht der gnädige, liebende Gott, an den sie glaubte.

»Dann bin ich's zufrieden. Danke, Schwester.«

Bärbel lächelte. Gleich darauf entspannte sich ihr Körper unter der Decke.

Fidelitas spürte einen ganz leichten Druck ihrer Finger, dann stolperte der Puls ein letztes Mal und stand endgültig still.

Fidelitas blieb auf der Bettkante sitzen und betrachtete unverwandt das weiße, seltsam friedliche Gesicht. Alles, was man sie gelehrt hatte, sagte ihr, dass Bärbel Häberlin unrettbar verloren war … eine Mörderin, eine verdammte Seele, nicht würdig, in geweihtem Boden und mit dem Segen eines Priesters bestattet zu werden.

Erbarme dich ihrer, Herr, dachte sie. *Sie hat schwere Schuld auf sich geladen, und dein Wille geschehe … aber sei ihr gnädig, ich bitte dich. Und hilf mir, ihr ebenso gnädig zu sein.*

Nachspiel

Fidelitas blieb fast eine halbe Stunde neben der Toten sitzen, bevor sie die Kammer wieder verließ und hinaufging, um Graf Wilhelm und Valentin Bericht zu erstatten.

Sie teilte dem Grafen mit, dass seine Köchin gestorben war, und erzählte ihm, was sie von Bärbel erfahren hatte. Die leere Phiole erwähnte sie mit keinem Wort.

Der Graf lauschte stumm, das Gesicht starr und ungläubig. Als ihre Geschichte von Gift, Mord, Betrug und Gewalt zu Ende war, bedankte er sich förmlich und bat sie und den Magister, ihn allein zu lassen.

Es dauerte bis zum Abend, ehe er sich wieder blicken ließ. Fidelitas brachte ihm eine kleine Mahlzeit hinauf, die aus Kachelmus bestand, und aus dem letzten Brot, für das Bärbel noch selbst den Teig geknetet hatte. Anders als seine Frau – die sich vermutlich empört über diesen »Arme-Leute-Fraß« beschwert hätte – bedankte er sich zum zweiten Mal an diesem Tag bei ihr, und nach dem Essen bat er sie, Andres zu holen. Der saß neben Clarissa im Stall, immer noch zutiefst erschüttert von der Tragödie, die ihn als verwaistes Kind einer Mörderin zurückgelassen hatte.

Als er hörte, dass der Graf ihn sprechen wollte, erschrak er.

»Was wird er sagen?«, meinte er, die Hände zu Fäusten geballt, als müsse er sich selbst am Zittern hindern. »Mama hat Bruno getötet … und dann hat sie den Kutscher erstochen … und sie hat auch noch versucht, die Herrin umzubringen! Ich verstehe das nicht – ich kann nicht glauben, dass sie all diese schrecklichen Dinge getan haben soll!«

»Ich denke, das ist ihm klar«, sagte Fidelitas beruhigend. »Und es geht ihm sicher ganz ähnlich. Vielleicht solltest du einfach hinaufgehen und dir anhören, was er zu sagen hat.«

Also wagte sich Andres mit der Miene eines armen Sünders auf dem Weg zum Schafott zu dem Mann hinauf, der seit seiner Kindheit nichts als der Gebieter gewesen war, dessen Pferde er versorgte.

Er blieb länger als eine Stunde, und als er endlich wieder herunterkam, zeigte seine Miene trotz aller Trauer Staunen und Zuversicht. Er ging mit langen Schritten zu Clarissa und schloss sie fest in die Arme.

»Wir gehen nach Augsburg, mein süßes Mädchen!«, sagte er. »Wir werden dort unseren Platz finden, und mein … mein Vater wird mir dabei helfen.«

Es stellte sich heraus, dass der Graf beschlossen hatte, Bärbels Sohn nicht bis zu seinem Tod auf das angekündigte Erbe warten zu lassen, sondern ihm die fünfhundert Gulden sofort zu geben. Andres würde zu Markus Fugger reisen, der mit Wilhelms Tochter Sibylla verheiratet war. Der Graf würde ihm ein Empfehlungsschreiben mitgeben, in dem er seinen Schwiegersohn bat, dem Jungen weiterzuhelfen – bei der Suche nach einem Lehrherrn oder einer Anstellung als Stallmeister. Außerdem sollte Markus seinen Einfluss dazu benutzen, Clarissa in einer passenden Zunft unterzubringen – oder ihr zumindest Kunden vorzustellen, die für ihr Können als Näherin und Stickerin mit klingender Münze zahlen würden. Damit hatte sich Andres' Lage binnen weniger Stunden von tiefster Verzweiflung zu plötzlicher Hoffnung verkehrt. Dieser jähe Wandel war fast zu viel für ihn; er würde noch viel Zeit brauchen, den Tod seiner Mutter und das, was dazu geführt hatte, zu verkraften.

»Er war überhaupt nicht wütend«, sagte er ernst. »Nur traurig – genauso traurig wie ich. Ich hab ihm gesagt, wie gern ich Bruno hatte und dass ich gern schon früher gewusst hätte, dass wir Brüder sind. Er hat gesagt, so wäre es ihm auch lieber gewesen.« Er blinzelte heftig. »Ich glaube, er hatte Mutter richtig gern. Trotz alledem.«

»Das glaube ich auch«, erwiderte Fidelitas ruhig.

Als der neue Tag anbrach, erwachte Johanna von Eberstein endlich aus ihrer Bewusstlosigkeit.

Magister Stöckle zeigte sich erfreut und zufrieden; Wilhelm wurde sofort herbeigerufen und bat den Medicus, eine Stunde allein mit seiner Frau verbringen zu dürfen. Was während dieser Stunde zwischen ihm und ihr besprochen wurde, erfuhren weder Valentin noch Fidelitas jemals, aber als Fidelitas die Gräfin vor der Abreise ein letztes Mal mit Umschlägen behandelte, war Johanna ausgesprochen bleich und wortkarg.

Am selben Morgen wurde Bärbel Häberlin auf den ausdrücklichen Wunsch ihres Sohnes hin auf dem Cannstatter Uffkirchhof beerdigt. Magdalena und Fidelitas hatten sie gewaschen, für ihren letzten Weg in ihren schönsten Rock und ihre beste Bluse gekleidet und in das Tuch aus spanischer Spitze gehüllt, das Philipp von Eberstein ihr aus Madrid mitgebracht hatte. Ihr einfacher Fichtensarg, den Clarissa mit Wiesenblumen geschmückt hatte, wurde feierlich auf einem Wagen durch die Gassen Cannstatts gefahren, und in der Uffkirche mit dem spitzen Schindelturm las der Priester, der dem Sarg mit einem schlichten Kreuz in den Händen vorangeschritten war, das Requiem für sie.

Auf dem Rückweg gingen Valentin und Fidelitas nebeneinander.

»Irgendwie ist es doch ein Glück«, bemerkte Valentin beiläufig, »dass Bärbel Häberlin ihrem Herzleiden erlegen ist, bevor man sie für ihre Verzweiflungstaten zur Rechenschaft ziehen konnte. Nicht wahr?«

»Das macht die Dinge für Andres ganz gewiss um vieles leichter«, entgegnete Fidelitas unverbindlich. »Ihr müsst wissen, Krankheiten wie diese sind tückisch. Wird ein derart angegriffenes Herz nicht ständig von einem guten Medicus überwacht, kommt der Tod oft plötzlich und unerwartet.«

»Das scheint mir auch so«, sagte Valentin. Er betrachtete Fidelitas von der Seite. »Denkt Ihr, Bärbel ist friedlich gestorben?«

»Für mich hat es so ausgesehen«, antwortete sie leise.

Valentin berührte leicht ihre Hand. »Ich danke Euch für Eure Barmherzigkeit, Schwester.«

Sie schüttelte leicht den Kopf. »Wenn jemand barmherzig war, dann unser Herr.«

»Natürlich«, sagte er ernst. »Aber Ihr habt Euren Teil dazu getan.«

Tags darauf herrschte im ganzen Haus emsiger Betrieb. Die Truhen der Gräfin wurden die Stiege hinuntergetragen und in dem Karren mit dem Stoffdach verstaut, in dem Fidelitas vor knapp drei Wochen hergekommen war. Die Eskorte des Grafen machte sich reisefertig, und die Kutschpferde wurden noch einmal gefüttert und getränkt. Clarissa, die sich gemeinsam mit Andres einer gut bewachten Gruppe Händler anschließen würde, um mit ihnen nach Augsburg zu reisen, fiel Fidelitas unter Tränen um den Hals.

»Wir werden meine Mutter nachholen«, verkündete sie. »Sie wird es schön haben bei uns. Und bald kann ich auch richtig lesen und schreiben! – Ich darf Euch doch Briefe ins Kloster schicken, ja?«

»Aber natürlich darfst du das«, sagte Fidelitas liebevoll und küsste das Mädchen auf die Wange. »Wenn du möchtest, kannst du mich sogar besuchen.«

Valentin, der den rührenden Abschied aus der Ferne beobachtet hatte, wandte sich ab und ging ein allerletztes Mal ins Haus. Eines gab es noch unbedingt zu klären.

In der Küche räumte Magdalena die letzten sauberen Töpfe und Tiegel zurück an ihren Platz.

»Bärbel würde sich bedanken, wenn ich die Küche der eigentlichen Hausherrin hier nicht so rein wie möglich hinterlasse«, erklärte sie lächelnd, als sie ihn sah.

»Ja, sie war gründlich«, bestätigte er und setzte sich an den blank geschrubbten Tisch. »Selbst als sie starb, wollte sie noch Ordnung schaffen.«

»Wie meint Ihr das?«, fragte Magdalena.

»Jörg Stähle war ein wirklich unangenehmer Zeitgenosse.« Valentin sprach im Plauderton und behielt Magdalena dabei genau im Auge. »Ich bin einigen Männern von dieser Sorte begegnet, und sie haben etwas gemeinsam: Sie sind von Natur aus gemein. Ich bin sicher, es gab eine Menge Menschen, die unter ihm gelitten haben.«

»Jörg war ein widerliches Stück Dreck.« Magdalenas Stimme vibrierte von unterdrücktem Zorn. »Er hat überall nach Geheimnissen geschnüffelt, die sich versilbern ließen … wie ein Schwein, das im Herbst nach Eicheln sucht.«

Sie stellte den letzten Tiegel mit einem entschiedenen Knall auf das Holzbord, auf das er gehörte.

»Und eins sag ich Euch: Egal was Bärbel auch getan haben mag, im Grunde war sie ein guter Mensch.« Sie schluckte. »Jedenfalls war sie gut zu mir.«

»Das glaube ich«, antwortete Valentin. »Vor allem, wenn ich bedenke, dass derjenige, der Jörg den Garaus gemacht hat, dabei ziemlich sicher eine Wunde von Jörgs Dolch davongetragen haben muss. Clarissa hat Bärbel gemeinsam mit Schwester Fidelitas für das Begräbnis gewaschen und angezogen; sie meinte, Bärbels Haut war vollkommen unverletzt. Und trotzdem hat Bärbel der Schwester gesagt, dass Jörg durch *ihre* Hand starb.« Er sah Magdalena unverwandt an. »Dürfte ich einmal *Eure* Hände in Augenschein nehmen?«

Magdalena stand eine kleine Ewigkeit lang vollkommen reglos da. Dann seufzte sie und streckte ihm langsam den rechten Arm entgegen. Dicht über dem Handgelenk befand sich ein langer, mit Schorf bedeckter Kratzer.

»Ich hab Geld aus dem Haushaltskästchen der Gräfin gestohlen«, sagte sie müde. »Daheim in Gernsbach hab ich ein Kind … ein kleines Mädchen. Ich zahl einer Frau dort jeden Monat etwas dafür, dass sie sich kümmert. Dass die Kleine immer was zum Anziehen hat und zum Essen. Aber dann wurde sie gierig und wollte mehr, und mein Lohn hat nicht mehr gereicht.«

»Jörg Stähle hat Euch beim Stehlen beobachtet, nicht wahr?«

»Ich musste mich mit ihm hinter dem Stall treffen«, antwortete Magdalena erbittert. »Er hat mir gesagt, ich soll mich ausziehen, und dann hat er mir zwischen die Beine gefasst. Ich hab mich so furchtbar vor ihm geekelt … und dann hab ich versucht, ihn zurückzuschieben, und es gab ein Gerangel, und plötzlich bekam ich seinen Dolch zu fassen. Dabei hab ich mich dann gekratzt. Als Nächstes hab ich einfach blindlings zugestochen.«

»Und Bärbel wusste davon?«

»Als ich mich hinterher heulend zurück ins Haus geschlichen hab, hat sie mich gesehen. Ich hab ihr mein Herz ausgeschüttet … Ich musste ihr nicht einmal alles erzählen, das meiste hat sie sich sofort zusammengereimt. Sie hat gesagt, ich soll mich ins Bett legen und mich nicht rühren. Und ich soll niemandem auch nur ein Wort davon sagen.« Magdalena seufzte erschöpft. »Tausend Tode bin ich gestorben seit gestern früh. Immer wenn mich einer angesprochen hat, bin ich vor Schreck zusammengefahren, als wär mir der Gottseibeiuns erschienen. Und als es dann plötzlich hieß, Bärbel hätte Jörg erstochen, da konnte ich es nicht glauben.«

Valentin schaute schweigend auf seine Hände hinunter und erinnerte sich daran, was Clarissa im Stall mit angesehen hatte; er wusste durch Fidelitas davon. Er dachte an Jörg Stähle, diesen gierigen, bösartigen Trunkenbold, der seine erlauschten Geheimnisse dazu benutzt hatte, gleich zwei Frauen zu erpressen und auf erniedrigendste Weise zu missbrauchen. Im Grunde genommen hatte Magdalena keinen Mord begangen – sie hatte sich nur gewehrt. Und sie hatte ein Kind, das in Gernsbach auf sie wartete.

Wir müssen darauf vertrauen, dass Gott uns den rechten Weg zeigt. Durch allen Zorn, alle Eitelkeit und alle menschliche Gier hindurch. Fidelitas' Stimme, ein Wispern in der Nacht, nachdem sie ihm gerade das Leben gerettet hatte. *Wir müssen versuchen, in seinem Sinn zu handeln, so gut wir es irgend können.*

»Bärbel wollte, dass alle es glauben, also solltet Ihr es auch tun.« Er gab sich einen Ruck und stand auf. »Fidelitas glaubt es, die Gräfin glaubt es, und Wilhelm von Eberstein glaubt es ebenfalls. Die Obrigkeit wird es ebenfalls hinnehmen, wenn mein Bericht über die Ereignisse, die sich hier zugetragen haben, fertig ist. Und wenn ich Euch einen Rat geben darf: Sobald Ihr wieder in Gernsbach seid, findet jemand anderen für Eure Tochter. Jemand Besseren. Außerdem habt Ihr Bärbel hier würdig vertreten – wer weiß? Vielleicht könnt Ihr in der Burg ihre Stelle übernehmen und selbst für Eure Kleine sorgen.«

Magdalena musterte ihn stirnrunzelnd. Endlich lächelte sie, und ihr angespanntes Gesicht wurde bedeutend weicher.

»Das würde mich freuen«, sagte sie leise. Dann verdunkelte sich ihre Miene erneut. »Aber was ist mit Andres? Soll er wirklich damit weiterleben, dass seine Mutter zwei Menschen getötet hat – auch wenn das gar nicht stimmt?«

»Lasst Andres meine Sorge sein«, antwortete Valentin ruhig. »Irgendwann in nicht allzu ferner Zukunft werde ich ihn in Augsburg besuchen und ihm die Wahrheit sagen. Dass seine Mutter die Schuld einer anderen Frau auf sich genommen hat, um sie zu schützen, wird ihn trösten, da bin ich ganz sicher.«

Magdalena stand reglos da, aber er konnte förmlich sehen, wie Angst und Sorge von ihr abfielen wie eine schwere Last. Sie knickste tief und ehrerbietig, dann griff sie unversehens nach seiner Hand und küsste sie.

»Danke, Magister.«

»Ihr kehrt noch nicht gleich nach Tübingen zurück?«

»Noch nicht sofort. Ich werde noch einmal meine Schwester in Stuttgart aufsuchen; die hat in den letzten Wochen weit weniger von mir gehabt als geplant.«

Fidelitas stand neben Valentin Schmieder. Sie trug keinen Reisemantel; der Morgen war warm und heiter. Der Tross des Grafen war zum Aufbruch bereit, und auf dem aus Gernsbach mitgebrachten Wagen stand der versiegelte Sarg mit dem Bleikern, der Brunos Leichnam enthielt, mit Seilen festgezurrt und unter einem ausgebreiteten Tuch mit kräftig duftenden Tannenzweigen bedeckt; er war aus der Sakristei der Cosmas-und-Damian-Kirche hergetragen worden.

Endlich durfte der Sohn des Grafen nach Hause zurückkehren.

Dem Grafen Wilhelm und der Gräfin hatte Valentin bereits Lebewohl gesagt; nun war es an der Zeit, auch von Fidelitas Abschied zu nehmen.

»Daheim im Kloster könnt Ihr all das, was in den letzten Wochen geschehen ist, im Gebet noch einmal bedenken«, sagte er lächelnd. »Und den Platz in der Gemeinschaft Eurer

Schwestern wieder einnehmen. Wird Euch das leichtfallen, was meint Ihr?«

Noch einmal sah er die grünen Funken in ihren Augen tanzen.

»Es wird mir guttun, wieder einen Platz zu haben, an den ich gehöre«, erwiderte sie. »Ich habe gelernt, dass die Welt jenseits der Klostermauern ein gefährlicher Ort sein kann.«

»Aber auch schön«, stellte Valentin fest. »Ein Ort voll ungeahnter Abenteuer ... und manchmal sogar voll von ungeahnten Freundschaften.«

»Das ist wahr.« Ihre Mundwinkel kräuselten sich. »Sogar mit Menschen, deren Mut und Klugheit nur noch von ihrem Starrsinn übertroffen wird.«

Valentin lachte und verbeugte sich tief. »Dieses Lob kann ich Euch uneingeschränkt zurückgeben, Schwester. – Nehmt Ihr sonst noch etwas mit nach Frauenalb?«

Sie schwieg eine Weile. Das nun wieder von der weißen Nonnenhaube und dem schwarzen Benediktinerschleier eingerahmte Gesicht, das ihm so vertraut geworden war, sah ruhig und nachdenklich aus.

»Vielleicht die Erkenntnis, wie wichtig es ist, nicht nur die selbst gefassten Ziele zu verfolgen«, sagte sie endlich. »Eigensucht ist gefährlich, manchmal sogar tödlich. Das habe ich in den letzten Wochen mehr als deutlich erfahren. Und auch, dass selbst Liebe fehlgeleitet sein kann. Nehmt Philipp von Eberstein. Jahrelang hat er nach der Liebe seiner Mutter gehungert, doch er hat nicht das Brot gesehen, das liebende Eltern laut dem Evangelium ihren Kindern geben, sondern nur die Steine. Bruno dagegen bekam mehr als genug Nahrung für seine Seele – so viel, dass er gar nicht gemerkt hat, wie kostbar sie war. Und Andres, der immer gewusst hat, wie sehr er geliebt wird, muss jetzt ebenfalls lernen, dass Liebe zuweilen falsche, gefährliche Wege geht.«

»Aber Liebe bleibt es trotzdem«, sagte Valentin.

»Ja, natürlich.« Fidelitas nickte. »Auch wenn man sie zuweilen nicht nur bei Gott, sondern an gänzlich unerwarteten Orten findet. Und bei gänzlich unerwarteten Menschen. So wie ich sie gefunden habe. Erst als Kind im Kloster, bei meinen Schwestern und der Ehrwürdigen Mutter. Und dann … sogar hier.«

»Sogar bei einem spanischen Landsknecht?« Valentin konnte sich die Frage einfach nicht verkneifen.

»Sogar bei diesem hoffnungslosen Sünder, um dessen Seelenheil ich fortan jeden Tag beten werde«, sagte sie sanft. »Genau wie um Eures, Magister.«

»Ich bin sicher, ich habe es so nötig wie jeder andere«, erwiderte er. »Ich danke Euch, Schwester.«

Er legte den Kopf schräg, als etwas, das sie gesagt hatte, unvermittelt seine Neugier weckte.

»Ihr wart schon als Kind im Kloster?«

Fidelitas nickte. »Mir ist es ein wenig wie Andres ergangen. Meine Mutter erregte die Aufmerksamkeit eines Ritters, dessen Gemahlin sie als Amme für ihren Nachwuchs diente. Und ganz wie Bärbel stand sie wegen genau dieser Aufmerksamkeit am Ende mit einem Kind da, das außer ihr niemand liebte oder wollte.«

Seine Augenbrauen schossen nach oben. »Dann seid Ihr von Adel?«

Sie lächelte ein wenig ironisch. »Wie alle Nonnen in Frauenalb, ja. Doch das ist nichts, womit ich mich schmücken könnte, Magister. Mein Vater hat zwar zur Kenntnis genommen, dass es mich gibt, und mich nach dem Tod meiner Mutter für eine Weile aufgenommen. Er hat mich aber niemals offen als sein Kind anerkannt. Stattdessen hat er mich so rasch wie möglich im Kloster abgeliefert, um mich los zu sein und um den Streit mit seiner Frau zu beenden, die mit meiner Existenz genauso wenig zurechtkam wie Gräfin Johanna mit der von Andres. Aber ich nehme es meinem Vater nicht im Geringsten übel, dass er diese Lösung gewählt hat. Ich habe auch ohne ihn meine Heimat und meine Familie gefunden. Dafür hatte ich seinen Namen nicht nötig.«

»Lebt er noch?«

»Oh ja.« Ihre Augen funkelten belustigt. »Nach einem Leben voller Schlachten, unkluger Bündnisse und zahlloser Fehler haust er jetzt auf seiner Burg in Neckarzimmern, von den Jahren ebenso gezähmt wie vom Kaiser, der ihn dort per Dekret festgesetzt hat … wahrscheinlich, damit er mit seinem Hitzkopf nicht noch einmal so unüberlegt Brände stiftet, wie er es zeitlebens getan hat.«

Valentin atmete tief durch. *Neckarzimmern? Das war doch nicht etwa …*

»Würdet Ihr mir seinen Namen nennen?«

»Ich bin sicher, den findet Ihr ganz allein heraus«, sagte Fidelitas. »Ich verrate Euch nur so viel: Um nach einem Unglücksfall noch gut dreißig Jahre lang in der Schlacht ein Schwert führen zu können, brauchte er die Hilfe eines außerordentlich geschickten Schmiedes. *Dominus tecum,* Magister.«

Sie streckte die Hand aus und malte ihm das Kreuzeszeichen auf die Stirn. Dann wandte sie sich um und kletterte rasch in den Wagen, der sie nach Frauenalb bringen würde. Im selben Wagen saß schon Magdalena, die tatsächlich als neue Köchin in den Diensten des Grafen nach Gernsbach zurückkehrte.

Valentin sah zu, wie sich die Reisegesellschaft in Bewegung setzte. Zwei Wachen der Eskorte an der Spitze, dann der Graf, gefolgt von der Kutsche der Gräfin und den beiden Wagen. Zwei weitere Männer in Waffen bildeten das Ende des Zuges. Er hob die Hand und winkte, war sich aber nicht ganz sicher, ob Fidelitas es noch mitbekommen hatte.

Dann stand er allein auf dem leeren Hof und kam sich für einen Moment merkwürdig einsam vor. Er schüttelte das unpassende Gefühl energisch ab – und musste plötzlich lachen.

»Die Tochter des Ritters mit der eisernen Hand!«, murmelte er. »Ist denn das zu fassen?«

Die Welt war wahrhaftig ein Ort voll ungeahnter Abenteuer … und ungeahnter Freundschaften.

Er begann, leise vor sich hinzupfeifen. Dann ging er beschwingten Schrittes zum Tor hinaus und die Gasse hinunter, die warme Sonne im Gesicht.

Anhang

Handelnde Personen im Buch

Kursiv geschriebene Personen sind historisch, die anderen rein fiktiv. Die Begebenheiten im Roman, die sich (auch um die historischen) Personen ranken, sind ebenfalls rein fiktiv.

Schwester Agatha | Infirmarin in Frauenalb
Juan Alvarez de Santa Cruz y Fuego | spanischer Söldner
Magdalena Bader | Küchenmagd
Cyprian Beierle | Medicus in Tübingen
Schwester Bernarda | Priorin in Frauenalb
Gerold von Blankenstein | Student
Schwester Confidentia | Novizenmeisterin in Frauenalb
Albrecht Dietz | Torwächter in Calw
Bruno von Eberstein (* 1532) | Sohn von Wilhelm und Johanna von Eberstein
Johanna von Eberstein (1507–1572) | Ehefrau von Wilhelm von Eberstein
Otto von Eberstein (1533–1576) | Sohn von Wilhelm und Johanna von Eberstein
Philipp von Eberstein (1523–1589) | Sohn von Wilhelm und Johanna von Eberstein
Graf Wilhelm von Eberstein (1497–1562) | Ehemann von Johanna
Huldreich Engster/Johannes Brenz (1499–1570) | Reformator und Theologe

Elsbeth Fechter (geb. Schmieder) | Valentin Schmieders Schwester
Friedrich Fechter | Ratsherr in Stuttgart und Valentin Schmieders Schwager
Schwester Fidelitas von Frauenalb | Benediktinernonne
Leonhart Fuchs (1501–1566) | Arzt, Botaniker und Rektor der Universität Tübingen
Clarissa Geiss | Zofe
Scholastika Göler von Ravensburg | von 1507 bis 1537 Äbtissin in Frauenalb
Andres Häberlin | Reitknecht
Bärbel Häberlin | Köchin
Vater Matthias | Priester und Beichtvater in Frauenalb
Kuno Meininger | Kutscher
Catharina von Remchingen | von 1537 bis 1550 Äbtissin in Frauenalb
Anton Scheibner | Gastwirt in Tübingen
Susanne Scheibner | Tochter des Gastwirts Anton Scheibner
Johann Scheurer (1481–1562) | Kanzler der Universität Tübingen
Max von Schlenzheim | Student in Tübingen
Valentin Schmieder | Professor der protestantischen Theologie in Tübingen
Merten Spieß | Leibwächter des Grafen Wilhelm von Eberstein
Jörg Stähle | Kutscher
Friedensreich Steurer | gräflicher Medicus in Gernsbach
Barnabas Stöckle | Medicus in Cannstatt
Schwester Sylvana | Nonne, später Priorin im Kloster Frauenalb
Ambrosius Widmann (1477–1561) | Kanzler der Universität Tübingen

Glossar

abadesa | (spanisch) Äbtissin

Adiuva me, Domine Deus meus. Salva me secundum misericordiam tuam | (Latein) »Steh mir bei, Herr, mein Gott! Hilf mir nach deiner Gnade.«

Augsburger Interim | fand zwischen 1548 und 1552 statt und war der Versuch von Kaiser Karl V., das religiöse Rad der Zeit wieder zurückzudrehen. Nachdem er 1547 den Schmalkaldischen Bund nach einer siegreichen Schlacht zerschlagen hatte, wollte Karl dem Katholizismus überall in seinem Herrschaftsgebiet wieder zu seinem Recht verhelfen. Er gab protestantisch gewordene Klöster an Mönche und Nonnen zurück und entließ protestantische Würdenträger. Wie Johannes Brenz mussten sich auch andere Reformatoren der Verhaftung durch Flucht entziehen. Mehrere Städte, vor allem in Süddeutschland, wurden belagert und teilweise mit der Reichsacht belegt. 1552 änderte sich die politische Großwetterlage so, dass Karl die kaisertreuen Städte in Süddeutschland wieder an mehrere deutsche Fürsten verlor und seine Rekatholisierungspläne aufgeben musste. 1556 dankte er ab und ging ins Kloster.

Barfüßergasse | Sie führte 1550 in Tübingen an den Ruinen eines abgebrannten Franziskanerklosters vorbei und wurde später nach dem an Stelle des Klosters errichteten Collegium illustre, dem heutigen Wilhelmsstift, in Collegiumsgasse umbenannt.

Bingen, Hildegard von (1098–1179) | Die vielleicht bekannteste Nonne im deutschen Sprachraum war eine Universalbegabung. Sie verfasste Bücher über Musik, Religion, Medizin und Kosmologie, gründete das Kloster Rupertsberg an der Nahe und unterhielt einen Briefwechsel mit vielen Persönlichkeiten ihrer Zeit. Sie war außerdem eine Mystikerin, die ihre Visionen in dem Buch »Scivias« niederschrieb. Heute ist sie hauptsächlich für ihre Abhandlungen über die Kräuterheilkunde bekannt.

bonita | (spanisch) Schöne

Brenz, Johannes (1499–1570) | Der Reformator gilt als einer der Stammväter der württembergischen Landeskirche. Er begann mit fünfzehn ein Studium an der Universität in Heidelberg, wurde 1523 zum Priester geweiht, neigte aber sehr früh der Reformation zu. Später lebte er in Schwäbisch Hall, entwarf dort eine protestantische Kirchenordnung und verfasste einen Katechismus, der bis 1999 in 518 Ausgaben gedruckt wurde. Während des Augsburger Interims floh er 1548 aus Schwäbisch Hall. Bis 1550 lebte er unter dem Namen Huldreich Engster erst auf der Burg Hohenwittlingen und dann auf der Burg Hornberg, unter dem Schutz von Herzog Ulrich von Württemberg. Später wurde er zu einem der wichtigsten theologischen Berater von Herzog Christoph, Ulrichs Sohn. Seine Freundschaft mit Wilhelm von Eberstein ist fiktiv.

bribones | (spanisch) Gauner, Schurken

Burse | im Mittelalter in Tübingen Wohnheim für Studenten. Dort wurden sie verköstigt, es gab strenge Ausgangszeiten und gesprochen wurde ausschließlich Latein. Mitte des 16. Jahrhunderts wurden die Bursen durch Lehrinstitute mit Stipendien abgelöst, und die meisten Studenten kamen dort oder in gemieteten Zimmern bei Tübinger Bürgern unter.

cabrón | (spanisch) Mistkerl, Saukerl

campesinos | (spanisch) arme Bauern/Tagelöhner

canalla | (spanisch) so viel wie »Hundearsch«. Es hat die gleiche Sprachwurzel wie das französische »canaille«.

cáspita! | (spanisch) potz Blitz!

cojones! | (spanisch) Verflucht noch mal! *(siehe auch bei tocáte los cojones)*

conde | (spanisch) Graf

condesa | (spanisch) Gräfin

Constitutio Criminalis Carolina | eine von Kaiser Karl V. erlassene Gesetzessammlung. Die kirchliche Hexenverfolgung fiel übrigens historisch gesehen weit milder aus als die gegen Ende des 16. Jahrhunderts aufkommende Hexenjagd der weltlichen Gerichtsbarkeit, die sich zu einer regelrechten Hysterie entwickelte. In manchen Fällen reichten Eifersucht oder der Neid auf einen vermögenden Nachbarn aus, um unschuldige Bürger erst in den Folterkeller und dann auf den Scheiterhaufen zu bringen.

Deo gratias | (Latein) Gott sei Dank.

desde luego | (spanisch) natürlich, na klar

Domine, labia mea aperies. Et os meum annuntiabit laudem tuam | (Latein) »Herr, öffne meine Lippen, damit mein Mund dein Lob verkünde.«

Dominus tecum | (Latein) Der Herr sei mit dir.

Eberstein, Bruno von (geb. 1532) | Allgemein ist nur sein Geburtsdatum bekannt. In dem Buch »Die Geschichte der Grafen von Eberstein in Schwaben« von 1836 – geschrieben auf Bestellung des Großherzogs Leopold von Baden von einem gewissen »Hauptmann Krieg von Hochfelden« – heißt es, er sei 1557 gestorben, aber dieser Todestag ist nur dort zu finden. In »Schierlingstod« habe ich mir mit dem Tag seines Ablebens gewisse dichterische Freiheiten herausgenommen. Und im Roman wie in der Geschichte wurde er in der Familiengruft in Gernsbach beigesetzt.

Eberstein, Johanna von (1507–1572) | Ehefrau von Graf Wilhelm, Mutter seiner insgesamt zehn Kinder. Sie entstammt dem Adelsgeschlecht der Markgrafen von Baden, aus der Durlacher Linie.

Eberstein, Kunigunde von (1528–1575) | Tochter von Johanna und Wilhelm von Eberstein, verheiratet mit Christoph Froben von Zimmern. Dass ihr Bruder Bruno bei ihr und ihrem Mann als Knappe lebte und das Ritterhandwerk erlernte, ist fiktiv.

Eberstein, Otto von (1533–1576) | Zunächst war er Domherr in Straßburg, verließ aber den geistlichen Stand und wurde kaiserlicher Rat und Oberst bei König Philipp II. in Spanien. Dass er in Tübingen studiert hat, ist fiktiv. Er muss später auch geheiratet haben, denn zwei seiner Töchter, ebenso katholisch wie er, klagten nach dem Tod ihres ältesten Bruders Philipp dagegen, dass der protestantische Zweig der Familie seinen Besitz erbte. Sie erhielten im Dreißigjährigen Krieg große Teile der Grafschaft Eberstein. Otto selbst ertrank 1576 in Antwerpen.

Eberstein, Philipp von (1523–1589) | Der älteste Sohn von Wilhelm und Johanna stand jahrelang in den Diensten von Kaiser Karl V. und dessen Sohn Philipp II., König von Spanien. Er war für ihn auch als Abgesandter bei einem Konvent der protestantischen Fürsten unterwegs. Als sein Vater Wilhelm starb, erbte er den Grafentitel und 75 800 Taler Schulden. Als Herr über Eberstein muss er sich aber gut geschlagen haben; als Landvogt von Vorderösterreich schlichtete er einen Konflikt zwischen der Stadt Straßburg und ihrem Bischof, und die Murgschiffer verdanken ihm das Schiffrecht auf ihrem Fluss, das er ihnen überließ. Er heiratete zweimal und verfiel in späteren Jahren in eine in den Quellen nicht näher erklärte Gemütskrankheit, für die man ihn von 1577 bis zu seinem Tod 1589 unter Vormundschaft stellte.

Eberstein, Wilhelm von (1497–1562) | Während seiner Herrschaft wurde sein Familienzweig 1556 protestantisch. Er hatte die Reformation schon zuvor im Stillen gefördert, versuchte aber nie, sie in den von seiner Familie gegründeten Klöstern Herrenalb und Frauenalb durchzusetzen. Von 1546 bis 1555 war er Präsident des Reichskammergerichtes, eine Art mittelalterlicher Bundesgerichtshof. Er führte Mitte des 16. Jahrhunderts viele Erweiterungen in seiner Burg Neu-Eberstein in Gernsbach durch.

Es ging ein Mägdlein zarte | Volkslied aus dem 16. Jahrhundert, in dem eine Jungfer beim Blumenpflücken im Garten dem Tod begegnet.

está bien | (spanisch) »also gut«

Et cognoscetis veritatem et veritas liberabit vos | (Latein) »Und ihr werdet die Wahrheit erkennen und die Wahrheit wird euch frei machen.« (Johannes 8,32)

Et cum spiritu tuo | (Latein) »Und mit deinem Geist.«

Et ne nos inducas in temptationem, sed libera nos a malo. Quia tuum est regnum et potestas et gloria in saecula. Amen | (Latein) »Und führe uns nicht in Versuchung, sondern erlöse uns von dem Bösen, denn dein ist das Reich und die Kraft und die Herrlichkeit in Ewigkeit. Amen.« (Schluss des Vaterunsers)

Frauenalb | Das Kloster wurde angeblich 1135 von Graf Berthold von Eberstein nach einem religiösen Erlebnis gegründet, fast zeitgleich mit dem Kloster Herrenalb ganz in der Nähe, das die Familie ebenfalls gestiftet hat. Historiker sind sich allerdings heute einig, dass die wirkliche Gründung von Frauenalb etwa gegen 1190 stattfand, durch Eberhard III. von Eberstein. Dort lebten ausschließlich adelige Damen nach der benediktinischen Ordensregel. Nach einer wechselvollen Geschichte mit Zerstörung der Gebäude und einem Wiederaufbau im 17. Jahrhundert wurde es 1802 aufgelöst. Das Haus Baden, dem das Kloster inzwischen vollständig gehörte, machte mehrere halbherzige Versuche, den Komplex zu nutzen, und ließ den Besitz 1819 versteigern. Zwischenzeitlich waren mehrere nicht sehr erfolgreiche Firmen und ein Sanatorium darin untergebracht. Jahrelang verfiel das ehemals stolze, schöne Damenstift zu einer

Ruine. 1959 wurde die »Stiftung Frauenalb« gegründet, die sich seither bemüht, die noch vorhandene Bausubstanz zu erhalten und für Kulturevents wie Konzerte u. a. zu nutzen.

Ein Besuch dort lohnt sich unbedingt, und wer sich gründlicher informieren will, dem sei die Lektüre des Buches »Frauenalb. Streifzug durch 800 Jahre Geschichte« von Bernd Breitkopf (verlag regionalkultur) empfohlen. Es ist eine wahre Fundgrube an Daten und Fakten und hat mir beim Recherchieren sehr geholfen.

Fuchs, Leonhart (1501–1566) | Er gilt als einer der deutschen »Väter der Botanik«. Zunächst praktizierte und lehrte er (ab 1525) Medizin in Ingolstadt und München, dann wechselte er nach Tübingen, wo er eine Medizin-Professur erhielt und zwischen 1536 und 1564 sieben Mal Rektor der Universität wurde und zeitweise auch als Oberaufsicht des Evangelischen Stiftes fungierte. Wie im Roman beschrieben, wohnte er mit seiner Familie im sogenannten »Nonnenhaus«. Dort legte er einen Arzneipflanzengarten und einen der ältesten botanischen Gärten überhaupt an und verfasste über fünfzig Bücher. Ihm zu Ehren wurde ein Nachtschattengewächs, das wir aus vielen Sommergärten kennen, Fuchsie genannt.

Göler, Scholastika | Äbtissin in Frauenalb von 1506 bis zu ihrem Tod 1537. Geboren wurde sie in Ravensburg, ihr genaues Geburtsdatum habe ich nicht herausfinden können. Die Äbtissin, die von meiner fiktiven Schwester Fidelitas zur geistlichen Mutter erwählt wurde, muss eine kluge, energische Frau gewesen sein. Sie und ihre Nonnen flohen während des Bauernkrieges im April 1525 gerade noch rechtzeitig aus dem Kloster, bevor es überfallen und geplündert wurde. Im September desselben Jahres kehrten sie zurück und Scholastika baute das Kloster und seine Besitzungen wieder auf.

guapa | (spanisch) Hübsche

Gugel | eine im Spätmittelalter übliche, an Umhänge oder Mäntel genähte lange, spitz zulaufende Kapuze

Habit | Kleidung der Nonnen und Mönche. Fidelitas von Frauenalb trägt als Benediktinerin die schwarze Tunika mit langen, weiten Ärmeln, darüber das Skapulier, ein langer, ärmelloser Überwurf, der gerade und glatt bis zum Tunikasaum fällt. Als Gürtel dient eine geknotete, oft geflochtene Kordel, das Zingulum. Das Haar wird von einer engen Haube verdeckt, die man am Hinterkopf bindet, darüber wird der lange, schwarze Schleier gelegt und festgesteckt.

»Hahn« | Der Gasthof von Anton Scheibner ist fiktiv. Ich habe ihn erfunden, weil der Wirt und seine Tochter ebenfalls fiktiv sind und in der Geschichte eine nicht unbedeutende Nebenrolle spielen. Tatsächlich gab es im Tübingen des 16. Jahrhunderts einen »Hirschen«, dem auch die Tübinger Hirschgasse ihren Namen verdankt.

Haube | französische Kopfbedeckung mit einem festen, giebeldachartigen Aufbau, oft bestickt. Das Haar wird von einem Netz gehalten und ein langer Schleier hängt über den Rücken hinunter.

hermana | (spanisch) Schwester

hermano | (spanisch) Bruder

Hexenpredigt | Das Zitat, das Fidelitas Valentin Schmieder im vierten Kapitel an den Kopf wirft, stammt tatsächlich aus einer Predigt, die Martin Luther am 6. Mai 1526 gehalten hat.

Homo sicut faenum dies eius tamquam flos agri sic efflorebit | (Latein) »Ein Mensch ist in seinem Leben wie Gras, er blüht wie eine Blume auf dem Feld.« (Psalm 102,15)

Horen | die sieben klösterlichen Stundengebete. Matutin nach Mitternacht, Laudes am Morgen, Terz, Sext und

Non am Mittag, die Vesper vor dem Abendessen und die Komplet vor dem Schlafengehen.

Ich hör die Hahnen krähen | Bruno von Eberstein singt diese Strophe aus dem Lied »Wach auf, meins Herzens Schöne«, das im 16. Jahrhundert in ganz Deutschland verbreitet war. Der Textdichter ist unbekannt; zum ersten Mal wird das Lied 1525 von Hans Sachs erwähnt.

Ich hört' ein Mägdlein klagen | aus dem Lied »Ich hört' ein Sichlein rauschen«, entstanden im 16. Jahrhundert. Zuerst gedruckt 1535 in der Liedersammlung Graßliedlin.

In manus tuas, Pater, commendo spiritum meum | (Latein) »Vater, in deine Hände befehle ich meinen Geist.« (Lukas 23,46)

Incidit in scyllam cupiens vitare charybdim | »Es stürzt in die Scylla, wer die Charybdis vermeiden will.« In Homers Odyssee segelt Odysseus zwischen Scylla, einem Ungeheuer, und dem tödlichen Strudel Charybdis hindurch und muss sich entscheiden, aber Opfer gibt es in jedem Fall. Sprichwörtlich: vom Regen in die Traufe geraten.

Kachelmus | Schmorgericht aus Zwiebeln mit Kümmel, Sahne, Milch und gekochten Eiern.

Katzbalger | Anfang des 16. Jahrhunderts entstandenes Landsknechtsschwert. Es hat eine verhältnismäßig kurze, breite Klinge mit einer Länge von etwa 50 bis 55 Zentimetern. Die Klinge wird nach vorne schmaler und besitzt eine abgerundete Spitze.

Lufft, Hans (1495-1584) | Drucker, Autor und später mehrfach Bürgermeister in Wittenberg. Er druckte 1534 die erste Gesamtausgabe der Lutherbibel, die in mehrfacher Auflage verlegt wurde.

Luther-Talar | wurde von Martin Luther anlässlich einer Predigt 1534 zum ersten Mal getragen und hat sich bis heute als offizielle Amtstracht der Pfarrerinnen und Pfarrer der Evangelischen Landeskirche gehalten. Im 16. Jahrhundert trugen auch die Professoren der theologischen Fakultät Tübingen diesen Talar (aus: Die Artisten-Fakultät an der Universität Tübingen 1534–1601, Band 28, von Norbert Hofmann, J. C. B. Mohr, Tübingen).

Miserere eius, Domine | (Latein) »Der Herr erbarme sich seiner.«

mocosuelo | (spanisch) Rotznase

Mühlberg | In der Schlacht bei Mühlberg (auch als Schlacht auf der Lochauer Heide bekannt) besiegte das Heer Kaiser Karls V. am 24. April 1547 die Truppen des Schmalkaldischen Bundes. Der Führer der Protestanten, Kurfürst Johann Friedrich von Sachsen, geriet in Gefangenschaft. Damit war der Schmalkaldische Krieg für den Kaiser gewonnen.

muy infantil! | (spanisch): ganz schön kindisch!

Neu-Eberstein (Schloss Gernsbach) | Das Schloss wurde 1272 erstmals erwähnt, diente aber offenbar schon früher als Wohnsitz der Grafen von Eberstein. Die ehemalige Stammburg Alt-Eberstein (in Baden-Baden) ging 1240 bei der Heirat von Kunigunde von Eberstein mit einem Markgrafen von Baden zur Hälfte als Mitgift und zur anderen als Verkauf an das Haus Baden; die Ebersteiner hatten sich mit den Kosten für die Hochzeit übernommen. Um 1550 (in der Zeit, in der »Schierlingstod« spielt) ließ Graf Wilhelm die Anlage von Neu-Eberstein erweitern. Als das Adelsgeschlecht der Ebersteins 1660 ausstarb, gelangte die Burg ebenfalls an das Haus Baden. Heute gehört sie einen Finanzier aus Köln und wird als Vier-Sterne-Hotel, Restaurant und Veranstaltungsort genutzt.

niños | (spanisch) kleine Kinder

no quedas satisfecho nunca | (spanisch) »Du bist nie zufrieden« oder etwas salopper ausgedrückt: »Du kriegst den Hals nicht voll«.

nunca en la vida! | (spanisch) nie im Leben!

Oblaten | hier: Kinder, die an ein Kloster übergeben wurden, um dort erst unterrichtet und versorgt und später Mönche und Nonnen zu werden. Im 16. Jahrhundert starb der Brauch langsam aus, kam aber noch vor. Die Eltern bzw. Paten mussten schriftlich versichern, auf jedes Recht an dem Kind und seiner Erziehung zugunsten des Klosters zu verzichten.

Omnia autem probate quod bonum est tenete | (Latein) »Prüfet alles und das Beste behaltet.« (1 Thess 5,21)

Omnia tempus habent et suis spatiis transeunt universa sub caelo, tempus nascendi et tempus moriendi | (Latein) »Ein Jegliches hat seine Zeit, und jedes Vornehmen unter dem Himmel hat seine Stunde, geboren werden und sterben hat seine Zeit.« (Prediger Salomo 3)

perdón | (spanisch) Verzeihung

pipiolo | (spanisch) Grünschnabel

Pirckheimer, Caritas (1467–1532) | Die Schwester des Nürnberger Bürgermeisters Willibald Pirckheimer war ab 1503 Äbtissin des Nürnberger Klarissenklosters. Sie war hochgebildet, korrespondierte unter anderem mit Erasmus von Rotterdam und hielt ihre Nonnen dazu an, die Heilige Schrift in der eigenen Muttersprache zu lesen. Während der Reformation wurde sie vom Nürnberger Rat schwer unter Druck gesetzt. Man forderte dem Kloster zusätzliche Abgaben ab, nahm den Nonnen die katholischen Beichtväter und holte sogar Novizinnen gegen ihren Willen zurück nach Hause. Erst Philipp Melanchthon, den die Ratsherren als zusätzliches Druckmittel einsetzen wollten, ergriff energisch für Caritas Partei und verbot jede weitere Schikane.

pollo | (spanisch) Huhn

Praeceptor Germaniae | Ehrentitel für Philipp Melanchthon: »Lehrer Deutschlands«.

preferido | (spanisch) der Bevorzugte

pueblacho pequeñin | (spanisch) winziges Dorf
puta mierda! | (spanisch) verdammte Scheiße!
qué miseria! | (spanisch) was für ein Elend!
querida | (spanisch) Geliebte
Remchingen, Catharina von | Äbtissin in Frauenalb von 1537 bis zu ihrem Tod 1550. Ich habe sie in »Schierlingstod«, bevor sie Äbtissin wurde, zur Mesnerin des Klosters gemacht (sie war zuständig für den Altar, das Kircheninnere und die Kerzen). Man weiß über sie, dass sie eine strenggläubige Frau war, die auch Gebetbücher für ihre geistlichen Töchter schrieb.
rey | (spanisch) König
Sacco di Roma | (italienisch) die Plünderung Roms und des Kirchenstaats ab dem 6. Mai 1527 durch deutsche Landsknechte und spanische sowie italienische Söldner. Kaiser Karl V. konnte den fälligen Sold nicht zahlen, der Landsknechtsführer Georg von Frundsberg erlitt bei dem Versuch, die unzufriedenen Truppen zu beschwichtigen, einen Schlaganfall. Darauf fielen die Männer in Scharen über Rom her, plünderten, brandschatzten und richteten ein beispielloses Blutbad an.
Scheurer, Johann (1481–1562) | ehemaliger Stuttgarter Dekan, wurde 1538 von Herzog Ulrich von Württemberg zum Propst und Kanzler der Universität Tübingen ernannt. Er hatte dieses Amt bis Anfang 1550 inne; zu diesem Zeitpunkt kehrte Ambrosius Widmann nach Tübingen zurück, der bis dahin die Ernennungen und Entscheidungen Scheurers unermüdlich durch Klagen und Einsprüche torpediert hatte.
Scio me nihil scire | (Latein) »Ich weiß, dass ich nichts weiß«; berühmter Ausspruch des Philosophen Sokrates (469 bis 399 v. Chr.)
Seifenkraut | *Saponaria officinalis;* die Schaftpflanze wächst in gemäßigtem Klima und wurde wahrscheinlich schon

seit der Jungsteinzeit angepflanzt. Wurzeln und Sprießranken wurden zur Waschmittelgewinnung genutzt und die Extrakte daraus bis ins 19. Jahrhundert hinein als Seifenersatz verwendet.

Sic transit gloria mundi | (Latein) »So vergeht der Ruhm der Welt.«

Skapulier | glatter Überwurf über der Tunika der Nonnentracht (siehe Habit).

Studiosus/Studiosi | (Latein) Student/Studenten

tocáte los cojones | (spanisch) so viel wie: Donnerwetter! Wörtlich heißt es eigentlich: »Da pack mich doch einer an den Eiern!«

Wasserschierling | *Cicuta virosa*; ein Doldenblütler mit dicken Knollenwurzeln, der an Gewässern wächst. Die gesamte Pflanze ist giftig, besonders aber die Knollen, die man leicht mit Pastinaken oder Petersilienwurzeln verwechseln kann. Wenn man Schierling äußerlich bei Umschlägen anwendet, kann er Gicht und Rheuma lindern. Ihn zu essen ist allerdings lebensgefährlich. Schon ein kleines Stück führt binnen kürzester Zeit zu Übelkeit, blutigem Erbrechen und Atemlähmung.

Widmann, Ambrosius (1477–1561) | Kanzler der Universität in Tübingen von 1510 bis zu seinem Tod. Das Amt galt damals lebenslang. Er war obendrein Stiftspropst, hatte weitere Ämter inne und war ein entschiedener Gegner der Reformation. Als sie 1534 durch Herzog Ulrich von Württemberg eingeführt wurde, setzte Widmann sich erbittert gegen sämtliche Änderungen zur Wehr. Das gipfelte in seiner Flucht 1535 ins damals habsburgische Rottweil; dabei nahm er das Universitätssiegel mit und weigerte sich fortan, jegliche Promotion oder Professur in Tübingen zu bestätigen oder anzuerkennen. Gutachten von Philipp Melanchthon und Martin Luther ermöglichten es Herzog Ulrich, einen anderen Kanzler einzusetzen. Johann Scheurer hatte das Amt zwölf Jahre inne, und Widmann prozessierte ununterbrochen gegen ihn. 1550 kehrte er während des Augsburger Interims nach Tübingen zurück und nahm sein Amt wieder auf. 1556 delegierte er nach dem Augsburger Religionsfrieden seine Befugnisse an den Senat.

Zimmern, Christoph Froben von (1519–1566) | verheiratet mit Kunigunde, Tochter von Wilhelm und Johanna von Eberstein. Er schrieb 1540 bis 1566 die »Zimmerische Chronik«, die als bedeutendstes Abbild des Adelslebens im 16. Jahrhundert gilt. Darin kommen auch die Ebersteiner vor. In dem Buch »Noble Strategies: Marriages and Sexuality in the Zimmern Chronicles« von Judith J. Hurwich wird erwähnt, dass er zunächst Amalia heiraten wollte, die älteste Tochter von Wilhelm und Johanna, die offenbar genau wie ihre Schwester Elisabeth sehr schwächlich war und 1546 mit zweiundzwanzig Jahren starb. Er heiratete Kunigunde 1544.

Zingulum | geknoteter Gürtel der Benediktinertracht (siehe Habit).

Zunfthaus | Dort organisierten sich seit dem frühen Mittelalter die einzelnen Berufsgruppen in Zünften (zum Beispiel Schneider, Metzger, Zimmermänner). Jede Zunft hatte ihr Haus; in Köln und Basel gab es im Hochmittelalter (13. bis 14. Jahrhundert) sogar ausschließlich weibliche Zünfte, in denen die Frauen auch Meisterinnen werden konnten. Ab Mitte des 16. Jahrhunderts änderte sich das deutlich. Plötzlich durften Frauen keine eigene Werkstatt mehr haben und auch nicht ausbilden, da man ihr Geschlecht für eine »Versuchung« für die Lehrlinge hielt – ein Problem, das gut 200 Jahre lang keines gewesen war.

Dank

Mein besonderer Dank geht an

… Professor Volker Leppin aus Tübingen, der sich spontan Zeit genommen hat, meine lange Fragenliste zu beantworten, und der mir die erstaunliche Geschichte der Caritas Pirckheimer erzählt hat,

… Pfarrer Florian Link und Dekan Eckart Schulz-Berg, die sich redlich bemüht haben, für mich herauszufinden, ob die Cannstatter Stadtkirche immer »Stadtkirche« hieß,

… Olaf W. Schulze vom Verein »Pro Alt-Cannstatt«, der sich als unerschöpfliche Quelle für Informationen über das historische Cannstatt erwiesen hat. Außerdem hat er in den Szenen, die ich ihm zur Überprüfung geschickt habe, noch zwei Tippfehler entdeckt,

… Udo Rauch vom Tübinger Stadtarchiv, der für mich unter anderem das Rätsel der Collegiumsgasse gelöst hat,

… Beate Martin vom Evangelischen Stift Tübingen, dank derer ich weiß, dass Valentin Schmieder während des Augsburger Interims tatsächlich dort hätte weiter lehren können,

… meine Lektorin Bettina Kimpel, mit der zu arbeiten wie immer ein Vergnügen gewesen ist,

… meine Freundin Ingrid, die alle meine dramaturgischen Fehler findet (und die anderen auch),

… meinen Mann, ohne dessen Unterstützung es bis heute noch kein einziges Buch von mir gäbe,

… die freundliche Dame am Empfang des Cannstatter Stadtmuseums, die mir von der versteckten Pforte in der alten Stadtmauer erzählt hat (der Tipp war Gold wert),

… und nicht zuletzt an den Freiherrn Götz von Berlichingen, der mir freundlicherweise erlaubt hat, seinem berühmten Ahnherrn ein uneheliches Kind anzudichten, das er gar nicht hatte – das heißt, er hatte schon welche, aber nicht dieses eine.